ALEX BEER
FELIX BLOM –
DER HÄFTLING AUS MOABIT

ALEX BEER

FELIX BLOM – DER HÄFTLING AUS MOABIT

Kriminalroman

LIMES

Sollte diese Publikation Links auf Webseiten Dritter enthalten,
so übernehmen wir für deren Inhalte keine Haftung,
da wir uns diese nicht zu eigen machen, sondern lediglich
auf deren Stand zum Zeitpunkt der Erstveröffentlichung verweisen.

Penguin Random House Verlagsgruppe FSC® N001967

1. Auflage 2022
Copyright © 2022 by Alex Beer
Dieses Werk wurde vermittelt durch die
Literaturagentur Kai Gathemann GbR.
© 2022 by Limes in der Penguin Random House Verlagsgruppe GmbH,
Neumarkter Straße 28, 81673 München
Redaktion: Regine Weißbrod
Umschlaggestaltung und -motiv: © Johannes Wiebel | punchdesign,
unter Verwendung von Motiven von Colin Thomas /
bookcoversphotolibrary.com, stock.adobe.com
(Александр Беспалый, ilolab, rh2010, schab, bluepen) und
Niday Picture Library / Alamy Stock Foto
JA · Herstellung: sam
Gesamtherstellung: GGP Media GmbH, Pößneck
Printed in Germany
ISBN 978 –3-8090 –2759 –1

www.limes-verlag.de

Aus der Berliner Gerichtszeitung vom 13. Juni 1878

·.· Der mysteriöse Selbstmord eines jungen, kaum in Berlin angekommenen Conditorgehilfen aus Dresden macht bei der Behörde einiges Aufsehen. Am Sonntag wurde die Leiche desselben in Bohneshof aufgefunden. Der Selbstmörder hat sich mit einem neuen Revolver das Leben genommen. An seiner Leiche wurden Briefe an seine Eltern und Geschwister vorgefunden, aus denen hervorgeht, daß ihm am Freitag auf der Promenade in Dresden eine Karte mit der Aufschrift in die Hand gedrückt wurde, „binnen 30 Stunden müsse er eine Leiche sein." Sofort reiste der Jüngling, Sohn achtbarer Eltern, von Dresden fort und folgte dem traurigen und grausamen Befehle des Unbekannten. In den Briefen an die Seinen verfügte der Verstorbene über den kleinsten Gegenstand seines Besitzthums. Seinen Eltern und Angehörigen ist dieser Tod ein Räthsel, und wird hinter demselben mehr gesucht als ein amerikanisches Duell. Die erwähnte Karte ist in den Händen der Behörde; hoffentlich gelingt es, durch dieselbe Licht in diese gerade jetzt peinliche und höchst räthselhafte Sache zu bringen.

»Der mysteriöse Selbstmord eines jungen, kaum in Berlin angekommenen Conditorgehilfen aus Dresden macht bei der Behörde einiges Aufsehen. Am Sonntag wurde die Leiche desselben in Bohneshof aufgefunden. Der Selbstmörder hat sich mit einem neuen Revolver das Leben genommen. An seiner Leiche wurden Briefe an seine Eltern und Geschwister vorgefunden, aus denen hervorgeht, dass ihm am Freitag auf der Promenade in Dresden eine Karte mit der Aufschrift in die Hand gedrückt wurde, »binnen 30 Stunden müsse er eine Leiche sein.« Sofort reiste der Jüngling, Sohn achtbarer Eltern, von Dresden fort und folgte dem traurigen und grausamen Befehle des Unbekannten. In den Briefen an die Seinen verfügte der Verstorbene über den kleinsten Gegenstand seines Besitztums. Seinen Eltern und Angehörigen ist dieser Tod ein Rätsel, und wird hinter demselben mehr gesucht als ein amerikanisches Duell*. Die erwähnte Karte ist in den Händen der Behörde; hoffentlich gelingt es, durch dieselbe Licht in diese gerade jetzt peinliche und höchst rätselhafte Sache zu bringen.«

* Amerikanisches Duell = Übereinkommen zwischen zwei Personen, dass derjenige sich selbst innerhalb eines bestimmten Zeitraums das Leben nehmen muss, den das Los trifft. Daher wird das amerikanische Duell auch vielfach »Lebenslotterie« genannt.

1

Die Abenddämmerung neigte sich ihrem Ende zu. Das blasse Himmelsblau verwandelte sich in düsteres Grau, das dem nahen Spreeufer eine unheimliche Aura verlieh.

»Mir gefällt das hier nicht!« Ein grobschlächtiger Kerl, der wegen seiner tiefen Blatternarben »Atzi das Sieb« genannt wurde, blieb stehen und kniff die Augen zusammen.

Atzis Kumpane, zwei schlaksige Brüder namens Fred und Hugo, runzelten die Stirn und sahen sich um.

»Warum?«, fragte Hugo.

Der Wind frischte auf, spielte mit den Zweigen der Bäume und Büsche, sodass konfuse Schattenspiele entstanden.

»Spürt ihr es nicht?« Atzi fröstelte. »Das ist kein guter Ort hier.« Zur Untermauerung seiner Worte präsentierte er seinen Arm. »Seht nur: Gänsehaut.«

»Du bist viel zu dünn angezogen.« Fred rieb den Stoff von Atzis löchrigem Gehrock zwischen den Fingern und bedeutete ihm weiterzugehen.

»Die Härchen prügeln sich nicht wegen der Kälte um einen Stehplatz«, erklärte Atzi trotzig. »Das ungute Gefühl kommt von hier.« Er klopfte sich mit der flachen Hand auf den Bauch.

»Hast wohl zu viel Aal gegessen.« Hugo grinste.

Atzi ging nicht auf die Bemerkung ein. »Jungchen, hat meine Mutter immer gesagt. Jungchen, du musst auf deine Gedärme hören – und die sagen, dass wir uns trollen sollen. Das ist kein guter Ort hier«, wiederholte er.

»Spinnste? Wir sind nicht den ganzen Weg nach Bohneshof gekommen, um jetzt wieder abzuhauen, nur weil deine Mutter einen auf Gefühle gemacht hat«, schimpfte Hugo. Tatsächlich hatte es die drei Ganoven viel Zeit gekostet, um von ihrer Unterkunft in Tempelhof an den östlichsten Zipfel von Charlottenburg zu gelangen, der sich in den vergangenen Jahren trotz schlechter Verkehrsanbindung zu einem aufstrebenden Industriegebiet gemausert hatte.

Atzi das Sieb sah sich noch einmal um. Rechts von ihnen ragte, flankiert von Speicher- und Mühlengebäuden, eine Zichorienfabrik in den Himmel, während auf der anderen Seite ein Kahn durch die dunklen Wasser der Spree glitt.

»Seit wann bist du ein Feigling?«, wunderte sich Fred. »Ich kann mich gut an die Schlacht von Orléans erinnern. Weißt du noch? Wir haben an vorderster Front gestanden, und die verdammten Franzmänner hatten ihre gesamte Artillerie aufgefahren. Trotzdem hast du nicht mal mit der Wimper gezuckt.«

»Damals hatten wir keine Wahl und – was am allerwichtigsten ist: Mein Bauch hat gesagt, dass alles gut ist.« Atzi hielt die Nase in den Wind und schnupperte. »Riecht doch mal. Das riecht nach Tod und Verderben. Nicht mal nach dem Gemetzel bei Weißenburg hat es so gestunken – und das war im Hochsommer.« Er schauderte und murmelte etwas von Blut, Schweiß und Kot.

»Der Mief kommt von der Knochenmehlfabrik.« Fred deutete mit dem Kopf nach Westen, wo sich vor dem Charlottenburger Verbindungskanal massive Gebäude und hohe Fabrikschlote abzeichneten.

»Bist du sicher?«

»Ja. Woher soll's denn sonst kommen?« Ein ungehaltener Unterton hatte sich in Hugos Stimme geschlichen.

»Na ja …« Atzi druckste herum.

»Alles läuft nach Plan«, versicherte Fred. »Wir warten, bis es dunkel ist, dann holen wir uns die Kohle aus der Ludloff'schen Porzellanmanufaktur und hauen wieder ab. Mindestens tausend Mark liegen in der Kasse, hat die fette Rosalie gemeint. Vielleicht sogar mehr.« Er stieß Atzi den Ellenbogen in die Rippen. »Überleg doch nur, was du dir mit deinem Anteil alles gönnen könntest: Weiber, Schnaps, schöne Schuhe …«

Atzi seufzte, zog sich den Hemdkragen über Mund und Nase und stapfte weiter über den unebenen Boden der schlammigen Brache. Das Gelände war unwegsam, grobe Steine und Frostlöcher wurden zu Stolperfallen und machten das Gehen im Zwielicht zur Herausforderung. »Und du bist sicher, dass die fette Rosalie das hinkriegt?«

Fred nickte. »Der Nachtwächter, der hier auf dem Gelände patrouilliert, besucht jeden Sonntagabend den Puff, in dem sie arbeitet. Ich hab ihr einen Anteil an der Beute versprochen, wenn sie dem Kerl heute Schnaps ins Bier kippt und ihn anschließend richtig hart rannimmt. Auf jeden Fall wird sie dafür sorgen, dass er nicht vor neun hier antanzt.« Er blieb hinter einem windschiefen Schuppen stehen und steckte sich eine Kippe an. »Hast du das Stemmeisen?«

Atzi zog das Werkzeug aus dem groben, feucht müffelnden Jutesack, der über seiner Schulter hing. Als über seinem Kopf eine Fledermaus durch das Dunkel flatterte, zuckte er zusammen.

»Herr im Himmel, Atzi, was ist denn heute los mit dir?«

»Hab ich doch schon gesagt. Das Bauchgefühl.« Atzi atmete schwer, deutete auf die Zigarette, die in Freds Mundwinkel klemmte, und streckte die Hand aus. »Das Bauchgefühl und …«, fügte er flüsternd hinzu, sprach aber nicht weiter.

»Das Bauchgefühl und was?« Missmutig reichte Fred seinem Kumpan eine Kippe.

»Raus mit der Sprache!«, forderte auch Hugo.

Atzi blickte sich um. »Das …«, sagte er schließlich. »Das und Siemens.«

»Siemens?«

Atzi nickte. »Ich hab gehört, dass die hier in Bohneshof ein Versuchslaboratorium eingerichtet haben sollen.«

»Na und?« Fred sah ihn an, als hätte er nicht alle Tassen im Schrank. »Wahrscheinlich ist das Siemenswerk drüben in der Friedrichstadt zu klein geworden, also haben sie hier ein Gebäude dazugekauft.«

»In der Friedrichstadt ist genug Platz«, flüsterte Atzi. »Und auch, wenn nicht … Warum das neue Labor hier in Bohneshof bauen? Am Arsch der Welt? Ich sag's euch«, fuhr er fort, ohne auf eine Antwort zu warten, »die Jungs von Siemens sind hergezogen, weil sie hier kaum Nachbarn haben und ihre Versuche im Geheimen durchführen können.«

»Und wenn schon. Sollen sie doch.« Hugo zuckte mit den Schultern. »Was geht uns das an? Wir wollen nichts von denen. Alles, was wir wollen, ist der Zaster aus der Porzellanmanufaktur. Was ist also das Problem?«

Atzi steckte sich die Zigarette an und kratzte sich am Kopf. »Ihr glaubt mir ja doch nicht.«

»Jetzt sag schon.«

Atzi seufzte leise. »Erinnert ihr euch an den ollen Meister Emil?«

»Den Klugscheißer?«

»Das ist kein Klugscheißer, der ist echt schlau. Der hat viele Bücher gelesen und so. Jedenfalls hat er mir was erzählt.« Atzi trat näher an Fred und Hugo heran. Er senkte die Stimme. »An der Universität in Ingolstadt, da soll es einen Wissenschaftler geben, einen Schweizer, der macht Tote mit Elektrizität wieder lebendig.«

»Und wie? Indem er ihnen Strom in den Arsch leitet?« Fred lachte. »Da hat dir der alte Schlaumeier einen ordentlichen Bären aufgebunden.«

»Hat er nicht«, beteuerte Atzi. »Überleg doch mal, wie viel Schotter man mit so 'ner Erfindung machen könnte. Die Jungs bei Siemens wären schön blöd, nicht daran zu forschen.«

Plötzlich erklang hinter ihnen das Knirschen von Steinchen, begleitet von leisem Wimmern.

Atzi riss die Augen auf und ließ das Stemmeisen fallen. »Verdammt! Was war das?«

»Jetzt mach dir nicht ins Hemd«, versuchte Fred ihn zu beruhigen. »Das war nur irgendein Tier. Wahrscheinlich eine Katze oder ein streunender Köter.« Er warf den Zigarettenstummel zu Boden, trat ihn aus und hob das Brecheisen auf. »Packen wir's an. Vom Nachtwächter ist weit und breit nichts zu sehen. Wie's aussieht, hat die fette Rosalie ganze Arbeit geleistet.« Er ging los, als die Geräusche erneut erklangen.

Atzi bekreuzigte sich, machte zwei Schritte rückwärts, stolperte und fiel auf den Hintern. Mit aufgerissenen Augen starrte er nach Süden, wo sich im fahlen Schein des aufgehenden Mondes die Silhouette eines Menschen abzeichnete, der mit ungelenken Schritten in Richtung Spree wankte.

»Das ist nur ein Besoffener.« Hugo reichte seinem Kumpan die Hand und zog ihn hoch. »Knüppeldicke voll.«

»Hier ist weit und breit keine Kneipe«, flüsterte Atzi. Er

ließ die Gestalt, die nun regungslos am Flussufer stand, nicht aus den Augen. »Dafür aber das Labor von Siemens.«

Darauf wussten selbst seine Kumpane nichts zu sagen. Fred umfasste das Stemmeisen fester. Hugo spannte die Muskeln an.

Im kalten Mondlicht schimmerte plötzlich etwas Silbernes. Ein faustgroßer Funke blitzte auf, während gleichzeitig ein ohrenbetäubender Knall ertönte.

»Scheiße! War das etwa …«

»Ein Schuss«, vervollständigte Fred den Satz.

Hugo boxte Atzi in die Seite. »Beinahe hättest du uns mit deinem Gerede über Siemens und diesen Kerl aus Ingolstadt ins Bockshorn gejagt«, schimpfte er. »Das war kein lebender Toter – das war ein Selbstmörder.« Er zündete seine Laterne an, marschierte ans Ufer und blieb neben dem leblosen Körper stehen.

Das Licht war schwach, trotzdem ließ sich erkennen, dass es sich bei dem Toten um einen hübschen jungen Mann handelte. Seine Gesichtszüge waren ebenmäßig, die makellose Haut so hell, dass sie einen starken Kontrast zu dem dunklen Blut bildete, das aus einer Wunde an der Schläfe rann und ins Erdreich sickerte. Seine Augen starrten ins Nichts, sein Mund stand offen, als habe ihn sich der Tod inmitten eines letzten Seufzers geholt.

»Der ist hinüber«, sagte Fred, der seinem Bruder gefolgt war.

»Lasst uns 'ne Fliege machen«, rief Atzi aus sicherer Entfernung.

»Gleich.« Fred ging in die Hocke und schob die Hand in die Hosentasche des Toten.

»Spinnst du? Du kannst das arme Schwein doch nicht ausnehmen!«, rief Atzi.

»Warum nicht? Er braucht's nicht mehr.« Fred nestelte und wühlte, zog ein paar Münzen hervor, steckte sie ein und klopfte die Jacke ab.

»Mach schneller.« Atzi war näher gekommen und schauderte. »Irgendwas ist hier nicht koscher, ich fühl mich beobachtet. Spürt ihr es nicht? Wir sind nicht allein.« Er sah sich um. »Kommt, wir scheißen auf die fette Rosalie und die Porzellanfabrik. Lasst uns in den Tiergarten fahren. Ich geb euch ein Bier aus.«

Fred seufzte. »Von mir aus.« Er wollte die Leichenfledderei gerade beenden, als es unter seinen Fingern raschelte. Er hielt inne und zog zufrieden lächelnd einen Packen Papier aus der Tasche des Toten. Das Lächeln verschwand, als er erkannte, dass er keine Geldscheine ins Dämmerlicht befördert hatte, sondern Briefe.

Hugo nahm ihm einen davon aus der Hand, faltete ihn auseinander und hielt sich das Papier nah vors Gesicht. Es war mit kleinen, ungelenken Buchstaben beschrieben. »Abschiedsbriefe«, murmelte er, kniff die Augen zusammen und versuchte, die Worte zu entziffern.

»Steckt die zurück.« Atzi klang verärgert. »Das ist nicht in Ordnung. Eure Eltern wären auch froh, wenn eure letzten Worte kein Wildfremder lesen würde.«

»Unsere Eltern sind tot, und auch, wenn nicht – um unsere letzten Worte hätten die sich genauso wenig geschert wie um unsere ersten.« Fred seufzte erneut, tat jedoch, wie ihm geheißen.

Hugo strich mit den Fingerspitzen über das Hemd des Selbstmörders. »Seine Kleider sind sauber und gepflegt. Er sieht wie jemand aus, dem die Welt weit offen stand. Was ihn wohl zu solch einer Verzweiflungstat getrieben hat? Geldsorgen? Harter Schanker? Erinnerungen an den Krieg?«

Atzi trippelte nervös von einem Fuß auf den anderen. »Weiber. Am Ende sind's immer die Weiber.«

Hugo hielt die Laterne so, dass ihr Schein das Gesicht des Toten beleuchtete, während seine Hand in die Innentasche von dessen Jacke glitt. »Der Kerl hat wirklich gut ausgesehen, der hatte doch sicher kein Problem mit Frauenzimmern.« Er hielt inne, zog eine Karte aus der Tasche und musterte sie. Sie war nicht mit den kleinen, gedrungenen Buchstaben der Abschiedsbriefe vollgekrakelt, sondern wurde von elegant geschwungen Lettern geziert.

Fred sah seinem Bruder über die Schulter und las mit. »Scheiße«, murmelte er.

»Mir reicht's«, erklärte Atzi. »Ich mach jetzt einen Abgang.«

Die Brüder schienen die Worte ihres Kompagnons nicht wahrzunehmen. »Um Himmels willen …«, murmelte Hugo und las erneut, was auf der Karte stand. Sein Blick wanderte zurück zu der Leiche. »Was hat das nur zu bedeuten?«, fragte er leise, wobei seine Stimme zitterte.

»Kommt ihr?«

Fred und Hugo nickten und steckten die Karte zurück.

»Die Weiber waren's nicht«, erklärte Hugo und stand auf.

»Dein Bauch hat recht, Atzi.« Fred sah sich nervös um. »Irgendwas stimmt hier nicht.«

2

Drei Jahre lang war er wie lebendig begraben gewesen. Gefangen hinter Mauern des Schweigens. Tag für Tag dieselbe geistlose Routine, dieselben farblosen Wände, faden Gerüche und derselbe geschmacklose Fraß. Jedes Kloster hatte mehr Sinn und Lebensfreude zu bieten als dieser eintönige, trübsinnige Albtraum: das Zellengefängnis Moabit.

Felix Blom, Häftling mit der Nummer D13, schloss die Augen und versuchte, sich an die Außenwelt mit ihren Schönheiten und Genüssen zu erinnern: an das zarte Schmelzen von Borchardts Entenpastete im Mund, das Prickeln von Champagnerperlen auf der Zunge und den Duft von frisch aufgebrühtem Kaffee. Er dachte an Augustes süße Lippen, an das Gefühl von Seide auf der Haut, das Kribbeln von Schnupftabak in der Nase und an die Klänge von Verdis Aida.

Wie sehr er sein altes Leben vermisste!

Das Rattern der vorbeifahrenden Lehrter Eisenbahn erfüllte die zwei mal vier Meter, die seit Juni 1875 sein Zuhause darstellten, und Blom seufzte wohlig. Jeden Laut, ganz gleich welcher Natur, empfand er als Wohltat, denn nichts war so schrecklich wie die verdammte Stille hier drinnen – diese alles durchdringende, alles erstickende Ruhe.

Der preußische Strafvollzug behandelte Kriminalität, als sei sie etwas Ansteckendes, weswegen die Gefangenen, die länger als ein paar Monate saßen, strikt voneinander separiert wurden. Jeder von ihnen – gleich, was er verbrochen hatte – war in Isolationshaft untergebracht. Die Insassen mussten einsam und allein essen, schlafen und arbeiten, in Zellen mit Wänden so dick und Fugen so eng, dass jeglicher Kontakt durch Rufen oder Klopfen ein Ding der Unmöglichkeit war.

Selbst der Spazierhof war in einer Art und Weise angelegt, dass die Häftlinge einander nicht sehen und hören konnten. Sogar beim sonntäglichen Kirchgang waren sie durch Holzwände streng voneinander getrennt.

Der Staat hielt dieses System für eine moderne Errungenschaft. Blom hielt es für menschenverachtend.

Die einzigen Gespräche, die er in den vergangenen eintausendundsechsundneunzig Tagen geführt hatte, waren jene mit sich selbst. Vor ein paar Wochen war er deswegen so bedrückt gewesen, dass er entgegen jeglicher persönlichen Überzeugung mit dem Gedanken gespielt hatte, zur Beichte zu gehen, nur um endlich mit einem anderen menschlichen Wesen zu reden, selbst wenn es sich dabei um einen Pfaffen handelte.

»Flieg, Gedanke, auf goldenen Schwingen«, sang er leise den Freiheitschor aus Verdis Nabucco vor sich hin und lächelte. Mit der Verzagtheit war es nun vorbei, denn heute war es so weit: Er hatte seine Strafe verbüßt und würde entlassen werden.

Er hatte es geschafft, Tausende von öden, stillen Stunden hinter sich zu bringen, ohne den Verstand zu verlieren. Andere Häftlinge, das wusste er, hatten nicht so viel Glück gehabt. Und er wusste auch, dass die Wärter und Priester dieser vermaledeiten Einrichtung tatsächlich glaubten, die häufigen Fälle von Wahnsinn hätten ihren Ursprung in der unerträglichen Last der Schuld, die die eingesperrten Verbrecher trugen. Doch das war nicht der Grund. Es lag an dieser verdammten Enge, dem Stumpfsinn und der Langeweile. Daran, dass sie von den vier weißen Wänden, die sie umgaben, jeden kleinen Fleck und jede winzige Spalte auswendig kannten.

Blom verschränkte die Arme hinter dem Kopf, schloss die Augen und fühlte, wie sein Herz vor Freude zu hüpfen begann. Endlich würde er aus diesen Mauern hinaustreten und ungefilterte Luft atmen. Er würde die Sonne auf der Haut spüren und den Wind im Gesicht. Danach würde er den verdammten Bastard zur Rechenschaft ziehen, der ihm die Haft eingebrockt hatte. Und sobald das erledigt war, wollte er seine geliebte Auguste zurückgewinnen. Gemeinsam würden sie Fasanenbraten bei *Lutter* in der Französischen Straße essen und im *Orpheum* tanzen. Sie würden Sekt schlürfen, singen und trunken vor Freiheit das Leben feiern.

Er warf einen Blick zur Tür und zum Fenster. Die Sonne war bereits aufgegangen. Wo blieben die Aufseher? Sie sollten längst hier gewesen sein, um ihn abzuholen.

Ein ungutes Gefühl kroch durch seinen Körper, ein Hauch von Panik überkam ihn. Was, wenn sie ihn vergessen hatten? Was, wenn sie nicht daran dachten, ihn gehen zu lassen? Hatte er sich etwa bei den abgebüßten Tagen verzählt? Oder alles nur geträumt? War seine Zeit noch gar nicht gekommen?

Das laute Ratsch, das mit dem Öffnen der Beobachtungsspalte einherging, brachte seine Gedanken zum Stillstand. Ein Paar dunkler Augen starrte ihn durch den schmalen Schlitz an, dann wurde das Klappern von Schlüsseln hörbar. Kurz darauf ging die Tür auf, und ein Wärter erschien.

»Los!«, sagte er in strengem Tonfall. »Auf mit dir, D13. Zieh dich an!«

Noch nie hatte sich Blom so sehr über derart ruppige Worte gefreut. Er schwang sich aus der schmalen Hängematte, die knapp über den Zellenboden gespannt war, und streifte die braune Häftlingskleidung über, auf deren Brust ein Messingabzeichen prangte, in das seine Nummer geprägt war. »Ich bin nicht länger D13. Seit heute habe ich einen Namen. Ich bin …«

»Nicht, solange du hier drinnen bist«, unterbrach der Wärter. »Mütze!«, wies er an und deutete nach draußen.

Blom setzte die Kopfbedeckung auf, die in der Haftanstalt Moabit verpflichtend war, sobald man seine Zelle verließ. Er klappte deren Schirm hinunter, so dass sein Gesicht zur Hälfte verdeckt und sein Sichtfeld stark eingeschränkt war. Auf diese Weise konnten die Insassen keinen Augenkontakt miteinander herstellen.

Den Blick auf die Füße gerichtet, folgte er dem Wärter durch das Hochsicherheitsgefängnis, das nach Vorlage der englischen Strafvollzugsanstalt Pentonville erbaut worden war: Vier hell beleuchtete Zellenflügel strahlten wie die Speichen eines Rades sternförmig von einem zentralen Punkt aus, von dem jeder Winkel des Gebäudes einsehbar war.

Hier saß sie ein, die Crème de la Crème der Berliner Verbrecherwelt.

Und er war einer von ihnen.

Der Beste.

Schweigend marschierten sie über den schwarzen Asphaltboden, der so glänzte, als bestünde er aus poliertem Blei. Sie kamen an einer Vielzahl schmaler Türen vorbei, bis sie schließlich die Zentralhalle erreichten, in der sich die vier Flügel vereinten. Hier lauerten zwei Wärter wie Spinnen in einem Netz, ob irgendwo eine Fliege zappelte, die es einzufangen galt. Beide Männer starrten ihn mit böser Miene an.

»Kopf runter!«, knurrte der Aufseher, der ihn abgeholt hatte.

Blom gehorchte. Es würde das letzte Mal sein.

Als sie die schmale Pforte passierten, die hinaus zum Hinrichtungsplatz führte, fröstelte er. Schnell folgte er dem Wärter weiter in den Verwaltungstrakt, wo sein Aufpasser an eine Tür klopfte, sie öffnete und ihn in den Raum schubste.

»Na sieh mal einer an«, tönte ihm eine sonore Stimme entgegen. »Wen haben wir denn da?« In dem kargen, zweckmäßig eingerichteten Zimmer saß hinter einem massiven Schreibtisch ein beleibter Herr mit weißem Backenbart. Es war kein Geringerer als Carl Wilke, der Anstaltsleiter höchstpersönlich. Er hatte die Hände vor der Brust verschränkt und musterte seinen Gefangenen mit einer Mischung aus Abneigung und Neugierde.

Felix Blom beachtete ihn nicht, sondern schwelgte in den ersten neuen Eindrücken, die er seit drei Jahren wahrnehmen konnte: das Ticken einer Standuhr, das Knacken von Holzdielen, der Geruch von Kölnisch Wasser, Schuhpaste und Leder.

»Nur, damit Sie's wissen«, erklärte Wilke, während er sich seitlich hinunterbeugte, eine Kiste vom Boden aufhob und diese unsanft auf dem Tisch abstellte. »Wenn es nach mir ginge, würden sie mindestens zehn weitere Jahre Gast meiner Institution bleiben.« Er öffnete den Deckel. »Oder noch länger.«

»Ich wurde reingelegt«, murmelte Blom geistesabwesend, während er sich umsah. Der weißgetünchte Raum mit dem dunkelbraunen Schiffsplankenboden war ungefähr zwanzig Quadratmeter groß, wirkte auf ihn aber so riesig wie ein Ballsaal. Ganz besonders hatte es ihm das Fenster angetan, das hinter dem Gefängnisdirektor in die Wand eingelassen war. Es war nicht vergittert und gab den Blick auf einen begrünten Innenhof frei, in dem sich eine Linde sanft im Wind wog. »Ich war's nicht.« Es fühlte sich sonderbar an, mit einem anderen menschlichen Wesen zu sprechen.

Wilke lachte auf. »Hätte ich für jede heuchlerische Unschuldsbeteuerung, die ich in den letzten Jahren zu hören gekriegt habe, einen Pfennig bekommen, dann wäre ich längst ein reicher Mann.« Er schüttelte den Kopf und hob den Zeigefinger, so als wäre er kein Gefängnis-, sondern ein Schuldirektor, der ein ungezogenes Kind tadelte. »Sie haben mehr gestohlen als alle Diebe hier drinnen gemeinsam«, erklärte er. »Sie hatten Glück, dass die Beweislage damals so dürftig, Ihr Anwalt so gerissen und der Richter so gnädig war.« Ohne Blom auch nur einen Moment aus den Augen zu lassen fasste er in die Kiste, zog Papiere sowie ein Bündel Kleider daraus hervor und schob diese über den Tisch. »Wie gesagt, wenn es nach mir ginge …«

Tut es aber nicht, wollte Blom entgegnen, verkniff es sich aber. Stattdessen griff er nach den Dingen auf dem Tisch. Es handelte sich dabei um das Entlassungsschreiben und die Kleidung, die er bei seiner Einlieferung getragen hatte: ein weißes Leinenhemd mit hohem Kragen, eine Halsbinde aus zinnoberrotem Samt, eine Hose mit Streifenmuster und darüber ein eleganter Gehrock aus besticktem Brokat. »Wo sind meine Melone und mein Spazierstock? Und wo sind meine Taschenuhr und meine Schnupftabakdose?«

Wilke tat, als hätte er die Fragen nicht gehört, und deutete auf das Entlassungsschreiben. »Unterzeichnen Sie das«, verlangte er und reichte Blom eine Schreibfeder. »Sie verpflichten sich darin, in eine feste Unterkunft zu ziehen und einer geregelten Erwerbstätigkeit nachzugehen. Ihre Adresse sowie Ihren Arbeitgeber müssen Sie bei der nächsten Polizeistelle bekanntgeben, und zwar …« Seine Mundwinkel zuckten, es fiel ihm offenbar schwer, nicht zu lachen.

Blom verstand sofort: Die Sache hatte einen Haken. »Und zwar …?«

»Und zwar innerhalb von drei Tagen.«

Blom riss die Augen auf. »Drei Tage? Wie soll das gehen? Wie soll ich in so kurzer Zeit eine Bleibe und Arbeit finden?«

»Das ist nicht mein Problem.« Wilke lehnte sich zurück und zeigte auf das Dokument. »Ohne Unterschrift keine Entlassung.«

Blom runzelte die Stirn. »Warum hat mir das niemand gesagt? Ich hätte Briefe und Gesuche schreiben und mich um alles kümmern können. Zeit dafür hatte ich in den vergangenen drei Jahren mehr als genug, ich wäre sogar froh über eine Aufgabe und Kontakt mit der Außenwelt gewesen.«

»Was soll das heißen … niemand gesagt?« Wilke gab sich verdutzt. »Ich bin sicher, Sie wurden über sämtliche Auflagen genauestens informiert.« Seine Miene ließ keinen Zweifel daran, dass er sich seiner Lüge bewusst war.

Blom schnaubte. Er hätte sich denken können, dass die Exekutive ihm das Leben schwermachte. »Was, wenn ich es in der kurzen Zeit nicht schaffe?«

Dies war der Moment, in dem Wilke seine Häme endgültig nicht mehr verbergen konnte. Ein süffisantes Grinsen legte sich auf seine Lippen, und seine Augen leuchteten. »Bei einem Verstoß gegen die Auflagen erwarten Sie acht Tage Arrest im Stadtgefängnis mit anschließendem Aufenthalt im Arbeitshaus. Sollten Sie danach erneut nicht in der Lage sein, innerhalb von drei Tagen eine Meldeadresse und ein geregeltes legales Einkommen nachzuweisen …«, er breitete die Arme aus, »… dann heißt es: Willkommen zurück in Moabit.«

Blom schluckte und holte tief Luft. Der Weg in die Freiheit gestaltete sich schwieriger als gedacht, doch er hatte schon früh im Leben gelernt, dass man Probleme beseitigen konnte, und zwar am besten mit Geld.

Demonstrativ tauchte er die Feder in das Tintenfass, das vor Wilke stand, und unterschrieb das Dokument. »Apropos Einkommen ... Was ist mit meinem Lohn? Für die Plackerei, die ich in den vergangenen drei Jahren verrichtet habe, steht mir eine Kompensation zu, nicht wahr?«

»Typisch Gauner«, murrte der Gefängnisdirektor. »Haben keine Ahnung von ihren Pflichten, aber kennen dafür ihre Rechte umso besser.« Er öffnete eine Schublade, entnahm ihr ein paar Scheine und Münzen und legte sie auf den Tisch. »Hundertfünfzehn Mark«, erklärte gönnerhaft. »Und dreißig Pfennig.«

Blom starrte auf seine schwieligen Finger. »Für drei Jahre Teppichknüpfen scheint mir das reichlich wenig.« Er betrachtete die paar lausigen Mark. Früher hatte er solch eine Summe oft innerhalb einer einzigen Nacht verprasst.

»Erstens haben wir Ihnen Kost und Logis verrechnet«, erklärte Wilke. »Es ist schließlich nicht einzusehen, dass das gesetzestreue Volk für Ihre Unterbringung aufkommen soll. Und zweitens sind Sie, was ehrliche Arbeit anbelangt, eine ungelernte Hilfskraft, verdienen also keinen hohen Stundentarif.« Er legte den Kopf schief und zuckte mit den Schultern. »Willkommen im echten Leben – dem Leben der ehrbaren, hart schuftenden Bürger, dem Leben des einfachen Mannes.«

Blom streckte die Hand aus, um nach dem Geld zu greifen, Wilke war schneller.

»Aber nicht doch.« Er schüttelte den Kopf. »So läuft das nicht.« Er reichte Blom ein paar Münzen. »Für eine Fahrkarte und etwas zu essen«, erklärte er gönnerhaft, während er das übrige Geld in einen Umschlag steckte. »Der Rest wird an das Polizeipräsidium am Molkenmarkt weitergeleitet. Dort wird es Ihnen ausbezahlt, sobald Sie vorstellig werden, um Ihren Wohnort und Ihre Arbeitsstätte zu melden.« Er ergötzte sich an Bloms Gesichtsausdruck und erhob sich. »Nun denn. Ziehen Sie sich um. Es wird gleich jemand kommen und Sie hinausbegleiten. Auf Wiedersehen.« Er sprach die beiden letzten Worte langsam und übertrieben deutlich aus.

»Ich denke nicht.«

Der Gefängnisdirektor schritt zur Tür, wobei er sich zu seiner vollen Größe aufrichtete und auf Blom, der einen halben Kopf kleiner war, hinabblickte. »Ich bezweifle, dass Sie innerhalb von drei Tagen eine Bleibe und eine anständige Anstellung finden werden. Und selbst wenn das Wunder geschehen sollte ... Sie sind einen großspurigen, ausschweifenden Lebensstil gewöhnt. Früher oder später werden Sie erneut straffällig werden. Ich tippe auf Ersteres. In diesem Sinne: Ziehen Sie sich um – und dann auf Wiedersehen.«

Blom unterdrückte den Impuls, dem Kerl die goldene Uhr zu stehlen, deren Kette viel zu auffällig aus der Westentasche baumelte. Stattdessen zog er unter Wilkes abschätzigem Blick seine braune Häftlingsuniform aus und schlüpfte in seine ursprünglich maßgeschneiderten Kleider. Inzwischen waren sie von Motten zerfressen worden und schlotterten lose um seinen dünnen Körper, dennoch – das Gefühl der edlen Stoffe auf der Haut war unbeschreiblich gut.

Er steckte die Entlassungspapiere ein und trat an die Tür, die exakt in diesem Moment geöffnet wurde.

Der Wärter, der ihn hergeführt hatte, bedachte ihn mit einem irritierten Blick.

Man konnte sagen, was man wollte: Kleider, auch wenn sie nicht mehr wie angegossen passten und Mottenlöcher hatten, machten Leute.

Schweigend verließen sie den Verwaltungstrakt, durchquerten einen kleinen Hof und ein massives Tor. Dann schritt Blom tatsächlich hinaus auf die Straße, die Gefängnispforten schlossen sich leise quietschend hinter ihm.

Überrumpelt und überwältigt zugleich stand er an der Lehrter Straße, inmitten von Farben, Gerüchen und Geräuschen. Inmitten von Leben und Freiheit.

D13 war Geschichte.

Er war zurück.

Felix Blom, der Meister der Tarnung und der Täuschung, der Mann mit den goldenen Fingern, der König der Diebe.

3

Kriminalkommissar Ernst Cronenberg, ein kleiner Mann, dessen wache blaue Augen hinter einer runden Drahtbrille blitzten, blieb stehen und atmete die kühle Morgenluft ein. Sie roch nach Flieder und frisch geschnittenem Gras. Dann betrat er mit zügigen Schritten den knarzenden Holzsteg, der über die dahinplätschernde Panke führte. »Warum genau wurden wir hergerufen?«

Cronenbergs hünenhafter Assistent, ein Polizist namens Bruno Harting, dessen rechter Haken weit über die Stadtgrenzen hinaus gefürchtet war, folgte seinem Vorgesetzten. Das morsche Holz der schmalen Brücke ächzte unter dem Gewicht seiner Muskelberge und bog sich gefährlich weit durch. »Wegen einer Leiche.«

Cronenberg seufzte und schüttelte den Kopf, auf dem ein Zylinder aus schwarzem Filz saß. »So viel war mir auch schon klar. Wir sind auf dem Weg in die Königliche Anatomie, mein lieber Bruno. Was sollte denn sonst dort auf uns warten, wenn nicht die Toten?«

»Mehr weiß ich leider auch nicht.« Bruno kaute gemächlich schmatzend auf einem Stück Tabak herum, während sie durch eine weitläufige Parkanlage gingen. Vögel zwitscherten in den knospenden Kastanienbäumen, in den Wiesen glitzerte der Morgentau, und unter ihren genagelten Schuhsohlen knirschte jene Sorte von hellgrauen Kieselsteinen, die man an so manchem Ostseestrand finden konnte.

Vor einem hohen, schwarz gestrichenen Gitterzaun, der ein ausgedehntes Grundstück nahe der Charité umschloss, blieben sie stehen. Das Gebäude dahinter ließ sich nur erahnen, da es von dichten Sträuchern und Bäumen umgeben wurde, sodass den Außenstehenden jegliche Einsicht verwehrt blieb – aus gutem Grund, denn was in dem gelb-roten Backsteinbau geschah, war selbst für das durch den Krieg abgehärtete Berliner Volk kein leicht erträglicher Anblick.

»Ich bin an vieles gewöhnt«, erklärte Bruno, nachdem sie ein schmales, schmiedeeisernes Tor durchschritten hatten. »Aber wie jemand die Arbeit in der Anatomie verrichten kann, ist mir nach wie vor ein Rätsel.« Er spuckte einen dunkelbraunen Tabakklumpen auf den Boden und deutete nach rechts, wo sich ein unauffälliger Ziegelbau mit einem flachen Zinkdach befand – das sogenannte Mazerationshaus. »Professor Liman hat mir bei unserem letzten Besuch erklärt, was dort drinnen vor sich geht. Wollen Sie's wissen?«

Cronenberg schien kein Interesse an der Information zu haben und beschleunigte seinen Schritt.

»Menschliche Kadaver werden gehäutet und entfleischt«, erzählte Bruno dennoch. »Die Organe werden entfernt und der Rest in kleine Teile zerschnitten. Welcher halbwegs gottesfürchtige Mensch macht so etwas freiwillig?«

Cronenberg rückte seinen Hut zurecht und wandte seine Aufmerksamkeit dem Haupthaus zu, einem eleganten Gebäude, das von Türmchen und Bogenfriesen geziert wurde. Es hatte die Anmutung einer herrschaftlichen Residenz, und rein gar nichts daran ließ auf die schaurigen Vorgänge schließen, die in seinem Inneren vollzogen wurden. »Ich weiß, was du meinst«, sagte er und zupfte gedankenverloren an seinem Kragen herum. »Aber wie heißt es so schön: Ius ad finem dat ius ad media – das Recht auf das Ergebnis gibt das

Recht auf das Mittel. Die Anatomen verrichten ihre Arbeit im Namen der Wissenschaft, und ihre Erkenntnisse kommen uns allen zugute. Denk nur an medizinische Errungenschaften wie die Äthernarkose oder das Pockenvakzin.« Er stieg über steinerne Stufen zum Eingangsportal und öffnete die schwere Holztür.

»Wie Sie meinen.« Bruno steckte sich erneut ein Stück Kautabak in den Mund, folgte seinem Vorgesetzten in das Vestibül und weiter in den Präpariersaal.

Die Wände des großen Raums waren mit Ölfarbe gestrichen, sodass man sie schnell und unkompliziert abwaschen konnte. Der Fußboden war asphaltiert und mit einem Gefälle versehen, an dessen tiefstem Punkt alle möglichen Körpersäfte durch gusseiserne Röhren abflossen. Mehr als zwanzig junge Männer, die mit Lederschürzen und Ärmelschonern ausgestattet waren, hatten sich um einen Metalltisch gruppiert und studierten das Innenleben einer Leiche. Geschäftiges Flüstern war zu hören, begleitet vom Kratzen von Bleistiftminen auf Papier.

Ein süßlich-fauliger Geruch hing in der Luft. Bruno verzog das Gesicht und kaute intensiv auf seinem Tabak herum. »Sakrileg«, schimpfte er leise und murmelte etwas von wegen diabolischer Ausdünstungen.

Die Anatomen waren in ihre makabre Tätigkeit versunken, und es dauerte ein paar Augenblicke, bis die Anwesenheit der beiden Polizisten bemerkt wurde.

»Ah, die Kommissare Cronenberg und Harting.« Ein weißhaariger Mann mit akkurat getrimmtem Spitzbart und Zwicker auf der Nase trug einem seiner Kollegen auf, den Unterricht zu übernehmen, und ging zu einer der Waschschüsseln, die im Saal aufgestellt waren. Er tauchte die Finger kurz in das Wasser und strich anschließend über seine Schürze.

»Meine Herren.« Der Professor schüttelte Cronenbergs Hand und streckte sie anschließend Bruno hin.

Der tat, als würde er die Geste nicht wahrnehmen. »Ich dachte, im Sommersemester wird nicht seziert«, lenkte er ab.

Professor Liman nickte. »Üblicherweise nicht, doch das starke Wachstum der Bevölkerung und die damit einhergehende Anzahl von Unglücksfällen, Selbstmorden und Verbrechen hat dazu geführt, dass wir nicht mehr wissen, wohin mit den Toten.« Er ließ seinen Blick über die tiefgrün gestrichenen Wände wandern und seufzte. »Wir brauchen dringend mehr Platz – besonders, wenn man bedenkt, dass Berlin seinen Zenit noch längst nicht erreicht hat. Ich habe kürzlich gehört, dass jeden Monat drei- bis viertausend Menschen von außerhalb zuziehen, Tendenz steigend. Vor allem arme Proletarier, die sich eine bessere Zukunft erhoffen, finden den Weg in unsere schöne Hauptstadt. Und natürlich Glücksritter auf der Suche nach Abenteuer und dem schnellen Geld.«

»Ich weiß.« Cronenberg seufzte. »Sie alle sind dem Irrglauben erlegen, Berlin wäre ein Eldorado, das gelobte Land.«

»Man sollte jedem von ihnen verpflichtend einen Besuch im Keller verordnen, damit sie sehen, was in Wahrheit auf sie wartet.« Bruno zeigte nach unten. »Ich möchte Sie nicht drängen, aber wollen wir es hinter uns bringen?«

»Natürlich.« Liman bedeutete ihnen, ihm zu folgen, und stieg über eine gusseiserne Wendeltreppe hinab ins Untergeschoss, wo sämtliche unbekannten Verunglückten und Selbstmörder Berlins sowie die gerichtlich zu öffnenden Leichen aufbewahrt wurden.

Sie passierten das Kühllager, das bis unter die Decke mit massiven Eisblöcken vollgeräumt war, sowie die hydraulische Hebevorrichtung, die die Toten durch eine Öffnung in der Decke direkt in den Präpariesaal beförderte. Endlich erreichten sie ihr Ziel: den Leichenkeller – hier wurden die Verstorbenen entkleidet, gewaschen und aufgebahrt.

»Hier stinkt es noch schlimmer als oben.« Bruno rümpfte die Nase und sah sich um. »Sie sollten an Ihrer Kühlung arbeiten.«

»Der Geruch geht nicht von den Leichen aus, das ist Dr. Wickersheims neue Balsamierlösung«, erklärte Liman. »Er experimentiert neuerdings mit Alaun, Kochsalz, Pottasche, Salpeter und Arsen.« Er zeigte nach rechts auf die Tür der anatomischen Küche, hinter der menschliche Überreste zerlegt und konserviert wurden. Daraus war Hämmern und Sägen zu vernehmen, und Bruno gab ein ungehaltenes Grunzen von sich.

»Ius ad finem …«, setzte Cronenberg an.

»Jaja, ich weiß schon«, murrte Bruno. »Der Zweck heiligt die Mittel. Alles für die Wissenschaft und den medizinischen Fortschritt.«

»Welcher Ihrer Gäste ist denn nun der Grund für unseren Besuch?«, kam Cronenberg auf den Punkt. Er ließ seinen Blick über die Vielzahl an bleichen, kalten Körpern wandern, die zu beiden Seiten auf hölzernen Pritschen lagen und in ihrer Nacktheit einen befremdlichen Anblick boten.

Liman trat an die vorderste Bahre zu ihrer Linken, auf der ein junger Mann lag. Er hatte dichtes blondes Haar, ebenmäßige Züge und einen feingliedrigen Körperbau. Er wirkte, als wäre er einem Renaissancegemälde entstiegen. »Er wurde heute Morgen von Fabrikarbeitern in Bohneshof gefunden.«

»Bohneshof?« Bruno runzelte die Stirn. »Da draußen befinden sich nur ein paar zerfallene Schuppen und stinkende Fabriken. Was hat er dort gewollt?«

Cronenberg strich über das Einschussloch, das sich dunkel auf der schneeweißen Schläfe des jungen Mannes abzeichnete. Dann hob er die rechte Hand der Leiche, rückte seine Brille zurecht und studierte im flackernden Licht der Gaslampe deren Fingerspitzen. »Keine Abwehrverletzungen, dafür aber Pulverrückstände. Auf den ersten Blick sieht es so aus, als hätte er sich selbst erschossen.«

»Hat er auch.« Professor Liman trat ans Fußende der Bahre, wo die Kleider des Toten fein säuberlich zusammengefaltet lagen. Er fasste unter das Bündel und zog einen Revolver hervor. »Der wurde neben ihm gefunden.«

»Sieht neu aus.« Bruno nahm die Waffe und begutachtete sie von allen Seiten. Anschließend klappte er den Lauf nach unten und blickte in die Trommel. »Voll«, stellte er fest. »Bis auf eine Kugel.«

»Und die steckt in Jacobis Hirn«, sagte Liman.

»Jacobi? Sie kennen seinen Namen?«

»Er heißt Julius Jacobi, ist neunzehn Jahre alt und stammt aus Dresden. Dort war er wohl als Konditorgehilfe tätig.« Liman reichte Cronenberg einen Packen Briefe. »Die steckten in seinen Taschen.«

Der Kriminalkommissar faltete den obersten Brief auseinander. »An meine liebe Mutter«, las er vor, überflog den Rest und blickte hoch. »Herrn Jacobis letzten Worten folgt eine genaue Aufstellung all seiner Besitztümer – bis zu den Hosenknöpfen.«

»Pulverrückstände, Schläfenschuss, Abschiedsbriefe, die Regelung seiner Hinterlassenschaft ...« Bruno wirkte irritiert. »Das war Selbstmord. Noch eindeutiger geht es wohl nicht. Seine Identität ist auch geklärt. Ich verstehe nicht, warum Sie nach uns geschickt haben.«

Auch Cronenberg sah den Professor fragend an.

»Weil der junge Jacobi zwar durch seine eigene Hand starb, aber, wie es aussieht, nicht durch seinen eigenen Willen.« Liman reichte Cronenberg eine Karte aus elfenbeinfarbenem Büttenpapier, die mit eleganten schwarzen Buchstaben beschrieben war. »Entscheiden Sie selbst. Mir jedenfalls scheint das alles sehr sonderbar.«

»Sonderbar?«, murrte Bruno. »Wenn wir uns um alles kümmern müssten, das irgendwem sonderbar vorkommt, würden wir aus dem Kümmern gar nicht mehr rauskommen. Dann müssten wir …«

Cronenberg hob die Hand und bedeutete seinem Assistenten zu schweigen. »Der Herr Professor hat recht. Das ist in der Tat befremdlich.« Er reichte seinem Assistenten die Karte und musterte den Toten.

»*Binnen dreißig Stunden musst Du eine Leiche sein*«, las Bruno laut vor.

»Aus den Abschiedsbriefen geht hervor, dass ihm die Karte am Freitag auf der Promenade in Dresden in die Hand gedrückt wurde«, erklärte Liman.

»Und daraufhin ist der Kerl tatsächlich in den Zug gestiegen und nach Berlin gefahren, um sich draußen in Bohneshof eine Kugel ins Hirn zu jagen?« Bruno nahm seine Kappe ab und kratzte sich am Scheitel.

»So sieht es aus.« Liman rückte seinen Zwicker zurecht. »Sonderbar, sagte ich doch. Ich dachte mir, Sie sollten Bescheid wissen, denn auch jemanden in den Tod zu schicken – auch wenn man selbst nicht den Abzug betätigt – ist in gewisser Weise Mord. Finden Sie nicht?« Er betrachtete Julius Jacobi und strich dem Toten beinahe zärtlich eine Haarsträhne aus dem Gesicht.

Cronenberg trat neben den Anatomieprofessor, der, wie er wusste, vor sieben Jahren im Krieg gegen die Franzosen seinen Sohn verloren hatte. »Ich stimme Ihnen zu. Wenn jemand diesen armen Jungen durch Drohungen dazu gebracht hat, sich zu erschießen, ist es beinahe so, als hätte er ihn selbst getötet.«

»Vielleicht wurde er hypnotisiert«, überlegte Bruno laut. »Oder er hat sich mit den falschen Leuten eingelassen ...«

»Das sind denkbare Möglichkeiten«, bestätigte Cronenberg. »Was auch immer hinter diesem Todesfall steckt – wir werden es ergründen.«

Professor Liman nickte und zog eine Taschenuhr unter seiner Lederschürze hervor. »Ich muss wieder zu meinen Studenten. Wenn Sie noch länger bleiben wollen, können Sie das gerne tun.«

»Ich denke, wir haben genug gesehen«, erklärte Cronenberg.

»Und gerochen und gehört«, fügte Bruno leise hinzu.

»Nun denn.« Liman warf einen letzten Blick auf Julius Jacobi. »Lassen Sie uns zurück ins Reich der Lebenden gehen.«

»Wir senden so schnell wie möglich den Polizeifotografen zu Ihnen«, erklärte Cronenberg, während sie gemeinsam über die Wendeltreppe nach oben in die Vorhalle stiegen. »Er soll ein Bild von Jacobi anfertigen, das wir in der Öffentlichkeit herumzeigen können.«

»Eine gute Idee. Ich werde meine Mitarbeiter anweisen, Ihren Mann zu unterstützen.«

Die beiden Kriminalbeamten reichten dem Professor zum Abschied die Hand und verließen das Gebäude. Schweigend gingen sie über den schmalen Kiesweg und ließen sich eine sanfte Brise um die Nase wehen. Die Sonne strahlte am wolkenlosen Himmel und machte Hoffnung auf einen lauen Junitag.

»Wie lange sind Sie jetzt schon bei der Polizei?«, fragte Bruno, als sie auf die Louisenstraße traten.

»Fünfundzwanzig Jahre«, sagte Cronenberg, ohne zu überlegen. »Fünfundzwanzig lange Jahre.« Er fasste in seine Tasche, zog eine silberne Dose daraus hervor und entnahm ihr eine Pastille. »Biliner Verdauungstabletten«, erklärte er. »Gut gegen Sodbrennen. Auch eine?«

Bruno schüttelte den Kopf. »Ist Ihnen schon mal so ein Fall untergekommen?«

Cronenberg dachte kurz nach. »Nein, und dabei hatte ich es schon mit vielen kniffligen Fällen zu tun.«

»Apropos knifflige Fälle …« Bruno sprang zur Seite, als eine herrschaftliche Equipage in scharfem Trab an ihnen vorbeistob, und rief dem Kutscher einen derben Fluch hinterher. »Heute …« Er zögerte. »Heute ist der Tag, an dem …«

Cronenberg seufzte. »Ich weiß, mein lieber Bruno, ich weiß. Heute ist der Tag, an dem Felix Blom entlassen wird.«

4

Felix Blom war von einem einzigen Gedanken beseelt. Er wollte fort vom Gefängnis, raus aus Moabit, und zwar so schnell und so weit wie möglich. Mit eiligen Schritten ging er deshalb in südlicher Richtung, vorbei am Humboldthafen und der Charité, über die baufällige Marschallbrücke bis in die Wilhelmstraße.

Die Bewegung und die frische Luft erfüllten ihn mit solcher Euphorie, dass er das Problem, weder über Geld noch über eine Unterkunft zu verfügen – geschweige denn über legale Arbeit –, kurz beiseiteschob und sich erlaubte, den Moment zu genießen.

Beschwingten Fußes tänzelte er über den Pariser Platz, hinein in die Friedrichstadt, das pulsierende Herz Berlins. Dort erfreute er sich an den bunten Auslagen der Läden, schwelgte im Anblick der herrschaftlichen Paläste, sog die Düfte ein, die den Cafés und Restaurants entströmten, und küsste ein hübsches, blondgelocktes Dienstmädchen, das gar nicht wusste, wie ihm geschah, auf die Wange.

Doch dann, ohne dass es einen konkreten Anlass gegeben hätte, trübte sich seine Stimmung. Blom wurde nervös. Das geschäftige Treiben, die Lastwagen der Kaufleute, die Droschken, Pferde, Omnibusse und Karren … Sie wurden ihm plötzlich zu viel. Hinzu kamen die unzähligen Polizisten und Soldaten. An jeder Ecke standen bewaffnete Männer in Uniform, die jeden Passanten genau musterten.

Mit wild pochendem Herzen bog er in die Leipziger Straße, wo er beinahe von einer Postkutsche über den Haufen gefahren worden wäre. Er machte einen Satz zur Seite, stieß mit einem Mann zusammen und stolperte über einen Packen mit Gazetten, den ein Zeitungsjunge neben einem Laternenmast abgestellt hatte.

Von schadenfrohem Gelächter begleitet rappelte er sich hoch und taumelte weiter durch den Lärm und das Chaos, die die Straßen Berlins erfüllten. Inmitten dieses tosenden und schreienden Knäuels aus Menschen und Vieh, in einer Vielfalt von Farben, Gerüchen und Geräuschen trieb Felix Blom und drohte in alldem, wonach er sich so lange gesehnt hatte, zu ertrinken.

Ihm wurde eng um die Brust, Schweißperlen traten ihm auf die Stirn, sein Puls raste. Mit einem Mal fühlte er sich beobachtet, von Blicken durchbohrt, doch als er sich umdrehte, schien niemand ihm Aufmerksamkeit zu schenken. Erstaunlich, was so ein paar Jahre in Isolation mit dem menschlichen Geist anstellten. Er flüchtete in eine Toreinfahrt, presste sich mit dem Rücken gegen die Mauer und versuchte, sich zu sammeln. Reflexartig fasste er in seine Tasche, um nach seiner Schnupftabakdose zu greifen, griff aber ins Leere.

So hatte er sich die Freiheit nicht vorgestellt.

Der kurze Freudentaumel war offenbar vorüber – er musste sich der Realität stellen. Wo sollte er hin? Er wusste, dass seine Wohnung längst weitervermietet und sein Besitz von den Behörden beschlagnahmt worden war. Seine sogenannten Freunde hatten sich von ihm abgewandt, als sie erfuhren, dass er nicht, wie behauptet, ein wohlhabender Erbe aus gutem Haus war, sondern ein Dieb mit proletarischen Wurzeln. Und seine geliebte Auguste … Er hatte nicht die geringste Ahnung, wie sie zu ihm stand. Außerdem wollte er ihr so heruntergekommen nicht unter die Augen treten.

Natürlich hatte er sich bereits im Gefängnis Gedanken über die Zeit nach der Entlassung gemacht, doch er war davon ausgegangen, seinen Gefängnislohn sofort ausbezahlt zu bekommen und dadurch über genügend Mittel zu verfügen, um sich fürs Erste in einem billigen Hotel einmieten zu können. Dort hatte er bleiben und alles Weitere regeln wollen.

Wilke und seine verdammten Auflagen hatten ihm einen ordentlichen Strich durch die Rechnung gemacht.

»Wo ein Wille, da ein Weg«, murmelte Blom. Er wartete, bis sein Herz wieder in einem normalen Takt schlug, atmete durch und trat zurück auf die Straße, wo gerade eine elegant gekleidete Dame aus einer Kutsche stieg. Sie war klein und rundlich, trug eine seidene Stola und roch förmlich nach Geld. Reflexartig begannen seine Finger zu kribbeln, und er brachte sich in Stellung, um sie anzurempeln.

Der Rempeltrick: Rempelt man fremde Menschen an, kontrollieren sie danach meist instinktiv, ob ihre Wertsachen noch an Ort und Stelle sind, und verraten somit, wo sich jene Dinge befinden, die es sich zu stehlen lohnt.

»Auf Wiedersehen«, hallten Gefängnisdirektor Wilkes Worte in Felix Bloms Ohren. Er ließ seinen Blick zu den beiden Polizisten wandern, die nur wenige Meter entfernt vor einem Haustor standen, woraufhin das Kribbeln verflog.

Blom verzichtete darauf, die Dame um ihr Portemonnaie zu erleichtern, und seufzte leise. Er brauchte Unterstützung, und es gab nur eine Person, die ihn aus seiner Misere befreien konnte: Arthur Lugowski.

Der Gangsterboss residierte üblicherweise in der Nähe des Landwehrkanals, im Hinterzimmer einer Kneipe namens *Alt Berlin* – und dorthin würde Blom nun gehen. Er bog in die Friedrichstraße, wo es ebenfalls von Uniformierten nur so wimmelte, und spazierte nach Süden.

»Verzeihung«, sprach er eine rotwangige Marktfrau an, die am Rand des Belle-Alliance-Platzes ihren Stand hatte und Fische ausnahm. »Was ist denn in der Stadt los? Warum stehen Soldaten und Polizisten an allen Ecken und Enden?«

Die Frau sah ihn an, als wäre er der Irrenanstalt entsprungen. »Mensch, Jungchen«, sagte sie und stemmte die Hände in die breiten Hüften. »Wo haste denn die letzten Monate gesteckt? Hast wohl hintam Mond jelebt.«

»So was in der Art.« Blom grinste schief und kassierte dafür einen weiteren skeptischen Blick.

»Die Sozis wollen den Kaiser umbringen«, erklärte sie, während sie mit flinken Fingern den Bauch eines Zanders aufschlitzte und mit bloßen Händen die Gedärme herauszog. »Zweema ham se schon vasucht, den ollen Willi zu erschießen. Beim letzten Ma hammse ihn janz schön erwischt. Keene Ahnung, ob der sich noch ma erholt. Und dat Janze ausjerechnet jetzt, wo doch der Kongress in die Stadt kommt.«

Blom atmete auf. Die enorme Polizeipräsenz war also echt und keine Wahnvorstellung. Er hatte schon befürchtet, dass die Isolationshaft doch nicht so spurlos an ihm vorübergegangen war, wie er gehofft hatte. »Welcher Kongress?«

»Sach ma, kannste nich lesen?« Sie fasste neben sich, wickelte einen ihrer Fische aus einer Zeitungsseite und drückte Blom das feuchte Papier in die Hand.

»Europa am grünen Tisch«, las er vor. »Heute Mittag werden die Bevollmächtigten sämtlicher europäischer Vertragsmächte in Berlin versammelt sein, um noch im Laufe dieser

Woche über die Zukunft des Kontinents und die orientalische Frage zu verhandeln.«

»Frieden will der olle Bismarck schaffen.« Die Marktfrau fing an zu lachen. »Ausjerechnet der, wo der doch immer auf Blut und Eisen jeschworen hat.«

Sie sprach weiter, doch Blom hörte ihr nicht mehr zu. Attentate auf den Kaiser, ein internationaler Kongress … Die Welt hatte sich in den vergangenen drei Jahren schnell gedreht. Zu schnell für seinen Geschmack. »Danke«, unterbrach er ihr munteres Geplapper und ging weiter.

Beinahe hatte er damit gerechnet, dass das *Alt Berlin* nicht mehr da war, und es fiel ihm ein Stein vom Herzen, als das heruntergekommene Eckhaus mit dem vertrauten Schriftzug vor ihm auftauchte. Manche Dinge würde selbst die Apokalypse nicht auslöschen können, und diese Kneipe gehörte Gott sei Dank dazu.

Blom öffnete die unscheinbare Holztür, die seit einer Ewigkeit vergeblich auf einen neuen Anstrich wartete, und das erste Mal seit langem verspürte er das wohlige Gefühl, daheim zu sein. Die warme Luft, die ihm entgegenschlug, war nikotin- und alkoholschwanger, leises Gemurmel war zu vernehmen, und das schummrige Licht einer altersschwachen Gaslampe verlieh dem Raum die Anmutung einer Opiumhöhle.

Hier hatte er seine Jugend verbracht. Seine Mutter war gestorben, als er noch klein war, und sein Vater hatte Trost im Schnaps gefunden. Blom musste früh für sich selbst sorgen und war über Umwege als Handlanger im *Alt Berlin* gelandet. Bald war ihm klargeworden, dass es in der Kneipe um mehr ging als um Bier und Buletten und dass Arthur Lugowski, der Chef des Etablissements, mehr war als ein einfacher Wirt.

Nach und nach hatte er von den Männern, die hier ein und aus gingen, alles gelernt, was es über das Gaunerhandwerk zu erfahren gab. Das *Alt Berlin* war seine Schule gewesen, Lugowski und der Rest der Bande seine Lehrer. Während die Knaben aus gutem Elternhaus Homer lasen und sich in Algebra übten, lernte er, wie man Schlösser knackte und echte Diamanten von falschen unterschied. Während die feinen Bürschchen sich mit Erdkunde und Schönschreiben beschäftigten, übte er sich im Herstellen von Verkleidungen und dem Proben von Taschenspielertricks.

All das war lange her. Seitdem waren Kriege ausgefochten und Herrscher gestürzt worden. Staaten waren kollabiert, neue entstanden, und Berlin hatte sich von einer provinziellen Residenzstadt zur Kapitale eines Weltreichs gemausert.

Nur im *Alt Berlin* schien die Zeit stehen geblieben zu sein.

Das Lokal war klein und überschaubar. Es bestand aus fünf grobgezimmerten Holztischen, einer Vielzahl von windschiefen Stühlen, von denen keiner dem anderen glich, und einem langen Tresen im hinteren Teil des Raums. Trotz der frühen Stunde waren alle Plätze besetzt – von Männern mit Muskeln, Männern mit Narben, Männern mit Tätowierungen und viel auf dem Kerbholz.

Als Blom eintrat, drehten sich sämtliche Köpfe zu ihm. Das Gemurmel verstummte, und der große, hakennasige Kerl hinter dem Tresen, ein Hitzkopf namens Henri Roleder, hörte auf, Gläser zu polieren. Blom konnte sehen, wie Augen sich verengten, Körper sich anspannten und Hände in Taschen mit verdächtigen Wölbungen wanderten. Die Gäste des *Alt Berlin* hassten es, wenn Fremde sich in ihr Reich verirrten.

»Blom?«, durchbrach da eine Stimme das feindselige Schweigen. Sie gehörte zu Narben-Kalle, der in der linken Ecke saß. »Da brat mir doch eener 'nen Storch. Kuckt ma, Jungs: Det is Felix Blom.«

»Der verlorene Sohn«, murmelte ein Glatzkopf neben ihm, dessen Hemd so eng saß, dass man jeden einzelnen seiner ausgeprägten Muskeln sehen konnte.

»Das arrogante Schwein«, murrte ein bärtiger Hüne, der gar nicht erst versuchte, das Waffenarsenal, das er am Körper trug, zu verstecken.

Während Blom zum Tresen schritt, musterten ihn die Männer, wobei der Ausdruck in ihren Blicken von neugierig über amüsiert bis hin zu misstrauisch reichte.

»Schmal biste jeworden. Deene Olle kocht wo nich jut.« Kalle lachte laut und trank einen Schluck Bier.

»Von wegen«, rief der Glatzkopf. »Die Flitzpiepe war in Moabit.«

»In Moabit?« Narben-Kalle kratzte sich am Kopf. »Und ick dachte immer, Felix Blom wär nich zu fassen.«

»Wäre ich auch nicht gewesen, wenn's mein Einbruch gewesen wär«, erklärte Blom. »War's aber nicht.« Er wandte sich an Roleder. »Ist Lugowski schon hier?«

Der Schankkellner zögerte. »Schon. Er ist heute ausnahmsweise mal vor dem Mittagessen da. Aber ich weiß nicht, ob er dich sehen will.«

»Dann lass es mich herausfinden.« Bevor einer der Anwesenden reagieren konnte, öffnete Blom eine versteckte Tür zu seiner Rechten und schlüpfte hindurch.

Der enge Flur dahinter führte in ein Zimmer, das etwa gleich groß war wie das Lokal im vorderen Teil des Gebäudes. Es handelte sich um eine Art Büro, in dem Arthur Lugowski residierte. Dieser Raum war das Epizentrum der

Berliner Unterwelt. Hier wurden Geschäfte besiegelt, Reviere aufgeteilt und Waffenruhen vereinbart. Hier wurden Schulden beglichen, Existenzen begründet und, selten, aber doch, Todesurteile gefällt.

»Chef!«, rief Roleder, der Blom hinterhergeeilt war, sich an ihm vorbeigedrängt und nun vor ihn gestellt hatte. »Hier ist jemand, der dich sprechen will.«

Lugowski, der über einem Stapel Papiere brütete und dabei eine dicke Zigarre rauchte, gab ein leises Knurren von sich. »Siehst du nicht, dass ich beschäftigt bin?« Er blickte hoch und riss die Augen auf. »Na sieh mal einer an«, sagte er nach ein paar Sekunden überraschter Sprachlosigkeit. »Wen haben wir denn da?« Er schob die Papiere zur Seite, lehnte sich zurück und musterte seinen ehemaligen Schützling. Dabei wirkte er wie ein alter Löwe, mit seinem breiten Gebiss und dem dichten Haar, das wild von seinem Kopf abstand und sich selbst mit Pomade nicht bändigen ließ. »Wenn das nicht der lange verschollene Felix Blom ist.« Er zog an seiner Zigarre, hüllte den Schreibtisch in eine Nebelschwade und nickte Roleder zu.

Der kapierte, trat hinaus auf den Flur und schloss die Tür hinter sich.

»Es tut mir leid, dass ich mich ewig nicht mehr habe blicken lassen«, trat Blom die Flucht nach vorne an. »Ich habe gesessen.«

»Ich weiß. Die haben dich drangekriegt.« Lugowski schüttelte den Kopf. »Du bist unvorsichtig geworden und hast Fehler gemacht – dabei habe ich dir doch eingebläut, dass man sich Fehler in unserem Metier nicht erlauben kann – nicht einmal den kleinsten.«

»Ich habe keinen Fehler begangen, ich bin reingelegt worden.«

Lugowski verdrehte die Augen.

Blom zog einen Stuhl heran und setzte sich. »Glaubst du, ich mache Fehler? Glaubst du, ich bin ein Idiot?«

Lugowski paffte ungerührt weiter. »Ein Idiot bist du keiner, dafür eine treulose Tomate.«

»Ich hab doch gesagt, ich war in Moabit.«

»Drei Jahre lang. Aber was ist mit den Jahren davor?« Lugowski beugte sich nach vorn und klemmte sich die Zigarre in den rechten Mundwinkel. »Nachdem du damals den Kronprinzen um ein paar tausend Golddukaten erleichtert und Geld wie Heu unterm Kopfkissen hattest, da hast du plötzlich geglaubt, du wärst ein nobler Mann. Mit einem Mal hast du dich nur noch mit lauter feinen Pinkeln umgeben, mit genau der Sorte Mensch, die du früher ausgenommen hast.« Er war so aufgebracht, dass er nicht bemerkte, wie Glut auf seine Dokumente fiel und ein Loch in das Papier fraß. »Nur noch Seide und Brokat waren gut genug für den vornehmen Herrn Blom, dazu eine Wohnung Unter den Linden, Austern bei *Borchardt*, Champagner bei *Lutter & Wegner* … Herr Baron hier, Frau Herzogin dort …« Sein Gesicht nahm einen satten Rotton an. »Zu fein für unsereins.«

»Tut mir lei…«, setzte Blom an, doch Lugowski schlug mit der Faust so fest auf den Tisch, dass das Holz knackte, und brachte ihn dadurch zum Schweigen.

»Jetzt, wo dein Zaster fort ist und deine feinen Freunde nichts mehr von dir wissen wollen, kommst du hier angekrochen wie ein Wurm. Plötzlich sind ich und meinesgleichen wieder gut genug für dich.« Er verschränkte die Arme vor der Brust und funkelte Blom feindselig an. »Lass mich raten: Du brauchst Geld.« Er schnaubte. »Von mir wirst du keines kriegen.«

»Ich will nichts geschenkt. Ich würde meine Schulden ab-
arbeiten.«

»Ach«, blaffte Lugowski. »Und wie willst du das anstellen?« Er zeigte nach draußen. »Wegen der Attentate auf den
Kaiser und dem verdammten Kongress wimmelt es in der
Stadt nur so vor Uniformierten. Momentan ist es nicht mal
möglich, eine taube und blinde Greisin zu bestehlen. Für
dich am allerwenigsten.«

»Ich bin vielleicht ein bisschen eingerostet, aber ich bin
nach wie vor der Beste.«

»Vor allem bist du ein verurteilter Verbrecher und stehst
somit unter Polizeiaufsicht. Die Polente hat das Recht, dich
und deine Sachen jederzeit und ohne Angabe von Gründen
zu durchsuchen. Sie kann dich zum Verhör bestellen, wann
immer ihr danach ist, und dich, so lange sie will, festsetzen und auspressen.« Das zornige Funkeln in Lugowskis
Augen intensivierte sich. »Auf der Straße gibt es derzeit
nichts zu holen, und für andere Coups bist du nicht zu gebrauchen. Kein Kerl mit Verstand wird mit dir arbeiten
wollen, solange dir die Schweine an den Arschbacken kleben. Apropos … Du solltest nicht hier sein«, grollte er und
ließ ein paar kleine Gegenstände in einer Schublade verschwinden. »Du schleppst uns die Polizei ein wie eine Hure
die Syphilis.« Er zeigte auf die Tür. »Hau ab! Geh nach
Hause.«

»Nach Hause ist ein gutes Stichwort.« Blom seufzte und
fuhr sich mit beiden Händen durch sein kurz geschnittenes
braunes Haar. »Es ist so, dass …«

»Spar dir den Atem. Ich versteh auch so.« Lugowski
schnaubte. »Hast wohl keinen Ort, an dem du unterkriechen
kannst«, sagte er, wobei er seine Schadenfreude nicht zu verhehlen suchte. »Das kommt davon, wenn man alte Freunde

vergrault und den Menschen, die es gut mit einem meinen, ans Bein pinkelt.«

»Es tut mir leid. Hör zu, ich muss innerhalb von drei Tagen belegen, dass ich eine Wohnung und eine legale Arbeit habe. Gibt es denn gar nichts, was du für mich tun kannst? Um der alten Zeiten willen?«

»Als würden dir die alten Zeiten irgendetwas bedeuten.«

»Aber natürlich tun sie das. Du warst wie ein Vater für mich, die Jungs meine Familie. Aber so wie viele Kinder bin ich irgendwann flügge geworden.«

»Flügge.« Lugowski rümpfte die Nase. »Im Dinge-Schönreden warst du schon immer gut.« Er setzte sich aufrecht hin und sah Blom eindringlich an. »Du hast es nicht verdient«, erklärte er schließlich. »Aber weil ich ein Herz aus Gold habe, überlasse ich dir für ein paar Wochen eine Wohnung, in der du vorübergehend unterkommen kannst. Das mit der legalen Arbeit musst du alleine regeln. So was gibt es bei uns nicht.«

Blom atmete auf. Ein Anfang war ein Anfang. »Danke, das werde ich dir nie vergessen.«

Ein zufriedenes Grinsen umspielte Lugowskis Lippen, während er eine Schublade öffnete und einen Schlüssel daraus hervorzog, den er seinem Gegenüber mit einer feierlichen Geste überreichte.

Blom umschloss das kühle Metall mit der Hand. »Wo befindet sich die Wohnung?«

Lugowskis Grinsen wurde breiter. »Im Krögel.«

Felix Blom schluckte, unterdrückte ein Seufzen und versuchte, Lugowskis selbstgefälliges Grinsen so gut wie möglich zu ignorieren. Er hätte sich denken können, dass das freundliche Angebot des Gangsterbosses einen Haken hatte.

»Gibt es ein Problem?«

»Nein«, sagte Blom.

Der Krögel ... Lugowski schickte ihn ausgerechnet in den Krögel, wohlwissend, dass es sich dabei um jenen Kiez handelte, in dem er aufgewachsen war – jenen Kiez, in den er nie hatte zurückkehren wollen. Der Krögel war für ihn gleichbedeutend mit Hunger, Prügeleien und zerplatzten Träumen.

Alles in ihm sträubte sich gegen die Vorstellung, den Ort seiner Kindheit aufzusuchen. Doch was blieb ihm anderes übrig? Als Bittsteller konnte man nicht wählerisch sein. »Wo genau?«

»Im Affenhaus.« Lugowski zog an seiner Zigarre, wobei seine goldenen Ringe im Schein der Gasbeleuchtung glänzten. »Du als altes Krögelkind weißt doch sicher, wovon ich rede.«

Blom nickte.

»Die Wohnung liegt im ersten Stock und geht auf den Hof hinaus. Gleich über der Eingangstür«, erklärte Lugowski. »Zu deiner Zeit hat dort die alte Else gewohnt.«

»Ich weiß. Und jetzt?«

»Jetzt lebt eigentlich Frank dort, einer meiner Handlanger. Er ist zwar nicht gerade der Allerhellste, aber abgesehen davon ein anständiger Junge.« Lugowski paffte dicke Rauchkringel in die Luft und sah zu, wie sie in Richtung der gewölbten Decke stiegen und sich dort auflösten. »Der gute Frank wurde bei einem krummen Ding erwischt und sitzt für ein paar Monate ein.« Er beugte sich nach vorn, stützte die Ellenbogen auf der Tischplatte ab und bedachte Blom mit einem eindringlichen Blick. »Weil ich ein guter Kerl bin, der auf seine Leute schaut, sorge ich dafür, dass Franks Bude nicht weitervermietet wird, während er im Bau ist.« Er machte eine theatralische Pause. »Das nennt sich Lo-ya-li-tät.« Er schnaubte und wischte mit der Hand durch die Luft, als wolle er eine lästige Fliege verscheuchen. »Aber was weißt du schon von solchen Dingen.«

»Es tut mir leid, Arthur.« Blom seufzte. »Alles. Es hätte nicht so kommen sollen. Ich weiß, du bist enttäuscht. Es war nur so, dass ich damals … Ich wollte …« Er suchte nach den richtigen Worten. »Ich wollte etwas darstellen … etwas aus mir machen …«

»Etwas aus dir machen?« Zornesröte stieg erneut in Lugowskis Gesicht. »Was denn? Einen verdammten Lackaffen?« Er schlug auf den Tisch und zeigte auf Bloms aufwändig geschneiderten Gehrock. »Einen eitlen Geck?« Er verzog das Gesicht. »Ich glaube, du verschwindest jetzt besser.«

»Wie du meinst.« Blom nickte und ging zur Tür. Dort hielt er inne und drehte sich noch einmal um. »Ist der Schwarze Adlerorden in der Zwischenzeit eigentlich wiederaufgetaucht?«

»Woher soll ich das wissen?«

»Weil du alles weißt, was in dieser Stadt passiert – ganz besonders, wenn es um Diebesgut geht.«

Lugowski schnaubte. »Nein«, murmelte er schließlich. »Das Teil ist immer noch verschwunden.«

»Dachte ich mir.« Blom nickte und griff nach der Türklinke.

»Etwas darstellen … etwas aus sich machen … Du hattest das nicht nötig«, murmelte Lugowski und wandte sich wieder seinen Unterlagen zu. »Du warst immer etwas Besonderes. Schon damals, als Kind.«

Blom spürte, wie sich in seinem Hals ein Kloß bildete. Er steckte den Schlüssel in seine Hosentasche und trat hinaus auf den Flur. »Ich steh in deiner Schuld.«

»Das will ich wohl meinen«, rief Lugowski ihm hinterher.

5

Blom verließ die Gaststube des *Alt Berlin* und trat hinaus auf die Straße. Die warme, freundliche Junisonne, die ihn erwartete, konnte seine düsteren Gedanken nicht vertreiben. Zurück in den Krögel – so hatte er sich die Freiheit nicht vorgestellt.

Gab es denn keine Alternative?

Er beobachtete eine Droschke, die vor einem nahe gelegenen Hotel anhielt, streckte den Rücken durch und setzte ein freundliches Lächeln auf.

Der Gepäcktrick: Vor Hotels, die keine Pagen beschäftigen, ist es ein Leichtes, sich als Mitarbeiter des Hauses auszugeben, die ankommenden Gäste vor der Eingangstür förmlich willkommen zu heißen, ihnen den Weg ins Innere zu weisen und mit höflicher Geste das Gepäck abzunehmen.

Blom huschte auf die Droschke zu, als ihm zwei Schutzmänner auffielen. Beide hatten einen mächtigen Schnauzbart, trugen die obligatorische Pickelhaube und beäugten sämtliche Passanten mit durchdringenden Blicken.

Arthur Lugowski hatte recht: Es schien derzeit so gut wie unmöglich, etwas zu stehlen – zumindest ohne genaue Vorbereitung und einen wasserdichten Plan.

Er musste sich ausruhen, sich sammeln und die Nachwehen der Isolationshaft verwinden. Danach würde er endlich das tun, worauf er drei lange Jahre gewartet hatte: Er würde Vergeltung üben und sein altes Leben zurückerlangen.

Mit zügigen Schritten lief Blom an der Eingangstür des Hotels vorbei, betrachtete wehmütig die eleganten Koffer der Reisenden und überlegte, was sich wohl darin befand. Dann ging er weiter bis zur Lindenstraße, wo gerade ein Wagen der Allgemeinen Berliner Omnibus AG einfuhr. Zwei große Pferde, deren braunes Fell vor Schweiß glänzte, zogen das dunkelgrüne Ungetüm und wurden vom Kutscher mit einem lauten »Hooo« an der Haltestelle zum Stehen gebracht.

Blom zog die paar läppischen Kröten aus seiner Tasche, die er von Gefängnisdirektor Wilke bekommen hatte, und kaufte schweren Herzens eine Fahrmarke zweiter Klasse. Auf neue Kleidung und Annehmlichkeiten wie ein gutes Glas Cognac oder seinen geliebten *Old Paris* Schnupftabak von *Fribourg & Treyer* musste er wohl fürs Erste verzichten.

Das Geltungsbedürfnis der Berliner war stark ausgeprägt, und es wurde viel Wert auf die Repräsentation gelegt. Wo immer es möglich war, schafften sie Gelegenheiten, Stand und Stellung zu zeigen. So existierten an den Bahnhöfen drei Arten von Wartesälen, Kutschen gab es in zwei Qualitäten, und sogar gewählt wurde im Dreiklassenwahlrecht. Blom stieg über eine eiserne Leiter aufs Dach des Busses, wo sich unter freiem Himmel die billigen Plätze befanden. Er ließ sich neben einem alten Mann nieder, der mit halboffenen Augen leise vor sich hin schnarchte, und sah sich um: Die Holzbänke, die tagein, tagaus der Witterung ausgesetzt waren, wirkten morsch, das Geländer, das die Passagiere davor schützen sollte, in den Kurven hinunterzufallen, war zerkratzt, und der Boden war mit einer Vielzahl von Flecken übersät, deren Herkunft er sich lieber nicht ausmalen wollte.

Er gehörte offiziell wieder zur Unterschicht, schwor sich aber, alles daranzusetzen, bald wieder Teil der oberen Zehntausend zu sein. Er hatte solch einen Aufstieg schon einmal geschafft – es würde ihm wieder gelingen. »Wo ein Wille, da ein Weg«, wiederholte er.

Mit einem Ruck setzte sich der Pferdeomnibus in Bewegung und fuhr zügig in Richtung Norden, vorbei am Wäschekaufhaus der Firma Jordan, der Hauptfeuerwache, an Druckereien und Verlagshäusern.

Am Spittelmarkt stieg Blom aus und ging zu Fuß weiter, wobei ihm sein Gaunerinstinkt signalisierte, dass er verfolgt wurde. Er wurde langsamer, sah sich verstohlen um, konnte aber nichts Auffälliges entdecken. »Verdammte Isolationshaft«, murmelte er. Moabit hatte ihm mehr zugesetzt, als er gedacht hatte.

Er lief weiter über die Gertraudenbrücke nach Alt-Kölln, passierte den Petri-Platz und den Fischmarkt, marschierte weiter auf den Mühlendamm, wo die jüdischen Hosenhändler und andere tüchtige Geschäftsleute zu finden waren, und überquerte die Spree.

Je näher er seinem Ziel kam, desto enger wurde ihm ums Herz. »Es ist nur vorübergehend«, sprach er sich selbst Mut zu, als vor ihm ein riesiger, unansehnlicher, grauer Klotz auftauchte.

Das kolossale Bauwerk am Molkenmarkt, das von außen als Einheit wahrgenommen wurde, obwohl es ein von einer Mauer umschlossenes Gewirr aus Höfen und Gebäuden war, beherbergte keine geringere Institution als das Polizeihauptquartier. In diesem berüchtigten Häuserkomplex arbeitete eine Heerschar von Schutzmännern, Kriminalbeamten und Richtern. Hier wurden Verhaftete verhört, Zeugen vernommen und Schuldige inhaftiert. Dies war das Zentrum von

Recht und Ordnung, und ausgerechnet direkt daneben befand sich einer der wildesten und verwahrlostesten Teile Berlins: eine schmale, krumme Gasse, genannt »der Krögel«. Dabei handelte es sich um einen ehemaligen Kanal, den man vor langer Zeit zugeschüttet hatte und auf dem ein Irrgarten von krummen Häusern, dunklen Treppen und engen Korridoren erwachsen war.

Schon als er noch klein gewesen war, hatte es Blom widerstrebt, an der Frontseite des Präsidiums vorbeizulaufen, wo die Polizisten ein und aus gingen, in ihren Uniformen und mit ihren selbstgefälligen Mienen und kritischen Blicken. Auch jetzt zog er es vor, sich die steile Uferböschung hinunterzuhangeln und über einen ausgetretenen, halsbrecherisch schmalen Trampelpfad zu balancieren, der zwischen dem trüben Wasser der Spree und der schmutzigen Mauer an der Hinterseite des Stadtgefängnisses entlangführte.

Noch während er über den schlammigen Weg ging, mühsam darauf bedacht, nicht auszurutschen, stieg ihm der eigentümlich penetrante Geruch in die Nase, der den vergitterten Fenstern über ihm entströmte. Dieser eindringliche Gestank entstand offenbar, wenn viele Menschen auf engem Raum zusammengepfercht waren, und er erinnerte sich nur zu gut daran.

»Trautes Heim, Glück allein«, murmelte er und bog endlich in den Krögel.

Von dem Wandel, dem Aufschwung und der Modernisierung, die Berlin erfasst hatten, war hier nichts zu merken. Blom ging zwischen den altersschwachen Gebäuden hindurch, von denen der Putz bröckelte. Das Straßenpflaster war unregelmäßig, voller Hubbel und Schlaglöcher, Abwasser lief neben ihm durch brüchige Rinnsteine, Müll türmte sich an allen Ecken. Selbst die kahlgeschorenen Jungen in ihren löchrigen Hosen, die hier Räuber und Gendarm spielten, schienen noch immer dieselben zu sein wie damals.

Immer tiefer drang er in das Gewirr von Häusern und Mauern, bis er zu einer niedrigen Toreinfahrt gelangte. Dahinter lag ein schmutziger Innenhof, von dem aus man die Wohnungen eines heruntergekommenen Gebäudes betreten konnte, das direkt an die Mauer des Polizeipräsidiums gebaut worden war. Rund dreißig Familien lebten hier: Handwerker, Hausierer, Arbeiter, Wäscherinnen und Näherinnen mit ihren Kindern. Für sie alle gab es gerade mal zwei Toiletten und einen Holzbrunnen mit Schwengelpumpe.

Felix Blom hielt inne. Tatsächlich schien die Zeit hier stehen geblieben, und alles sah noch immer so aus, wie er es in Erinnerung hatte: die kleinen, verdreckten Fenster in der Ziegelwand, der Hackklotz zum Zerkleinern von Brennholz in einer Ecke sowie die uralte Sonnenuhr am Quergebälk, in deren Mitte ein Totenkopf prangte, über dem eine verblichene Inschrift zu lesen war: *Mors certa, sed hora incerta – der Tod ist sicher, die Stunde ist ungewiss.* Doch nicht nur die Ansicht, auch die Geräuschkulisse war die gleiche geblieben. Aus einer Schusterwerkstatt drang lautes Hämmern, durch ein weit geöffnetes Fenster war leises Summen zu vernehmen, irgendwo zankten sich Kinder und bellten Hunde. Die einzige Neuerung war eine rotgestrichene Tür, die sich dort befand, wo früher eine italienische Familie gehaust hatte, deren Broterwerb darin bestand, Affen zu züchten und zu dressieren, um die Tiere dann an reiche Leute, den Wanderzirkus oder Drehorgelspieler zu verkaufen.

Blom musterte das Schild, das an der Tür angebracht war: »Detektivbüro M. Voss« stand darauf geschrieben. Er schnaubte und schüttelte den Kopf. »Auch das noch«, murmelte er. Detekteien waren ein ärgerliches Übel. Vor etwa zehn Jahren hatten diese Institutionen begonnen, sich wie Geschwüre in Berlin auszubreiten. Meist wurden sie von ehemaligen Polizisten betrieben oder von Männern, die es gern gewesen wären. Wie neugierige Waschweiber schnüffelten sie überall herum, stellten indiskrete Fragen und machten sich durch Aufdringlichkeit und Penetranz unbeliebt. Da sie sich nicht an Regeln und Vorschriften zu halten hatten, waren sie noch lästiger als ihre uniformierten Kollegen. Felix Blom hasste dieses Gesindel.

Schnell huschte er ins Haus, eilte durch einen langen, dunklen Flur und über eine knarzende Holzstiege hinauf in den ersten Stock. Vor einer schmalen Tür blieb er stehen, zog den Schlüssel, den er von Lugowski erhalten hatte, aus der Tasche und steckte ihn ins Schloss. Das verdammte Ding ließ sich nicht drehen.

»Mist«, fluchte Blom und rüttelte am Knauf. Hatte Lugowski sich etwa einen bösen Scherz mit ihm erlaubt? Nein – dem alten Gangsterboss würde nichts mehr Befriedigung verschaffen, als ihn für ein paar Wochen im Krögel zu wissen. Er ging in die Hocke und inspizierte das Schloss. Es war zerbeult und angerostet, kein Wunder, dass es klemmte.

An einem Dielenbrett entdeckte er einen krummen Nagel. Er zog ihn heraus und kratzte damit an den Scharnieren herum, als ihm plötzlich Zigarrenrauch in die Nase wehte.

»Wer sind Sie? Und was tun Sie hier?«, fragte eine raue Stimme.

Blom sprang auf und drehte sich um. Vor ihm stand eine großgewachsene Frau Anfang dreißig. Sie trug ein Kleid aus robuster grüner Wolle, hatte ihr braunes Haar hochgesteckt und einen trotzigen Zug um den Mund, in dessen Winkel eine Zigarre hing, die mindestens so dick war wie jene, die Lugowski vorhin geraucht hatte. Ihre linke Hand hatte sie in die Hüfte gestemmt, in der rechten hielt sie einen hölzernen Schlagstock.

»Es ist nicht so, wie es aussieht.« Zum Beweis präsentierte Blom den Schlüssel.

Ihre dunklen Augen funkelten ihn misstrauisch an. »Das beantwortet nicht meine Frage.«

Blom erwiderte ihren Blick. Sie war hübsch, auf eine herbe Art und Weise. Nicht zierlich und grazil wie seine Auguste mit ihren goldenen Locken und ihrer milchweißen Haut, sondern wild und stolz mit der Aura einer Amazone. Auf jeden Fall war sie jemand, mit dem man sich wohl besser nicht anlegte. »Mein Name ist Felix Blom, und ich werde ein paar Wochen hier unterkommen.«

Sie kniff die Augen zusammen und legte den Kopf schief. »Was ist mit Frank?«

»Der sitzt ein. Ich kann solange hier wohnen.« Er versuchte noch einmal, die Tür aufzusperren, was ihm erneut nicht gelingen wollte.

»Und das soll ich Ihnen glauben?« Sie musterte ihn und strich mit dem Schlagstock über den Stoff seines Gehrocks. »Was will so ein feiner Pinkel hier bei uns im Krögel?«

»Nichts.« Blom rüttelte am Türknauf. »Glauben Sie mir, das ist so ziemlich der letzte Ort, an dem ich sein will.« Er dachte an das Gefängnis. »Oder zumindest der vorletzte.«

»Frank hat Ihren Namen nie erwähnt.« Sie zog an ihrer Zigarre, während sie ihn weiterhin musterte. Unangenehme Sekunden verstrichen. »Irgendwas stimmt doch nicht mit …«, sagte sie schließlich, doch das Trappeln kleiner Füße ließ sie innehalten.

Eine Horde Kinder kam durch den Flur gelaufen und scharte sich um die Frau.

»Wer is der Mann? Will der Geld eintreiben?«, fragte ein

sommersprossiges Mädchen, dessen Gesicht ganz schmutzig war.

»Ich glaube, der will bei Frank einbrechen«, rief ein kleiner Junge mit Segelohren.

»Ich denke nicht, dass es hier viel zu holen gibt«, erklärte Blom, woraufhin die Kinder ihn zornig anstarrten.

»Irgendwas stimmt doch nicht mit Ihnen«, vervollständigte die Frau den Satz. »Wir können hier keine Scherereien gebrauchen. Machen Sie sich vom Acker.«

Die Kinder starrten ihn weiterhin unverhohlen an, und die Frau paffte dicke Rauchkringel in die Luft. »Worauf warten Sie?«

Die Blicke der Kinder und der Frau zehrten an Bloms Nerven. Sein Puls wurde schneller, Schweiß trat ihm auf die Stirn. »Konzentrier dich«, sagte er leise zu sich selbst und drehte den Schlüssel mit so viel Fingerspitzengefühl wie möglich noch einmal um. Ein erlösendes Klicken signalisierte ihm, dass er es geschafft hatte. Mit einem erleichterten Seufzer schlüpfte er in die Wohnung und ließ die Tür hinter sich ins Schloss fallen.

»Scheiße«, murmelte er, nachdem er sich einen ersten Überblick über seine neue Bleibe verschafft hatte. Die Unterkunft war eng, dunkel und kalt. Das karge, staubbedeckte Mobiliar bestand aus einem schmalen Bett, einem Tisch, einer alten Schiffstruhe und einem Stuhl, es roch nach abgestandener Luft. Die Wohnung, in der er aufgewachsen war, hatte ganz ähnlich ausgesehen.

Unwillkürlich tauchte das Bild seiner Mutter vor seinem inneren Auge auf. Er konnte sehen, wie sie todkrank im Bett lag, schmal und blass, ausgezehrt von der Schwindsucht, frühzeitig gealtert durch die harte Arbeit in der Fabrik. Daneben am Tisch saß sein Vater mit seinem kaputten Rücken und dem trüben Gemüt und trank den Schnaps direkt aus der Flasche.

Blom blinzelte, als könne er die Bilder in seinem Kopf dadurch verscheuchen, und wurde plötzlich von bleischwerer Müdigkeit umfangen. Ohne sich zu entkleiden, legte er sich ins Bett und schloss die Augen. Er dachte an das sonnendurchflutete Stadthaus, in dem er vor seiner Verhaftung gelebt hatte, an die Wärme des Kachelofens und den Duft der Blumen, die seine Haushälterin jeden Morgen auf dem Tischchen neben der Eingangstür arrangiert hatte.

Er war wie eine Pflanze, die man aus nährreicher Ackererde gerissen und in einem Haufen Schutt wieder eingesetzt hatte.

Er musste zurück, sonst würde er eingehen.

Doch wie? Wie sollte er das anstellen?

Blom entschied, morgen darüber nachzudenken. Erst musste er sich ausruhen. »Ach, Auguste«, murmelte er, bevor er in einen langen, traumlosen Schlaf fiel.

6

Die Flamme der Kerze flackerte und malte wild tanzende Schatten an die Wand, während er die Feder über das Papier führte und niederschrieb, was er zu sagen hatte.

Endlich war der Zeitpunkt gekommen, die Angelegenheit ein für alle Mal zu regeln.

Er setzte die letzten Schwünge, fügte einen i-Punkt hinzu, betrachtete seine Worte und nickte zufrieden. Nachdem die Tinte getrocknet war, steckte er die Karte ein und stand auf.

Ein nervöses Kribbeln überkam ihn, als er seinen Umhang überwarf, die Kerze ausblies und hinaus in die junge Nacht trat. Er blickte in den Himmel, wo ein Schwarm Stare über ihn hinwegzog. Dies war die Ruhe vor dem Sturm.

Voller Anspannung huschte er über das Kopfsteinpflaster und eilte im Laufschritt durch die Gassen Berlins. Das einstige Fischerdorf war zu einer wahrhaftigen Weltmetropole geworden, zu einem steinernen Wald aus Häusern, zwischen denen sich ein niemals abreißender Strom von Menschen, Tieren und Karossen drängte. Selbst der Einbruch der Nacht brachte die Flut der Passanten nicht dazu abzuebben, denn wahrhaft große Städte schliefen nie.

Wo das Tagwerk des einen endete, begann die Tätigkeit der anderen. Wie in den Riesenwäldern der Tropen mit dem Verschwinden der Sonne eine andere Fauna erwachte, so bildete sich in den Straßen Berlins mit dem Eintritt der Nacht neues Leben.

Die Studenten, Handwerker, Reisenden und Marktfrauen, die während der Tagesstunden die Straßen belebten, wurden um diese Uhrzeit von Musikanten abgelöst, die mit ihren Instrumenten in die Tanzlokale eilten, um dort die vergnügungssüchtigen Massen zu unterhalten. Huren positionierten sich an den Straßenecken. Primadonnen und Schauspielerinnen fuhren in rasselnden Kutschen in die Theater und Konzerthäuser der Stadt. Herausgeputzte Paare begaben sich zu Gesellschaftsbällen im *Arnim'schen Saale* oder im *Orpheum*.

Und mittendrin in diesem Schwarm wandelte er – ein Mann mit einer Mission.

Ein Mörder.

7

Ein lauter Knall riss Felix Blom aus dem Schlaf und ließ ihn hochschrecken. Desorientiert wischte er sich einen Speichelfaden aus dem Mundwinkel und sah sich um: Der kurze Augenblick von Freude, sich nicht mehr in Moabit zu befinden, wurde im Keim erstickt und von der unangenehmen Erkenntnis abgelöst, im Krögel erwacht zu sein.

Fahles graues Morgenlicht ließ Franks schäbige Wohnung noch trister aussehen als tags zuvor. Der Plankenboden war wurmstichig, die Möbel schief, und als wäre das noch nicht genug, zog ein kalter Lufthauch durch eine undichte Stelle im Fensterrahmen und ließ dicke graue Staubflocken durchs Zimmer tanzen. Noch ehe Blom sich einem Anflug von Selbstmitleid hingeben konnte, ertönte erneut ein Knall, gefolgt von einem weiteren. Er zuckte zusammen. Was war das nur für ein Geräusch? Nach der langen Stille, der er ausgesetzt gewesen war, schien es ihm, als würden Kanonen direkt neben ihm abgefeuert werden.

Er quälte sich auf, streckte sich und trat ans Fenster. Der Anblick des strahlend blauen Himmels vertrieb für einen Moment seine trübe Laune, und er genoss den Blick ins Freie. Doch dann zerriss ein weiterer Knall die Ruhe und ließ seine Aufmerksamkeit nach unten wandern.

»Sagt mal, spinnt ihr?«, rief er in den Innenhof, wo keine Kanonen abgefeuert wurden, sondern die Krögelkinder einen Ball wieder und wieder gegen die Hauswand knallten. »Hört gefälligst auf damit!«

Die Meute blickte feindselig zu ihm hoch, ein Mädchen mit dicken blonden Zöpfen streckte die Zunge heraus, ein Rotschopf mit Hasenscharte machte ihm eine lange Nase, und der Junge mit den Segelohren holte aus und trat den Ball extra fest gegen die Wand.

»Na wartet!«, schrie Blom. »Ich komme runter.«

Die Kinder rissen die Augen auf, packten den Ball und stoben mit lautem Geschrei davon.

Blom lächelte angesichts dieses kleinen Triumphs, doch dann sah er, dass die Plagegeister nicht seinetwegen das Weite gesucht hatten, sondern wegen zwei grobschlächtiger Kerle, die mit schweren Schritten und grimmigen Mienen in den Hof marschiert waren.

Der Anblick der beiden Männer, die sich neugierig umsahen, bescherte ihm ein ungutes Gefühl. Schnell trat er zur Seite, verbarg sich hinter einem ausgeblichenen Vorhang und schielte hinaus. Zwar konnte er aus dieser Position nicht viel erkennen, doch das Wenige reichte aus, um alle seine Sinne in Alarmbereitschaft zu versetzen. Sein Instinkt kommunizierte ein einziges Wort an sein Bewusstsein: Polizei.

Wollten die Kerle etwa zu ihm? Drei Tage, hatte Wilke gesagt. Er hatte drei Tage Zeit, um eine Wohnadresse und eine legale Beschäftigung vorzuweisen – davon waren gerade mal vierundzwanzig Stunden verstrichen. *Die Polente hat das Recht, dich und deine Sachen jederzeit und ohne Angabe von Gründen zu durchsuchen. Sie kann dich zum Verhör bestellen, wann immer ihr danach ist, und dich, so lange sie will, festsetzen und auspressen,* fielen ihm Lugowskis Worte ein. »Reine Schikane«, murmelte er und presste die Zähne so fest aufeinander, dass sein Kiefer knackte.

Blom erwartete, dass die beiden den Hausflur betraten, doch zu seiner Überraschung gingen sie stattdessen durch die rotgestrichene Tür in die Detektei. »Oh nein«, seufzte er. »Auch das noch.« Bei einem von den beiden musste es sich um diesen Voss handeln, der andere war dann wohl sein Handlanger.

Die Vorstellung, in einem Haus mit diesen Kerlen zu sein, missfiel ihm, aber immerhin waren sie nicht zu ihm gekommen. Er setzte sich aufs Bett und dachte nach. Wie konnte er so schnell wie möglich sein altes Leben zurückbekommen und erneut Augustes Herz erobern? Und wie sollte er es anstellen, das Schwein dranzukriegen, das ihn hinter Gitter gebracht hatte? Für all diese Dinge brauchte er Zeit und Geld – zuallererst aber brauchte er eine verdammte Arbeit.

Blom stand auf und blickte an sich hinunter. Er hatte in seinen Kleidern geschlafen, die nun völlig zerknautscht waren. Außerdem roch er streng. In diesem Zustand konnte er sich unmöglich irgendwo vorstellen.

Er hob den Deckel der alten Schiffstruhe an, wühlte in deren Inhalt und lächelte, als er tatsächlich eine Hose und ein Hemd aus grobem Leinen fand. Sie waren ihm zu groß, unmodern und aus billigem, kratzigem Stoff gefertigt, doch sie waren sauber und würden fürs Erste reichen.

In der Truhe fanden sich neben einem Klappmesser, einem Heft mit pornographischen Bildern und Rasierzeug auch eine Waschschüssel und ein kleines Stück Seife. Blom nickte erfreut. Er würde vom Brunnen im Hof Wasser holen und sich waschen. Danach würde er sich um alles Weitere kümmern.

Zufrieden mit seinem Plan trat Blom zur Tür und hielt inne. Etwas stimmte nicht. Es dauerte ein paar Augenblicke, bis er erkannte, was es war: Auf dem Boden lag ein Briefumschlag, und zwar ein äußerst edler. Er war aus handge-schöpftem, elfenbeinfarbenem Büttenpapier gefertigt und in seiner schlichten Eleganz wunderschön anzusehen. Hier in dieser Umgebung wirkte er wie ein Fremdkörper, wie eine Perle in einem Misthaufen. Wie lange lag er schon hier? Und wie hatte er sich hierherverirrt? Es gab nur eine Erklärung: Jemand musste ihn in der Nacht unter der Tür hindurchge-schoben haben.

Blom hob den Umschlag auf und runzelte die Stirn. *Felix Blom* stand mit schwarzer Tinte in schöner Schrift darauf ge-schrieben.

Neugierig öffnete er ihn, wobei ihm ein Hauch von Mo-schus in die Nase stieg, und zog eine Karte daraus hervor. Sie war genauso edel und teuer wie das Kuvert, in dem sie gesteckt hatte. *Es hat begonnen*, stand in derselben Schrift da-rauf vermerkt. *Binnen weniger Tage wirst Du eine Leiche sein.*

Verwirrt drehte und wendete Blom die sonderbare Karte und las die Nachricht noch einmal. Elf unaufgeregte Wörter, die aber mit Bedacht gewählt worden schienen. Sein Bauch-gefühl sagte ihm, dass es dem Absender ernst damit war.

Binnen weniger Tage wirst Du eine Leiche sein. Das war ein-deutig eine Drohung.

Blom kratzte sich am Kopf. Wer hatte die Nachricht gesen-det? Und wer hatte einen Grund, ihm den Tod zu wünschen? Kurz kam ihm die Idee, dass sich die bösen Worte nicht an ihn, sondern an Frank richteten, der ja eigentlich hier wohnte, doch dann erinnerte er sich, dass auf dem Umschlag eindeu-tig sein Name stand.

Felix Blom.

Er grübelte weiter: Der Einzige, der wusste, wo er steckte, war Arthur Lugowski, doch der hatte kein Motiv. Außerdem war es weder dessen Schrift noch seine Art. Lugowski sendete keine Warnungen. Der Gangsterboss war kein Mann großer Worte, sondern ein Mann der Tat. Wenn er jemanden tot sehen wollte, dann kümmerte er sich ohne schriftliche Ankündigung darum. So war es zumindest damals gewesen, als Blom seiner Bande angehörte.

Blom gelangte schließlich zu der Erkenntnis, dass es nur eine einzige Person gab, die seinen vollen Namen und seinen Aufenthaltsort kannte – und die ihn ganz offensichtlich nicht ausstehen konnte: die Frau von gestern. *Irgendwas stimmt doch nicht mit Ihnen*, hallten ihre Worte in seinem Ohr. *Wir können hier keine Scherereien gebrauchen. Machen Sie sich vom Acker.*

»Na warte, Schätzchen.« Blom stapfte hinaus auf den Flur, über die knarzende Treppe nach unten und auf den Hof.

Drei Jahre zuvor

Seit Tagen herrschte typisches Aprilwetter. Gestern war Berlin noch von angenehm frühlingshaften Temperaturen erfüllt gewesen, heute fiel Schnee.

»April! April! Der weiß nicht, was er will.« Lena Meinecke stand am Fenster und sah hinaus in die Nacht, wo sich dicke Flocken erahnen ließen. »Weißt du denn, was du willst?« Sie trank einen Schluck Tee und strich sanft über ihren prallen Bauch, der in den vergangenen zwei Wochen einiges an Umfang dazugewonnen hatte. »Wie wäre es mit Hilda?«, murmelte sie leise und schaute, ob das Ungeborene darauf reagierte. »Wenn dir der Name gefällt, dann box mich.« Nichts geschah. »Was ist mit Gretchen?«, versuchte sie es weiter. »Rosa? Sophie?«

Lenas Verlobter hoffte auf einen Stammhalter, doch sie war sicher, dass es ein Mädchen werden würde. Im Endeffekt war das Geschlecht aber egal. Hauptsache gesund und glücklich.

So glücklich wie sie selbst.

In den vergangenen Jahren hatte sie in ihrem Beruf als Hebamme viele Kinder zur Welt gebracht, doch nie daran gedacht, selbst eines zu bekommen. Als sich plötzlich und völlig unerwartet dieses Geschenk des Himmels angekündigt hatte, war sie erst überrumpelt gewesen, danach geradezu euphorisch.

»Wie wäre es mit Charlotte?«, fragte sie, während sie zum offenen Kamin ging und Holzscheite nachlegte. Das Feuer loderte auf, ein wohliges Knistern erklang, und herrliche Wärme breitete sich in der kleinen Stube aus. »Anna?«

Endlich reagierte das Kind und versetzte ihr einen sanften Tritt.

Lena lächelte und trank einen weiteren Schluck Tee. »Anna also.«

Die heimelige Atmosphäre wurde vom Läuten der Glocke unterbrochen. Wer konnte das um diese Uhrzeit bloß sein? Sie stand auf und fasste sich ins Kreuz. »Du bist schon ganz schön schwer, liebste Anna.«

Erneut wurde geläutet, gefolgt von lautem Pochen.

»Ich komme schon!« Lena schlang den Schal, der um ihre Schultern lag, fester um sich und eilte, so schnell es ihr in ihrem Zustand möglich war, die Treppe nach unten.

»Frau Meinecke!«, rief eine dunkle Stimme.

Sie öffnete die Tür. Eisiger Wind schlug ihr entgegen, Schneeflocken wirbelten ins Innere des Hauses.

Vor ihr stand ein großer, breitschultriger Mann mit ernster Miene. »Verzeihen Sie die späte Störung«, sagte er und nahm seine Mütze ab. »Ich bin der Kutscher von Stadtrat Gall. Seine Frau hat vorzeitige Wehen bekommen, und das Kind liegt offenbar in Steißlage. Der Arzt ist nicht aufzufinden, darum wurde mir aufgetragen, Sie zu holen.«

»Verstehe.« Lena griff nach ihrem Mantel. »Geben Sie mir fünf Minuten.«

8

Die Strahlen der Morgensonne, die seine Nase kitzelten, und das fröhliche Zwitschern einer Amsel ließen Bloms Zorn kurz abebben, doch dann schaute er auf die Karte in seiner Hand, und sofort wallte die Wut wieder auf. *Binnen weniger Tage wirst Du eine Leiche sein.* Was bildete sie sich ein? Er hatte ihr nichts getan.

Blom warf einen skeptischen Blick zu der roten Tür und marschierte weiter zum Brunnen, um den herum die Kinder nun Fangen spielten. »He!«, rief er und stellte sich der wilden Meute in den Weg. Als ein paar Kinder endlich stehen blieben, reckte Blom das Kinn in die Höhe und versuchte, so viel Autorität wie möglich auszustrahlen. »Die Frau von gestern«, sagte er in strengem Ton. »Ihr wisst, welche ich meine.«

»Vielleicht«, sagte das sommersprossige Mädchen und verschränkte die dürren Ärmchen vor der Brust. »Vielleicht aber auch nicht.«

»Wie heißt sie? Und in welcher Wohnung wohnt sie?«, gab Blom sich unbeeindruckt.

»Sie heißt Hulletrulle und wohnt im Keller«, rief der Junge mit den Segelohren, woraufhin der Rest der Rasselbande in schallendes Gelächter verfiel.

»Wo wohnt sie?«, versuchte Blom es erneut.

»Das sagen wir dir nicht«, rief das Mädchen.

»Genau«, rief ein kleiner Junge mit einer Zahnlücke. »Wir sagen dir nicht, wo die Mathilde wohnt.«

»Mathilde also.«

»Dummkopf.« Das sommersprossige Mädchen verpasste dem kleinen Jungen eine Kopfnuss, der daraufhin zu weinen begann.

»Los, hauen wir ab«, rief der Rotschopf mit der Hasenscharte, woraufhin die Kinder auseinanderstoben.

»Nicht so schnell.« Blom packte den heulenden Jungen am Schlafittchen. »Wo?« Der Kleine schluckte und sah ihn aus großen, feucht glänzenden Augen an. »Wo wohnt sie?«, wiederholte er in einem sanfteren Tonfall.

Das Kind zeigte auf das Haus.

»So weit war ich auch schon, du Schlaumeier.«

In diesem Moment wurde die rote Tür aufgerissen, und die beiden finsteren Kerle von vorhin traten laut lachend in den Hof.

Blom ging hinter dem Brunnen in Deckung. Er legte den Zeigefinger auf die Lippen, bedeutete dem Kind zu schweigen, und beobachtete die Männer: Der größere von ihnen hatte eine Knollennase und eine wulstige Narbe am Hals, der andere ein Frettchengesicht mit listigen dunklen Augen und einem spitz zulaufenden Kinn.

Hinter ihnen tauchte die Frau von gestern auf. Mathilde. Sie war rot im Gesicht und hatte die Hände zu Fäusten geballt. »Und so etwas findet ihr lustig?«, schrie sie.

Offenbar taten die beiden Männer das, denn ihr Lachen wurde noch lauter. »Ich kann nicht mehr«, prustete der mit der Knollennase. »Hast du ihr Gesicht gesehen, als ich ihr die rührselige Geschichte von der verschwundenen Tochter aufgetischt habe?«

Frettchengesicht nickte und rang nach Luft. »Ich werde sie finden«, sagte er mit verstellter Stimme, wobei er so sehr lachen musste, dass ihm Tränen aus den Augenwinkeln quollen. »Sie können sich auf mich verlassen«, äffte er.

Das Rot in Mathildes Gesicht wurde dunkler. »Verschwindet«, schrie sie und hob die Faust. »Haut ab und lasst euch hier nie wieder blicken.«

Ihre Worte veränderten die Stimmung. Die beiden Männer hörten auf zu lachen, und ihre Mienen verdüsterten sich. »Wir tun und lassen, was wir wollen«, sagte Knollennase in einem so hasserfüllten Tonfall, dass Blom den kleinen Jungen schützend zu sich zog.

»Hör auf, in unseren Gewässern zu fischen, du verdammte Hure.« Das Frettchen fasste in seine Jackentasche.

Blom hielt die Luft an und sah sich nach einer potenziellen Waffe um.

Das Kind zog Blom am Ärmel und deutete auf den Hackklotz in der Ecke, in dessen Holz ein Beil steckte.

Blom überlegte bereits, wie er unauffällig dorthin gelangen konnte, und atmete erleichtert auf, als der Kerl weder eine Pistole noch ein Messer, sondern nur einen Packen Papier ans Licht beförderte.

»Diesen Dreck haben wir heute in der Stadt zusammengesammelt«, sagte Frettchengesicht. »Noch einmal tun wir uns die Mühe nicht an, die Straßen von deinem Müll zu säubern.«

»Sieh's endlich ein«, fügte Knollennase hinzu. »Niemand wird einer Frau seine Angelegenheiten anvertrauen. Schon gar keiner wie dir.«

»Überlass die Arbeit denen, die etwas davon verstehen. Geh zurück in Madame Loulous *Venustempel* und tu dort, das was du am besten kannst.« Frettchengesicht vollführte eine obszöne Geste, grinste dreckig und nickte seinem Kumpel zu. »Los, hauen wir ab. Die Hure hat ihre Lektion hoffentlich gelernt.«

Während sie davongingen, warf das Frettchengesicht die Papiere hoch in die Luft, wo der Wind sie erfasste und herumwirbelte.

Der kleine Junge, der noch immer neben Blom in Deckung war, hatte mit offenem Mund zugesehen. Jetzt erwachte er aus seiner Schreckstarre, eilte in die Mitte des Hofs und begann, durch die Blätter zu tanzen, die wie überdimensionale Schneeflocken vom Himmel rieselten. Auch die anderen Kinder kamen aus ihren Verstecken, gesellten sich zu ihm, streckten die mageren Arme aus und wirbelten wie kleine Derwische durch den Papierregen.

Blom sah ihnen zu und konnte nicht anders, als zu lächeln. Einst war er einer von ihnen gewesen. Ein Kind aus dem Krögel. Ein wildes Gör voller Hunger nach Liebe, nach Anerkennung und dem Gefühl, etwas zu bedeuten. Er hatte all das bekommen – zumindest für kurze Zeit.

Bis vor drei Jahren ein Mann in sein Leben getreten war und ihm alles genommen hatte.

Das Lächeln erstarb. Er bückte sich, hob einen der Zettel auf und betrachtete ihn. Es handelte sich um ein Flugblatt. *M. Voss, Detektivbüro und Auskunftei, Am Krögel 7, erledigt verlässlich, promt und diskret Beobachtungen und Erhebungen aller Art*, stand darauf geschrieben. Sein Blick wanderte zu der roten Tür und dem darauf angebrachten Schild: *Detektivbüro M. Voss*. Das M. stand doch wohl nicht etwa für Mathilde?

»Na, genug amüsiert?«

Es dauerte ein paar Momente, bis Blom erkannte, dass er damit gemeint war. Er sah hoch und blickte in die Augen der Frau. Ihre Gesichtsfarbe hatte sich normalisiert, dennoch war noch immer klar zu erkennen, dass sie ungehalten war.

Er hielt das Flugblatt in die Höhe. »Das sind Sie?«

Sie bedachte ihn mit einem bitterbösen Blick, als wäre er es gewesen, der sich über sie lustig gemacht und ihre Flugblätter weggeworfen hatte. »Haben Sie auch ein Problem damit?«

Durch die harte, zornige Schale konnte Blom eine tiefe Kränkung spüren. »Warum sollte ich?«

»Schauen Sie nicht so blöd!«, fauchte sie weiter. »Haben Sie noch nie eine Frau gesehen, die versucht, etwas aus ihrem Leben zu machen? Eine, die keine Lust hat, ihre Tage hinter dem Herd und mit der Erziehung von Kindern zu verbringen?« Noch bevor er antworten konnte, drehte sie sich um, verschwand in der Detektei und schlug die Tür hinter sich zu.

Blom, der dank der Aufregung beinahe vergessen hätte, warum er überhaupt im Hof war, zückte die Karte und folgte ihr.

Die Detektei bestand aus einer kleinen dunklen Stube, die wie ein ganz normales Büro wirkte. Es hätte genauso gut ein Amtszimmer der Post oder das Hinterzimmer eines Handelsunternehmens sein können. Es gab einen Schreibtisch, der mit jeder Menge Schrammen übersät war, einen hölzernen Aktenschrank, eine Handvoll gepolsterter Stühle und ein paar gerahmte Holzschnitte an der Wand. Auf dem Boden, der aus breiten Schiffsplanken gezimmert war, lag ein schlammfarbener Teppich aus Jutegarn. Nichts davon wirkte besonders teuer oder exklusiv, aber es war sauber und gemütlich, und der Geruch nach Seife und Zigarrenrauch, der den Raum erfüllte, gefiel Blom ganz besonders.

Mathilde stand mit dem Rücken zu ihm und betrachtete den Inhalt eines kleinen Kästchens. Als sie merkte, dass er ihr gefolgt war, klappte sie es schnell zu, stellte es weg und drehte sich um. »Was wollen Sie?«, zischte sie.

»Ich …«

»Es ist, wie ich gestern schon geahnt habe«, ließ sie ihn nicht zu Wort kommen. »Sie sind nicht mal vierundzwanzig Stunden hier und schon ein Ärgernis.«

»Ärgernis? Ausgerechnet Sie reden von einem Ärgernis?« Blom hielt die Karte in die Höhe.

Sie runzelte die Stirn. »Ich weiß nicht, wovon Sie reden.«

»Geben Sie's wenigstens zu.«

»Was soll ich zugeben?« Mathilde öffnete eine schmale Tür und holte einen Besen aus der dahinterliegenden Kammer.

Dabei fiel Bloms Blick auf einen schmalen Herd und eine Matratze, die davor auf dem Boden lag. »Wohnen Sie etwa in dem Kabuff?«

»Ich wüsste nicht, was Sie das angeht.« Sie schlug die Tür zu und trat mit dem Besen in der Hand auf ihn zu.

Blom zuckte zusammen und duckte sich weg.

»Da ist wohl einer ein bisschen schreckhaft.« Mathilde schüttelte den Kopf, ging nach draußen und begann, die Flugblätter zusammenzukehren, die im gesamten Hof verstreut lagen. »Der Druck hat mich fünfzehn Mark gekostet«, murmelte sie dabei. »Alles für die Katz. Die verdammten Dreckschweine glauben, dass nur Männer eine Detektei betreiben können, weil Frauen zu nichts anderem taugen als Kochen, Putzen und Kinderkriegen.«

»Natürlich können Frauen mehr als das.« Blom, der ihr gefolgt war, hielt ihr die Karte vor die Nase. »Sie können auch gemeine Drohbriefe schreiben.«

Mathilde hörte auf zu fegen, nahm ihm die Karte aus der Hand und überflog sie. »Sie glauben, die wäre von mir?«

»Ich wüsste nicht, von wem sie sonst sein sollte.«

»Von jemandem, der Geld hat.« Mathilde gab ihm das Schreiben zurück, hob die Flugblätter auf, die sie zusammengekehrt hatte, und bedeutete Blom, ihr in die Detektei zu folgen. Drinnen blieb sie kurz stehen und schnupperte. »Hier riecht es komisch«, sagte sie. »Irgendwie muffig.« Sie sah ihn vorwurfsvoll an.

Blom war peinlich berührt. »Ich bin noch nicht dazu gekommen, mich zu waschen ...«

»Dann ist es jetzt höchste Zeit.« Mathilde rümpfte die Nase, legte die Flugzettel auf den Schreibtisch und ließ sich dahinter nieder. »Das ist teures Papier und teure Tinte«, erklärte sie. »Ich könnte mir so ein Gedöns nicht leisten, selbst wenn ich es wollte.« Sie musterte ihn.

Blom roch so unauffällig wie möglich an seiner Achsel, setzte sich und starrte zurück. »Sie waren es also nicht?«

Demonstrativ legte Mathilde einen Bogen billiges Briefpapier vor ihn auf den Tisch. »So korrespondiere ich«, erklärte sie. »Das heißt, so würde ich korrespondieren, wenn ich etwas zu korrespondieren hätte. Habe ich aber nicht.« Sie griff nach dem kleinen Kästchen von vorhin und hob den Deckel an. Darin befand sich eine einsame Zigarre. Mathilde seufzte leise, machte das Kästchen wieder zu und legte es in eine Schublade. »Wenn nicht bald ein Auftrag hereinkommt, kann ich mir nicht mal mehr das Rauchen leisten, geschweige denn den Rest vom Leben.« Sie warf einen Blick auf die Karte in Bloms Hand, und plötzlich hellte sich ihre Miene auf. »Ich könnte herausfinden, wer Ihnen die Drohung geschickt hat. Mein Tarif beläuft sich auf zehn Mark pro Tag, zuzüglich allfälliger Spesen und einem kleinen Erfolgshonorar bei Lösung des Falls. Weil Sie hier im Krögel wohnen, mache ich Ihnen einen Nachbarschaftspreis.«

Blom schüttelte den Kopf und starrte auf die Karte.

»Überlegen Sie es sich.« Mathilde ließ nicht locker. »Günstiger als bei mir werden Sie's nirgendwo kriegen. Die anderen Detekteien werden zumeist von ehemaligen Polizisten betrieben, denen ihr staatlicher Sold nicht genug war – Kerlen wie den beiden Schweinen von vorhin. Denen geht es nur ums Geld. Die nehmen Sie aus und hauen Sie übers Ohr, wo es nur geht. Glauben Sie mir.«

»Das tue ich. Es ist nur so …« Blom zuckte mit den Schultern und drehte die Handflächen nach oben. »Ich bin so arm wie eine Kirchenmaus, sogar die Gören da draußen besitzen mehr als ich. Zumindest momentan«, fügte er hinzu.

Mathilde seufzte. »Kommen Sie wieder, wenn Sie Geld haben.«

»Bis dahin ist die Sache hoffentlich geklärt.«

Sie lehnte sich nach vorn. »Nur so aus Interesse. Sie haben keine Ahnung, von wem die Karte sein könnte?«

»Ich habe einen Verdacht. Wenn Sie es nicht waren, kann eigentlich nur eine Person dahinterstecken.« Blom dachte an den Weg, den er gestern zurückgelegt, und an das Signal, das sein Instinkt ihm gesendet hatte. Gut möglich, dass er tatsächlich verfolgt worden war. Zwar wusste er nicht, warum, aber offenbar reichte es dem Fiesling nicht, dass er ihn ins Gefängnis gebracht und sein Leben ruiniert hatte. Das Schwein wollte ihn endgültig aus dem Weg schaffen. »Mein langjähriger Nebenbuhler.«

»Und hat dieser Nebenbuhler auch einen Namen?«

Blom nickte. Allein der Gedanke an den Kerl brachte sein Blut zum Kochen. »Albert von Mesar.«

9

Baron Albert von Mesar stand vor dem Schaufenster eines stadtbekannten Juweliers in der Charlottenstraße und betrachtete die Brillanten, die auf dunkelblauem Samt um die Wette funkelten.

Ein Glockenbimmeln kündete davon, dass die Eingangstür des Ladens geöffnet worden war. Ein kleiner Herr in schwarzem Anzug, darunter ein gestärktes Hemd mit Stehkragen, trat neben ihn vor die Auslage. »Einen wunderschönen guten Morgen. Kann ich vielleicht behilflich sein?«, fragte er. Ohne auf eine Antwort zu warten, sprach er weiter. »Ich habe gesehen, dass Sie sich für die Ringe interessieren. Wir haben drinnen noch mehr. Diamanten, Smaragde, Rubine ...«, begann er aufzuzählen. »Im Marquise-Schliff, Rosen-Schliff, Achtkant-Schliff ...«

Von Mesar fiel es schwer, sich zu konzentrieren und den Worten des Mannes zu folgen. Der Schatten, der seit einigen Tagen sein Gemüt trübte, machte ihn fahrig und unaufmerksam. Was auch immer er tat, stets wanderten seine Gedanken zu einer bestimmten Sache – oder, besser gesagt: zu einer bestimmten Person. Felix Blom war wieder da. Und er würde die Geschichte nicht auf sich beruhen lassen.

Er musste handeln, und zwar schnell.

»Was kostet der da?« Der Baron deutete auf einen Smaragdring.

Die Miene des Juweliers hellte sich auf. »Eine ausgezeichnete Wahl«, erklärte er. »Ein wahrlich edles Stück. Ich denke, er beläuft sich auf tausend Goldmark. Einen kleinen Moment bitte, ich sehe schnell nach.« Er verschwand im Laden.

Albert von Mesar blieb stehen und wurde plötzlich von einer Wolke Eau Impériale umfangen. »Das ist viel zu teuer«, erklärte eine Stimme, die er sofort erkannte.

Er unterdrückte ein Stöhnen, setzte ein Lächeln auf und drehte sich um. »Baronesse von Spitzenberg. Was für eine Freude«, log er. In Wahrheit empfand er genau das Gegenteil. Die alte Klatschtante war boshaft und intrigant. Niemand konnte sie ausstehen, doch keiner wagte es, ihr Paroli zu bieten. Sie war zu wohlhabend und einflussreich bei Hofe. »Sie sehen wundervoll aus, meine Liebe«, heuchelte er. »Was führt Sie in die Stadt?«

Ein selbstgefälliges Lächeln machte klar, dass dies die Frage war, auf die sie gehofft hatte. »Ich bin auf dem Weg zur Kaiserin«, erklärte sie. »Die Ärmste ist völlig aufgelöst und benötigt dringend meinen Beistand. Zwei Attentate auf ihren geliebten Wilhelm innerhalb von drei Wochen.« Sie fasste sich an die Brust. »Eine schreckliche Sache, wirklich fürchterlich. Diese grässlichen Sozialisten. Man sollte sie alle wegsperren oder, noch besser …« Sie fuhr mit den Fingerspitzen von links nach rechts über ihre Kehle.

Albert von Mesar setzte ein betroffenes Gesicht auf. »Ich stimme Ihnen voll und ganz zu«, murmelte er.

»Lassen Sie uns von etwas Schönem sprechen«, befand sie. »Ist es also endlich so weit?«

»Ich weiß nicht, wovon Sie reden.«

»Von wegen.« Sie zog einen Fächer mit Paisleymuster aus ihrem Krokodilleder-Täschchen und deutete damit auf den Ring. »Tun Sie es. Ehelichen Sie das Fräulein Auguste endlich.«

»Nun …«, setzte er an.

»Sie ist bereit.« Sie ließ ihn nicht ausreden. »Wir alle wissen, dass sie noch lange an diesem fürchterlichen Kerl gehangen hat. Diesem …« Sie begann, sich Luft zuzufächeln. »Wie hieß er gleich?«

»Blom«, presste er hervor. »Felix Blom.«

»Ach ja … Ein schrecklicher Mensch. Hat uns alle getäuscht und hinters Licht geführt – allen voran das arme Fräulein Auguste.« Sie seufzte theatralisch. »Das stelle sich mal einer vor. Der Mann, den man zu heiraten gedenkt, ein elender Dieb und Betrüger. Kein Wunder, dass die Ärmste am Boden zerstört war. Doch wie heißt es so schön: Die Zeit heilt alle Wunden. Und Zeit ist vergangen.«

»Drei Jahre.« Albert von Mesar musste an die Briefe denken, die Auguste ins Gefängnis geschickt, die ihr Vater allerdings abgefangen und weggesperrt hatte. Er dachte an ihre Tränen, als keine Antworten kamen, an ihre Beteuerungen, dass Blom kein schlechter Mensch sei. Er dachte an ihre vom Weinen geschwollenen Augen, und schließlich dachte er an das Lächeln, das seit einiger Zeit wieder ihre Lippen umspielte, und an das Leuchten, das in ihre azurblauen Augen zurückgekehrt war.

Blom durfte nicht wieder in ihr Leben treten. Der Mistkerl durfte auf keinen Fall alles zunichtemachen. Er musste verschwinden, und zwar für immer.

»Eintausend. Ich hatte den Preis richtig in Erinnerung.« Der Juwelier trat zurück auf die Straße. Als er die Baronesse sah, röteten sich seine Wangen. »Gnädigste, was für eine Ehre.« Er katzbuckelte und versuchte unbeholfen, ihr die Hand zu küssen, die in einem Handschuh aus blassrosa Satin stecke.

Die Baronesse ignorierte ihn und deutete auf einen Rubinring. »Wenn Sie mich fragen – ich würde den nehmen. Rot ist immerhin die Farbe der Liebe.« Sie trat näher an von Mesar heran. So nah, dass ihm von der Intensität ihres Parfums beinahe übel wurde. »Außerdem ist er sicher günstiger. Ich weiß, dass es finanziell nicht gut bei Ihnen aussieht«, flüsterte sie hinter vorgehaltener Hand, sprach aber doch so laut, dass der Juwelier es hören konnte. »Umso wichtiger ist es, dass Sie eine gute Partie machen. Das Geld der Reichenbachs und das blaue Blut der von Mesars. Eine bessere Verbindung gibt es kaum.«

Albert von Mesar hielt die Luft an. Am liebsten hätte er dem Frauenzimmer den faltigen Hals umgedreht. Stattdessen presste er die Lippen fest aufeinander und wandte sich an den Verkäufer. »Ich werde den Smaragdring nehmen.«

Die Baronesse lächelte säuerlich. »Exquisit.« Sie deutete nach drinnen. »Worauf warten Sie? Los, mein junger Freund, schnappen Sie sich das Fräulein Auguste, bevor etwas dazwischenkommt. Oder sollte ich lieber sagen: jemand?«

10

Der Morgen war lau und sonnig, weswegen Kommissar Ernst Cronenberg entschied, zu Fuß von seiner Wohnung in der Spandauer Vorstadt bis zum Polizeipräsidium am Molkenmarkt zu gehen.

Er dachte über Julius Jacobi und die mysteriöse Karte nach, während er in südlicher Richtung über die Rosenthaler Straße lief. Dabei schien ihm, dass die vorherrschende Bauwut schon wieder neue Früchte getragen hatte. Scheinbar über Nacht waren moderne Häuser aus der Erde gewachsen, alte Gebäude waren um mehrere Stockwerke erhöht worden, und in den Erdgeschossen buhlten bunte Verkaufsläden, die er noch nie zuvor wahrgenommen hatte, um Kundschaft.

»Was für ein Chaos«, schimpfte Cronenberg über den wilden Verkehr auf dem Hackeschen Markt und flüchtete sich ans rechte Spreeufer, um den Rest des Wegs am Fluss entlangzuspazieren. Die Umgebung wirkte pittoresk, doch die Idylle trog. Das Verbrechen war allgegenwärtig, besonders in einer Stadt wie Berlin. Das Halunkenpack war überall: Sozialisten, Prostituierte, Bauernfänger, Mörder, Diebe ... und seit gestern: Felix Blom.

Hoffentlich fing der Spuk nicht wieder von vorne an.

Vor dem riesigen schmutzig grauen Gebäudekomplex, in dem das Präsidium beheimatet war, blieb Cronenberg kurz stehen und ließ das rege Treiben auf sich wirken: Ob Tag oder Nacht, ob Regen, Schnee oder Sonnenschein, der Molkenmarkt war und blieb einer der betriebsamsten Orte der Stadt. Polizisten in Zivil und in Uniform gingen ein und aus. Verbrecher, Verdächtige und Zeugen wurden zu Fuß, zu Pferd oder in einem der grünen Gefängniswagen herbeigebracht.

»Guten Morgen, Herr Kommissar«, grüßten die bewaffneten Schutzpolizisten, die vor dem Haupteingang, einer metallbeschlagenen Eichentür, positioniert waren, und streckten den Rücken durch.

Cronenberg musterte ihre tadellosen Uniformen, wobei ein zufriedenes Lächeln seine Lippen umspielte. Das Gebäude, in dem sie arbeiteten, mochte alt und hässlich sein. Dafür waren die Männer, die es bevölkerten, umso eindrucksvoller. Sie waren eine Heerschar ausgezeichneter Polizeibeamter, zumeist ehemalige Offiziere und Soldaten. Gemeinsam bildeten sie ein gut geöltes Uhrwerk, bei dem jedes Rädchen seinen Platz kannte und seine Aufgabe mit vollem Einsatz erledigte.

Seine Miene verdüsterte sich, als ihm einfiel, dass Felix Blom sie trotzdem jahrelang an der Nase herumgeführt hatte. *Der Schatten von Berlin* war der geheimnisvolle Einbrecher genannt worden, der die Hautevolee in Atem gehalten und den Polizeibeamten den Spott und die Häme der Berliner eingebracht hatte.

Und jetzt war er wieder da.

Cronenberg schüttelte das Unwohlsein ab, das ihn bei dem Gedanken daran überkam, und betrat den Gebäudekomplex. Der Molkenmarkt war innen noch unansehnlicher als von außen. Putz bröckelte von den Wänden, die Treppen waren schief, und selbst der Steinboden hatte Löcher.

»Herr Kommissar«, rief eine Stimme hinter ihm, die er nur zu gut kannte.

Cronenberg unterdrückte ein Stöhnen und drehte sich um, wo Guido von Madai, der Polizeipräsident höchstpersönlich, stand.

Madai hatte wulstige Lippen, ein paar Pfund zu viel auf den Rippen und ging stets so aufrecht, als hätte er einen Besenstiel verschluckt.

»Herr Präsident.« Cronenberg zog seinen Hut und deutete eine Verbeugung an.

»Mein Lieber, wie gut, dass ich Sie sehe. Ich war gerade auf dem Weg zu Ihnen.«

Cronenberg lächelte gequält. Er konnte sich ausmalen, welches Thema gleich folgen würde.

»Stimmt es, dass dieser Kerl ...«, begann die Litanei auch schon. »Dass diese Kanaille ... dieser ...«

»Blom. Felix Blom.«

»Genau der.« Von Madai rümpfte die Nase. »Stimmt es, dass er wieder auf freiem Fuß ist?«

Cronenberg nickte. »Er hat seine Zeit abgesessen.«

»Wirklich? Mir kommt es vor, als wäre es erst gestern gewesen, dass ich die Nachricht vom Einbruch bei Lothar von Wurmb bekommen habe.« Der Polizeipräsident strich mit der rechten Hand über sein veritables Doppelkinn, während er mit der linken die Enden seines Schnurrbarts zwirbelte. »Hat dieser Blom in der Zwischenzeit irgendetwas gesagt. Sie wissen schon ... Hat er sich endlich über den Verbleib des Ordens geäußert?«

»Den Schwarzen Adlerorden Ihres Vorgängers?« Cronenberg schüttelte den Kopf. »Leider nicht.«

Von Madai blickte gedankenverloren auf einen Riss im Fußboden und seufzte. »Eine Schande«, murmelte er. »Gibt es denn gar nichts, was man da tun kann?«

Der Kriminalkommissar zuckte mit den Schultern. »Wir

behalten Blom im Auge. Sollte er auch nur laut daran denken, etwas Unerlaubtes zu tun, wandert er zurück nach Moabit.«

»Wen haben Sie auf ihn angesetzt?«

»Theodor Nikolas, einen meiner besten Männer. Er war im letzten französischen Krieg Premierleutnant und hat mehrere Auszeichnungen erhalten.«

Von Madai ging zu der Treppe, die nach oben in seine Räumlichkeiten führte. Er fasste an das Geländer, rüttelte daran und seufzte demonstrativ. »Es wird Zeit, dass diese Bruchbude endlich renoviert wird«, sprach er laut aus, was das gesamte Polizeikorps insgeheim seit Jahren dachte. Dann drehte er sich noch einmal um. »Jetzt, da dieser Felix Blom wieder auf freiem Fuß ist, sollten wir einen neuen Anlauf starten, den Orden zu finden. Sie wissen ja, wie sehr von Wurmb unter dem Verlust leidet.«

»Wie könnte ich das je vergessen.« Cronenberg holte die Dose mit den Pastillen gegen Sodbrennen aus seiner Tasche und nahm eine. Er wusste nicht, wie oft er das Lamento bezüglich der Preziose schon über sich hatte ergehen lassen müssen – auf jeden Fall zu oft. Der Orden vom Schwarzen Adler war eine der höchsten preußischen Auszeichnungen, und sein Verlust kam einer schrecklichen Schmach gleich.

»Ich weiß, dass Sie und von Wurmb damals, als er noch Polizeipräsident war, kein gutes Verhältnis hatten, dennoch …«

»Ich tue, was immer in meiner Macht steht. Apropos …« Cronenberg blickte auf seine Taschenuhr. »Ich muss mich dringend an die Arbeit machen. Wir haben einen Fall, und zwar einen äußerst rätselhaften. Wenn Sie mich bitte entschuldigen würden.« Er fasste an seinen Zylinder und deutete eine Verbeugung an. »Guten Tag«, sagte er und ging davon.

»Halten Sie mich auf dem Laufenden«, rief von Madai ihm hinterher.

Cronenberg beschleunigte seine Schritte und eilte durch eine schmale Tür hinaus auf einen kleinen Hof, der von windschiefen Gebäuden umschlossen war. Er stieg über zwei Treppen und lief durch lange, verworrene Korridore und Gänge in Richtung Süden, bis er endlich in jenem mittelalterlich düsteren Trakt ankam, der sich direkt an der Spree befand – der alten Stadtvogtei.

Durch ein Vorzimmer gelangte er in einen niederen Raum, in dem an uralten Tischen gleichzeitig Zeugen vernommen, Verdächtige verhört und Beschwerden vorgetragen wurden.

»Ist Nikolas hier?«, rief Cronenberg einem der Kommissare zu, doch der schien ihn nicht zu verstehen. »Ni-ko-las«, rief er erneut.

»Er wartet in Ihrem Büro.« Der Beamte deutete auf die Tür, hinter der die sogenannte schwere Abteilung beheimatet war, sprich jene Kommissare, die sich mit Kapitaldelikten beschäftigten.

Die Verhältnisse waren schon immer beengt gewesen, doch seit Berlin zur Millionenmetropole geworden war, hatte sich die Situation drastisch verschärft. Mittlerweile war der Platzmangel so gravierend, dass sogar ehemalige Gefängniszellen als Dienstzimmer genutzt wurden. Diese Räume waren höchstens vier mal vier Meter groß und hatten ungewöhnlich kleine Fenster, die hoch über dem Boden lagen. Die Beleuchtung war spärlich, es war stets kühl und feucht, und meist roch es ein bisschen modrig.

Cronenberg fand Nikolas in eine Akte versunken an seinem Schreibtisch sitzend.

»Verzeihung.« Als er seinen Vorgesetzten sah, schoss ihm das Blut ins Gesicht. Er sprang auf und streckte den Rücken durch. »Kommissar Harting hat mir erlaubt, einen Blick auf Ihren neuesten Fall zu werfen.«

»Aber ja, natürlich. Vier Augen sehen mehr als zwei.« Cronenberg mochte Nikolas. Er war Mitte dreißig, athletisch und so diszipliniert wie kaum ein anderer Polizist, den er kannte. Der ehemalige Soldat hatte innerhalb kürzester Zeit die Karriereleiter erklommen, und wenn er so weitermachte, würde eines Tages ein hoher Beamter aus ihm werden. »Was sagen Sie zu dem Fall?«

»Äußerst mysteriös.«

Cronenberg setzte sich und schob die Akte zur Seite. »Was gibt es Neues von Felix Blom?«

»Nicht viel. Wie von Ihnen gewünscht, habe ich ihn gestern vor dem Gefängnis in Moabit abgepasst und bin ihm bis zu einem Lokal namens *Alt Berlin* gefolgt.«

»Arthur Lugowski residiert dort«, murmelte Cronenberg. »Interessant. Ich dachte, die beiden hätten miteinander gebrochen.«

»Blom war nur kurz in dem Lokal, danach ist er in einen Bus gestiegen und zum Spittelmarkt gefahren.« Nikolas sah seinen Vorgesetzten eindringlich an. »Sie werden nicht glauben, wohin er von dort aus gegangen ist.« Er machte eine theatralische Pause. »In den Krögel. Er ist in dem Haus verschwunden, in dem früher die Affenzucht untergebracht war, und nicht mehr herausgekommen. Ich musste die Observierung abbrechen, da eine Horde Kinder mich entdeckt hat, aber ich denke, er lebt fürs Erste dort.«

»Denken ist gut, wissen ist besser«, murmelte Cronenberg und starrte gedankenverloren vor sich hin. »Im Krögel …« Er erinnerte sich an den Moment, an dem er Blom das letzte Mal gesehen hatte – vor Gericht. Das Schlitzohr war elegant gekleidet gewesen, hatte nach teurem Rasierwasser gerochen und distinguiertes Benehmen an den Tag gelegt. Es fiel ihm schwer, sich diesen Mann im Krögel vorzustellen. »Behalten Sie ihn weiter im Auge«, wies er an.

Nikolas räusperte sich.

»Gibt es ein Problem?«

»Leopold von Meerscheidt-Hüllessem wurde vom Innenminister die Leitung der Fremdenkontrolle übertragen. Er soll nach den Drahtziehern der Kaiserattentate suchen. Zu diesem Zweck hat er jeden verfügbaren Mann für sich reklamiert. Auch mich.«

Cronenberg fiel es schwer, die Contenance zu wahren. »Hüllessem«, presste er hervor.

Nikolas strich über seinen akkurat gestutzten Schnurrbart. »Denken Sie, dass Blom noch immer eine Gefahr darstellt?«

»Nicht für Leib und Leben, aber für das Gold und die Juwelen anständiger Leute.« Cronenberg rückte seine Brille zurecht. »Danke, das wäre so weit alles.«

Gerade, als Nikolas den Raum verließ, kam Bruno herein. »Guten Morgen, Chef.« Ein leises Lächeln umspielte seine Lippen.

»Warum schmunzelst du? Und wo warst du überhaupt?« Cronenberg hielt seine Taschenuhr in die Höhe.

»Es geht um Felix Blom. Sie wissen, was geschieht, wenn er nicht innerhalb von drei Tagen eine geregelte Tätigkeit vorweisen kann?«

»Er wandert zurück hinter Gitter.«

»Nun …« Bruno setzte sich an den Schreibtisch und steckte ein Stück Kautabak in den Mund. »Ich habe sichergestellt, dass die Stadtverwaltung sowie die einschlägigen Arbeitsagenturen und die großen Firmen wie Siemens, Borsig oder Schinkelbau über ihn und seine Vergangenheit informiert sind.«

Cronenberg kam nicht umhin, auch zu lächeln. »Normalerweise halte ich so ein Vorgehen für unanständig, aber ...«

»Ius ad finem ...«, setzte Bruno an.

»Gut aufgepasst«, sagte Cronenberg wohlwollend.

»Das Problem Blom müsste jedenfalls aus der Welt geschafft sein.« Bruno klopfte sich selbst auf die Schulter. »Was ist das?« Er zeigte auf einen dicken, braunen Umschlag, der vor Cronenberg lag, nahm seine Mütze ab und zog die Jacke aus.

»Abzüge der Fotografie von Julius Jacobi. Die Schutzleute sollen in der Stadt herumfragen, ob ihn irgendwer vor seinem Tod gesehen hat. Hüllessem reklamiert zwar offenbar jeden freien Mann für sich, aber ich werde darauf bestehen, dass zumindest Bohneshof und die Gegend um den Dresdener Bahnhof abgegrast werden.«

»Verdammter Hüllessem«, murrte Bruno und gähnte.

»Hast du wieder nicht geschlafen?«

»Die Zwillinge haben bis fünf Uhr gequengelt«, erklärte Bruno. »Um sechs ist es dann auf der Baustelle nebenan losgegangen.«

»Wenn das so weitergeht, ist Berlin in ein paar Jahren größer als London und Paris zusammen.« Cronenberg schob Bruno einen Stapel Papiere zu. »Das sind der Bericht von Professor Liman, Aussagen der Fabrikarbeiter, die den Toten gefunden haben, die Abschiedsbriefe und natürlich die Karte. Je mehr ich mich mit der Sache beschäftige, desto rätselhafter wird das Ganze.«

Es klopfte an der Tür, und ein junger Polizist namens Henner Lohmann steckte den Kopf herein.

»Was gibt es?«

»Ein gewisser Herr Jacobi aus Dresden und seine Frau sind vorstellig geworden«, erklärte der junge Mann. »Mir wurde gesagt, dass die beiden in Ihre Zuständigkeit fallen. Soll ich sie ins Befragungszimmer führen?«

»Nein, bringen Sie sie hier herein.« Cronenberg trat ans Fenster und blickte hinaus, bis ein erneutes Klopfen ihn aus seinen Gedanken riss.

Lohmann führte ein älteres Ehepaar in das Büro, in dem es nun ziemlich eng wurde. Beide waren um die fünfzig, einfach, aber sauber gekleidet. Die Augen der Frau waren geschwollen und gerötet, die des Mannes sahen rastlos umher.

»Ernst Cronenberg«, stellte er sich vor und reichte den beiden die Hand. »Das ist mein Assistent, Kommissar Bruno Harting.«

»Hermann und Maria Jacobi«, erklärte der Mann mit urigem sächsischen Akzent. »Wir sind sofort angereist, nachdem wir die Benachrichtigung erhalten haben, dass ein Leichnam …«

Die Frau hielt sich ein Taschentuch vor den Mund und begann leise zu weinen.

»Bitte, nehmen Sie Platz.« Bruno überließ der Frau seinen Stuhl und stellte einen weiteren daneben.

Herr Jacobi setzte sich nicht, sondern stellte sich hinter seine Frau und legte ihr die Hände auf die Schultern. »Bitte, Maria, beruhige dich«, flüsterte er. »Noch ist nicht sicher, dass es sich tatsächlich um Julius handelt.« Er sah die Kriminalbeamten auffordernd an.

Cronenberg zog einen Abzug der Fotografie aus dem Umschlag und legte ihn wortlos vor die beiden auf den Tisch.

Frau Jacobi schluchzte laut auf und schlug die Hände vors Gesicht. »Was ist denn nur geschehen?«

Cronenberg überreichte ihnen die Abschiedsbriefe.

Hermann Jacobi nahm den obersten Brief und begann mit zitternden Händen zu lesen. »Mir bleibt nicht mehr viel

Zeit«, las er vor. »Es ist etwas geschehen, und ich werde jetzt dafür bezahlen. Bitte verzeiht mir. Mehr kann ich dazu nicht schreiben, denn ich will, dass euch diese Briefe erreichen. Ihr sollt wissen, dass ich euch liebe. Mein Erspartes sollt ihr bekommen, liebe Eltern. Meinen Sonntagsanzug …« Mit jeder Zeile, die er überflog, wurde er kleiner und fahler. Schließlich setzte er sich neben seine Frau und nahm ihre Hand. »Das ergibt alles keinen Sinn. Was soll denn geschehen sein?«

»Wir haben gehofft, dass Sie Licht in die Sache bringen können?« Bruno zückte die rätselhafte Karte.

Cronenberg bedeutete ihm, noch kurz zu warten, schenkte der Frau ein Glas Wasser ein und reichte es ihr. »Vielleicht sollten wir alles Weitere allein mit Ihrem Mann besprechen.«

»Nein«, protestierte sie energisch. »Eine Mutter muss wissen, was mit ihrem Kind passiert ist.« Sie schnäuzte sich und trank. Dann setzte sie sich aufrecht hin und streckte die Hand aus.

Bruno reichte ihr die Karte.

»*Binnen dreißig Stunden musst Du eine Leiche sein*«, las sie mit zittriger Stimme vor, anschließend sah sie die beiden Polizisten und ihren Mann fassungslos an. »Was ist das?«, stammelte sie. »Was soll das?«

»Aus den Briefen Ihres Sohnes geht hervor, dass ihm diese Karte am Freitag auf der Promenade in Dresden in die Hand gedrückt wurde«, erklärte Cronenberg. »Haben Sie irgendeine Ahnung, wer diese Karte geschrieben hat? Hatte Julius Feinde?«

»Auf keinen Fall!«, rief die Mutter. »Der Julius war lieb und freundlich. Ein herzensguter Mensch. Ein Sohn, wie man sich keinen besseren wünschen könnte.«

Cronenberg sah zu dem Mann.

»Ich kann meiner Frau nur beipflichten«, sagte der. »Natürlich sind Eltern in Bezug auf ihre Kinder oft voreingenommen, wollen Charakterschwächen und schlechte Eigenschaften nicht wahrhaben, aber Julius war wirklich ein herzensguter Mensch.«

»Vielleicht war die Karte für jemand anderen gedacht«, warf die Mutter ein.

»Möglich«, sagte Bruno. »Doch warum ist er dann dem schrecklichen Befehl gefolgt? Er hätte die Karte doch einfach wegwerfen und ignorieren können.«

»Erzählen Sie uns alles über Ihren Sohn«, forderte Cronenberg.

Kühle Luft strömte durch die Fensterritzen und machte den kargen Raum noch ungemütlicher.

»Julius ist ... war ...«, setzte Frau Jacobi an, hielt dann aber inne und starrte auf die Karte. Wieder und wieder flogen ihre Augen über die Worte, die ihren Sohn offensichtlich das Leben gekostet hatten.

»Er war neunzehn Jahre alt«, erklärte ihr Mann, »und hat als Konditorgehilfe in der Schokoladenfabrik von Jordan & Timaeus gearbeitet.«

»Und die befindet sich in Dresden?« Bruno hatte einen Notizblock und einen Bleistift gezückt.

Der Mann nickte. »In der äußeren Neustadt.«

»Welche Verbindung hatte Ihr Sohn zu Berlin?«

»Er hat hier seine Lehrzeit absolviert«, erzählte der Vater. »Bei Theodor Hildebrand in der Spandauer Straße. Aber das ist schon einige Jahre her.«

»Die Großstadt sagte ihm nicht zu«, warf Frau Jacobi ein. »Julius war überglücklich, als er die Stelle in Dresden bekommen hat und zurück nach Hause konnte.«

»Bitte überlegen Sie«, sagte Bruno in sanftem Tonfall und schenkte Wasser nach. »Und bitte seien Sie ganz ehrlich. Hatte Julius jemals Ärger? Hat er sich irgendwann mit den falschen Leuten eingelassen? Hatte er Geldsorgen? Hatte er etwas mit der Frau eines anderen?«

»Nein, nein«, insistierte die Mutter. »Julius war sehr einfach und genügsam. Er mochte seine Arbeit und hat sich vor kurzem verlobt.« Sie schlug sich die Hand vor den Mund. »Mein Gott, die arme Marie weiß noch gar nichts.«

Der Mann tätschelte ihre Hand und nickte traurig.

»Erzählen Sie uns von dieser Marie«, forderte Cronenberg, während Bruno die Adressaten der Abschiedsbriefe durchschaute.

»Nichts dabei.« Bruno schüttelte den Kopf und machte eine Notiz.

»Marie Leutgeb«, erklärte der Vater. »Ein anständiges sächsisches Mädchen aus guten Verhältnissen. Ihre Familie besitzt eine Gastwirtschaft, und sie arbeitet dort in der Küche. Sie und Julius wollten heiraten, eine Familie gründen und vielleicht irgendwann eine eigene Bäckerei eröffnen.«

Cronenberg rückte seine Brille zurecht. »Wann haben Sie Ihren Sohn das letzte Mal gesehen?«

»Das muss an Gretes Geburtstag gewesen sein«, schluchzte die Mutter.

Der Vater nickte. »Genau heute vor einer Woche. Grete, das ist eine unserer Töchter, wurde fünfundzwanzig. Wir haben alle gemeinsam gefeiert.«

»Dienstag«, murmelte Bruno leise und machte eine weitere Notiz. »Am Freitag hat er die Karte bekommen.«

»Ist Ihnen an diesem Dienstag etwas aufgefallen? War er anders als sonst? Ängstlich, aufgeregt, nervös?«

»Nein, alles war wie immer. Glauben Sie mir. Ich bin seine

Mutter – es wäre mir aufgefallen. Auch seine Geschwister haben nichts erwähnt.«

Bruno rieb sich die Augen. »Es wird immer rätselhafter«, murmelte er. »Haben Sie eine Ahnung, was in der kurzen Zeit zwischen Dienstag und Freitag geschehen sein könnte?«

»Ach, wenn wir das nur wüssten.«

»Hat er jemals Bohneshof erwähnt?«, versuchte Cronenberg einen neuen Ansatz.

»Bohneshof? Nein, was soll das sein?«

»Es handelt sich um ein Viertel hier in Berlin. Es liegt an der Spree, dort, wo Moabit und Charlottenburg aneinandergrenzen.« Bruno stand auf und trat an die Wand, wo ein Stadtplan von Berlin und Umgebung hing. Er deutete auf die Stelle, an der Julius Jacobi gefunden worden war.

Die Verwirrung in den Gesichtern der beiden wurde noch größer.

»Hat er jemals eine dieser Firmen erwähnt?« Bruno ließ nicht locker. »Porzellanmanufaktur Ludloff«, begann er jene Unternehmen aufzuzählen, die in direkter Nachbarschaft zum Fundort lagen. »Chemische Fabrik Kayser und Co., Beinschwarzfabrik Dinglinger und Schondorf, Dampf-Knochenmehl Fabrik W. Cohn, Berlin-Anhaltische Maschinenbau-Actien-Gesellschaft, Siemens …«

Bei jedem Namen schüttelte das Ehepaar Jacobi den Kopf.

Da Cronenberg keine weiteren Fragen mehr hatte, reichte er den Eltern die Abschiedsbriefe. »Die Karte behalten wir, wenn Ihnen das recht ist.«

»Und wie es das ist«, schluchzte die Mutter. »Behalten Sie das unheilige Ding! Und finden Sie denjenigen, der es verfasst hat.«

»Das werden wir«, sagte Bruno. »Kommissar Cronenberg ist der beste Ermittler, den das Präsidium aufzuwarten hat.«

Frau Jacobi erhob sich »Können wir ihn sehen?«, fragte sie. »Können wir unseren Julius mitnehmen?«

Cronenberg nickte. »Wenn Sie mir bitte folgen wollen.« Er öffnete die Tür und trat hinaus.

Kommissar Lohmann, der die Eltern hereingeführt hatte, ordnete gerade Papiere am Schreibtisch.

»Bitte bringen Sie die Herrschaften in die Königliche Anatomie zu Professor Liman.«

»Aber natürlich.« Der junge Mann sprang auf, deutete eine Verbeugung an und wandte sich dann an die Eltern.

Cronenberg verabschiedete sich und ging zurück ins Büro.

»Anständige Menschen«, sagte Bruno, während er sich Notizen machte. »Wenn man ihren Worten Glauben schenkt – und das tue ich –, scheint auch der Sohn ein achtbarer junger Mann gewesen zu sein.« Er legte die Schreibfeder zur Seite, nahm die Karte, drehte und wendete sie und hielt sie gegen das Licht. »Wir sollten einen Graphologen zu Rate ziehen. Vielleicht kann die Schrift ein paar Hinweise auf den Absender geben.«

Cronenberg nickte. »Wir müssen außerdem noch mehr über das Opfer herausfinden. Oft gibt es Sachen, die man den Eltern nicht erzählt. Wir müssen Freunde befragen, den Arbeitgeber und natürlich diese Marie.«

Bruno nickte. »Ich werde den Graphologen aufsuchen und anschließend den nächsten Zug nach Dresden nehmen.« Er erhob sich, nahm seine Jacke und seinen Hut.

»Hier.« Cronenberg zückte sein Portemonnaie und reichte seinem Assistenten ein paar Scheine. »Für die Spesen.«

»Danke.« Bruno steckte das Geld ein. »Hoffen wir, dass ich etwas herausfinden kann.« Er steckte sich ein weiteres Stück Kautabak in den Mund. »Und hoffen wir auch, dass Blom tatsächlich keine Arbeit findet.«

11

Blom verabschiedete sich von Mathilde und ging nach oben in die Wohnung. »Von wegen höchste Zeit«, murmelte er, als ihm nach der Verrichtung seiner Morgentoilette noch immer der modrige Mief in die Nase stieg, der vorhin die Detektei durchzogen hatte. Nicht er hatte gestunken, das war einfach der Geruch des Krögels gewesen. Anschließend zog er Franks Kleidung an. Er musste sowohl die Hemdsärmel als auch die Hosenbeine hochkrempeln und alles mit einem Gürtel zusammenhalten, aber immerhin waren die Sachen sauber und hatten kaum Löcher.

Frisch gewaschen und gewandet trat er hinaus in den Hof, wo die Kinder wieder mit dem Ball spielten und ihn neugierig musterten. Er winkte ihnen zu, verließ die Anlage und folgte dem Krögel bis hinunter zur Spree. Dort blieb er stehen und starrte auf das trübe Wasser, während er die Karte betastete, die er zusammen mit dem Klappmesser in seine Hosentasche gesteckt hatte.

Albert von Mesar.

Eigentlich hätte er gleich wissen müssen, dass das elende Schwein ihm die Drohung geschickt hatte. Je länger er darüber nachdachte, desto klarer wurde es. Niemand sonst kam dafür in Frage. Zwar hatte er viele Menschen bestohlen, doch keiner von ihnen war ihm deswegen so gram, dass er sein Leben bedrohen würde.

Blom wusste, was es bedeutete, arm zu sein, weswegen er

niemals jemanden ausgeraubt hatte, dem der Verlust wehtat. Er hatte nur von denen genommen, die es verschmerzen konnten. Seinen Opfern war das Geld aus allen Poren gequollen, die meisten von ihnen waren so reich, die bemerkten lange nicht, dass ein paar ihrer Wertsachen fehlten.

Binnen weniger Tage wirst Du eine Leiche sein.

Albert von Mesar wollte ihn einschüchtern, ihn niedermachen – vor allem aber wollte er eines: ihn von Auguste fernhalten.

Der Lackaffe hatte ihr damals den Hof gemacht, und als klar wurde, dass sie Blom den Vorzug gab, hatte er den ehrenhaften Verlierer gemimt. Doch das war nur zum Schein gewesen. Der Wolf hatte sich den Schafspelz angelegt, um ihm nah zu sein und ihm den Einbruch bei Lothar von Wurmb anzuhängen.

Blom wusste nicht, auf wen er wütender sein sollte. Auf Albert von Mesar oder auf sich selbst, weil er das durchtriebene Spiel nicht durchschaut hatte.

»Na warte«, murmelte er und ging über den schmalen Trampelpfad an der Stadtvogtei vorbei. Dabei trug ihm der Wind leises Wehklagen aus einer der Zellen ans Ohr, und Blom seufzte. Er würde sich später um von Mesar kümmern. Erst musste er dafür sorgen, nicht selbst wieder hinter Gitter zu wandern, und dafür brauchte er Arbeit. Er zog die Entlassungspapiere aus seiner Tasche. Darauf waren ein paar Adressen vermerkt:

Verein zur Besserung entlassener Strafgefangener.
Arbeitsnachweisbureau: Neue Friedrichstraße 13–16.
Männer-Asyl
Arbeitsnachweisbureau: Büschingstraße 4.

Blom entschied sich für die erste Option. Nicht, weil sie ihm sympathischer gewesen wäre, sondern schlicht und ergreifend, weil sie näher lag.

In der Neuen Friedrichstraße angekommen, stellte er verwundert fest, dass sich der Verein zur Besserung entlassener Strafgefangener im Königlichen Kadettenhaus befand. Das schlossartige Gebäude sah nicht aus, als würde es seine Tore für Leute wie ihn öffnen.

Blom betrat die monumentale Eingangshalle und sah sich um, wobei er nicht der Einzige war. Kleine Grüppchen von Männern und Frauen in Zivil schlenderten in dem Gewölbe umher und ließen ihre Blicke schweifen, als befänden sie sich in einem Museum. Manche von ihnen schienen Familien aus der Provinz zu sein, mit staunenden Gesichtern und Umhängetaschen über den altmodischen Mänteln. Andere wirkten distinguiert und wurden von einer kosmopolitischen Aura umweht. Wie es schien, war das Gebäude für Touristen geöffnet.

Eine elegant gekleidete Dame, um deren Hals eine hübsche Perlenkette hing und die in der einen Hand einen Reiseführer, in der anderen einen Stadtplan hielt, rümpfte bei Bloms Anblick die Nase und wandte sich an einen Mann in Militäruniform. »Ich suche den Feldmarschallsaal«, erklärte sie mit einem französischen Akzent.

Der Soldat deutete auf eine breite Doppelflügeltür, in die allerlei Schlachtszenen geschnitzt worden waren. »Im Hintergebäude, Madame.«

»Und der Degen von Bonaparte ist auch dort?« Sie warf einen Blick in ihren Reiseführer. »Den man ihm bei Waterloo genommen hat?«

Blom juckte es in den Fingern. Touristen waren meist bessere Geldquellen als jedes vollgefüllte Sparschwein.

Der Stadtplantrick: Man sucht sich einen wohlhabend aussehenden Fremden und bietet an, ihm den Weg zur nächsten Sehenswürdigkeit zu erklären. Während sich das Opfer über den Stadtplan beugt, kann man nah an es herantreten und in seine Taschen fassen.

Als hätte der Uniformierte Bloms Gedanken erraten, kam er mit grimmiger Miene auf ihn zumarschiert. »He!«, rief er. »Du da! Der Verein für die entlassenen Strafgefangenen ist nebenan«, erklärte er laut genug, dass alle Anwesenden es hören konnten. »Gleich hinter dem Büro der Armendirektion.«

Blom blickte an sich hinab. Beschämt folgte er der Anweisung und ging zum Seiteneingang. Dieser führte in den Innenhof eines heruntergekommenen Nebengebäudes, wo ein Dutzend schlecht gekleideter Männer stand und irgendein stinkendes Kraut rauchte.

»Ich glaub, ich seh nicht recht! Blom, bist du das?«, rief einer von ihnen.

Als er näher kam erkannte Blom in ihm einen Münzfälscher namens Eduard Klein, der wegen seiner schiefen Nase und seinem fliehenden Kinn von allen nur Schöner Edi genannt wurde. Neben ihm standen Locken-Schulze und Pocken-Fred sowie ein paar Kerle, die er nicht kannte.

»Meine Fresse, er ist es wirklich.« Locken-Schulze klatschte in die Hände. »Jungs, kommt her. Seht euch das an. Das ist Felix Blom. Er kommt frisch aus Moabit, wenn die Buschtrommeln richtig geklopft haben.«

»Wer?«, fragte ein untersetzter Kerl mit ausgeprägten Tränensäcken.

»Felix Blom – dieser Mordskerl ist bei Lothar von Wurmb höchstpersönlich eingestiegen, dem ehemaligen Polizeipräsidenten.« Pocken-Fred klopfte Blom so fest auf die Schulter, dass dieser zusammenzuckte. »Er hat dem Kerl das Tafelsilber, den Sparstrumpf und einen wichtigen Orden geklaut.«

»Das war ich ni...«, setzte Blom an, doch der schöne Edi ließ ihn nicht ausreden.

»Das ist noch gar nichts«, warf er ein. »Mein Freund hier hat davor noch viel größere Dinger gedreht.« Er senkte die Stimme. »Ich sag nur: Alfred Krupp und Anselm Rothschild. Und ...« Er blickte verschwörerisch nach links und rechts. »Kronprinz Friedrich.«

»Nie im Leben«, raunte der Kerl mit den Tränensäcken.

»Doch«, versicherte der schöne Edi. »Bei Wurmb hat er einen Manschettenknopf verloren und wurde nur deshalb verhaftet. Wenn dieses kleine Malheur nicht passiert wäre, hätte Felix sicher auch Bismarck und Kaiser Wilhelm höchstpersönlich heimgesucht.« Er zückte eine rostige Konservendose, in der selbstgedrehte Zigaretten steckten, und hielt sie Blom vors Gesicht.

»Danke«, lehnte der ab. »Ich habe viele Laster, aber das gehört zum Glück nicht dazu.« Er zeigte auf die Tür, hinter der sich das Arbeitsbureau befand. »War schön, euch zu sehen, Jungs, aber die Pflicht ruft.«

»Die Mühe kannst du dir sparen.« Locken-Schulze nahm sich eine von Edis Zigaretten und zündete sie an. »Die haben momentan keine freien Stellen. Wir stehen hier nur rum, weil wir hoffen, dass noch was reinkommt.«

»Mist«, murmelte Blom. »Dann versuch ich es woanders.«

»Falls du an das Männer-Asyl in der Büschingstraße denkst ... vergiss es.« Er blies eine stinkende Rauchwolke in die Luft. »Da waren wir vorhin.«

»Was ist mit den Bahnhöfen?«, hakte Blom nach. »Stehen dort nicht immer wieder mal Agenten, die Arbeitssuchende aus dem Umland in die Fabriken der Stadt vermitteln?«

»Das tun sie tatsächlich.« Pocken-Fred hustete und spuckte auf den Boden. »Aber die wollen für ihre Dienste bezahlt werden.«

»Wie soll man Gebühren zahlen, wenn man keine Arbeit hat?«, echauffierte sich der Kerl mit den Tränensäcken. »Und wie soll man Arbeit finden, wenn man keine Gebühren zahlen kann?«

»Berlin, Berlin ist 'ne göttliche Stadt, wenn man bloß det nötige Kleenjeld hat«, warf Locken-Schulze ein.

»Schwere Zeiten für Leute wie uns«, lamentierte ein unrasierter Kerl mit Schnapsfahne. »Polizei an jeder Straßenecke und ...« Er hielt mitten im Satz inne und riss die Augen auf, als sich das Tor zur Straße öffnete.

Ein breitschultriger Mann erschien, aus dessen Tasche ein Zollstock ragte. »Schinkelbau«, erklärte er kurz und knapp. »Wir brauchen einen Hilfsarbeiter.«

Ohne nach den Konditionen oder weiteren Details zu fragen, traten alle Anwesenden einen Schritt nach vorn und hoben die Hände.

Der Mann musterte die Männer und zeigte auf Blom. »Wie heißt du?«

»Felix Blom.«

Er grummelte etwas Unverständliches und ließ den Finger zu Locken-Schulze wandern. »Du. Komm mit.«

Locken-Schulze konnte sein Glück kaum fassen. Freudig strahlend und ohne sich zu verabschieden, dackelte er seinem neuen Chef hinterher. Der Rest der Männer sah ihm sehnsüchtig nach.

»Mach dir nichts draus, Felix.« Der schöne Edi zündete

sich eine Selbstgedrehte an. »Schinkelbau ist berüchtigt. Das sind die reinsten Sklaventreiber.«

Sie warteten über eine Stunde, bis sich die Tür erneut öffnete und ein hochnäsiger Lakai nach einem Gärtnergehilfen fragte. Wieder wurde Blom übergangen. Dieses Mal war es der Mann mit den Tränensäcken, der den Zuschlag erhielt. Nicht besser verlief es kurze Zeit später, als die Stadtverwaltung einen Straßenkehrer und einen Lagerarbeiter suchte.

Blom sah ein, dass das Warten keinen Zweck hatte. Er musste einen anderen Weg finden, an einen Arbeitsschein zu gelangen. Doch wie? Und wo?

»Menschenskind, wann hast du das letzte Mal was gegessen?« Der schöne Edi zeigte auf Bloms laut knurrenden Bauch. Erneut bot er ihm eine Zigarette an. »Rauch eine, das hilft gegen den Hunger.«

»Hunger … essen …« Blom hatte eine Idee. Es gab vielleicht einen Weg, zwei Fliegen mit einer Klappe zu schlagen.

Er verabschiedete sich und lief in Richtung Stadtschloss, wobei er einen großen Bogen um den Molkenmarkt machte, und begab sich auf die Spreeinsel. Wie im Rest der Stadt hatte sich während seiner unfreiwilligen Abwesenheit auch hier vieles verändert. Die Bäume im Lustgarten waren gewachsen, die Nationalgalerie fertiggebaut und eröffnet worden, und auch ein paar neue Spazierwege hatte man angelegt.

Sein Ziel, das *Café Josty*, war Gott sei Dank noch immer an Ort und Stelle. Es handelte sich dabei um eines der schönsten Cafés der Stadt. Es verfügte über einen großen eleganten Salon, in dem es nach Kaffee und Brötchen duftete. Heinrich Heine war oft hier gewesen, genau wie Joseph von Eichendorff, Theodor Fontane und die Gebrüder Grimm.

Fast alle der kleinen runden Tische waren besetzt. Frauen mit eleganten Schuhen und flimmernden Roben aus plissierter Seide unterhielten sich angeregt mit Herren in vornehmer Straßenkleidung. Blom sah an sich hinab, schluckte das Gefühl von Scham hinunter und streckte den Rücken durch. Erhobenen Hauptes holte er sich ein paar Zeitungen von einem Tisch in der Mitte und ging damit ins hintere Ende des Lokals, wo am Fenster eine Handvoll hocheleganter junger Männer saß. Sie wirkten übernächtigt und hatten etwas Rastloses, Überhebliches im Blick, typische Vertreter der Jeunesse dorée. So laut, als wären sie die einzigen Gäste, sprachen die Dandys von den letzten Pferderennen, bevorstehenden Premieren und musterten mit Kennerblicken die Mädchen und Frauen, die auf der Straße vorübergingen. Blom hingegen schenkten sie keinerlei Aufmerksamkeit, was ihm nur recht war.

Noch ehe er sich um die Zeitungen kümmern konnte, erklang neben ihm ein Räuspern.

»Was darf es sein?«, fragte der Kellner, ein dürrer Mann mit blondem Spitzbart und spöttischem Lächeln.

»Eine Tasse Fleischbrühe«, bestellte Blom. Es war das Einzige, was er sich leisten konnte.

»Mit Leberklößen, gerösteten Brotwürfeln oder gebackenen Erbsen?«

»Nur die Brühe.«

Der Kellner zog eine Augenbraue hoch und verschwand.

Blom lehnte sich zurück und schwelgte in dem Ambiente. Für einen kurzen Augenblick vergaß er die Jahre in Moabit, die Karte, Albert von Mesar, den Krögel, den kratzenden Stoff auf seiner Haut. Er stellte sich vor, dass Auguste gleich hereinkommen würde. Gemeinsam würden sie ein Glas Champagner trinken und ein Baiser essen. Danach würde er sie ins Theater ausführen, sie nach der Vorstellung hochanständig daheim absetzen und zurück in sein Stadthaus kehren, wo ein Feuer im Kamin, eine Prise feiner Schnupftabak und ein gutes Buch auf ihn warteten.

»Bitte sehr«, holte der Kellner ihn zurück ins Hier und Jetzt. Mit einer zackigen Bewegung stellte er die Brühe vor ihn auf den Tisch. »Wenn ich das gleich abkassieren dürfte.«

Blom gab ihm seine letzten Münzen und schlug mit einem Hauch von Wehmut die oberste Zeitung auf. *Das Befinden des Kaisers*, war der Leitartikel betitelt. *Nach einer sehr ruhigen Nacht sind die Kräfte Seiner Majestät des Kaisers und Königs sichtlich gehoben. Allerhöchstderselbe hat nach gewechseltem Verbande wiederum das Lager im Bette mit dem Sitzen im Lehnstuhl vertauscht. Appetit noch mangelhaft.* Letzteres konnte Blom nicht von sich behaupten. Im Gegenteil. Es kostete ihn viel Willenskraft, die Brühe wie ein zivilisierter Mensch zu löffeln und sie nicht gierig hinunterzustürzen.

Als er damit fertig war, widmete er sich schließlich den Stellenanzeigen. Klavierstimmer wurden gesucht, Dienstmädchen und Köchinnen, Schneider, Hebammen und Musiklehrer … Kurzum nichts, für das er auch nur annähernd taugte. Ein Räuspern neben sich ließ Blom aufblicken.

»Darf's noch etwas sein?«, fragte der Kellner.

»Danke.«

»Danke ja? Oder nein danke?«

»Nein danke.«

Der Mann bedachte Blom mit einem pikierten Blick, verschwand dann aber.

Blom wollte die nächste Zeitung aufschlagen und noch mehr Stelleninserate lesen, als am Nebentisch lautes Gelächter ausbrach.

»Nie im Leben würde ich diese dumme Nuss heiraten«, prustete einer der Männer.

»Wieso denn nicht?«, fragte ein anderer. »Sie hat starke Hände, ein üppiges Dekolleté und breite Hüften. Mehr braucht man nicht zum Kochen und Kinderkriegen.«

Blom lächelte, legte die Zeitung beiseite und stand auf.

Er hatte eine Idee.

12

»Hooo.« Dietrich Schrader brachte die Pferde zum Stehen und stieg vom Kutschbock. »Alles gut, mein Brauner.« Er tätschelte den Hals seines Pferds und kontrollierte den Sitz des Zaumzeugs. Dann ging er um den Wagen herum, hievte einen Getreidesack von seinem Karren und wuchtete ihn sich auf die Schulter.

»Da bist du ja.« Bäckermeister Wrangel hatte vor seinem Laden auf ihn gewartet. »Ich dachte schon, du kommst nicht mehr.« Er wischte die mehligen Hände an seiner hellblauen Schürze ab und öffnete eine Falltür, die den Zugang zum Keller verschloss.

»Tut mir leid«, erklärte Schrader. »Beim Wörther Platz hat es einen Unfall gegeben, und ich konnte nirgendwo wenden.«

»Schon gut.« Bäckermeister Wrangel ging zum Karren und hob einen weiteren Sack herunter. Gemeinsam trugen sie das Getreide über eine halsbrecherisch schmale Treppe in das Lager.

»Das Geld ist oben«, erklärte Wrangel nach getaner Arbeit.

Schrader folgte ihm in die Backstube, wo es herrlich nach frischem Brot roch.

Wrangel zog ein Taschentuch unter seiner Schürze hervor, wischte sich damit den Schweiß aus seinem puterroten, pausbäckigen Gesicht und holte anschließend eine Flasche aus einem Regal. »Schlückchen?«, fragte er mit einem zufriedenen Grinsen. »Der beste Korn in der Stadt. Den hat mein Schwager selbst gebrannt. Genau das Richtige nach einem langen, harten Tag.«

»Gern.« Schrader nahm seine Mütze ab, putzte die Hände an der Hose ab und genehmigte sich ein Gläschen. Er nickte anerkennend. »Gutes Zeug.«

»Noch eins?«

»Lieber nicht. Ich muss nach Hause.« Beim Gedanken daran begannen seine Augen zu strahlen, und ein Lächeln verwandelte sein oft grimmiges Gesicht in das eines zufriedenen Mannes.

»Oho.« Wrangel kniff die Augen zusammen und legte den Kopf schief. »Da warten wohl ein leckeres Mittagessen und ein dralles Weibsbild auf dich.«

»Besser.«

»Was ist besser als gutes Essen und eine schöne Frau?«

»Das Haus«, erklärte Schrader. »Ich muss noch ein paar Dielen verlegen und ein Fenster abdichten, aber abgesehen davon ist es endlich fertig.«

»Na, das sind ja mal gute Neuigkeiten. Gratuliere.« Wrangel schenkte sich noch ein Gläschen ein und hob es in die Höhe. »Wie fühlt man sich so als Hausbesitzer?«

»Großartig.« Schrader lächelte noch breiter. »Hat 'ne Stange Geld und viel Zeit und Schweiß gekostet. Aber das war's wert. Ich kann selbst kaum fassen, dass es endlich so weit ist.« Er setzte seine Mütze auf. »Bis nächste Woche.«

Noch immer selig lächelnd bestieg er den Kutschbock, nahm die Zügel in die Hand und schnalzte mit der Zunge. »Los geht's, mein Brauner!«, rief er. »Auf, nach Hause.«

Sie trabten durch die Stadt in Richtung Friedrichshain, mit seinen kleinen Teichen, Hügeln und Nachtigallen. Dort hatte er sich seinen großen Traum erfüllt, einen alten Bauernhof zu kaufen und zu renovieren. Zu dem Gebäude gehörte ein Garten mit einem Kastanienbaum, eine breite Scheune für sein Fuhrwerk und ein Stall für den Braunen. Alles war so, wie er es sich immer gewünscht hatte.

Er begann ein Lied zu pfeifen. Der Fahrtwind wurde von den Düften des nahenden Sommers durchzogen: Rosen, Lavendel, frisch geschnittenes Gras … Doch plötzlich mischte sich ein unangenehmer Geruch dazu. Es dauerte ein paar Momente, bis Schrader ihn zuordnen konnte. Es war der Gestank von Rauch und Ruß. Irgendwo brannte es.

»Typisch Berlin«, murrte Schrader. »Immer im Wandel, immer was los.« Die Stadt wuchs schneller als ein junger Hund, die Bebauung wurde dichter, und immer mehr Menschen lebten auf immer engerem Raum. Kein Wunder, dass häufig Feuer ausbrach.

Wie auf Kommando schoss da auch schon ein Wagen der Feuerwehr vor ihm aus einer Querstraße und holperte in Windeseile mit lautem Gerassel, Geläute und Getrappel dahin.

»Hooo«, beruhigte Schrader sein Pferd, das nervös zu tänzeln begonnen hatte. »Alles gut, mein Brauner.« Sie trabten weiter, und je näher sie dem Oberbaum kamen, desto intensiver wurde der Geruch.

Noch immer dachte Dietrich Schrader an nichts Schlimmes. Hie und da brannte nun mal was, Sperrmüll, Küchen, gut versicherte Wohnungen. Nie im Leben hätte er daran gedacht, dass der Feuerteufel ausgerechnet sein Haus ereilen könnte. Erst als er die Flammen sah, die aus den Fenstern züngelten – seinen Fenstern –, und den Rauch, der aus dem Dachstuhl emporstieg – seinem Dachstuhl –, schlug die Realität zu.

Er brachte das Fuhrwerk vor einer Straßensperre zum

Stehen, ließ die Zügel achtlos fallen, sprang vom Kutschbock und rannte auf sein Haus zu. Hätte ihn nicht ein Feuerwehrmann aufgehalten, wäre er direkt und ohne mit der Wimper zu zucken hineingelaufen.

»Sind Sie lebensmüde?« Der Mann packte ihn an den Oberarmen. »Sie können da nicht hinein!«

»Aber das ist mein Haus.« Tränen stiegen Schrader in die Augen. »Mein ganzes Leben … alles, wofür ich gearbeitet habe … mein ganzes Erspartes … meine Zukunft … alles steckt da drinnen!« Er versuchte, sich aus dem Griff des Feuerwehrmanns zu winden, doch der war stärker.

Fassungslos stand Schrader da und musste mit ansehen, wie gierige Flammen seinen Lebenstraum verzehrten. Um ihn herum wuselte es. Wie Ameisen rannten die emsigen Feuerwehrleute umher, mit fachmännischen Handgriffen wurde ein Rohr an einem Hydranten befestigt, Kommandos wurden gebrüllt, Männer brachten sich in Position, hielten einen Schlauch, während andere mit voller Kraft zu pumpen begannen.

Eine Nachbarin war neben Schrader aufgetaucht und versuchte, ihn vom Geschehen wegzuziehen. »Kommen Sie, tun Sie sich das nicht an«, sagte sie. »Sehen Sie nicht zu.«

Schrader wurde von immer mehr Menschen umringt, mit wohlmeinenden und tröstenden Worten bedacht. Wie in Trance nahm er die Hände wahr, die ihm über den Rücken strichen oder seine Schultern tätschelten. Er fühlte Tränen in sich aufsteigen. Jemand führte ihn zu seinem Karren, ein Becher mit Wasser wurde ihm in die Hand gedrückt. Schrader nahm einen Schluck und hoffte, bald aus diesem Albtraum zu erwachen.

Schweiß tropfte von seiner Stirn, brannte in seinen Augen. Er griff in seine Jacke, doch anstelle eines Taschentuchs ertastete er ein dickes Stück Papier. Es handelte sich um eine handgeschriebene Karte.

Dietrich Schrader fuhr sich mit dem Unterarm übers Gesicht und las, was darauf geschrieben stand: *Binnen dreißig Stunden musst Du eine Leiche sein.*

13

Die Nikolaikirche schlug zwölf Uhr, und in der Innenstadt wurde es trubelig. Die Schulen, Werkstätten und Büros leerten sich, und halb Berlin eilte nach Hause, um zu essen.

Blom, der sich von Menschenmassen und lautem Verkehr noch immer überfordert fühlte, flüchtete in eine Toreinfahrt und überlegte, wie er am besten zurück in den Krögel kam, ohne die Hauptverkehrsadern zu passieren. Er eilte durch schmale Gassen, über kleine, unbefestigte Wege, und ohne, dass er es bewusst geplant hatte, fand er sich plötzlich vor einer schönen alten Villa in der Nähe des Lustgartens wieder.

Sein Puls beschleunigte. Dies war das Haus, in dem Albert von Mesar lebte. Er hatte eigentlich erst später herkommen wollen.

Blom senkte den Blick. Seine innere Stimme riet ihm, so schnell wie möglich weiterzugehen, doch er konnte nicht anders, als stehen zu bleiben und das Haus zu betrachten. Mit dem breiten Eingangsportal, das von zwei Säulen flankiert wurde, und der Fassade im Stil feinsten norddeutschen Barocks schien es ihm noch imposanter, als er es in Erinnerung gehabt hatte.

Er war einmal hier zu Gast gewesen, hatte mit dem Hausherrn diniert und anschließend einer Klavierdarbietung gelauscht. Was ihm damals eine lästige gesellschaftliche Verpflichtung gewesen war, stellte sich nun als Segen heraus.

Sein Wissen über den Grundriss und die Anordnung der Räume würde ihm dabei helfen, heute Abend, trotz Polizeipräsenz, in das Haus zu gelangen.

Es war nahezu unmöglich zu beweisen, dass Albert von Mesar die Karte geschrieben und ihn mit dem Tod bedroht hatte – und selbst, wenn ihm dies gelänge, würde das kaum Konsequenzen für den Baron nach sich ziehen. Er musste darum etwas anderes tun, um den Kerl unschädlich zu machen: Er musste den Orden des ehemaligen Polizeipräsidenten finden. Durch dessen Diebstahl hatte von Mesar ihn ins Gefängnis gebracht, wohl darauf hoffend, dass er viele Jahre hinter Gitter wandern würde – auf jeden Fall mehr als drei. Und dieser Diebstahl sollte nun von Mesars Verderben werden.

Laut Lugowski war der Schwarze Adlerorden nicht wiederaufgetaucht, und Blom wusste auch, warum: Ganz Berlin suchte nach dem Abzeichen. Es war unmöglich, es loszuwerden. Von Mesar musste es immer noch in seinem Besitz haben, und sehr wahrscheinlich war ihm das sogar äußerst recht. Der Orden war seine Trophäe, sein Erinnerungsstück an den Sieg, den er vor drei Jahren davongetragen hatte. Ein Souvenir, das ihm jetzt das Genick brechen würde. »Ich hatte dich unterschätzt, darum hast du die Schlacht gewonnen, aber nicht den Krieg«, murmelte Blom. Er zog die Karte aus seiner Tasche und musterte sie. *Es hat begonnen. Binnen weniger Tage wirst Du eine Leiche sein.* »Und du hast keine Ahnung, mit wem du dich angelegt hast.«

Er musste in die Höhle des Löwen einbrechen. Das würde nicht einfach werden. Die Gegend hier war stets stark frequentiert, die Polizeipräsenz immens, und außerdem würde von Mesar wahrscheinlich damit rechnen und ihn erwarten. Doch wo ein Wille, da ein Weg.

Er beschwor die Erinnerung an das Abendessen damals herauf, führte sich vor Augen, wo die Dienstbotenzimmer lagen, wo die Küche, die Bibliothek und der Salon. Er dachte über die Beschaffenheit von Fenstern und Türen nach, über die Arten von Bodenbelägen, die Schlösser und mögliche Verstecke.

Das Auftauchen einer Polizeipatrouille riss ihn aus seinen Gedanken. Er steckte die Hände in die Hosentaschen, senkte den Blick und eilte davon in Richtung Krögel.

Jetzt, da er ein paar erste Ideen hatte, wie er weiter vorgehen wollte, waren seine Schritte leichter und sein Gemüt heller. Die Spree kam ihm nicht mehr so trüb vor, und als er in den Krögel bog, konnte er ein paar schöne Details entdecken: einen Löwenzahn, der sich sattgrün und dottergelb zwischen den Pflastersteinen emporreckte, eine dicke Tigerkatze, die auf einer Mauer lag und leise schnurrte. Selbst die rote Tür von Mathilde Voss kam ihm plötzlich schön vor. Sie war ein leuchtender Farbklecks in einem Meer aus Grau.

Er sammelte im Hof noch ein paar Flugblätter auf, die Mathilde beim Zusammenkehren übersehen hatte, und klopfte an die Tür.

»Ja bitte«, erklang von drinnen ihre Stimme, woraufhin Blom eintrat.

Mathilde saß hinter dem Schreibtisch, hielt einen Bleistift in der Hand und hatte einen erwartungsvollen Ausdruck im Gesicht, der sich sofort verflüchtigte, als sie sah, wer da gekommen war. »Sie!« Mit einem leisen Seufzen richtete sie ihre Aufmerksamkeit wieder auf etwas, das vor ihr auf dem Tisch lag. »Was wollen Sie?«

Blom reichte ihr die Flugblätter und blickte neugierig auf das Schriftstück, mit dem Mathilde beschäftigt war. Es handelte sich um eine Zeitung, die auf der Seite mit den Stellen-anzeigen aufgeschlagen war. Eine Annonce war eingekringelt. »Kindermädchen?«, fragte er. »Im Ernst?«

»Besser als zu verhungern.« Mathilde warf die Flugblätter in den Papierkorb.

Blom bückte sich und fischte sie wieder heraus. »Was wurde aus der Idee, etwas aus sich zu machen? Ich dachte, Sie wollten der Welt beweisen, dass Frauen auch in einer Männerdomäne bestehen können.«

Sie funkelte ihn so böse an, dass ihm kurz ganz anders wurde. »Die Welt ist noch nicht bereit für eine weibliche Detektivin. Darum muss ich mich fürs Erste mit einer anderen Arbeit über Wasser halten. Haben Sie eine bessere Idee?«

»Das habe ich tatsächlich.« Blom nahm die Zeitung, stopfte sie in den Papierkorb und legte stattdessen die Flugblätter vor sie auf den Tisch.

Mathilde lehnte sich zurück und musterte ihn. »Nehmen Sie's mir nicht übel – aber Sie sehen nicht wirklich aus, als ob Sie gute Ideen hätten.«

»Der Schein trügt.« Blom nahm einen Stuhl, setzte sich neben sie und schlug mit den Fingern einen Trommelwirbel auf die Schreibtischkante.

»Machen Sie's nicht so spannend.«

Blom grinste. »Wir tun uns zusammen.«

»Was?« Mathilde tat, als hätte sie nicht richtig gehört.

»Wir tun uns zusammen«, wiederholte er. »Wir paktieren, verbünden uns, machen gemeinsame Sache.«

Mathilde rollte die Augen nach oben. »Wie ich gesagt habe – keine guten Ideen.« Sie fischte die Zeitung aus dem Mülleimer, strich sie glatt und wandte sich wieder den Stellenanzeigen zu.

»Hören Sie doch erst mal, was ich zu sagen habe.«

Demonstrativ kreiste sie eine Annonce ein, in der nach einer Zigarrenrollerin gesucht wurde.

»Wir gründen eine Zweckgemeinschaft.« Blom ließ sich nicht abschrecken. »Ich brauche eine Arbeit, damit ich nicht wieder zurück nach Moabit muss. Und Sie …«

»Ha!«, unterbrach sie. »Moabit. Wusste ich doch, dass mit Ihnen etwas nicht stimmt.«

Blom ignorierte das. »Sie brauchen einen Mann, der als Aushängeschild für Ihre Detektei fungiert.« Er stand auf, breitete die Arme aus und verbeugte sich. »Zumindest fürs Erste, bis Sie bewiesen haben, dass Frauen in dem Metier bestehen können.«

Mathilde verschränkte die Arme und kräuselte die Lippen. »Und während Sie den großen Macker spielen, soll ich mich als was präsentieren? Als Ihr Dienstmädchen?«

Blom zuckte mit den Schultern. »So was in der Richtung. Ihre Zigarrenkiste befüllt sich nicht von allein.«

»Lieber höre ich mit dem Rauchen auf, als dass ich mich Ihnen unterordne.«

»Niemand redet von unterordnen. Ich bin nur die Fassade. Dahinter können Sie schalten und walten, wie es Ihnen beliebt. Außerdem wäre unser Arrangement ja nur für kurze Zeit.« Blom setzte sich wieder. »Wir ziehen ein paar prestigeträchtige Fälle an Land, die uns Ruhm, Ehre und einen Batzen Geld einbringen. Sobald die Detektei Voss etabliert ist, hören wir mit der Scharade auf und verkünden die Wahrheit.«

»Ich weiß nicht … Sie sind ein Exsträfling und somit alles andere als ein Aushängeschild für die Detektei.«

»Felix Blom ist ein Exsträfling, aber nicht Herr Voss. Nach außen stellt das alles kein Problem dar. Und intern …« Er überlegte. »Wer könnte besser einen Verbrecher fangen als ein Verbrecher?«

Mathilde ließ sich Zeit mit der nächsten Frage. »Und warum haben Sie eingesessen?«

»Keine Sorge, ich bin weder ein Mörder noch ein Schläger. Nur ein Dieb.«

»Nur.« Mathilde rümpfte die Nase.

»Geben Sie sich einen Ruck. Lassen Sie es uns zumindest versuchen. Das ist auf jeden Fall besser, als die verwöhnten Bälger von reichen Leuten zu hüten oder sich die Finger an Zigarren wundzudrehen. Kommen Sie, Fräulein Voss, wir beide wissen, dass Sie die Dinger lieber rauchen als drehen.«

Sie holte das Zigarrenkästchen aus der Schublade. »Reden Sie weiter.«

»Denken Sie an die beiden Konkurrenten von heute Morgen«, legte Blom nach. »Wenn Sie jetzt klein beigeben, haben die gewonnen.«

Mathilde ließ ihre Finger über das Kästchen gleiten. »Und wie genau soll diese Abmachung aussehen?«

Blom kratzte sich am Kopf. »Ich spiele den Detektiv«, erklärte er schließlich. »Ich ziehe die Aufträge an Land und halte die Klienten bei der Stange, sodass Sie in Ruhe ermitteln können. Dafür stellen Sie mir eine Arbeitsbescheinigung aus und geben mir vierzig Prozent des Geldes.«

Mathilde schenkte ihm erst einen konsternierten Blick und fing dann schallend an zu lachen. »Vierzig Prozent? Sie sind völlig irre.« Sie setzte sich aufrecht hin. »Dafür, dass Sie hie und da mal Ihr hübsches Gesicht herzeigen und den Chef spielen, gebe ich Ihnen den Wisch und zehn Prozent.«

Blom schüttelte den Kopf. »Fünfundzwanzig.«

Mathilde überlegte. »Zwanzig. Und Sie müssen mitarbeiten.« Sie musterte ihn. »Gibt es irgendetwas, für das Sie zu gebrauchen sind? Können Sie schreiben? Wissen Sie, wie man Kaffee kocht? Kennen Sie sich gut genug in Berlin aus, um Botengänge zu tätigen?«

»Ich weiß, wie Verbrecher ticken.« Blom tippte sich an die Schläfe. »Immerhin war ich selber einer – und zwar ein richtig guter.« Er zwinkerte.

Noch bevor sie darauf reagieren konnte, ging die Tür auf. Ein großgewachsener, elegant gekleideter Mann betrat das Büro.

»Ich werde nicht Ihre Sekretärin spielen«, zischte Mathilde Blom ins Ohr. »Wir sind Partner.«

»Guten Tag.« Der Mann sah sich um und musterte erst die beiden, dann die Räumlichkeiten.

Blom setzte sein charmantestes Lächeln auf. »Guten Tag. Willkommen in der Detektei Voss. Was können wir für Sie tun?«

14

»Kommen Sie herein! Treten Sie näher.« Blom war von dem altersschwachen Stuhl aufgesprungen und winkte den potenziellen Klienten in die Detektei.

Der Mann war großgewachsen, trug einen modernen, nachtblauen Gehrock, der ihm etwas zu klein war, und eine opulente Schleife aus hellgrauer Seide, die um seinen Hemdkragen geschlungen war. Er hatte buschige Augenbrauen und einen dichten, graumelierten Bart. Mit einer schwungvollen Geste nahm er seinen Zylinder ab und sah sich um. »Interessant«, murmelte er, während er die Lage sondierte und die Einrichtung zu taxieren schien.

Blom streckte ihm die Hand entgegen, schüttelte sie mit festem Druck und lächelte. Er stellte einen Stuhl vor den Schreibtisch und deutete darauf. »Bitte«, sagte er, wobei er seine Stimme so samtig wie möglich klingen ließ. »Nehmen Sie doch Platz.«

Der Mann schien die Aufforderung nicht wahrzunehmen. Gedankenversunken knöpfte er seinen Gehrock auf, wobei seine Augen hektisch umherwanderten. Er wirkte getrieben und irgendwie nervös. »Vielen Dank«, sagte er schließlich.

»Wie können wir zu Diensten sein?«, fragte Blom.

Der Besucher ließ sich nieder, schlug die Beine übereinander und musterte die beiden mit unverhohlener Neugierde. »Kaminer mein Name«, sagte er schließlich und wippte mit dem Fuß. »Wilhelm Kaminer.«

Mathilde setzte sich ihm gegenüber. »Mathilde Voss«, stellte sie sich vor und biss sich auf die Unterlippe.

»Voss?« Der Besucher zog die Augenbrauen hoch und legte den Kopf schief. »Auf dem Flugblatt und dem Schild draußen ist von der Detektei Voss die Rede. Dann sind Sie ...«

»Meine werte Gattin«, schritt Blom ein.

»Verstehe.« Der Mann lachte. »Und Ihre Frau ist hier, weil ...«

»Meine Frau hilft manchmal aus«, erklärte Blom und setzte sich neben Mathilde.

»Was er damit meint ist, dass wir gemeinsam agieren«, korrigierte sie.

»Gemeinsam.« Die Miene des Mannes changierte zwischen amüsiert und irritiert. »Interessant.«

»Manchmal ist die weibliche Intuition sehr hilfreich«, improvisierte Blom. »Außerdem lassen sich Frauen gut bei Ermittlungen einsetzen. Sie wirken harmlos und können sich dadurch Zugang zu Orten verschaffen, die männlichen Detektiven verschlossen bleiben. Und denken Sie nur an ihre Fähigkeiten auf den Gebieten der Verführung und Betörung.«

Der Mann strich gedankenverloren über seinen Bart und nickte schließlich. »Außergewöhnlich« murmelte er. »Herr und Frau Voss. Gatte und Gattin. Wie revolutionär.«

»Ich hätte es nicht besser sagen können.« Blom lächelte zufrieden.

»Was sind Ihre Referenzen?«

Mathilde schluckte. »Bisher ... Nun, wie soll ich sagen ...«

»Unsere Referenzen sind mannigfach«, schwindelte Blom. »Aber unsere Auftraggeber wollen nicht genannt werden. Meist handelt es sich um delikate Probleme, und Diskretion wird bei uns großgeschrieben.«

»Was führt Sie zu uns?«, lenkte Mathilde das Gespräch zurück auf das Wesentliche.

Herr Kaminer verschränkte die Arme vor der Brust. »Es geht um Diebstahl.«

Bloms Gesicht begann zu leuchten. »Da sind Sie bei uns goldrichtig. Einbrüche und Diebstahl sind mein ... sind unser absolutes Fachgebiet.«

Mathilde nahm einen Bleistift und ein Notizbuch zur Hand und hielt inne. Dann reichte sie Blom das Schreibzeug und sah ihn auffordernd an.

»Ihr tun die Finger weh«, erklärte er. »Von der Arbeit im Haushalt.« Er nickte Herrn Kaminer zu. »Ich nehme an, die Tat liegt bereits ein wenig zurück.«

»Nein, wie kommen Sie darauf?«

Blom runzelte die Stirn. »Na, wegen der Polizeipräsenz. Momentan ist es kaum möglich, eine taube und blinde Greisin zu bestehlen.«

»Das mag für Berlin gelten, aber nicht für das Umland. Mein Unternehmen verfügt über Lagerhallen etwas außerhalb. In Spandau, um genau zu sein. Dort, wo die Spree in die Havel mündet.«

Blom machte eine Notiz. »Und dort lagern Sie was genau?«

»Ich bin im Importgeschäft tätig. In erster Linie handle ich mit Orientwaren: Elfenbein, Teppiche, Tee, Seide und so weiter. In den vergangenen Wochen wurden immer wieder Kisten mit chinesischem Porzellan gestohlen. Drei Mal, um genau zu sein. Am 3. und am 21. Mai, sowie am 7. Juni.«

»Porzellan. Das ist ungewöhnlich.« Blom machte einen weiteren Vermerk. »Erzählen Sie mir von Ihren Sicherheitsvorkehrungen.«

»Ich beschäftige einen Wachdienst, der regelmäßig seine

Runden dreht. Die Türen der Hallen bestehen aus massivem Eichenholz und sind mit robusten Schlössern versehen.«

»Und die sind intakt?«

»Vollkommen. Keine Kratzer, keine Dellen oder Ähnliches. Es scheint, als könne der Dieb durch Wände gehen.«

»Diebe gehen tatsächlich manchmal durch Wände«, erklärte Blom. »Wenn die Tür nicht zu knacken ist, machen sie sich an der Mauer zu schaffen. Sie entfernen Stein für Stein mit dem Brecheisen und schlüpfen durch das entstandene Loch. Die beste Tür nützt nichts, wenn das Mauerwerk schwach ist.«

»Das Mauerwerk ist stark und unbeschadet. Außerdem dauert es lange, solch einen Durchgang zu schaffen, und es verursacht Lärm. Das hätte der Wächter bemerkt.«

»Dann lassen Sie uns über die Fenster, das Dach und den Boden sprechen.«

Kaminer schüttelte den Kopf. »Mein werter Herr Voss, denken Sie, die Polizei hätte das nicht alles überprüft? Denken Sie, ich hätte nicht absolut jede Möglichkeit ausgeschlossen, bevor ich eine Privatdetektei einschalte?«

Blom überlegte. »Gehen wir mal davon aus, dass Sie nichts übersehen haben. Dann bleibt nur der reguläre Weg durch die Tür. Wer von Ihren Mitarbeitern ist im Besitz eines Schlüssels?«

»Nur mein Vorarbeiter, und der genießt mein uneingeschränktes Vertrauen.«

»Vertrauen ist gut. Kontrolle ist besser«, erklärte Mathilde.

»Es wurde kontrolliert, und zwar genauestens. Die Lagerarbeiter haben nichts mit dem Verschwinden des Porzellans zu tun.«

»Und es ist nur das Porzellan verschwunden?«, fragte Mathilde. »Niemals mehr?«

Kaminer nickte.

»Wir übernehmen den Fall«, erklärte sie. »Mein … Unser Tarif beläuft sich auf …« Sie musterte ihn. »Zehn Mark pro Tag, zuzüglich allfälliger Spesen.«

Kaminer strich sich wieder über den Bart. »Wie wäre es, wenn wir den Tagessatz vergessen«, schlug er vor. »Ich zahle Ihnen allfällige Spesen und ein Erfolgshonorar von hundert Mark, wenn Sie den Fall lösen.«

»In Ordnung«, sagte Blom. »Wie können wir Sie kontaktieren?«

»Ich werde in den kommenden Tagen nicht in Berlin sein. Ich reise nach Paris zur Weltausstellung, aber meine Mitarbeiter sind informiert und stehen, wenn nötig, zu Ihrer Verfügung. Ich melde mich, sobald ich zurück bin.« Er griff nach seinem Zylinder und erhob sich.

»Wir werden einen kleinen Vorschuss auf die Spesenabrechnung brauchen«, erklärte Mathilde.

Kaminer seufzte. »Von mir aus.« Er zog eine Brieftasche aus seinem Mantel und zählte ein paar Scheine auf den Tisch. »Das sollte reichen.«

Blom nickte und wollte danach greifen, aber Mathilde war schneller.

Herr Kaminer betrachtete die beiden, als ob sie einer neuen Spezies zugehörig seien. »Viel Erfolg«, wünschte er und verließ das Büro. »Interessant«, murmelte er dabei. »Wirklich sehr interessant.«

Blom wartete, bis der Klient verschwunden war. »Sonderbarer Kerl, irgendwie komisch«, murmelte er und wandte sich an Mathilde. »Aber wie auch immer. Gerade mal ein paar Minuten, dass wir Partner sind, und schon haben wir einen Fall.«

Mathilde teilte seine Euphorie offenbar nicht. »Gattin?«, fragte sie. »Sie haben mich tatsächlich als Ihre Frau verkauft.

Das würde Ihnen so gefallen. Kommen Sie bloß nicht auf dumme Gedanken.«

»Was hätte ich tun sollen? Wenn du dich als Frau Voss vorstellst.«

Sie verschränkte die Arme vor der Brust. »Seit wann sind wir per du?«

»Seit wir verheiratet sind.«

Mathilde holte das Kästchen aus der Schreibtischschublade und griff zur letzten Zigarre. »Jetzt, da wir Partner sind, sollten wir uns vielleicht besser kennenlernen.« Sie zündete den dicken Stumpen an und blies Rauch aus. »Leg die Karten auf den Tisch. Wie lange hast du gesessen?«

Blom setzte sich. »Drei Jahre.«

»Drei Jahre in Moabit.« Mathildes Züge wurden weicher. »Isolationshaft. Ist es so schlimm, wie man sagt?«

Blom nickte und schloss für einen Moment die Augen.

»Warst du ein einfacher Taschendieb oder einer, der in Häuser einsteigt?«

»Beides.«

»Und wen hast du bestohlen?«

»Lass mich überlegen.« Blom spielte an seiner zinnoberroten Halsbinde herum. »Ich habe die Tresore von Alfred Krupp und Werner von Siemens ausgeräumt«, begann er aufzuzählen. »Mich in den Bankschließfächern von Oppenheim und Rothschild bedient ...«

»Nie im Leben!«

»Doch, glaub mir. Ich habe das Tafelsilber von General Prittwitz eingesackt, der Baronin von Liebenstein ein Diamantcollier genommen, und ich habe Kronprinz Friedrich um ein paar tausend Golddukaten erleichtert.«

Mathilde sah ihn ungläubig an. »Warum habe ich nie davon gehört?«

»Weil ich gut war. Manche behaupten sogar, ich war der Beste.« Blom überlegte. »Ich war nicht gierig, habe nie alles genommen. Viele der Bestohlenen haben lange nicht gemerkt, dass etwas fehlt, andere haben den Diebstahl nicht angezeigt, weil sie Angst vor einem Skandal hatten – so wie der Kronprinz.« Er grinste. »Du kannst dir gar nicht vorstellen, welche schmutzigen Geheimnisse sich in Tresoren und Geheimverstecken so finden.«

»Oh doch, das kann ich.« Mathilde nahm einen Zug von ihrer Zigarre und blies würzig duftenden graublauen Rauch aus. »Manche deiner Opfer werden den Diebstahl doch bemerkt und zur Anzeige gebracht haben.«

»Schon.« Blom zuckte mit den Schultern. »Aber man ist mir nicht auf die Schliche gekommen und hat mir nie etwas nachweisen können. Natürlich hatte die Polizei ein Auge auf mich, es gab Verdachtsmomente und Gerüchte. Aber du weißt ja, was man über Gerüchte sagt ...«

»Sie kommen und verschwinden wie der Wind.«

Er nickte.

»Und dann?«

»Als ich genug hatte, ließ ich das Geld für mich arbeiten und habe mich zur Ruhe gesetzt.« Der Gedanke an jene Tage stimmte ihn sentimental. »Ich habe mir ein Stadthaus gemietet, eine Haushälterin namens Olga angestellt und einen kostbaren Ring gekauft, um der Frau, die ich liebe, einen Antrag zu machen ...«

»Dafür landet man nicht in Moabit.«

Blom seufzte. »Das ist die Ironie an der Geschichte. Ich wurde für einen Diebstahl eingesperrt, den ich nicht begangen habe. Ich wurde reingelegt. Von einem Rivalen.«

»Ich dachte, du warst im Ruhestand?«

»Was das Stehlen anging, aber nicht in Liebesdingen.«

»Die Liebe.« Mathilde schüttelte den Kopf. »Ein ewiger Quell von Unglück und Enttäuschung.« Sie nickte ihm zu. »Wer war die Ärmste?«

»Auguste Reichenbach.«

Mathilde riss die Augen auf und schien zum ersten Mal von Blom beeindruckt zu sein. »Sie ist die Tochter des Hoteliers, nicht wahr? Dem Besitzer des Grandhotels.«

Blom nickte. »Ich war kurz davor, ihr einen Antrag zu machen. Das hat einigen nicht gepasst, allen voran …« Er holte tief Luft, seine Augen waren glasig geworden. »Albert von Mesar.«

»Der, der dir die Karte geschickt hat?«

»Genau der.«

Mathilde beugte sich vor und lächelte. »Pikant. Wie in einem dieser Groschenromane, die an jeder Straßenecke verkauft werden. Ist die junge Reichenbach schön? War dieser Albert von Mesar sehr verliebt in sie?«

»Ja, Auguste ist außerordentlich bezaubernd, und von Mesar ist tatsächlich verliebt … zwar eher in ihr Geld, aber dennoch … Er wollte sie. Mehrfach hat er versucht, ihr Herz für sich zu gewinnen, was ihm aber nicht gelungen ist.«

»Deinetwegen. Also hat er dich reingelegt und so aus dem Weg geräumt.«

Blom nickte. »Von Mesar hat seine Nase in meine Angelegenheiten gesteckt und versucht, mich zu diskreditieren, wieder und wieder, und dann …« Sein Nacken verspannte sich bei dem Gedanken an jene unglückselige Nacht. »Er hat mich besucht und behauptet, das Kriegsbeil begraben zu wollen.« Er schnaubte. »Ich Idiot habe ihn reingelassen und eine Flasche Cognac mit ihm getrunken.« Er klatschte sich mit der flachen Hand gegen die Stirn. »Wie konnte ich nur so blöd sein. So verdammt blöd.«

»Was hat er getan?«

»Erst wollte er mir weismachen, dass er aufgrund seiner adeligen Abstammung und seines guten Namens die bessere Partie für Auguste sei.«

»Altes Geld vor neuem.«

»Ich bin nicht darauf eingestiegen, also ist er zu Plan B übergegangen. Er hat gewartet, bis ich kurz den Raum verlassen habe, dann hat er einen meiner Manschettenknöpfe eingesteckt – ein handgefertigtes Einzelstück mit Monogramm – etwas, das eindeutig als mein Eigentum erkennbar sein würde. Anschließend hat der Bastard den ehemaligen Polizeipräsidenten, Lothar von Wurmb, bestohlen und das gute Stück in dessen Villa hinterlassen. Für den Chefermittler, einen unfreundlichen Kerl namens Ernst Cronenberg, war das natürlich ein gefundenes Fressen. Die Haushälterin hat meinen Manschettenknopf am Tatort gefunden, und eh ich mich versah, bin ich in Moabit aufgewacht.«

Mathilde überlegte. »Irgendwie verdient.«

»Ob verdient oder nicht, ist eine andere Frage. Hätte mich Cronenberg für etwas drangekriegt, das ich wirklich verbrochen habe, wäre das zwar ärgerlich gewesen, aber c'est la vie. Doch so …«

»Wie hat es von Mesar geschafft, beim ehemaligen Polizeipräsidenten einzubrechen? Dessen Haus gleicht doch sicher einer Festung.«

»Tut es, aber von Mesar ist der Sohn von Wurmbs Schwester. Er ging dort regelmäßig ein und aus, kannte das Haus, das Personal und die Tagesabläufe seines Onkels.«

»Es stand also Aussage gegen Aussage.«

Blom nickte. »Aber die Polizei hat von Mesar geglaubt. Es hat sich herausgestellt, dass Cronenberg mir schon seit längerer Zeit auf den Fersen war. Irgendwie hatte der schlaue

Fuchs geschlussfolgert, dass ich der *Schatten von Berlin* sein muss, aber er hat mir nie etwas nachweisen können, bis Albert von Mesar ... Bis er ...« Blom presste die Lippen aufeinander.

»Was für ein Bastard.« Mathilde lehnte sich zurück. »Und? Hat es sich für das Schwein ausgezahlt? Konnte er die holde Auguste für sich gewinnen?«

Blom seufzte noch einmal. »Ich weiß es nicht.«

Mathilde runzelte die Stirn. »Wie? Du weißt es nicht?«

Blom spürte, wie sich ihm die Kehle zuschnürte. »Auguste wusste nichts von meiner kriminellen Vergangenheit und auch nicht, wie ich wirklich an mein Geld gekommen bin.« Es fiel ihm schwer, gefasst zu bleiben. »Ich habe behauptet, dass mir ein Onkel Plantagen in Übersee vermacht hätte. Meine Verhaftung war für sie ein Schock. Seither habe ich nichts mehr von ihr gehört. Kein Wort. Nichts! Meine Briefe sind ungeöffnet zurück nach Moabit gekommen. Wieder und wieder. Ich weiß nicht, ob das ihr Wille war oder der ihres Vaters, der mich nie hatte leiden können.«

»Warum bist du nach der Entlassung nicht gleich zu ihr gegangen?«

Blom schnaubte. »Sieh mich doch an. Ich bin ein Schatten meiner selbst. Meine Kleider schlottern um meinen viel zu dünnen Körper – und, schlimmer noch: Ich habe kein Geld, kein Haus, keine Perspektive. So kann ich Auguste nicht unter die Augen treten. Erst muss ich mein altes Leben zurückbekommen.«

Mathilde verdrehte die Augen. »Du weißt aber schon, dass wahre Liebe vorbehaltlos ist? Dass sie keine Bedingungen stellt.«

»Du hast wohl zu viele von diesen Schundromanen gelesen. Das Leben ist nicht so einfach.«

»Das Leben vielleicht nicht, echte Liebe aber schon.«

Blom schluckte. Natürlich hatte er sich die Frage immer wieder gestellt: Ob Auguste ihn auch lieben würde, wenn sie die Wahrheit kannte? Die ganze Wahrheit. Dass er im Krögel geboren und aufgewachsen war, ein Proletarier ohne Rang und Namen, der sich hochgegaunert und die ganze Welt belogen hatte – inklusive sich selbst.

Er hatte Angst vor der Antwort.

»Jetzt du«, lenkte er ab. »Ich habe dir alles über meine unrühmliche Vergangenheit erzählt, jetzt bist du an der Reihe.«

Mathilde zuckte mit den Schultern. »Meine Geschichte ist leider nicht so aufregend. Es gibt keine tragische Liebe, keine bösen Intrigen oder durchtriebenen Feinde.« Sie lehnte sich zurück und legte die Füße auf den Tisch. »Meine Mutter war eine einfache Magd aus Pommern, mein Vater unbekannt. Mit dreizehn wurde ich nach Berlin geschickt, um Geld als Dienstmädchen zu verdienen.«

Blom konnte sehen, dass es ihr schwerfiel, darüber zu reden. »Du musst nicht mehr sagen. Ich kann mir ungefähr vorstellen, wie es weitergeht.«

»Die Herrschaften waren nicht sehr nett, um es harmlos auszudrücken, also bin ich davongelaufen und habe mich allein durchgeschlagen. Wo ich am Ende gelandet bin, hast du ja heute morgen mitbekommen.«

»Dieses Frettchengesicht hat Madame Loulou erwähnt. Du warst also …« Blom zögerte.

»Du kannst es ruhig laut aussprechen: Ich war ein Freudenmädchen.« Sie zuckte mit den Achseln. »So wie du war ich eine der Besten auf meinem Gebiet. Ich hatte viele Kunden, reiche Kunden. Eines Tages hat mir einer von ihnen Geld dafür gegeben, einen Nebenbuhler auszuspionieren. Es hat sich herausgestellt, dass ich auch Talent für diese Art von

Arbeit habe und dass diese Form des Geldverdienens um einiges angenehmer als …« Sie wiederholte die obszöne Geste, die das Frettchengesicht in der Früh vollführt hatte. »Mein Gönner starb vor ein paar Wochen, und ich wollte nicht zurück in den *Venustempel*. Mit dem bisschen Geld, das ich mir zur Seite gelegt hatte, habe ich dieses Kabuff hier angemietet, Flugzettel gedruckt und Briefpapier. Apropos …« Sie sah ihn lange an, dann öffnete sie eine Schublade, holte einen Bogen von besagtem Briefpapier hervor und stellte Blom eine Arbeitsbestätigung aus. »Wie heißt es so schön? Huren und Verbrecher sind Geschwisterkinder. Ich werde dir darum aus der Patsche helfen. Wer hätte gedacht, dass ich so schnell einen Angestellten finden würde.«

»Und einen Ehemann.« Blom zwinkerte, nahm die Arbeitsbescheinigung an sich und betrachtete sie. Dabei wurde seine Miene plötzlich ernst. »Danke«, sagte er schließlich. »Ich weiß das zu schätzen.«

»Du wirst mir doch nicht rührselig werden.«

Blom lächelte den Anflug von Gefühlsduselei fort. »Ich geh dann mal rüber zur Polente und regle den Papierkram.«

»Warte!« Mathilde öffnete eine Lade und nahm ein paar Flugzettel daraus hervor. »Wenn du schon unterwegs bist, dann mach dich gleich nützlich, Herr Voss. Beschaffe Klienten.«

15

Als die Königlich Preußische Staatseisenbahn endlich in ihren Zielbahnhof einfuhr, stand Kommissar Bruno Harting auf und dehnte die verspannten Glieder. Seit ein paar Jahren gab es eine kürzere Streckenführung über Elsterwerda, und die Fahrt von Berlin nach Dresden dauerte nur noch etwas mehr als zwei Stunden. Dennoch war die Reise für Bruno äußerst anstrengend. Die Holzbänke waren hart, die Luft abgestanden, und jemand von seiner Größe konnte während der ganzen Reise nie die Beine ausstrecken.

Das Büro im Molkenmarkt, die Zugwaggons, die Neubauten in Berlin … Wann war die Welt so eng geworden?

Er trat auf den Bahnsteig und strömte gemeinsam mit dem Rest der Fahrgäste nach draußen, wo sich die Flut an Menschen schnell zerstreute. Bruno atmete tief ein und ließ sich eine angenehm laue Brise um die Nase wehen. Er lächelte, denn er mochte, was er sah: Dresden war auch eine Hauptstadt, zwar nicht vom Deutschen Kaiserreich, aber immerhin von Sachsen – dennoch wirkte sie im Gegensatz zu Berlin äußerst ländlich. Hier gab es kein omnipräsentes Hämmern und Sägen, es herrschte nicht die Gefahr, jederzeit über den Haufen gefahren zu werden, und selbst auf dem zentral gelegenen Bahnhofsvorplatz tummelten sich keine Menschenmassen.

Für ein paar Augenblicke schwelgte Bruno in der Ruhe und der Weite, dann stieg er in eine Kutsche und zückte sein

Notizbuch. »Zum Gasthaus Fritz«, wies er an. »Und zwar so schnell wie möglich.« Ihm stand ein anstrengendes Programm bevor: Er würde die Geschwister von Julius Jacobi aufsuchen und dessen Arbeitskollegen in der Konditorei befragen. Davor würde er sich noch Marie Leutgeb vornehmen, Jacobis Verlobte. Die Tatsache, dass der Selbstmörder ausgerechnet ihr keinen Abschiedsbrief geschrieben hatte, schien ihm verdächtig.

Der Kutscher stieß einen lauten Pfiff aus, und schon trabten die Pferde davon.

Bruno lehnte sich zurück, streckte die Beine, gähnte ausgiebig und blickte hinaus. Ein Gefühl von Ruhe überkam ihn. Er war froh, für ein paar Stunden dem Chaos und dem Wahnsinn entfliehen zu können, die sein Leben in Berlin fest im Griff hatten. Die Zwillinge, so süß sie auch waren, kosteten ihn den letzten Nerv. Seiner Frau ging es ähnlich, weswegen es zwischen ihnen immer häufiger Krach gab. Er versuchte, ein guter Ehemann und Vater zu sein, doch es fiel ihm schwer. Immer öfter riss ihm der Geduldsfaden, immer häufiger wurde er laut und unbeherrscht. Mehr und mehr begann er Cronenberg zu beneiden.

Cronenberg hatte auf eine eigene Familie verzichtet, um sich vollkommen seiner Arbeit widmen zu können, die er als Berufung und Lebenssinn empfand. Der Perfektionist wurde bewundert und respektiert und galt als einer der besten Kriminalisten des Polizeikorps. Eigentlich war es stets Brunos Ziel gewesen, es seinem Vorgesetzten gleichzutun und die Karriereleiter emporzusteigen, doch stattdessen verwandelte er sich Stück für Stück in ein unausgeschlafenes Wrack.

Seine Gedanken wurden unterbrochen, als die Kutsche zum Stehen kam. »Gasthaus Fritz«, rief der Fuhrmann.

Bruno stieg aus, bezahlte und sah sich um. Sie waren an den Stadtrand gefahren und hatten vor einem hübschen Fachwerkhaus angehalten, an dessen Mauern wilder Wein rankte. Ein struppiger, alter Bernhardiner lag neben der Eingangstür und ließ sich die Sonne auf den Bauch scheinen. Im Erdgeschoss stand ein Fenster offen, und eine junge Frau trällerte mit glasklarer Stimme ein Lied. »*Gott segne Sachsenland, wo fest die Treue stand, in Sturm und Nacht!*«

Bruno lachte trocken. »*Sei's trüber Tag, sei's heitrer Sonnenschein*«, hielt er singend dagegen. »*Ich bin ein Preuße, will ein Preuße sein!*« Er nahm seinen Hut ab und trat ein.

Die Gaststube war derart niedrig, dass Bruno mit der Handfläche die Decke hätte berühren können. Die Wände waren mit dunklem Eichenholz vertäfelt und Jagdtrophäen behängt. Hirschgeweihe und Eberköpfe reihten sich aneinander, ein massiver, dunkelgrün gekachelter Ofen verströmte Gemütlichkeit. Zwei alte Männer, die an ihren Meerschaumpfeifen zogen, saßen gleich beim Eingang an einem Tisch und spielten Karten. Sie hatten wohl sein Lied gehört, denn sie sahen ihm mit grimmigen Mienen entgegen.

Abgesehen von ihnen war die Stube wie ausgestorben. Bruno sah auf seine Taschenuhr. Es war halb drei. Zu spät für das Mittag-, zu früh für das Abendessen.

Er setzte sich auf die Bank neben dem Kachelofen und sah sich um. Im rückseitigen Bereich des Raums stand ein Tresen, die schmale Tür dahinter war nur angelehnt. Das Klappern von Kupferpfannen sowie leises Brutzeln drangen an sein Ohr. Es duftete nach gebratenem Fleisch und frisch gebackenem Kuchen. Bruno schloss die Augen, schwelgte in der heimeligen Atmosphäre und wünschte sich, er wäre nur ein einfacher Gast.

Das Geräusch von Schritten riss ihn aus seinem Tagtraum, und er öffnete die Augen. Eine junge Frau stand vor ihm. Sie hatte ihr rotes Haar zu einem losen Knoten gebunden, aus dem sich störrische Strähnen gelöst hatten, die sommersprossigen Wangen waren gerötet, und ihre Stirn glänzte vor Schweiß. »Daach!«, sagte sie mit einem freundlichen Lächeln und wischte sich die Hände an ihrer blaukarierten Schürze ab. »Essen gibt's erst in zwei Stunden, aber ein Schälchen Heeßn und 'ne Blinnsn könnt ich anbieten.«

»Ich hab's nicht so mit Kaffee und Kuchen«, sagte Bruno. »Gibt's vielleicht ein Bier? Und eine Stulle?«

Ihr Lächeln wurde breiter. »Sie sind nicht von hier«, stellte sie fest, wobei sie sich redlich bemühte, Hochdeutsch zu sprechen.

»Nein, ich bin …« Bruno fasste in seine Tasche.

»Lassen Sie mich raten. Sie sind aus Berlin.«

»Das bin ich tatsächlich.« Er zeigte ihr seine Marke. »Kriminalkommissar Bruno Harting«, stellte er sich vor. »Ich bin auf der Suche nach Marie Leutgeb.«

»Das bin ich.« Sie sah ihn mit großen Augen an, das freundliche Lächeln wich einem erstaunten Gesichtsausdruck. »Was will denn die Polizei aus Berlin von mir?«

»Kennen Sie einen gewissen Julius Jacobi?«, kam Bruno direkt auf den Punkt.

Sie nickte. »Ja, natürlich. Was ist mit ihm?«

Bruno räusperte sich. »Es tut mir leid, aber ich muss Ihnen mitteilen, dass Herr Jacobi tot ist.«

»Tot?« Sie rang nach Luft und starrte ihn fassungslos an.

Bruno nickte. »Ja. Mein Beileid.«

»Aber … aber … warum?« Marie lief zum Tresen, wobei sie mehr schwankte als ging, und holte zwei Gläser und eine Flasche Schnaps. Sie setzte sich neben Bruno und wollte einschenken, doch ihre Hand zitterte so sehr, dass sie die Gläser nicht traf. Eine durchsichtige Pfütze, die streng nach Hochprozentigem roch, bildete sich auf der rauen Oberfläche des Tisches.

Bruno nahm ihr die Flasche aus der Hand, goss ein Glas ein und schob es ihr zu.

Sie trank es in einem Zug aus und schüttelte sich. »Tot ... Der Julius tot ...« Ihre Augen füllten sich mit Tränen. »Und was hat ein Kommissar aus Berlin damit zu tun?«

Bruno schenkte nach, und dieses Mal goss er sich selbst auch einen ein. »Er hat sich in Berlin erschossen.« Er hatte entschieden, die Karten ungeschönt auf den Tisch zu legen.

»Erschossen? Er? In Berlin?« Tränen rannen ihr über die Wangen.

Bruno kippte den Schnaps hinunter. Der Klare brannte seine Kehle entlang, eine Welle von Wärme durchströmte seinen Körper, gefolgt von einem wohligen Prickeln. »Sie wissen nichts davon?«

Marie Leutgeb schüttelte den Kopf.

»Ist Ihnen denn gar nichts an ihm und seinem Verhalten aufgefallen? Ich meine, immerhin waren Sie beide doch verlobt. Oder etwa nicht.«

»Doch ... ich meine ... nein ...« Ihre Stimme brach, sie fing laut an zu schluchzen. »Das ist alles meine Schuld«, heulte sie. »Alles meine Schuld ...«

Die beiden Alten hielten inne, starrten kurz und spielten dann weiter, als wenn nichts wäre.

»Tief durchatmen, Mädel.« Bruno legte ihr eine seiner Pranken auf die Schulter. »Jetzt beruhig dich erst mal, und dann erzählst du mir alles. Ich bin sicher, du kannst da nichts für.« Er war nicht gut in solchen Dingen. Die junge Frau weinte so herzzerreißend, dass ihm ganz eng in der Brust wurde. Er dachte an seinen Vorgesetzten und wünschte, er wäre hier. Cronenberg wüsste, was zu tun war. Er würde die richtigen Worte finden, während er nur Blödsinn stammelte. »Alles gut, Mädel«, murmelte er, obwohl ihm klar war, dass es das für sie wahrscheinlich nie wieder sein würde. »Alles gut.«

Es dauerte einige Zeit, bis sie sich so weit beruhigt hatte, dass sie wieder sprechen konnte. »Ich hab mit Julius Schluss gemacht«, presste sie hervor. »Darum hat er sich umgebracht.«

»Nee, Mädel.« Bruno schüttelte den Kopf. »Den Schuh musst du dir nicht anziehen. Julius Jacobi hat sich umgebracht, weil es ihm jemand befohlen hat.«

Sie riss die Augen auf. »Was? Wer?«

»Er trug eine Karte bei sich, auf der stand, er habe binnen dreißig Stunden eine Leiche zu sein.« Der Geruch von etwas Verbranntem stieg ihm in die Nase.

»Ich verstehe nicht …«

»Da bist du nicht die Einzige.« Bruno deutete auf die Tür hinter dem Tresen. »Vielleicht solltest du den Herd ausmachen, und dann erzählst du mir, was genau zwischen euch passiert ist.«

»Herrje, die Kutteln.« Marie verschwand und kam kurz darauf wieder zurück. Noch immer war sie völlig aufgelöst. »Ich weiß gar nicht, wo ich anfangen soll«, sagte sie mit bebender Stimme.

Bruno schenkte Schnaps nach. »Anfangen tut man am besten … nun … am Anfang. Du könntest damit beginnen, warum du die Verlobung gelöst hast.«

Marie wischte sich über ihr Gesicht und nickte. »Wegen dem Geld.« Erneut rannen dicke Tränen über ihre sommersprossigen Wangen. »Ich wollte es doch für uns«, flüsterte sie. »Damit wir endlich unsere Bäckerei eröffnen können. Ich hab es doch aus Liebe getan. Verstehen Sie?«

Bruno hatte keine Ahnung, wovon sie sprach, und schüttelte den Kopf.

»Julius und ich wollten unsere eigene Bäckerei eröffnen«, erklärte sie. »Wir haben fleißig gearbeitet und gespart, aber ohne ein Wunder hätte es noch viele Jahre gedauert, bis wir die Summe endlich beisammengehabt hätten. Sie haben ja keine Ahnung, was so etwas kostet. Die Miete«, begann sie aufzuzählen, »die Geräte, die Zutaten ...«

»Ich kann's mir vorstellen.«

»Und dann ist plötzlich das Wunder passiert, für das ich gebetet habe.« Erneut wurde sie von einem Weinkrampf geschüttelt. »Ein Geschenk Gottes, dachte ich, aber ...« Sie bekreuzigte sich. »Er war des Teufels.«

»Ha!«, rief einer der Alten und knallte eine Spielkarte so laut auf den Tisch, dass Marie zusammenzuckte.

»Wer?« Bruno sah ihr in die Augen. »Wer war des Teufels?«

»Der Brief. Ich habe einen Brief bekommen. Darin wurden mir tausend Mark versprochen, wenn ich die Verlobung löse.«

Bruno runzelte die Stirn. »Und das hast du nicht seltsam gefunden?«

»Doch ... natürlich ... aber dann hab ich mir gedacht: Warum nicht? Es stand ja nicht drinnen, dass wir uns danach nicht erneut verloben dürfen.«

»Von wem war der Brief?«

»Keine Ahnung. Er war mit *ein Freund* unterschrieben. Ich dachte mir: Menschen sind sonderbar, die Welt wird immer verrückter. Bei der Weltausstellung in Paris soll es eine Maschine geben, die Eis machen kann. Können Sie sich das vorstellen? Ein Gast hat vor kurzem prognostiziert, dass es bald Kutschen ohne Pferde geben wird und dass Menschen irgendwann fliegen können.« Marie sah Bruno mit ihren großen grünen Augen flehend an. »Warum sollte nicht irgendein Irrer auf die Idee kommen, mir tausend Mark zu geben, damit ich meine Verlobung löse?«

Bruno hätte ihr gerne widersprochen, doch er hatte im Laufe seines Lebens schon so viele Merkwürdigkeiten erlebt, dass ihm kein Gegenargument einfiel. Die Gefängnisse waren voll von Verrückten, und in den Ämtern und Palästen Berlins fand man noch viel mehr davon.

»Ich hab kurz überlegt, den Julius gleich einzuweihen, hatte aber Angst, dass der Unbekannte uns auf die Schliche kommt. Darum hab ich das Spiel mitgespielt und wollte warten, bis ich das Geld hatte. Danach hätte ich Julius sofort alles erzählt. Er hätte es verstanden. Er hätte erkannt, dass ich es nur für uns getan habe, für unseren Traum, unsere Zukunft, unsere Bäckerei. Er hätte mir verziehen, das weiß ich. Er hat mich aufrichtig geliebt.«

»Hast du das Geld wenigstens bekommen?«

Marie schüttelte den Kopf. Tränen strömten ihr über die Wangen. »Ich bin so dumm, so unendlich dumm.« Sie schlug sich mit der flachen Hand selbst ins Gesicht und holte aus, um es erneut zu tun. »Julius ist tot, wegen mir.«

Bruno packte die junge Frau am Handgelenk. »Jeder andere hätte auch so gehandelt«, log er und wandte sich an die beiden alten Männer, die angesichts des Dramas nicht länger so taten, als würden sie Karten spielen. »Hier gibt es nichts zu glotzen.« Er schaute so grimmig drein, dass sie aufstanden und verschwanden. Anschließend wandte er sich wieder an Marie, reichte ihr ein weiteres Glas Schnaps und sah zu, wie sie es trank. »Julius hat also nicht gut darauf reagiert, dass du die Verlobung gelöst hast«, sagte er, nachdem sie sich etwas beruhigt hatte.

Sie schüttelte den Kopf. »Natürlich nicht. Er ist aus allen Wolken gefallen und wollte den Grund wissen. Wieder und wieder hab ich ihm gesagt, dass ich es ihm in ein paar Tagen erklären werde. Ich habe sogar angedeutet, dass sich alles wieder ändern könnte, doch er war tief gekränkt und ist gegangen.«

»Wann genau war das? Und hast du ihn danach noch einmal gesehen?«

Sie seufzte schwer. »Das war am Freitagmorgen gewesen, und ich habe ihn danach nicht mehr …« Der Rest des Satzes wurde von Tränen erstickt.

Bruno machte eine Notiz. »In einem seiner Abschiedsbriefe hat Julius geschrieben, dass etwas geschehen ist, für das er nun bezahlen muss. Irgendeine Ahnung, was er damit meinte?«

Marie überlegte lange, dann schüttelte sie den Kopf.

»Hat er sich in den vergangenen Wochen irgendwie komisch verhalten? War er anders als sonst? Hat er vielleicht irgendwelche kryptischen Andeutungen gemacht?«

Erneut starrte sie ihn mit ihren großen grünen Augen an. »Nein«, brachte sie hervor. »Bis Freitag war alles wie immer.«

»Hast du den Brief noch?«

Sie schnäuzte sich, stand auf und strich ihre Schürze glatt. »Ich hole ihn.«

Bruno blieb sitzen. Abgesehen davon, dass die Kartenspieler verschwunden waren, hatte sich in dem Gasthaus nichts verändert. Noch immer war es warm und gemütlich, es roch nach Holz und Rinderbraten, und das Gebälk knackte leise. Dennoch hatte sich die Atmosphäre gewandelt. Ihm war, als wäre ein kalter Hauch durch die Stube gezogen. Als wäre das Wirtshaus von einem gastlichen Ort zu etwas Unheimlichem geworden.

Der Brief war des Teufels.

»Hier.« Marie war zurückgekommen, noch immer leuchtete ihre Wange rot von der Ohrfeige, die sie sich selbst verpasst hatte. Sie reichte Bruno ein Blatt Papier. »Den Umschlag habe ich leider weggeworfen.«

Ein einziger Blick reichte aus. Sofort erkannte Bruno die schönen, nach rechts geneigten Buchstaben, die teure, nachtschwarze Tinte und das edle Papier. Wer auch immer die Karte an Julius Jacobi geschrieben hatte, er hatte auch den Brief an dessen Verlobte verfasst. »Ich muss ihn mitnehmen.«

»Bitte. Ich will das Ding nicht in diesem Haus haben.« Erneut bekreuzigte sie sich.

Bruno stand auf und legte seine großen Hände auf Maries schmale Schultern. »Es ist nicht deine Schuld, Mädel.« Er sprach die Worte langsam und überdeutlich aus. »Hast du verstanden?«

Sie nickte.

»Der einzige Verantwortliche ist derjenige, der diesen Brief geschrieben hat.«

»Finden Sie ihn.«

»Das werde ich. Versprochen, Marie.«

Drei Jahre zuvor

»Haben Sie alles, was Sie brauchen?«, fragte der Kutscher.

Lena Meinecke warf einen Blick in ihre Hebammentasche: Hörrohr, Kocherklemme, Beckenzirkel, Nabelschnurschere, Spekulum … Sie nickte. »Alles da.«

»Sauwetter«, murrte der Mann. »Das Kind von Stadtrat Gall hätte sich keine schlechtere Nacht aussuchen können, um auf die Welt zu kommen.« Er hielt Lena die Tür auf und half ihr in die Kutsche.

»Wenn es wirklich eine Steißlage ist, hätte es sich auch keine schlechtere Position aussuchen können.« Sie ließ sich auf der ledernen Sitzbank nieder und stellte die Tasche vor sich auf den Boden.

Der Mann schwang sich auf den Kutschbock, schnalzte mit der Zunge, und sie stoben los. Berlin war wie ausgestorben. Die dunklen Ecken, an denen normalerweise Huren auf Kundschaft warteten, lagen genauso einsam und verlassen da wie die großen Kreuzungen und die Areale rund um die Sehenswürdigkeiten. Der Kutscher nutzte die freie Bahn und ließ die Peitsche knallen. »Schneller!«, rief er. Der Wagen holperte und ratterte, während sie eilig über das unebene Kopfsteinpflaster galoppierten, als wäre ihnen der Leibhaftige auf den Fersen.

Plötzlich erklang ein lautes Kläffen, gefolgt von einem Wiehern. Ein ohrenbetäubendes Krachen war zu vernehmen, und die Kutsche blieb abrupt stehen. »Was ist passiert?«, rief Lena hinaus.

»Die Pferde haben gescheut«, brüllte der Kutscher gegen den Wind an und spuckte auf den Boden. »Ein paar von den verdammten Kötern, die hier überall in der Stadt herumstreunen, haben sie erschreckt. Warten Sie drinnen«, wies er an.

Lena schloss die Tür und betrachtete den Schneeregen, der gegen die Fensterscheibe klatschte und dicke Schlieren zog. Sie strich sich zärtlich über den dicken Bauch, dachte an die Frau von Stadtrat Gall sowie das arme Kind, das verkehrt herum in deren Unterleib steckte, und stieg aus.

Der Mann kniete auf dem kalten Boden und leuchtete mit einer Laterne die Unterseite der Kutsche ab. »Die Achse ist angeknackst«, sagte er und hielt seinen Hut fest, als eine Windböe drohte, ihn wegzublasen. »Mal sehen, vielleicht kann ich sie notdürftig reparieren.«

Lena überlegte. »Bei einer Steißgeburt zählt jede Minute. Das Leben von Mutter und Kind steht auf dem Spiel. Ich werde den Rest des Weges zu Fuß gehen.«

»Sind Sie sicher?« Er warf einen Blick auf ihren Bauch. »In Ihrem Zustand? Es ist nass und kalt.«

»Ich gehe schnell, das hält mich warm.« Lena holte ihre Tasche, knotete ihren Schal fest um den Hals und lief los. Wind peitschte ihr ins Gesicht, sie zog die Schultern hoch und eilte durch die dunklen Gassen.

Auch die Dorotheenstadt war wie ausgestorben, weshalb ihr der schlaksige, großgewachsene Mann, der aus einer der Villen trat, umso mehr auffiel.

Lena verlangsamte ihren Schritt und kniff die Augen zusammen. Sie konnte kaum etwas erkennen, dazu war es zu düster. Trotzdem kam ihr die Szenerie eigenartig vor.

Sie hätte nicht zu sagen vermocht, was genau ihr verdächtig erschien. Vielleicht war es die Haltung des Mannes? Die Art, wie er ging? Die Tatsache, dass er einen riesigen Sack schleppte? Sie wusste es nicht. Fest stand nur, dass ihr Instinkt Gefahr signalisierte.

Sie versteckte sich hinter einer Linde. Ohne den Kerl aus den Augen zu lassen, verharrte sie dort, während Gänsehaut über ihren Rücken kroch. »Mach schon«, murmelte sie lautlos. »Verschwinde, ich hab's eilig.«

Hufgetrappel kündete vom Herannahen einer Kutsche. Der Mann blieb stehen und wartete. Aus dem Schatten auf der gegenüberliegenden Straßenseite löste sich eine weitere Silhouette und gesellte sich zu ihm. Für einen kurzen Moment konnte Lena die Gesichter der Männer sehen, dann kam endlich die Kutsche um die Ecke gebogen, hielt an, ließ die beiden einsteigen und fuhr davon.

Lena wartete, bis sie außer Sicht- und Hörweite waren, dann setzte sie ihren Weg fort. »Was ist nur los mit mir?«, fragte sie sich. Sie schlang die Finger fest um den Griff ihrer Hebammentasche und zog die Schultern hoch. »Jetzt fürchte ich mich schon vor meinem eigenen Schatten.«

16

Blom betrachtete die Arbeitsbescheinigung, die Mathilde ihm ausgestellt hatte, und fing an zu lachen. Er arbeitete nun offiziell für eine Frau, und zwar ausgerechnet für eine Detektivin. Das Leben hatte einen seltsamen Sinn für Humor.

Er schüttelte den Kopf, während er ans nördliche Ende des Krögels ging, wo die Stralauer Straße auf den Molkenmarkt traf. Im Vorbeigehen musterte er das hässliche Gebäude, in dem sich, hinter meterdicken Mauern und schweren Eichentüren verborgen, das Polizeipräsidium befand.

Dies war das Epizentrum der Berliner Exekutive. Ein düsteres Haus, eingebettet in ein Gewirr alter Gassen, von denen jede einzelne mehr erzählen konnte als die gesamten neuen Stadtteile zusammen. In dieser Festung saßen die Männer, die ihn jahrelang gejagt hatten. In seinen Augen waren sie Paragraphenreiter und Befehlsempfänger, die mit der Nüchternheit des preußischen Beamtentums das vollstreckten, was die Gesetzbücher ihnen vorschrieben. Kein Wunder, dass das Gebäude von einer eiskalten Aura umgeben wurde. Man konnte es den gesetzestreuen Berlinern und Berlinerinnen nicht verdenken, dass selbst sie bei dessen Anblick eine gewisse Beklemmung verspürten.

Ecke Poststraße und Molkenmarkt erreichte Blom sein Ziel – ein Gebäude, dem er genauso wenig Sympathie entgegenbrachte wie dem Polizeipräsidium: das sogenannte Ephraimpalais.

Veitel Heine Ephraim, der Namensgeber des Prachtbaus, war einst Münzmeister Friedrichs des Großen gewesen und prägte phasenweise solch minderwertige Silbermünzen, dass das Volk von ihnen sagte: »Von außen glänzend, von innen schlimm. Von außen Friedrich, von innen Ephraim.« Dieses geflügelte Wort hätte auch hier und heute, in Anbetracht des prunkvollen Hauses, nicht treffender sein können. Von außen war es wunderschön, innen, so wusste Blom, waren dieselben Mistkerle am Werk wie gegenüber.

Er ging zwischen den Säulen hindurch, die das Eingangsportal flankierten, und betrat das große Vestibül dahinter. Trotz all der Schönheit und der Pracht, die ihn umgaben, fühlte Blom sich unwohl. Hier arbeiteten zwar keine Polizisten, aber ihre Erfüllungsgehilfen. Mit gesenktem Blick eilte er die kolossale hölzerne Freitreppe nach oben in den zweiten Stock, wo sich das Einwohnermeldeamt befand.

»Na wunderbar«, murmelte Blom, wobei sein Missmut nicht der langen Schlange galt, die sich vor dem Schalter gebildet hatte, sondern jener Gestalt, die auf ihn zukam. Es handelte sich um keinen Geringeren als den Mann, der ihn nach Moabit verfrachtet hatte: Kriminalkommissar Ernst Cronenberg.

Wie es schien, hatte Cronenberg ihn ebenfalls bemerkt. »Blom«, sagte er. »Gerade habe ich mich nach Ihnen erkundigt.«

»Ach ja?«

Cronenberg nickte. »Ich wollte wissen, ob Sie sich schon gemeldet haben.«

Sie starrten einander an, und Blom musste zugeben, dass die souveräne Ausstrahlung seines Gegenübers ihn erneut beeindruckte. Er hatte ihn bisher nur zweimal gesehen: bei seiner Verhaftung und bei der Gerichtsverhandlung. Beide

Male waren ihm Cronenbergs wache Augen aufgefallen, die hinter einer altmodischen Brille blitzten. Jetzt, da sie einander wieder gegenüberstanden, nahm Blom noch mehr Details wahr: Cronenbergs volles braunes Haar, seine grauen Schläfen, den Geruch von Sandelholz, der ihn umwehte, und die Windpockennarben auf dem Kinn. Hätte er nicht gewusst, wer sein Gegenüber war, hätte Blom ihn wahrscheinlich sympathisch gefunden.

»Ich hoffe, die Haft hat ihren Zweck erfüllt und Sie geläutert. Nicht dass ich Sie erneut verhaften und zurück nach Moabit schicken muss«, durchbrach Cronenberg das Schweigen

»Keine Sorge, Herr Kommissar.« Blom lächelte. »Ich habe eine Unterkunft und einen legalen Erwerb.«

Cronenberg schien überrascht. Er rückte seine Brille zurecht und zog eine Augenbraue hoch. »Darf ich fragen, in welchem Betrieb Sie untergekommen sind?«

»Natürlich. Ich habe nichts zu verbergen.« Blom fasste in seine Jackentasche und wollte Cronenberg die Arbeitsbescheinigung in die Hand drücken, erwischte aber die Karte von heute früh, die er beinahe vergessen hatte. Er starrte darauf.

»Ist das Ihre Bestätigung?« Cronenberg streckte die Hand aus.

Blom schüttelte den Kopf. »Nein, das ist eine Drohung. Eigentlich wollte ich die Sache nicht an die große Glocke hängen. Aber jetzt, da wir uns zufällig über den Weg gelaufen sind ...« Er drückte dem Kommissar die Karte in die Hand. »Die hat Albert von Mesar mir zukommen lassen.«

Ohne auf die Karte zu sehen, verdrehte Cronenberg die Augen und seufzte. »Wollen Sie mir etwa immer noch weismachen, dass Albert von Mesar Sie damals reingelegt hat?« Er schüttelte den Kopf. »Hören Sie endlich auf damit, Blom.«

»Damit aufhören?« Blom spürte, wie Wut in ihm hochstieg. »Ich war drei Jahre lang unschuldig im Knast«, presste er hervor. »Alles, was ich jemals besessen habe, wurde vom Staat konfisziert, meine Freunde haben sich von mir abgewendet, und die Liebe meines Lebens spricht nicht mehr mit mir.«

Cronenberg verschränkte die Arme vor der Brust. »Kein Grund, aggressiv zu werden, Blom. All das können Sie wohl kaum mir und meinen Leuten zuschreiben. Sie haben in Ihrem Leben viele schlechte Entscheidungen getroffen. Vielleicht war die Wahl Ihrer Freunde und Ihrer Liebsten genauso falsch wie die Ihrer Profession. Wir beide wissen jedenfalls, dass Ihr Geld nicht von irgendwelchen Plantagen in Übersee stammte.« Er trat näher an ihn heran und blickte ihm direkt in die Augen. »Sie sind ein intelligenter junger Mann. Sie haben Ihre Strafe abgesessen, Sie haben eine Wohnung und eine Arbeit. Nutzen Sie diese Chance auf einen Neuanfang.«

»Könnten Sie es?« Blom hielt Cronenbergs Blick stand. »Könnten Sie es auf sich beruhen lassen, wenn Ihnen so etwas zustoßen würde? Wenn ein einzelner Mann Ihr gesamtes Leben ruinieren würde?«

»Ich weiß nur zu gut, was Sie meinen …«, fuhr Cronenberg fort. »Na gut«, seufzte er. »Momentan habe ich einen Mord zu bearbeiten, sobald der geklärt ist, werde ich mir Ihren Fall noch einmal vornehmen. In Ordnung?«

Blom schwieg.

»Ich bin gut in dem, was ich tue«, beteuerte Cronenberg.

»Offenbar nicht gut genug. Sonst hätten Sie schon vor drei Jahren erkannt, dass nicht ich, sondern Albert von Mesar den Einbruch begangen hat.«

»Und der Manschettenknopf?«

»Das wissen Sie doch. Von Mesar war wenige Tage vor dem Einbruch bei mir. Dabei hat er ihn mitgehen lassen.«

»Machen Sie sich nicht lächerlich, Blom.« Cronenberg sah ihn an wie ein Vater sein unbedarftes Kind. »Ein Mann wie Albert von Mesar würde es niemals schaffen, jemanden wie Sie – einen mit allen Wassern gewaschenen Meisterdieb – zu bestehlen.«

Blom hob einen Finger in die Höhe. »Erstens habe ich nicht mit so viel Niedertracht gerechnet.« Er hob einen zweiten Finger. »Außerdem war ich betrunken, und …«, ein dritter Finger folgte, »Sie haben es gerade selbst gesagt: Meisterdieb. Vorausgesetzt, ich wäre das wirklich … glauben Sie im Ernst, ich hätte den Fehler begangen, einen meiner Manschettenknöpfe am Tatort liegen zu lassen?«

Cronenberg zuckte mit den Schultern. »Jeder ist einmal unaufmerksam. Jeder macht irgendwann Fehler. Und die Sache mit dem Manschettenknopf war der Ihre. Der Patzer, auf den ich viele Jahre gewartet habe.« Er lächelte. »Seien Sie ein anständiger Verlierer, Blom. Irgendwann hätte ich Sie drangekriegt. So ist es eben ein bisschen früher passiert.«

»Von wegen«, blaffte Blom und senkte die Stimme. »Sie hätten vergebens gewartet«, flüsterte er. »Meine Karriere war beendet. Ich war im selbstgewählten Ruhestand.«

»Wie auch immer. Lassen Sie Albert von Mesar in Ruhe. Sie überschätzen den Mann. Ich kann mir beim besten Willen nicht vorstellen, dass er irgendetwas mit alldem zu tun hat.« Cronenberg reichte ihm die Karte.

»Behalten Sie sie.«

Ohne sie eines Blickes zu würdigen, steckte Cronenberg sie ein und setzte an zu gehen. »Wenn Sie wieder was anstellen, kriege ich Sie erneut dran.« Er zog seine Pastillen aus der Tasche. »Haben Sie das verstanden?«

»Aber natürlich, Herr Kommissar.« Blom betrachtete die hübsche silberne Pastillendose in Cronenbergs Hand und unterdrückte den Impuls, sie ihm zu stehlen. Stattdessen fasste er in seine Tasche und reichte Cronenberg eines von Mathildes Flugblättern. »Das ist meine neue Arbeit, hundert Prozent legal. Mein Büro befindet sich gleich um die Ecke. Falls Sie bei einem Fall nicht mehr weiterwissen, kommen Sie jederzeit gern vorbei. Für Sie gibt's einen Sonderpreis.« Er ging ans Ende der Schlange, stellte sich an und sah dem Kommissar dabei zu, wie er zurück zur Treppe ging.

17

M. Voss, Detektivbüro und Auskunftei, Am Krögel 7,
erledigt verlässlich, prompt und diskret Beobachtungen
und Erhebungen aller Art.

Fassungslos starrte Cronenberg auf das Flugblatt. Meisterdieb Felix Blom hatte tatsächlich legale Arbeit gefunden –
und ausgerechnet in einer Detektei. »Als hätte Berlin nicht
schon genug Probleme«, murmelte er, während er das Ephraimpalais verließ und über den Molkenmarkt zurück ins
Präsidium ging.

Auch jetzt war wieder viel los. Ein Gefängniswagen
spuckte eine Gruppe fragwürdiger Gestalten aus, die bei
diversen Razzien aufgegriffen worden waren. Unter lauten
Protesten und derben Flüchen wurde die Canaille in den
Polizeigewahrsam gebracht. Dort würde sie darauf warten,
dem Richter vorgeführt zu werden, der sie wegen Landstrei-
cherei, Arbeitsscheu, Prostitution, Taschendiebstahls oder
ähnlicher Delikte verurteilen würde.

Cronenberg betrachtete die Männer und Frauen. Wann
würde diese Stadt endlich zur Ruhe kommen? Schlief das
Verbrechen denn nie?

Mit einem unguten Gefühl in der Magengrube eilte er
durch die langen, schmalen Gänge und betrat die Abteilung
der Kriminalpolizei. »Ist Kommissar Nikolas da?«, rief er in
den Verhörraum.

»Er müsste gleich kommen«, antwortete einer der Beamten, ein grobschlächtiger Kerl namens Ulrich Feneis. »Sobald er eintrifft, schicke ich ihn zu Ihnen.«

Cronenberg ging in sein Büro, setzte sich hinter den Schreibtisch und atmete tief durch. Blom war zurück, und er würde wieder Ärger machen. Das sagte ihm sein Instinkt. Das zornige Funkeln in Bloms Augen, die trotzigen Zwischentöne in seiner Stimme, seine krankhafte Obsession mit Albert von Mesar.

Er zog das Flugblatt und die Karte, die er von Blom bekommen hatte, aus der Tasche und wollte gerade einen Blick darauf werfen, als es an der Tür klopfte und Kommissar Nikolas den Kopf hereinstreckte. »Sie wollten mich sprechen?«

»Ja, Blom hat Arbeit«, erklärte Cronenberg kurz und knapp. »Wie es scheint, wurde er vom Inhaber einer Detektei angestellt. Einem gewissen Herrn Voss.«

»Gott bewahre.« Nikolas trat in den Raum und schloss die Tür hinter sich.

»Ich habe ihn vorhin gesehen und kurz mit ihm gesprochen. Er behauptet noch immer, dass Albert von Mesar ihn reingelegt hat.«

»Wirklich? Obwohl er nicht mehr vor Gericht steht und keinen Sündenbock für seine Taten braucht?« Nikolas runzelte die Stirn. »Wäre es denn möglich, dass er recht …?«

»Nein«, sagte Cronenberg zornig, noch bevor Nikolas den Gedanken ausführen konnte. »Ganz sicher nicht. Ich gehe davon aus, dass private Gründe hinter seiner Behauptung stecken.«

»Verzeihung. Ich wollte Ihre Kompetenz nicht in Frage stellen. Zweifellos haben Sie damals den Richtigen verhaftet.«

Cronenberg nickte. »Die Beweislage war eindeutig.«

Das Öffnen der Tür löste die angespannte Stimmung. Lärm und Hektik drangen von draußen herein. »Entschuldigen Sie die Störung, Herr Kommissar«, sagte Henner Lohmann. »Hier ist jemand für Sie. Eine …« Er schien nach der richtigen Bezeichnung zu suchen. »Eine Dame, die Julius Jacobi auf der Fotografie erkannt haben will. Sie behauptet, etwas beobachtet zu haben.«

»Bringen Sie sie herein«, wies Cronenberg an und wandte seine Aufmerksamkeit dann wieder Nikolas zu. »Ich kenne Blom«, erklärte er. »Ich war lange genug an ihm dran. Er wird versuchen, ein krummes Ding zu drehen – und zwar bald. Behalten Sie ihn so gut es geht im Auge.«

»Natürlich.« Nikolas nickte dienstbeflissen und verschwand nach draußen.

Kurze Zeit später kam Lohmann zurück. Dieses Mal hatte er eine elegante junge Frau im Schlepptau. Sie trug ein langes rotes Kleid, fingerlose Handschuhe aus schwarzem Samt und hochhackige Schnürstiefel. »Das ist Franka Bartsch.«

»Bitte treten Sie näher, Frau Bartsch.« Cronenberg deutete auf einen Sessel.

Sie sah sich um, kratzte sich verlegen am Hinterkopf und setzte sich.

Erst jetzt konnte Cronenberg erkennen, dass sie keineswegs elegant und schon gar nicht jung war.

Frau Bartsch war stark geschminkt, um nicht zu sagen angemalt. Das Rot auf den Lippen und das Schwarz um die Augen waren verschmiert, sie hatte Falten um den Mund, und ihre Haare, auf denen ein kleines Hütchen thronte, waren zerzaust. »Wenn ich Ihnen alles sage, was ich weiß, kann ich dann gehen?«, fragte sie mit belegter Stimme.

Cronenberg bedachte Lohmann, der in der Tür stehen geblieben war, mit einem fragenden Blick.

»Die Kollegen von der Sitte haben sie am Bahnhof aufgelesen«, erklärte der.

»Zu Unrecht«, krächzte sie. »Ich bin keine Hure.«

»Von wegen.« Lohmann lachte trocken und wandte sich an Cronenberg. »Sie nennt sich Kesse Franka und hat vor den Jungs in Zivil die Röcke gehoben – und zwar bis über die Hüfte.«

»Na und?«, konterte sie. »Mir war halt heiß.«

»Ich kümmere mich um sie.« Cronenberg nickte dem Wachtmeister zu, der daraufhin verschwand und die Tür hinter sich schloss.

»Ich schwöre, ich war nicht unsittlich«, beteuerte die Kesse Franka.

»Von mir aus können Sie nackt über den Pariser Platz tanzen«, winkte Cronenberg ab. »Ich bin nicht von der Sitte, sondern von der Kriminalpolizei.« Er legte das Porträt von Julius Jacobi vor sie auf den Tisch. »Sie kennen ihn?«

»Wenn ich Ihnen helfe, kann ich dann gehen?«, fragte sie erneut.

Cronenberg nickte.

»Sie sind ein guter Mann. Wenn Sie irgendwann mal ein bisschen Spaß haben wollen ...« Die Kesse Franka lächelte und entblößte dabei ein schiefes Gebiss.

»Am meisten Spaß macht mir das Aufklären von Straftaten.« Cronenberg tippte auf das Foto. »Was können Sie mir über diesen Mann erzählen?«

»Der war am Bahnhof, kam aus Dresden. Das Milchgesicht ist mir gleich aufgefallen.« Sie nahm das Foto und betrachtete es. »So jung und hübsch. Also hab ich ...« Sie überlegte. »Ich hab ihm angeboten, ihn in Berlin einzuführen.«

Sie sprach das letzte Wort langsam und akzentuiert aus, dabei grinste sie.

»Und? Ließ er sich einführen?«

Sie schüttelte den Kopf. »Nee. Der wollte nicht.« Sie zuckte mit den Schultern. »Das war aber nicht tragisch. Irgendwas war nämlich faul an dem. Der war völlig fertig. Nervös. Total blass und zittrig. Hat geschwitzt und so. Ich bin ganz froh, dass ich ihn nicht eingeführt hab. Zuletzt hätt ich mir noch irgendwas eingefangen. Sackläuse oder die Franzosenkrankheit. Die süßen Jungs, die so harmlos ausschauen, sind meistens die dreckigsten.«

»Interessant«, murmelte Cronenberg.

»Jaaaa.« Sie lehnte sich zurück und schlug die Beine übereinander. »Ich könnte Ihnen Sachen erzählen. Wissen Sie zum Beispiel, dass die preußischen Soldaten im letzten Krieg …«

»Ich habe mich auf seine Nervosität bezogen«, unterbrach Cronenberg. »Hat er irgendetwas zu Ihnen gesagt? Hatte er Gepäck bei sich? Hat er mit jemandem geredet?«

»Ach so.« Sie dachte nach. »Koffer hatte er keine, und gesagt hat das Jungchen auch nicht viel, zumindest nicht zu mir. Er hat aber mit so einem Kerl gesprochen, ich glaub, der war auch in dem Zug. Mit dem ist er dann in eine Kutsche gestiegen und davongefahren. Gut möglich, dass das zwei Hinterlader waren.« Sie grübelte. »Ja«, murmelte sie. »Das würde einiges erklären.«

Cronenberg war hellhörig geworden. »Denken Sie jetzt bitte ganz genau nach. Wie sah der Kerl aus? Was war es für eine Kutsche? Bitte erinnern Sie sich. Jedes noch so kleine Detail kann hilfreich sein.«

Franka legte das Foto zurück auf den Tisch und zwirbelte eine Haarsträhne. »Es war eine von den regulären Bahnhofskutschen, eine von denen mit den Nummern«, sagte sie schließlich. »Sie wissen schon … am Ausgang vom Bahnhof steht immer ein Mann, der nummerierte Blechmarken an die Reisenden verteilt. Auf den Wagenkästen der Droschken, die auf dem Vorplatz stehen, sind die passenden Nummern aufgemalt, so dass niemand sich um eine Fahrgelegenheit streitet.«

»Ich kenne das System.« Cronenberg sah sie eindringlich an. »Können Sie sich an die Nummer erinnern?«

»Nee, leider. Ich seh nicht mehr so gut.« Sie deutete auf ihre Augen. »Unter uns«, sagte sie in einem verschwörerischen Tonfall, »ich bin ein paar Jährchen älter, als ich ausschaue.«

Cronenberg bezweifelte das. »Versuchen Sie's wenigstens. Kutsche erster oder zweiter Klasse?«

»Erster«, sagte sie. »Das weiß ich noch. Die Rote Guste fand es nämlich schade, dass uns zwei Kerle erster Klasse durch die Lappen gegangen waren. Ich hab noch zu ihr gesagt: besser zweitklassiger Spaß als erstklassiger Tripper.«

»Gut, das engt die Sache schon mal ein. Und die Nummer? Einstellig oder zweistellig?«

»Ich glaub, sie war einstellig. Vielleicht war's die Acht. Vielleicht auch die Drei.«

»Na, sehen Sie.« Cronenberg lächelte. »Sie machen das gut.«

»Das hör ich öfter.« Die Kesse Franka kicherte.

»Beschreiben Sie mir den anderen Mann. Haben Sie sein Gesicht gesehen? War er groß? Oder eher klein? Hatte er besondere Merkmale?«

»Mittelgroß. Er hat eine Schiebermütze getragen, die hatte er tief in die Stirn gezogen.« Sie kratzte sich am Hals. »Der Kerl war nicht ganz koscher. Die Art, wie er sein Gesicht verbarg und wie er sich bewegt hat … als wär er auf der Hut. Lass die Finger von dem, hab ich zur Roten Guste gesagt. Der Kerl ist gefährlich. Das ist ein Wolf im Schafspelz. Frauen wie ich – wir haben über die Jahre ein Gespür für so was entwickelt. Man muss wissen, mit wem man mitgehen kann und mit wem nicht.« Sie seufzte. »Sonst wird man einer von Ihren Fällen.«

»Das gilt es um jeden Preis zu verhindern.« Cronenberg nickte. »Helfen Sie mir, ihn zu finden. Denken Sie noch einmal nach. Hat vielleicht diese Guste mehr erkannt?«

»Sicher nicht.« Sie schüttelte den Kopf. »Guste sieht noch schlechter als ich.« Gedankenverloren griff Franka nach Jacobis Foto und zog es so schwungvoll vom Tisch, dass Bloms Flugblatt und die Karte, die daneben gelegen hatten, weggewischt wurden und auf den Boden fielen. »'tschuldigung«, murmelte sie.

»Schon gut.« Cronenberg hob beides auf, wobei sein Blick auf die Karte fiel. Er erstarrte. Sie sah genauso aus wie das Schriftstück, das sie bei der Leiche von Julius Jacobi gefunden hatten. Das Papier, die Buchstaben – und vor allem die Formulierung … »Blom«, murmelte Cronenberg verdattert. Was verband einen einfachen Konditorgehilfen aus Dresden mit einem dreisten Berliner Meisterdieb? Er blickte auf. »Der Mann mit der Mütze, dieser Wolf im Schafspelz, denken Sie, das könnte ein Berufsverbrecher gewesen sein? Einer von denen, die an den Bahnhöfen herumlungern und darauf warten, ankommende Touristen und naive Landpomeranzen abzuzocken?«

Die Kesse Franka überlegte. »Möglich«, sagte sie und kaute dabei auf der Unterlippe herum. »Wobei, nee«, widerrief sie die Einschätzung. »Die Touristenabzocker sind charmante Jungs. Das sind gewitzte Spitzbuben, immer einen flotten Spruch auf den Lippen, keine grimmigen Gesellen. Außerdem kenne ich die alle. Der Dresdener Bahnhof ist immerhin mein Revier.« Gedankenverloren starrte sie die Fotografie an. »Je mehr ich drüber nachdenke, desto mehr glaube ich, dass er es auf den Kleinen abgesehen hatte. Der hat sich das Milchgesicht ganz gezielt rausgepickt.« Sie legte den Kopf schief und hielt sich das Bild ganz nah vor die Augen. »Der hat keinen anderen angeschaut, ist direkt auf ihn zu gegangen, hat ihm was gezeigt und ihm was ins Ohr geflüstert.«

»Und der junge Mann ist daraufhin mit ihm gegangen? Freiwillig?«

»Wie ein Lamm zur Schlachtbank. Apropos gehen.« Sie reichte Cronenberg das Bild. »Kann ich?«

Cronenberg, der die Karte noch immer in der Hand hielt, nickte. »Jaja«, murmelte er. »Nur zu.«

Die Kesse Franka stand auf, richtete ihre Röcke und strich sich das Haar so gut es ging zurecht. »Wenn Sie noch was brauchen, wissen Sie ja, wo Sie mich finden.« Sie grinste, machte einen Knicks und verließ den Raum.

Cronenberg blieb grübelnd zurück. Ratlos strich er über die raue Oberfläche der Karte, ließ seine Fingerspitzen den geschwungenen Linien folgen. *Es hat begonnen. Binnen weniger Tage wirst Du eine Leiche sein.*

War es möglich, dass tatsächlich Albert von Mesar die Karten verfasst hatte? Und wenn ja, warum? Und was hatte Julius Jacobi damit zu tun?

Was auch immer dahintersteckte: Irgendjemand war da draußen, und dieser Jemand hatte es auf Felix Blom abgesehen. Cronenberg stand auf und griff nach seinem Mantel. Der Kerl war ein fürchterliches Ärgernis, aber auf diese Art wollte er ihn nicht loswerden.

18

Der Beamte im Meldeamt hatte sich so langsam bewegt, als würde er durch Melasse waten. Mit dem Tempo und der Eleganz einer alten Landschildkröte hatte er Formulare abgestempelt, Anträge ausgefüllt und Personenzettel abgelegt. Es hatte eine gefühlte Ewigkeit gedauert, bis Blom endlich an der Reihe gewesen war. Dann jedoch hatte alles reibungslos funktioniert. Seine Arbeitsbestätigung wurde akzeptiert, und er bekam endlich die hundertfünfzehn Mark und dreißig Pfennig ausbezahlt, die er in Moabit verdient hatte.

Mit dem Geld hatte sich Blom eine Dose *Old Paris* Schnupftabak gegönnt und Dinge gekauft, die für jeden Dieb eine Art Grundausstattung darstellten. Dazu gehörten ein sogenannter Spanier und eine Ballonmütze. Beim Spanier handelte es sich um einen Umhang mit Kragen, der über der Kleidung getragen wurde. Aus ihm heraus ließ sich einfacher agieren als aus einem weiten Mantel oder einem zugeknöpften Paletot. Die Ballonmütze konnte man sich tief in die Augen oder von der Seite herabziehen, um sich auf diese Weise so unkenntlich wie möglich zu machen.

Dazu hatte Blom Rasierzeug besorgt, ein Paar edle Lederhandschuhe, eine Hose, eine Melone und halbhohe Schnürstiefel. Das Ensemble komplettierte er mit einem edlen braunroten Seidenschal und einer hübschen Nickelbrille aus Fensterglas. Jetzt, da die Polente keinen Grund mehr hatte, ihn zu piesacken, konnte er sich in Ruhe um Albert von Mesar kümmern, und dafür musste er einigermaßen passabel aussehen. Es war nämlich einfacher, Verbrechen zu begehen, wenn man etwas darstellte. Die große Mehrheit der Menschen bildete ihr Urteil nach Äußerlichkeiten. Dem elegant gekleideten Mann wurden größere Achtung und mehr Vertrauen entgegengebracht als jenem im groben Kittel. Strafbare Handlungen wurden dadurch erheblich erleichtert.

Das ganze Leben wurde dadurch erleichtert.

Man konnte sagen, was man wollte, aber Kleider machten Leute. Nachdem er sich gewaschen, rasiert und frisch gekleidet hatte, fühlte sich Blom wie ein neuer Mensch. Mit erhobenem Haupt und aufrechtem Gang verließ er das Haus und ging über den Hof. Die Rasselbande, die gerade in ein selbst ausgedachtes Spiel versunken war, bei dem man wild durch die Gegend hüpfen musste, musterte ihn, als wäre er ein Fremder, und als er den Hut lüftete und ihnen zuzwinkerte, starrten sie ihm mit offenem Mund nach.

Die Kinder waren nicht die Einzigen, die von seinem neuen Auftreten überrascht waren, auch Kommissar Cronenberg, der ihm auf der Stralauer Straße entgegenkam, schien ihn nicht sofort zu erkennen.

Schnell senkte Blom den Blick und eilte auf die andere Straßenseite.

»Blom?«, hörte er den Kommissar hinter sich rufen. »Warten Sie!«

»Verdammt«, murmelte er. Das hatte er davon, dass er seine neuen Schuhe schonen wollte und deshalb nicht über den Trampelpfad gegangen war. Reflexartig beschleunigte er seine Schritte und hastete weiter auf den Molkenmarkt, dabei hörte er, wie Cronenberg ihm hinterherrief.

Wahrscheinlich wollte er ihn über seine Bürgerpflichten belehren, ihn ermahnen, nicht wieder straffällig zu werden und Albert von Mesar in Ruhe zu lassen. Doch Blom hatte keine Lust auf eine erneute Maßregelung, er würde sich den Sermon des Gesetzeshüters mit Sicherheit nicht anhören.

Wie gut, dass gerade der perfekte Zeitpunkt war, um jemanden abzuhängen. Die Tagesstunden waren vorüber, ein milder Schleier von Staub, Qualm und Dunkelheit senkte sich über die Straßen, und nur allmählich leuchteten die Flammen der Gaslaternen auf. Zudem hatten Heerscharen von Geschäftsleuten und Arbeitern ihre Läden und Werkstätten verlassen und strömten nach Hause, wo das Abendbrot auf sie wartete.

Blom drängte sich mitten hinein in dieses schummrige Getümmel und verschwand darin. Er hatte sich an sämtliche Auflagen gehalten, konnte eine Wohnung und eine Arbeit vorweisen. Cronenberg und Konsorten hatten kein Recht, ihn zu behelligen. Sie sollten ihn in Ruhe lassen.

»Blom! Bleiben Sie stehen!«, hörte er die Stimme des Kommissars. Sie war nicht mehr so nah wie gerade eben.

Von wegen – er tat, als hätte er nichts gehört, und ließ sich davontreiben.

»Blom!« Cronenbergs Stimme hatte sich noch weiter entfernt.

Er rief noch etwas, doch das konnte Blom schon nicht mehr verstehen. Zwischen ihnen herrschte bereits zu viel Distanz, außerdem legte sich eine Kakophonie bestehend aus dem Rauschen der Spree, dem Getrappel von Pferdehufen, dem Rattern von Karren und dem Gemurmel von Hunderten Stimmen über Cronenbergs Worte.

»Ich hab's dir damals gesagt.« Blom grinste. »Noch einmal kriegst du mich nicht.«

Cronenberg eilte Blom weiter hinterher und versuchte, ihn in der Menge auszumachen. »Blom!«, rief er. »Bleiben Sie doch stehen. Ich glaube, an Ihrer Karte ist etwas dran.« Er sah sich um, glaubte, ihn zu sehen, doch das stellte sich als eine Verwechslung heraus. »Blom! Wir sollten reden.«

Doch der Gesuchte war endgültig im Getümmel verschwunden. »Mist.« Cronenberg sah ein, dass er ihn verloren hatte. Genervt ging er über die Spreeinsel und die Gertraudenbrücke und hielt am Rand des Spittelmarkts eine Kutsche an. »Zum Dresdener Bahnhof«, sagte er, stieg ein und nahm eine Pastille gegen Sodbrennen.

Sie trabten im Zickzackkurs durch die sich rechtwinklig überkreuzenden Straßen der Friedrichstadt, die von Palästen und Monumentalbauten gesäumt wurden. Immer weiter ging es nach Südwesten, bis sie den Landwehrkanal erreichten. Über die Schöneberger Brücke gelangten sie in die Tempelhofer Vorstadt, wo sich jene Bahnstation befand, von der aus die Züge zwischen Berlin und Dresden verkehrten.

Der kleine, zweckmäßige Bahnhof war ursprünglich um einiges opulenter geplant gewesen, doch der Gründerkrach und die darauffolgende Finanzkrise hatten die Preußische Staatseisenbahn in solch gravierende finanzielle Schwierigkeiten gebracht, dass man die Errichtung eines großen Empfangsgebäudes verschoben hatte. Stattdessen war in einfachster Konstruktionsweise ein bescheidener, zweckmäßiger Fachwerkbau ohne jegliche Pracht errichtet worden.

»Vielen Dank.« Cronenberg zückte sein Portemonnaie und seufzte leise. Schließlich bezahlte er das Fahrgeld aus eigener Tasche. Kein Kriminalbeamter durfte pro Tag mehr als eine gewisse kleine Summe an Spesen abrechnen, selbst wenn es sich um wichtige Angelegenheiten handelte. Er hatte sein Taggeld Bruno für dessen Reise nach Dresden gegeben. Seit sein Assistent mit Zwillingen gesegnet worden war, litt er nämlich unter Geldknappheit.

Die finanzielle Situation der Berliner Exekutive war eine Schande. Während die Londoner und die Pariser Polizei über Millionen verfügten, hatten die Berliner einen solch beschränkten Etat, dass es an ein Wunder grenzte, wie viel sie mit diesen geringen Mitteln bewegten.

Steinchen knirschten unter seinen Schuhen, und irgendwo zirpte eine Grille, als er über den Bahnhofsvorplatz zu jener Stelle ging, an der die Droschken darauf warteten, dass der nächste Zug eintraf und potenzielle Fahrgäste ausspuckte. Er konnte die nummerierten Plaketten sehen, die an ihren Wagenkästen befestigt waren, sowie die Kutscher, die herumstanden, rauchten, tratschten oder sich sonst wie die Zeit vertrieben.

Und dann tauchte noch ein Mann in seinem Blickfeld auf. »Bitte nicht«, murmelte Cronenberg. »Ausgerechnet.«

Kriminalinspektor Leopold von Meerscheidt-Hüllessem war der Liebling der politischen Elite. Einst hatte Cronenberg gehofft, irgendwann auch zu den Favoriten der Obrigkeit zu gehören, doch er hatte die Wichtigkeit eines Titels unterschätzt – oder zumindest eines simplen *Von*. Nachdem es ihm gelungen war, Felix Blom zu fassen – was bis dahin alle für unmöglich gehalten hatten –, hatte er lernen müssen, dass der neue Polizeipräsident genauso blasiert war wie sein Vorgänger und dass es nicht Leistung oder Klugheit waren, die darüber entschieden, wie weit man die Karriereleiter erklimmen konnte, sondern Herkunft, Verbindungen und drei kleine Buchstaben.

Ein kleiner, untersetzter Mann, der weder elegant noch brillant war, hatte den Platz eingenommen, der eigentlich ihm zustand. Damit nicht genug, konnte Hüllessem auch nicht mit Tugenden wie Anstand oder Integrität aufwarten – im Gegenteil. Seine Ellenbogenmentalität war berüchtigt, seine provokativen Hau-drauf-Methoden bis weit über die Stadtgrenze gefürchtet. Er war effizient, das musste man ihm lassen. Doch die Art und Weise, wie er seine Ermittlungserfolge erzielte, schadete dem Ansehen der Polizei.

Als er Cronenberg sah, kam Hüllessem wie ein Gockel auf ihn zustolziert. »Cronenberg, Sie sind wohl auf dem Weg nach Dresden, was? Haben wohl Urlaub oder so.«

»Im Gegenteil. Ich …«

»Ich habe im Gegensatz zu Ihnen keine Freizeit«, fiel Hüllessem ihm ins Wort. »Bin mit wichtiger Arbeit eingedeckt bis über beide Ohren.« Er deutete um sich. »Bin zu einer Stippvisite gekommen. Sie wissen ja, was ich immer sage: Vertrauen ist gut, Kontrolle ist besser.«

»Ich bin nicht sicher, ob man seine Untergebenen durch Misstrauen zu guten Leistungen anspornen kann«, warf Cronenberg ein.

»Offenbar schon, immerhin wurde mir die Leitung der Fremdenpolizei anvertraut.« Hüllessem grinste unverhohlen und erinnerte an eine Bulldogge, die ihre Zähne fletschte. »Jetzt, da die mächtigsten Männer Europas in der Stadt sind, um über die Zukunft der Welt zu entscheiden, ist die Überwachung der Berliner Bahnhöfe von höchster Bedeutung. Tut mir leid, dass Sie bei der Vergabe der wichtigen Positionen schon wieder übergangen wurden.«

»Schon gut.« Es fiel Cronenberg schwer, seinen Ärger hinunterzuschlucken. »Ich bin selbst mit elementaren Aufgaben betraut. Ich habe einen Mordfall zu klären.«

»Die Sache in Bohneshof? Das war doch Suizid.«

»Nein, war es nicht. Da steckt etwas Größeres …«

»Wie auch immer.« Hüllessem winkte ab, als wäre der Tod von Julius Jacobi eine Bagatelle. »Ich muss mich jetzt wieder um meine Agenda kümmern.«

»Ihre Leute waren nicht zufällig am vergangenen Freitag hier im Einsatz?«, fragte Cronenberg.

»Nein, erst seit gestern.« Hüllessem seufzte leise, als hätte er gerade eine äußerst dumme Frage beantworten müssen, und stolzierte davon.

Cronenberg blickte ihm nach und hoffte inbrünstig, dass Hochmut tatsächlich vor dem Fall kam. Als sein unliebsamer Kollege endlich aus seinem Sichtfeld verschwunden war, ging er zu den Kutschen erster Klasse, die direkt vor dem Eingang der Bahnhofshalle warteten. »Verzeihen Sie«, wandte er sich an den Kutscher, der auf dem vordersten Wagen saß und eine Pfeife stopfte. Er zeigte ihm seine Marke und anschließend die Fotografie von Julius Jacobi. »Haben Sie diesen Mann schon einmal gesehen? Er ist am Freitag aus Dresden gekommen und gemeinsam mit einem anderen Mann in die Stadt gefahren – wahrscheinlich nach Bohneshof.«

Der Mann entzündete ein Streichholz, steckte seine Pfeife an und betrachtete die Fotografie. »Tut mir leid«, sagte er und blies Rauch aus. »Mit mir ist er nicht gefahren.«

Cronenberg bedankte sich und befragte den nächsten Kutscher. Auch er versicherte, Jacobi nirgendwohin gebracht zu haben.

Als Nächstes ging der Kommissar zu einer Gruppe von Männern, die in Hockstellung vor einer schwarzen Droschke auf dem Boden kauerten und ein Geschicklichkeitsspiel spielten, bei dem sie versuchten, Münzen in einen Becher zu schnipsen. »Verzeihen Sie die Störung. Hat einer von Ihnen diesen Mann schon mal gesehen?« Er präsentierte die Fotografie. »Er ist am Freitag nach …«

»Bohneshof gefahren«, sagte ein schmaler Kerl mit buschigem Schnurrbart und ramponierter Melone. Er stand auf, streckte sich und sah noch einmal auf das Porträt. »Ja, das ist er.«

Cronenbergs Herz tat einen Sprung. »Er war nicht allein. Ein zweiter Mann hat ihn begleitet.«

Der Kutscher nickte. »Ich kann mich gut an die beiden erinnern. Der hier hat geschwitzt und war unnatürlich blass. Ich war erst nicht sicher, ob ich ihn mitnehmen soll, hatte Angst, dass er mir den Wagen vollkotzt, aber eine Fuhre nach Bohneshof ist lukrativ.«

»Und der zweite Mann? Wie hat der ausgesehen? Wurde vielleicht sein Name erwähnt? Oder eine weitere Adresse?«

Der Kutscher schüttelte den Kopf. »Er hatte die Mütze tief ins Gesicht gezogen und ziemlich undeutlich gesprochen.«

»Sächsisch oder Berlinerisch?«

Er überlegte. »Weder noch«, sagte er schließlich. »Er hatte keinen speziellen Dialekt. Zumindest keinen, der aufgefallen wäre.«

»Das waren ziemlich sonderbare Kerle, fast schon unheimlich«, sagte einer seiner Kollegen. »Ich hab sie gesehen und war froh, dass sie bei Paule eingestiegen sind und nicht bei mir. Die hatten kein Gepäck und wollten nach Bohneshof. Was tut man in einer Freitagnacht da draußen am Arsch der Welt? Das schreit doch nach einem krummen Ding.«

»Sie haben den beiden keine Fragen gestellt?«, wandte sich Cronenberg an den Kutscher namens Paul.

»Ist nicht meine Aufgabe, für Sicherheit und Ordnung zu sorgen, außerdem wollt ich mir die Fuhre nicht vergraulen. Meine Frau ist schon wieder in anderen Umständen.« Er seufzte. »Das fünfte. Wir brauchen das Geld.« Er kratzte über seine unrasierte Wange. »Ich hoffe, die haben nichts ausgefressen.«

»Der Kleine hier ist tot«, erklärte Cronenberg.

»Scheiße.« Die Männer sahen einander betreten an. Einer bekreuzigte sich, sein Kollege schüttelte den Kopf. »Armer Kerl.«

»Erzählen Sie mir alles, was Sie wissen«, bat Cronenberg. »Hat sich der junge Mann vor seinem Begleiter gefürchtet?«

»Nein. Im Gegenteil. Er schien dem anderen irgendwie verbunden zu sein. Hat ihn jedenfalls angesehen wie ein treuer Hund sein Herrchen. Glauben Sie, dass …« Paul wurde blass. »Dass er ihn draußen in Bohneshof ermordet hat?« Er schluckte trocken. »Glauben Sie, dass ich das Milchgesicht in den Tod gefahren habe?«

»Was auch immer geschehen ist, es ist nicht Ihre Schuld«, versuchte Cronenberg, ihn zu beruhigen. »Hören Sie, es ist wirklich wichtig. Ich muss herausfinden, was passiert ist. Zu diesem Zweck muss ich mit diesem Mann reden. Bitte, denken Sie genau nach. Erinnern Sie sich an alles, was er gesagt hat, ganz gleich, wie unwichtig es Ihnen auch erscheinen mag.«

Der Kutscher kratzte sich an der Wange. Cronenberg und die anderen Männer sahen ihn erwartungsvoll an.

»Wat denn nu, Paule?«, rief einer. »Mach's nich so spannend. Weeßte wat oda nich?«

Paul seufzte. »Ich bin nicht sicher, ob ich's richtig verstanden habe – also nageln Sie mich später nicht darauf fest. Es könnte sein, dass das Milchgesicht den anderen beim Aussteigen mit seinem Namen angeredet hat.«

Cronenbergs Miene hellte sich auf. »Und?«, rief er aufgeregt. »Wie lautet er?«

Der Kutscher schloss die Augen und legte die Stirn in

Falten. »Sind Sie sicher, dass wir hier richtig sind«, hat er gesagt. »Sind Sie sicher, Herr Omiser.«

»Omiser?«, wiederholte Cronenberg.

»Vielleicht war's auch Umisa oder von Nisa. Jedenfalls irgendwas in diese Richtung.«

Cronenberg dachte an die Begegnung mit Blom. »Könnte er von Mesar gesagt haben?«

»Von Mesar«, wiederholte der Kutscher und nickte. »Durchaus möglich.«

»Danke. Sie waren eine große Hilfe.« Cronenberg war nicht sicher, was er von dieser Sache halten sollte. Er blickte in die Runde. »Kann mich einer von Ihnen zurück in die Stadt bringen? Ich muss zum Molkenmarkt.«

»Aber klar doch.« Paule deutete auf seine Kutsche.

»Von Mesar«, murmelte Cronenberg, nachdem sie losgefahren waren, und dachte über den jungen Herrn Baron nach: Albert von Mesar war Anfang dreißig, attraktiv und stammte aus altem preußischem Adel. Ihn umwehten eine gewisse Arroganz und eine steife Blasiertheit, die man bei Vertretern seines Standes häufig antraf. Von Mesar stand auf Du und Du mit den wichtigsten Männern der Stadt und war unter anderem der Neffe des ehemaligen Polizeipräsidenten. Blom hatte stets behauptet – und tat es noch –, dass von Mesar ihn reingelegt habe. »Der Kerl war gefährlich«, hallten die Worte der Kessen Franka wie ein Echo in seinem Ohr, während er zum Fenster hinausstarrte, wo die Prachtbauten der Friedrichstraße vorbeizogen. Cronenberg hatte kein Auge für die teuren Hotels, die edlen Verkaufsläden und Herrenhäuser. Seine Gedanken kreisten einzig und allein um eine Frage: »Was ging hier vor?«

19

Mit tief in die Stirn gezogener Mütze und aufgeklebtem Schnurrbart lehnte Blom an der Hausmauer gegenüber der von Mesar'schen Villa und tat, als wäre er in einen Heftroman versunken.

In Wahrheit wartete er.

Geduld war das wichtigste Werkzeug eines Einbrechers. Andere Vertreter seiner Profession würden vielleicht behaupten, ihr essenziellstes Instrument sei ein Stemmeisen, ein Zentrumsbohrer oder dergleichen. Doch für Blom standen Beherrschung und Geduld an oberster Stelle. Ein guter Einbruch war Präzisionsarbeit. Er verlangte nach einem kühlen Kopf und einer ruhigen Hand. Blom kannte mehr als einen Dieb, dem überstürztes Handeln zum Verhängnis geworden war.

Ihm durfte kein Fehler unterlaufen, besonders nicht hier und heute.

Er war überzeugt, dass der Orden noch immer im Besitz seines Widersachers war. Ihn zu verstecken stellte in einem Haus mit neugierigem Personal eine echte Herausforderung dar. Das gute Stück musste also in einem Tresor liegen oder zumindest in einer abschließbaren Schatulle oder einem Geheimfach. Ihn zu finden benötigte Zeit.

Der Abend war für solch ein Vorhaben gut geeignet, denn dies war die Zeit der Soireen, der Bälle und Empfänge. Die Berliner Hautevolee verbrachte diese Stunden meist außer

Haus, um in den Theatern und Restaurants der Stadt zu sehen und gesehen zu werden. Das Personal ging währenddessen nach Hause, oder es zog sich in die Dienstbotenzimmer zurück, die sich in aller Regel im Keller oder unter dem Dach befanden.

Bloms Geduld zahlte sich aus. Albert von Mesar verließ geschniegelt und gestriegelt die Villa, stieg in eine Kutsche und fuhr davon. Kurz darauf wurden die Lichter im ersten Stock gelöscht, dafür gingen jene im Souterrain an. Die Katze war aus dem Haus.

Blom nahm eine Prise Schnupftabak zwischen Daumen und Zeigefinger, hielt sie unter sein rechtes Nasenloch und atmete ein. Ein leichtes Brennen machte sich in der Nase breit, das sich in ein Kribbeln verwandelte. Er unterdrückte ein Niesen und genoss den wohligen Schauer, der durch seinen Körper strömte. »Los geht's«, murmelte er.

Es gab verschiedene Möglichkeiten, in ein Haus zu gelangen. Die meisten Diebe kletterten über Gasröhren oder Leitern in die oberen Stockwerke und brachen mit Hilfe eines Terpentinpflasters ein Fenster auf.

Das Terpentinpflaster: Ein Bogen Papier oder ein Stück Leinwand wird mit einer dicken Schicht Harz oder einer anderen klebrigen Substanz bestrichen. Dieses sogenannte Terpentinpflaster wird auf die Mitte der Scheibe gelegt und anschließend so lange fest darauf gedrückt, bis das Glas zerspringt. Die Scherben bleiben an der Substanz kleben, wodurch verhindert wird, dass sie herabfallen und klirren. Legt man über das Ganze noch ein nasses Handtuch, so fängt dieses auch den letzten Knall auf.

War es nicht möglich, durch ein Fenster einzusteigen, so verschafften sich manche Diebe durch den Schornstein Zugang. Blom hatte sogar schon gehört, dass jemand in einen Kachelofen gekrochen war und von innen die Fliesen herausgestemmt hatte. Er selbst bevorzugte sauberere Wege. Der beste Einbruch war einer, der keine Spuren hinterließ.

Blom atmete tief ein und zog das linke Bein nach, während er die Straße überquerte. Sollte es so weit kommen, dass die Polizei später Nachforschungen anstellte, würden alle Zeugen einen Mann mit Behinderung beschreiben. Er ging um das Haus herum zum Dienstboteneingang, läutete an und wartete.

Es dauerte ein paar Augenblicke, dann waren aus dem Inneren der Villa Schritte zu hören, und die Tür wurde geöffnet. Ein junges Dienstmädchen sah ihn mit großen braunen Augen misstrauisch an. »Ja bitte?«

Blom rückte die Nickelbrille zurecht und deutete eine Verbeugung an. »Grüß Sie Gott, mein Fräulein«, sagte er mit gespieltem Wiener Akzent. »Gustav Bürger mein Name, von der Verlagshandlung Behrend.« Er musterte sie ausgiebig, kratzte sich am Kinn und zog eine Augenbraue hoch.

Sie wollte etwas sagen, doch er hob die Hand und bedeutete ihr zu schweigen.

»Sagen Sie nichts. Lassen Sie mich raten.« Er legte den Kopf schief und tat, als grübelte er. »So adrett, wie Sie sind, hätte ich zuerst darauf getippt, dass Sie gerne Liebesromane lesen, aber da ist dieses schelmische Funkeln in Ihren Augen, das mich auf Kriminalnovellen schließen lässt.« Er schenkte ihr ein charmantes Lächeln.

Sie errötete und kicherte wie ein Backfisch.

Mit einer galanten Geste beförderte Blom einen bunten

Zettel aus seiner Tasche und reichte ihn ihr. »Ganz neu«, erklärte er. »Druckfrisch.«

Das Blatt mit der Ankündigung der neuesten Heftromane hatte er von einem der Kolporteure erstanden, die überall in der Stadt herumstreiften und nach Abnehmern für ihre Waren suchten. Blom hatte zudem auch noch je einen Liebes- und einen Kriminalroman gekauft, die – so hatte der Mann nachdrücklich versichert – besonders bei jungen Dienstmädchen großen Anklang fänden.

»Was ich Ihnen sehr empfehlen kann, ist *Begnadigt* von Ewald August König oder *Gerechte Strafen* von Ernst Fritze«, erklärte er in einem geschäftigen Tonfall. »Wobei *Gerechte Strafen* auf jeden Fall die bessere Wahl wäre.«

Das Dienstmädchen schüttelte den Kopf. »Sie liegen falsch«, erklärte sie. »Ihr erster Eindruck war der richtige.«

»Die Liebe.« Blom lächelte. »Da gibt es eigentlich nur ein Buch, das ich Ihnen an Ihr wertes Herz legen möchte. *Sturmleben* von Alfons Schmidt-Weißenfels. Ich habe gestern begonnen, es zu lesen, und konnte es nicht mehr aus der Hand legen. Es enthält alles, was eine gute Geschichte braucht.«

»Was ist denn hier los?« Eine korpulente Frau in einer weißen Schürze war hinter dem Dienstmädchen erschienen. Ihre Hände waren gerötet, an ihren Wangen klebten kleine Federn. »Dachte ich doch, dass ich was gehört habe.«

»Das ist Herr Bürger vom Behrend-Verlag. Er hat die neuesten Heftromane dabei. *Sturmleben* soll gut sein.«

»*Sturmleben.*« Die Köchin wischte sich die Hände an der Schürze ab, nahm die Liste und studierte sie. »Worum geht es da?« Sie sah ihn auffordernd an.

Blom hatte keinen blassen Schimmer, wovon die Geschichte handelte. »Ein glückliches Paar wird von einem widerwärtigen Baron auseinandergerissen«, improvisierte er. »Der Herr dieses Hauses ist auch ein Baron, nicht wahr?«

Das Dienstmädchen nickte, blickte über ihre Schulter und trat nah an ihn heran. »Er kann ein ziemliches Scheusal sein«, flüsterte sie.

»Pssst!«, schalt die Köchin. »Hör auf, dir das Maul über die Herrschaft zu zerreißen. Außerdem ist er gar nicht so schlimm, wie du immer tust.«

Blom zwinkerte dem Dienstmädchen zu und blickte ins Innere des Hauses. »Ist er anwesend?«

»Nein. Herr von Mesar diniert heute außerhalb, bei *Lutter & Wegner*.«

Blom blies durch seine Zähne. »Schick.« Er lächelte. Bei *Lutter & Wegner* wurden üblicherweise mehrgängige Menüs serviert. Von Mesar würde also einige Stunden fortbleiben. Das verschaffte ihm Zeit, sein Vorhaben durchzuführen.

»Was ist jetzt mit der *Sturmliebe*?«, drängte die Köchin.

»Also … ähm … wo war ich? Der böse Baron stellt dem Helden eine Falle und bezichtigt ihn eines Verbrechens. Der Held wird unrechtmäßig eingesperrt, kann seine Geliebte nicht mehr sehen und schmachtet jahrelang in seinem Verlies.«

Das Dienstmädchen fasste sich an die Brust. »Das klingt tragisch. Gibt es denn ein gutes Ende?«

»Aber, aber.« Blom erhob seinen Zeigefinger. »Das kann ich Ihnen doch nicht verraten, dann hätten Sie nämlich keinen Grund mehr, den Roman zu kaufen.« Er schüttelte den Kopf. »Sie werden das Ende selbst herausfinden müssen, indem Sie bis zum Schluss lesen. So viel sei verraten: Es lohnt sich.« Er zog das Heft aus seiner Tasche und hielt es ihr vor die Nase. »Die Geschichte ist derart gut, dass Sie reißenden Absatz findet. Das ist das letzte Exemplar, das ich habe.«

Die junge Frau zögerte. »Eigentlich habe ich gar keine Zeit zu lesen. Ich muss noch Wasser holen und die Öfen einheizen.«

»Und den Boden im Salon bohnern«, warf die Köchin ein.

»Wissen Sie was«, erklärte Blom. »Normalerweise kostet das Heft eine Mark, aber Ihnen gebe ich es glatt für die Hälfte.«

»Na gut.« Das Dienstmädchen lächelte. »Warten Sie hier. Ich hole das Geld.« Sie drehte sich um und eilte davon.

Das war die Situation, die Blom eigentlich hatte herbeiführen wollen: er allein vor der offenen Tür. Doch es gab ein Problem. Die Köchin. Wie angewurzelt stand sie da und starrte ihn mürrisch an. Lange Sekunden verstrichen. »Kann ich Sie vielleicht für *Gerechte Strafen* von Ernst Fritze begeistern?«, fragte er schließlich. »Ich mache natürlich auch Ihnen einen Sonderpreis.«

»Nee«, winkte sie ab. »Mit dem Kriminalzeugs kann ich nichts anfangen. Ich leih mir dann *Sturmleben*, sobald die Hetti damit fertig ist.« Ohne ein weiteres Wort zu verlieren, drehte sie sich um und verschwand so plötzlich, wie sie gekommen war.

Auf diesen Moment hatte Blom gehofft. Schnell zog er ein Streichholz aus seiner Tasche und schob es sachte in das Türschloss, so dass es dessen Schnappmechanismus blockierte.

Da kam auch schon das Dienstmädchen zurück und reichte ihm fünfzig Pfennig.

»Viel Freude beim Lesen.« Blom fasste sich an die Mütze und hinkte davon. Er grinste, als er hörte, dass die Tür nicht vollständig ins Schloss fiel.

Hinter einem Baum versteckt wartete er, bis das Licht im Erdgeschoss verlosch und im Souterrain anging. Schnell huschte er zurück zum Dienstboteneingang und öffnete die

Tür. Er zog das Hölzchen aus dem Schloss und steckte es in seine Hosentasche, da er keine Spuren hinterlassen wollte.

Es war so weit.

Felix Blom betrat die Höhle des Löwen.

Das *Lutter & Wegner* am Gendarmenmarkt war eines der bekanntesten und schillerndsten Lokale Berlins. Albert von Mesar stieg die Stufen bis zum Eingang hinauf, durchschritt das einladende, säulengeschmückte Portal und betrat das Restaurant.

Obwohl der Abend noch jung war, herrschte bereits ausgelassene Stimmung. Die Gäste scherzten, lachten und unterhielten sich angeregt. Korken knallten, Gläser klangen, und ein Streichquartett spielte ein Stück von Johann Strauss.

»Willkommen, Herr Baron«, wurde von Mesar vom Oberkellner in Empfang genommen. »Es ist wie immer eine Freude, Sie bei uns begrüßen zu dürfen.«

»Haben Sie alles so vorbereitet, wie ich es angeordnet habe?« Von Mesar reichte ihm seinen Zylinder und seinen Spazierstock.

»Aber natürlich.« Der Kellner übergab Hut und Stock einem Commis de Rang und führte den durchlauchten Gast an den besten Tisch in der Mitte des Raums. Darauf war ein Strauß roter Rosen arrangiert, und weiße Kerzen spendeten warmes Licht. »Und da ist auch schon Ihre bezaubernde Begleitung.« Er nickte in Richtung der Eingangstür, in der Auguste Reichenbach erschienen war.

In der Tat sah sie wunderschön aus. Sie hatte ihre goldenen Locken hochgesteckt, was ihr ovales Gesicht und ihren zierlichen Schwanenhals zur Geltung brachte, dazu trug sie ein Kleid aus hellblauer Seide, weiße Glacéhandschuhe und um den Hals eine zarte Kette, an der ein Anhänger in Form eines Sterns glitzerte. Wahrlich eine strahlende Erscheinung, allerdings wirkte sie etwas besorgt.

»Auguste, meine Liebe.« Von Mesar eilte zu ihr, geleitete sie zum Tisch und rückte ihren Stuhl zurecht. »Fühlst du dich nicht wohl? Du bist ein bisschen blass.«

»Alles gut.« Sie winkte ab und setzte sich. Ihr Blick wanderte über die Dekoration, wobei ihr Gesicht einen noch besorgteren Ausdruck annahm.

»Champagner«, bestellte von Mesar. »Von Ruinart. Bringen Sie uns gleich eine ganze Flasche.«

»Für mich lieber nur Wasser«, warf Auguste ein.

Der Kellner sah von Mesar fragend an.

»Ruinart«, insistierte er. »Es gibt etwas zu feiern.«

»Sehr wohl.« Der Kellner verschwand.

Auguste wurde noch blasser, zückte ihren Fächer und begann, sich Luft zuzufächeln. »Kommt es nur mir so vor, oder ist es heiß und stickig hier drinnen?«

Von Mesar ignorierte die Bemerkung. »Meine liebe Auguste«, fing er in einem weihevollen Tonfall an zu sprechen. »Wir kennen uns jetzt schon seit …«

Sie fasste sich ans Brustbein und fächelte schneller. »Womöglich hat meine Zofe das Korsett zu eng geschnürt.«

Er räusperte sich. »Wie gesagt … Wir kennen uns jetzt schon seit geraumer Zeit, und schon immer war ich von deiner Schönheit und deiner Anmut bezaubert.«

Rund um sie herum verstummten die Gespräche, neugierige Blicke richteten sich auf sie.

Auguste wurde sichtlich unruhig und griff nach der Speisekarte. »Sieh nur«, sagte sie und lächelte gequält. »Es gibt Makrelen in Orangensauce.«

»Auguste, Liebes.« Von Mesar nahm ihr die Menükarte ab und griff nach ihrer Hand.

Sie entzog sie ihm und nestelte an ihrem Ausschnitt herum. »Ich bekomme kaum Luft. Wahrscheinlich das Korsett. Können wir das Essen vielleicht verschieben?«

Von Mesar sah sich nervös im Restaurant um. »Ich habe mit deinem Vater gesprochen«, zischte er Auguste zu.

»Albert, bitte …«

»Ich habe dir lange genug Zeit gegeben. Es reicht. Dein Vater begrüßt eine Verbindung zwischen unseren Familien. Ich bin eine ausgesprochen gute Partie, und du kannst froh sein, wenn ich dich nehme«, raunte er.

Augustes blasses Gesicht färbte sich rot. »Ich? Froh?«

»Ja, Auguste. Sieh dich doch mal an. Du bist siebenundzwanzig. Die Männer stehen nicht mehr Schlange, ganz besonders nicht seit dem Skandal mit … Du weißt schon …« Es widerstrebte ihm, den Namen laut auszusprechen. »Du warst liiert mit einem Lügner, Dieb und Betrüger. Mit einem verurteilten Verbrecher.« Er konnte sehen, wie sehr ihr das Thema zu Herzen ging. »Du musst dich entscheiden.«

»Was soll das heißen?«

Wortlos legte er den Ring auf den Tisch.

Sie starrte darauf, als wäre es eine fette Spinne. »Gestattest du mir, darüber nachzudenken?«

»Nein. Ich verlange eine Antwort. Hier und jetzt.«

Wie ein Schatten huschte Blom ins Haus und die Treppe hinauf. Dabei hielt er sich am äußeren Rand, ganz nah an der Wand, wo die Wahrscheinlichkeit, dass die Stufen knarrten, am geringsten war.

Im ersten Stock angelangt, schlich er geradeaus. Wenn er sich nicht irrte, befand sich in dieser Richtung das Arbeitszimmer des Barons. Er öffnete eine Tür und schlüpfte lautlos in den Raum. Die Nacht war klar, der Mond beinahe voll.

Zudem befand sich nicht weit vom Fenster eine Straßenlaterne. Das Licht reichte aus, ihn alles einigermaßen gut erkennen zu lassen.

Seine Erinnerung hatte ihn nicht getrogen. In dem großen Raum, der mit dicken Perserteppichen ausgelegt war, über breite Fenster und eine üppig dekorierte Stuckdecke verfügte, standen ein massiver Sekretär und ein Biedermeiersofa sowie ein mächtiger Globus. Bücherregale säumten die Wände, eine mannshohe Standuhr tickte leise vor sich hin.

Zorn überkam Blom. Seine Zelle in Moabit war winzig gewesen. Drei Jahre lang hatte er auf acht lausigen Quadratmetern darben müssen, während der Mann, der schuld an seinem Gefängnisaufenthalt war, in einem weitläufigen Zimmer seinen Geschäften nachging.

Binnen weniger Tage wirst Du eine Leiche sein.

Er schluckte seine Wut hinunter. Gefühle hatten bei einem Einbruch nichts verloren. Sie vernebelten die Sinne und führten dazu, dass man Fehler beging.

Blom wartete, bis er sich beruhigt hatte, dann nahm er sich den Sekretär vor. Er öffnete Schublade für Schublade, besah deren Inhalt und stellte sicher, dass von Mesar nichts an die Unter- oder Rückseite der Laden geklebt hatte. Anschließend fuhr er mit den Fingern vorsichtig über die Tischplatte und suchte nach Unebenheiten oder Einbuchtungen. Tatsächlich ertastete er einen kleinen Knopf. Mit einem Grinsen drückte er darauf und musste ein Heureka unterdrücken, als ein leises Klicken ertönte und knapp über dem Boden ein schmales Türchen aufsprang.

Blom ging in die Hocke, fasste hinein und ertastete einen Packen Papier. Er zog ihn heraus und hielt ihn in den Lichtschein, der durchs Fenster fiel. »Na sieh mal einer an. Wer hätte das gedacht?«, murmelte er, als er sah, worum es sich handelte, nämlich um einen dicken Stapel pornografischer Bilder. Offenbar hatten es von Mesar üppige Frauen angetan, die sich gegenseitig mit Reitpeitschen die Hinterteile versohlten.

Er legte den Schweinkram zurück und tastete noch einmal das Versteck ab. Dabei kam ihm in der hinteren Ecke etwas Metallenes zwischen die Finger: ein kleiner Schlüssel. Jetzt musste er nur noch den dazugehörigen Tresor finden.

Wie gut, dass er Zeit hatte.

Langsam schlich er durch den Raum, wobei er jeden Schritt ganz bewusst setzte. Er untersuchte die Regale, öffnete Bücher und widmete sich schließlich den Wänden. Vorsichtig ließ er die Finger über die Tapete gleiten und klopfte sachte dort, wo er Unregelmäßigkeiten verspürte.

Hinter einem kitschigen Gemälde, das eine Fuchsjagd darstellte, fand er endlich, wonach er gesucht hatte: einen kleinen Tresor, der in die Mauer eingelassen war. Der Schlüssel passte und ließ sich widerstandslos drehen.

Blom öffnete lächelnd die Tür. Gleich würde er den Orden finden. Gleich würde er Albert von Mesar drankriegen.

Albert von Mesar ballte die Hände zu Fäusten. Auguste, dieses dumme Ding, hatte sich wie ein Aal gewunden und war nicht zu fassen gewesen. Wieder und wieder hatte sie eine klare Antwort vermieden, Ausflüchte vorgebracht und verzweifelt versucht, das Thema zu wechseln. Am Ende hatte sie sogar Schwindel und Übelkeit vorgetäuscht, und ihm war nichts anderes übriggeblieben, als ihr die gewünschte Bedenkzeit einzuräumen.

Bis morgen musste sie sich entscheiden. Ja oder Nein.

Dabei wusste das Dummerchen doch, dass ihr keine Wahl blieb. Der Entschluss ihrer Familie stand längst fest.

Ein kurzes Ruckeln kündete davon, dass die Droschke stehen geblieben war.

Von Mesar stieg aus und drückte dem Kutscher einen Geldschein in die Hand. Er hatte es nicht länger in dem Restaurant ausgehalten. Zu groß war sein Zorn auf die dumme Pute gewesen, zu peinlich die Blamage vor den anderen Gästen.

Er blieb auf dem Trottoir stehen und betrachtete die Villa, die sich seit Generationen im Besitz seiner Familie befand. Noch stand sie stolz und herrschaftlich im Herzen Berlins, doch der Schein trog. Der alte Kasten war baufällig. Es war nur eine Frage der Zeit, bis die Fassade frisch verputzt, der Dachstuhl erneuert und die Fenster ausgetauscht werden mussten. Seine Ahnen hatten dieses Gebäude errichtet, er war es ihnen schuldig, sich darum zu kümmern, genau wie um den Landsitz und vor allem um den guten Namen der von Mesars.

Er brauchte Geld. Mehr Geld, als er mit Arbeit hätte verdienen können. Deshalb musste er Auguste heiraten oder, besser gesagt: ihre Aussteuer.

Mies gelaunt betrat er sein Haus. »Verdammter Felix Blom.«

Blom öffnete den Tresor der Marke Pohlschröder, zückte eine Schachtel mit Streichhölzern, zündete eines an und leuchtete hinein. Ein dickes Bündel Aktien der Vereinsbank Quistorp & Co. lag in dem Stahlschrank. Einst waren sie viel wert gewesen, doch seit dem Börsenkrach vor fünf Jahren taugten sie gerade mal als Toilettenpapier.

Kurz bevor die Flamme seine Fingerkuppen versengte, blies Blom sie aus, legte das abgebrannte Streichholz zurück in die Schachtel und zündete ein weiteres an. Er konnte Briefe erkennen, eine alte Spieluhr und das gerahmte Bildnis einer streng dreinblickenden Frau, bei der es sich wohl um von Mesars Mutter handelte.

Der Schwarze Adlerorden war nirgendwo zu sehen.

Ein drittes Streichholz brachte auch nicht den ersehnten Fund. »Verflixt, das kann doch nicht sein«, zischte Blom. In einem Anflug von Verzweiflung räumte er den gesamten Inhalt des Tresors aus, legte ihn auf den Sekretär und betrachtete die Dinge. Anschließend tastete er die Innenseiten des Geldschranks ab und stellte sicher, dass er nichts übersehen hatte.

In diesem Moment hörte Blom ein Geräusch. Er hielt den Atem an und lauschte.

Jemand war gekommen.

»Henriette!«, rief Albert von Mesar, nachdem er das Haus betreten hatte. »Henriette, wo steckst du? Muss ich meine Sachen selbst aufhängen?«

Das Dienstmädchen kam angelaufen. Ihre Wangen waren gerötet, das weiße Spitzenhäubchen auf ihrem Kopf saß schief. »Verzeihung … bitte verzeihen Sie …«, stammelte sie und nahm ihrem Herrn Mantel und Zylinder ab. »Ich hatte so früh noch nicht mit Ihnen gerechnet.«

Von Mesar zog seine Handschuhe aus. »Ich bezahle dich nicht für das Lesen von Schundromanen.« Er deutete auf das Heftchen, das aus ihrer Schürzentasche lugte. »*Sturmliebe*«, entzifferte er den Titel.

Das Rot ihrer Wangen streute aus und überzog ihr Gesicht mit hektischen Flecken. »Das ist mir sehr unangenehm.« Ihre Stimme bebte. »Es kommt nicht wieder vor.«

»Geht die Geschichte wenigstens gut aus?«

Sie zuckte mit den Schultern. »Das wäre schön«, sagte sie leise.

Von Mesar seufzte. »Ich hoffe, die erfundenen Frauen sind nicht so prätentiös und kompliziert wie die im echten Leben.« Er reichte ihr die Handschuhe. »Ich bin oben in meinem Studierzimmer. Bring mir bitte einen Cognac.«

»Aber natürlich. Kommt sofort.«

Er stieg nach oben und blieb in der Hälfte der Treppe stehen. »Weißt du was, Henriette. Bring mir die ganze Flasche.«

Flink räumte Blom alles zurück in den Tresor, machte ihn zu und hängte das Bild wieder davor. Dann legte er den Schlüssel in das Geheimfach und schloss auch dieses.

»Bring mir die ganze Flasche«, hörte er die Stimme von Albert von Mesar. Sie war nah. Zu nah. Warum war der Kerl schon wieder zurück? Warum saß er nicht bei *Lutter & Wegner* und schlug sich den Bauch voll?

Treppenstufen knarrten. Er konnte deutlich die Schritte hören.

»Verdammt!« Blom sah sich um. Er musste verschwinden, und zwar sofort. Dennoch war es, als hielte eine unsichtbare Macht ihn zurück. Er hatte noch nicht gefunden, weswegen er gekommen war. Fieberhaft ließ er den Blick umherwandern. Er hatte sich den Sekretär genauestens vorgenommen, alle Bücher durchgeblättert und den Inhalt des Tresors ausgeleuchtet. Nichts. Seine Atmung beschleunigte, sein Herz begann zu rasen. Er musste sich beruhigen. Hektik war ein sicherer Weg, erwischt zu werden.

Die Schritte kamen näher.

Der Raum verfügte über keine weitere Tür. Blom huschte zum Fenster und sah hinaus. Die Straßenlaternen leuchteten hell, Passanten flanierten vorbei, ein Wachmann sprach mit einem Zeitungsjungen. Ausgerechnet in diesem Moment fuhr zu alledem auch noch eine Kutsche vor.

Für eine Flucht war es zu spät. Er musste sich verstecken. Doch wo? Die Vorhänge waren transparent und reichten nicht bis zum Boden. Der Spalt unter dem Sofa war zu schmal, um sich darunter zu zwängen.

Am liebsten hätte Blom laut geflucht. Er hatte sich von Gefühlen leiten lassen, doch Emotionen hatten beim Stehlen nichts zu suchen, das hatte ihm Lugowski damals wieder und wieder eingebläut. Einmal sogar mit der flachen Hand.

Er eilte vom Fenster fort, dabei fiel ihm ein Kuvert auf, das auf dem Sekretär lag. Es musste es vorhin beim Einräumen des Tresors übersehen haben. Schnell steckte er es ein. Dann presste er sich mit dem Rücken so gegen die Wand, dass die geöffnete Tür ihn verdecken würde.

Ein miserables Versteck, aber es war die einzige Möglichkeit, die ihm blieb. Wenn kein Wunder geschah, würde er zurück ins Gefängnis wandern. Wieder nach Moabit, wieder wegen Albert von Mesar.

Von Mesar öffnete die Tür und trat in den Raum. Mitten im Zimmer blieb er stehen und schnupperte. Dann machte er auf dem Absatz kehrt und trat zurück auf den Flur. »Henriette!«, rief er nach unten.

Schritte erklangen, und das Dienstmädchen kam nach oben gerannt. »Ja?«, fragte sie leicht außer Atem.

»Warst du etwa in meinem Studierzimmer?«

»Aber nein, natürlich nicht. Ich weiß doch, dass ich dort nichts verloren habe.«

Erneut betrat er den Raum und schnupperte.

»Stimmt etwas nicht?«

Von Mesar rieb sich die Augen und ließ sich auf das Sofa fallen. »Ich dachte, dass es nach Schwefelhölzchen riecht.«

Das Dienstmädchen streckte die Nase in den Raum und schnüffelte. »Ich kann nichts riechen.«

»Wie auch immer«, winkte er ab. »Wo ist mein Cognac?«

»Hier.« Sie huschte zu ihm und überreichte ihm ein Tablett, auf dem ein Kristallglas sowie die gewünschte Flasche standen. »Bitte sehr. Benötigen Sie sonst noch etwas?«

Von Mesar schenkte ein, nahm einen großen Schluck und lehnte sich zurück. »Nein, danke. Du darfst dich jetzt entfernen.«

»Wie Sie wünschen.«

»Und schließ die Tür!«

Bloms Kehle schnürte sich zu, sein Herz setzte für ein paar Schläge aus. Er war erledigt. Als Wiederholungstäter würde seine Strafe vervielfacht werden, und da er sich dieses Mal keinen gerissenen Anwalt leisten konnte, würde er für mindestens zehn Jahre in den Bau wandern. Albert von Mesar würde bekommen, was er wollte.

Er hörte Gefängnisdirektor Wilke lachen.

Er sah Kommissar Cronenberg grinsen.

Und dieses Mal hatte er es einzig und allein sich selbst zuzuschreiben.

In dem Moment läutete es.

»Ich sehe nach, wer es ist.« Das Dienstmädchen ließ die Tür offen stehen und entfernte sich.

Von Mesar trat ans Fenster und blickte hinaus auf die Straße.

Kurz darauf kündeten Trippelschritte von Henriettes Rückkehr. »Es scheint wichtig.«

»Das will ich hoffen.« Von Mesar murmelte noch etwas, das Blom nicht verstand, dann entfernten sich die beiden, und Blom hätte vor Erleichterung am liebsten weinen wollen.

Er wartete ein paar Momente, verließ sein Versteck und lauschte.

»Gehen wir in den Salon«, hörte er von Mesar sagen. »Henriette, bring meinem Gast bitte auch einen Cognac.«

»Wie Sie wünschen.«

Flink wie ein Wiesel huschte Blom nach unten und durch den Dienstboteneingang hinaus ins Freie.

Als er endlich die rettende Dunkelheit einer schmalen Seitengasse erreicht hatte, lehnte er sich gegen eine Mauer und rang nach Atem. Wer auch immer zu dieser späten Stunde zu Besuch gekommen und ihn dadurch gerettet hatte – er würde dieser Person für immer dankbar sein.

20

»Herr Cronenberg. Was führt Sie um diese Zeit hierher?«
Albert von Mesar wirkte müde und alles andere als erfreut
über das Erscheinen des Kommissars. Er deutete auf eine
elegante Sitzgruppe aus braunrotem Leder.

Cronenberg ließ sich auf einem breiten Fauteuil nieder,
schlug die Beine übereinander und musterte den Baron, der
vis-à-vis Platz genommen hatte. Sein Gastgeber war großgewachsen und breitschultrig, das volle hellbraune Haar sanft
gewellt, und sein markantes Kinn wurde von einem Grübchen geziert. Er war das, was man landläufig als schneidig
bezeichnete, und ehrlich gesagt hatte Cronenberg nie wirklich verstanden, warum Auguste Reichenbach ausgerechnet
Felix Blom diesem Adonis vorgezogen hatte. Blom war kleiner und schmaler als von Mesar, er war nicht so redege-
wandt und bei weitem nicht so distinguiert.

Doch jetzt, wo sie so nah beieinandersaßen, dämmerte es
Cronenberg, warum Fräulein Augustes Herz für Blom geschlagen hatte. Obwohl er ein unverfrorener Dieb war, hatte
er etwas Freundliches an sich. Er strahlte eine gewisse
Wärme und Gelassenheit aus. All das fehlte Albert von Mesar. Der Baron glich einer griechischen Statue. Schön und erhaben, aber aus kaltem, glattem Marmor gemeißelt, während Blom ein Mensch aus Fleisch und Blut war. »Es geht um
Julius Jacobi«, sagte Cronenberg und betrachtete das makellose Gesicht seines Gegenübers.

»Wer soll das sein?« Von Mesar wirkte ehrlich überrascht. Sein Mienenspiel zeigte keinerlei Aufregung, seine Körperhaltung blieb entspannt. Sollte er ein Lügner sein, dann war er ein guter.

»So heißt der junge Mann, dessen Leiche am Sonntag in Bohneshof gefunden wurde. Die Zeitungen haben darüber berichtet. Haben Sie es nicht gelesen?«

»Nicht dass ich wüsste.« Von Mesar strich sich eine Haarsträhne aus dem Gesicht. »Die Zeitungen sind voller Meldungen über den Kongress und die Kaiserattentate. Da kann so etwas schon mal untergehen.«

»Meine Herren.« Henriette war hereingekommen. Sie reichte Cronenberg ein Glas aus geschliffenem Kristall, das mit einer bernsteinfarbenen Flüssigkeit gefüllt war. »Ich hoffe, Cognac ist Ihnen recht.«

»Aber natürlich, meine Liebe«, sagte er und nahm einen Schluck. »Wunderbar. Ich danke Ihnen.«

»Sehr gern.« Sie wandte sich an den Hausherrn. »Kann ich Ihnen auch noch etwas bringen?«

»Danke, Henriette, ich habe noch. Du darfst dich entfernen.«

Die junge Frau verschwand, und die beiden Männer saßen einander schweigend gegenüber. Beide nippten an ihren Gläsern, während die Pendeluhr neben der Tür monoton vor sich hin tickte. Von draußen war das Klappern von Hufen zu vernehmen, gefolgt vom Bellen eines Hundes.

Cronenberg liebte es, nichts zu sagen, denn die meisten Menschen empfanden Stille als etwas Unangenehmes. Sie verspürten dadurch Unsicherheit, die sie durch Worte zu vertreiben suchten. Wie eine Quelle begannen sie zu sprudeln, verloren sich in geschwätzigem Geplapper, in das sich nicht selten Dinge hineinverirrten, die eigentlich im Verborgenen hätten bleiben sollen. Verräterische Bemerkungen, vielsagende Zwischentöne.

Albert von Mesar hingegen war offenbar gut im Schweigen. Die Ruhe schien ihm nichts auszumachen. Ungerührt saß er da und betrachtete seinen ungebetenen Gast.

»Es sah aus wie Selbstmord«, sprach Cronenberg schließlich weiter. »Ich denke aber, dass mehr dahintersteckt.«

Erneut zeigte von Mesar keine Reaktion. Gleichmütig griff er zu einem Kästchen, das neben ihm auf einem Beistelltisch stand, und entnahm ihm eine langstielige Zigarette. »Stört es Sie, wenn ich rauche?«

»Aber nein, nur zu.«

Der Baron steckte ein Mundstück aus Perlmutt auf die Zigarette, zündete sie an und blies Rauchwölkchen aus. »Was habe ich mit alldem zu tun?«

»Gut, dass Sie fragen.« Cronenberg lehnte sich zurück. »Es ist nämlich so, dass der junge Mann, der übrigens Konditorgehilfe war, mit dem Zug aus Dresden anreiste.«

»Dresden. Eine fürchterliche Stadt. So provinziell.«

»Am Bahnhof in Berlin bestieg er mit einem zweiten Mann eine Kutsche. Gemeinsam sind sie nach Bohneshof gefahren, wo ihn sein Schicksal ereilt hat.«

»Tragisch.« Von Mesar legte die Stirn in Falten. »Aber ich verstehe noch immer nicht, was das alles mit mir zu tun hat.«

»Ich bin auf der Suche nach diesem zweiten Mann«, erklärte Cronenberg. »Der Kutscher hat gehört, dass ihn Jacobi beim Aussteigen als Herr von Mesar angesprochen hat. ›Sind Sie sicher, dass wir hier richtig sind, Herr von Mesar‹, soll er gesagt haben, um präzise zu sein.«

Endlich zeigte der Baron eine Reaktion. Seine Augen weiteten sich, seine Muskeln spannten sich an. »Sie glauben doch wohl nicht, dass ich dieser Mann war?«

»Der Name von Mesar ist nicht besonders häufig. Im Gegenteil. Wenn mich nicht alles täuscht, sind Sie derzeit der einzige Vertreter Ihrer Familie, der in Berlin weilt.«

Von Mesar nickte. »Der Kutscher muss sich verhört haben.«

»Hat er das?« Cronenberg ergötzte sich an der Irritation seines Gegenübers.

Albert von Mesar nippte an seinem Cognac und verschluckte sich. »Unterstellen Sie mir etwa, dass ich etwas mit dem Vorfall zu tun habe?«, fragte er hüstelnd.

»Ich unterstelle Ihnen gar nichts. Ich bin nur gekommen, um Sie über die Sachlage zu unterrichten.«

Von Mesar zog ein Seidentuch aus seiner Brusttasche und tupfte sich über Kinn und Lippen. »Dafür hätte eine Depesche völlig ausgereicht, aber Sie sind hier, höchstpersönlich.«

»Ich fand einen Besuch höflicher als eine Depesche. Ich wollte Ihnen die Möglichkeit geben, die Aussage des Kutschers zu kommentieren.«

Der Baron presste die Lippen aufeinander. »Der Kutscher war höchstwahrscheinlich betrunken«, presste er hervor. »Sie wissen ja, wie diese Kerle sind. Außerdem kenne ich keinen Julius Jacobi, und in Bohneshof war ich überhaupt noch nie.«

Cronenberg lächelte und nahm noch einen Schluck Cognac. »Wirklich ausgezeichnet.« Er hielt das Glas ins Licht und betrachtete dessen Inhalt. »Französisch?«

Von Mesar schien nun der Geduldsfaden zu reißen. »Was soll das?«, schimpfte er. »Mir scheint, jedes Mal, wenn in der Stadt etwas passiert, muss ich als Sündenbock herhalten. Felix Blom bezichtigte mich des Diebstahls, jetzt kommen Sie zu später Stunde daher und unterstellen mir, etwas mit einem Mord zu tun zu haben.«

»Ich habe nichts dergleichen getan.« Cronenberg gab sich gelassen. »Wenn es Ihnen aber ein Anliegen ist, jeglichen Verdacht im Vornherein zu unterbinden, können Sie mir gerne sagen, wo Sie am Freitagabend waren.«

»Ich bin Ihnen keine Rechenschaft schuldig«, empörte sich der Baron.

»Natürlich nicht.« Erneut ließ Cronenberg das Schweigen für sich arbeiten. Er lächelte und sah sich in dem Raum um. Das Pendel der Uhr schwang hin und her, Holz knackte.

Cronenbergs Strategie zeigte Wirkung. »Von welcher Uhrzeit reden wir genau?«, hakte der Baron nach.

»Zwischen sieben und neun Uhr abends.«

Albert von Mesar dachte kurz nach, dann entspannte er sich sichtlich. »Ich war im Victoria-Theater in der Münzstraße. Es wurde *Die Reise um die Welt in achtzig Tagen* gespielt. Äußerst amüsant.«

»Kann das jemand bezeugen?«

»Die Familie Reichenbach. Fräulein Auguste und ihre Eltern haben mich begleitet.«

»Wunderbar. Mehr wollte ich gar nicht wissen.« Cronenberg stellte sein Glas ab, stand auf und verneigte sich. »Herzlichen Dank für Ihre Gastfreundschaft. Ich finde allein hinaus.« Ohne ein weiteres Wort verließ er die Villa.

Auf der Straße stellte er seinen Mantelkragen hoch und steckte die Hände in die Taschen. Obwohl der Sommer Einzug gehalten hatte, waren die Nächte noch immer kühl. Mit großen Schritten ging er in Richtung seiner Wohnung und ließ die vergangenen Stunden Revue passieren. Der Mörder hatte Jacobi entweder am Bahnhof abgepasst oder war ihm aus Dresden gefolgt. Fest stand, dass sie gemeinsam nach Bohneshof gefahren waren, und was auch immer der Kutscher verstanden hatte, es war nicht der Name von Mesar gewesen.

21

Dietrich Schrader hatte den Rest des Tages damit verbracht, seinen Kummer in Alkohol zu ertränken, was ihm jedoch nicht gelungen war. Weder Schnaps noch Bier halfen gegen den Schmerz, den er beim Gedanken an sein Haus verspürte, also war er heimgefahren – oder besser gesagt an jenen Ort, der bis vor wenigen Stunden sein Zuhause dargestellt hatte.

Im kalten Licht des vollen, runden Mondes offenbarte sich das ganze Ausmaß der Verwüstung, und der Anblick zerstörte sein letztes bisschen Hoffnung, dass alles nur ein Albtraum gewesen war. Er musste der Realität ins Auge sehen: Sein Lebenswerk war bis auf die Grundmauern niedergebrannt und hatte sich in eine Ruine aus verkohltem Holz und zersprungenen Steinen verwandelt.

Rußpartikel wirbelten durch die Luft wie schwarzer Schnee. Es stank beißend nach Schwefel und nassem, totem Rauch. Passanten verlangsamten ihre Schritte und starrten mit betroffenen Mienen auf das Elend. Sie waren allerdings nicht nur bestürzt, in ihren Gesichtern war auch Erleichterung zu sehen. Sie schienen froh, nicht selbst von diesem Schicksal getroffen worden zu sein, sondern ein anderer.

Er.

So musste sich die Hölle anfühlen.

Fassungslos stapfte Schrader durch Schutt und Asche. Mit Tränen in den Augen stieg er über heruntergestürzte Deckenbalken und zersplittertes Glas. Das Feuer hatte alles zerstört: Schränke, Truhen, Stühle und Kleidung, selbst von seinen Zinnkrügen war nicht mehr übriggeblieben als ein paar unförmige Klumpen.

Es fühlte sich an, als wäre sämtliche Kraft aus seinem Körper gewichen. Seine Beine gaben nach, und er ließ sich neben einem schwelenden Glutnest nieder, inmitten von Trümmern und Geröll.

Dort blieb er sitzen und starrte vor sich hin. Er hatte keinen Ort, an den er gehen konnte, und keine Ahnung, wie er weitermachen sollte. Er war am Ende.

Die sonderbare Karte fiel ihm ein. *Binnen dreißig Stunden musst Du eine Leiche sein.* Ihm war derart elend zumute, dass der Gedanke zu sterben, ihn nicht schreckte. Immerhin wäre das ein Ausweg gewesen.

Dietrich Schrader vergrub das Gesicht in den Händen, als plötzlich Schritte erklangen. »Verschwinde!«, rief er. »Hier gibt es nichts zu plündern.«

»Ich bin nicht gekommen, um zu plündern«, sagte eine sonore Stimme direkt hinter ihm. »Ich bin hier, weil ich weiß, wer das Feuer gelegt hat.«

Schrader brauchte ein paar Momente, bis er verstand. Das Feuer war kein Unfall gewesen, keine gehässige Laune des Schicksals. Jemand hatte ihm das vorsätzlich angetan. Er ließ die Hände sinken und drehte sich um.

Vor ihm stand ein großgewachsener Mann. Er trug ein langes Cape und einen Zylinder mit breitem Filzband. Er wirkte elegant und gleichzeitig verwegen.

»Welches elende Schwein war das?« Schraders Stimme triefte vor Zorn.

»Kommen Sie mit.«

Schrader stand auf und wischte sich die Hände an der Hose ab. »Wer?«, verlangte er erneut zu erfahren und wollte den Kerl schon am Schlafittchen packen. Wer auch immer Schuld an seiner Misere trug, er würde es bitter bereuen.

Der Mann sah sich verstohlen um. »Kommen Sie mit«, wiederholte er und senkte die Stimme. »Ich kann hier nicht offen reden. Lassen Sie uns an einen Ort fahren, wo uns niemand sieht.« Er deutete auf Schraders Kutsche. »Vertrauen Sie mir.«

Schraders Verzweiflung war wie verflogen, Wut und Rachelust hatten ihren Platz eingenommen. Mit polternden Schritten marschierte er aus der Brandruine und schwang sich auf den Kutschbock.

Endlich hatte er den Dreckskerl in seiner Gewalt. Endlich würde die Ratte für seine Taten bezahlen. Er wendete sich ab, damit Schrader nicht sehen konnte, dass er lächelte.

»Wohin?«, fragte Schrader kurz angebunden.

»Nach Osten«, sagte er. »Raus aus der Stadt.«

Schrader schnalzte mit der Zunge, und sie fuhren los, vorbei an modernen Mietskasernen mit Stuckportalen, weiter und immer weiter, bis die Häuser weniger wurden. Schweigend trabten sie am Oberbaum vorbei und gelangten weiter hinaus in Richtung der Fuchsberge, die von Jahr zu Jahr niedriger wurden, da man sie abtrug, um Mörtel für die Errichtung der Berliner Neubauten zu gewinnen. Je weiter sie nach Osten kamen, desto einsamer wurde die Gegend. Die weitläufigen Felder, auf denen man erst kleine Siedlungen und später vereinzelte Höfe hatte ausmachen können, lagen nun völlig frei und naturbelassen vor ihnen.

»Wo genau geht es hin?«, fragte Schrader.

»Das sehen Sie dann.« Er musste sich zusammenreißen, das Schwein nicht hier und jetzt zu töten. Doch Schrader hatte noch nicht genug gelitten. Dreißig Stunden sollte er sich quälen, keine Sekunde weniger. Er sollte sich so sehr grämen, wie Jacobi es getan hatte. Der junge Konditorgeselle hatte ihn ehrlich überrascht. Nachdem er ihm das Liebste genommen, ihn in seine Gewalt gebracht und ihm die Wahrheit offenbart hatte, war Jacobi derart erschüttert gewesen, dass er sich freiwillig das Leben genommen hatte. Er bezweifelte, dass Schrader dieselbe Würde an den Tag legen würde. »Sobald wir am Ziel angelangt sind, werden Sie alles verstehen.«

Schrader schien zu überlegen. Schließlich grummelte er etwas Unverständliches und nickte. Er hatte wohl eingesehen, dass er nichts zu verlieren hatte. »Ist es noch weit?«, fragte er.

»Wir sind gleich da.« Er deutete mit seinem Spazierstock, dessen Knauf ein Schlangenkopf zierte, auf einen schmalen Weg, der in einen Wald führte, und zündete die Laterne an, die er mitgebracht hatte.

Schrader lenkte die Kutsche auf den Pfad und fuhr immer tiefer in den Forst hinein.

»Halten Sie an!«, rief er. »Den Rest des Weges bestreiten wir zu Fuß.«

Schrader zögerte. »Jetzt sagen Sie mir doch endlich, wer mein Haus abgefackelt hat, und warum.«

»Manchmal ist es einfacher, etwas zu zeigen.« Ohne ein weiteres Wort sprang er vom Kutschbock.

Schrader zauderte kurz, folgte ihm aber schließlich über einen Trampelpfad bis zu einer Lichtung, über der unzählige Sterne glitzerten. An ihrem Rand stand eine windschiefe Hütte, deren Fenster mit Brettern vernagelt waren.

Aus dem Augenwinkel konnte er erkennen, wie Schrader sich bückte und einen dicken Ast aufhob. Dieser Narr dachte tatsächlich, er könne mit einem Stück Holz sein Schicksal aufhalten. Die Wahrheit war, dass nichts und niemand Schrader schützen konnte. Der unbändige Zorn, der in ihm loderte, war stark genug, um die ganze Welt zu verzehren. Kein Ast, kein Brecheisen, nicht einmal ein Messer oder gar ein Revolver wären in der Lage, ihn von seinem Vorhaben abzubringen. Schrader würde leiden, und dann würde er sterben.

»Ich kenne diese Bruchbude«, murmelte Schrader hinter ihm. »Ich bin schon einmal hier gewesen.«

Er ignorierte die Worte, öffnete die Tür, die mit einem schweren Schloss verriegelt war, und verschwand im Inneren der Baracke. Hier war es düster und muffig, Spinnweben hingen von der Decke, der Boden war mit Staub und Unrat bedeckt. In einer Ecke lagen eine leere Schnapsflasche und zerbrochene Kisten.

»Jetzt fällt's mir wieder ein«, plapperte Schrader hinter ihm. »Das war mal eines von Lugowskis Lagern. Hier hat er vor einigen Jahren Hehlerware gelagert.« Er sprach immer lauter und immer schneller. »Du bist also einer von Arthurs Männern. Was für ein Problem hat der Alte mit mir? Warum hat er mein Haus, mein Heim, mein Alles dem Erdboden gleichgemacht?«

Am liebsten hätte er ihm die Wahrheit ins Gesicht geschrien. Er wollte ihn anspucken, ihn schlagen und ihm die Finger brechen, doch der Moment war noch nicht gekommen. »Dort unten«, sagte er stattdessen und deutete auf den Boden, wo bei genauem Hinsehen eine Falltür zu erkennen war.

»Was ist dort unten?« Schraders Stimme zitterte. Langsam schien er die Nerven zu verlieren.

Er hob die Falltür an. Dunkelheit und ein modriger Geruch schlugen ihm entgegen. »Dort unten befindet sich der

Mann, dem du deinen Kummer zu verdanken hast. Kapierst du jetzt, warum ich dich hergebracht habe?« Er hob die Laterne an und stieg morsche Stufen hinunter, die bei jedem seiner Schritte knarrten. Der Schein der Lampe malte wilde Schatten an die rohen Ziegelwände. Ein dicker, schwarzer Tausendfüßler huschte über den Boden, ein kalter Luftzug strich über seinen Nacken. Nirgendwo war auch nur die Spur einer weiteren Menschenseele zu sehen.

»Hier ist niemand«, sprach Schrader, der ihm gefolgt war, das Offensichtliche aus.

»Doch.« Er drückte ihm die Laterne in die Hand. »Sieh selbst.«

Schrader hielt sie in die Höhe und leuchtete mit zitternder Hand die Ecken aus. Sie waren leer. »Ich weiß nicht, was du meinst.«

Er nutzte die Gunst des Augenblicks, huschte die Treppe hoch, schlug die Falltür zu und verriegelte sie. »Was soll das?«, hörte er Schrader brüllen. »Was geht hier vor? Warum hast du mich belogen?«

»Ich habe dich nicht belogen. Ich sagte dir doch, dass unten jener Mann zu finden ist, dem du deinen Kummer zu verdanken hast.«

»Aber hier ist niemand. Niemand außer mir.« Langsam schien es Schrader zu dämmern, was damit gemeint war. »Sag Lugowski, es tut mir leid«, rief er und schlug gegen die Tür. »Bist du noch da? So sag doch etwas! Lass mich raus!«

»Das werde ich«, zischte er. »Sobald die dreißig Stunden um sind.«

22

Noch immer schlug Blom das Herz bis zum Hals. Das war knapp gewesen. Er zog die Schultern hoch und unterdrückte einen derben Fluch.

Noch mehr als die Tatsache, dass er um ein Haar wieder in Moabit gelandet wäre, setzte ihm zu, dass er den Orden nicht gefunden hatte. Wie sollte er nun weiter vorgehen? Er dachte an das Drohschreiben. *Es hat begonnen. Binnen weniger Tage wirst Du eine Leiche sein.* Wie um alles in der Welt sollte er von Mesars Ankündigung nun abwenden? Ein Schauer lief ihm über den Rücken. Er schnupfte eine Prise Tabak, zog den falschen Bart von seiner Oberlippe, steckte ihn ein und ging mit einem unguten Gefühl davon.

Die Dunkelheit, die sich über die Stadt gesenkt hatte, verlieh ihr einen geheimnisvollen Anstrich. Die Lichter in den Häusern waren verloschen. Katzen, Fledermäuse und andere Tiere gingen auf Beutejagd. Nachtdroschken machten sich auf, um vor den Tanzlokalen und Gasthäusern auf Kundschaft zu warten. In der Nähe der Universität schritt ein langer Zug von jungen Männern schweigend durch die Straßen, in den Händen hielten sie Fackeln, deren lodernde Flammen wilde Schatten auf ihre Gesichter warfen.

»Was tun die da?«, fragte Blom eine alte Frau, die aus einem Fenster im Erdgeschoss lehnte und die Prozession mit einem seligen Lächeln auf den Lippen beobachtete.

»Das sind Studenten. Sie feiern die glückliche Errettung unseres Kaisers aus der Hand der Meuchelmörder.«

Blom nickte ihr zu und ging davon. Er musste sich dringend schlafen legen. Morgen war ein neuer Tag. Wenig später bog er in den Krögel und betrat den Hof.

»Da bist du ja endlich«, begrüßte ihn eine Stimme aus der Dunkelheit.

Blom erschrak und fuhr herum. »Ach, du bist es.« Er atmete auf. »Wie ich sehe, hast du dir mit dem Vorschuss neue Zigarren gekauft.« Er deutete auf einen Punkt, der aufleuchtete und verlosch wie ein Glühwürmchen. »Was tust du hier draußen?«

»Ich habe auf dich gewartet.« Mathilde trat aus dem Schatten in das fahle Mondlicht. Sie wirkte ernst. »Wir müssen uns dringend unterhalten.«

»Ich bin todmüde. Kann das nicht bis morgen warten?«

»Nein.« Sie öffnete die rote Tür und deutete ins Innere der Detektei. »Es geht um unseren Klienten. Der Kerl hat uns was vorgemacht.«

Blom folgte ihr in das kleine Büro, setzte sich und gähnte. »Was soll das heißen?«

Mathilde lehnte sich gegen den Schreibtisch. »Das heißt, er ist nicht, wer er vorgibt zu sein.« Sie blies Rauch aus. »Es gibt keinen Wilhelm Kaminer.«

»Es gibt ihn nicht?«

»Nein … ich meine, doch …« Mathilde öffnete ein kleines Schränkchen und holte Schnaps hervor. »Die Notration«, erklärte sie und stellte die Flasche schwungvoll auf den Tisch. »Wilhelm Kaminer ist nicht der Mann, der uns heute aufgesucht hat.«

»Und wer war dann der Kerl?«

»Das ist die große Frage.« Sie entfernte den Korken mit

den Zähnen, trank einen großen Schluck aus der Flasche und reichte sie Blom.

Er tat es ihr gleich. Der Klare brannte scharf in seiner Kehle, und er schüttelte sich. Wenige Augenblicke später breitete sich wohlige Wärme in seinem Körper aus. Er fühlte, wie sich sein Herzschlag normalisierte und seine Muskeln entspannten, und nahm noch einen Schluck. »Ich hätte auf meinen Instinkt hören sollen«, murmelte er. »Der hat mir gleich signalisiert, dass mit dem Kerl etwas nicht stimmte.« Er sah Mathilde auffordernd an. »Erzähl.«

»Gleich nachdem du gegangen warst, bin ich raus nach Spandau gefahren, um mir ein Bild von den Lagerhallen zu machen.« Mathilde rieb sich den Nacken und löste ihren Haarknoten. Haselnussbraune Locken fielen auf ihre Schultern und über ihren Rücken. Sie setzte sich und zog an der Zigarre. »Zuerst schien alles völlig in Ordnung. Ich habe den Wachleuten erklärt, wer ich bin, und meinen Charme spielen lassen.«

Blom zupfte die Überreste des Bartklebers von seiner Oberlippe und nahm einen weiteren Schluck. Wann hatte er das letzte Mal Alkohol getrunken? Das musste ein paar Tage vor seiner Einlieferung gewesen sein. Vor über drei Jahren. Er hatte ganz vergessen, wie beruhigend und wohltuend Hochprozentiger sein konnte. »Charme? Du?«

Mathilde verdrehte die Augen. »Du kannst dir nicht einmal annähernd vorstellen, was ich alles habe und was ich alles sein kann.« Sie schenkte ihm einen vielsagenden Blick. »Verführung war jahrelang meine Profession.«

»Schon gut«, winkte Blom ab. »Du hast also deinen Liebreiz spielen lassen. Und dann?«

»Dann haben mich die Jungs herumgeführt und mir alles gezeigt.«

»Und? War es so, wie Kaminer … wie der Mann erzählt hat?«

»Ja, das hat alles gestimmt. Die Tore der Lagerhallen sind aus dickem Eichenholz gefertigt, die Fenster befinden sich hoch über dem Boden und sind vergittert. Sowohl das Dach als auch der Boden und die Mauern waren unversehrt.«

»Und die Schlösser?«

»Kein Kratzer, keine Dellen, nicht die geringste Spur einer Manipulation.«

»Was ist mit den Wachen? In dem Fall kann es nur einer von ihnen gewesen sein.«

Sie schüttelte den Kopf. »Nach dem ersten Einbruch wurde der Sicherheitsdienst ausgetauscht, nach dem zweiten wieder, und trotzdem ist es noch einmal passiert.«

Gedankenverloren schnupfte Blom eine Prise Tabak und trank noch einen Schluck.

»He!«, rief Mathilde. »Das ist die Notreserve. Gib her!« Sie griff nach der Flasche, doch Blom drehte sich weg.

Mathilde zog die Augenbrauen hoch. »Ich habe also mit den Jungs geredet, habe versucht, ihnen Details zu entlocken. Dabei kam die Sprache auf die Weltausstellung.«

»Na und? Kaminer hat gesagt, dass er hinfährt.« Bleischwere Müdigkeit packte Blom. Offenbar war seine Alkoholtoleranz stark gesunken.

Sie nickte. »Genau das ist es ja. Er ist nämlich nicht heute, sondern schon vergangene Woche nach Paris gereist.«

Blom zuckte mit den Schultern. »Wo ist das Problem?«

»Das Problem ist, dass er immer noch dort ist.«

Blom trank noch einen Schluck von der Notration. »Missverständnis«, sagte er mit schwerer Zunge.

»Das hab ich auch zuerst gedacht. Doch dann habe ich den Vorarbeiter dazu gebracht, mich in das Chefbüro zu bringen.

Dort hing ein gemaltes Porträt von ihm. Der Mann, mit dem wir heute gesprochen haben, ist nicht Wilhelm Kaminer.«

»Bist du sicher? Menschen werden älter, Menschen ändern sich, Maler sind oft Dilettanten.« Blom legte den Kopf in den Nacken und schloss die schweren Lider.

»Ich habe Augen im Kopf. Das war ein völlig anderer Mann.«

»Dubios«, murmelte Blom. »Lass uns morgen in Ruhe darüber reden. Ich bin so müde, dass ich keinen klaren Gedanken mehr fassen kann.« Er stellte die Flasche neben sich auf den Boden, erhob sich und schwankte zur Tür. »Vertrage nichts mehr«, lallte er. »Zu lange keinen Alkohol getrunken ... Teufelszeug ...«

Mathilde zündete eine Kerze an und trat neben ihn. »Du bist wirklich erbärmlich, Felix Blom«, sagte sie. »Jedes einzelne der Kinder da draußen würde dich locker unter den Tisch saufen. Komm!« Sie packte ihn am Oberarm, führte ihn ins Haus, bugsierte ihn die Treppe hoch und in Franks Wohnung.

Blom schälte sich aus dem spanischen Mantel und ließ sich aufs Bett fallen.

Mathilde zog ihm die Schuhe aus und deckte ihn zu. »Gute Nacht.« Sie verließ den Raum und zog die Tür hinter sich zu.

»Gut Nacht«, murmelte Blom und versank in einen tiefen Schlaf.

Blom wusste nicht, was ihn geweckt hatte. War es das dumpfe Pochen in seinem Kopf? Der furchtbare Durst, der ihn quälte? Die Tatsache, dass seine staubtrockene Zunge an seinem Gaumen klebte?

Er öffnete die Augen einen Spaltbreit und starrte in die Finsternis. Es musste mitten in der Nacht sein. Der Einbruch bei Albert von Mesar fiel ihm ein ... die pornografischen Bilder ... die Suche nach dem Schwarzen Adlerorden ... *Wilhelm Kaminer gibt es nicht* ... der Schnaps ...

Es war eine dumme Idee gewesen, nach über drei Jahren Abstinenz so viel davon zu trinken.

Blom versuchte weiterzuschlafen, als ein sanfter Lufthauch über sein Gesicht strich. Er drehte den Kopf und konnte am Fußende des Bettes die Silhouette eines Mannes ausmachen. Er wollte aufspringen, weglaufen oder kämpfen, doch er war wie gelähmt. Völlig starr lag er da und starrte auf den Schatten.

»Du bist an allem schuld, Blom«, drang ein Flüstern an sein Ohr. »Dich spare ich mir bis zum Schluss auf.«

Wer bist du? Was willst du? Woran soll ich schuld sein?, wollte Blom fragen, doch er brachte nicht mehr als ein Krächzen hervor.

»Nicht mehr lange«, raunte die Stimme.

Die Silhouette verschwand.

Der Spuk war zu Ende.

Oder?

Drei Jahre zuvor

Lena hastete weiter durch die Stadt. Die sonderbaren Männer waren so gut wie vergessen. Ihre Gedanken gehörten einzig und allein Frau Gall. Wenn das Ungeborene tatsächlich nicht mit dem Kopf nach unten lag, musste sie versuchen, es im Mutterleib zu drehen. Es mit den Füßen voran auf die Welt zu holen wäre äußerst risikoreich, und einen Kaiserschnitt durfte nur der Arzt vornehmen. Sie versuchte, sich an die Handgriffe zu erinnern, die anzuwenden waren.

Der Wind frischte auf, Schneeflocken tanzten durch die Luft. Lena zitterte, senkte den Kopf und eilte dahin.

Plötzlich vernahm sie Schritte. Sie blieb stehen und drehte sich um.

Da war niemand.

Dennoch spürte sie ein ungutes Gefühl in sich aufsteigen.

Hastig ging sie weiter, schneller und immer schneller, bis sie beinahe rannte. In der einen Hand hielt sie die Tasche, die andere hatte sie schützend auf ihren Bauch gelegt. Sie sprach sich Mut zu, redete sich ein, dass sie es eilig hatte, weil Frau Gall sie brauchte, doch die Wahrheit war eine andere: Die Nacht, die verdächtigen Männer, die Schritte – all das machte ihr unglaubliche Angst.

Sie bog in die Taubenstraße und atmete erleichtert auf, als das Haus von Stadtrat Gall nur mehr einen Steinwurf entfernt war. Gleich. Gleich war sie am Ziel.

»Alles ist gut«, sagte sie zu sich selbst. »Alles ist wunderbar.«

Sie strich sich über den Bauch. »Tut mir leid, mein Schatz, dass ich dich so erschreckt habe. Es soll nicht wieder vorkommen.«

In dem Moment spürte sie einen dumpfen Schlag auf den Kopf. Alles um sie herum wurde schwarz.

23

Blom schlug die Augen auf und stöhnte leise. Fahles Morgenlicht fiel ins Zimmer, und er fühlte sich hundeelend.

Nach drei Jahren Abstinenz hatten die paar Schluck Schnaps seinem Körper derart zugesetzt, dass er nun völlig verkatert war. Was war das nur für ein schrecklicher Albtraum gewesen? Es hatte sich angefühlt, als wäre tatsächlich jemand in sein Zimmer eingedrungen.

Er schlug die kratzige Wolldecke zur Seite und merkte, dass er schon wieder angekleidet geschlafen hatte.

Wie spät war es? Er setzte sich auf, wobei ihn Übelkeit befiel. Sein Kopf pochte, sein Mund war staubtrocken, und ein pelziger Belag hatte sich auf der Zunge breitgemacht. Befindlichkeiten wie diese vergaß man im Gefängnis gern. Man dachte an herrliche Räusche, sehnte sich nach Ekstase und Euphorie. Die unliebsamen Nachwirkungen fanden in der Erinnerung meist keinen Platz. Der Volksmund hatte auch hier recht: Im Schnaps wohnte der Teufel.

Blom kämpfte sich ächzend hoch und tapste über den groben Holzboden zum Tisch, auf dem die Waschschüssel stand. Er spritzte sich Wasser ins Gesicht und streckte sich. Mit einem Mal richteten sich die feinen Härchen in seinem Nacken auf. Er erstarrte und spannte die Muskeln an. Ein Hauch von Moschus hing in der Luft. Das konnte doch nicht sein?

Blom schnupperte. Doch. Es war eindeutig derselbe Geruch wie jener, der die verflixte Karte umweht hatte.

Mit einem Schlag war er hellwach, der Kater wie wegge-
zaubert.

War die nächtliche Heimsuchung etwa gar kein Traum gewesen? Er sah sich um, eilte zur Tür und suchte nach Spuren.
Am Schloss entdeckte er Kratzer und kleine Dellen, hätte
aber nicht zu sagen vermocht, ob diese von dem vermeint-
lichen Phantom stammten.

Blom fuhr sich mit beiden Händen durch sein kurzes, ver-
strubbeltes Haar. Er dachte an die Fälle von Wahnsinn, die in
Moabit immer wieder diagnostiziert wurden. War es möglich, dass die Haft auch seinem Hirn zugesetzt hatte?

Er zog seine neuen Schnürstiefel an und eilte nach unten
in die Detektei, wobei er fast die schmale Treppe hinunter-
gestolpert wäre.

Mathilde saß im Hinterzimmer und mahlte Kaffee, während neben ihr auf dem Herd ein Topf mit Wasser leise vor
sich hin blubberte. »Na, das ist aber eine Überraschung«,
sagte sie. »Mit dir hätte ich nicht so früh gerechnet. Du warst
gestern hackedicht.«

Blom setzte sich, lehnte sich zurück und rieb über sein
stoppeliges Kinn. »Ich weiß nicht, ob ich den Verstand ver-
liere, aber ich glaube, Albert von Mesar war heute Nacht in
meiner ... in Franks Wohnung. Er ist eingebrochen und hat
mich bedroht.«

Mathilde legte eine Serviette über die Öffnung einer ab-
gesplitterten Porzellankanne. Mit den Fingern formte sie
eine Mulde und leerte die gemahlenen Bohnen hinein. »Ich
denke, du hast alles nur geträumt.« Sie nahm das Wasser
vom Herd und goss es langsam über das Pulver. Der wunderbare Duft von Kaffee erfüllte das Kabuff. »Du siehst
furchtbar aus, aber nicht so, als hättest du eine Prügelei hinter dir.«

»Wir haben nicht gekämpft«, erklärte Blom. »Er hat mir ins Ohr geflüstert.«

Mathilde lachte. »Ich hoffe, keinen Schweinkram.« Sie wartete, bis das Wasser durchgeronnen war, nahm zwei Tassen aus einem Regal und befüllte sie. »Homosexualität ist nämlich strafbar.«

»Könntest du mich bitte ernst nehmen?« Blom nahm die Tasse, die sie ihm reichte, schlang die Finger darum und betrachtete die Dampfwölkchen, die aus dem rabenschwarzen Getränk emporstiegen. »Vielen Dank«, sagte er. »Ich weiß nicht, wann ich das letzte Mal Kaffee getrunken habe.«

»Den zieh ich dir von deinem Anteil ab«, erklärte sie. »Aber jetzt erzähl weiter, was wollte der Mann deiner Träume?«

»Wenn ich mich recht entsinne, raunte der Eindringling etwas von wegen, ich sei an allem schuld.«

»Schuld woran?«

»Ich habe keinen blassen Schimmer. Aber ich glaube, dass dieser Kerl wirklich da war. Es sind Kratzspuren an der Tür.«

Mathilde nippte an ihrer Tasse und nickte zufrieden. »Die waren schon vorher da. Frank hat sich ständig ausgesperrt und musste deshalb immer wieder mal das Schloss aufbrechen.« Sie zuckte mit den Schultern. »Oder es waren die Kinder, die spielen manchmal Einbrecher.«

Blom nippte an dem Kaffee und verzog das Gesicht. »Bist du sicher, dass die Klienten weggeblieben sind, weil du eine Frau bist? Es könnte auch an diesem Gebräu gelegen haben. Pfui Teufel.«

Mathilde nahm demonstrativ einen weiteren Schluck aus ihrer Tasse und fröstelte. »Es zieht«, murrte sie, »und es riecht schon wieder komisch.«

»Ich bin das nicht.«

Sie antwortete nicht, sondern trat hinaus auf den Hof und stieß einen lauten Pfiff aus. »Wer will sich ein paar Pfennig verdienen?«, rief sie und wartete.

Blom schaute unterdessen auf die Zeitung, die auf Mathildes Schreibtisch lag, und überflog die Meldungen. *Majestätsbeleidigungen werden von den Gerichten streng bestraft*, stand dort geschrieben. *Aus Paris wird der Tod des ehemaligen Königs von Hannover, Georg V., gemeldet.*

Das Getrappel kleiner Füße ließ ihn aufblicken. »Ich! Ich! Ich!«, schrien gellende Kinderstimmen. »Ich will was verdienen.«

Blom wollte gerade nach draußen gehen, als seine Aufmerksamkeit an einer kleinen Meldung hängen blieb: *Der mysteriöse Selbstmord eines jungen, kaum in Berlin angekommenen Konditorgehilfen aus Dresden macht bei der Behörde einiges Aufsehen. Am Sonntag wurde die Leiche desselben in Bohneshof aufgefunden. Der Selbstmörder hat sich mit einem neuen Revolver das Leben genommen* ... »Armes Schwein«, murmelte Blom und las weiter. *Bei seiner Leiche wurden Briefe an seine Eltern und Geschwister vorgefunden, aus denen hervorgeht, dass ihm am Freitag auf der Promenade in Dresden eine Karte* ...

»Wo bleibst du?«, rief Mathilde von draußen.

Blom stand auf, trat in den Hof und stellte sich neben sie.

»Hört genau zu!«, erklärte Mathilde den Kindern, die sich um sie versammelt hatten, in ernstem Tonfall. »Habt ihr heute Nacht irgendetwas gesehen oder gehört? Fremde? Irgendwas Auffälliges?«

Die Kinder schüttelten den Kopf.

»Was ist mit dir?« Mathilde deutete auf einen Jungen in einem löchrigen, braun-grau gestreiften Pullover, dessen Verneinung sie nicht überzeugt zu haben schien.

»Ich hab gepennt«, sagte der Hosenmatz und errötete.

»Von wegen.« Mathilde hielt die Münze dicht vor seine Rotznase. »Ich sag auch deinen Eltern nichts. Weder von deinen nächtlichen Eskapaden noch davon, dass ihr schon wieder die Schule schwänzt.«

Er druckste herum, trat von einem Bein aufs andere. »Meine Schwester hat gehustet«, sagte er schließlich. »Und das Baby hat geschrien, also …«

»Also hast du wieder mal die Kippen von Papa gestohlen und bist rausgegangen, um eine zu rauchen«, vervollständigte Mathilde den Satz.

Er nickte. »Ich hab mich hinter dem Hackklotz versteckt, damit mich niemand sieht.«

»Und? Hast du was Ungewöhnliches beobachtet?«

Er deutete auf die Münze, Mathilde gab sie ihm. »Da war ein Mann. Der war nicht von hier. Er ist in das Haus gegangen.« Er zeigte auf das Gebäude, in dem sich Franks Wohnung befand.

»Sicher?«

Der Junge betrachtete das Geldstück und nickte. »Er hatte schöne Schuhe und hat teuer gerochen. Hab kurz überlegt, ob ich ihm was klauen soll.« Er grinste stolz. »Bin mittlerweile echt gut darin.«

Blom war neben Mathilde getreten. »Was du nichts sagst, du kleiner Angeber.«

Der Knirps grinste, ging einmal um Blom herum, fasste in dessen Hosentasche und zog ein Stück Papier heraus. Es handelte sich um das Schreiben, das Blom am Abend zuvor bei Albert von Mesar eingesteckt hatte.

Blom zupfte es ihm aus der Hand und schüttelte den Kopf. »Das war viel zu auffällig. Man steckt niemals die ganze Hand in eine Tasche. Immer schön die Schere machen.«

Die Schere machen: Man bildet mit Zeige- und Mittelfinger eine Art Schere, die in die Tasche des Opfers geschoben wird. Die übrigen Finger drückt man dabei fest an die Handfläche.

»Hier, ich zeig's euch.« Blom spazierte einmal pfeifend an der Meute vorbei und präsentierte anschließend die Münze, die der Kleine von Mathilde als Belohnung erhalten hatte.

Die Kinder machten große Augen und versuchten sich an der Schere. »Noch einmal«, riefen sie. »Zeig es uns noch einmal.«

Doch Blom hörte sie nicht. Sein Blick haftete auf dem Schreiben, bei dem es sich offenbar um einen Brief handelte, den Albert von Mesar an seinen Vater geschrieben, aber nie abgeschickt hatte. »Verdammt«, murmelte er.

»Was ist das?«, fragte Mathilde.

Blom antwortete nicht, sondern las den Brief noch einmal und schnupperte daran. »Er war es nicht.«

»Wer?«

»Albert von Mesar.«

»Wer hat dir dann die süßen Worte ins Ohr geflüstert?«

Blom ignorierte Mathildes neckische Bemerkung und reichte ihr den Brief. »Sieh nur, die Buchstaben, die Tinte, das Papier, der Geruch …« Er schüttelte den Kopf. »Es war nicht Albert von Mesar, der die Karte geschrieben hat.« Er ließ Mathilde und die Kinder im Hof zurück und ging in die Detektei. Dort setzte er sich und fuhr sich mit den Fingern durchs Haar. »Wenn er es nicht war, wer dann?«

Erneut fiel sein Blick auf die Zeitung, die noch immer aufgeschlagen auf dem Schreibtisch lag. *… eine Karte mit der Aufschrift in die Hand gedrückt wurde,* las Blom endlich die knappe Meldung weiter, … *»binnen dreißig Stunden müsse er eine Leiche sein.«*

24

»Sie haben also Freitagabend mit Herrn von Mesar verbracht?« Cronenberg unterdrückte ein Gähnen. Er hatte die halbe Nacht wachgelegen und über Julius Jacobi, Felix Blom und die mysteriösen Karten nachgegrübelt. Ohne zuvor ins Präsidium zu gehen, hatte er sich gleich zu den Reichenbachs aufgemacht, um von Mesars Alibi zu überprüfen.

»Ja, das haben wir.« Auguste Reichenbach, die auf einer mit bordeauxrotem Samt bezogenen Ottomane saß, blickte zu ihrem Vater, der schräg hinter ihr stand und eine Hand auf ihre Schulter gelegt hatte. »Albert hat mich und meine Eltern ins Victoria-Theater eingeladen. Wir haben uns *Die Reise um die Welt in achtzig Tagen* angesehen.« Auguste sprach leise. Sie war blass und hatte dunkle Schatten unter den Augen.

»Ein lächerliches Schauspiel, wenn Sie mich fragen.« Verächtlich zog Herr Reichenbach die Oberlippe hoch. Er war ein überfein gekleideter Herr, dessen Schnurrbart wie zwei Pinsel links und rechts aus dem Gesicht ragte. »Aber was erwartet man schon von einem Stück, das aus der Feder eines Franzmanns stammt.« Er seufzte und rückte sein Monokel zurecht. »Haben Sie Kinder?« Ohne auf die Antwort zu warten, sprach er weiter. »Dann wissen Sie ja, was man für sie alles ertragen muss. Meine Tochter und mein Schwiegersohn …«

»Vati, bitte«, zischte Auguste. »Du weißt genau, dass Albert und ich …«

»Ja, schon gut.« Er strich ihr über den Kopf, als wäre sie ein kleines Kätzchen. »Schwiegersohn in spe«, korrigierte der Patriarch und verdrehte die Augen. »Sie müssen verzeihen, Herr Kommissar, meine Tochter ist manchmal ein bisschen spröde.«

»Papa!«, schalt sie ihn.

»Wie lange hat die Vorstellung gedauert?«, kam Cronenberg auf den Punkt.

»Definitiv zu lang. Mindestens bis zehn Uhr.« Der alte Reichenbach richtete seinen Kragen und schnippte eine imaginäre Fluse von seiner Weste. »Die Flaschen, die wir uns danach bei *Borchardt* gegönnt haben, waren hart verdient.«

»Und Herr von Mesar war auch mit bei *Borchardt*?«

Lothar Reichenbach nickte. »Nach der langatmigen Aufführung waren wir hungrig. Vor allem aber durstig. Er hat uns zu Austern und Chablis eingeladen.« Er tätschelte die Schulter seiner Tochter. »Der Herr Baron hat einen exquisiten Geschmack. Er weiß, was gut ist.« Er sah Cronenberg an und runzelte die Stirn. »Warum wollen Sie das eigentlich alles wissen?«

»Reine Routine«, winkte Cronenberg ab. »Ich ermittle in einem Mordfall, in dem der Name des Herrn Baron auftauchte. Sie müssen sich keine Sorgen machen, es ist lediglich meine Pflicht, der guten Ordnung halber allen Hinweisen nachzugehen.«

»Mord?« Auguste riss die Augen auf.

Ihr Vater rümpfte die Nase. »Da wandert es also hin, unser Steuergeld«, murrte er, zückte demonstrativ seine goldene Taschenuhr und blickte darauf. »Den Weg hierher hätten Sie sich sparen können. Jeder weiß, dass mein zukünftiger Schwiegersohn ein rechtschaffener, gesetzestreuer Mann ist. Nur weil meine Tochter damals von diesem unverschämten

Kretin umgarnt wurde, heißt das noch lange nicht, dass jeder Mann, der ihr den Hof macht, ein Verbrecher ist.«

Cronenberg stand auf und hob beschwichtigend die Hände. »Nichts liegt mir ferner als dieser Gedanke. Bitte verzeihen Sie die frühmorgendliche Störung. Ich hoffe, ich habe nicht zu viel von Ihrer wertvollen Zeit gestohlen.«

»Schon gut«, gab sich Lothar Reichenbach generös. »Ich muss leider los. Man erwartet mich im Grandhotel, aber wenn Sie wollen, weise ich die Haushälterin an, Ihnen Kaffee zu kochen. Meine Tochter leistet Ihnen sicher gern weiter Gesellschaft.«

»Sehr freundlich, ein verlockendes Angebot, aber auch auf mich wartet die Arbeit. Sie wissen ja, das Verbrechen schläft nicht. Nicht einmal zu dieser frühen Stunde.« Cronenberg nahm seinen Zylinder, verabschiedete sich von Fräulein Auguste und folgte deren Vater durch einen langen Flur, an dessen Wänden zahlreiche Gemälde hingen.

Gemeinsam verließen sie die Villa und traten hinaus auf die Kronenstraße, wo trotz der frühen Stunde schon reger Verkehr herrschte.

»Erlauben Sie mir, Sie ein Stück des Wegs in meiner Kutsche mitzunehmen«, bot Reichenbach gönnerhaft an.

»Vielen Dank, aber ich fürchte, ich muss in die andere Richtung«, sagte Cronenberg. Nicht dass es ihm zuwider gewesen wäre, mit dem Hotelier ein paar Meter zu fahren, doch er wollte die frische Morgenluft nutzen, um einen klaren Kopf zu kriegen und seine Gedanken zu ordnen.

Der ausgedehnte Spaziergang zeigte nicht die gewünschte Wirkung. Als Cronenberg im Präsidium am Molkenmarkt ankam, war er keinen Deut schlauer als zuvor. Er zückte seine Dose und genehmigte sich eine Pastille.

»Guten Morgen, Chef«, begrüßte Bruno ihn.

»Guten Morgen, mein Lieber. Wie war Dresden?«

»Ruhig und weitläufig.« Sein Assistent gähnte und streckte die Arme aus, wobei er mit der rechten Hand die Wand und mit der linken ein Regal berührte. »Seit ich wieder da bin, kommt es mir vor, als wäre unser Büro noch weitergeschrumpft. Die Verbrecher, die wir hinter Schloss und Riegel bringen, haben wahrscheinlich mehr Platz.«

»Und mehr Ruhe.« Cronenberg quetschte sich hinter seinen Schreibtisch und begann, Akten zu sortieren. »Wann bist du zurückgekommen?«

»Gestern Abend. Ich habe gerade noch den letzten Zug erwischt.«

»Dann haben wir uns knapp verpasst.« Der Kommissar kritzelte ein paar Notizen auf ein Blatt Papier und legte es in eine dünne Mappe. »Ich war so gegen acht beim Dresdener Bahnhof.«

»Und was haben Sie dort gemacht?«

»Eine Hure, die dort anschafft – sie nennt sich Kesse Franka –, hat beobachtet, wie Julius Jacobi am Freitagabend in eine Droschke gestiegen ist. Und zwar nicht allein. Ein Mann war bei ihm. Ich habe mit dem Kutscher gesprochen, der die beiden gefahren hat.« Cronenberg lehnte sich zurück und massierte sich die Nasenwurzel.

»Sie wirken nicht sonderlich euphorisch.«

Cronenberg seufzte. »Erst schien die Spur vielversprechend. Der Kutscher glaubte nämlich, gehört zu haben, dass Jacobi den anderen mit Omiser oder etwas in die Richtung angesprochen hatte. Er meinte, es könne auch von Mesar gelautet haben.«

»Baron Albert von Mesar?« Bruno zog die Augenbrauen hoch und setzte sich aufrecht hin.

Cronenberg nickte. »Von Mesar hat aber ein Alibi. Ich war gerade bei den Reichenbachs. Die ganze Familie war mit ihm an besagtem Freitagabend im Victoria-Theater und anschließend bei *Borchardt*. Der Kutscher muss sich verhört haben.« Er nahm seine Brille ab und putzte deren Gläser. »Bitte sag mir, dass Dresden ergiebiger war.«

»Ey, Otto, ick liebe dir«, schrie da plötzlich eine gellende Frauenstimme.

»Nicht schon wieder.« Bruno stand auf, trat an das kleine Fenster, stellte sich auf die Zehenspitzen und blickte hinaus. Da die Zellen des Stadtgefängnisses unter ihnen auf die Spree hinausblickten, fuhren immer wieder Verwandte und Bekannte der Gefangenen dieses Teilstück des Flusses auf und ab, um mit den Inhaftierten zu kommunizieren. »Mach'n Abjang!«, brüllte der Kommissar hinaus. »Es ist verboten, mit den Knastbrüdern zu reden.«

»Du kannst mir ma anne Pupe schmatzen, Backpfeifenjesicht.« Die Frau, die in einem kleinen Ruderboot saß, stand auf, schwankte leicht, fand dann aber ihre Balance wieder und drehte sich um. Sie bückte sich und hob ihren Rock so weit in die Höhe, dass ihr bloßes, äußerst voluminöses Hinterteil zu sehen war.

Aus den Gefängniszellen drang lautes Pfeifen, Grölen und Johlen.

Bruno schloss das Fenster und fuhr sich mit beiden Händen übers Gesicht. »Wir arbeiten in einem Irrenhaus.«

»Vergiss den Wahnsinn. Erzähl von Dresden«, forderte Cronenberg. »Hast du mit Jacobis Geschwistern gesprochen?«

Bruno nickte. »Sie haben mehr oder weniger dasselbe ausgesagt wie die Eltern: Ihr Bruder war ein netter Kerl, hatte keine Feinde, und in den Wochen vor seinem Tod haben sie keine Veränderung an ihm wahrgenommen. Dasselbe gilt für seine Arbeitskollegen in der Schokoladenfabrik. Die einzig interessante Begegnung war die mit seiner Verlobten, Marie Leutgeb. Ein anonymer Schreiber hat ihr tausend Mark dafür geboten, dass sie die Verbindung löst.«

Cronenberg wurde hellhörig. »Und? Hat sie?«

»Die kleine Schlaumeierin wollte die Kohle kassieren, Jacobi anschließend alles beichten und wieder mit ihm zusammenkommen.«

»Interessant.«

»In der Tat, aber jetzt werden Sie erst recht die Ohren spitzen. Es verhält sich nämlich so, dass der Brief von demselben Menschen verfasst wurde, der auch die Karte an Jacobi geschrieben hat. Zumindest sieht es auf den ersten Blick so aus.« Bruno reichte ihm den Wisch. »Ist das nicht mysteriös?«

Cronenberg legte den Brief vor sich auf den Tisch und begutachtete ihn. »Es wird noch mysteriöser«, erklärte er schließlich, zog die zweite Karte aus einem Kuvert und hielt sie in die Höhe.

»Noch eine Karte?« Bruno riss die Augen auf. »Woher stammt denn die?«

»Das ist das wirklich Sonderbare an der Sache«, erklärte Cronenberg. »Ich habe sie von …«

Der Rest des Satzes wurde von einem schrillen Läuten übertönt.

Das Zentraltelegraphenamt der Polizei hatte eine ganz eigene Methode, mit den Abteilungen zu kommunizieren, und zwar – als wäre der Lärmpegel nicht schon hoch genug – über eine Klingel. Ein Schlag der Glocke bedeutete, dass eine wichtige Depesche angekommen war, zwei Schläge, dass man eine Leiche gefunden hatte, drei Schläge standen für ein Kapitalverbrechen.

Wie immer, wenn der erste Signalton verklungen war, hielt das gesamte Revier den Atem an und sorgte somit für einen raren Augenblick von Stille.

Auch Cronenberg und Bruno schwiegen und sahen einander erwartungsvoll an.

Nichts weiter geschah.

»Woher haben Sie die?«, wiederholte Bruno, als klar war, dass es sich bei dem Alarm nur um die Ankündigung einer Depesche gehandelt hatte.

»Von unserem Freund Felix Blom.«

»Von Blom?« Der sonst so abgeklärte Bruno schien völlig überrumpelt. »Warum Felix Blom?« Er betrachtete die Karte und legte die Stirn in Falten. »Was haben er und Julius Jacobi gemeinsam? Ich meine … ich war in Dresden. Ich habe Jacobis Familie getroffen, sein Arbeitsumfeld gesehen, seine Wohnung, seine Verlobte … Das ist ein völlig anderes Milieu, eine andere Stadt, eine andere Art von Mensch. Das ergibt doch keinen Sinn.«

»Ich rätsle selbst, mein lieber Bruno. Aber wir werden dieses Puzzle schon zusammensetzen.«

Es klopfte an der Tür, ein junger Beamter streckte den Kopf in den Raum und reichte Cronenberg einen Umschlag. »Das kam gerade für Sie.«

»Danke.« Cronenberg nahm das Kuvert entgegen und öffnete es. »Ah, das Gutachten des Graphologen.«

»Gott sei Dank«, murmelte Bruno. »Wenn das so weitergeht, fange ich noch an, mich vor Briefen und dergleichen zu fürchten.«

»Dann wollen wir mal sehen, was der Experte über Jacobis Karte denkt.« Cronenberg zog das Corpus Delicti sowie ein Blatt aus dem Umschlag, faltete es auseinander und räusperte sich. »Die Schrift ist gleichbleibend und im Fluss«, begann er vorzulesen. »Die Buchstaben sind linkslastig, was auf Selbstbezogenheit und Beherrschung schließen lässt. Die fadenförmige Schreibweise der Buchstaben n, m und u deutet auf eine hohe Anpassungsfähigkeit hin. Sogenannte Fadenschreiber sind oft zielstrebige Opportunisten, sie bleiben vage, im Extremen sind sie intrigant und verschlagen.«

»Klingt nach einem durchtriebenen Subjekt.« Bruno steckte sich ein Stück Kautabak der Marke *Grimm & Triepel* in den Mund und schmatzte los. »Aber das war ohnehin klar.«

»Die Feder wurde mit kräftigem Druck über das Papier geführt, was von hoher Emotionalität zeugt«, las Cronenberg weiter. »Die ausladenden Schnörkel lassen auf Stolz, Elan und Einsatzfreude schließen, aber auch auf den Wunsch nach Größe, Anerkennung und Überlegenheit. Zwischen den Wörtern sind recht große Lücken, was für geistige Klarheit und großes Organisationstalent spricht.« Er blickte auf.

Bruno nickte nachdenklich. »Wenn dieses Gutachten zutrifft, haben wir es mit einem intelligenten und kaltblütigen Mann zu tun, der erst mit dem Morden aufhören wird, wenn er sein Ziel erreicht hat – wie auch immer dieses lauten mag.«

»Nicht, wenn wir ihn vorher erwischen.«

Bruno nickte. »Wir müssen mit Blom reden. Wir müssen herausfinden, was ihn und Julius Jacobi verbindet.«

»Du hast völlig recht.« Cronenberg erhob sich und setzte seinen Zylinder auf. »Wie praktisch, dass er gleich nebenan wohnt und arbeitet.«

»Arbeitet?«

»Ach ja, das weißt du ja noch gar nicht.« Er seufzte. »Deine Bemühungen, ihn vom Arbeitsmarkt auszuschließen, haben leider nicht gefruchtet.«

»Wer zur Hölle hat ihn angestellt?« Bruno nahm die Karte, stand auf und folgte seinem Vorgesetzten in den Flur.

»Das wirst du gleich sehen.«

»Jetzt bin ich aber mal gespannt.«

Gemeinsam verließen sie das Präsidium, spazierten über den Molkenmarkt und bogen in den schmalen, krummen Krögel ein.

»Ich glaub, ich war noch nie hier.« Bruno spuckte einen dicken, braunen Klumpen Kautabak auf den Boden.

»Da hast du nicht viel versäumt, es sei denn, du hast ein Faible für die Gosse.« Cronenberg zeigte auf ein Tor. »Hier muss es sein.«

Sie traten in den Hof, wo ein Mädchen am Brunnen stand und Wasser in einen Blecheimer pumpte. Ihre Wangen waren gerötet, Schweiß stand ihr auf der Stirn.

»Wart, Kleene.« Bruno trat neben sie. »Lass mich das machen.« Sachte schob er sie zur Seite und betätigte die Pumpe.

Sie sah ihn misstrauisch an. »Dafür werd ick Ihnen und Ihrem Freund aber keen Amüsemang bieten.«

»Keene Sorge, wir wollen keen Amüsemang. Wir wollen nur wissen, wo Felix Blom steckt.«

»Wer?«

»Felix Blom«, erklärte Cronenberg. »Er ist ungefähr so groß wie ich, hat kurze Haare und ist Detektiv.«

Die kleine Rotzgöre sah verwirrt zwischen den beiden Polizisten hin und her. »Detektiv? So wie die Mathilde?«

»Mathilde?«

Das Mädchen zeigte auf die rote Tür.

Cronenberg ging hin und las, was auf dem Schild geschrieben stand. »M. Voss«, murmelte er. »Mathilde Voss.« Er seufzte leise.

»Ach du Schande.« Bruno hatte den Eimer vollgefüllt und

war neben seinen Vorgesetzten getreten. »Hier arbeitet Felix Blom? In einer verdammten Detektei? Und dann auch noch für ein Frauenzimmer?«

Cronenberg nickte und klopfte an.

Mathilde starrte auf den Artikel, den Blom ihr unter die Nase hielt. »Die Wortwahl ist tatsächlich sehr ähnlich«, überlegte sie laut. »Kennst du denn einen Konditorgehilfen aus Dresden?«

»Nein. Eben nicht. Die Sache wird von Mal zu Mal mysteriöser und bedrohlicher.«

Mathilde kratzte sich an der Nase. »Wenn der nächtliche Besucher dir wirklich etwas antun wollte, dann …« Sie wurde von einem Klopfen an der Tür unterbrochen. »Kundschaft.« Sie klatschte in die Hände und nickte Blom zu. Als er nicht reagierte, seufzte sie leise. »Kopf hoch, ich lasse dich auch den Chef spielen.« Sie setzte ein freundliches Lächeln auf. »Ja bitte!«

»Das hat mir gerade noch gefehlt«, murmelte Blom, als die Tür geöffnet wurde und die beiden Beamten in das Büro traten.

»Guten Tag, meine Herren«, rief Mathilde. »Immer nur hereinspaziert. Was können Herr Voss und ich für Sie tun?«

»Herr Voss?« Cronenberg sah sich neugierig um.

Blom verzog das Gesicht. »Das sind keine Klienten«, erklärte er. »Die sind von der Polente. Darf ich vorstellen: Kommissar Ernst Cronenberg und sein Assistent.«

»Bruno Harting.« Brunos grimmige Miene war verflogen und hatte einem freundlicheren Gesichtsausdruck Platz gemacht. Er starrte Mathilde an, als wäre sie eine leckere Praline, zog seinen Hut und verneigte sich. »Stets zu Ihren Diensten.«

»Wir sind hier, weil …«, setzte Cronenberg an, doch Blom ließ ihn nicht ausreden.

»Die sind hier, weil sie mich kontrollieren wollen«, sagte er zu Mathilde. »Tut mir leid, wenn ich Sie enttäuschen muss. Alle Angaben, die ich gestern im Meldeamt gemacht habe, entsprechen der Wahrheit. Sehen Sie? Fräulein Voss ist meine Arbeitgeberin, und direkt über uns befindet sich meine Wohnung.«

Cronenberg verdrehte die Augen. »Blom …«, setzte er an.

»Ich bin ein guter und anständiger …«

»Jetzt lassen Sie den Mann doch mal ausreden.« Bruno knallte Jacobis Karte vor Blom auf den Schreibtisch, sodass die Platte wackelte. »Verzeihung.« Er zwinkerte Mathilde zu.

»Wir sind hier, um Ihnen zu sagen, dass wir die Drohung, die Sie bekommen haben, ernst nehmen.« Endlich konnte Cronenberg sein Anliegen vortragen.

Blom nahm Jacobis Karte und musterte sie. »Stammt die zufällig von einem Konditorgehilfen aus Dresden?«

»Woher wissen Sie von Julius Jacobi?«, stellte Bruno eine Gegenfrage.

»Hieraus.« Blom reichte ihm die Zeitung. »Jacobi. Hieß er so?«

Bruno nickte. »Verdammte Zeitungsfritzen«, murmelte er.

»Kannten Sie Julius Jacobi?«, fragte Cronenberg.

Blom schüttelte den Kopf.

»Sie müssen offen und ehrlich zu uns sein«, drängte Cronenberg. »In welchem Schlamassel Sie auch immer stecken – raus mit der Sprache!«

»Ich kenne keinen Julius Jacobi«, beteuerte Blom. »Und ich habe keinen blassen Schimmer, warum mir jemand solch eine Drohung geschickt hat.«

»Hören Sie zu«, versuchte Bruno es auf seine Art. »Wir hatten viel Ärger mit Ihnen und stehen auf gegnerischen Seiten. Trotzdem würden wir Sie nur ungern mit dem Gesicht nach unten treibend aus dem Landwehrkanal fischen.«

»Ich würd's euch sagen, wenn ich was wüsste.«

»Stur wie tausend Rinder«, schimpfte Bruno. »Will lieber zu Fischfutter werden als mit uns zu kooperieren.«

Cronenberg wartete.

Blom schwieg.

»Nun gut.« Der Kommissar setzte seinen Hut auf und ging zur Tür. Dort blieb er stehen und drehte sich noch einmal um. »Albert von Mesar hat übrigens nichts mit der Sache zu tun.«

Blom seufzte und nickte. »Ich weiß.«

»Ich frage jetzt nicht nach, woher.« Cronenberg ließ seinen Blick noch einmal durch den Raum wandern. »Das ist also eine Detektei«, murmelte er. »So arbeiten Leute, die glauben, sie könnten es besser als wir.«

»Manches können wir tatsächlich besser«, kam es prompt von Mathilde.

»Nun, dann hoffen wir mal, dass Sie es schaffen, Ihren Angestellten davor zu bewahren, kaltgemacht zu werden. Viel Glück dabei.«

Bruno tippte sich an die Mütze und deutete eine Verbeugung in Richtung Mathilde an. »Wenn Sie Hilfe brauchen, wissen Sie ja, wo Sie uns finden.«

25

»Sieht aus, als würdest du ordentlich in der Bredouille stecken«, sagte Mathilde. »Und das ist mal gelinde gesprochen.«

»Ich verstehe das nicht.« Blom starrte in seinen Kaffee, als wolle er sich in dessen Oberfläche spiegeln. »Ich kenne keinen Julius Jacobi, noch nicht einmal den Namen hab ich je gehört, und in Dresden war ich mein Lebtag noch nie.« Er rieb sich die Augen. »Wie sehr ich auch darüber nachdenke, ich weiß nicht, warum mich jemand umbringen will.«

»Was ist mit den Leuten, die du beklaut hast? Hier.« Sie reichte ihm ein Blatt Papier und einen Bleistift. »Mach eine Liste.«

»Die könnte lang werden.«

»Umso besser, wenn du schnell damit beginnst. Notier jeden noch so kleinen Diebstahl. Du hast zwar von den Reichen genommen, die den Verlust von Geld wohl verschmerzen können, doch manchmal haben Dinge nicht nur einen materiellen Wert. Zum Beispiel das Medaillon einer verstorbenen Mutter, eine Uhr, die seit Generationen von Vater zu Sohn weitergereicht wird, oder ...«, sie setzte sich und bedachte ihn mit einem sorgenvollen Blick, »ein Orden, durch dessen Verlust man aus einem elitären Kreis ausgeschlossen wird.«

Blom schnaubte. »Wie oft soll ich es noch sagen: Ich war es nicht.«

»Du weißt das. Aber weiß er es auch?« Sie tippte auf das Papier. »Ich würde Lothar von Wurmb ganz oben auf die Liste setzen.«

»Von Wurmb? Ein Mörder? Er war immerhin mal Polizeipräsident«

»Warum nicht? Er ist ein mächtiger und einflussreicher Mann. Als ich noch bei Madame Loulou gearbeitet habe, sind mir ständig solche Kerle untergekommen. Der Großteil war eitel und selbstverliebt und konnte nicht mit Kränkungen umgehen, selbst wenn sie noch so banal waren.«

»Wie du meinst.« Blom schrieb Lothar von Wurmb an die Spitze der Aufstellung, dann notierte er Namen um Namen. Nach jedem hielt er inne und grübelte. Schließlich schob er Mathilde das Blatt zu.

Sie warf einen Blick darauf und pfiff durch die Zähne. »Respekt«, murmelte sie. »Die Aufzählung ist noch illustrer als meine damalige Kundenliste.«

»Um ehrlich zu sein, traue ich es keinem von ihnen zu.« Blom lehnte sich zurück und schupfte eine Prise Tabak. »Ich stimme dir zu, was die symbolischen Werte betrifft. Deshalb habe ich versucht, mich daran zu erinnern, was genau ich bei jedem Einbruch hab mitgehen lassen – Geld, Wertpapiere, Goldbarren und Diamanten. Persönliche Dinge habe ich stets zurückgelassen.«

»Was, wenn es nicht um das ging, was du genommen hast, sondern um das, was zurückblieb? Fotografien, Briefe und so weiter. Du hast selbst gesagt, dass du so manches Geheimnis entdeckt hast.«

»Erstens wissen die nicht sicher, dass ich es war, der bei ihnen eingebrochen ist. Und selbst wenn – ich kenne diese Geheimnisse bereits seit Jahren. Ich habe immer die Klappe gehalten und nie jemanden erpresst. Warum sollte also ausgerechnet jetzt einer auf die Idee kommen, mich ermorden zu wollen? Und warum die Tat vorher ankündigen? Das ergibt doch keinen Sinn.«

»Gut, dann muss etwas anderes dahinterstecken.« Mathilde überkreuzte die Beine, paffte an ihrer Zigarre und überlegte. Sie atmete aus und sah dem Rauch hinterher, der langsam in Richtung Decke stieg. »Was, wenn beide Fälle zusammenhängen?«, spekulierte sie schließlich laut. »Wenn es zwischen dem falschen Wilhelm Kaminer und dem Kerl, der dir an den Kragen will, eine Verbindung gibt? Vielleicht sollten wir unseren verlogenen Klienten aufspüren.« Sie setzte sich aufrecht hin und seufzte leise. »Es ist ja nicht so, als hätten wir etwas Besseres zu tun.«

Blom dachte an die Karte. *Binnen weniger Tage wirst Du eine Leiche sein.* Er nickte, trank einen Schluck Kaffee und verzog das Gesicht. »Hast du eine Idee, wie wir das hinkriegen sollen?«

»Noch nicht. Du?«

»Nicht direkt. Aber ich weiß, wie wir das verschwundene Porzellan finden können – gut möglich, dass es uns zu dem Kerl führt. Was meinst du?«

»Ich meine, das klingt nach einem guten Anfang.« Mathilde stand auf, zückte eine Perlmuttdose und eine Art Schwämmchen, um sich die Nase zu pudern. Mit ein paar geschickten Handgriffen steckte sie ihr Haar hoch und platzierte darauf einen Strohhut mit kecker Papageienfeder, von dessen Seiten zwei lange Bänder aus grüner Seide hingen. Diese band sie unter dem Kinn zu einer Schleife und schlüpfte in einen leichten Mantel. »Worauf wartest du?«

Blom holte seinen Mantel und seine Melone aus der Wohnung und legte seine Halsbinde an. Gemeinsam liefen sie zum Alexanderplatz, vorbei an einer Vielzahl von Polizisten, die Prenzlauer Straße hinunter bis ins berüchtigte Scheunenviertel. Dieser Kiez am nördlichen Rand der Stadt bestand aus kleinteiligen alten Häusern, die meisten von ihnen ein- oder zweistöckig, mit niedrigen Fenstern und verwitterten Fassaden. Sie wurden hauptsächlich von jüdischen Einwanderern bewohnt, die ihre engen, lichtlosen Zimmer mit den Arbeitern der nahe gelegenen Borsigwerke teilten. Geschlafen wurde meist im Schichtbetrieb, und wer nicht ruhte oder arbeitete, lungerte auf der Straße herum oder zechte in einer der zahlreichen Kneipen. Polizei, Armenpfleger und Pastoren fanden hier ein großes Betätigungsfeld.

»Wein und Bier, Bedienung von jungen Damen«, las Mathilde auf einem der bunten Schilder, die an vielen Häusern angebracht waren. »Fremdenlogis. Restaurant. Bar. Sieht aus, als könne man sich hier gut amüsieren.«

»Amüsieren, Kummer ersäufen, der Realität entfliehen …
Jeder nennt es anders.« Blom bog in die Füsilierstraße, wo ein hagerer Mann an der Ecke stand. Vor die Brust hatte er einen schmierigen Kasten geschnallt.

»Wachsstreichhölzer!«, krächzte er. »Wachsstreichhölzer!« Als Mathilde an ihm vorbeiging, musterte er sie neugierig und schlug sich die Hand vor den Mund. »Um Himmels willen, Madame«, rief er entsetzt. »Oof ihren Rücken! Eene Spinne! Schwarz und riesengroß.«

»Oh nein!« Mathilde zuckte zusammen und schüttelte sich.

»Warten Se! Ick mach det Ding fort.« Der Mann eilte zu ihr und streckte die Hand aus.

»Denk nicht mal daran«, ging Blom dazwischen. »Den Spinnentrick kannst du bei jemand anderem versuchen, aber sicher nicht bei meiner Freundin.«

Der Spinnentrick: Unter dem Vorwand, ihm eine Spinne oder einen ekligen Käfer vom Körper zu klauben, berühren die Diebe ihr Opfer. Anstelle eines Krabbeltiers befreien sie die Damen und Herren aber von Geld und Juwelen.

»Erst Chefin, dann Gattin, jetzt Freundin … Was ich wohl als Nächstes bin?«

»Solange du nicht meine Witwe wirst, ist alles gut.« Blom blieb vor dem Eingang zu einem Kellerlokal stehen.

Die Tür und die Fensterscheiben der Spelunke waren dicht verhängt, und obwohl gerade mal Mittag war, torkelten Männer heraus, die nicht mehr gerade gehen konnten und nach Schnaps und Bier stanken.

»Oh.« Ein Mann mit schief sitzendem Hut starrte Mathilde an. »Eener alleene is nich scheene«, lallte er und grinste. »Aba eener mit eene und denne alleene – det is scheene.« Er wollte ihr einen Klaps auf den Hintern verpassen, doch Mathilde machte flink einen Schritt zur Seite, sodass seine Hand ins Leere fuhr.

»Fraun wie icke brauch'n 'nen richtijen Mann, keene uffjewärmte Leiche«, konterte sie, woraufhin der Kerl zornig wurde und auf sie losgehen wollte.

»Lass sie in Ruhe!« Blom stellte sich vor Mathilde und sah den Betrunkenen böse an. Daraufhin murmelte der etwas Unverständliches und schwankte davon. »Am besten, du wartest hier«, erklärte er. »Da drinnen geht es rau zu.«

Mathilde brach in schallendes Gelächter aus und schüttelte den Kopf. »Ich finde es reizend, dass du mein Ritter ohne Furcht und Tadel sein willst, aber ich glaube, du vergisst, mit wem du es zu tun hast. Bei Madame Loulou mussten wir jeden Tag mit besoffenen Mackern fertigwerden.«

Noch ehe Blom sie zurückhalten konnte, verschwand sie in der Kaschemme.

Auf den ersten Blick wirkte das Lokal wie ein bürgerlicher Bierkeller. Die Decke war gewölbt, die Einrichtung bestand aus schweren Holztischen und rustikalen Bänken, an den Wänden hingen Porträts des Kaisers. Erst beim zweiten Hinsehen offenbarte sich die wahre Natur dieses Ortes. Im Gebälk hauste der Holzwurm, der Boden war mit einer fettigen Schicht überzogen, in die Vertäfelung waren Namen und Obszönitäten geritzt.

Fast alle Tische waren besetzt. Korpulente Geschäftsleute, Arbeiter und Studenten tranken Bier und spielten lauthals Karten. In einer Ecke schlief eine junge Frau auf einer Bank, zwei Bengel mit bartlosen Gesichtern starrten ihr ungeniert unter den Rock.

»*Unter den Akazien, wandeln gern die Grazien, und die schönsten Mädchen finden, kannst du immer untern Linden, in Berlin, in Berlin, wenn die Bäume wieder blühn.*« Im hinteren Teil des Lokals stand eine üppige Frau mit glühenden Augen und geschwärzten Wimpern und sang zu den Klängen eines Pianinos. Sie bewegte sich lasziv und ließ das dunkle Haar im Takt der Musik schwingen.

Mathilde ging zum Ausschank, der sich neben dem Eingang befand. Blom folgte ihr, wobei er sich von seiner Chefin beeindruckt zeigte. Das arme Mädchen aus Pommern, das blutjung und mutterseelenallein in die große Stadt geschickt worden war, hatte allen Widrigkeiten getrotzt und sich nicht unterkriegen lassen. Zwar besaß sie nicht viel, aber sie trat stolz und souverän auf.

»Zwei Bier«, bestellte Blom, doch die korpulente Frau hinterm Tresen zog gelangweilt an ihrem Zigarettenspitz und würdigte ihn keines Blickes.

»He, Schwester!«, rief Mathilde. »Sei so gut und bring uns zwei Bier.«

Die Frau, deren aufgedunsenes Gesicht von kurzen roten Locken umrahmt wurde, nickte widerwillig und stellte kurz darauf zwei Bierkrüge auf den Schanktisch.

Mathilde nahm einen davon und trank ihn in einem Zug halbleer. »Mein Freund hier hat eine Frage.« Sie wischte sich mit dem Handrücken Schaum von der Oberlippe.

»Wat will er wissen?« Die Kellnerin, deren Augenlider so tief hingen, dass sie beinah ihre Pupillen verdeckten, musterte Blom.

»Ich suche Mo«, erklärte er. »Ist er hier?«

»Mo? Ick kenn keen Mo.« Sie drehte sich weg und tat so, als würde sie etwas an der Zapfanlage kontrollieren.

»Sag ihm, dass sein alter Freund Felix ihn sprechen möchte. Felix Blom.«

Die Frau drehte sich zurück, stemmte die Fäuste in die Hüften und legte den Kopf schief. »Felix Blom«, wiederholte sie und musterte ihn von oben bis unten, als ob sie auf dem Markt wäre und ein Mastschwein kaufen wollte. »Du magerer Piepel bist doch nich der große Felix Blom.«

»Doch«, kam Mathilde ihm zu Hilfe. »Das ist Meisterdieb Felix Blom.«

Die Frau steckte Daumen und Zeigefinger in den Mund und stieß einen Pfiff aus. Augenblicklich erschien ein muskulöser, stiernackiger Kerl mit einer Glatze, die wie poliert glänzte. Er trug ein Hemd mit hochgekrempelten Ärmeln, auf einen Unterarm war eine Meerjungfrau mit großen Brüsten tätowiert. »Was gibt's, Else? Machen die Ärger?«

Sie zeigte auf Blom. »Der Fatzke will zu Mo. Behauptet, er sei Felix Blom.«

»Det kann nich sein.« Der Rausschmeißer spannte die

Muskeln an. »Blom is größer, nich so blass und ausjezehrt. Ick meen, der hier is schon ein schmucker Kerl, aber …«

»Hier.« Blom legte die Taschenuhr des Glatzkopfs auf den Tresen und daneben das Portemonnaie der Kellnerin.

Die beiden rissen die Augen auf und fassten in ihre Taschen. »Ick komm gleech wieda«, sagte die Frau und verschwand.

»Ich muss vor Moabit mal attraktiver gewesen sein«, seufzte Blom.

»Keine Sorge.« Mathilde leerte ihr Bier. »Die Glatze hat recht: Du bist noch immer ein schmucker Kerl. Alles, was du brauchst, ist ein bisschen mehr Speck auf den Rippen und ein paar Sorgen weniger.«

»Vielleicht werden Leute wie wir immer Sorgen haben«, sinnierte Blom und trank einen Schluck Bier.

»*Unter Linden auf und ab, wallen Herren in Schritt und Trab. Schöne Herren, hübsche Herrchen, große Narren, kleine Närrchen, in Berlin, in Berlin, wenn die Bäume wieder blühn.*« Die Sängerin trällerte weiterhin munter ihr Lied, obwohl ihr kaum jemand zuhörte.

Mittlerweile war die Schankkellnerin zurückgekehrt. »Kommt mit«, sagte sie und presste die Geldbörse fest an ihren drallen Busen.

Gemeinsam gingen sie in eine schmutzige Küche und weiter in einen Innenhof, in dem sie eine Art Schuppen vorfanden. Leises Hämmern war zu vernehmen. Die Frau deutete auf die Tür, kontrollierte, ob ihr Blom nicht noch eine Habseligkeit stibitzt hatte, und verabschiedete sich.

Ohne anzuklopfen, betrat Blom gemeinsam mit Mathilde den Verschlag. Drinnen sah es aus wie in einer Schlosserwerkstatt. An den Wänden hingen Hämmer, Feilen und Zangen in allen Größen und Formen. Draht und Eisenspäne türmten sich in einer Ecke. Und wohin man auch blickte, lagen Schrauben, Nägel, Winkelmesser, Schublehren und ähnliche Dinge. Mitten in dem Chaos stand eine Werkbank, an der ein alter Mann saß. Auf seinem Haupt kringelten sich störrische weiße Locken, auf der Nase saß eine Brille, deren Gläser so dick wie die Böden von Bierkrügen waren. Konzentriert starrte er auf ein Metallplättchen, das in einem Schraubstock klemmte. Dabei hatte er Augen und Mund derart fest zusammengekniffen, dass sich tiefe Falten in die ledrige Haut gruben.

»Shalom aleichem, Mo«, sagte Blom.

Der Alte blickte hoch, und sein Gesicht begann zu strahlen. »Tatsächlich. Es ist wahr. Mejn Lieblings-Goi ist zurick.« Er stand auf, breitete die Arme aus und trat auf Blom zu. »Lass dich anschauen, Biebele«, sagte er mit starkem jiddischem Einschlag. Mit der schwieligen Hand tätschelte er Bloms Wange und umfasste anschließend dessen Oberarm. »Dinn bist du geworden.« Sein Blick wanderte weiter zu Mathilde. »Aber trotzdem hast du eine schejne Frau gefunden.« Er nickte beeindruckt. »So a schejne Frau.«

»Ich bin nicht seine Frau«, ging Mathilde dazwischen. »Ich bin seine Chefin.«

»Aber natirlich sind Sie des.« Der alte Mann lächelte. »In eine gute Ehe muss das so sejn.« Er tapste zurück zu seiner Werkbank.

»Das ist Mathilde Voss«, stellte Blom sie vor. »Mathilde, das ist Moses Löwenthal, aber alle nennen ihn nur Mo.«

»Setzt euch, setzt euch.« Mo zog einen Schemel und eine Kiste unter seiner Werkbank hervor und deutete darauf. »Was verschafft mir die Ehre?«

»Mo, hör zu, ich glaube, ich stecke in Schwierigkeiten.« Blom zog seinen Schnupftabak aus der Hosentasche.

Mo hob die Schultern. »Du bist ein Ganove. Wo sollst du sonst stecken?«

»*War* ein Ganove«, korrigierte Mathilde.

Mo lachte und schüttelte den Kopf. »Manche Dinge sind uns angeboren, die kann man nicht an- und ausziehen wie eine Hose. Du kannst nicht aufheren, eine Frau zu sein, ich kann nicht aufheren, Jude zu sein, und er kann nicht aufheren, ein Schlitzohr zu sein.« Er deutete auf die Dose. »Oder Tabak zu schnupfen.« Er schnaubte. »Eine schlimme Unart.«

Blom zuckte mit den Schultern. »Schon Friedrich der Große und Maria von Medici haben geschnupft.«

Mo ignorierte den Konter, setzte sich und rückte seine Brille zurecht. »Wie kann ich euch helfen, meine Lieben?«

»Hör zu, Mo«, fing Blom an zu erzählen. »Ich bin reingelegt worden. Den Einbruch vor drei Jahren, den habe ich nicht begangen.«

Mo nickte. »Hab mich schon gewundert, dass ausgerechnet du so einen dummen Fehler gemacht haben sollst.«

Blom erzählte weiter von der Karte, dem nächtlichen Besuch und dem Mann, der vorgab, Wilhelm Kaminer zu sein. »Wenn wir herausfinden, wer das Porzellan aus der Lagerhalle in Spandau geklaut hat, bringt uns das vielleicht auf die Spur von dem Kerl.«

Löwenthal schwieg.

»Komm schon, Mo«, drängte Blom. »Die Lagerhallen in Spandau. Orientwaren. Du hast doch bestimmt einen Namen für mich.«

»Warum soll ausgerechnet ich etwas dariber wissen?« Der alte Mann lenkte seine Aufmerksamkeit auf sein Werkstück und begann, das Eisenplättchen mit einer Feile zu bearbeiten.

»Mathilde war vor Ort, um sich ein Bild zu machen. Sie hat mit den Wachen gesprochen und sämtliche Türen und Fenster kontrolliert. Der Porzellandieb geht entweder durch Wände, oder er ist im Besitz eines Nachschlüssels. Ich tippe auf Letzteres.«

»Na und?«

»Die Schlösser der Lagerhallen sind massiv und sehr modern. Wenn irgendjemand in der Lage ist, dafür einen Tantel anzufertigen, dann du. Du warst schon immer der unangefochtene Schlüsselmeister.« Blom wandte sich an Mathilde. »Niemand auf der ganzen Welt macht so gute Nachschlüssel wie Mo. In den vergangenen Jahrzehnten hat er Hunderte von Schlössern studiert.«

»Nicht Hunderte«, schimpfte Mo. »Tausende.«

»Es gibt keinen Schlüssel, den er nicht anfertigen könnte. Sogar für das Klo des Kaisers oder Bismarcks Schlafzimmer könnte er einen Tantel hinkriegen.«

»Nicht dass ich dorthin wollte.« Mo kratzte sich an der Nase. »Aber wenn ich einen guten Abdruck oder eine detaillierte Beschreibung des Schlosses kriegen wirde ...«

»Was ist jetzt mit den Lagerhallen?« Blom kam zurück auf den Punkt.

Mo betrachtete seine schwieligen Hände und schwieg. »Du weißt nicht, worauf du dich einlässt«, murmelte er schließlich.

»Einlassen? Ich wurde gegen meinen Willen hineingezogen. Mo, komm schon, wir sind doch alte Freunde.« Blom legte ihm eine Hand auf die Schulter. »Ich würde dich nicht belästigen, wenn es nicht wichtig wäre. Lebenswichtig.«

Mo seufzte.

»Hast du etwa Muffensausen?«

Der alte Mann zuckte mit den Schultern. »Du warst lange

fort. Erst bei den Großkotzigen, dann in Moabit. Die Zeiten ändern sich, Felix. Alles ist anders. Berlin ist jetzt Hauptstadt von ganz Deutschland. Die Stadt wächst, und das verändert auch das Verbrechen. Inzwischen bläst ein schärferer Wind. Mehr skrupellose Bosse und ihre Banden kämpfen um die Vorherrschaft.« Er sah Blom vielsagend an.

»Lugowski?«

»Von mir hast du es nicht.« Mo legte sich einen Finger an die Lippen und schaute demonstrativ zur Seite.

Blom brauchte ein paar Augenblicke, um die Information sacken zu lassen. »Arthur«, murmelte er. »Aber … Er würde mir doch nie … Ich meine … Er und ich, wir waren doch wie Vater und Sohn.«

»Waren«, murmelte Mo. »Und dann hast du ihn im Stich gelassen.«

Blom starrte ins Nichts. »Nein, das will ich nicht glauben.«

Mo hielt das zurechtgefeilte Metallplättchen gegen das Licht, das durch ein vergittertes Fenster in seine Werkstatt fiel, und studierte dessen Umriss. Er schien nicht zufrieden damit zu sein, denn er griff zu einem kleinen Hammer und begann, es erneut zu bearbeiten. »Berlin ist ein Dschungel«, murmelte er. »Es heißt fressen oder gefressen werden. Lugowski ist bei weitem nicht so harmlos, wie du ihn in Erinnerung hast. In den vergangenen Jahren hat er sich nach ganz oben geboxt. Und dort will er bleiben.« Noch einmal blickte er Blom tief in die Augen. »Um jeden Preis.«

26

»Lugowski«, murmelte Blom, nachdem sie zurück auf die Füsilierstraße getreten waren und Richtung Süden gingen. »Ich kann es noch immer nicht glauben.«

»Du kannst nicht oder du willst nicht?«, fragte Mathilde.

Blom überlegte. »Letzteres«, murmelte er schließlich.

Schweigend spazierten sie dahin und passierten Straßencafés und Restaurants, an deren Fensterscheiben Speisekarten die Spezialitäten des Hauses anpriesen. Bloms Magen knurrte, doch er ignorierte es. Vor dem *Alt Berlin* angekommen, hielt er inne.

»Du solltest zurück in den Krögel gehen«, sagte er zu Mathilde. »Wenn es tatsächlich stimmt, was Mo erzählt hat, dann könnte es da drinnen gefährlich werden. Die Jungs sind alles andere als zimperlich.«

Mathilde schüttelte den Kopf. »Wann lernst du's endlich?«, fragte sie und war schon durch die Tür.

In der Kneipe war es so verraucht und stickig wie immer. Der Geruch nach Schweiß, Bier und Buletten hing in der Luft, und auch ein Großteil der Stammgäste war zugegen. Narben-Kalle stieß einen Pfiff aus, als er Mathilde sah, und verdrehte in der nächsten Sekunde die Augen, als Blom in sein Blickfeld trat.

»Lugowski ist nicht da«, rief Roleder, der hinter dem Schanktresen herumlungerte.

»Dann werden wir warten.« Demonstrativ setzte sich

Blom auf einen Barhocker. Rundherum verstummten die Gespräche.

»Wir haben weder Champagner noch edlen Cognac für den feinen Herrn«, ätzte Roleder.

»Dann mach uns zwei Mampe halb und halb.«

»Ihr könnt Bier haben oder Bier.«

»Eine schwierige Entscheidung.« Mathilde tat, als würde sie überlegen. »Wie wär's mit zwei Bier?« Sie ignorierte die Blicke der Kerle, die sie anstarrten, als hätten sie noch nie im Leben eine Frau gesehen.

Mit einem genervten Gesichtsausdruck zapfte Roleder das Gewünschte und stellte es mit so viel Schwung vor ihnen ab, dass das Bier überschwappte.

Schweigend saßen sie und tranken, während rund um sie herum die Gespräche fortgesetzt wurden.

»Schon jehört?«, fragte Narben-Kalle. »Der türkische Jesandte, der zum Kongress kommt, irjendso ein Ali Pascha, der ist eigentlich ein Deutscher. Hieß früher Ludwig Detroit. Der Verräter hat wohl die Seiten jewechselt.« Er schielte zu Blom. »Hoffentlich tritt Bismarck ihm ordentlich in den Sack.«

Zustimmendes Gemurmel erklang.

»Und wisst ihr schon das Allerneueste?«, fragte ein tätowierter Hüne in die Runde. »Schraders Haus ist abgebrannt.«

»Die Hütte, in die er sein janzes Erspartes jesteckt hat?«, hakte Kalle nach.

»Genau die. Die wurde gestern angeblich bis auf die Grundmauern niedergefackelt. Ich hab's von Ralf, und der hat's von Georg.«

»Und Schrader?«

»Der ist offenbar verschwunden, jedenfalls weiß keiner, wo er abgeblieben ist.«

»Is wahrscheinlich mitverbrannt.«

»Armes Schwein«, seufzte einer.

»Pah«, winkte Narben-Kalle ab. »Ick hab keen Mitleid. Det hat er von sein Ausstieg.« Er sah zu Blom. »Sieht aus, als würde das brave Leben einem in dieser Stadt nich bekommen. Du bist in Moabit jelandet, Schrader in den Flammen.«

Ein paar Männer lachten verstohlen, andere blickten grimmig drein. Einer ballte die Fäuste in den Hosentaschen.

»War es der Alte?«, wandte sich Blom an Roleder. »Hat Lugowski Schraders Haus angezündet?«

»Warum sollte er das tun? Wenn er ihm hätte schaden wollen, dann hätte er es gemacht, als Schrader ausgestiegen ist.«

»Vielleicht war das damals nicht nötig, weil er niemandem etwas beweisen musste. Doch jetzt bläst in der Stadt ein schärferer Wind«, wiederholte Blom Mos Worte.

»Hat dir Moabit aufs Hirn geschlagen? Was redest du für einen Blödsinn?«

»Das ist kein Blödsinn.« Gedankenverloren fuhr Blom mit dem Finger über die raue Oberfläche des Tresens. »Im Gegenteil. Je länger ich darüber nachdenke, desto klarer wird mir die Sache.« Er wandte sich an Mathilde »Was, wenn ich die ganze Zeit auf dem Holzweg war?«, sagte er leise. »Was, wenn Albert von Mesar tatsächlich nicht das Schwein war, das mich reingelegt hat?«

»Lugowski?«

»Ich habe die Familie verlassen und bin im Gefängnis gelandet. Schrader hat sich vertschüsst, und sein Haus ist in Flammen aufgegangen. Gut möglich, dass Lugowski ein Zeichen setzen will, indem er die Abtrünnigen bestraft.« Er drehte sich um und ließ seinen Blick durch den Raum wandern. »Wer noch?«, rief er. »Wer außer mir und Schrader ist noch ausgestiegen?«

»Bolle«, murrte Narben-Kalle. »Der ist vor zwei Jahren nach Amerika ausjewandert.«

»Sagt man zumindest«, warf der Hüne ein. »Fakt ist, dass er von einem Tag auf den anderen verschwunden war.«

»Da seht ihr's«, rief Blom.

»Kohlen-Hannes wurde mit einem Messer im Rücken aus der Spree gefischt«, rief einer.

»Das ist schon fast zehn Jahre her«, erklärte ein anderer. »Außerdem ist er nicht ausgestiegen.«

»Aber er hat davon geredet.«

»Schwachsinn.«

Eine Diskussion entbrannte, die immer hitziger wurde.

»Also ich finde es vollkommen in Ordnung, wenn die Verräter bestraft werden«, rief der Hüne und drosch mit der Faust auf den Tisch. »Familie ist und bleibt nun mal Familie. Und damit basta!«

»Das sagt genau der Richtige«, schimpfte Roleder. »Jeder weiß, dass du deine Alte betrügst.«

Die Stimmen wurden lauter und aggressiver.

Doch mit einem Schlag verstummten die Männer. Alle Augen richteten sich auf die offene Eingangstür.

Dort stand Arthur Lugowski. Im Mundwinkel klemmte eine dicke Zigarre, den Mantel hatte er sich locker um die Schultern gelegt. »Was zur Hölle ist hier los?« Als er Mathilde sah, zog er seinen Hut. »Na sieh mal einer an, was ist uns denn da für ein Vögelchen zugeflogen?« Er ließ sein Haifischgrinsen strahlen und deutete eine Verbeugung an. Dann fiel sein Blick auf Blom, und das Lächeln erstarb. »Du schon wieder«, sagte er mit polternder Stimme. »Erst lässt du dich jahrelang nicht blicken, und dann kommst du plötzlich so oft hierher wie ein Liebestoller in einen Puff.«

Blom stand auf und verschränkte die Arme vor der Brust. »Dietrich Schraders Haus ist abgebrannt.«

Diese Neuigkeit zauberte einen zufriedenen Ausdruck auf Lugowskis Gesicht. »Tja«, sagte er. »Auch ein legales Leben birgt so manche Gefahr.« Er deutete auf die beiden Biergläser. »Die gehen aufs Haus. Dafür verschwinden du und dein Kindermädchen jetzt besser. Ich kann keinen Ärger gebrauchen.« Er ging nach hinten in sein Büro, Blom und Mathilde folgten ihm.

»Ich habe mich entschuldigt«, rief Blom. »Warum kannst du mich nicht in Ruhe lassen?«

»Dich in Ruhe lassen? Ich? Ich mach doch gar nichts. Du bist derjenige, der hier dauernd aufkreuzt und mir auf die Nerven geht. Du hast eine Wohnung gebraucht. Ich hab dir eine gegeben. Was bist du für ein undankbarer Kerl?«

»Ich will nicht undankbar sein. Im Gegenteil. Aber warum bedrohst du mich? Warum hast du mir diese Karte geschickt?«

Lugowski setzte sich hinter seinen Schreibtisch und betrachtete das Chaos, das darauf herrschte. »Ich bin nicht der Typ, der Karten schickt. Das solltest du wissen.« Er blickte auf einen kleinen Gegenstand und schob ihn unter ein Blatt Papier. »Keine Ahnung, wem du auf den Schlips getreten bist. Aber ich kann mir vorstellen, dass es einige da draußen gibt, die nicht gut auf dich zu sprechen sind.« Er zog einen Aschenbecher unter einem Stapel Zeitungen hervor und drückte seine erst halb aufgerauchte Zigarre darin aus.

»Die gute Gloria Imperiales«, sagte Mathilde trocken. »Schade drum!«

Lugowski nickte beeindruckt. »Sieh mal einer an, das Kindermädchen kennt sich aus.« Er wandte sich an Blom. »Wo hast du denn die Puppe gefunden?«

Blom ignorierte die Frage. Er stützte sich mit den Händen auf der Schreibtischplatte ab und beugte sich nach vorn. »Schau mir in die Augen, Arthur. Sieh mich an und schwör mir, dass du keinen Rachefeldzug gegen alle Aussteiger führst.«

Lugowskis Miene verdüsterte sich. Er kniff den Mund zusammen und blähte die Nasenflügel. »Gar nichts muss ich«, zischte er. »Aber wenn du es unbedingt wissen willst: Nein, ich führe keinen Rachefeldzug. Und weißt du auch, warum? Weil Luschen wie du oder Schrader mir piepegal sind. Ich habe keine Lust und keine Zeit, mich mit euch Pfeifen auseinanderzusetzen. Habe Wichtigeres zu tun.« Er blickte zur Tür. »Henri«, brüllte er nach draußen. »Blom will gehen.«

»Was ist mit Julius Jacobi?«

»Wer soll das sein?«

Blom musterte Lugowski und versuchte herauszufinden, ob der Gangsterboss log oder die Wahrheit sagte. Das gegenseitige Anstarren wurde unterbrochen, als sich eine Hand grob um seinen Oberarm schloss und ihn fortzerrte.

»Du hast gehört, was der Chef gesagt hat«, zischte Roleder ihm ins Ohr.

Blom wand sich aus seinem Griff. »Wir finden allein hinaus«, sagte er und fasste in seine Manteltasche. »Falls ihr mal Hilfe braucht.« Er knallte eines von Mathildes Flugblättern vor Lugowski auf den Schreibtisch und setzte an zu gehen.

»Was soll das? Verdienst du deine Kröten jetzt als Zettelverteiler?«

»Nein«, sagte Blom und verließ den Raum. »Als Detektiv.«

Lugowski starrte ihm nach und begann derart heftig zu lachen, dass er nach Luft ringen musste.

»Felix Blom, ein Detektiv«, prustete Lugowski und wischte sich eine Träne aus dem Augenwinkel. »Selten hab ich so was Albernes gehört.« Er widmete sich wieder seinen Unterlagen.

»Brauchen Sie noch was, Chef?«, fragte Roleder.

»Nein, du kannst gehen. Und sieh zu, dass ich nicht wieder gestört werde. Schon gar nicht von Blom.« Er wollte nach seiner Zigarrenkiste greifen, fasste aber ins Leere. »Felix Blom«, murmelte er. »Du verdammter Mistkerl.«

27

Dietrich Schrader hatte keine Ahnung, wie spät es war. In dem dunklen, muffigen Kellerloch schien die Zeit stillzustehen, und er konnte nicht einmal einschätzen, ob draußen heller Tag oder finstere Nacht herrschte.

Die vergangenen Stunden hatte er damit zugebracht, nach einem Fluchtweg zu suchen. Er hatte probiert, die Falltür aufzustemmen, und als ihm das nicht gelungen war, hatte er die Wände abgetastet, um mögliche Schwachstellen ausfindig zu machen. Außer einem rostigen Nagel hatte er nichts entdeckt.

Lugowski. Es musste Lugowski sein, der hinter dem Brand und seiner Entführung steckte. Diese Waldhütte war eines seiner Lager, und er war zudem der Einzige, dem Schrader solch eine niederträchtige Tat zutraute.

Schrader ließ sich auf den feucht-kalten Lehmboden sinken und spielte gedankenverloren an dem Ast und dem Nagel herum. *Rache ist ein Gericht, das man kalt verspeisen muss,* hatte Lugowski einmal gesagt. Doch dass die Rache derart schrecklich und derart kalt serviert wurde, verwunderte ihn. Und was hatte es mit den dreißig Stunden auf sich?

Es waren etwas mehr als drei Jahre vergangen, seit er Lugowski und dessen Bande den Rücken gekehrt hatte. Das Verbrecherleben war etwas für junge Männer, für Hitzköpfe und Draufgänger. Er hatte die Machtkämpfe sattgehabt, die ständige Gefahr, erwischt zu werden, und das Versteckspiel mit der Polizei.

Schrader hatte damals damit gerechnet, dass der Alte erbost über den Ausstieg sein würde, doch Lugowski hatte nur mit den Achseln gezuckt. *Reisende soll man nicht aufhalten*, hatte er gesagt und irgendetwas von wegen Judas gemurmelt.

Er ließ die Fingerspitzen über den Nagel wandern. Was auch immer geschah, er würde nicht kampflos untergehen, und Lugowski sollte für seine Taten bezahlen, so oder so. Er krempelte seinen Ärmel hoch und begann, die dünne Haut an der Innenseite seines Unterarms aufzuritzen.

Da erklang ein Geräusch. Über ihm waren Schritte zu vernehmen. Schrader griff nach dem Ast, huschte zu der Treppe und lauerte.

»Es ist so weit«, drang es gedämpft durch die Falltür. Das war die Stimme des Mannes, der ihn hergebracht und hier eingesperrt hatte. »Hörst du mich?«

Schrader überlegte. Was sollte er tun? Antworten? Sich totstellen? »Ja!«, rief er schließlich.

»Ich habe Tinte mitgebracht und Papier«, sagte der Kerl. »Möchtest du dein Testament machen und einen Abschiedsbrief verfassen?«

Schrader schnaubte. Er war kein Mann großer Worte und wusste auch nicht, wem er hätte schreiben sollen. Seine Eltern waren lange tot, mit seinem Bruder hatte er seit Jahren nicht gesprochen, und sein Liebesleben bestand aus einer Reihe flüchtiger Abenteuer. »Wo ist der Alte? Wo ist Lugowski?«

»Du wirst mit mir vorliebnehmen müssen.«

»Warum tut ihr mir das an? Das Haus? Der Keller? Die Karte? Mein Leben? Diese Vergeltungsmaßnahmen sind doch völlig überzogen.«

»Überzogen?« Der Mann gab ein empörtes Schnauben von sich. Mit einem eisigen Unterton in der Stimme begann er zu erzählen. »Verstehst du nun?«, fragte er, nachdem er geendet hatte.

Schrader schwieg betreten. Mit dieser Eröffnung hatte er nicht gerechnet.

»Julius Jacobi hat sich reingewaschen«, erklärte der Mann weiter. »Indem er das einzig Richtige getan hat. Ich würde dir raten, dasselbe zu tun.« Ein lautes Ratsch kündete davon, dass die Falltür entriegelt wurde. Wenige Augenblicke später fiel Licht in den Keller. »Bereit?«, fragte der Fremde.

Schrader festigte seinen Griff um den Ast. »Bereit!«

28

Nachdem sie den Belle-Alliance-Platz überquert hatten, hieß es für Blom und Mathilde stehen bleiben und warten, da ein langer Trauerzug vor ihnen dahinschritt.

»Glaubst du, Lugowski sagt die Wahrheit?«, fragte Mathilde. »Denkst du wirklich, dass er nichts mit der Sache zu tun hat?«

»Um ehrlich zu sein, ich weiß es nicht.« Blom beobachtete den Leichenwagen, der mit schwarzen Tüchern verhängt war. Ihm folgten mehrere Kutschen, aus denen verweinte Gesichter blickten. »Jedenfalls hat er versucht, etwas zu verbergen.« Er fasste unter seinen Mantel, zog eine kleine Kiste daraus hervor und überreichte sie ihr.

Mathilde öffnete sie und blickte hinein, woraufhin ihr Gesicht zu leuchten begann. »Zwei Dutzend Gloria Imperiales.« Sie nahm eine der Zigarren heraus, schloss die Augen und roch daran. »Herrlich«, murmelte sie. »Vielen Dank. Aber das ist nicht das, wovon du gerade gesprochen hast, oder?«

»Nein, ich meinte dies hier.« Erneut fasste Blom unter seinen Mantel. Dieses Mal zog er einen kleinen Gegenstand hervor. Er war weiß, rund und ungefähr so groß wie eine Kinderfaust. An seiner Oberseite war ein Loch zu sehen.

»Was ist das?« Mathilde betrachtete das Ding. »Und woraus ist es gemacht? Elfenbein?«

»Ich habe keine Ahnung. Ich weiß nur, dass Lugowski es

vor uns verstecken wollte. Findest du nicht auch, dass es förmlich nach Orienthandel schreit?«

»Ich habe so etwas in meinem ganzen Leben noch nicht gesehen – und glaub mir, ich habe mehr gesehen, als mir lieb ist.« Sie hielt den Gegenstand ins Licht und drehte ihn einmal um seine Achse. »Sieh nur, hier wurde etwas eingeritzt. Sind das vielleicht Gaunerzinken?«

Blom studierte die Symbole. »Nein, Zinken sehen anders aus. Trotzdem erinnern sie mich an etwas«, überlegte er laut. »Das könnten chinesische Schriftzeichen sein«, sagte er schließlich. »Mir ist so etwas Ähnliches schon mal unter die Augen gekommen. Wenn ich mich recht entsinne, war das auf einer Vase, in einem Museum.«

»Chinesisch?« Mathilde runzelte die Stirn und ließ die Fingerspitzen über die Gravur gleiten.

»Ja, im Fernen Osten schreiben die Menschen ganz anders als wir. Aber wer könnte uns das übersetzen?«

»Wie wär's mit einer waschechten Chinesin?«

Blom sah sie verblüfft an. »So eine gibt es in Berlin?«

Mathilde lächelte. »Bei Madame Loulou gibt es alles, was das Herz begehrt.«

Da die *Venusfalle* erst am Abend ihre Pforten öffnete, warteten Blom und Mathilde bis zum Anbruch der Dämmerung und machten sich dann auf den Weg.

Nun begann die Zeit des Kerzenscheins und Rausches. Der Zapfenstreich befahl die Soldaten zurück in ihre Kasernen, die Bierstuben und Weinkeller dagegen füllten sich. Die Rufe der Marktschreier verklangen ebenso wie das gleichmäßige Rattern der Transport- und Umzugswagen. An ihre Stelle traten der Klang von Ziehharmonikas und Geigen, lautes Lachen und beschwipst gesungene Lieder.

Sie gingen bis zum ehemaligen Pestfriedhof am Rand der Luisenstadt, auf dem sich mittlerweile eine Grünanlage befand. Dahinter standen schöne, alte Einfamilienhäuser mit hohen Giebeln, gegliederten Fassaden und hübschen Vorgärten, in denen Pfingstrosen blühten. In einem dieser Häuser hatte Marie-Luise Müller, die sich Madame Loulou nannte, eines der exklusivsten Bordelle eingerichtet, die die Stadt zu bieten hatte.

Vor der Tür baute sich ein Schrank von einem Mann, der dem glatzköpfigen Kellner aus dem Scheunenviertel verdammt ähnlich sah, vor Blom auf. »Der Eintritt kostet zehn …« Er hielt inne und kniff die Augen zusammen, als er Mathilde sah. »Milly?« Sein Bulldoggengesicht begann zu strahlen. »Mensch, ich hätt dich fast nicht wiedererkannt, so …« Er schien nach den passenden Worten zu suchen. »So angezogen.« Er umarmte sie und drückte ihr einen Schmatz auf die Wange. »Wir haben dich vermisst. Seit du weg bist, laufen die Geschäfte nicht annähernd so gut wie früher. Sag nur, du kommst zurück?«

»Nee, tut mir leid. Ich bin jetzt Chefin einer Detektei und …«, sie zeigte auf Blom, »… habe auch schon einen Angestellten.« Demonstrativ zückte Mathilde eine von Lugowskis Zigarren und klemmte sie sich in den rechten Mundwinkel.

»Sieh einer an, das teure Zeug.« Der Türsteher zeigte sich beeindruckt. »Scheint gut für dich zu laufen.« Er gab ihr Feuer. »Was führt dich dann her?«

»Die Sehnsucht war es jedenfalls nicht.« Mathilde paffte ihm eine dicke Rauchwolke ins Gesicht. »Ich wollte mit Yin sprechen. Ist sie da?«

Er nickte und deutete mit dem Kopf nach hinten.

»Danke.« Sie zwinkerte ihm zu und betrat das Haus.

Blom folgte ihr.

»Überleg dir das mit dem Zurückkommen noch mal«, rief der Türsteher Mathilde nach. »Alle würden sich freuen.«

»Alle«, murmelte sie, während sie durch ein Entree gingen, in dem eine gewisse Schwüle schwebte. »Alle, außer mir.«

Der Duft von teurem Parfum hing in der Luft und wurde intensiver, je weiter sie in das Innere der *Venusfalle* vordrangen. Er entfaltete seine volle Wirkung, als Mathilde die Tür am Ende des Korridors öffnete. Dahinter befand sich ein Salon, dessen Wände mit weinroten Samttapeten bezogen waren. An der Decke, die mit Gipsstuck und Goldbronze verziert war, hing ein kolossaler Kronleuchter, der schummriges Licht spendete. Mehrere Spiegel ließen den Raum größer wirken, und in den Ecken standen Diwane, auf denen junge Frauen mit tief ausgeschnittenen Dekolletees gelangweilt herumlungerten.

»Milly!« Eine hübsche Frau mit langen schwarzen Haaren sprang auf und kam auf Mathilde zugerannt. »Du bist zurück.« Sie strahlte wie ein Honigkuchenpferd. »Seht nur, Mädels«, rief sie. »Unsere Milly ist wieder da.«

»Nur für eine Stippvisite«, betonte Mathilde und strich ihr beinahe zärtlich über die Wange. Dann umarmte sie die anderen jungen Frauen, die sich mittlerweile um sie geschart hatten. »Wie geht es euch?«

»Alles wie immer.« Eine hagere Blondine zuckte mit den Schultern. »Die Madame ist streng, die Kundschaft alt und die Bezahlung mies.« Sie musterte Blom. »Ist das dein neuer Macker?« Sie strich ihm über sein unrasiertes Kinn. »Nicht übel. Der würde mir auch gefallen«, urteilte sie.

»Das ist mein Angestellter«, erklärte Mathilde.

»Angestellter?!« Die Mädels rissen die Augen auf.

»Ich hab euch ja gesagt, dass sie es schafft«, rief eine dralle Rothaarige. »Seht sie euch an. Chefin ihrer eigenen Firma, samt strammem Angestellten.«

Ihre Kolleginnen nickten und begannen, wild durcheinanderzuplappern und zu lachen.

»Was ist denn hier los?«, polterte da plötzlich eine rauchige Stimme.

Augenblicklich verstummte das Gefeixe. Die jungen Frauen senkten den Blick und huschten zurück auf ihre Diwane.

Eine attraktive, großgewachsene Dame hatte den Raum betreten. Sie war um die fünfzig, hatte volles silbergraues Haar und eine Sanduhrfigur, die durch ein eng anliegendes, nachtblaues Seidenkleid betont wurde. »Na sieh mal einer an, was die Katze heimgebracht hat«, sagte sie und verschränkte die Arme vor der Brust. »Das Fräulein Milly. Du willst also …«, setzte sie an.

»Mein Angestellter und ich wollen mit Yin sprechen«, unterbrach Mathilde.

»Dein Angestellter.« Madame Loulou rümpfte die Nase und musterte Blom. »Du betreibst also immer noch diese lächerliche Detektei?«

»Ist Yin da?«, wiederholte Mathilde.

Die Madame kräuselte die Lippen und schnaubte verächtlich. »Hinten«, sagte sie kurz angebunden und blickte auf die Uhr. »In zehn Minuten hat sie einen Kunden. Seht also zu, dass ihr schnell macht.«

Mathilde zog schweigend an ihrer Zigarre und blies Rauch aus, dann winkte sie den Mädchen zu, drehte sich um und stolzierte mit Blom in Richtung der Gemächer.

»Du arbeitest nicht mehr hier«, rief die Madame ihr hinterher. »Das heißt, du und der junge Herr seid Gäste. Dieses

Mal lasse ich euch ausnahmsweise gratis rein, nächstes Mal müsst ihr den regulären Stundentarif zahlen.«

»Ich habe mich auch sehr gefreut, Sie wiederzusehen«, murmelte Mathilde im Gehen.

Aus den Zimmern, die sich zu beiden Seiten eines Flurs aneinanderreihten, waren eindeutige Geräusche zu vernehmen, und Mathilde lachte, als Blom errötete. Vor der letzten Tür auf der rechten Seite blieb sie schließlich stehen und klopfte an.

»Du bist zu früh, mein Großer«, rief eine Stimme. »Ich bin noch nicht bereit für dich.«

Mathilde klopfte erneut, woraufhin die Tür aufgerissen wurde und eine zierliche Chinesin in einem langen, seidenen Morgenmantel ihnen genervt entgegenblickte. Die missmutige Miene wich einem Lächeln, als sie sah, um wen es sich handelte. »Milly.«

»Guten Tag, Yin. Das ist Felix Blom, mein Angestellter.«

»Ein Angestellter. Nicht schlecht.« Yin ließ die mandelförmigen Augen über Blom wandern und winkte die beiden in ein schummrig beleuchtetes Zimmer, in dem es nach Räucherwerk roch. »Was führt euch zu mir?« Sie setzte sich auf das Bett, das den Großteil des Raums einnahm, und schlug die Beine übereinander.

Mathilde reichte Yin den sonderbaren Gegenstand und deutete auf die Schriftzeichen. »Kannst du das für uns übersetzen?«

Yin kniff die Augen zusammen und studierte das Stück. »Hier steht: *Auf goldenen Schwingen ins Reich der Träume.*«

»Poetisch«, sagte Blom. »Nur leider hilft uns das nicht wirklich weiter. Du weißt nicht zufällig, welchen Zweck dieser Gegenstand erfüllt?«

»Doch, natürlich.« Yin sah ihn verwundert an. »Wisst ihr

es denn etwa nicht?« Sie erfreute sich an den verdutzten Mienen der beiden. »Das ist der Kopf einer Opiumpfeife.«

»Opium?« Blom runzelte die Stirn. »Lugowski raucht sicher kein Opium, und handeln tut er auch nicht damit. Er hasst solches Zeug, findet es sogar unmoralisch.«

»Einer wie er spricht von Moral?« Mathilde schüttelte zweifelnd den Kopf.

»Er ist vom alten Schlag und macht einen weiten Bogen um Rauschmittel.« Blom wandte sich an Yin. »Hast du eine Ahnung, woher dieser Pfeifenkopf stammen könnte?«

»Na, wahrscheinlich aus der Opiumhöhle.«

»Der Opiumhöhle?«, fragte Blom irritiert. »So etwas gibt es in Berlin?«

Yin schüttelte den Kopf, als hätte er gerade etwas sehr Dummes gesagt. »Was gibt es in Berlin denn nicht?«

»Hast du eine Ahnung, wer diese Opiumhöhle betreibt?«, fragte Mathilde.

Yin beugte sich nach vorn. »Ihr habt den Namen nicht von mir«, flüsterte sie. »Klaas Plovitzer.«

Blom riss die Augen auf. »Der Goldfasan?« Er wandte sich an Mathilde. »Der Kerl ist ein alter Gauner und wird wegen seiner blonden Schmalzlocke so genannt.«

»Ich weiß, ich kenne ihn. Er ist seit vielen Jahren ein Stammkunde der *Venusfalle*.« Sie schüttelte sich. »Ein schmieriger Kerl.«

»Gibt aber gutes Trinkgeld«, warf Yin ein. »Zumindest mir. Er ist ein Liebhaber von exotischen Genüssen.«

»Er und seine Bande haben stets versucht, Lugowski Konkurrenz zu machen«, grübelte Blom gedankenverloren vor sich hin. »Lugowski ... der Goldfasan ... der Kampf um die Herrschaft in Berlins Unterwelt ...« Er sah hoch. »Weißt du sonst etwas über seine Geschäfte?«, fragte er Yin.

»Ich sollte nicht …«

»Bitte«, sagte Mathilde eindringlich. »Es geht um viel: um meine Detektei und vielleicht sogar um sein Leben.« Sie deutete auf Blom.

Yin überlegte kurz. »Ihr habt es nicht von mir«, wiederholte sie. »Plovitzer will mit der Opiumhöhle viel Geld verdienen und damit seine Bande vergrößern, sagt man. Aber in letzter Zeit lief das Geschäft wohl nicht so gut. Seine Besuche hier wurden auch immer seltener und seine Geschenke weniger großzügig.«

»Der Goldfasan will seine Macht in der Berliner Verbrecherwelt ausbauen«, überlegte Mathilde laut. »Zu diesem Zweck importiert er Opium, doch irgendetwas bringt seine Geschäfte ins Stocken.« Sie grinste. »Besser gesagt: Irgendjemand. Jemand stiehlt das Opium.« Ihre Wangen röteten sich, ihre Augen begannen zu leuchten. »Die Firma von Wilhelm Kaminer betreibt Orienthandel und importiert unter anderem Waren aus Fernost. Das Opium muss in dem Porzellan versteckt gewesen sein.« Sie blickte zu Blom.

Blom nickte und konnte sich ein Lächeln nicht verkneifen. »Der Goldfasan will Lugowski vom Thron stoßen, doch er hat die Rechnung ohne dessen Gerissenheit und Mos Tantel gemacht.«

In dem Moment ging die Tür auf, und Madame Loulou erschien. »Genug jetzt«, verkündete sie. »Yin hat zu tun.« Sie klatschte in die Hände und deutete nach draußen.

Blom und Mathilde bedankten sich bei Yin und machten, dass sie fortkamen.

»Wir wissen jetzt, wer das Porzellan aus der Lagerhalle gestohlen hat. Wir wissen auch, wie und warum«, grübelte Mathilde, während sie durch die Gassen gingen. »Was wir aber immer noch nicht kennen, ist die wahre Identität unseres Klienten, und vor allem haben wir nach wie vor keine Ahnung, wer dir an den Kragen will.«

Schweigend spazierten sie weiter Richtung Norden, wo sich Nachtdroschken vor den Tanzlokalen aufreihten und auf Kundschaft warteten. Kurz vor dem Übergang zur Spreeinsel kamen sie an einem dichten Knäuel ausgelassener Menschen vorbei, die wohl gerade ein Vergnügungsetablissement verlassen hatten. Männer in schwarzen Smokings und Frauen in glitzernden Kleidern feixten und lachten. Dazu funkelten am Himmel die Sterne, aus einem Lokal drang beschwingte Musik.

»Auf den Sonntag freu ick mir, denn dann geht es raus zu ihr«, sang eine Männerstimme. *»Feste mit vergnügtem Sinn, Pferdebus nach Rixdorf hin.«*

Mathilde summte mit, doch Blom hatte weder Augen, noch Ohren für das übermütige Treiben. Wie angewurzelt blieb er plötzlich stehen und starrte in das hell erleuchtete Fenster eines edlen Restaurants.

»Was ist?« Mathilde stellte sich neben ihn.

Blom antwortete nicht, sondern fixierte bewegungslos einen Punkt.

»Felix?« Mathilde stupste ihn an. Als er nicht reagierte, fasste sie ihn am Oberarm und rüttelte ihn sachte. »Felix, was ist mit dir?«

Er deutete auf ein Pärchen, das an einem hübsch gedeckten Tisch saß. Albert von Mesar und Auguste Reichenbach. *Seine Auguste!* Sie war noch hinreißender als er sie in Erinnerung hatte. Die vergangenen Jahre hatten ihrer Schönheit und ihrer Anmut nichts anhaben können. Ganz im Gegenteil. Ihre Haut wirkte noch zarter, die Schlüsselbeine noch sanfter geschwungen, die Grübchen in ihren Wangen noch süßer …

»Ist sie das?«, drangen Mathildes Worte an sein Ohr. »Ist das Auguste?«

Blom wollte etwas sagen, doch seine Kehle war wie zugeschnürt.

Es schien, als hätte Albert von Mesar den Zaungast bemerkt, denn plötzlich umspielte ein gehässiges Lächeln seine Lippen. Grinsend griff er nach Augustes Hand, wobei er sie so drehte, dass der Klunker an ihrem Ringfinger von außen gut zu sehen war.

Bloms Beine wurden zittrig, sein Magen verkrampfte, und sein Herz setzte für ein paar Schläge aus.

Mathildes Griff um seinen Arm wurde fester. »Komm, Felix. Tu dir das nicht an. Gib dem Kerl nicht die Genugtuung.«

Blom nickte. Sie hatte recht. Er schüttelte sich und setzte an zu gehen, doch genau in der Sekunde musste Auguste gemerkt haben, dass etwas vor sich ging. Sie wandte den Kopf in Richtung Fenster. Ihre Blicke trafen sich.

Dieser Moment wurde zu einer Ewigkeit. Und er endete erst, als Mathilde es geschafft hatte, Blom wie ein willenloses Schaf bis zu einem gemütlichen Lokal namens *Tante Brünsch* zu führen. Dort drückte sie ihn auf eine Bank, verschwand und kam kurz darauf mit zwei Krügen Bier und einer halben Flasche Schnaps zurück.

»Zwick mich!«, bat er, nahm einen Schluck Schnaps und spülte mit Bier nach. »Bitte sag, dass das nur ein Traum war.«

»Tut mir leid.« Mathilde sah ihn mitfühlend an und tätschelte ihm den Oberarm.

»Ich verstehe, dass Auguste nicht auf mich gewartet hat. Warum sollte sie?«, jammerte Blom. »Ich bin ein Lügner und ein Dieb. Sie hat wahrlich einen besseren Mann verdient. Aber warum ausgerechnet Albert von Mesar? Mir ist bewusst, dass ihr Vater dahintersteckt, aber muss es unbedingt dieser arrogante Hund sein?« Seine Oberlippe bebte.

»Wenn ich richtig gesehen habe, hat Auguste noch keinen Ehering getragen«, versuchte Mathilde, ihn aufzumuntern. Sie packte ihn an den Schultern und blickte ihm in die Augen. »Noch wurde die Trauung nicht vollzogen. Noch gab es keine Hochzeitsnacht. Noch kannst du etwas unternehmen, um sie erneut für dich zu gewinnen.«

»Du hast recht.« Blom nickte, schnupfte eine Prise Tabak und hob das Glas. »Auf Auguste und auf die Detektei Voss. Auf dass wir sie beide retten können.« Er blickte zu Boden. »Und mich dazu.«

Sie tranken und sinnierten, während rund um sie herum gefeiert und getanzt wurde.

Als sie ein paar Stunden später aus der *Tante Brünsch* schwankten, hing bereits ein silberner Morgenschimmer in der Luft. Berlin ging spät zu Bett, es stand aber auch früh auf, und die erwachende und die schlafen gehende Stadt begegnete sich nun auf der Straße. Marktleute, deren Karren mit Feld- und Gartenfrüchten beladen waren, fuhren an müden Männern mit gelockerten Krawatten und schief sitzenden Hüten vorbei. Frühdroschken rollten zur Eisenbahn, und auf den Marktplätzen ordneten die Verkäufer ihre Fässer, Kisten und Körbe, während Frauen mit zerzausten Haaren und zerronner Schminke nach Hause eilten.

Blom und Mathilde querten den Spreekanal und gingen am Königlichen Schloss vorbei, dessen Fassade im Morgenlicht golden glänzte.

»Was ist denn da los?«, fragte Mathilde, als sie die Lange Brücke betraten, auf der es vor Menschen nur so wimmelte.

»Een Ufjeschwemmter«, erklärte eine rotwangige Marktfrau. »Da verjeht einem die Lust auf Fisch«, sagte sie und spazierte davon. »Man will doch nix essen, wat vorher an ner Leeche jeknabbert hat.«

Tatsächlich wurde unter ihnen gerade ein lebloser Körper aus dem Wasser gezogen.

»Können wir helfen?«, brüllte ein korpulenter Herr von der Brücke herab.

Die Männer am Fluss drehten den Toten auf den Rücken und fühlten ihm den Puls. Dann schüttelten sie den Kopf. »Hier ist nichts mehr zu machen«, riefen sie zurück.

Blom starrte nach unten.

»Was hast du?«, fragte Mathilde. »Kennst du den Mann etwa?«

»Oh ja, das tue ich.«

29

Der Morgen graute. Im Osten leuchtete noch zögernd ein orangefarbener Schimmerstreifen, der den Sonnenaufgang ankündigte und das Schwarz des Himmels nach und nach in ein zartes Blau verwandelte.

Kommissar Ernst Cronenberg war bereits auf den Beinen oder, besser gesagt, er war es noch immer. Er hatte nicht geschlafen, sondern war rast- und ruhelos die ganze Nacht auf gewesen. Es waren kein Baulärm, kein brüllender Nachbar oder ähnlich geartete Störenfriede, die ihn wachgehalten hatten, sondern etwas in seinem Inneren, eine nervöse Unruhe, eine finstere Vorahnung, die von schnellem Pulsschlag begleitet wurde. Etwas ging in der Stadt vor sich, etwas Düsteres. Etwas, das ihm ganz und gar nicht gefiel.

Lautes Klopfen an der Wohnungstür ließ ihn zusammenzucken. Cronenberg blickte auf seine Uhr. Es war kurz nach fünf. Wenn jemand um diese Zeit nach ihm verlangte, hieß das nichts Gutes. »Ich komme!« Er zog sich ein frisches Hemd an, setzte seine Brille auf und öffnete die Tür.

Bei dem Plagegeist handelte es sich um keinen Geringeren als Theodor Nikolas. Trotz der frühen Stunde war er akkurat gekleidet, perfekt rasiert und frisiert und roch nach Kölnisch Wasser. Seine Miene war ernst und ließ keine Zweifel an der Dringlichkeit der Situation.

»Blom?«, fragte Cronenberg.

Nikolas schüttelte den Kopf. »Drei Schläge.«

Cronenberg verstand. Ein Mord. »Und Inspektor Harting?«, fragte er knapp.

»Ich habe nach ihm schicken lassen. Er wird am Fundort der Leiche zu uns stoßen.«

»Geben Sie mir eine Minute.« Cronenberg ging zurück in die Wohnung, kleidete sich fertig an und kämmte sein zerzaustes Haar. Dann warf er seinen Mantel über und setzte den Hut auf. »Wo müssen wir hin?«

»Ans Spreeufer. In der Nähe der Langen Brücke.«

»Praktisch«, sagte Cronenberg, als sie hinaus in den anbrechenden Tag traten. »Das liegt auf dem Weg ins Präsidium.«

Sie eilten durch die erwachende Stadt. Aus Schornsteinen stiegen Wölkchen in den blassgrauen Himmel. Gewürzkrämer öffneten ihre Lager, woraufhin sich sämtliche Gerüche des Morgen- und Abendlands mit dem Duft von frisch gebrühtem Kaffee vermischten. Ladenbesitzer und ihre Gehilfen schoben die Rollläden ihrer Geschäfte nach oben und brachten sich in Position, um den Haushälterinnen, Dienstmädchen und anderer Kundschaft ihre Waren feilzubieten.

Cronenberg und Nikolas bogen auf die Königstraße, gingen bis zur Spree und stiegen nahe der Brücke über steile Stufen die moosbewachsene Kaimauer hinab, wo sich die Anlegestellen für Boote und Lastkähne befanden.

Auf einem schmalen, befestigten Streifen drängten sich Professor Liman, Bruno und zwei Cronenberg nicht bekannte Männer um einen leblosen Körper, während schräg über ihnen uniformierte Wachleute versuchten, die von der Brücke glotzenden Schaulustigen zu vertreiben.

»Verschwindet!«, riefen sie. »Hier gibt es nichts zu sehen!« Ihre Bemühungen entpuppten sich als Sisyphusarbeit. Kaum hatten sie eine Gruppe von Gaffern aufgelöst, bildete sich auch schon die nächste Traube aus Frühaufstehern. Und die

Passanten waren nicht die einzigen Zaungäste. Auch aus den umliegenden Häusern starrten neugierige Bürger, halb hinter ihren Vorhängen verborgen.

Kühler Morgenwind kroch in die Kleidung der Ermittler, der Fluss plätscherte leise neben ihnen dahin, ein Boot, das an einem Holzpfahl vertäut war, schaukelte auf den Wellen.

»Morgen«, murmelte Bruno. Er wirkte zerknautscht, sein Hemd war falsch zugeknöpft, und auf Brusthöhe seiner Jacke befand sich ein ockerfarbener Fleck unbekannter Herkunft. Sein Haar war zerzaust, und auf seinem Kinn sprossen Bartstoppeln in alle Richtungen. Er deutete auf die beiden neben ihm stehenden Männer. »Das sind Klaus Müller und sein Sohn, Klaus junior. Die beiden wollten zum Fischen.«

»Als wir ablegen wollten, sahen wir ihn vorbeitreiben«, erklärte der Vater.

Sein Sohn nickte. »Wir haben ihn mit dem Bootshaken am Kragen erwischt und herausgezogen.«

»Mit ihm meinen Sie wohl die Leiche.« Cronenberg blickte auf den toten Mann, der kalt und nass vor ihnen lag. Seine Haut war blass und bildete einen starken Kontrast zu dem üppigen schwarzen Haar. Seine Kleidung wirkte einfach, schien aber von passabler Qualität zu sein. Auf den ersten Blick wies sein Körper keine Anzeichen von Gewalteinwirkung auf.

»Das war nicht der Fang, den wir uns gewünscht haben«, brummelte Müller senior.

»Beklagen Sie sich nicht.« Professor Liman strich über seinen akkurat getrimmten Spitzbart und rückte den Zwicker auf der Nase zurecht. »Immerhin lag er noch nicht lange im Wasser. Maximal zwei Stunden. Glauben Sie mir, Sie wollen nicht wissen, wie so eine Leiche nach zwei Wochen aussieht.

Wie aufgequollenes Weißbrot, durch das Ihr Bootshaken glatt hindurchgefahren wäre.«

»Kommissar Nikolas teilte mir mit, dass die Glocke im Präsidium dreimal geläutet hat«, kam Cronenberg auf den Punkt.

»Zu Recht.« Professor Liman ging in die Hocke, drehte den Kopf des Toten zur Seite und deutete auf eine Stelle schräg hinter dessen Ohr. »Sehen Sie?« Er strich ein paar feuchte Haarbüschel fort, so dass eine kreisrunde schwarze Verfärbung mit einem Durchmesser von ungefähr einem halben Zentimeter sichtbar wurde. »Das ist ein Einschussloch.« Er fasste nach der Hand des Opfers und hob sie an. »Die Finger sind zudem voller Abschürfungen, Schnitte und Holzsplitter. Die Splitter finden sich auch unter seinen Nägeln und an den Schultern. Gut möglich, dass er versucht hat, eine Tür aufzustemmen.«

»Sie denken, er wurde gefangen gehalten und hat versucht, sich zu befreien?«

»Die Interpretationshoheit liegt ganz bei Ihnen. Und auch die Beurteilung hiervon …« Mit einem ernsten Blick reichte Liman Cronenberg ein durchweichtes Stück Papier. »Der Tote hatte eine lederne Brieftasche bei sich, darin haben wir das gefunden. Die Tinte ist zerronnen, man kann die Schrift aber noch lesen. Kommt Ihnen der Wortlaut bekannt vor?«

Cronenberg kniff die Augen zusammen und drehte die Karte so, dass die ersten Sonnenstrahlen des anbrechenden Tages darauf fielen. »Bi…« begann er die verschwommenen Buchstaben zu entziffern. »Binn… Binnen drei… dreißig Stund…« Mit einem Schlag war Cronenberg hellwach. Er blickte zu Bruno. »Binnen dreißig Stunden musst Du eine Leiche sein«, las er vor. »Verdammt! Wissen wir, wer der Tote ist und woher er stammt?«

»Ein Passant hat ihn erkannt«, erklärte Müller junior. »Er heißt Dietrich Schrader, ist zweiundvierzig Jahre alt und hat als Fuhrwerker gearbeitet.«

Cronenberg runzelte die Stirn und blickte auf den leblosen Körper. »Er ist deutlich älter als Jacobi, und sein Beruf unterscheidet sich sehr von Bloms Profession«, überlegte er laut und sah in die Runde. »Was verbindet die drei?«

Bruno und Nikolas sahen ratlos drein.

»Ich hätte da eventuell eine Antwort«, sagte Liman, der noch immer neben der Leiche hockte.

Alle blickten zu ihm hinunter.

Der Professor schob Schraders Hemdsärmel nach oben und entblößte eine Reihe von Schnittwunden, die sich über den ganzen Unterarm erstreckten.

»Was ist das?« Cronenberg ging neben Liman in die Hocke und rückte seine Brille zurecht. »Das sieht äußerst schmerzhaft aus.«

»Ich denke, es sind Buchstaben. Die Wundränder zeigen keine Spur von Verheilung. Sie sind demnach frisch. Er muss sich die Verletzungen vor seinem Tod selbst zugefügt haben. Wahrscheinlich mit einem Nagel, einem scharfen Stein oder etwas Ähnlichem.«

»Was soll das heißen?« Bruno beugte sich nach vorn und kniff die Augen zusammen. »L – U – O … nein, das ist ein G.«

»Lugowski«, sagte Nikolas.

30

Auguste trug tatsächlich Albert von Mesars Ring am Finger. Das Bild des Klunkers hatte Blom bis in seine Träume verfolgt und um den Schlaf gebracht.

Als die ersten Sonnenstrahlen durchs Fenster fielen und ihn an der Nase kitzelten, trieb ihn seine innere Unruhe aus dem Bett, obwohl er noch immer hundemüde war. Gähnend kleidete er sich an, entfernte den Stuhl, den er zur Sicherheit unter den Türknauf geklemmt hatte, und tapste hinunter in die Detektei.

»Na sieh mal einer an, wer von den Toten auferstanden ist.« Mathilde, die dabei war, den Boden zu fegen, wirkte im Vergleich zu ihm wie das blühende Leben. »Möchtest du Kaffee?«

Blom schnupperte. »Ich weiß nicht, ob mein Magen stark genug für dein Gebräu ist.«

Sie ging nach hinten, kehrte mit der verwitterten Porzellankanne zurück und goss ihm eine Tasse ein. »Find's heraus.«

Er nahm einen Schluck und verzog das Gesicht. »Du hast es geschafft, ihn noch bitterer hinzukriegen als das Gesöff von gestern.«

»Ich musste die Bohnen mit Löwenzahnwurzeln strecken. Wir haben noch immer keine Klienten und somit kein Geld.« Sie lehnte den Besen in eine Ecke und setzte sich hinter den Schreibtisch. »Du siehst furchtbar aus, wenn ich das mal so sagen darf.«

Blom fuhr sich mit beiden Händen übers Gesicht. »Jemand will mich umbringen, und wir haben noch immer keine Ahnung, wer das sein könnte.«

»Da ist noch mehr, oder?«

Er nickte. »Der Gedanke an den Ring quält mich genauso wie die Erinnerung an Augustes Blick, der sich in mein Herz gefressen hat. Als von Mesar ihre Hand genommen hat, sah sie nicht besonders glücklich aus.«

»Ich will ja nicht unsensibel sein, aber als sie dich gesehen hat, schien ihr auch nicht gerade das Herz vor Wiedersehensfreude überzugehen.«

»Wohl wahr.« Er seufzte und setzte sich. »Weißt du, Auguste und ich – wir waren damals sehr glücklich auf eine einfache Art und Weise«, begann er zu erzählen. »Wir haben viel gelacht, uns auch an den kleinen Dingen erfreut: ein Picknick im Park, die Musik von Verdi … Lauter unprätentiöse Dinge. Insgeheim habe ich immer die Hoffnung gehegt, dass sie mich auch ohne Geld nehmen würde, einfach nur um meinetwillen.«

»Möglich.« Mathilde verschränkte die Arme vor der Brust. »Wenn ich mich recht entsinne, ist aber nicht dein finanzieller Status das Problem, sondern deine flinken Finger, die sich Dinge genommen haben, die eigentlich anderen gehören.«

»Das ist ein gutes Argument.« Blom kratzte sich am Kinn. »Deshalb will ich ja nach wie vor meine Unschuld beweisen.«

»Welche Unschuld?« Mathilde runzelte die Stirn. »Du bist doch so schuldig, wie man es nur sein kann.«

»Das ist eine Frage der Interpretation.« Blom trank noch einen Schluck von dem Kaffee. »Offiziell verhält es sich so, dass in meiner Strafakte nur ein einziges Verbrechen aufgeführt ist: der Einbruch bei Lothar von Wurmb. Alle anderen

Delikte, die mir angelastet werden, entsprechen nichts anderem als Spekulationen von Cronenberg. Es sind nur Verdächtigungen, nichts, das er jemals zu beweisen imstande wäre. Wenn ich denjenigen finde, der Wurmb ausgeraubt hat, ist meine Weste rein – und nur dann könnte es mir gelingen, Augustes Herz zurückzugewinnen.«

»Und wie willst du den wahren Täter aufspüren?«

»Indem ich den Orden finde. Wenn nötig, breche ich dafür in jede Wohnung und jeden Palast dieser Stadt ein, durchsuche jede Schublade und jeden Tresor.«

»Vergisst du nicht etwas? Was ist mit der Drohung? Was ist mit dem Kerl, der dich heimgesucht hat?«

Blom lachte trocken. »Wie könnte ich die vergessen? Mir ist das Damoklesschwert absolut bewusst, das über mir schwebt.«

Mathilde zog eine Augenbraue hoch. »Warum verbeißt du dich dann so sehr in diesen verdammten Orden? Sollte dir nicht eher etwas daran liegen, deine Haut zu retten?«

»Weil mein Instinkt mir sagt, dass die beiden Sachen zusammenhängen. Der Orden und die Karte – irgendetwas verbindet sie.« Er grübelte. »Und nun ist auch noch Dietrich Schrader tot.«

»Die Leiche aus der Spree?«

Blom nickte. »Mein Bauchgefühl sagt mir, dass da mehr dahintersteckt als ein simpler Unfall.«

Mathilde nahm eine Zigarre aus der Kiste und roch daran. Sie betrachtete den Stumpen mit einer Mischung aus Sehnsucht und Lust und legte ihn wieder zurück. »Wie willst du weiter vorgehen?«

»Ich werde Lugowski genauer unter die Lupe nehmen. Mo hat eine Bemerkung fallen gelassen, die mir erst später wieder durchs Gehirn spukte. Er meinte, Lugowski und ich seien wie Vater und Sohn gewesen und dass ich ihn im Stich gelassen hätte. Vielleicht hat der Alte mir mit Absicht etwas angehängt, um mich zu bestrafen. Seine Version eines Rohrstabs.«

»Aber kannst du wirklich bei Lugowski einsteigen? Gibt es keinen anderen ...?« Sie hielt inne und riss die Augen auf, als die Tür mit einem leisen Quietschen geöffnet wurde.

Blom drehte sich um, und auch ihm klappte die Kinnlade hinunter.

Niemand Geringeres als der falsche Wilhelm Kaminer stand auf ihrer Matte.

Blom und Mathilde sprangen auf und starrten den Mann an.

»Einen wunderschönen guten Morgen wünsche ich. Wunderbar, dass ich Sie beide hier antreffe.« Er tat, als wäre es das Selbstverständlichste der Welt, dass er einfach so hereinspazierte.

Mathilde fasste an ihren Schlagstock, der an einem Haken an der Unterseite des Schreibtischs hing, Blom spannte die Muskeln an und stellte sich breitbeinig hin.

Der Mann schien ihre Anspannung nicht zu bemerken. Nonchalant lehnte er seinen Spazierstock an die Wand, nahm seinen Zylinder ab und strich sich das Haar glatt. »Ich bin zurück aus Paris, war zufällig in der Nähe und dachte, ich schaue auf einen Sprung vorbei.« Er deutete auf einen Stuhl. »Darf ich?«

»Bitte sehr.« Mathildes Stimme war eisig.

Der Mann schien auch das nicht zu bemerken und nahm Platz. »Ich wollte mich erkundigen, ob Sie mir bereits von Fortschritten berichten können.«

»In der Tat«, zischte Mathilde. »Wir wissen, wer das Porzellan gestohlen hat. Vor allem aber wissen wir, dass Sie nicht der sind, der Sie vorgeben zu sein.« Sie umschloss den Schlagstock fester.

Blom beobachtete den Mann. Wie würde er auf diese Enthüllung reagieren? Statt Zornesröte oder Verwunderung schlich sich ein Lächeln auf sein Gesicht.

»Sie gefallen mir.« Er klatschte in die Hände und nickte anerkennend. »Das Ehepaar Voss, die absoluten Spitzenreiter. Um ehrlich zu sein, hätte ich Ihnen das gar nicht zugetraut. Ihre Konkurrenten sind viel länger im Geschäft, haben polizeilichen oder militärischen Hintergrund und vor allem finanzielle Mittel. Dennoch werden sie von einem einfachen Ehepaar aus dem Krögel in den Schatten gestellt.« Sein Lächeln wurde breiter. »Das wird eine spektakuläre Geschichte.«

»Welche Konkurrenten?« Mathilde zog eine Augenbraue hoch. »Was für eine Geschichte? Und am allerwichtigsten: Wer verdammt noch mal sind Sie?«

Der Klient schlug die Beine übereinander und fasste in seine Hosentasche.

Mathilde zog den Schlagstock unter dem Schreibtisch hervor, Blom ballte die Fäuste.

Der Mann hob beschwichtigend eine Hand, mit der anderen hielt er ein Notizbuch in die Höhe. »Zum Thema Konkurrenten: Ich habe mir die Detektei *Clotty und Stolzenberg* vorgenommen«, begann er vorzulesen. »Das Ermittlungsbüro *van Gülpen* und die Auskunftei *Kühn und Zandelow*.«

»Norbert Kühn und Johann Zandelow«, flüsterte Mathilde. »Das sind die beiden Herren, die mich vorgestern hier aufgesucht haben.«

»In den vergangenen Jahren sind private Detektivbüros wie Pilze aus dem Boden geschossen«, fuhr der Mann fort. »Polizisten im Ruhestand, ehemalige Soldaten, Advokaten ...«, zählte er auf. »Sie alle versuchen, ein Stück vom Kuchen abzukriegen. Mittlerweile gibt es so viele von ihnen, dass – wie Sie sicherlich wissen – bald ein Reichsverband Deutscher Detektiv-Institute gegründet werden soll. Allerdings gibt es in Ihrem Berufstand auch viele Stümper und schwarze Schafe, weswegen es Zeit wurde, dass sich jemand näher damit befasst.«

»Sind Sie vom Reichsverband?«, fragte Blom.

Der Mann lachte. »Aber nein. Mein Name ist Peter Dahl. Ich bin Reporter beim *Berliner Tageblatt* und schreibe einen Artikel über private Detektivbüros. Zu diesem Zweck habe ich stichprobenartig verschiedene Detekteien ausgewählt und sie unter die Lupe genommen.«

Mathilde ließ den Schlagstock sinken, und auch Bloms Anspannung wich einer gewissen Erleichterung.

»Wilhelm Kaminer ist mein Schwager«, sprach Dahl weiter. »Bei einem gemeinsamen Abendessen hat er mir von dem gestohlenen Porzellan und den geheimnisvollen Umständen berichtet, unter denen es verschwunden ist. Ich hielt den Fall für die perfekte Möglichkeit, Ihre Fähigkeiten zu testen.«

»Warum die falsche Identität?«, fragte Mathilde. »Sie hätten doch gleich sagen können, dass Sie ein Schmierfink sind.«

»Auf keinen Fall. Dann wären Sie womöglich ganz anders an die Sache herangegangen und hätten dem Fall eine Priorität eingeräumt, die er sonst nicht bekommen hätte.« Dahl lehnte sich zurück und betrachtete die beiden. »Meine Recherchen waren so gut wie abgeschlossen, als mir zufällig eines Ihrer Flugblätter in die Hände flatterte. Ich fand es äußerst interessant, dass sich ausgerechnet hier im Krögel eine Detektei niedergelassen hat. Um ehrlich zu sein, betrachtete ich Sie als absolute Außenseiter, als ein Kuriosum. Umso mehr imponiert mir, dass ausgerechnet Sie die Einzigen sind, die hinter meine Tarnung gekommen sind.« Er hielt inne und legte den Kopf schief. »Habe ich das vorhin richtig verstanden? Ihnen ist tatsächlich bekannt, wer das Porzellan gestohlen hat?«

Mathilde nickte. »Es war …«

»Geben Sie uns noch einen Tag«, unterbrach Blom sie.

Dahl sah zwischen den beiden hin und her. »Wissen Sie es nun, oder wissen Sie es nicht?«

»Natürlich kennen wir den Dieb«, erklärte Blom. »Aber wir wollen erst noch stichhaltige Beweise sammeln.«

Dahl nickte zustimmend. »Ich muss sagen, Sie beeindrucken mich immer mehr. So viel Kompetenz, gepaart mit Takt und Besonnenheit. Ich hätte nie gedacht, so etwas in dieser …« Er sah sich um und suchte nach den richtigen Worten. »… in dieser Umgebung zu finden.« Er zückte einen Bleistift und machte sich Notizen in sein Büchlein. »Wenn Sie mir tatsächlich morgen eröffnen würden, wer hinter den Diebstählen steckt, werde ich Sie auf die Titelseite bringen.« Er sah Mathilde an. »Eine Detektei im Krögel, mit weiblicher Intuition«, murmelte er. »Einfach spektakulär. Die Leserschaft des *Berliner Tageblatt* wird vor Staunen den Mund nicht mehr zubekommen.«

Mathilde, die die meiste Zeit grimmig dreingeschaut hatte, begann zu strahlen.

Blom überlegte kurz. »Mir wäre es sehr recht, wenn mein Gesicht nicht der Öffentlichkeit präsentiert wird. Ich möchte weiterhin in der Lage sein, verdeckt zu ermitteln.«

»Aber natürlich.« Dahl erhob sich, nahm Mathildes Finger und hauchte einen Kuss auf ihren Handrücken. »Freude steht Ihnen ausgesprochen gut, meine Liebe.« Er überreichte ihr seine Karte. »Ich erwarte Sie morgen früh in meinem Büro.« Er zwinkerte.

Mathilde zwinkerte zurück.

Blom räusperte sich. »Sie hören von uns.«

Kaminer setzte seinen Zylinder auf, nahm seinen Stock und schritt mit beschwingtem Schritt aus der Detektei.

»Du scheinst ihm ein bisschen den Kopf verdreht zu haben«, sagte Blom.

»Verzeih, ich hatte ganz vergessen, dass wir verheiratet sind.« Mathilde blickte auf Dahls Karte. »Wenn er uns tatsächlich auf die Titelseite bringt, wäre die Detektei gerettet. Die Leute würden uns mit Aufträgen die Tür einrennen.« Sie schien zu überlegen. »Warum wolltest du Dahl eigentlich noch einen Tag hinhalten? Warum bist du nicht gleich mit Lugowski rausgerückt?«

»Weil wir tatsächlich keine handfesten Beweise haben. Außerdem ist es mir ernst mit dem, was ich vorhin gesagt habe. Ich will den Orden finden und meinen Namen reinwaschen. Dazu möchte ich mich bei Lugowski umsehen, aber wenn Dahl der Polizei Bescheid gibt, bricht Chaos aus.«

»Ein Einbruch bei Lugowski schlägt also zwei Fliegen mit einer Klappe«, sagte Mathilde nachdenklich.

»Wenn alles gutgeht, finde ich den Orden und einen Beweis bezüglich des Porzellans. Er dachte nach. »Und wer weiß, vielleicht finde ich sogar heraus, was mit Dietrich Schrader geschehen ist und wer die Karte geschrieben hat.«

»Verstehe, aber ich lasse dich nicht alleine gehen. Wir werden das gemeinsam durchziehen.« Mathilde streckte die Hand aus. »Jetzt, wo die Detektei Voss vor dem großen Durchbruch steht, kann ich es mir nicht leisten, meinen besten Mitarbeiter zu verlieren.«

Blom lächelte und schlug ein.

31

Ernst Cronenberg und Bruno Harting marschierten ins *Alt Berlin* und sahen sich um. Es roch nach abgestandenem Rauch und schalem Bier.

»Tut mir leid, Jungs«, rief der Schankkellner, der lieblos mit einem nassen Fetzen Tische und Bänke abwischte. »Wir haben noch geschlossen.«

»Was für ein Drecksloch.« Bruno präsentierte seine Legitimationsmedaille, die an einer Kette um seinen Hals hing. »Vielleicht sollten wir dafür sorgen, dass die Bude dauerhaft dichtmachen muss.« Er musterte den großen, schlaksigen Kerl mit der ausgeprägten Hakennase und den strähnigen blonden Haaren. »Name?«, fragte er kurz und knapp.

Der Kerl verzog das Gesicht. »Henri Roleder«, spuckte er aus, ging zum Tresen, blieb kurz stehen und griff schließlich darunter.

Bruno fasste an seine Pistole.

»Warum so nervös?« Roleder präsentierte eine Mappe. »Konzessionen, Mietvertrag, Bescheide, Lieferscheine ...«, erklärte er. »Ihr könnt euch gerne alles ansehen. Bei uns im *Alt Berlin* hat alles seine Ordnung. Die Steuern sind bezahlt, genau wie alle Rechnungen.«

»Eure frisierten Bücher interessieren uns nicht die Bohne.« Bruno versetzte der Mappe mit dem Zeigefinger einen Schubser, woraufhin sie auf den Boden fiel. »Wir sind wegen Dietrich Schrader gekommen.«

»Dietrich Schrader …« Roleder kratzte sich am Kinn. »Nie gehört. Wer soll das sein?«

»Spiel hier nicht die Unschuld vom Lande.« Bruno streckte das Kreuz durch, richtete sich zu seiner vollen Größe auf und ließ die Fingerknöchel knacken.

Roleder zuckte mit den Schultern, hob die Mappe auf und wischte weiter das Mobiliar ab. »Keine Ahnung, wer sein Haus angezündet hat. Wir waren's jedenfalls nicht.«

»Haus? Angezündet?« Cronenberg und Bruno sahen einander fragend an.

»Schrader hat sich vor kurzem ein Haus gekauft, das ist offenbar gestern oder vorgestern abgebrannt. Mehr weiß ich auch nicht.«

»Wie auch immer. Wir sind von der Kriminalpolizei, nicht von der Feuerwehr«, erklärte Cronenberg. »Das Haus ist uns piepegal. Die Tatsache, dass Schrader gerade aus der Spree gefischt wurde, nicht.«

»Aus der Spree?« Roleder hörte auf zu wienern. »Ist er tot?«

»Nein, er hat nur ein bisschen gebadet.« Bruno verdrehte die Augen. »Natürlich ist er tot. So tot wie die Ratten, aus denen ihr eure Buletten macht. Und es ist davon auszugehen, dass dein Boss die Finger mit im Spiel hat.«

»Lugowski?«

»Hast du noch einen anderen Boss?« Bruno schüttelte den Kopf. »Wenn du so lang wärst, wie du dumm bist, könntest du aus der Dachrinne saufen.«

»Jetzt hört aber mal zu …«, empörte sich Roleder.

»Ist Lugowski da?«, ging Cronenberg dazwischen.

Roleder schüttelte den Kopf. »Nein, der Chef kommt üblicherweise nicht vor Mittag her.«

»Sag ihm, dass er Ärger am Hals hat«, erklärte Bruno. »Und zwar gewaltigen.«

Cronenberg setzte an zu gehen, drehte sich aber in der Tür noch einmal um. »Sagt dir der Name Julius Jacobi etwas?«

»Jacobi?« Roleder schluckte. »Nein.« Er wischte schneller und mit festerem Druck. »Nie gehört.«

»Warum so zittrig?« Bruno deutete auf Roleders Hände, die tatsächlich bebten.

»Hab mir gestern Abend wohl ein paar zu viel hinter die Binde gekippt. Hab 'nen fetten Kater.« Roleder ging zurück hinter den Tresen und begann, an einem Bierfass herumzunesteln. »Wer soll denn dieser Jacobi sein?«, fragte er beiläufig.

Cronenberg schwieg und musterte ihn, ließ die Zeit für sich arbeiten.

»Ist er tot?«, hakte Roleder schließlich nach.

»Ich sag mal so«, erklärte Bruno. »Im Vergleich zu dem wirkt sogar der nasse Herr Schrader ziemlich munter.«

»Danke, dass du so schnell angetanzt bist.« Henri Roleder klopfte Narben-Kalle auf die Schulter.

»Wat isn los mit dir?« Kalle musterte ihn. »Du siehst völlig bedröppelt aus.«

»Notfall in der Familie.« Roleder blieb vage. »Drum muss ich auch gleich wieder weg.« Er war fahrig und nervös. Als er sich eine Selbstgedrehte anzündete, merkte er, wie sehr seine Hände zitterten.

»Du hast 'ne Familie?«

»Sicher hab ich das! Was glaubst denn du?« Die Worte drangen lauter und aggressiver aus Roleders Mund, als er beabsichtigt hatte.

»Schon jut.« Kalle hob beschwichtigend die Hände und deutete auf Roleders Zigarette. »Lass ma eene rüberwachsen.«

Roleder drückte ihm den ganzen Tabakbeutel in die Hand. »Halt hier die Stellung«, wies er an. »Wenn Lugowski kommt, sag ihm, dass ich mich um was Dringendes kümmern muss.«

»Scheint ja echt wat Schlimmes passiert zu sein. Du kuckst, als hätteste 'nen Geist jesehn.«

Roleder schnaufte. »Ich bin müde, hab schlecht geschlafen. Dazu die Sache mit dem Opium.«

»Wat is damit?«

»Ich hab dem Boss gesagt, dass es keine gute Idee ist, sich mit dem Goldfasan anzulegen, aber auf mich hört ja keiner.«

»Is doch jut, dat er für Moral und Anstand in Berlin sorgt. Opium is echt Mist, Alter. Macht die Leute total meschugge.« Kalle klopfte sich mit dem Zeigefinger gegen die Stirn.

»Wie auch immer …«, winkte Roleder ab. »Ich muss los.«

Kalle klopfte ihm auf den Rücken und nahm die Schlüssel für das *Alt Berlin* entgegen. »Kopf hoch, det wird schon.« Er nickte ihm zu. »Bis denne.«

»Ja, bis dann.« Roleder steckte die Hände in die Hosentaschen und ging davon. »Sauf nicht zu viel«, rief er über seine Schulter.

Kalle grinste. »Säufste, stirbste«, sagte er, während er das Lokal betrat. »Säufste nich, stirbste ooch, also säufste.«

Roleder ging ein paar Meter, blieb stehen und warf noch einen Blick zurück auf das *Alt Berlin*. Dabei wurde ihm schwer ums Herz. Dieser heruntergekommene Schuppen war sein zweites Zuhause gewesen, Gestalten wie Narben-Kalle eine Art Familie. Er würde sie vermissen, denn er würde nicht mehr zurückkehren. Nie mehr.

Es stimmte nur zum Teil, was er zu Kalle gesagt hatte. Ja, er war müde, und ja, die Sache mit dem Goldfasan beunruhigte ihn. Was ihm aber wirklich zu schaffen machte, waren Julius Jacobi und Dietrich Schrader. Beide waren tot, und zwar ausgerechnet, nachdem Blom aus Moabit rausgekommen war. Das konnte kein Zufall sein.

Er stieg in den Bus und fuhr in Richtung seiner Wohnung. Als sich die beiden schweren Rosse, die den Wagen zogen, in Bewegung setzten, blickte er hinaus. »Ach, Berlin«, seufzte er leise und betrachtete die vielen Passanten, die langgestreckten Brauereiwagen mit ihren Biertonnen und die kleinen, von Hunden gezogenen Milchkarren. Berlin befand sich in einem ständigen Wachstums- und Wandlungsprozess. Alles war in Bewegung, nichts blieb gleich. Wohin man auch blickte, wälzten sich riesige Möbelfuhrwerke durch die Gassen, die Einrichtungsgegenstände von einer Wohnung zur nächsten karrten.

Lange hatte er diese Hektik verflucht, doch nun wurde ihm klar, dass sie ihm fehlen würde. Wie so vieles.

Die ganze Sache hatte an einem Platz wie diesem begonnen, auf dem Oberdeck eines Gefährts der Allgemeinen Berliner Omnibus AG. Er konnte sich erinnern, als ob es gestern gewesen wäre. Der Fahrtwind, die Hand auf der Schulter, das Flüstern ... *Drehen Sie sich nicht um.* Roleder seufzte. Ach, wäre er doch nie darauf eingegangen. Hätte er doch einfach Nein gesagt.

Das Halten des Busses bremste seine trüben Gedanken. Er stieg aus und lief durch seinen Kiez, dem ein Hauch von Galizien anhaftete. Hier lebten vor allem Polen und Russen – selbst sie würde er vermissen mit ihren Kaftanen, überwürzten Speisen und den Hosen, die sie in die Stulpenstiefel zu stecken pflegten. Eine Welt von vielen in Berlin.

Er betrat das heruntergekommene Haus, in dem er seine Bleibe hatte, und eilte die schiefe Treppe nach oben, die bei jedem Schritt so laut knarrte, als würde sie gleich zusammenbrechen.

Jahrelang war es sein Plan gewesen abzuhauen. Er wollte auswandern, an einen Ort, der nicht so laut und hektisch war wie Berlin. Irgendwohin, wo man das Rauschen des Meeres hören konnte. Doch er war zu feige gewesen. Mit dem Geld, das er angespart hatte, wäre es ihm schon vor vielen Monaten möglich gewesen auszusteigen, doch er hatte den Schritt immer wieder hinausgezögert.

Jetzt galten keine Ausreden mehr. Er musste handeln, bevor es zu spät war.

Mit einer Mischung aus Fern- und Heimweh öffnete er die Tür und machte das Licht an. Roleder erstarrte und rang nach Atem. In seinem wurmstichigen Holzboden klaffte ein großes Loch.

»Nein!« Er fiel auf die Knie, fasste hinein und tastete hektisch umher. »Das kann doch nicht sein! Verfluchte Scheiße!«

Sein gesamtes Vermögen war unter den Dielen versteckt gewesen. Alles. Bis zum letzten Pfennig.

Obwohl es keinen Zweifel gab, dass jemand sein Geld gestohlen hatte, konnte er nicht aufhören, wieder und wieder danach zu suchen. Vielleicht hatte der Dieb ja etwas übersehen.

Und tatsächlich berührten seine Finger ein Stück Papier. Roleder zog es heraus und runzelte die Stirn. Das war kein Geldschein, das war eine Karte, die er zwischen seinen zitternden Fingern hielt. *Binnen dreißig Stunden musst Du eine Leiche sein*, stand darauf geschrieben.

Roleder lehnte sich an die Wand und starrte ins Nichts.

Er war zurück. Und er war gekommen, ihn zu holen.

32

»Wie willst du denn da reinkommen?« Mathilde betrachtete aus einiger Entfernung die Eingangstür des *Alt Berlin*. »Verkleiden kannst du dich dieses Mal nicht. Die Jungs kennen dich viel zu gut. Und Mo wird dir sicher keinen Tantel für Lugowskis Büro anfertigen.« Sie hörte auf zu sprechen, als zwei geschwätzige Kindermädchen mit ihren Schützlingen an ihnen vorbeigingen und dabei den neuesten Klatsch und Tratsch betreffend der Kaiserattentate verhandelten.

»Es ist nicht schwierig, bei Lugowski einzubrechen«, erklärte Blom, als sie außer Hörweite waren. »Seine Schlösser sind gut, aber nicht so gut, dass ich sie nicht aufkriegen würde.« Er fasste in seine Manteltasche und präsentierte ein paar Drähte, eine kleine Zange und eine schmale Feile. »Lugowski taucht selten vor Mittag hier auf, außerdem haben wir Glück. Aus irgendeinem Grund schiebt Kalle heute Dienst und nicht Henri. Kalle ist ein alter Suffkopf. Du wirst keine Probleme damit haben, ihn abzulenken, damit ich ungesehen in den hinteren Teil des Lokals schlüpfen kann.«

Mathilde sah ihn ungläubig an. »Das klingt ein bisschen zu simpel, wenn du mich fragst.«

»Wenn es das nur wäre.« Blom richtete den Sitz seiner Halsbinde. »Lugowskis Methoden unterscheiden sich klar von denen anderer Verbrecher. Er sieht aus wie ein Löwe, ist aber in Wahrheit ein listiger Fuchs, ganz besonders, wenn es um seine illegalen Tätigkeiten geht.«

»Ich verstehe noch immer nicht.«

»Der Alte ist jeden Tag von Dieben, Räubern, Münzfälschern und anderen Gaunern umgeben. Das hat ihn geprägt. Er traut keinem Menschen und keinem Schloss. Er traut nur sich selbst.«

Mathilde wirkte verwirrt.

»Lugowski weiß, dass es Männer wie mich und Mo gibt«, erklärte Blom. »Männer, die jedes Schloss knacken können. Er hat deswegen sein eigenes System entwickelt, das ihm hilft, wichtige Dinge zu verbergen. Überall in der Stadt hat er geheime Lager eingerichtet. In Kellern, Waldhütten, Bootshäusern und Dachböden. Sie werden nicht gleichzeitig genutzt, immer wieder kommen neue dazu, und alte werden aufgelassen. Die Polente hat keinen Schimmer, wo sie nach seinem Zeug suchen soll. Findet sie trotzdem etwas, kann sie nicht beweisen, dass er die Finger im Spiel hat.«

»Wie willst du dann das Porzellan und den Orden aufstöbern?«

»Lugowski ist glücklicherweise ein Pedant mit einer Buchhalterseele. Um den Überblick zu wahren, schreibt er alles auf.«

»Und die Notizen versteckt er wo?«

»Dort, wo sie jeder sehen kann.« Blom blickte in den Himmel, wo die Sonne den Zenit fast erreicht hatte. »Wir sollten es jetzt durchziehen, bevor die ersten Stammgäste auftauchen oder, Gott bewahre, Lugowski höchstpersönlich.«

Mathilde nickte und überquerte die Straße. »Einen schönen guten Morgen wünsche ich«, rief sie und betrat das Lokal.

Blom spionierte durchs Fenster.

Narben-Kalle, der sich hinter dem Tresen ein Bier zapfte, wirkte erfreut. »Juten Morgen, schöne Frau.« Er setzte sein charmantestes Lächeln auf, das sofort wieder verschwand, als er sie erkannte. »Ach nee«, murrte er. »Bloms Kindermädchen. Wat willste denn schon wieder hier?«

»Ich hab gestern was verloren.«

»Deene Unschuld war's wohl nich.« Er lachte schmutzig.

»Es war ein Taschentuch«, hörte Blom Mathilde sagen.

»Ne Popelfahne? Und dafür kommste extra noch ma her?«

»Es gehörte meiner Großmutter und war mit ihrem Monogramm bestickt. Mir liegt sehr viel daran. Sei doch bitte ein Schatz und schau nach, ob es hinter den Tresen gefallen ist.«

»Wenn's dich glücklich macht.« Kalle bückte sich.

Mathilde sah zur Tür, die sie einen Spaltbreit offen gelassen hatte, und winkte.

Blom huschte in die Gaststube.

»Sieh nur!«, rief Mathilde, als Kalle sich aufrichten wollte. »Ich glaube, da ist es.«

»Wo?«

»Da drüben. Ist da nicht was Weißes?«

»Sach ma, Mädel, haste Tomaten uff de Oogen? Det is ne Kachel.«

Blom huschte an ihnen vorbei und zwinkerte Mathilde zu.

Sie grinste. »Nein, nicht die Kachel«, rief sie. »Daneben.«

Kalle kratzte sich am Hinterkopf. »Det is Staub.«

Blom eilte durch den schmalen Flur bis zu Lugowskis Büro. Er musterte das Schloss und zog einen dicken Draht aus seiner Tasche. Diesen bog er zu einem rechten Winkel, schob ihn mit viel Fingerspitzengefühl in das Schließloch und drückte mithilfe der Feile die darin befindlichen Stifte sachte nach oben. Nach wenigen Versuchen gelang es ihm, die Tür zu öffnen.

Es war vollbracht. Er hatte sich Zugang zu Lugowskis Reich verschafft.

Blom trat hinter den Schreibtisch und setzte sich mit einer gewissen Genugtuung. Es war, wie er zu Mathilde gesagt hatte: Lugowski war einer der gerissensten Gauner der Stadt, doch er hatte eine Achillesferse, nämlich ihn, Felix Blom. Der Boss hatte ihn mehr oder weniger großgezogen. Alles, was er wusste, alles, was er fühlte und dachte, hatte er an ihn weitergegeben. Wenn irgendjemand es schaffte, tief in Lugowskis Gedankenwelt einzutauchen, dann war er es.

Mit einem Mal überkamen Blom Gewissensbisse. Bevor er ausgestiegen war, hatte er ein gutes Leben geführt. Es gab genug zu essen, ein Dach über dem Kopf und immer lustige Gesellschaft, und doch war ihm das nicht genug gewesen. Ganz egal, wie viel Geld er angehäuft hatte, in den Augen der Gesellschaft war er noch immer ein Angehöriger der Unterschicht gewesen, ein Prolet, ein Möchtegern. Genau das wollte er nicht sein. Sein Ziel war es, ein feiner Herr zu werden, ein angesehener und geschätzter Bürger. Er hatte Verständnis für diesen Wunsch eingefordert und nicht begriffen, warum der Alte über seinen Traum so erbost gewesen war. Jetzt, mit ein paar Jahren Abstand, konnte er erstmals nachvollziehen, dass Lugowski zutiefst gekränkt gewesen war. Der Ganove hatte ihn als eine Art Ziehsohn aufgenommen, wollte ihn zu seinem Nachfolger machen, und was hatte er getan? Er hatte alles mit Füßen getreten.

Flugs schluckte Blom die Schuldgefühle hinunter und schlug die Buchhaltung auf. Die Informationen, die er brauchte, lagen darin verborgen. »Dann wollen wir mal sehen«, murmelte er.

12. Juni: 3 Fässer Bier, Brauerei Schultheiss, stand dort vermerkt.

10. Juni: 6 Pfund Hackepeter, Fleischermeister Conrad

10. Juni: 10 Pfund Kartoffeln, Gärtnerei Hermann Pauer
8. Juni: 10 Flaschen Rum, Brennerei Mühlnikel

So ging es weiter, dazwischen waren Lohn- und Mietzahlungen aufgeführt. Einen Kübel Schmierseife und fünf Packungen Wachskerzen hatte das *Alt Berlin* im vergangenen Monat auch angeschafft. Alles wirkte wie die Aufzeichnungen eines einfachen Wirtes.

»Wo sind deine Verstecke?«, murmelte Blom in sich hinein, während er eilig die Bücher durchsah. Lugowski war penibel, das musste man ihm lassen. Alle Einnahmen und Ausgaben waren bis auf den letzten Pfennig aufgelistet. Nichts wirkte außergewöhnlich.

Blom kam eine Idee. Dahl hatte berichtet, wann genau das Porzellan gestohlen worden war. Wenn er sich recht erinnerte, hatte er den 7. Juni genannt, sowie den 3. und 21. Mai. Er blätterte bis zu jenen Tagen. »Weißbier, Eier, Brot, Tee …«, las er flüsternd. »Kaffee …« Er hielt inne und ließ die Augen eine Zeile zurückwandern. Tee. Niemand im *Alt Berlin* würde freiwillig Tee trinken. Und doch standen dort zehn Dosen vermerkt, geliefert von der Firma Kapaun KG.

Blom musste grinsen. »Arthur, du Schelm.« Ein Kapaun war ein kastrierter Hahn. Tee stand also für das Porzellan, respektive das Opium, Kapaun für den Goldfasan. Jetzt musste er nur noch herausfinden, wo er das Diebesgut versteckt hatte. Er zog den Rest der Buchhaltung aus dem Regal und legte alle Bücher auf den Tisch. Löhne, Abgaben, Verbindlichkeiten, Forderungen … Endlich fand er, wonach er gesucht hatte. Das Lieferantenverzeichnis. Er schlug es auf und fuhr mit dem Zeigefinger über die Zeilen. »Kapaun KG, da bist du ja«, murmelte er. »Und wo bist du zu Hause? In der Scharnhorststraße 11.« Das war im Norden, zwischen dem Stettiner Bahnhof und dem Hafen.

Jetzt fehlte nur noch der Schwarze Adlerorden. Wann war der Einbruch bei Lothar von Wurmb gewesen? Blom kratzte sich am Kopf und dachte nach. Es war vor drei Jahren rund um Ostern geschehen, im April. Mitte April. Schnell suchte er die passenden Aufzeichnungen. »Weißbier, Bratwürste, Teltower Rübchen, Aal, Spreewälder Gurken, Rollmops ...«, waren verzeichnet. Alles Dinge, die im *Alt Berlin* durchaus konsumiert wurden. Blom kontrollierte die Lieferanten und konnte auch hier nichts finden, was verdächtig erschien.

Von draußen war ein Rumpeln zu hören. »Da is et nich«, rief Kalle. »Du hast deene Nase mittlerweile echt überall reinjesteckt. In jede Ecke und jede Spalte. Willste etwa ooch noch in meene Poritze kucken? Kannste gerne machen.«

Blom seufzte. Schweren Herzens räumte er alles an seinen Platz zurück. Vorsichtig schlich er aus dem Büro und spähte in die Gaststube.

Mathilde schielte zu ihm, ihre Blicke trafen sich.

»Schau mal unter das Bierfass«, wies sie Kalle an.

»Die Allerhellste biste nich, wa? Wie soll denn der Popelfetzen unter det Fass jekommen sein?«

»Wenn wir das Taschentuch nicht finden, bringt das Unglück, und zwar uns beiden. Bitte schau nach«, flehte sie.

Blom lächelte. Mathilde war schlau. Sie wusste offenbar, dass Jungs wie Kalle trotz aller Abgebrühtheit durchaus einen Hang zum Aberglauben hatten.

»Na jut.« Kalle bückte sich und begutachtete den unteren Teil des Fasses.

Blom huschte hinaus.

»Ich bin vielleicht ein Dummerchen«, hörte er Mathilde rufen. »Sieh nur. Es war die ganze Zeit in meiner Tasche.«

Unter Kalles derben Beschimpfungen eilte Mathilde hinaus auf die Straße.

»Und?«, fragte sie.

»Alles, was wir brauchen, um Herrn Dahl zu beweisen, dass die Detektei Voss die beste in der Stadt ist, findest du in der Scharnhorststraße 11«, erklärte er.

Mathilde strahlte. »Und der Orden?«

Blom schüttelte den Kopf. »Keine Spur davon.«

»Tut mir leid.« Mathilde schenkte ihm ein ehrliches Lächeln. »Du wirst deinen Orden schon noch finden. Und mit ihm einen Weg, Auguste und dein altes Leben wiederzubekommen, nach dem du dich so sehnst.«

Er nickte. »Jetzt lass uns erst mal zu Lugowskis Versteck fahren.«

Abseits der großen Straßen mit ihren opulenten Pracht- und modernen Neubauten existierten noch immer jene Gegenden, in denen sich kleine Mansardenhäuser aus dem vorherigen Jahrhundert aneinanderreihten und die Zeit stehen geblieben schien.

Tiefer und immer tiefer drangen Blom und Mathilde in ein Gewirr von Gassen und winzigen Höfen, kamen an schlecht beleuchteten und miserabel belüfteten Kellerwohnungen vorbei und mussten der einen oder anderen Ratte ausweichen.

In Vierteln wie diesem hatte sich Blom als Jugendlicher häufig herumgetrieben und war auf Flatterfahrt gegangen.

Auf Flatterfahrt gehen: Dabei stibitzt man die Wäsche, die in einem Innenhof oder in einem Garten zum Trocknen hängt. Am besten tut man das nach den Mahlzeiten, denn dann warten häufig auch noch Geschirr und Besteck neben dem Brunnen darauf, gespült zu werden.

Von irgendwoher war lautes Hundegekläff zu hören, hinter einem schmalen Fenster, dessen zersprungene Scheibe behelfsmäßig mit Pappe abgedichtet worden war, warfen ein Mann und eine Frau einander wüst fluchend Beschimpfungen an den Kopf.

»Es muss dort drüben sein.« Blom deutete auf ein einstöckiges, graues Haus.

Mathilde wandte sich in die Richtung, doch Blom hielt sie zurück. »Baldowern ist Trumpf«, erklärte er ihr eine der wichtigsten Diebesregeln und stellte sich in eine Hauseinfahrt. »Ganz egal, was man vorhat, gründliches Auskundschaften ist essenziell.«

Mathilde huschte neben ihn. »Du bist der Experte.«

Blom zog seine Melone in die Stirn, schnupfte eine Prise Tabak und studierte mit zusammengekniffenen Augen das Gebäude. »Im ersten Stock brennt Licht, und jemand scheint zu kochen. Jedenfalls riecht es so. Und siehst du die Bewegung hinter den Fenstern im Erdgeschoss? Ich denke, das sind Kinder.«

Mathilde nickte. »Das Lager ist also entweder im Keller oder unter dem Dach.«

»Ich tippe auf den Keller«, sagte Blom nach kurzer Überlegung. »Es ist einfacher und unauffälliger, gestohlene Gegenstände dorthin zu bringen, als sie durchs Stiegenhaus, an den Wohnungen vorbei bis nach oben zu tragen.« Er zückte sein Einbruchwerkzeug und überquerte die Straße.

Tatsächlich fanden sie Lugowskis Versteck in einem feuchten Verschlag im Untergeschoss. Blom brauchte ein paar Momente, um das Schloss zu knacken, doch dann wurden er und Mathilde für ihre Mühen belohnt. Hinter der unscheinbaren Tür, verborgen unter einem Haufen alter Stofffetzen, fanden sie, weswegen sie gekommen waren: eine große Holzkiste voller Porzellan.

»Sieh nur, wie hübsch das ist.« Mathilde nahm eine Teekanne, die bis obenhin mit einer braunen Masse befüllt war. »Die geben wir Dahl als Beweis, den Rest lassen wir fürs Erste hier«, entschied sie. »Wir wollen ja nicht zwischen die Fronten geraten.« Sie setzte an zu gehen, hielt aber noch einmal inne und griff sich eine schmale Vase, die mit einem Drachenmotiv verziert war. »Die wird sich gut in der Detektei machen.«

Blom nickte und gähnte. »Ich bin todmüde. Die vergangene Nacht war ziemlich kurz, und das Leben außerhalb der Enge und Stille von Moabit ist außerordentlich herausfordernd. Es ist zwar noch relativ früh, aber ich werde mich trotzdem ins Bett legen, sobald wir daheim sind.« Er seufzte. »Ich muss erholt und ausgeschlafen sein. Irgendwer da draußen will mir an den Kragen.« Er fröstelte. »Und ich habe noch immer keine Ahnung, wer es ist und warum.«

Drei Jahre zuvor

Lena wollte schreien, sich aufrappeln und fortrennen, doch ihr Körper verweigerte den Gehorsam. Schneeregen rieselte ihr wie Nadeln ins Gesicht. Kälte stieg vom Boden auf und kroch ihr in die Knochen.

»Es tut mir leid«, flüsterte ihr jemand ins Ohr. »So unendlich leid.« Die Stimme des Mannes bebte. »Es war nicht so geplant.« Eine lederne Hand strich ihr über die Stirn. »Was haben Sie um diese Zeit bei so einem Wetter draußen verloren? Warum mussten Sie denn auch stehen bleiben und alles beobachten?«

Lena wollte sich wegdrehen, den Bauch umschlingen und das Kind schützen. Sie wollte flehen, nicht um ihretwillen, aber für die kleine Anna. »Ich habe nichts gesehen!«, rief sie. »Ich konnte gar nichts erkennen. Werde zu niemandem etwas sagen. Werde schweigen wie ein Grab. Ich schwöre.« Doch die Worte erklangen nur in ihrem Kopf. Das Einzige, was ihre Lippen verließ, war ein klägliches Röcheln.

Der Wind frischte auf, pfiff heulend durch die Gasse. Aus der Ferne war Hufgetrappel zu hören, das näher kam, immer näher.

»Verdammt«, flüsterte die Stimme, in der neben Schuld nun auch Panik mitschwang.

Ein klägliches Wimmern ertönte, etwas Warmes tropfte in Lenas Gesicht. Es dauerte ein paar Augenblicke, bis sie verstand. Es waren Tränen. Der Kerl weinte.

»Es war kein simpler Einbruch«, erklärte die Stimme. »Es geht um so vieles mehr. Verzeih«, schluchzte sie leise. »Bitte vergib mir.«

»Schlafe, Prinzessin, es ruhn«, *summte Lena, die verstand, was folgen würde, leise in ihrem Kopf,* »Schäfchen und Vögelchen nun.«

Die herannahende Kutsche war laut und deutlich zu hören.

»Garten und Wiese verstummt, auch nicht ein Bienchen mehr summt.«

Der Mann atmete tief ein und wieder aus.

»Luna mit silbernem Schein, gucket zum Fenster herein.«

Lena spürte einen dumpfen Aufprall auf ihrer Schläfe.

»Schlafe, Prinzessin, schlaf ein.«

33

Blom wusste nicht, wie lange er bereits geschlafen hatte, als ihn ein Geräusch aus den Träumen riss. Es war ein leises Scharren, gefolgt von einem Knacken.

Er öffnete die Augen und konnte im schummrigen Licht erkennen, wie sich die Tür beinahe lautlos einen Spaltbreit öffnete. Eine Hand schob sich durch den Schlitz und entfernte den Stuhl, den er davorgestellt hatte. Eine hochgewachsene, dunkel gekleidete Gestalt schlüpfte herein. Im kalten Mondlicht, das durchs Fenster fiel, blitzte eine Klinge auf.

Blom zwang sich, die Augen zu schließen und so zu tun, als würde er schlafen. Der Überraschungseffekt war sein einziger Trumpf. Er durfte ihn nicht verspielen.

Ein leises Knarzen der Bodendielen signalisierte, dass der Eindringling näher kam.

Bloms Herz raste, und es kostete ihn viel Kraft, gefasst zu bleiben.

Noch ein Knarzen. Der Einbrecher war nun so nah, dass er seinen Atem hören und seinen Schweiß riechen konnte. Blitzschnell rollte er sich vom Bett auf den Boden, umfasste die Beine des Angreifers, drehte sich weiter und riss den Kerl um.

Ein lautes Poltern erklang, als der Mann mit dem Kopf gegen den Tisch schlug und leise röchelnd liegen blieb.

Blom sprang auf, nahm das Messer, das dem Eindringling

aus der Hand gefallen war, und stellte sich breitbeinig über ihn. »Wer bist du?«, rief er mit zitternder Stimme.

Der Mann fasste sich an den Kopf und stöhnte. »Scheiße, Blom«, murmelte er. »Bring's hinter dich. Stich mich ab.«

»Du?« Ohne den Eindringling aus den Augen zu lassen, machte Blom einen Schritt zur Seite und zündete eine Kerze an.

»Tu nicht, als wärst du überrascht.« Henri Roleder wollte sich aufrappeln, doch Blom deutete mit der Spitze der Klinge auf ihn.

»Keine Bewegung!«, zischte er. »Keinen Millimeter. Was willst du hier? Warum willst du mich umbringen?«

Roleder hielt die Hände in die Höhe. »Du kannst mir doch nicht verdenken, dass ich mich schützen will.«

»Schützen? Vor wem?«

»Vor dir!« Roleder sah Blom flehentlich an. »Ich verstehe, dass du mich hasst, aber lass Gnade walten. Bitte.«

»Scheiße, Henri, ich habe keinen blassen Schimmer, wovon du redest.«

»Na, von deiner Rache. Du hast Jacobi und Schrader umgebracht, hast dir mein Erspartes geholt und willst mir jetzt ans Leder.«

»Ich habe niemanden umgebracht, und dein Geld habe ich auch nicht.« Blom ließ das Messer ein paar Zentimeter sinken. »Wofür sollte ich mich rächen?«

Roleder setzte sich auf und rieb sich den Hinterkopf. »Na, wegen damals. Wegen dem Bruch. Den bei Lothar von Wurmb. Für den du gesessen hast.«

»Wie bitte?« Mehr brachte Blom nicht heraus.

Roleder schien genauso verwirrt zu sein wie Blom. »Ich dachte, deswegen hast du Jacobi umgebracht, Schraders Haus angezündet und ihn, als er nicht bei dem Brand gestorben ist, kaltblütig umgelegt. Deswegen hast du doch auch mein Geld gestohlen und mir die Karte dagelassen.«

»Welche Karte?« Blom setzte sich aufs Bett und rieb sich die schweißnasse Stirn. »Ich versteh nicht … Am besten, du beginnst von vorne.«

Roleder sah ihn mit großen Augen an und begann zu erzählen. »Damals, anno vierundsiebzig, da war ich im Bau, weil ich Karten gezinkt habe.«

»Ich erinnere mich.«

»Als ich endlich raus war, wollte ich das Verbrecherleben hinter mir lassen, doch es war nicht möglich, eine anständige Maloche zu finden. Ich war bei jeder Arbeitsvermittlung, habe mir tagelang vor den Aushängen die Beine in den Bauch gestanden, ja, selbst bei einem Hilfsprogramm der Polente habe ich mich gemeldet. Nichts kam dabei heraus.«

»Also hast du wieder bei Lugowski angeheuert.«

»Was blieb mir denn anderes übrig?« Roleder zuckte mit den Schultern. »Ich habe darauf gehofft, dass sich die Gelegenheit für einen letzten großen Coup ergeben würde. Einen Bruch, der mir so viel Schotter einbringt, dass ich damit auswandern und ein gutes Leben beginnen könnte.« Er lehnte sich gegen die Wand. »Du warst mein Vorbild.«

Blom legte das Messer neben sich und rieb sich über die Augen. »Du bist also bei Lothar von Wurmb eingestiegen. Wie hast du das geschafft? Nimm's mir nicht übel, aber die Villa des ehemaligen Polizeipräsidenten war eigentlich eine Nummer zu groß für dich.«

»Ich habe einen Tipp bekommen.«

»Von wem?«

»Keinen blassen Schimmer. Ich schwör's.« Roleder legte drei Finger aufs Herz und hielt sie anschließend in die Höhe. »Eines schönen Abends hockte ich im Omnibus, da setzte sich dieser Kerl hinter mich und legte mir eine Hand auf die Schulter. Ich wollte mich umdrehen, aber er hat meinen Kopf festgehalten und mir ins Ohr geflüstert. Er meinte, dass er von meinem Vorhaben auszusteigen wisse, und fragte, ob ich mir eine goldene Nase verdienen will. Also nickte ich. Der Kerl hat gemeint, er würde mir Unterlagen zukommen lassen, mit deren Hilfe ich bei von Wurmb einsteigen könnte.«

Blom beugte sich nach vorn. »Und weiter?«

»Nichts weiter. Bei der nächsten Haltestelle ist er ausgestiegen. Ich hab natürlich versucht, einen Blick auf ihn zu werfen, aber es war dunkel, und er hielt das Gesicht verborgen.«

»Und dann hast du Pläne bekommen.«

Roleder nickte. »Sie haben ein paar Tage später in meiner Wohnung gelegen. Einfach so. Auf meinem Bett. Ein Grundriss der Villa, ein Nachschlüssel sowie ein Dienstplan des Personals. Es war ein Leichtes, dort einzubrechen.«

»Wer hat gewusst, dass du aussteigen wolltest?«, unterbrach Blom.

»Niemand. Ich hab's keinem erzählt. Außer …« Roleder seufzte. »Schrader«, erklärte er. »Der wollte nämlich auch ein neues Leben anfangen. Ich hab ihn darum für den Bruch mit ins Boot geholt, denn ich wollte bei Wurmb alles mitnehmen, was nicht niet- und nagelfest war, und dafür brauchte ich jemanden, der mich und die Beute fährt. Konnte ja nicht alles durch die Stadt schleppen.«

»Und Jacobi?«

Roleder seufzte. »Schrader hat der Sache nicht getraut. Er hat befürchtet, dass Lugowski dahinterstecken könnte, um meine Loyalität auf die Probe zu stellen. Er wollte auf Nummer sicher gehen.« Er seufzte. »Wir brauchten also einen

Unbeteiligten. Jacobi war ein junger Kerl, ein Lehrling aus Dresden, der hie und da als Botenjunge für den Goldfasan tätig war. Schrader hat ihn in einem Bierkeller aufgegabelt und ihm angeboten, ein paar schnelle Kröten zu verdienen, wenn er Schmiere steht.«

Blom schüttelte den Kopf. »Baldowern ist Trumpf«, erklärte er. »Viel besser als Schmiere. Das solltest du doch wissen.«

»Lugowski ist ein Phantom. Ihn auszubaldowern ist kaum möglich – das solltest *du* eigentlich wissen«, entgegnete Roleder. »Darum haben wir Jacobi aufpassen lassen. Der kleine Scheißer hat sich fast ins Hemd gemacht, aber seine Aufregung war völlig unnötig. Alles hat reibungslos geklappt. Ich bin in die Villa geschlichen, habe das Tafelsilber genommen, den Tresor ausgeräumt und bin unbehelligt wieder rausspaziert. Schrader hat eine Kutsche organisiert und uns fortgebracht.«

Blom überlegte. »Und wie ist mein Manschettenknopf ins Haus gekommen?«

Roleder schluckte und wirkte noch zerknautschter als zuvor. »Das war sozusagen die Bedingung«, murmelte er. »Der Unbekannte hat nicht nur die Pläne bei mir hinterlegt, sondern auch deinen Manschettenknopf und eine Anweisung. Wir mussten ihn bei Lothar von Wurmb hinterlassen und den Schwarzen Adlerorden als Beweis für die Ausführung der Tat mitnehmen.«

»Was zur Hölle …« Blom schluckte. Ihm fehlten die Worte. »Und was ist mit dem Orden geschehen?«, fragte er, nachdem er die Sprache wiedergefunden hatte.

»Die Instruktion lautete, ihn unter der Granitschale im Lustgarten zu deponieren. Das habe ich getan und nie wieder etwas von dem Mann aus dem Bus gehört.«

Blom brauchte ein paar Augenblicke, um alles sacken zu lassen. »Denk ganz genau nach«, forderte er. »Wer könnte der unbekannte Auftraggeber gewesen sein? Erinnere dich! Gib mir verdammt noch mal einen Hinweis, wie ich den Mann ausfindig machen kann.«

Roleder schloss die Augen und grübelte. Schließlich schüttelte er den Kopf. »Tut mir leid. Das ist alles, was ich weiß.« Er sah Blom lange an. »Du hattest wirklich keine Ahnung, dass wir es gewesen sind?«

»Nein, ich habe die ganze Zeit geglaubt, dass Albert von Mesar dahintersteckt. Kurz hatte ich auch Lugowski im Verdacht.«

»Den kannst du ausschließen. Erstens kenne ich seine Stimme, selbst wenn er sie verstellt, und zweitens hätte er niemals zugelassen, dass dir etwas zustößt. Nachdem du ausgestiegen bist, war er gekränkt, aber er hätte dir nie Böses gewollt. Als er erfahren hat, dass du in Moabit gelandet bist, hat er herumposaunt, dass es dir recht geschieht, aber alle wussten, dass er sehr besorgt war und dich am liebsten rausgeholt hätte.«

Das Schuldgefühl, das Blom in Lugowskis Büro überkommen hatte, war zurückgekehrt. »Verdammte Scheiße«, murmelte er. »Was wird hier nur gespielt?« Steckte etwa doch Albert von Mesar hinter der ganzen Sache? »Hat der Kerl zufällig adelig geklungen? Du weißt schon … betont vornehm, irgendwie, als sei er was Besseres …«

»Ich weiß es nicht.« Roleder fasste in seine Tasche und reichte ihm die Karte. »Die stammt nicht von dir?«

Blom las den Text und schüttelte den Kopf. »Ich habe eine ähnliche bekommen. Es scheint, als hätten wir dasselbe Problem.« Er stand auf, zog sich an und ging zur Tür. »Worauf wartest du?«, fragte er.

Roleder erhob sich und betastete noch einmal seinen Hinterkopf. »Wo willst du hin?«

»Zu jemandem, der uns vielleicht helfen kann.«

Blom eilte nach unten und klopfte ungeduldig an die rote Tür.

Es dauerte ein paar Minuten, bis Mathilde öffnete. Sie trug ein langes, weißes Spitzennachthemd, ihr Haar war zerzaust. »Was gibt es so spät? Es ist schon nach Mitternacht.« Sie warf einen Blick über seine Schulter. »Und was will der hier?«

Blom erzählte Mathilde, was er von Roleder erfahren hatte.

Sie warf sich eine zartrosa Strickjacke über, ließ die beiden eintreten und zündete sich eine Zigarre an.

»Jacobi, Schrader und dein Freund hier haben also Lothar von Wurmb ausgeraubt«, fasste sie zusammen. »Wahrscheinlich glaubt der Absender der Karten, dass du mit im Boot warst – immerhin wurde dein Manschettenknopf am Tatort gefunden, und du bist dafür nach Moabit gewandert.«

»Aber warum die schreckliche Rache?«, fragte Blom. »Warum die Karten? Warum die dreißig Stunden?«

Gedankenverloren blies Mathilde Rauch aus. »Ich habe nicht den blassesten Schimmer. Das müssen wir den Kerl fragen, sobald wir ihn gefunden haben.«

»Und wie sollen wir das anstellen, du Schlaumeierin?«, fragte Roleder.

»Indem wir auf ihn warten.«

»Du meinst …« Roleder wurde blass um die Nase.

»Ganz genau. Die Uhr tickt. Wann hast du denn die Karte erhalten?«

»Gefunden habe ich sie so gegen zehn. Platziert wurde sie wahrscheinlich, kurz nachdem ich am Morgen meine Wohnung verlassen habe. Das war so gegen acht.«

Blom blickte auf die Uhr. »Das würde heißen, die Frist endet irgendwann heute Nachmittag.«

Mathilde nickte. »Der Mörder wird versuchen, sich Henri zu schnappen. Und wir müssen den Kerl abpassen.«

»Ich werde sicher nicht den Lockvogel spielen«, empörte sich Roleder.

»Dir wird wohl nichts anderes übrigbleiben«, sagten Blom und Mathilde wie aus einem Munde.

34

Bruno kaute derart missmutig auf einem Stück Tabak herum, dass brauner Saft aus seinem Mundwinkel triefte. »Schon wieder zu den Toten«, murrte er und wischte sich mit dem Handrücken über die Lippen.

»Wenn du Leichen derart unangenehm findest, hast du den falschen Beruf, mein lieber Bruno.« Cronenberg blieb vor dem hohen Zaun der Königlichen Anatomie stehen und betrachtete seelenruhig eine Spinne, die emsig ein Netz zwischen den Gitterstäben webte. »Und überhaupt: Sterben gehört zur Natur. Wir Menschen neigen nur dazu, das zu verdrängen.«

»Sie verstehen das falsch.« Bruno trat neben ihn und spuckte auf den Kiesweg. Eine Passantin schüttelte den Kopf und bedachte ihn mit einem pikierten Blick. »Ich bin nicht zimperlich. Ganz im Gegenteil. Auf den Schlachtfeldern von Beaumont und Sedan bin ich durch Blut und Eingeweide gewatet. Ich habe einem Arzt geholfen, ein Bein mit einer stumpfen Säge zu amputieren. Vor meinen Augen wurde ein Kamerad von einer Kanonenkugel in Stücke gerissen. Wenn ich an all das denke, steigt mir heute noch der Gestank von Fäulnis und Tod in die Nase. Und doch war all das nicht halb so schlimm wie dieser Ort.« Er deutete auf den so harmlos und sogar irgendwie lieblich wirkenden gelb-roten Backsteinbau.

»Ich verstehe dein Problem nicht.« Cronenberg öffnete das Tor so vorsichtig wie möglich, um das Tagwerk der Spinne nicht zu beschädigen, und schritt zum Eingang. »Die Zustände in der Anatomie sind im Vergleich dazu doch geradezu paradiesisch.«

»Damals herrschte Krieg. Wir taten, was wir zu tun hatten. Aber hier …« Bruno fröstelte. »Hier werden Leichen auseinandergeschnitten, gehäutet und entfleischt. Von Freiwilligen. Wie in einer Wurstfabrik.« Er steckte ein frisches Stück Tabak in den Mund und begann leise schmatzend darauf herumzukauen.

Die beiden Kommissare ließen Fliederduft und Junisonne hinter sich und betraten die kühle Vorhalle, die von einem süßlich-fauligen Geruch durchzogen wurde, der Bruno aufseufzen ließ.

»Ah, die Herren von der Kriminalpolizei.« Professor Liman winkte ihnen aus dem Präpariersaal zu. »Sie kommen gerade recht«, rief er. »Wir sind soeben fertig geworden.«

»Schlächter«, murmelte Bruno, während sie in den grün getünchten Raum traten, dessen Wände ihre Schritte widerhallen ließen. Sie gingen zu dem Metalltisch, auf dem der nackte Körper des Opfers lag.

Dietrich Schrader war blass, die Haut wächsern, und auf seinem Gesicht lag der seltsam entrückte Ausdruck, den viele Tote zeigten. Er wirkte friedlich, aber nicht so ätherisch wie die Leiche von Julius Jacobi. Im Gegensatz zu dem Konditorgesellen wies Schraders Körper Spuren eines harten, entbehrungsreichen Lebens auf. An den Beinen und seitlich am Hals fanden sich Narben, ein dicker Höcker am Brustkorb deutete darauf hin, dass eine gebrochene Rippe nicht sauber verheilt war.

Ein Dutzend Studenten, mit Ärmelschonern und Lederschürzen bekleidet, hatte sich um ihn versammelt und sah Professor Liman ehrfürchtig dabei zu, wie er mit dickem schwarzem Zwirn den offenen Bauchraum des Toten vernähte, als wäre es ein Truthahn.

Bruno steckte die Hände in die Hosentaschen und betrachtete widerwillig das Schauspiel. »Sollte mir jemals was passieren, dann sorgen Sie dafür, dass ich nicht hier lande«, flüsterte er.

»Mal den Teufel nicht an die Wand«, schalt Cronenberg seinen Assistenten hinter vorgehaltener Hand. »Du weißt, das bringt Unglück.«

»Seit wann sind Sie abergläubisch?«

Professor Liman räusperte sich. »Ich nehme an, Sie beehren uns, weil Sie mehr über den Toten aus der Spree erfahren wollen.« Er wischte die Hände an der Schürze ab und rückte seinen Zwicker zurecht. »Meine erste Einschätzung, die ich Ihnen bereits heute Morgen erläutert habe, hat sich bewahrheitet. Das Opfer wurde tatsächlich erschossen, und zwar mit einem kleinen Projektil aus nächster Nähe.«

»Eine Hinrichtung?«, fragte Bruno. »Im Bandenmilieu nicht unüblich.«

»Soweit ich feststellen konnte, war es kein aufgesetzter Schuss. Auch die Position der Eintrittswunde, schräg hinter dem Ohr, spricht meines Erachtens nicht für diese Theorie.« Liman strich mehrfach über seinen Spitzbart. »Ich denke, das Opfer wollte fliehen, ehe es von hinten niedergestreckt wurde.«

»Irgendwelche Hinweise auf den Tatort?«

»Die Spree hat die meisten Spuren gründlich weggewaschen. Doch ich möchte Ihnen noch etwas zeigen.« Liman nickte einem seiner Studenten zu, der daraufhin Schraders Jacke brachte. »Sehen Sie hier und hier.« Liman deutete auf zwei Stellen am rechten Ärmel, an denen der Stoff beschädigt war. »Und wenn Sie Ihre Aufmerksamkeit nun bitte auf das Gesicht des Toten lenken würden. Sehen Sie die Striemen an seiner rechten Wange?«

»Sieht aus, als wären ihm Zweige ins Gesicht geschnalzt.« Cronenberg überlegte. »Er ist durch einen Wald gerannt.« Liman lächelte. »Genau das denke ich auch.«

»Schrader hat sich den Namen Lugowski in den Arm geritzt. Bei dem Mörder handelt es sich also wahrscheinlich um ihn höchstpersönlich oder um einen seiner Handlanger«, fasste Bruno zusammen. »Sie haben ihn eingesperrt, Schrader versuchte zu fliehen, rannte durch einen Wald und wurde von hinten erschossen. Der Mörder hat die Leiche anschließend in die Spree geworfen.« Gedankenverloren kaute er auf seinem Priem herum. »Was haben Jacobi und Schrader gemein?«, murmelte er.

»Blom nicht zu vergessen«, ergänzte Cronenberg. »Auch er hat eine Karte mit einer Drohung erhalten.«

»Die Opfer sind so unterschiedlich. Es ergibt keinen Sinn.«

»Noch nicht«, sagte Cronenberg. »Wir müssen nur die einzelnen Teile zu einem großen Ganzen zusammenfügen.« Er bedankte sich bei Professor Liman mit einer knappen Verbeugung und verabschiedete sich. Am Tor angelangt warf er einen Blick auf das Spinnennetz, in dem eine Fliege zappelte. Er nickte zufrieden, als wäre das ein gutes Omen.

»Lugowski hat überall in der Stadt Verstecke«, sagte er, während sie den Park durchquerten. Unter ihren Schuhen knirschten kleine weiße Kieselsteine. »Wir müssen uns seine Akte ansehen und mit allen Polizisten sprechen, die jemals an ihm dran waren. Vielleicht hat einer von ihnen Kenntnis von einem Unterschlupf im Wald.« Er hielt inne und nahm eine Bilin-Pastille. »Der Kutscher vom Dresdner Bahnhof meinte zwar, dass Jacobi seinen Mörder mit Omiser, Umisa oder etwas in die Richtung angesprochen hat, aber vielleicht hat er sich verhört.«

»Oder Lugowski hat einen falschen Namen benutzt oder – was noch wahrscheinlicher ist – er hat einen seiner Handlanger geschickt.« Bruno beschleunigte seine Schritte. »Es wäre an der Zeit, dass Lugowski endlich dingfest gemacht wird.«

»Wir werden ihn schon drankriegen. Genauso, wie wir Blom damals drangekriegt haben.«

Am Hackeschen Markt hörten sie schon von weitem die Rufe eines Zeitungsjungen. »Berliner Kongress eröffnet«, posaunte er wieder und wieder. »Rätsel gelöst. Kaspar Hauser kein Prinz.« Er streckte den beiden Polizeibeamten eine Ausgabe des *Berliner Tageblatts* entgegen. »Seine Majestät auf dem Weg der Besserung.«

»Mensch, Junge«, murrte Bruno. »Du hast vielleicht ein Organ. Dich hört man ja bis Tempelhof.«

Cronenberg drückte dem Knirps eine Münze in die Hand und nahm das Exemplar.

Im Präsidium angekommen, stellte sich Bruno in die Mitte des Verhörzimmers, in dem es wie immer vor Beamten wuselte. »Alle, die jemals mit Arthur Lugowski zu tun hatten, in den Besprechungsraum!«, brüllte er so laut, dass selbst der Zeitungsjunge von vorhin gestaunt hätte.

»Die meisten unserer Leute …«, setzte ein junger Beamter an.

»Ich weiß«, sagte Cronenberg. »Die meisten hat Hüllessem in Beschlag genommen. Dennoch. Jeder von Ihnen, der jemals gegen Lugowski ermittelt hat, kommt mit uns. Ohne Widerrede.«

Der Besprechungsraum war das größte Zimmer der Abteilung und eigentümlich schaurig dekoriert, denn an den

Wänden waren Trophäen ausgestellt, die Kriminalbeamte von ihren Ausflügen in die Berliner Unterwelt mitgebracht hatten – durch die Bank makabre Souvenirs. Vom Boden bis zur Decke waren die Wände mit Brecheisen, Bohrern, Strickleitern, Feilen und anderem Ganovenwerkzeug behängt. Auf Augenhöhe präsentierten sich die Hauptattraktionen der Sammlung: die Hüte der bekanntesten Mördergesellen, die die Stadt je heimgesucht hatten. Neben der Mütze des vierfachen Kindsmörders Carl Biermann hingen der Schlapphut des Frauenmörders Puttlitz sowie die Kappe des Schlächters Grothe. Vor einigen Tagen hatte die Sammlung einen neuen, ganz besonderen Zuwachs erhalten, nämlich den schwarzen Filzhut von Max Hödel, jenem Mann, der am elften Mai versucht hatte, den Kaiser zu ermorden.

»Tot«, murmelte Cronenberg.

»Wie meinen Sie?«, fragte Kommissar Nikolas, der sich gemeinsam mit Bruno sowie Ulrich Feneis und Henner Lohmann an den Konferenztisch gesetzt hatte.

Cronenberg deutete auf Hödels Hut. »Sie werden Hödel einen Kopf kürzer machen, daran besteht kein Zweifel. Auf eine Begnadigung kann er nicht hoffen. Er wird auf dem Richtblock enden. Die erste Enthauptung, bei der Scharfrichter Krautz das Schwert niedergehen lassen wird.«

»Hödel hat's verdient. Er wollte unseren geliebten Kaiser erschießen«, sagte Nikolas. »Auge um Auge, Zahn um Zahn. So steht es schon in der Bibel geschrieben.«

»Ich bin zwar kein Freund der Kirche«, erklärte Feneis. »Aber ich seh das auch so.«

Bruno und Lohmann nickten.

»Wahrscheinlich habt ihr recht.« Cronenberg sah zur Tür, hoffte, dass noch weitere Kriminalbeamte zu ihnen stoßen würden, doch niemand erschien. »Nun gut.« Er blickte in die kleine Runde. »Arthur Lugowski«, begann er und schaute fragend.

»Er wurde festgenommen und hergebracht, wie Sie es angeordnet haben«, erklärte Nikolas. »Er sitzt hinten im kleinen Arrestzimmer und schwört Stein und Bein, nichts mit dem Tod von Dietrich Schrader zu tun zu haben.«

»Er hat nach einem Anwalt schicken lassen«, fügte Lohmann hinzu. »Es wird heikel werden, ihn ohne Beweise noch länger festzuhalten.«

»Umso wichtiger, dass wir schnell und effizient arbeiten.« Cronenberg klatschte in die Hände. »Wir müssen herausfinden, ob Lugowski irgendwo stromaufwärts und in Waldnähe einen Lagerplatz unterhält. Sie alle hatten in den vergangenen Jahren mit seinen Machenschaften zu tun. Zwar ist es uns nie gelungen, ihm etwas nachzuweisen, doch es gab genügend Verdachtsmomente und Gerüchte. Denken Sie nach!«

»Anonym wurde mal behauptet, Lugowski würde im Wedding pornographische Schriften herstellen«, erzählte Lohmann.

Feneis schüttelte den Kopf. »Das ist die falsche Richtung, der Tatort muss stromaufwärts vom Fundort liegen. Außerdem gibt's dort nicht viel Wald.« Er wandte sich an Nikolas. »Was ist mit der Sache von damals?«

Nikolas runzelte die Stirn. »Sie müssen schon ein bisschen konkreter werden.«

»Vor ungefähr zwei Jahren. Wir haben einen Kerl beim Falschspielen erwischt, der uns weismachen wollte, dass Lugowski im Krieg ein krummes Ding gedreht hätte. Irgendwas mit Vorräten und Munition, die er an die Armee verkauft hat.« Feneis schnippte mit den Fingern. »Er hat etwas von einem Lager in einem Wald erzählt ... von einer Hütte mit einem Erdkeller. Wissen Sie denn nicht mehr? Thiele ist rausgefahren und hat sich umgesehen. Das mit der Hütte entsprach den Tatsachen, von irgendwelchen Waren gab es jedoch keine Spur.«

»Wo befand sich die Hütte?«, fragte Cronenberg.

»Sie lag ...« Feneis sah Nikolas auffordernd und ungeduldig an.

»Ich kann mich beim besten Willen nicht erinnern«, sagte der und erhob sich. »Am besten, ich gehe ins Archiv und sehe nach. Bestimmt existiert ein Verhörprotokoll.«

»Warten Sie kurz!« Feneis bedeutete ihm, wieder Platz zu nehmen. »Es fällt mir gleich ein.« Er schloss die Augen, schnippte fester und schneller.

Sämtliche Blicke waren gespannt auf ihn gerichtet.

»Wuhlheide«, rief er schließlich und klopfte sich auf die Oberschenkel. »Eine Hütte mit Erdkeller auf einer Waldlichtung in der Wuhlheide.«

»Die Wuhlheide ist groß«, gab Lohmann zu bedenken.

»Ja, aber es existieren nur wenige Wege, die hindurchführen. Wenn ich mich recht erinnere, sind wir an einer alten Eiche vorbeigekommen, in die der Blitz eingeschlagen ist.«

Bruno nickte. »Die ist mir bekannt.«

»Ein paar Meter dahinter gelangt man über einen Trampelpfad in den Wald«, sprach Feneis weiter. »Er ist leicht zu übersehen. An seinem Ende befindet sich eine Lichtung mit besagter Hütte. Moment ...« Er stand auf, holte Papier und Tinte und begann, einen Plan zu zeichnen. »Hier, sehen Sie? Sie können es nicht verfehlen.«

Bruno studierte die Karte und nickte. »Die Spree fließt ganz in der Nähe.« Er sah zu seinem Vorgesetzten. »Das könnte unser Tatort sein.«

Cronenberg stand auf und griff nach seinem Hut. »Worauf warten wir?«

»Und Lugowski?«, fragte Lohmann. »Was sollen wir mit ihm tun?«

»Behalten Sie ihn so lange wie möglich in Gewahrsam«, wies Cronenberg in strengem Ton an. »Greifen Sie zu jeder möglichen Verzögerungsmaßnahme, die Ihnen in den Sinn kommt. Nikolas, Sie stehen Kommissar Lohmann zur Seite. Feneis, Sie finden heraus, ob Schrader Familie, Freunde oder Nachbarn hatte, die uns mehr über ihn berichten können.« Für einen Augenblick verharrte er in der Tür. »Gute Arbeit, Männer!«

»Es wäre ein großer Erfolg, wenn wir Arthur Lugowski hinter Schloss und Riegel bringen könnten«, sagte Bruno kurz darauf, als sie in einer Kutsche in östlicher Richtung stoben.

»Das wäre es in der Tat, mein lieber Bruno.« Cronenberg blickte zum Fenster hinaus, wo zwei Verkehrspolizisten, die aufgrund ihrer weißen Mützen »weiße Mäuse« genannt wurden, damit beschäftigt waren, ein liegen gebliebenes Fuhrwerk von der Straße zu schieben. »Auch wenn davon auszugehen ist, dass die Obrigkeit unsere Bemühungen nicht würdigen wird.«

»Undank ist der Welten Lohn«, sagte Bruno. »Aber wer weiß. Guido von Madai ist nicht Lothar von Wurmb. Vielleicht lässt er sich dazu hinreißen, auch mal Polizisten die Karriereleiter hochklettern zu lassen, die nicht der feinen Gesellschaft angehören.«

»Wir werden sehen. Bis dahin trösten wir uns mit der Gewissheit, der Bevölkerung zu dienen und diese Stadt zu einem besseren Ort zu machen.«

Schweigend fuhren sie am Frankfurter Bahnhof vorbei sowie am Rummelsburger See mit seinen hübschen Badestränden und der kleinen Insel, auf der immer wieder unglückliche Liebespaare gemeinsam in den Tod gingen.

Endlich erreichten sie die Wuhlheide, ein märchenhaftes Waldgebiet an der Oberspree. Prachtvolle Eichen, Kiefern und Buchen reckten sich dem Himmel entgegen. Gänseblümchen und Spitzwegerich säumten den schmalen Weg, auf dem sie trabten, nur scheinbar weit entfernt vom Trubel der großen Stadt.

»Dort. Sehen Sie? Das muss die Eiche sein, von der Feneis gesprochen hat.« Bruno blickte auf die Karte, die sein Kollege gezeichnet hatte, und deutete anschließend auf einen mächtigen, angekokelten Baumstamm, der aussah, als wäre er von einem Riesen in zwei Hälften gespalten worden.

Sie hielten an, stiegen aus und gingen zu Fuß weiter. »Hier!«, rief Cronenberg, als er den Trampelpfad gefunden hatte. Er tat ein paar Schritte, blieb aber sofort wieder stehen und bückte sich. Mit den Fingerspitzen strich er über ein Bärlauchblatt, pflückte es und hielt es sich dicht vor die Augen. »Blut«, sagte er.

Bruno trat zu ihm. »Die Zweige hier sind abgebrochen, die kleinen Blumen da vorne niedergetrampelt.«

»Scheint, als hätten wir den Ort gefunden, an dem Schrader getötet wurde.«

Zentimeter für Zentimeter suchten sie mit Argusaugen die Umgebung ab, konnten aber keine weiteren Spuren finden. Also gingen sie weiter über den Trampelpfad, bis sie zu der Waldlichtung gelangten, auf der die Hütte stand. Vorsichtig untersuchten sie das windschiefe Gebäude. Erst von außen, dann von innen.

»Schau nur! Hier geht es wohl in den besagten Erdkeller.«

Cronenberg musterte die Falltür. »Die Holzsplitter, die sich in Schraders Händen und Schultern fanden, stammen wahrscheinlich von hier«, überlegte er laut. »Der Täter hat ihn dort unten gefangen gehalten, wahrscheinlich bis zum Ablauf der dreißig Stunden.«

»Dann hat er ihn rausgelassen, doch Schrader wollte sich nicht kampflos seinem Schicksal ergeben.« Bruno stand vor einem Fenster, dessen zerbrochene Scheibe derart schmutzig war, dass kaum Licht hindurchdrang. Mit zusammengekniffenen Augen musterte er den Boden. »Ich denke, hier handelt es sich um Spuren eines Kampfes.« Er deutete auf einen in die Brüche gegangenen Stuhl und eine zerborstene Kiste.

Cronenberg nickte. »Das ergibt einen Sinn.« Er schloss die Augen und massierte sich die Nasenwurzel. »Der Mörder sperrt Schrader in den Erdkeller. Als er zurückkommt, um ihn zu töten, schafft der es, seinen Angreifer zu überwältigen und zu entkommen. Er stürmt ins Freie, in den Wald hinein, wo ihm Zweige wie Gerten ins Gesicht schlagen. Der Mörder rappelt sich auf, verfolgt ihn und schießt ihm kaltblütig von hinten in den Kopf.« Als Bruno nichts sagte, öffnete er die Augen. »Hörst du mir überhaupt zu?«

Bruno antwortete nicht. Seine volle Aufmerksamkeit schien auf ein winziges Stück Metall gerichtet, das hinter einem Stück Holz lag.

»Was ist das?«

»Ich weiß nicht.« Bruno bückte sich und hob es auf. »Es könnte ein Kettenglied oder eine Öse sein.«

Cronenberg rückte seine Brille zurecht und studierte das Fundstück. »Könnte vom Opfer stammen …«

»… aber auch vom Täter. Vielleicht von einer Uhrkette?«

Cronenberg schüttelte den Kopf. »Zu dünn«, murmelte er. »Für eine Halskette aber zu grob.«

Bruno nahm seinen Notizblock, riss eine Seite heraus und schlug das kleine Metallteilchen darin ein. »Ich werde es im Präsidium genauer untersuchen lassen.« Er nahm seine Mütze ab und kratzte sich am Scheitel. »Irgendetwas läutet bei mir.«

Mit einem flauen, fast mulmigen Gefühl gingen sie zur Kutsche und fuhren zurück in die Stadt.

»*Seid willkommen, Exzellenzen. Seid gegrüßt, ihr hohen Herr'n*«, gab ein blinder Drehorgelspieler auf dem Molkenmarkt ein selbstgedichtetes Kongresslied zum Besten. »*Die, um hier zu konferieren, hergeeilt von nah und fern. Mögt ihr glücklich debattieren, Friede sei das Resümee, mögt ihr gut euch amüsieren, hier am grünen Strand der Spree.*«

Cronenberg schnippte dem Mann eine Münze in den Hut. »Oh nein. Auch das noch«, murmelte er, als ihnen ausgerechnet Guido von Madai, Lothar von Wurmb und Leopold von Meerscheidt-Hüllessem entgegenkamen.

»Gerade eben haben wir von Ihnen gesprochen.« Hüllessems süffisantes Grinsen verhieß nichts Gutes.

»Wie sieht es mit den Morden aus?«, fragte von Madai. »Haben Sie Fortschritte gemacht?«

»Ist es in Ordnung, wenn ich schon mal vorgehe?«, flüsterte Bruno. »Mir ist gerade etwas Wichtiges eingefallen. Das würde ich gerne überprüfen.«

Cronenberg nickte. »Bis gleich.« Er wandte sich wieder an den Polizeipräsidenten. »Wir stehen kurz vor einem Durchbruch.«

»Morde?« Lothar von Wurmb runzelte die Stirn. »Was hat das zu bedeuten?« Er starrte Cronenberg feindselig an.

»In Berlin geht ein Mörder um«, erklärte Hüllessem in einem süffisanten Tonfall. »Und er hat schon mindestens zwei Männer getötet.« Theatralisch schüttelte er den Kopf. »Schlimme Sache«, murmelte er. »Wirklich furchtbar.«

»Sie haben es doch gehört. Kommissar Cronenberg ist im Begriff, den Täter zu fassen«, versuchte von Madai die Wogen zu glätten. Seine Worte stießen auf taube Ohren.

»Verdammt noch mal!«, fluchte von Wurmb. »Als wären die Attentate auf Seine Majestät nicht schon skandalös genug. Jetzt treibt auch noch ein Mörder sein Unwesen.« Er schnaubte. »Was soll die internationale Delegation über uns denken? Was werden die vielen Reporter berichten? Ist Ihnen nicht klar, dass die Augen der gesamten Welt auf unsere Stadt gerichtet sind?«

»Wie ich bereits sagte – wir stehen kurz vor dem Durchbruch. Wir werden den Täter fassen.«

»Das haben Sie damals auch behauptet, als Felix Blom wie ein Gespenst um die Häuser zog. Es hat Jahre gedauert, bis Sie ihn endlich geschnappt haben.« Von Wurmb hielt inne und blickte einem Grüppchen junger, kesser Frauen nach, die wegen sittenpolizeilicher Vergehen verhaftet worden waren und nun ins Kittchen wanderten.

»Wie auch immer. Ich muss zurück an die Arbeit.« Cronenberg drehte sich um und verschwand im Präsidium, ohne ein weiteres Wort zu verlieren.

35

Mit jeder Minute, die verstrich, wurde Henri Roleder unruhiger. Er stand auf, ging ein paar Schritte, setzte sich, wippte mit den Beinen und erhob sich erneut. Er öffnete die Tür, spähte mit einem Auge hinaus, schloss sie wieder, ging ins Hinterzimmer und zurück nach vorn ins Büro.

»Beruhige dich doch endlich!«, forderte Blom. »Mit deiner Nervosität machst du uns alle verrückt.«

»Du hast leicht reden.« Roleder trat ans Fenster und starrte in den Hof. »Es ist ja nicht deine Zeit, die gerade abläuft. Zumindest noch nicht.«

Dich spare ich mir bis zum Schluss auf, dachte Blom an die Worte des Eindringlings. »Sie läuft vielleicht nicht so schnell wie deine, aber verrinnen tut sie dennoch.«

Roleder überlegte kurz, nahm seinen Mantel und zog ihn an.

»Wo willst du denn hin?«, fragte Mathilde. »Denkst du, du bist irgendwo anders sicherer?«

»Wenn ich es mir recht überlege, ja. Ich hocke hier im gottverdammten Krögel zwischen einem Weib und einem Exhäftling und drehe Däumchen.«

»Wenn dir das nicht passt, kannst du ja rüber zur Polizei gehen.« Mathilde deutete auf die Tür.

Roleder grübelte. »Ich hasse die Polente mehr als Sackläuse, aber wie die Sache aussieht, bin ich bei denen wahrscheinlich besser aufgehoben.«

Mathilde ächzte genervt. »Du Jammerlappen. Ich habe kleine Mädchen gesehen, die mehr Mumm in den Knochen hatten als du.«

Bloms Magen knurrte. »Was haltet ihr davon, wenn wir etwas essen gehen? Das ist gut für die Nerven, und vielleicht fühlst du dich an einem öffentlichen Ort sicherer.«

Mathilde nickte. »Das ist keine dumme Idee. Wir könnten ins Café *Kaiserhof* gehen. Es liegt im Regierungsviertel, die Polizeipräsenz wird dementsprechend hoch sein. Außerdem habe ich gehört, dass sich dort wegen des Kongresses Journalisten aus aller Herren Länder tummeln. Der Mörder wird sicherlich nicht mitten in der Öffentlichkeit zuschlagen.«

»Und falls doch … Dann wird über deinen Tod zumindest vom Atlantik bis in den Ural berichtet werden.«

Roleder schaute genervt, nickte aber. »In Ordnung.«

Sie gingen über den Werderschen Markt und die Französische Straße entlang, wobei Roleder sich immer wieder nervös umsah. Als sie in die Friedrichstraße bogen, schlug ihnen lautes Getöse entgegen. Roleder zuckte zusammen, fasste sich ans Herz und lachte schließlich erleichtert, als er erkannte, dass es nur die Wachtparade war. Im Trommeltakt eines Armeemarschs schritt das Garde-Füsilier-Regiment in Richtung Schloss, um dort die offizielle Wachablöse vorzunehmen.

»So stramm und so adrett«, rief eine ältere Dame unter einem Sonnenschirm hervor.

»Einer schneidiger als der andere«, pflichtete ihr eine junge Frau bei.

»Sieh nur, überall Soldaten und Polizei«, versuchte Blom, Roleder zu beruhigen, dem kalter Schweiß auf der Stirn stand. »Dir wird nichts geschehen.«

Das Café *Kaiserhof* befand sich im gleichnamigen Hotel, an der Ecke Zieten- und Wilhelmsplatz, schräg gegenüber der Reichskanzlei. Die hochmoderne Herberge verfügte über außergewöhnlichen Luxus wie etwa Gepäck- und Speiseaufzüge, einen glasüberdachten Innenhof, pneumatische Klingelapparate sowie Räume mit eigenen Badezimmern. Kein Wunder, dass man die internationalen Reporter ausgerechnet hier einquartiert hatte. Sie sollten in ihren Heimatländern die Kunde verbreiten, dass Berlin wohlhabend und fortschrittlich war und sich nicht hinter Weltmetropolen wie London, Paris oder Wien zu verstecken brauchte.

Da das Gebäude während Bloms Inhaftierung fertiggestellt worden war, sah er es heute zum ersten Mal in seiner vollen Pracht. Staunend passierte er die gläserne Drehtür und betrat das Café, das sich in einem großen Saal mit Stucksäulen, kolossalen Spiegeln und opulenten Wandgemälden befand. Fast alle Tische waren besetzt. Im hinteren Teil saßen ältere Herren und spielten Schach, während im vorderen Bereich in allen möglichen Sprachen lebhaft über den Kongress diskutiert wurde.

Roleder deutete auf einen freien Tisch in der Ecke. »Dort kann uns niemand in den Rücken fallen.«

»Allerdings schränken die Säulen die Sicht ein.« Blom sah sich um und deutete auf einen Tisch, an dem drei ältere Damen saßen. »Am besten wir verteilen uns. Nehmt ihr den Tisch an der Wand, ich werde die Damen fragen, ob ich mich zu ihnen gesellen darf.« Er schnappte sich eine Ausgabe des *Berliner Tageblatts*, die herrenlos auf einem Stuhl lag, und wandte sich an die Frauen. »Würden Sie mir gestatten, mich zu Ihnen zu setzen? Ich werde mich meiner Lektüre widmen und Sie nicht stören.«

»So ein schmucker Mann wie Sie darf ruhig stören.« Eine

rundliche Frau, die einen Hut mit Federschmuck trug, der so bunt war, als stamme er von einem Paradiesvogel, tätschelte mit der Hand auf den mit grünem Samt bezogenen Platz neben sich.

»Nehmen Sie sich vor Erika in Acht«, sagte eine ihrer Freundinnen augenzwinkernd und schob sich ein Stück Apfelkuchen mit Schlagsahne in den Mund.

Blom ließ sich nieder, schlug die Zeitung auf und gab Obacht, dass er Mathilde und Roleder nicht aus dem Blickfeld verlor.

»Habt ihr schon gehört? In Castans Panopticum ist jetzt eine Wachsfigur vom Attentäter Hödel ausgestellt«, erklärte eine der Damen.

»Wie schauerlich! Wollen wir morgen hingehen?«, schlug die zweite vor.

»Morgen ist doch die Beerdigung vom alten Ekkehard«, warf die Dritte im Bunde ein.

Blom lächelte. Früher hätte er sich sofort in das Gespräch eingebracht. Er hätte den einfühlsamen Zuhörer gemimt, Hände getätschelt, salbungsvolle Worte gesprochen und dabei unauffällig alles über den alten Ekkehard, dessen Verwandtschaft und Besitzverhältnisse ausgekundschaftet.

Der Bestattungstrick: Man eruiert die Adressen von wohlhabenden Verstorbenen, schickt ihnen Rechnungen für Syphilismittel, pornographische Schriften oder ähnlich pikante Dinge und hofft, dass die peinlich berührten Hinterbliebenen die Verbindlichkeiten begleichen, ohne irgendwelche Fragen zu stellen.

Ein Kellner, der mit eilfertiger Geräuschlosigkeit durch das Lokal huschte, fragte Blom nach seinen Wünschen.

Dank Dahls Artikel würde die Detektei bald gutes Geld abwerfen, weswegen Blom beschloss, sich etwas zu gönnen: »Eine Rindsbouillon«, bestellte er. »Danach Eisbein mit Erbsenpüree und zum Abschluss Pfannkuchen.«

Er trank Bier und genoss das Essen, wobei er Roleder und Mathilde nicht aus den Augen ließ.

»Hören Sie mal«, sagte Erika. »Wenn Sie so verliebt in die Brünette sind, sollten Sie etwas unternehmen, anstatt Maulaffen feilzuhalten.«

»Sie haben sicher gute Chancen«, warf eine der Freundinnen ein. »Der andere Kerl ist nicht halb so fesch wie Sie.«

Blom räusperte sich. »Es ist nicht, wie Sie denken.«

»Nein? Ich hätte schwören können, dass da etwas Amouröses im Blick war.«

Die drei kicherten und wandten sich anderen Themen zu.

Die Atmosphäre im Café *Kaiserhof* war gelöst und fröhlich, das Ambiente modern und gemütlich. Kaum vorstellbar, dass in der Stadt ein skrupelloser Mörder umherstreifte. Blom hatte gerade noch eine Tasse Kaffee bestellt, als Mathilde sich erhob und zum Eingang eilte. Er sah ihr nach und erkannte den Grund für ihre Hektik. Die Prostituierte Yin ging gerade am Hotel vorbei.

Blom sah Mathilde dabei zu, wie sie Yin begrüßte und ein paar Worte mit ihr wechselte. Dann wandte er seinen Blick zurück. Roleder unterhielt sich mit einem Mann, den Blom nur von hinten sehen konnte. Er war im Begriff aufzuspringen und hinzurennen, doch dann fiel ihm auf, dass Roleder in keinster Weise ängstlich wirkte.

»Seien Sie so gut und helfen Sie uns bitte mal«, sagte Erika.

Es dauerte ein paar Augenblicke, bis Blom begriff, dass er damit gemeint war.

»Meine Freundinnen und ich können uns nicht einigen, welche Farbe sich besser eignet.« Sie hielt ihm zwei Garnknäuel vor die Nase. »Kobaltblau oder Lindgrün?«

»Es geht um Platzdeckchen«, erklärte ihre Freundin.

»Darf es noch was sein?« Der Kellner war an ihren Tisch getreten. »Vielleicht ein Likörchen?«, fragte er, woraufhin unter den Damen eine Diskussion darüber entbrannte, ob man sich für Kräuter- oder Kümmellikör entscheiden sollte.

Blom blickte zurück in die Ecke und erstarrte. Der Tisch war leer. Roleder war fort.

Er sprang auf, warf ein paar Geldscheine auf den Tisch und eilte nach draußen.

»Er ist weg«, rief er Mathilde zu, die sich soeben von Yin verabschiedet hatte. »Roleder ist fort. Verschwunden.«

»Wie bitte? Wohin?« Sie sah sich hektisch um. »Ich war die ganze Zeit hier, direkt vor der Tür. Ich hätte ihn doch rauskommen sehen müssen. Bestimmt ist er noch im Café. Wahrscheinlich ist er auf die Toilette gegangen.«

Ein Hauch von Erleichterung überkam Blom. »Ich hoffe, du hast recht.«

Sie gingen zurück in den *Kaiserhof* und sahen sich um. Sämtliche Gäste schmausten gemütlich, lachten und unterhielten sich, auch die drei Freundinnen. »Wenn Henri gegen seinen Willen entführt worden wäre, hätten die Leute das doch bestimmt bemerkt«, sagte Mathilde. »Lass uns zur Sicherheit trotzdem den Abort kontrollieren.«

Blom ging voran in einen schmalen Flur und riss die Tür der Herrentoilette auf. »Henri«, rief er und erntete einen konsternierten Blick von einem Mann, der am Pissoir stand. »Henri!«

Mathilde hastete an ihm vorbei und sah sich um.

»Ich darf doch sehr bitten«, schimpfte der Mann.

»Keine Sorge, ich habe schon ganz andere Dinge gesehen.«
Mathilde riss die Türen der Kabinen auf. »Die sind alle leer«,
fluchte sie.

»Wie kann das sein?« Entgeistert schüttelte Blom den
Kopf, trat wieder hinaus in den schmalen Flur und erzählte
Mathilde von dem Fremden. »Henri hat nicht verängstigt ge-
wirkt«, erklärte er. »Im Gegenteil.«

»Dahinten.« Mathilde deutete geradeaus. »Wohin führt
diese Tür?«

»Das muss der Personaleingang sein.«

»Verdammt!« Blom und Mathilde eilten hindurch und fanden sich in einem schmalen Gang, der in den glasüberdachten Innenhof des Hotels führte. Dieser wirkte wie ein riesen-
großer Wintergarten. Palmen und andere sattgrüne exotische
Pflanzen reckten sich dem Sonnenlicht entgegen. Dazwischen standen filigrane Metalltische und Windsor-Stühle mit
geschwungenen Rückenlehnen, auf denen elegante Menschen saßen und Champagner tranken.

»Da!«, rief Mathilde und zeigte auf zwei Männer, die gerade in die Vorhalle traten. »Das sind sie.«

Sie wichen einem Kellner aus, der ein Tablett mit filigra-
nen Gläsern und einer Flasche Portwein balancierte, und
wären beinahe über einen schwarzen Königspudel gestolpert, der von einer grazilen Dame an der Leine geführt
wurde.

»Henri!«, schrie Blom, als sie in das Entree des Hotels
rannten. Seine Worte hallten von den marmorverkleideten
Wänden wider. Reisende, Kofferträger und Pagen starrten
ihn an. Er ignorierte die konsternierten Blicke, rannte hinaus
durch den Haupteingang auf den Zietenplatz und sah sich
fieberhaft um. »Henri!«, brüllte er erneut, als er Roleder endlich ausmachte. Er und der Fremde gingen schnurstracks auf

eine Kutsche zu, die an der Ecke zur Mauerstraße stand.
»Henri, so bleib doch stehen!«

Roleder drehte sich um und winkte ihm zu.

»Wo willst du denn hin?«, rief Mathilde.

Entweder hörte Roleder ihr Rufen nicht, oder es war ihm gleichgültig. Er stieg ein, der Fremde, der ihnen noch immer den Rücken zuwandte, sprang auf den Kutschbock, nahm die Zügel in die Hand und ließ die Peitsche knallen.

Blom und Mathilde mussten mit ansehen, wie sich das Vehikel samt Roleder immer weiter entfernte, bis es nicht mehr war als ein kleiner Punkt am Ende einer langen Straße.

»Wer war der Kerl?«, fragte Mathilde. »Und warum zur Hölle ist Henri freiwillig mit ihm gegangen?«

»Keine Ahnung.« Blom fuhr sich mit den Händen durchs Haar. »Ich hoffe, Henri wird es uns erzählen. Sofern wir ihn lebend wiedersehen.« Er musste sich eingestehen, dass er nicht wirklich daran glaubte.

Verwirrt von den Geschehnissen gingen Blom und Mathilde zurück in Richtung Krögel. Sie passierten Marktfrauen, die Apfelsinenkisten und Kohlkörbe trugen, und kamen an Zettelanklebern vorbei, die damit beschäftigt waren, Litfaßsäulen mit Ankündigungen verschiedenster Art zuzukleistern.

In der Detektei angelangt, zündete sich Mathilde eine Zigarre an, während Blom zur Schnapsflasche und der Schnupftabakdose griff.

»Guten Tag«, sagte eine Stimme.

Blom und Mathilde fuhren herum.

»Herr Dahl.« Mathilde setzte ihre professionellste Miene auf. »Sie hätten sich doch nicht die Mühe machen müssen. Wir wollten gerade zu Ihnen kommen.« Sie bückte sich und zog unter dem Schreibtisch die Teekanne aus Lugowskis Lager hervor. »Arthur …«

»Klaas Plovitzer«, unterbrach Blom, der es nicht übers Herz brachte, Lugowski ans Messer zu liefern.

Mathilde schien zu verstehen. »Er wird von allen Goldfasan genannt«, setzte sie an weiterzuerzählen, doch Dahl hob die Hand und bedeutete ihr zu schweigen.

»Ich bin gekommen, um es Ihnen persönlich mitzuteilen.« Er seufzte. »Der Artikel wurde gestrichen. Es wird leider kein Bericht über private Detektivbüros im Berliner Tageblatt erscheinen.«

»Aber warum? Ich verstehe nicht. Sie sagten doch …«

»Es ist nicht meine Entscheidung, das müssen Sie mir glauben. Ich habe viel Zeit, Herzblut und Energie in die Recherche gesteckt, aber mein Chefredakteur …« Dahl zuckte mit den Schultern und sah dabei ehrlich niedergeschlagen aus. »Ganz ehrlich, ich weiß auch nicht, was ihn geritten hat. Er hat mir keinen Grund genannt.«

»Können Sie denn gar nichts tun?« Mathilde wirkte zutiefst getroffen. »Es ist verdammt schwer, Klienten zu finden, wenn man kein schickes Büro in der Friedrichstadt oder viel Geld für Reklame hat.«

»Das ist mir bewusst.« Dahl trat nah an sie heran und nahm ihre Hand. »Bitte seien Sie nicht verzagt, Frau Voss. Ihre Zeit wird gewiss kommen.«

Mathildes Augen glänzten feucht. »Ohne Ihre Hilfe werden wir die kommenden Wochen finanziell nicht überstehen«, sagte sie in ungewohnt offener Manier. »Vielleicht nicht einmal die nächsten Tage.«

Dahl seufzte erneut und sah ihr in die Augen. »Sie sind eine faszinierende Frau. Ich würde nichts lieber tun, als der ganzen Welt von Ihrem Charme und Ihren Talenten zu berichten, doch es steht nicht in meiner Macht.« Er ließ Mathildes Hand los und wandte sich an Blom. »Sie können sich glücklich schätzen, mit solch einer Frau verheiratet zu sein. Sie sind ein beneidenswerter Mann.« Er fasste sich an den Zylinder, verneigte sich und ging.

Mit feuchten Augen sah ihm Mathilde nach. »Ich kann es nicht fassen.«

Blom sinnierte. »Für mich klingt das, als hätte jemand beim Chefredakteur interveniert. Könnte es Madame Loulou gewesen sein? Oder ein ehemaliger Kunde von dir?«

»Ich habe nicht den blassesten Schimmer.« Mathilde wischte sich eine Träne aus dem Augenwinkel. »Die Detektei Voss können wir jedenfalls zu Grabe tragen.«

»Verzag doch nicht. Das entspricht nicht deinem Wesen.«

»Sei nicht so unrealistisch«, zischte sie. »*Das entspricht nicht deinem Wesen.*« Sie schüttelte den Kopf, atmete tief ein und aus. »Verzeih. Erst Henris Verschwinden und nun das Ende der Detektei. Ein bisschen viel für einen halben Tag.«

Blom nickte. »Soll ich dich allein lassen?«

»Ja, das wäre vielleicht ganz gut.«

»Wenn du etwas brauchst, weißt du ja, wo du mich findest.« Blom verließ die Detektei und stieg nach oben in den ersten Stock. In der Wohnung angekommen, schloss er die Tür hinter sich, wobei sein Blick auf etwas Weißes fiel, das auf dem Boden lag. Ein edler Umschlag. »Bitte nicht.« Sein Herz begann zu rasen. Er hob das Kuvert auf, öffnete es und holte eine Karte daraus hervor.

Obwohl er genau wusste, was darauf geschrieben stand, las er die Zeilen.

Binnen dreißig Stunden musst Du eine Leiche sein.

Er eilte zum Fenster und riss es auf. »He«, rief er hinaus auf den Hof und wedelte mit der Karte. »Wann und wie ist die in meine Wohnung gekommen?«

»Ein Mann hat sie gebracht. In der Nacht«, rief der Junge mit den Segelohren, der gerade mit den anderen Kindern vor dem Brunnen saß. »Kurz nachdem du und dein Freund zu Mathilde gegangen seid.«

Blom überlegte. Es war kurz nach Mitternacht gewesen, als er und Roleder sich zu Mathilde aufgemacht hatten. Jetzt war es kurz nach drei.

Ihm blieben also noch ungefähr fünfzehn Stunden.

36

Cronenberg fand sein Büro leer vor und ging deswegen zurück in den Verhörraum. »Wo ist Kommissar …?« Der Rest der Frage wurde von einem lauten Klingeln übertönt.

Wie immer folgte ein Moment gespenstischer Stille. »Bitte nicht«, formten Cronenbergs Lippen, doch sein Flehen wurde nicht erhört. Ein zweites Schrillen erklang, gefolgt von einem dritten.

Sofort sprang Lohmann auf und eilte hinaus, um die Depesche im hauseigenen Telegraphenamt abzuholen.

»Wo ist Kommissar Harting?«, fragte Cronenberg.

»Das weiß ich nicht«, sagte Feneis, der gerade dabei war, einen Aktenstapel zu ordnen und von einer Stulle abbiss. »Eben war er noch hier«, sagte er mit vollem Mund.

Cronenberg begab sich ins Besprechungszimmer und kontrollierte die Arresträume. Vergeblich. Kaum war er zurück im Büro, wurde die Tür aufgerissen, und Lohmann stürzte außer Atem herein.

»Mord«, japste er und drückte seinem Vorgesetzten die Nachricht in die Hand. »Männliche Leiche vor Königgrätz.«

»Königgrätz liegt in Böhmen und damit weit außerhalb unseres Zuständigkeitsbereichs«, sagte Feneis.

Lohmann schüttelte den Kopf. »Das Relief …«, keuchte er. »Siegessäule … im Tiergarten.«

»Verstehe.« Cronenberg überflog die Depesche. »Haben Sie Kommissar Harting gesehen?«

Lohmann nickte. »Im Hof ... hätte mich beinahe über den Haufen gerannt.«

»Und wo wollte er hin?«

Der junge Kommissar wischte sich den Schweiß von der Stirn und zuckte mit den Schultern. »Keine Ahnung. Er hat nichts gesagt. Aber er wirkte sehr aufgebracht.«

Cronenberg wartete und stierte auf die Tür. Als sein Assistent zehn Minuten später noch immer nicht zurückgekehrt war, setzte er seinen Hut auf. »Wenn Sie Kommissar Harting sehen, schicken Sie ihn sofort zu mir – ich bin am Tatort«, wies er an und machte sich auf den Weg.

Im Westen der Stadt, direkt hinter dem Brandenburger Tor, befand sich eine der schönsten öffentlichen Anlagen Berlins, der Tiergarten. Im Gegensatz zum Zoologischen Garten gab es hier keine wilden Biester und exotischen Spezies zu bestaunen. Der Ort trug seinen Namen, weil hier einst Wälder wuchsen, in denen Hirsche, Wildschweine und andere Jagdbeute lebte. Von ihrem Revier war allerdings nicht viel übriggeblieben. Wo einst prächtige Bäume in den Himmel ragten, erstreckten sich nun weitläufige Wiesen. Wohin das Auge blickte, gab es penibel getrimmte Büsche, pittoreske Teiche und eindrucksvolle Skulpturen. Alleen und Spazierwege durchzogen das Grün wie ein Adergeflecht, auf dem bei gutem Wetter feine Damen und Herren promenierten.

Am Eingang des Parks lag ein ehemaliger Exerzierplatz, in dessen Mitte unübersehbar das sogenannte Siegesdenkmal stand, eine über sechzig Meter hohe Säule. An ihrer Spitze thronte die vergoldete Statue der Siegesgöttin Victoria, die von den Berlinern in schnoddriger Manier *Goldelse* genannt wurde.

Cronenberg konnte von weitem erkennen, dass um das

Monument eine Absperrung errichtet worden war, vor der sich ein Menschenauflauf gebildet hatte. Frauen drückten ihre Kinder voller Sorge an sich, Männer redeten aufgeregt durcheinander, ein jeder wusste alles besser.

»Hier gibt es nichts zu sehen!«, brüllte ein uniformierter Wachtmeister. »Gehen Sie weiter.« Er zeigte auf Cronenberg, der direkt auf ihn zusteuerte. »Haben Sie nicht gehört?«

Cronenberg präsentierte seine Legitimationsmedaille. »Was ist passiert?«

»Verzeihen Sie.« Peinlich berührt lotste der Polizist den Kriminalkommissar an der Absperrung vorbei und führte ihn zum massiven Unterbau des Denkmals, der aus rotem schwedischem Granit gearbeitet war. Jede Seite dieses Quaders war zweiundzwanzig Fuß hoch und mit je einem Relief verziert, das einen Schlüsselmoment aus den letzten Kriegen abbildete.

Sie begaben sich zur Nordseite, wo dargestellt war, wie dem Kronprinzen nach der Schlacht von Königgrätz der höchste Verdienstorden überreicht wurde.

»Dort ist er.« Der Wachtmeister deutete auf einen Mann, der unter dem Relief saß. Er lehnte mit dem Rücken gegen den Quader. Die Beine waren ausgestreckt, der Kopf nach vorn gebeugt, so dass sein Kinn auf dem Schlüsselbein ruhte. »Die meisten Passanten haben ihn für einen Betrunkenen gehalten, der seinen Rausch ausschläft. Doch dann hat sich herausgestellt, dass er tot ist.« Er bückte sich und hob den Kopf des Mannes an, sodass Cronenberg die dunkelroten Drosselmale sehen konnte, die sich auf dessen Hals abzeichneten. »In seinen Taschen haben wir keinen Hinweis auf seine Identität gefunden, aber ...«

»Nicht nötig«, winkte der Kriminalinspektor ab. »Ich kenne den Mann. Sein Name ist Henri Roleder.«

»Das haben wir bei ihm gefunden.« Der stramme preußische Wachtmeister reichte ihm eine Karte.

Cronenberg las und seufzte. »Binnen dreißig Stunden musst Du eine Leiche sein.«

»Das waren sicher die Sozialsten«, rief ein Mann aus der Menge der Schaulustigen

»Ganz genau«, pflichtete ein anderer ihm bei. »Es ist an der Zeit, dass Bismarck endlich das Gesetz gegen das elende Pack durchbringt.«

Der Pulk wurde immer aufgebrachter. Eine Frau brach in Tränen aus, ein alter Herr reckte die knöchrige Faust in die Höhe. »Nieder mit den Sozialisten«, brüllte er. »Ein Hoch auf den Reichskanzler! Ein Hoch auf den Kaiser!«

Cronenberg ignorierte das Rufen und Schimpfen. Er war völlig in Gedanken versunken. Erst als ihn jemand an der Schulter packte, blickte er hoch. »Bruno. Da bist du ja. Wo hast du denn gesteckt?«

Bruno antwortete nicht, stattdessen sah er sich nervös um. »Ich muss mit Ihnen reden. Sofort. Es ist dringend.«

Erst jetzt fiel Cronenberg auf, dass Schweißperlen auf der Stirn seines Assistenten glitzerten und er bitterernst dreinblickte. »Was ist los, mein lieber Bruno?«

»Herr Kommissar.« Der Uniformierte war neben sie getreten. Im Schlepptau hatte er einen großgewachsenen Herrn mit Zwirbelbart. »Das ist Ferdinand Reichlin. Er ist derjenige, der entdeckt hat, dass der Mann tot ist.«

»Meine Frau und ich wollten mit den Kindern …«, setzte Reichlin mit zitternder Stimme an, doch Bruno bedeutete ihm zu schweigen.

»Können wir kurz ungestört reden?«, fragte er seinen Vorgesetzten.

»Kann das denn nicht warten?« Cronenberg hielt die

Karte in die Höhe. »Das ist jetzt bereits die dritte Leiche, bei der …«

»Nein, es kann definitiv nicht warten«, unterbrach Bruno in ruppigem Tonfall. »Ich weiß, wer der Mörder ist.«

Cronenberg riss die Augen auf. »Wie? … Woher? …«, stammelte er überrumpelt. »Wer war es? Nun sag schon!«

Im selben Augenblick ertönte ein Knall. Die Menge geriet in Panik. Schreie erklangen, die Frauen drückten ihre Kinder noch enger an sich, Männer warfen sich zu Boden oder preschten davon. Der Uniformierte schaute sich fieberhaft um.

Bruno fasste sich an die Brust, sah anschließend auf seine Hand und wurde blass.

»Was ist?« Cronenberg folgte Brunos Blick.

»Ich … ich bin …« Bruno starrte fassungslos auf sein Hemd, auf dem sich ein roter Fleck gebildet hatte, der sich immer weiter ausbreitete.

»Bruno!« Cronenberg wollte seinen Assistenten packen und ihn stützen, doch er war nicht schnell genug.

Bruno sackte zusammen.

Cronenberg warf sich neben ihm auf die Knie und presste seine Hände auf die blutende Wunde. »Wer?«, fragte er mit zitternder Stimme. »Wer ist der Mörder?«

37

Fünfzehn Stunden waren wenig Zeit, vor allem, wenn man ins Fadenkreuz eines skrupellosen Mörders geraten war und nicht wusste, ob und wie man ihn aufhalten konnte.

Blom ging nervös im Zimmer auf und ab. Ganz gleich, wie sehr er sich auch anstrengte, er konnte keinen Ausweg aus der Situation finden. Wer war der Mann, der ihm an den Kragen wollte? Wie konnte er ihn aufspüren? Und wie sollte er ihn davon abhalten, seine Drohung in die Tat umzusetzen?

Immer wieder kehrten seine Gedanken zu dem Einbruch bei Lothar von Wurmb zurück. Konnte tatsächlich ein ehemaliger Polizeipräsident für die Gräueltaten verantwortlich sein? Würde er aufgrund eines verdammten Ordens und gekränkten Stolzes zu solch schrecklichen Maßnahmen greifen? War er ein derart kalter Mistkerl?

Blom seufzte, als ihm dämmerte, dass Menschen wegen weitaus weniger mordeten. Für eine Flasche Schnaps, aus Eifersucht oder einfach nur aus Spaß an der Freude. Wer und was auch immer dahintersteckte: Sein Leben war in ernsthafter Gefahr, und es war gut möglich, dass dieser Tag sein letzter war.

Missmutig setzte er sich an den Tisch und grübelte weiter. Über sich, sein Leben und alles, was schiefgelaufen war. Viele seiner unrühmlichen Taten waren den Umständen geschuldet, einen großen Teil aber hatte er sich selbst zuzuschreiben. Blom hatte jemand sein, seinen Platz in der Gesellschaft finden wollen. Dafür war er bereit gewesen, geliebte Menschen zu belügen, zu betrügen und Freunde vor den Kopf zu stoßen.

Er fasste einen Entschluss. Es war an der Zeit, reinen Tisch zu machen und Verantwortung zu übernehmen. Er griff zu Feder und Papier und begann zu schreiben.

Als er fertig war, stand er auf und ging hinunter in die Detektei. »Bitte verzeih, dass ich dich störe.«

Mathilde, die mit gekrümmtem Rücken und hochgezogenen Schultern hinter dem Schreibtisch saß, blickte hoch. Schnell richtete sie sich auf, blinzelte eine Träne fort und klatschte in die Hände. »Genug Trübsal geblasen. Wir haben noch Geld von Dahl. Lass uns ausgehen und den Kummer im Schnaps ertränken.«

Blom lächelte traurig. »Dafür habe ich leider keine Zeit. Julius Jacobi, Dietrich Schrader und Henri Roleder sind bei Lothar von Wurmb eingebrochen. Jacobi und Schrader sind tot, Henri wahrscheinlich auch. Der Kartenschreiber denkt offenbar, dass auch ich etwas damit zu tun habe. *Dich spare ich mir bis zum Schluss auf*, hat er gesagt, als er nachts in meinem Zimmer stand.« Er reichte ihr die Karte. »Scheint, als wäre es nun so weit.«

Mathilde schaute entsetzt. »Oh Gott«, murmelte sie. »Wir müssen etwas unternehmen. Ich werde ein Versteck für dich suchen. Vielleicht kann eines der Mädels aus der *Venusfalle* dich aufnehmen.«

»Ich will niemanden in meinen Schlamassel hineinziehen und dadurch in Gefahr bringen.«

»Dann müssen wir dich wenigstens bewaffnen. Ich kenne einen Mann, der uns günstig eine Pistole verkaufen kann.«

»Schon gut. Ich habe bereits einen Plan geschmiedet. Sollte

ich die kommenden Stunden trotzdem nicht überleben, gib diesen Brief bitte Auguste.« Er drückte ihr das Schreiben in die Hand.

Grübelnd trat er zur Tür, blieb stehen und drehte sich noch einmal um. »Die vergangenen Tage waren turbulent, teilweise tragisch und traurig, trotzdem war ich alles in allem irgendwie auch glücklich. Alles war so …«, er suchte nach dem passenden Wort, »… echt«, kam es ihm über die Lippen. »Ich war das erste Mal seit langem ganz ich selbst und imstande, mein Wissen und meine Erfahrung für eine gute Sache einzusetzen. Du und die Detektei, ihr seid mir wirklich ans Herz gewachsen.« Mit stoischem Blick schickte er sich an zu gehen.

»Warte doch!« Mathilde stand auf. »Wo willst du denn hin? Was ist dein Plan?«

Blom seufzte. »Ich bin zu dem Schluss gekommen, dass mir wahrscheinlich nur einer helfen kann.«

»Und der wäre?«

»Mein schlimmster Feind.«

Cronenberg saß im Büro und starrte auf seine Hände, an denen das getrocknete Blut seines Assistenten klebte. Er hatte mit all seiner Kraft auf die Wunde in Brunos Brust gedrückt, bis der Arzt in der Charité übernommen hatte.

»Gehen Sie bitte!«, hatte eine Krankenschwester gesagt. »Sie können hier nichts mehr tun. Lassen Sie uns unsere Arbeit machen. Wir schicken sofort nach Ihnen, sobald es Neuigkeiten gibt.«

Seither hockte er hier, wartete und starrte auf den leeren Stuhl, auf dem normalerweise Bruno saß, Tabak kaute und leise vor sich hin grummelte. Nicht auszudenken, wenn dieser Platz leer bliebe. Cronenberg versuchte, den schrecklichen Gedanken beiseitezuschieben, und kämpfte mit dem unbändigen Zorn, der in ihm loderte.

»Ich weiß, wer der Mörder ist«, hatte Bruno gesagt, nur wenige Momente, bevor ihn eine Kugel getroffen hatte. Abgefeuert von einem feigen Hurensohn aus einem Hinterhalt. Offenbar hatte der elende Hund mitgekriegt, dass Bruno ihm auf die Schliche gekommen war.

Cronenberg atmete schwer und nahm seine Brille ab. »Denk nach«, murmelte er. Der Schlüssel zur Lösung des Falls lag in der kurzen Zeitspanne zwischen ihrer Rückkehr ins Präsidium und Brunos Auftauchen im Tiergarten. Was hatte sein Assistent in der Zwischenzeit unternommen? Wo war er gewesen? Mit wem hatte er gesprochen?

Cronenbergs Grübeln wurde von einem Klopfen an der Tür unterbrochen. Lohmann streckte den Kopf herein.

»Gibt es Neuigkeiten von Bruno?«, fragte Cronenberg nervös.

»Nein, aber hier ist jemand für Sie.«

»Ich sagte doch, ich möchte nicht gestö…« Er hielt inne, als er erkannte, um wen es sich bei dem ungebetenen Gast handelte. »Blom«, seufzte er. »Felix Blom.«

Drei Jahre zuvor

»Lena!«, flüsterte ihr jemand ins Ohr. »Lena, meine Liebste.« Der Duft von Moschus drang ihr in die Nase, eine raue Hand umfasste die ihre.

Ihr wurde warm ums Herz, und sie öffnete die Augen. Grelles Licht stach in ihren Kopf, Schmerz flutete den gesamten Körper. »Wo bin ich?«, stammelte sie.

»Ein Wunder!«, rief eine Frauenstimme. »Ich schicke sofort nach dem Herrn Doktor.« Rasche Schritte eilten davon.

Weiche Lippen berührten ihre Wange und ihre Stirn. »Was ist geschehen?«

»Geschehen?« Lena verstand nicht. Ihr Bewusstsein schien in einem dichten Nebel zu schweben. Langsam sickerten unzusammenhängende Eindrücke in ihr Gehirn. Schlafe Prinzessin, es ruhn ... »Das Kind«, flüsterte sie und wollte an ihren Bauch fassen, doch er hielt ihre Hände fest. »Die Frau von Stadtrat Gall«, murmelte sie. Das Bild eines Mannes, der aus einem Haus kam, blitzte vor ihrem inneren Auge auf. Eine Kutsche, die davonstob, Schritte hinter ihr.

»Was ist geschehen?«, fragte er noch einmal. Dieses Mal entging ihr nicht, dass eine gewisse Schwere in seiner Stimme lag. »Wer hat dir das angetan?«

»Es waren drei Männer«, flüsterte sie. »Nein ... vier.« Unruhe überkam sie. Mehr Erinnerungen blitzten auf. Kälte, die ihr in die Knochen kroch ... ein Schlag auf ihren Kopf ... Tränen, die ihr ins Gesicht tropften ... Verzeih mir! ... »Einer kam aus der Villa, *einer stand Schmiere, einer lenkte die Kutsche ...« Das Sprechen fiel ihr schwer. Sie rang nach Atem. »Was ist mit ...«*

»Wer war der vierte?«

»Er muss sich im Dunkeln verborgen haben ... er war es, der ... Er hat mich ...« Erneut versuchte sie an ihren Bauch zu fassen, wieder hielt er sie davon ab. »Was ist denn?«, keuchte sie. Ein ungutes Gefühl beschlich sie. Es wurde stärker und intensiver, wandelte sich in Angst und schließlich in Panik. »Was ist?«, schrie sie. »Was ist mit Anna? Was ist mit unserem Kind?«

Anstatt zu antworten, geschah etwas, das sie in all den Jahren, die sie ihn kannte, noch nie erlebt hatte. Er weinte. »Erzähl mir alles, was du über die Kerle weißt«, schluchzte er. »Jedes Detail, ganz gleich, wie unwichtig es dir scheint. Sag mir, was du gesehen, gehört und erlebt hast, denn ich werde sie finden. Ich werde die Dreckschweine finden und sie dafür büßen lassen.«

38

Blom hielt Cronenberg die Karte unter die Nase. »Dreißig Stunden«, sagte er. »Ein Großteil davon ist bereits verstrichen. Meine Zeit läuft ab.«

Cronenberg deutete auf einen Stuhl und signalisierte Lohmann durch ein Nicken, dass er sie allein lassen sollte. »Was für ein verdammter Tag«, brummelte er.

Erst jetzt bemerkte Blom das Blut auf Cronenbergs Händen. »Sind Sie verletzt?«

»Das stammt nicht von mir. Wer auch immer Ihnen an den Kragen will, hat heute meinen Assistenten niedergeschossen.« Cronenberg presste die Lippen aufeinander und ballte die Fäuste. »Sie müssen mir alles erzählen, was Sie wissen. Wirklich alles. Ich will den Mistkerl finden. Besser heute als morgen.«

»Dann verfolgen wir ausnahmsweise mal dasselbe Ziel.« Blom räusperte sich, holte tief Luft und erzählte, was er von Roleder erfahren hatte. »Alle Fäden führen zurück zu dem Einbruch bei Lothar von Wurmb. Drei Männer waren daran beteiligt. Zwei von denen sind bereits tot …«

Cronenberg schüttelte den Kopf. »Alle drei sind es. Roleders Leiche wurde heute im Tiergarten gefunden.«

Blom spürte, wie sich ein Kloß in seinem Hals bildete. Zwar waren Roleder und er keine Freunde gewesen, dennoch bedauerte er dessen Tod.

Für ein paar Augenblicke hingen sie ihren Gedanken nach.

Von draußen drangen Hufgetrappel, Streitgespräche und das ferne Läuten von Kirchturmglocken wie ein Kanon in den Raum. Ein kühler Lufthauch fand seinen Weg durch das undichte Fenster und ließ Blom frösteln. »Der Mörder geht offenbar davon aus, dass ich meine Finger im Spiel hatte«, durchbrach er das Schweigen.

»Das tue auch ich. Immerhin wurde Ihr Manschettenknopf am Tatort gefunden.«

»Wie oft soll ich Ihnen das noch sagen? Man hat mich reingelegt. Haben Sie mir gerade eben nicht zugehört? Jemand hat Roleder angeheuert, den Bruch zu begehen und Spuren zu hinterlassen, die auf mich hinweisen.«

Der Kommissar schnaubte. »Das ist eine Sache, die wir ein anderes Mal erörtern sollten. Unsere oberste Priorität ist es, den Mörder dingfest zu machen.«

»Eigentlich kommt nur Ihr ehemaliger Chef in Frage.«

»Nein, von Wurmb war es nicht«, sagte Cronenberg bestimmt.

Blom verschränkte die Arme vor der Brust. »Das hätte ich mir denken können, dass Sie Ihresgleichen in Schutz nehmen.«

»Von wegen meinesgleichen.« Cronenberg zückte ein Taschentuch und versuchte wieder, seine Hände sauberzukriegen. »Ihnen ist nicht klar, dass ich ein einfaches Arbeiterkind war, oder? Genau wie Sie stamme ich von der untersten Sprosse der Leiter. Mühsam habe ich mich hochgeschuftet. Legal. Mir ist nichts geschenkt worden.«

Blom musterte ihn. »Und das soll ich Ihnen glauben?«

Cronenberg nickte gedankenverloren. »Ich weiß, wie schwer es dort draußen für Männer wie uns ist. Ehrgeizige Männer, die keinen Adelstitel vorzuweisen haben und nicht aus reichen Familien stammen.« Er betrachtete das Taschentuch, das voller rostbrauner Flecken war, und legte es auf den Schreibtisch. »Von Wurmb strotzt nur so von Standesdünkel und hat während seiner Zeit als Polizeipräsident mit allen Mitteln dafür gesorgt, dass ich trotz meiner Leistungen übergangen wurde. Stattdessen ist Leopold von Meerscheidt-Hüllessem in den Genuss von Beförderungen und Auszeichnungen gekommen, die eigentlich mir zugestanden hätten. Glauben Sie mir, nichts würde ich lieber tun, als dem Kerl Handschellen anzulegen. Doch wie gesagt: Er war es nicht. Henri Roleder wurde am frühen Nachmittag ermordet. Von Wurmb kann für die Zeit ein wasserdichtes Alibi vorweisen. Er hat die betreffenden Stunden mit seinem Nachfolger und Hüllessem verbracht.«

»Mist.« Blom überlegte. »Wenn es nicht Lothar von Wurmb war, muss Henri Roleders geheimnisvoller Auftraggeber die Strippen gezogen haben.«

Cronenberg schüttelte den Kopf. »Sollte es dieses Phantom tatsächlich geben, dann ist ihm bewusst, dass Sie mit der Sache nichts zu tun haben. Wenn ich es recht verstanden habe, war es doch die Idee dieses Kerls, Sie reinzulegen.«

Blom fuhr sich mit den Händen übers unrasierte Gesicht. »Es ist dermaßen verzwickt. Ich bin mit meinem Latein am Ende.«

Cronenberg lehnte sich nach vorn und stützte die Ellenbogen auf der Tischplatte ab. »Es gibt etwas, das Sie nicht wissen. Schrader wurde vor seinem Tod in einer Waldhütte in der Wuhlheide festgehalten. Klingelt da vielleicht etwas?«

Blom überlegte. »Sollte es?«

»Er hat sich einen Namen in den Arm geritzt.«

»Und der lautet?«

Anstatt zu antworten, stand Cronenberg auf. »Begleiten Sie mich.«

Durch einen düsteren Flur drangen sie tiefer und tiefer in die alte Stadtvogtei und kamen schließlich vor einer schmalen Holztür an. »Wir haben ihn bereits vor Stunden für eine Befragung herbringen lassen, doch er weigert sich strikt, mit uns zu kooperieren. Vielleicht haben Sie mehr Glück.« Cronenberg öffnete die Tür und wies in eine Kammer mit rohen Steinwänden und niedrigen Fenstern, die nur von einer schwachen Gasflamme erhellt wurde.

An einem windschiefen Tisch in der Mitte des Raums saß Arthur Lugowski und schaute ihnen missmutig entgegen. »Was machst du denn hier?«, fragte er, als er Bloms gewahr wurde. »Haben sie dich etwa schon wieder verknackt? Was hast du angestellt?«

»Nichts.« Blom setzte sich ihm gegenüber auf eine roh gezimmerte Bank ohne Lehne und ließ die Finger über das raue Holz des Tisches gleiten. »Ich bin hier, um mit dir zu reden.«

Es dauerte ein paar Augenblicke, bis der Gangsterboss verstand. »Bist du jetzt einer von denen? Hast jetzt wohl ganz die Seiten gewechselt?« Fassungslos schüttelte er den Kopf. »Felix Blom, du bist und bleibst eine einzige Enttäuschung. Erst wirst du zum eitlen Fatzke, dann zum Detektiv, und jetzt kollaborierst du mit der Polente?« Er sah ihn feindselig an. »Zumindest eines hast du geschafft. Du hast den Nullpunkt erreicht. Tiefer kannst nicht einmal du mehr sinken.«

»Ich bin nicht übergelaufen. Ich bin hier, weil ich bedroht werde. Jemand will mich umbringen. Ich brauche Hilfe.«

»Und dann gehst du zu denen?« Lugowski schnaubte verächtlich. »Als wenn die schon jemals zu irgendetwas getaugt hätten.«

»Schrader ist tot«, sagte Blom. »Roleder auch.«

Lugowski riss die Augen auf. »Henri? Ermordet?« Dem alten Gangsterboss war anzusehen, dass ihn die Nachricht vom Ableben seines Handlangers ehrlich erschütterte.

»Er hat vor seinem Tod eine Karte bekommen. Und genauso eine habe auch ich …«

Bloms Erklärung wurde unterbrochen, als die Tür aufgerissen wurde. Eine Wolke von teurem Eau de Cologne strömte in die Kammer, gefolgt von einem hochgewachsenen Mann mit Pomadenscheitel und gezwirbeltem Schnurrbart. Er trug einen teuren Anzug, stolzierte wie ein Gockel und stellte mit einer schwungvollen Bewegung seine lederne Aktentasche auf dem Tisch ab. »Haben Sie Beweise für die Schuld meines Mandanten?«, fragte er in einem aggressiven Tonfall. Als niemand antwortete, nickte er zufrieden, hob seine Tasche wieder hoch und wandte sich an Lugowski. »Gehen wir«, sagte er.

Lugowski blieb wie angewachsen sitzen und starrte Blom an. »Glaubst du wirklich, ich wäre zu so etwas fähig? Denkst du tatsächlich, ich würde dir etwas antun?«

»Du musst mir sagen, wenn du etwas weißt.« Bloms Stimme bebte. »Ich flehe dich an!«

Der geschniegelte Kerl, bei dem es sich allem Anschein nach um Lugowskis Anwalt handelte, sah sich um und verzog angewidert das Gesicht. »Herr Lugowski«, drängte er. »Lassen Sie uns gehen. In diesem Loch fangen Sie sich noch irgendeine Krankheit ein.«

Lugowski verharrte regungslos. »Felix«, sagte er. »Glaubst du, ich würde dulden, dass dir etwas geschieht?«

Er hätte nie zugelassen, dass dir etwas zustößt, hallten Roleders Worte in Bloms Ohren. Er schluckte. »Nein«, sagte er und blickte seinem ehemaligen Mentor in die Augen. »Natürlich nicht.« Eine Woge von Schuldgefühl schlug über ihm zusammen. Er empfand dieselben Gewissensbisse, die er bereits verspürt hatte, als er ins *Alt Berlin* eingebrochen war. »Ich bin ein Idiot«, sagte er schließlich. »Ein dummer, undankbarer Narr. Du warst ein besserer Vater, als meiner es je gewesen ist. Du hast dich um mich gekümmert, warst mein Lehrer, meine Familie, meine Zuflucht. Ich habe das mit Füßen getreten. Bitte vergib mir.« Er drehte sich um und wandte sich an Cronenberg. »Ich weiß nicht, warum sich Schrader seinen Namen in den Arm geritzt hat. Vielleicht wurde er getäuscht. Vielleicht hat er falsche Schlüsse gezogen. Ich lege jedenfalls meine Hand dafür ins Feuer, dass Arthur nichts mit den Morden zu tun hat.«

»Sind Sie sicher?«, hakte Cronenberg nach. »Ihr Leben steht auf dem Spiel.«

Blom nickte. »Ich bin überzeugt.«

Lugowski wirkte überrumpelt. Er hatte wohl nicht damit gerechnet, dass sein ehemaliger Schützling derart viel ehrliche Reue an den Tag legen würde. »Mhm«, brummte er und schien gerührt. »Eine ordentliche Tracht Prügel hat er verdient«, sagte er schnell, wobei nicht klar war, an wen genau sich seine Worte richteten. »Aber auf keinen Fall den Tod.«

Der Anwalt berührte ihn sachte an der Schulter. »Lassen Sie uns endlich gehen.«

Ohne Blom oder Cronenberg eines weiteren Blickes zu würdigen, erhob sich Lugowski und folgte dem Schnösel nach draußen.

»Arthur!«, rief Blom und lief ihnen hinterher.

Lugowski blieb stehen, Blom umarmte ihn. Der alte Gangsterboss roch nach Kernseife und Zigarrenrauch und fühlte sich vertraut an, wie ein Stück Zuhause.

»Idiot«, flüsterte Lugowski in Bloms Ohr und drückte ihn. Dann ließ er ihn los und ging.

Blom sah ihm nach, wie er um eine Ecke verschwand. Anschließend begab er sich gemeinsam mit Cronenberg zurück in dessen Büro.

»Ich hoffe, Sie haben keinen tödlichen Fehler begangen.« Der Kriminalkommissar trat ans Fenster und blickte hinaus. Dunkelgraue Wolken wurden vom Wind über den blassblauen Himmel getrieben, ein Turmfalke zog seine Kreise und hielt nach Beute Ausschau.

»Arthur hat nichts mit der Sache zu tun«, beteuerte Blom noch einmal. »Er hatte keine Ahnung von dem Einbruch und würde mir nie etwas zuleide tun.«

Cronenberg drehte sich um und betrachtete das blutbefleckte Taschentuch, das noch immer auf dem Schreibtisch lag. »Wenn wir von Wurmb, Lugowski und den unbekannten Anstifter ausschließen, wer bleibt dann übrig?«

»Das ist die Frage.«

»Ist es möglich, dass Roleder, Schrader und Jacobi zusammen noch weitere Einbrüche begangen haben? Gibt es neben Lothar von Wurmb vielleicht noch mehr Geschädigte?«

Blom schüttelte den Kopf. »Roleder hat gemeint, dass es eine einmalige Sache war.« Er begann auf und ab zu gehen. »Wer könnte gewusst haben, dass es sich bei den drei Männern um die Einbrecher handelt? Nicht einmal Sie hatten eine Ahnung davon.«

»Der Schatten von Berlin hat stets allein agiert. Als Ihr Manschettenknopf gefunden wurde, war der Fall für uns klar.«

»Eben. Sie und alle anderen offiziellen Stellen wussten nichts von den wahren Schuldigen. Doch wer auch immer es tat, musste darüber informiert gewesen sein, dass ich nicht involviert war. Dass sowohl Jacobi, Schrader und Henri als auch ich ins Visier des Mörders geraten sind, ergibt keinen Sinn.«

Cronenberg setzte sich, nahm seine Brille ab und rieb sich die Augen. »Ich weiß es nicht, Blom«, murmelte er. »Ich weiß es nicht. Vielleicht geht es dem Mörder gar nicht um einen speziellen Einbruch. Vielleicht möchte er Diebe im Allgemeinen bestrafen. Womöglich sieht er sich als einsamen Rächer, der die Straßen Berlins von Verbrechern säubern will.« Er blickte auf seine Uhr. »Lassen Sie uns ins Archiv gehen«, sagte er wohl in Ermangelung einer besseren Idee. »Vielleicht finden wir dort etwas, das uns weiterbringt. Womöglich wurden schon einmal ähnliche Karten verschickt oder Diebe ermordet.«

Cronenberg führte Blom in einen weitläufigen Raum, in dem mannsgroße Aktenstapel und deckenhohe Regale enge, labyrinthartige Gassen bildeten. Es roch nach Staub und altem Papier. Tausende von Akten zeugten von Raub, Mord, Diebstählen und anderen Straftaten, die die Berliner Obrigkeiten am liebsten aus dem kollektiven Gedächtnis getilgt hätten. Brutale Mörder wie August Lamm, Franz Schall, Carl Biermann und Konsorten warfen ein schlechtes Bild auf die Stadt, die sich sauber, sicher und modern geben wollte.

»Ist das nicht Felix Blom?«, flüsterte ein Beamter. »Der Schatten von Berlin? Was tut der denn hier?«

»Tatsächlich«, bestätigte sein Kollege. »Das ist, als würde man den Fuchs in den Hühnerstall einladen.«

Blom ignorierte die Kommentare und versuchte, sich zu orientieren. Während er gemeinsam mit Cronenberg staubiges, vergilbtes Papier wälzte und verblichene Tinte entzifferte, verstrich die Zeit. Aus Sekunden wurden Minuten, aus Minuten Stunden. Ehe er sich versah, war es draußen dunkel geworden.

Ruhe kehrte im Präsidium ein. Das ständige Hufgetrappel verklang genauso wie die lautstarken Diskussionen und

Unschuldsbeteuerungen. Immer mehr Polizisten verließen das Gebäude in Richtung des verdienten Feierabends. Hinter den Fenstern wurde der volle, runde Mond sichtbar, umgeben von unzähligen Sternen.

Cronenberg gähnte und rieb sich erneut die Augen. »Haben Sie etwas gefunden?«

Blom schüttelte den Kopf. »Es ist, als würden wir eine Nadel im Heuhaufen suchen.« Erschöpft und aufgekratzt zugleich zog er eine weitere Akte aus einem Papierstapel, der daraufhin zu Boden fiel. Ächzend hob er sie wieder auf.

»Wir sind müde.« Cronenberg lockerte seine Krawatte und öffnete den obersten Knopf seines Hemds. »Im Besprechungsraum stehen Pritschen für die Nachtschicht bereit. Lassen Sie uns ausruhen und morgen weitermachen.«

»Hören Sie! Für mich gibt es vielleicht kein Morgen.« Die Worte klangen aggressiver, als Blom beabsichtigt hatte.

Cronenberg deutete um sich. »Wir befinden uns im Polizeipräsidium. Ich bin anwesend, genauso wie ein paar andere Kriminalbeamte. Sie werden in ganz Berlin keinen sichereren Ort finden als diesen.« Er hielt inne. »Außer …«, setzte er an, winkte aber sofort wieder ab.

»Außer was?«

»Wenn Sie wollen, können Sie in einer unserer Isolierzellen schlafen. Die befinden sich tief unter uns, im Herzen der alten Stadtvogtei. Die Wände bestehen aus massivem Stein, die Türen aus zentimeterdickem Eisen. Selbst wenn der Mörder herausfinden sollte, wo Sie sind – er wird niemals zu Ihnen vordringen können.«

Widerwillig musste Blom eingestehen, dass Cronenberg recht hatte. »Wer hätte gedacht, dass ich mich freiwillig wieder hinter Gitter begebe.«

Cronenberg führte ihn durch einen langen Flur, in dem eine ältere Frau den Boden schrubbte. Sie stiegen über eine schmale Holztreppe einen Stock tiefer und passierten Türen mit riesigen Eisenbeschlägen, die an die Zugänge zu Burgverliesen erinnerten. Cronenberg schloss die hinterste auf. »Willkommen am sichersten Ort Berlins.«

Blom spähte in den Kerker. »Und wohl auch dem kargsten.« Tatsächlich gab es in dem ungefähr vier mal fünf Meter großen Raum nur vier kahle Wände und ein schmales, vergittertes Fenster, das sich unerreichbar hoch über dem Boden befand. Nach einem Tisch, einem Stuhl oder einer Waschschüssel suchte man vergebens. Das Mobiliar, sofern man es überhaupt so bezeichnen konnte, bestand lediglich aus sechs morschen Pritschen. »Meine Zelle in Moabit war purer Luxus dagegen.«

Cronenberg zuckte mit den Schultern. »Es ist Ihre freie Entscheidung.«

»Und Sie vergessen morgen nicht, mich wieder rauszulassen?«

»Wenn Sie mir nicht vertrauen, können Sie gern zurück in den Krögel gehen.«

»Schon gut.« Blom trat in die Zelle und wartete, bis hinter ihm die Tür ins Schloss fiel. Dann hörte er, wie der Schlüssel sich mehrfach im Schloss drehte. Er drückte gegen die Tür, sie bewegte sich keinen Millimeter.

Er atmete auf, legte sich auf die hinterste der harten Holzpritschen, die nicht einmal den Komfort eines Strohsacks oder einer kratzigen Decke boten. Doch das war ihm gleichgültig. Er war in Sicherheit.

Wie sonderbar das Leben manchmal war. Vor wenigen Tagen hatte er sich nichts sehnlicher gewünscht, als das Gefängnis für immer hinter sich zu lassen. Jetzt war er freiwillig in eine Zelle zurückgekehrt und verspürte sogar so etwas wie Dankbarkeit dafür. Ihn überkam bleischwere Müdigkeit. Das leise, monotone Plätschern der Spree wirkte einschläfernd, das kalte silberne Licht des Mondes, der voll und rund am Himmel stand, strich ihm übers Gesicht.

Blom schloss die Augen und dämmerte weg. Seine Gedanken wurden nebelig, Bilder und Eindrücke wirbelten durcheinander. Er sah die Gesichter von Mathilde, Auguste, Albert von Mesar und Lugowski. Er dachte an die Kinder im Krögel, fragte sich, was für eine Zukunft ihnen wohl bevorstand, erinnerte sich an die Schweißperlen auf Roleders Stirn, hörte das Flüstern des Fremden. *Dich spare ich mir bis zum Schluss auf.* Tiefer und tiefer versank er in dem Strudel, mehr und mehr umfing ihn der Schlaf, Hypnos, der Bruder des Todes.

»Es ist so weit«, sagte da eine Stimme.

Blom schreckte hoch und sah sich schlaftrunken um. Er konnte nichts erkennen. Niemanden. »Ist da jemand?«

Das Einzige, was er hörte, war das laute Pochen seines galoppierenden Herzens. Es war wohl ein Albtraum gewesen. Er atmete durch, legte sich wieder hin und wartete, dass sich sein Puls normalisierte.

»Na?«, drang die Stimme erneut aus der Finsternis. »Wie waren die vergangenen dreißig Stunden?«

Blom sprang auf, stolperte nach hinten und presste den Rücken gegen die feuchte Wand. Moschusduft stieg ihm in die Nase. Er blinzelte und schaute umher. Der Mond war wolkenverhangen, deswegen war es zu dunkel, um irgendetwas zu erkennen. Wo war der Mann?

»Hat es geschmerzt, dass die Detektei nicht überleben wird? So wie du es nicht tun wirst.«

In Bloms Panik mischte sich Verwirrung. »Die Detektei? Aber … Warum?«, stammelte er.

»Weil ich wollte, dass du Seelenqualen erdulden musst. Weil ich wollte, dass dir das Liebste genommen wird.«

Blom brachte kein Wort über die zitternden Lippen, stattdessen tastete er an der Wand entlang, hoffte, dass er etwas finden würde, das sich als Waffe eignete. Einen Nagel, einen losen Ziegelstein … Was auch immer.

»Eigentlich wollte ich Auguste Reichenbach töten«, sprach der Mann völlig gelassen weiter. »Doch dann habe ich erfahren, dass sie sich mit Baron von Mesar verlobt hat. Also war sie für dich bereits verloren, und ich beschloss, dir das Zweitliebste zu nehmen.«

Endlich konnte Blom einen Umriss ausmachen. Eine schmale, hochgewachsene Silhouette neben der Tür.

»Hast du gelitten?« Die Worte des Eindringlings waren lauter geworden, voller Hass. Er spuckte sie ihm regelrecht entgegen. »So wie Lena es getan hat?«

»Lena? Welche Lena?« Bloms Fingerspitzen glitten nun über die Holzpritsche. »Wenn es etwas mit dem Einbruch bei Lothar von Wurmb zu tun hat – daran war ich nicht beteiligt. Ich wurde reingelegt.« Ein Holzsplitter bohrte sich tief in sein Fleisch, doch er spürte keinen Schmerz.

»Lügner«, zischte der Mann. »Gib es zu. Steh zu deinen Sünden.« Eine Klinge blitzte im Mondlicht auf. »Jacobi war der Einzige, der selbst die Konsequenzen gezogen hat. Ich habe ihm erzählt, was du getan hast. Woran er beteiligt war. Daraufhin hat er seinen Mann gestanden.«

»Ich war nicht dabei, verdammt noch mal!« Bloms Stimme überschlug sich. Er rang nach Luft. Wenn er lebend aus dieser Situation kommen wollte, musste er ruhig bleiben und klar denken. Er war noch immer ein geschickter Dieb, da sollte er doch in der Lage sein, einem verrückten Mörder das Messer zu entwenden.

»Spiel hier nicht das Unschuldslamm.« Der Kerl trat einen Schritt auf ihn zu, holte aus und stach zu.

Blom konnte ausweichen, doch der Mann war flink. Geschickt legte er nach. »Hilfe!«, brüllte Blom. »Zu Hilfe!«

»Spar dir den Atem. Hier unten hört dich niemand.« Der Angreifer holte erneut aus.

Dieses Mal trat Blom die Flucht nach vorne an. Anstatt auszuweichen, setzte er zu einem Ellenbogenstoß an.

Der Ellenbogenstoß: Der Ellenbogen ist einer der spitzesten und härtesten Teile des menschlichen Körpers. Ein gezielter Hieb damit gegen den Hals oder die Schläfe ist effizienter als jeder Faustschlag oder Fußtritt.

Blom wandte sich zur Seite, hob den Ellenbogen, drehte schwungvoll den Oberkörper und platzierte einen Schlag gegen das Kinn des Angreifers. Dabei schlitzte ihm dessen Klinge den Unterarm auf, doch alles, was zählte, war, dass das Messer laut klirrend auf den Boden fiel.

Der Eindringling stöhnte und taumelte, während Blom auf die Knie ging und nach der Waffe tastete.

Auf dem Flur waren Schritte zu vernehmen.

»Verdammt«, fluchte der Mörder und trat zur Tür. »Freu dich nicht zu früh, du wirst mir nicht entkommen«, zischte er. »Ich werde dich kriegen.« Mit diesen Worten huschte er nach draußen.

Wenige Augenblicke später stürmte Mathilde in die Zelle, gefolgt von einem verschlafenen Cronenberg. »Felix! Geht es dir gut?« Sie hob eine Laterne in die Höhe und leuchtete die Zelle aus.

Blom betrachtete die Verletzung, die der Eindringling ihm zugefügt hatte. »Was tust du hier?«

Anstatt zu antworten, fasste Mathilde ihn an der Schulter und zog ihn in den Flur. »Wir müssen raus«, zischte sie ihm ins Ohr.

»Würden Sie mir jetzt bitte endlich erklären, was hier los ist?« Cronenbergs Augen waren verquollen, sein Hemd zerknittert, und sein Haar stand wild in alle Richtungen. Irritiert starrte er auf das Blut, das von Bloms Arm tropfte.

»Wo zur Hölle sind Sie gewesen? Beinahe wäre ich umgebracht worden«, ereiferte sich Blom.

»Umgebracht? In der Isolierzelle?«

»Ganz genau. An jenem Platz, den Sie den sichersten Ort Berlins nannten. Ich habe keine Ahnung, woher der Kerl wusste, dass ich dort war, oder wie er reingekommen ist, aber er tat es, verflucht noch mal.«

»Lass uns gehen«, drängte Mathilde. »Dein Arm muss verarztet werden.«

»Haben Sie das Gesicht des Kerls gesehen?«, fragte Cronenberg. »Haben Sie mit ihm geredet? Haben Sie etwas erfahren, das auf seine Identität schließen lässt?«

Blom überlegte. »Er hat gemeint, ich solle leiden. Leiden wie Lena. Sagt Ihnen das etwas?«

Cronenberg schüttelte den Kopf.

»Komm jetzt.« Mathilde packte ihn erneut und geleitete ihn durch die langen Gänge hinaus ins Freie.

Kühle Nachtluft schlug ihnen entgegen. Der Schock ließ langsam nach, und der Schmerz in Bloms Arm machte sich bemerkbar. »Wie hast du mich gefunden? Woher hast du gewusst, dass ich in Gefahr war?«

»Ich habe nachgedacht«, flüsterte sie, während sie durch den Hof gingen. »Mir kam komisch vor, dass der Täter derart gut Bescheid wusste. Er hatte Kenntnis davon, dass du im Krögel untergekommen bist. Er wusste, dass wir mit Henri ins Café *Kaiserhof* gegangen sind. Und er wusste auch stets, wann du zu Hause warst und wann nicht.«

»Du hast recht. Das hätte mir gleich auffallen sollen.«

»Erinnerst du dich an den modrigen Geruch in der Detektei und den Luftzug?«, legte Mathilde nach. »Die Mauern im Krögel sind alt und porös. Sie haben viele Ritzen und Löcher – gut möglich, dass es Orte im Präsidium gibt, von denen aus man uns abhören kann.« Mathilde hatte vor lauter Aufregung ganz rote Wangen bekommen. »Und denk an Henri. Wie ein Lamm ist er mit seinem Mörder mitgegangen. Offenbar hat er ihm vertraut. Für all das gibt es nur eine einzige plausible Erklärung.« Sie sah sich um und trat nah an Blom heran. »Es muss einer von denen sein«, flüsterte sie. »Einer von der Polente.«

39

Er hat gemeint, ich solle leiden. Leiden wie Lena. Bloms Worte wollten Cronenberg nicht mehr aus dem Kopf gehen. Auch als er kurz nach sieben die Charité betrat, um sich nach Brunos Zustand zu erkundigen, hallten sie ihm noch immer in den Ohren.

Eine korpulente Frau in blau-weiß gestreifter Schwesternuniform stellte sich ihm matronenhaft in den Weg. »Kommissar Cronenberg, was wollen Sie denn schon wieder hier?« Sie stemmte ihre Hände in die breiten Hüften und bedachte ihn mit einem vorwurfsvollen Blick. »Ich habe doch gesagt, dass ich nach Ihnen schicken lasse, sobald es etwas Neues gibt.«

Cronenberg trat zur Seite, um einer Rolltrage Platz zu machen, auf der ein blasser junger Mann lag, der leise wisperte und dann wieder stöhnte.

»Ich konnte nicht schlafen«, erklärte er. »Geht es Herrn Harting gut?«

Die Krankenschwester nickte, wobei das weiße Häubchen aus gestärktem Leinen, das auf ihrem erdbeerblonden Dutt thronte, vor und zurück wippte. »Ihr Assistent ist noch immer nicht bei Bewusstsein«, erklärte sie. »Aber sein Zustand ist stabil.« Sie tätschelte ihm den Arm und deutete auf den Ausgang. »Er wird wieder. Machen Sie sich mal keine Sorgen. Sobald er zu sich kommt, lasse ich Sie holen.«

»In Ordnung.« Cronenberg ließ sich von ihr zur Tür geleiten und blickte hinaus in den Morgen. Die Welt war in feuchten Dunst gehüllt, Raben krächzten, und auf den niedrigen Büschen, die die Zufahrt zum Krankenhaus säumten, haftete glitzernder Tau.

Ein Mann rannte an ihm vorbei, in den Armen trug er eine Frau, die aus einer klaffenden Kopfwunde blutete. »Wir brauchen dringend einen Arzt!«, rief er. »Sie ist umgefahren worden.«

Schnellen Schrittes kam die korpulente Schwester angelaufen, gefolgt von einem weißhaarigen Mann in einem Arztkittel und zwei Sanitätern mit müdem Blick.

Cronenberg sah zu, wie sie die Frau oberflächlich untersuchten, auf eine Trage legten und eilig fortbrachten. Dabei kam ihm eine Idee. Er wartete, bis die Krankenschwester zurückkehrte.

»Jetzt sind Sie immer noch hier.« Sie legte den Kopf schief und zog eine Augenbraue hoch. »Ich hab doch gesagt …«, setzte sie mit erhobenem Zeigefinger an.

»Es geht nicht um Herrn Harting«, unterbrach er sie. »Sondern um einen alten Fall. Wo sind Ihre Patientenakten? Ich muss dringend etwas nachsehen.«

»Es gibt ein Arztgeheimnis, das ist Ihnen doch hoffentlich klar, oder?«

»Hören Sie, die Information kann mir helfen, einen Mörder zu fassen. Er hat bereits drei Männer getötet. Wollen Sie schuld daran sein, wenn noch mehr Menschen umkommen?«

Sie zögerte kurz, schüttelte dann aber den Kopf. »Kommen Sie mit. Wir müssen in den Keller. Wonach genau suchen Sie?«

»Es geht um eine Nacht vor etwas mehr als drei Jahren.« Er überlegte. »Irgendwann Mitte April. Ich muss wissen, ob damals eine gewisse Lena zu Schaden kam.«

Die Krankenschwester blieb stehen. »Lena Meinecke?«

Cronenberg horchte auf. »Wer ist sie? Was war mit ihr?«

Die Krankenschwester seufzte. »Ich kann mich noch gut an sie erinnern.« Sie fasste sich ans Herz. »Wir werden hier tagtäglich mit Schmerz, Leid und Tod konfrontiert, aber Lena ... Mein Gott ... Das arme Mädel. Ich werde sie niemals vergessen.«

»Was genau ist damals geschehen?«, hakte Cronenberg nach.

»Das arme Ding wurde mitten in der Nacht hergebracht. Hochschwanger, unterkühlt und mit einer schlimmen Kopfwunde. Sie wurde niedergeschlagen und einfach auf der Straße liegen gelassen.« Die Schwester schluckte. »Wer tut denn so was?«, fragte sie mit großen Augen. »Das müssen Barbaren gewesen sein. Unmenschen. Wenn ich könnte ...«

»Was geschah weiter?«, unterbrach sie Cronenberg.

»Das Mädel war eine Kämpfernatur. Wie durch ein Wunder hat sie überlebt. Aber das Kind ...« Sie seufzte schwer. »Das Kind hat es nicht geschafft.«

Sie traten zur Seite, als zwei Diakonissen mit Leintüchern und Verbandsmaterial beladen an ihnen vorbeigingen.

»Als Lena davon erfahren hat ...«, erzählte sie weiter. »Noch nie habe ich jemanden so leiden gesehen. Der Tod des Kindes hat ihr das Herz gebrochen, und vor lauter Gram ging sie elendig zugrunde. Wir haben alles Menschenmögliche getan, um ihr wieder Lebensmut zu geben, doch nach dreißig Stunden Seelenqualen hat der Herr auch sie zu sich genommen.« Sie bekreuzigte sich und fuhr anschließend mit der Hand durch die Luft, als könne sie die traurige Erinnerung einfach wegwischen. »Ich will gar nicht mehr dran denken.«

»Dreißig Stunden.« Cronenberg konnte seine Aufregung

kaum im Zaum halten. Das musste der Schlüssel zur Lösung des Falls sein. Lena Meinecke. »Hatte sie Angehörige?«, fragte er so eilig, dass er sich beinahe verhaspelte. »Wer war der Vater des Kindes?«

»Es gab einen Verlobten«, sagte die Krankenschwester. »Einen hübschen jungen Mann, der sie aufrichtig geliebt hat. Keine Sekunde ist er ihr von der Seite gewichen. Mit gequältem Blick hat er ihre Hand gehalten, bis sie ...«

»Namen. Ich brauche einen Namen.«

Sie überlegte. »Er will mir nicht einfallen. Warten Sie hier.« Sie huschte durch eine Tür und kam eine gefühlte Ewigkeit später wieder heraus. In der Hand hielt sie eine dünne Mappe. »Einen kleinen Moment ...« Sie überflog die Akte. »Das muss er gewesen sein.« Die Schwester deutete auf einen Namen.

Cronenberg erstarrte. Der Mörder von Jacobi, Schrader und Roleder, der Kerl, der Bruno niedergeschossen hatte und um ein Haar Felix Blom ermordet hätte ... »Nein«, flüsterte er. »Das kann ... das darf nicht sein.«

Zurück im Polizeipräsidium eilte Cronenberg so schnell durch die Höfe und Korridore, dass er völlig außer Atem war, als er endlich sein Ziel erreichte: Das Magazin. Er ahnte nun, worum es sich bei der kleinen Metallöse handelte, die sie in der Waldhütte gefunden hatten. »War Kommissar Harting gestern hier?«, keuchte er und hoffte, dass alles nur eine dumme Verwechslung war, eine zufällige Namensgleichheit.

Der Beamte an der Ausgabe nickte. »Es ging um eine Kette«, erklärte er. »Die, die wir benutzen, um die Polizeimarken zu befestigen. Herr Harting wollte wissen, ob ich vor kurzem eine neue ausgegeben habe.«

»Und? Haben Sie?«

Der Beamte nickte erneut. »Ja, es war …«

Cronenberg wusste, welchen Namen der Mann gleich nennen würde. Es war jener, der in den Aufzeichnungen der Charité gestanden hatte. Ohne ein weiteres Wort zu verlieren, drehte er sich um und ging.

40

Ein Durcheinander von lästigen Geräuschen drang von draußen herein. Er trat ans Fenster, schloss den Riegel, der so widerspenstig war wie der Rest des Hauses. So widerspenstig wie Felix Blom. Der durchtriebene Hund hatte selbst im Angesicht des Todes noch immer behauptet, nichts mit Lenas Ermordung zu tun zu haben.

»Lena …« Er rieb sich das schmerzende Kinn, blickte in den trüben Himmel und blinzelte, als die schrecklichen Erinnerungen in ihm hochstiegen. Drei Jahre waren seither vergangen, und doch schien es ihm, als wäre es erst gestern gewesen.

Kurz nach Lenas Einlieferung in die Charité hatte sich das Kind in ihrem Bauch nicht mehr bewegt, und die Krankenschwester konnte keine Herztöne mehr ausmachen. Der herbeigerufene Arzt nahm einen Kaiserschnitt vor und tat alles in seiner Macht Stehende, doch es war zu spät. Das kleine Mädchen war tot.

»Gott hat sie zu sich genommen«, hatte er Lena unter Tränen erklärt. »Unsere Tochter ist jetzt ein Engel. Deine Mutter wird sich gut um sie kümmern. Sie wird sie behüten und auf sie aufpassen, bis wir sie eines Tages wiedersehen.« Doch keines seiner Worte hatte sie erreicht, nichts konnte ihren Schmerz durchdringen. Nachdem sie ihm berichtet hatte, was in der Nacht geschehen war, versank Lena in Apathie und ertrank langsam in ihrem Kummer. Sie war wie eine Blume gewesen, die vor seinen Augen verwelkt war. Mit jeder Stunde, die verging, wurde ihre Haut blasser, ihre Augen verloren an Glanz, und das Leben wich aus ihrem Körper.

Lenas Licht war binnen dreißig Stunden erloschen, und alles, was ihm blieb, waren Trauer und Schmerz.

Trauer, Schmerz und der unbändige Wunsch nach Rache.

Er hatte niemandem etwas von Lenas Erinnerung an die Nacht erzählt. Denn er wollte die Sache selbst in die Hand nehmen und auf eigene Faust für Gerechtigkeit sorgen.

Er hatte die Männer gefunden und gerichtet. Nur einer fehlte noch.

Felix Blom.

Ein weiteres Mal würde er ihm nicht entkommen.

41

»Au!« Blom zuckte zusammen, als Mathilde seinen Verband abnahm und Schnaps auf die Wunde goss.

»Halt still!«, schimpfte sie. »Der Schnitt ist tief. Wenn er sich entzündet, kannst du deinem Arm auf Wiedersehen sagen. Besser gesagt, auf Nimmerwiedersehen. Dann ist es vorbei mit der Schere und all den anderen Tricks.«

Er biss die Zähne aufeinander und nickte. »Verdammte Polente«, presste er hervor.

Mathilde zündete eine von Lugowskis guten Zigarren an, klemmte sie in den Mundwinkel und paffte grübelnd vor sich hin. »Angenommen, bei dem Einbruch ist eine Frau namens Lena zu Schaden gekommen«, spekulierte sie, während sie Blom eine frische Bandage anlegte. »Ein ihr nahestehender Mensch, vielleicht ihr Vater, Bruder oder Ehemann, könnte sich dafür rächen wollen.«

Blom nahm einen Schluck aus der Flasche und blickte zur Tür, die so gut wie möglich abgeriegelt war. »Aus irgendeinem Grund weiß er, dass mehrere Männer an dem Einbruch beteiligt waren«, spann er Mathildes Gedanken fort. »Um sie ausfindig zu machen, tritt er der Polente bei.«

»Sofern er nicht sowieso längst einer von ihnen war.«

»Als Polizist hat er Zugang zu allen verfügbaren Ressourcen. Er kann Akten wälzen, Menschen befragen, auf Informanten zugreifen ...«

Mathilde nickte. »Er findet heraus, dass Jacobi, Schrader

und Roleder zu den Tätern gehören. Und er geht davon aus, dass auch du an der Sache beteiligt warst. Schließlich wurde dein Manschettenknopf am Tatort gefunden.«

Blom erinnerte sich an die Nacht, in der er von dem Mörder heimgesucht worden war. *Du bist an allem schuld, Blom. Dich spare ich mir bis zum Schluss auf.* »Was auch immer dieser Lena zugestoßen ist, welche Art von Leid sie auch erdulden musste ... er ist davon überzeugt, dass ich dafür verantwortlich bin. Um mich zu bestrafen, schadet er der Detektei, indem er dafür sorgt, dass Dahls Artikel nicht erscheinen kann. Wahrscheinlich hat er etwas gegen den Chefredakteur der Zeitung in der Hand und erpresst ihn. Er will, dass ich dreißig Stunden lang leide. *Hast du gelitten? So wie Lena es getan hat?* Und dass ich sterbe.«

Mathilde runzelte die Stirn, blies Rauch aus und starrte in den Qualm.

»Warum schaust du so skeptisch? Ich finde diese Theorie ergibt einen Sinn.«

»Schon, aber sie lässt einen Faktor außer Acht: den mysteriösen Auftraggeber. Ich frage mich, welche Rolle er bei der ganzen Sache spielt.«

Ein Klopfen an der Tür ließ beide zusammenzucken.

Blom griff nach dem Messer, das er sich zurechtgelegt hatte, und schob Mathilde ihren Schlagstock zu.

»Ich denke nicht, dass der Mörder anklopft«, flüsterte sie und trat an die Tür. »Wer ist da?«

»Fräulein Voss?«, rief eine Stimme, die Blom durch Mark und Bein ging. »Ich bin es. Auguste Reichenbach. Ist Felix bei Ihnen?«

Blom erstarrte. Noch ehe er etwas sagen konnte, hatte Mathilde den Schreibtisch, mit dem sie die Tür verbarrikadiert hatten, fortgeschoben und Auguste hereingelassen.

Blom rang nach Worten. Da war sie. So nah und so wunderschön. Seine Auguste. Er konnte ihr Veilchenparfum riechen und das kleine Muttermal auf ihrer Oberlippe sehen, an das er in Moabit so oft gedacht hatte. Sie hatte an Gewicht verloren, wirkte noch zarter und zerbrechlicher, als er sie in Erinnerung hatte. Und noch bezaubernder.

»Du bist verletzt.« Augustes Gesicht nahm einen besorgten Ausdruck an. Sie trat zu ihm und berührte sachte den Verband.

»Ach«, winkte er ab. »Das ist nichts.« Er wollte auf ihre Hand schauen, wollte Gewissheit haben, ob sie noch immer von Mesars Ring trug, doch er konnte seinen Blick keine Sekunde von ihren großen blauen Augen abwenden, die ihn gütig ansahen. Er wollte die Zeit für immer anhalten, wollte in dem Moment versinken und nie wieder auftauchen. »Was tust du hier?«, flüsterte er.

Auguste lächelte. »Ich wollte mich bedanken. Dafür, dass du dich endlich gemeldet hast. Dafür, dass du endlich ehrlich warst.«

»Ich verstehe nicht …«

»Deine Freundin hat mir deinen Brief überbracht.«

Blom blickte zu Mathilde. »Du solltest ihn doch erst, wenn ich …«

»Männer«, murmelte Mathilde. »Verstehen einfach nicht, was gut für sie ist.« Sie blickte in den Innenhof. »Ich sehe mal nach den Kindern. Eigentlich sollten sie die Detektei im Auge behalten und Zeter und Mordio schreien, sobald sich ein Fremder nähert. Dass das auch elegante Frauen mit einschließt, war den Gören offenbar nicht klar – da muss ich den Auftrag wohl noch präzisieren.« Sie trat hinaus und schloss die Tür.

»Ich habe dir jede Woche geschrieben.« Blom strich Auguste eine Haarsträhne aus dem Gesicht.

»Bei mir sind keine Nachrichten angekommen. Der Brief von heute Nacht war das erste Lebenszeichen, das ich nach über drei Jahren von dir erhalten habe. Wahrscheinlich hat mein Vater die Briefe abgefangen.« Sie lächelte traurig. »Warum bist du nach deiner Entlassung denn nicht zu mir gekommen?«

Blom breitete die Arme aus und blickte an sich hinab. »Sieh mich doch nur an! Ich konnte dir so heruntergekommen unmöglich unter die Augen treten. Außerdem ...« Er schluckte. »Es ist, wie ich dir geschrieben habe. Ich habe mich geschämt. Dafür, dass ich kein reicher Erbe bin, sondern nur ein einfacher Dieb.«

»Ach, Felix«, seufzte sie. »Kennst du mich denn wirklich so schlecht? Schätzt du mich tatsächlich derart falsch ein?« Augustes Augen schimmerten feucht. »Ich brauche keinen adeligen Adonis mit einem ellenlangen Stammbaum. Alles, was ich jemals wollte, war jemand, der mich aufrichtig liebt. Dich!« Sie trat einen Schritt zurück und sah ihn an.

Blom konnte Enttäuschung in ihrem Blick erkennen und einen Hauch von Zorn. »Warum hast du dann ...? Du weißt schon ...« Er holte tief Luft und sah auf ihre Hand. Noch immer glitzerte dort der dicke Klunker, den Albert von Mesar ihr angesteckt hatte.

»Mir ist nichts anderes übrig geblieben.« Augustes Stimme bebte. »Mein Vater hat gedroht, mich auf die Straße zu setzen, wenn ich Alberts Antrag nicht annehme.«

»Also hast du ...«

»Was hätte ich tun sollen? Ich habe keine Ausbildung, kein eigenes Geld. Und du ... du hast mich im Stich gelassen.« Dicke Tränen kullerten ihr über die Wangen.

»Ach, Auguste, meine Liebste. Ich hatte solche Angst vor deiner Reaktion, wenn du die Wahrheit über mich herausfindest.« Blom wollte sie an sich drücken, doch sie wand sich aus seiner Umarmung.

»Ich habe gewusst, dass du ein Dieb bist und keineswegs aus gutem Hause stammst. Darüber hätte ich hinwegsehen können.« Sie presste die Lippen aufeinander. »Aber nicht darüber, dass du mich belogen hast.«

»Du hast es gewusst?« Er riss die Augen auf und starrte sie an. »Aber wie …«, stammelte er. »Wie bist du mir auf die Schliche gekommen? Und wann?«

»Ich hatte schon lange so eine Ahnung. Gewissheit bekam ich aber erst ein paar Tage vor deiner Verhaftung. Der Polizist, der bei dir zu Hause aufgetaucht ist, hat mir alles über dich und deine Taten berichtet. Bis ins kleinste Detail.«

»Polizist? Welcher Polizist?« Bloms Irritation wuchs.

Auguste zuckte mit den Schultern. »Ich kann mich nicht mehr an seinen Namen erinnern, aber er war …« Sie begann, den Mann zu beschreiben. »Was ist los?«, fragte sie, als Blom plötzlich blass wurde und sich setzen musste.

»Mir ist gerade einiges klar geworden.« Fassungslos fuhr er sich mit beiden Händen übers Gesicht.

Kurz darauf erhob er sich und umarmte Auguste. Dieses Mal ließ sie es zu. »Ich liebe dich«, sagte er und trat an die Tür.

»Wo willst du denn hin?«

Blom seufzte. »Nach nebenan.«

Im Polizeipräsidium am Molkenmarkt herrschte die übliche Betriebsamkeit. Schritte hallten durch die Flure, es wurde geschimpft, beteuert, gefleht und geflucht. Jemand nieste laut, und irgendwo wieherte ein Pferd. Nur in Cronenbergs Büro herrschte eisige Stille.

»Haben Sie Dank, dass Sie so schnell erschienen sind.« Er deutete auf einen Stuhl.

»Mir wurde gesagt, es sei dringend.«

»Das ist es in der Tat.« Cronenberg zog seinen Revolver unterm Schreibtisch hervor.

Theodor Nikolas runzelte die Stirn. »Was tun Sie da?«

»Spielen Sie nicht die Unschuld vom Lande. Ich weiß über alles Bescheid.« Cronenberg richtete den Lauf der Waffe auf die Brust seines Gegenübers. »Ich weiß von Lena Meinecke, außerdem haben wir in der Waldhütte, in der Dietrich Schrader gefangen gehalten wurde, eine Öse gefunden – sie stammt von Ihrer Polizeimarke.«

Nikolas legte den Kopf schief. »Ich habe keine Ahnung …«, setzte er an, doch Cronenberg ließ ihn nicht ausreden.

»Leugnen hat keinen Zweck!«, blaffte er ihn an. »Die Beweislast gegen Sie ist erdrückend. Allein die Öse und Ihr Name in den Aufzeichnungen der Charité reichen für eine Anklage, doch das ist noch nicht alles. Da ist zum Beispiel noch der Kutscher vom Dresdener Bahnhof. Der Mann hat sich nicht wirklich verhört«, erklärte er. »Herr Omiser … Bloms Gejammer über Albert von Mesar hat mich auf den Holzweg geschickt.« Cronenberg schüttelte den Kopf, erstaunt über den offensichtlichen Hinweis, den er übersehen hatte – oder, besser gesagt: überhört. »Julius Jacobi stammte aus Dresden. Er musste darum mit sächsischem Einschlag gesprochen haben, deshalb hat ihn der Kutscher nicht richtig verstanden. Außerdem ist Jacobi freiwillig mit dem Fremden mitgegangen.« Cronenberg schlug sich mit der flachen Hand gegen die Stirn. »Ich hätte es sofort erkennen müssen. Wem vertraut man, wenn man in Not ist und um sein Leben fürchtet? Einem Polizisten. Nicht wahr, Herr Omiser? Oder sollte ich lieber sagen: Herr Kommissar?«

»Die Kerle haben Lena umgebracht.« Theodor Nikolas machte keine Anstalten mehr, seine Schuld abzustreiten.

Stattdessen starrte er Cronenberg feindselig an. »Es waren vier Männer. Vier. Das hat sie mir auf dem Sterbebett erzählt. Die Schweine haben unser ungeborenes Kind getötet und dadurch unser Leben zerstört. Sie haben Lena das genommen, was ihr das Liebste auf der Welt war. Sie hat gelitten, dreißig Stunden lang. Dann ist sie an gebrochenem Herzen gestorben.« Bei der Erinnerung daran wurde sein hübsches Gesicht zur hässlichen Fratze. »Blom wurde verhaftet und wegen Diebstahls ein paar läppische Jährchen weggesperrt«, spie er ihm entgegen. »Ich habe nur darauf gewartet, bis er entlassen wird.«

»Sie sind also in den Polizeidienst eingetreten, um die Sache selbst in die Hand zu nehmen und Rache zu üben.«

»Ich wollte dem Recht Genüge tun, so würde ich es ausdrücken. Mir war klar, dass die Polizei sich nicht sonderlich um eine tote Hebamme scheren würde. Und selbst wenn – die Gerichte in diesem Land sind viel zu milde.« Er verschränkte die Arme vor der Brust. »Richter und Geschworene lassen sich von tränenreichen Beteuerungen erweichen oder von heimtückischen Lügen blenden, und selbst wenn – selten, aber doch – einmal ein Todesurteil gefällt wird, dann spielt der alte Kaiser den Menschenfreund und begnadigt den Täter.«

Cronenberg wollte dem etwas entgegensetzen, musste sich aber eingestehen, dass Nikolas mit vielen seiner Aussagen recht hatte. »Sie waren Soldat«, stellte er fest. »Töten war Ihr Beruf.«

Nikolas nickte. »Ich bin in den Polizeidienst eingetreten und habe die Schweine gefunden. Dann habe ich sie leiden lassen und umgebracht, so wie sie es verdient hatten.«

»Ich habe keine Ahnung, welche Finten Sie angewendet haben, um Ihre Opfer in Sicherheit zu wiegen und dorthin zu locken, wo Sie sie haben wollten, aber es muss perfide gewesen sein. Perfide und hinterhältig.«

»Von wegen.« Nikolas winkte ab. »Es war nicht schwer, die Kerle zu beschatten und herauszufinden, woran ihr Herz am meisten hing. Und es war auch nicht schwer, es ihnen zu nehmen.«

»Julius Jacobi war ein einfacher Junge aus bescheidenen Verhältnissen.« Cronenberg sah Nikolas mit einer Mischung aus Zorn und Unverständnis an. »Er hatte solch ein Schicksal nicht verdient.«

Nikolas schnaubte. »Mitgefangen, mitgehangen.« Er zuckte mit den Schultern. »Ich bin nach Dresden gereist, habe seine Verlobte dazu gebracht, sich von ihm zu trennen, und ihm anschließend die Karte zugesteckt.«

»Und dann?«

Nikolas lehnte sich zurück und starrte auf die Pistole in Cronenbergs Hand. »Jacobi hat wohl geahnt, dass der Grund für seine Probleme in Berlin zu finden ist. Gleich danach, ohne mein Zutun, setzte er sich in den nächsten Zug und fuhr hierher – und ich mit ihm. Nach dem Aussteigen habe ich mich als Polizist zu erkennen gegeben und ihm versichert, dass ich ihm helfen kann.«

»Perfide und hinterhältig, wie ich bereits sagte.« Angewidert verzog Cronenberg das Gesicht. »Er ist mit Ihnen in die Kutsche gestiegen und nach Bohneshof gefahren.«

Nikolas nickte. »Ich habe ihm alles erzählt. Er war derart schockiert zu erfahren, was durch sein Zutun mit Lena geschehen war, dass er sich selbst gerichtet hat. Die Scham, die Schuld, die Schande, der Skandal, der seine Familie treffen würde ... das war zu viel für ihn.«

»Ich gehe davon aus, dass Schrader und Roleder nicht so kooperativ waren.« Cronenberg fasste mit der freien Hand in seine Tasche, holte seine Bilin-Pastillen hervor, schluckte eine und legte die Dose auf den Tisch. »Und Blom …«

Nikolas ballte die Hände zu Fäusten. »Den verdammten Hurensohn kriege ich auch noch.«

In diesem Moment wurde die Tür aufgerissen.

Felix Blom betrat den Raum und brauchte ein paar Augenblicke, um zu verstehen, was hier vor sich ging. Er starrte erst auf die Pistole in Cronenbergs Hand, dann wanderte sein Blick zu Nikolas und dem Hämatom auf dessen Kinn. »Sie!«, murmelte er, als er zudem den Hauch von Moschus wahrnahm, der in dem Raum schwebte. »Sie wollten mich umbringen.«

»So ist es«, erklärte Cronenberg. »Kommissar Nikolas ist der Täter.«

»Verdammte Polente!«, entgegnete Blom. »Hat gleich zwei Verbrecher in ihren Reihen.«

»Zwei Verbrecher?«, fragte Nikolas.

»Ganz genau.« Blom zeigte auf Cronenberg.

»Was soll das? Wovon reden Sie?«, rief der.

»Auguste hat mir alles erzählt. Sie waren bei mir zu Hause. Dort haben Sie meinen Manschettenknopf mitgenommen, um mir den Einbruch bei von Wurmb anzuhängen.«

»Was für eine bodenlose Frechheit!«

Bloms Hände zitterten, und es fiel ihm schwer, nicht die Beherrschung zu verlieren. »Sie hatten Ärger, weil Sie nicht in der Lage waren, den Schatten von Berlin zu schnappen. Ich war ein zu ausgebuffter Gegner, und das war ein Riesenproblem. Sie haben es selbst gesagt, Sie haben Ehrgeiz, Sie wollen ganz nach oben – den adeligen Günstlingen wie von Hüllessem zum Trotz. Darum ist Ihnen nichts anderes übriggeblieben, als unlautere Mittel anzuwenden und mich reinzulegen.«

»Sie sind völlig verrückt!«, rief Cronenberg, während Nikolas seinen Blick entgeistert zwischen ihm und Blom hin und her wandern ließ.

Die Turmuhr der nahen Kirche schlug zehn. Vor dem Fenster gurrte eine Taube, die aufgeregt davonflatterte, als eine schrille Frauenstimme ihre Liebe zu einem gewissen Otto beteuerte.

»Von wegen verrückt. Ich war noch nie so klar im Kopf«, sagte Blom. »Henri Roleder hat an einem Wiedereingliederungsprogramm teilgenommen. Dadurch wussten Sie, dass er bei Lugowski aussteigen wollte und Geld brauchte. Sie haben ihn also angeheuert, bei Ihrem alten Kontrahenten, Lothar von Wurmb, einzubrechen.« Blom lachte trocken. »Sie haben zwei Fliegen mit einer Klappe geschlagen. Sie haben von Wurmb gedemütigt und mich hinter Gitter gebracht.«

»Elendes Schwein«, zischte Nikolas in Richtung Cronenberg. »So war das also. Sie sind ein Perfektionist, das ist allgemein bekannt. Sie wollten sicherstellen, dass bei dem Einbruch alles glatt über die Bühne geht. Deshalb sind Sie persönlich vor Ort gewesen. *Sie* waren der vierte Mann. Sie haben alles überwacht und dabei mitbekommen, dass Lena die Tat beobachtet hat.«

Blom sah zwischen den beiden Männern hin und her und ließ seinen Blick schließlich auf Cronenberg ruhen. »Sie haben nicht gewusst, wer die beiden anderen Einbrecher waren. Roleder hat Schrader und Jacobi ohne Ihr Wissen angeheuert. Darum konnten Sie nach den Morden an den beiden keinen Zusammenhang mit damals erkennen. Für Sie waren das irgendwelche Leichen, unglückliche Opfer, die zur falschen Zeit am falschen Ort gewesen waren. Sie hatten keine Ahnung, dass Sie in Ihrem eigenen Fall ermitteln.«

Nikolas starrte ins Nichts. »Hätte ich das doch nur früher gewusst …«, wisperte er. Noch ehe Cronenberg oder Blom reagieren konnten, schnellte er hoch und machte einen Satz nach vorn. »Sie sind Lenas Mörder!«, brüllte er und stürzte sich auf Cronenberg.

»Ablenkung ist eine der wichtigsten Waffen jedes Diebes«, murmelte Blom. Er griff nach dem erstbesten Gegenstand, der ihm in die Finger kam – Cronenbergs Pastillendose – und setzte an, sie Nikolas an den Kopf zu werfen.

Noch ehe Blom sein Vorhaben in die Tat umsetzen konnte, löste sich ein Schuss.

Er war tödlich.

42

Arthur Lugowski saß im *Alt Berlin*, rauchte Zigarre und betrachtete die goldenen Ringe an seinen Fingern. »Ich habe es immer gesagt«, erklärte er in einem selbstgefälligen Tonfall. »Die Polente ist durchtriebener und korrupter, als unsereins es jemals sein könnte. Wir sind ein ehrbarer Haufen im Vergleich zu diesem elenden Pack.«

Blom strich über den Verband an seinem Arm und dachte daran, was tags zuvor geschehen war. Nikolas hatte Cronenberg zu Boden gerissen und ihm dabei die Schulter gebrochen. Bei dem folgenden Gerangel hatte sich ein Schuss gelöst, der Nikolas tödlich getroffen hatte.

Cronenberg hatte versucht, den herbeigeeilten Polizisten weiszumachen, dass Blom die Schuld an allem trug, doch dann war einem von ihnen Cronenbergs Pastillendose ins Auge gestochen, die zerbrochen auf dem Boden lag und ein lange gehütetes Geheimnis offenbarte: In ihrem Deckel war Lothar von Wurmbs Adlerorden verborgen.

»Man sollte die Menschen nicht über einen Kamm scheren«, sagte Blom. »Und außerdem findet die Gerechtigkeit am Ende immer einen Weg.«

»Spiel hier nicht den weisen alten Mann. Dafür bist du zu jung, Felix.« Lugowski grinste und bestellte Cognac. »Vom Guten, nein, vom Besten. Bring eine Flasche vom Courvoisier«, rief er Kalle zu und wendete sich wieder an Blom. »Was ist aus diesem Bruno geworden?«

»Offenbar ist er über den Berg. Wenn die Gerüchte stimmen, die ich gehört habe, ist er seinem Vorgesetzten noch immer treu ergeben.«

»Verdammte Mischpoke.« Lugowski seufzte. »Was hast du jetzt eigentlich vor?« Er deutete um sich. »Komm zurück in den Schoß der Familie. Der Kongress ist bald vorbei und die Kaiserattentäter gerichtet. Dann verschwindet die Polizei von den Straßen, wir können in Ruhe den Goldfasan und seine Bande ausschalten und Berlin endgültig unter unsere Fuchtel bringen.« Er grinste. »Ich habe große Pläne.«

Blom schüttelte den Kopf und war seit sehr langer Zeit ein Stück weit gelassen, womöglich sogar zuversichtlich. »Ich habe Auguste hoch und heilig versprochen, keine krummen Dinger mehr zu drehen.« Er lächelte. »Sie hat mir dafür versichert, die Verlobung mit Albert von Mesar bei der nächsten sich bietenden Gelegenheit zu lösen.«

»Auguste.« Lugowski schnaubte abfällig. »Diese heißblütige Brünette, wie hieß die Puppe noch mal? Irgendwas mit M. Die passt viel besser zu dir.«

»Mathilde ist meine Chefin. Sie und ich …«

»Felix Blom, ein Detektiv, der für ein Weib arbeitet«, unterbrach Lugowski. »Ich weiß nicht, ob ich lachen oder weinen soll.«

»Dann lass uns trinken.« Blom nahm den Cognac, den Kalle serviert hatte, schenkte zwei Schwenker ein und hob einen davon in die Höhe. »Ich hoffe, dass ich trotzdem hin und wieder auf ein Bier ins *Alt Berlin* kommen darf.« Er sah sich um. »Nach Hause.«

Lugowski stieß mit ihm an. »Aber natürlich«, sagte er und nahm einen Schluck. »Du bist und bleibst einer von uns. Ein Gauner, ein Dieb, der Schatten von Berlin.«

Einige Tage später

Die Abenddämmerung hatte sich bereits über Berlin gelegt, als Comtesse Isabelle de Montfalcon durch die schummrig beleuchteten Gassen huschte. Dabei hielt sie ihren Blick gesenkt und den Schleier tief ins Gesicht gezogen. Eilig stöckelte sie über den Molkenmarkt, bog in den Krögel ein und gab acht, nicht über das unebene Kopfsteinpflaster zu stolpern.

Sie zuckte zusammen, als über ihr laut krachend ein Fenster zugeschlagen wurde. Tränen stiegen ihr in die Augen, und sie fasste sich ans Herz. Wo war denn bloß dieser Innenhof, von dem sie gelesen hatte? Sie stieg über einen Scherbenhaufen und wich einer Ratte aus, die ungeniert vor ihr den Weg kreuzte. »Mon dieu«, flüsterte sie.

Eine Horde rotznasiger Kinder, die mit einer räudigen Katze spielte, musterte sie dabei so neugierig, als wäre sie ein exotischer Vogel.

Die Comtesse ignorierte die Gören, sah sich hektisch um und atmete erleichtert auf, als sie endlich die rote Tür erkennen konnte, nach der sie gesucht hatte. Mit zitternden Händen klopfte sie an.

»Ja, bitte?«, erklang von drinnen eine Stimme.

Montfalcon betrat das Büro, zog eine Zeitung unter ihrem langen, dunklen Umhang hervor und deutete auf Peter Dahls Artikel im *Berliner Tageblatt*, der nach Nikolas' Tod doch noch erschienen war. »Sind Sie das?«, fragte sie mit französischem Akzent. »Ich habe nämlich ein Problem. Ein schlimmes.«

Mathilde zog an ihrer Zigarre und nickte zufrieden. »Da sind Sie bei uns goldrichtig.«

Felix Blom breitete die Arme aus und lächelte. »Willkommen in der Detektei Voss.«

Nachwort

Manche Geschichten muss man nicht suchen. Sie finden einen. So auch jene über das geheimnisvolle Schicksal eines Konditorgehilfen, dessen Leben eine Revolverkugel am 7. Juni 1878 in Berlin ein Ende setzte. Die Lektüre der *Berliner Gerichtszeitung* führte mich auf die Spur des jungen Mannes. Um genauer zu sein, jene Ausgabe, die am 13. Juni 1878 erschienen war.

Natürlich war es nicht ganz zufällig, dass ich in dieser Zeitung las. Denn ich hatte schon lange vor, einen Krimi in Berlin spielen zu lassen, seit ich eine Zeit lang in dieser pulsierenden Stadt gelebt habe. Und als Autorin historischer Kriminalromane faszinierte mich insbesondere das Berlin des späten neunzehnten Jahrhunderts, da sich die Stadt damals in Rekordgeschwindigkeit zur Metropole entwickelte und sich anschickte, Weltstädten wie Paris, London oder Wien Konkurrenz zu machen.

Die Meldung zum Tod des Konditorgehilfen fand lediglich im Rahmen einer kurzen Meldung Platz und enthielt weder seinen Namen noch sein Alter oder andere Details. Dennoch ließ mich das mysteriöse Schicksal des jungen Mannes aus Dresden nicht mehr los. Was es wohl mit der geheimnisvollen Karte auf sich hatte, die ihm auf der Promenade zugesteckt worden war?

Nachforschungen im Landes- und Bundesarchiv sowie anderen Institutionen brachten leider keine Ergebnisse, und auch die Zeitungen von damals lieferten keine weiteren Spuren. Es oblag also meiner Fantasie, sich eine Antwort auf die Frage auszudenken.

Doch nicht nur diese tragische Geschichte fand in jenen Tagen zu mir. Während meiner Recherchen stieß ich auf die unglaubliche Biografie des 1775 geborenen Eugène François Vidocq. Der abenteuerlustige Franzose verdingte sich zunächst als Betrüger, Dieb und Fälscher und wandelte sich im Laufe seines Lebens vom gerissenen Gauner zum Vater der modernen Kriminalistik und dem ersten Privatdetektiv der Geschichte.

Vidocq inspirierte mich zu der Figur des Felix Blom, einem charmanten Ganoven, der zum Ermittler wird. Mit Bloms Hilfe wollte ich den Fall des toten Konditorgehilfen erzählen, so wie er stattgefunden haben könnte.

Wie in allen meinen historischen Romanen versuchte ich auch in diesem, so nah wie möglich an der Realität zu bleiben. Beschreibungen wie jene des Wetters, der politischen Rahmenbedingungen, der Kleidung et cetera sollten so nah an den wahren Zuständen sein wie möglich.

Das Jahr 1878 war ein besonderes. Nicht nur fand der Berliner Kongress statt, bei dem Vertreter der europäischen Großmächte eine neue Friedensordnung verhandelten, auch wurden zwei Attentate auf den deutschen Kaiser Wilhelm I. begangen: Am 11. Mai schoss der Klempnergeselle Max Hödel mit einem Revolver auf Seine Majestät, verfehlte sein Ziel aber. Am 2. Juni versuchte Karl Eduard Nobiling mit einer Schrotflinte den alten Regenten zu ermorden. Auch diesen Anschlag überlebte der Kaiser, wenn auch schwer verletzt. Die genauen Hintergründe der beiden Taten sind bis heute unklar. Damals vermutete man ein sozialistisches Motiv, was Reichskanzler Otto von Bismarck half, das sogenannte *Gesetz gegen die gemeingefährlichen Bestrebungen der Sozialdemokratie* zu verabschieden.

Fast alle Orte, die in diesem Buch vorkommen, gab es wirklich. So war Bohneshof im Jahr 1878 noch ein abgelegenes Industriegebiet, in dem sich unter anderem Betriebe wie die *Dampf-Knochenmehl-Fabrik-Berlin,* eine Porzellanmanufaktur und ein Labor von Siemens angesiedelt hatten.

Auch das Zellengefängnis Moabit existierte in der beschriebenen Form. Es war nach dem Vorbild der englischen Strafvollzugsanstalt Pentonville errichtet worden und setzte auf strikte Einzelhaft. Die Separierung der Insassen ging so weit, dass sie selbst beim sonntäglichen Gottesdienst in der hauseigenen Kapelle durch Holzwände getrennt waren.

Der Krögel existierte in der hier beschriebenen Form noch bis ins Jahr 1937.

Das Polizeipräsidium befand sich bis 1890 in dem verschachtelten und unübersichtlichen Gebäudekomplex am Molkenmarkt, dann zog es in einen Neubau am Alexanderplatz, der wegen seiner auffälligen Backsteinfassade auch »Rote Burg« genannt wurde.

Der *Kaiserhof* war das erste Hotel Berlins, das ausschließlich für diesen Zweck errichtet worden war. Alle anderen Beherbergungsbetriebe jener Zeit befanden sich in adaptierten Wohnhäusern.

Die Siegessäule, eine der wichtigsten Sehenswürdigkeiten Berlins, wurde 1938/39 vom Königsplatz an ihren heutigen Standort versetzt.

Nicht nur reale Orte, auch reale Personen finden sich in diesem Buch. Leopold von Meerscheidt-Hüllessem sollte bald zu einem der bedeutendsten Polizeibeamten der Berliner Exekutive aufsteigen. Guido von Madai war 1878 amtierender Polizeipräsident, sein Vorgänger war Lothar von Wurmb.

Auch der Schwarze Adlerorden entspringt nicht meiner Fantasie (wohl aber die Behauptung, dass vom Wurmb einer seiner Träger war). Tatsächlich war vorgeschrieben, dass der Orden bei jedem offiziellen Anlass getragen werden musste. Bei dreimaligem Versäumnis dieser Tragepflicht wurde die Ehrung aberkannt.

Im Zuge der Industrialisierung wurde es für Geschäftsleute immer wichtiger, Auskünfte über Vertragspartner und Konkurrenten zu erhalten. Zu diesem Zweck wurden ab den 1860er-Jahren Detekteien gegründet. Meist waren es ehemalige Polizeibeamte, die sich in diesem neuen Beruf selbstständig machten, da sie Kenntnis von Verbrechensstrukturen und Ermittlungstaktiken hatten. Bald wurden sie auch von Privatpersonen angeheuert, um Fälle von Ehebetrug und Ähnlichem aufzudecken.

Äußerst hilfreich für die Recherchen zu diesem Roman war die Digitale Landesbibliothek Berlin (https://digital.zlb.de). Hier konnte ich alte Adress- und Telefonbücher, historische Karten und Pläne sowie eine Vielzahl von Büchern, Zeitschriften und Bildern einsehen.

Weitere wertvolle Eindrücke und Beschreibungen konnte ich unter anderem den Werken von Bruno Preisendörfer (*Als Deutschland erstmals einig wurde*), Iselin Gundermann (*Berlin als Kongreßstadt 1878*), Jens Dobler (Hg.) (*Das Polizeipräsidium am Molkenmarkt*) und Robert Springer (*Berlin. Die Deutsche Kaiserstadt*) entnehmen.

Ich hoffe, Sie hatten beim Lesen genauso viel Vergnügen wie ich beim Schreiben, und hoffe, Sie freuen sich auf weitere Abenteuer von Felix Blom und Mathilde Voss.

Ihre Alex Beer

2

EIN PAAR WOCHEN vor jenem ersten Törn auf dem Plöner
See, in einem makellosen Sommer der Nullerjahre, hatten wir
unseren Segelkurs auf der viel besungenen Außenalster in
Hamburg gemacht, der Hahnenkamm-Abfahrt unter den
Segelseen. Lacht da wer? Der kennt die Alster nicht. Das heim-
tückischste aller Reviere. Selbst die Fischer der bretonischen
Gezeitenfjorde und die Piraten der molukkischen Garnelen-
sümpfe würden mit den Hamburger Fallwinden ihre liebe
Mühe haben und Patenthalse auf Patenthalse hinschmettern.

Den » Sportbootführerschein für Binnengewässer « bestand
ich bei Vollflaute in einer Jolle, einer fünf Meter langen, offenen Nussschale. Seitdem habe ich den Lappen, drin pappt ein
Bild von mir, das mich vollbärtig zeigt und wie im Rausch,
aber segeln kann ich trotzdem nicht. Wenn Böen kommen
und sich das Boot jäh auf die Seite legt, kralle ich mich unwillkürlich an der Bordwand fest, wenn die Segel knallen, schaue
ich besorgt auf den Mast, und als ich einmal zu schnell in den
Hafen gedonnert kam, rammte ich versehentlich eine Handvoll Kindersegler in ihren Optimisten aus dem Weg.

Daran erinnert mich jetzt wieder meine Frau. Wir sitzen in
einem Café an der Alster, der Kleine schläft, so Kleine schlafen
ja viel. Pumba hat sich zwischen uns ausgerollt, da macht
ihr niemand was vor. Ich erinnere Anna an die Regatta, die
unseren Anfängerkurs krönte. Meine Frau war am Ruder, sie
verpatzte den Start, drehte ab, prallte gegen eine Boje, und ich
wedelte vorne machtlos mit der Leine des Vorsegels herum.
Wir kamen erst ins Ziel, als die anderen schon ihr Alsterwasser
zischten.

Unsere reizende Freundin Kornelia, die auch teilnahm, erzählt gemeinsamen Freunden seither gerne, wie sehr wir zwei
uns bei dem Kurs gestritten hätten, wie ein altes Ehepaar. Dies
sei eine rundweg falsche Interpretation, widerspreche ich stets
voller Würde. Anna pflichtet mir ebenso würdevoll bei. In
diesem Moment bin ich stolz auf meine Frau, weil sie sich vor

uns wirft, wie sich das gehört. Jeder Hader ist vergessen, die vergeigte Regatta verblasst. Es habe nur Idee gegen Idee gestanden, verkünden wir, je nachdem, wer das Steuer in den Händen gehalten habe; Befehl gegen Trotz.

3

DER KAPITÄN IST SCHULD, er hat mich verführt und auch Anna. Vielleicht sollte ich ihn kurz vorstellen, die meisten werden zwar schon eine Geschichte von ihm gelesen haben, denn wer Bücher liest, liest auch Zeitungen, und der Kapitän ist eigentlich überall zu lesen. Aber wer weiß schon, dass der Name aus der Sonntagszeitung zu einem Menschen aus Fleisch und Blut gehört? Der Kapitän ist seit einiger Zeit Anfang vierzig und wäre am liebsten U-Boot-Kommandant geworden; immerhin hat er es zu einem blitzenden, schmalen schwedischen Holzboot gebracht. Nach jedem Törn sieht er aus, als hätte er die Seeschlacht am Skagerrak persönlich befehligt. Der Bart wie aus silbernen Drahtfäden gewirkt, die Wangen verbrannt, und der Blick verliert sich irgendwo zwischen Nordnordwest fünf bis sechs und der kurzen, steilen Welle des Kleinen Belts. Wenn der Kapitän ankert, springt er ab und zu von seinem Boot unvermittelt ins Meer und krault zu einem anderen Schiff, um es sich aus der Nähe zu betrachten. Manchmal hat er Glück, und der Skipper bittet ihn an Bord, und sie heben einen zusammen. Manchmal hat er noch mehr Glück, und der Skipper ist eine Skipperin. So viel Glück hat er aber selten, hört man.

An einem Sommerwochenende nach einer beglückenden Fußball-WM segelten wir durch die Dänische Südsee. Der Tramp war noch dabei, ein knuffiger Kerl und Lehrmeister aller Klassen, der es schon mal auf die Titelseite der *Hamburger Morgenpost* gebracht hat, als der FC St. Pauli in letzter Sekunde den Klassenerhalt sicherte und die Fans vor Glück durchdrehten; er war auf dem Foto der Typ in der Mitte, der mit der lederbesetzten Baseballjacke, die Hände gen Himmel, als wäre er der Vetter vom Heiland. Der Tramp hat auch ein eigenes Boot, ein Folkeboot, das dem des Kapitäns ähnlich sieht.

Am Nachmittag ankerten wir vor einer lang gezogenen Insel namens Drejø, wir schwammen und lasen und tranken. Die Sonne ging nicht unter, der Himmel färbte sich langsam rot und blau. Einen nach dem anderen ruderte uns der Tramp mit seinem kleinen Dinghi an Land, wir grillten Würstchen und Krabben im Schilf. (Die Krabben waren voller Eier und schmeckten nach überhaupt nichts; wir warfen sie ins Meer, was uns ein schlechtes Gewissen bereitete. Bis einer sagte: »Staub zu Staub.«) Das Boot war ein Schemen im weichen Nachtlicht des Nordens. Schließlich gluckste uns das Wasser vom Rausch in den Schlaf.

Seitdem möchte ich es selbst können: segeln. Auf dem Wasser zu Hause sein, der Wind bestimmt, wohin die Reise geht, und keiner quatscht einem rein.

Na ja, das klingt ein bisschen pathetisch, aber wer kein Pathetiker ist, sollte sich entweder gar kein Segelboot zulegen – niemals! – oder alternativ ein Motorboot. So wie einer meiner Kollegen, der Segler insgeheim verlacht. »*Put the Hebel on the table*«, sagt er gerne, grinst und tut mit der rechten Hand so, als gäbe er Vollgas, zwei Maschinen, jede mit 120 PS, wrumm! Natürlich geht es da um eine Lebensanschauung, das ist gar keine Frage.

Vielleicht habe ich in all den Gesprächen mit dem Kapitän und dem Tramp nicht die Falten um ihre Augen und ihre Stirn gesehen, die entstehen, wenn man die Wolken am Horizont anspäht und den Bauch des eigenen, blendend weißen Segels, die von der Reflektion des Sonnenlichts auf den Wellen kommen, aber auch vom ständigen Besorgtsein. Kein guter Segler, der nicht ständig besorgt ist, wenn er sein Boot führt. Ob der Wind dreht, ob der Wind nicht dreht, ob der Anker hält, ob das Wasser, das in der Bilge schwappt, nicht in der letzten Stunde ein bisschen sehr viel mehr geworden ist? Früher habe ich diese Falten nicht gesehen. Dabei bin ich hochtalentiert darin, mir Sorgen zu machen, und mir fallen schon von selbst mehrere tausend Gründe ein, warum ich mir kein Boot kaufen sollte.

Und das sei nur das Äußerliche, meint der Tramp. Man werde nach ein paar Wochen auf See auch innerlich ein wenig, nun ja, merkwürdig. »Wenn man immer nur sich selbst um sich herum hat«, sagt er, »bekommt man seinen eigenen Rhythmus. Seine eigenen Gedanken. Man braucht, bis man sich wieder an das Leben an Land gewöhnt hat. Und bis sich die Leute nicht mehr wundern, weil man sich so seltsam benimmt.«

So gehen die Geschichten. Oder vielmehr: So fangen sie an. Bei anderen Hobbys macht man Feierabend, trinkt ein Bier und geht duschen. Beim Segeln ist man tagelang, wochenlang nur Segler. Ich kenne Juristen, die sich nicht mehr rasieren, habe von Radiomoderatoren gehört, die einen halben Tag lang geschwiegen haben sollen, von Agnostikern, die gläubig geworden seien auf See. Sie stellt was mit einem an. An Land würde es niemals hervorgelockt. Eine Veränderung geschieht. Aber was für eine? Das ist das Geheimnis. Ich will es herausfinden.

Da sind schon ein paar Falten um meine Augen, glaube ich. Freudenfalten. Gibt es die?

ZWEI

VOM SUCHEN

1

NACH ZWEI STUNDEN RECHERCHE im Internet habe ich begriffen, dass ich genauso gut beschließen könnte, mir einen nordkoreanischen Spähpanzer zuzulegen oder in arabische Rennpferde zu investieren. Ich weiß nicht nur nichts vom Segeln, von Tuchstoffen, von Schnitten, von Ankern, ich weiß auch nichts von Booten. Ich kenne keine Kielarten, keine Rumpfformen, kein null Komma gar nischt. Und ich kenne keine Häfen, kenne unser Revier nicht, die Ostsee. Bin ein Festlandsmann.

Wo nur anfangen? Mit Google Earth fliege ich über die deutsche Küste. Entdecke Strände, von denen ich nichts wusste, kleine Städte, deren Namen ich nie gehört hatte. Langballigau, war da schon mal jemand? (Ein paar Wochen später werden wir vorbeikommen. Kurven hinein in die nicht weit von Flensburg entfernte Bucht und wieder hinaus, ein rummeliger kleiner Hafen mit Räucherbuden am Steg.) Mit dem Zeigefinger navigiere ich mich Zentimeter um Zentimeter an der deutschen Küste entlang und hinauf nach Dänemark. Die Farben des Meeres … Das Hellblau, das Türkis. Wie schön das deutsche Meer ist. Wie fremd, wenn man von See her denkt.

Seit Neuestem lerne ich auf den nächsten Schein, weil es immer gut ist, sich fortzubilden. Auch wenn alle sagen, Segeln lerne man nicht durch Lesen, Segeln lerne man durch Segeln. Aber den »Sportbootführerschein See« zu machen, kann ja wohl nicht schaden, und wenn man's genau nimmt, ist er auch Pflicht, falls man raus will aufs Meer. Der nächste Schritt ist es sowieso. Ich entscheide mich für die Autodidakten-Variante, keine Frage, habe nicht schon wieder Lust auf quälend langweilige Unterrichtsstunden, wie einst in der Fahrschule.

An einem Abend, als ich auf die Prüfung lerne, schaue ich mir den Kartensatz näher an, der hinten im Lehrbuch pappt. Es geht um die Kunst der Navigation, aber ich betrachte die Karten, wie man den Globus eines fernen Planeten betrachtet. Sie beschreiben, das entdecke ich plötzlich, sehr exakt diese andere Welt, die da neben unserer Festlandswelt existiert. Den Lockruf der Leuchttürme, die Leitfeuer der Tonnen, die Tiefen und die Felsen, Gebiete, in denen U-Boote tauchen. Ein unbekanntes Abenteuerland.

Wenn ich abends aus dem Büro komme und zur U-Bahn latsche, wischt mir hinter der Ecke des Verlagsgebäudes als Erstes der Wind mit der nassen Faust durchs Gesicht. Es sind nur noch ein paar Schritte – Hamburg ist die Stadt der Glückseligen – zu den Masten, zu den Schiffen. Nur zweihundert Schritte von der seelenverschlingenden Drehtür des Arbeitgebers entfernt. So manche Mittagspause schlendere ich über den Kai und schaue mir die Kähne an, die unten am City Sporthafen liegen. Aber viele Jahre lang fühlte ich mich dort wie hinter einem Fenster. Das ist die Welt der anderen, dachte ich, der Menschen des Wassers, zu denen ich nicht gehöre. Seit ein paar Wochen setze ich mich nun mit einem sehnsüchtigen Lächeln in die Bahn, das keiner deuten kann, der nicht denselben Traum träumt.

In diesen Anfangstagen trete ich in den Segelclub meines Arbeitgebers ein. Per Mail erfahre ich alles, was ich wissen muss, und seitdem darf ich mir ein Bötchen der Machart »Squib« schnappen, wann immer ich will, um über die Alster zu flitzen. Die Mitgliedschaft kostet hundert Euro im Jahr, ein fairer Deal, wie ich finde.

Das erste Mal probiere ich den Schlitten mit keinem Geringeren als dem Kapitän aus, der gerade von einer vierwöchigen Dänemark-Tour zurück ist. Sein Gesicht ist tief gebräunt, die Bartstoppeln leuchten in der Sonne wie silberne Dornen. Eine Provokation für jeden Büromenschen. An diesem Tag faucht ein strammer Wind durch die Straßen, der die Alster quirlt und ihr Schaumkronen aufsetzt, ein Wind, bei dem ich noch niemals draußen war auf diesem See, auf dem manchmal, *klackklackklack*, die Masten der Jollen bei Gewitterböen umkippen wie Dominosteine. Wir fuhrwerken eine halbe Stunde herum, bis wir die Segel angeschlagen haben, schlüpfen dann in die Rettungswesten. Ich spiele ziemlich lange mit dem Gedanken, ob wir reffen sollen, also die Segelfläche verkleinern, um Druck aus dem Boot zu nehmen, aber der Kapitän winkt nur ab. »Das sind höchstens fünf Windstärken, das reiten wir aus.« Es ist jedenfalls viel, viel mehr als bei unserem Soloritt auf dem Plöner See. Es ist ein Kenterwind.

Wir reiten ihn aus. Normalerweise braucht man seine Zeit, ehe man die Alster durchmessen hat. Jetzt fliegen wir nur so dahin zwischen dem Hotel »Atlantic« und »Bodo's Bootssteg«. Als Erster sitzt der Kapitän an der Pinne. Ich greife mir die Leinen des Vorsegels, die er Schoten nennt, spüre, wie die Luft das Tuch packt, ziehe mit aller Kraft, es wird mir fast aus der Hand gerupft, so viel Druck liegt drauf. Unser Boot nimmt Fahrt auf, kippt zur Seite. »Juhuu!«, ruft der Kapitän. Wir lehnen uns nach außen, um die Krängung auszugleichen, ich klammere mich an der Leine fest, es ist eine wahre Freude. Und wir sind fast allein, Montagnachmittag, kaum andere Segler draußen, was aber nicht am Montag liegt, sondern nur am Wind. Er kommt in Böen, die Feinheit ist eben, genau zu sehen, wann eine anrauscht. »Da vorne«, sagt der Kapitän. Verwundert schaue ich mich um, sehe keine Veränderung auf dem Wasser oder in der Luft, da knallen die Segel auch schon, der Squib macht einen Satz, wir legen uns auf die Seite, und mir wird fast die Schot aus der Hand gerissen.

Der Kapitän kann das Wasser lesen. Die Geisterschrift auf den Wellen. Das Kräuseln, das Zupfen. Wie es näher kommt, wie die gestaltlose Hand ins Segel fährt und das ganze Boot packt. Man spürt es unterm Hintern. Die schnelle Reaktion des Skippers, ein Zusammenzucken vor den unsichtbaren Kräften. Oder eben: das Spiel mit ihnen. Die Böe wittern, sehen, spüren, und das Boot in ihre Wucht hineinbetten. So macht es der Kapitän. So würde ich es gerne auch können.

Und gerade als wir meinen, schneller, härter am Wind gehe es nicht mehr, gehe es überhaupt nie mehr auf der Alster, hören wir hinter uns einen Brüller – »Rauuuum!« –, und wusch!, ein Katamaran zischt an uns vorbei, einen Rumpf hoch oben in der Luft, zwei Jungs, die auf ihrem Gerät herumturnen wie an einem Stufenbarren. Der Kapitän weicht aus, geht auf einen ruhigen, leerlaufartigen Halbwindkurs, Wind von der Seite, und zündet sich erst mal 'ne Zigarette an. »Alter Schwede«, murmelt er leise.

Später, als ich an der Pinne sitze, lassen die Böen etwas nach. Vielleicht liegt es auch an meiner Bootsmannskunst, denn ich krame in meinem Grundkurswissen. Wenn hart am Wind eine Böe kommt, den Bug etwas in den Wind drehen, anluven heißt das: hinein in die Luft. Bei halbem Wind wiederum die Großschot etwas lockern. Die schnelle Hilfe, um Druck aus den Segeln zu nehmen, um das Boot wieder aufzurichten, um meine Nerven zu schonen.

Ich lerne an diesem Tag, mit dem Knie die Pinne zu arretieren und damit den Kurs zu halten und beide Hände freizubekommen, um mit aller Kraft die Großschot, die Leine des Großsegels, in meine Richtung ziehen zu können. Dichter zu holen, im Fachjargon, an den man sich rasch gewöhnte, gäbe es nicht so viele Begriffe zu lernen. Seedeutsch ist eine eigene Sprache.

Nach einer Weile überholen wir ein Schulungsboot der Segelschule »Käpt'n Prüsse«, blau und harmlos, vielleicht fünfzig Meter entfernt, das einzige, das sich heute hinausgewagt hat. Die Segelschüler sehen blass um die Nase aus. Auf so einem Boot hatte ich das Einmaleins gelernt. Lahme Ente.

»Okay, setz dich hinter sie.« Der Kapitän dreht sich um. Er grinst. »Jetzt!«

»Hinter sie?«

»Vollkreiswende!«, ruft er.

»Aber warum?«

»Um unsere Torpedos klarzumachen.«

Ich drücke die Pinne von mir weg, mitten in dieses Mordsgebläse hinein. Die Segel knallen, das Boot wimmert und ächzt, Wasser spritzt, wir mit der Nase durch den Wind. Die Wende ist geschafft, ich drehe weiter und müsste nun mit dem Arsch durch den Wind. Halsen also bei hohem Tempo, da fehlt nur ein einziger harter Windstoß – ich sehe schon den Baum samt Großsegel herumknallen und uns von Bord fegen, ich sehe den Mast knicken, ich sehe tausend Tode.

»Ich breche ab!«, brülle ich.

Von vorne kommt nur ein Nicken. Nach einer Weile, in einem ruhigen Moment, sagt der Kapitän: »Schade.«

»Zu hektisch«, rechtfertige ich mich.

»Na ja«, erwidert er, »war eh kein lohnendes Ziel. Wir müssen Torpedos sparen.«

Ein paar Minuten danach, ohne den Druck, mein Zielfernrohr füllen zu müssen, gelingen mir ein paar ganz hübsche Halsen. Aber so was muss bei mir immer noch schön gemütlich gehen, ich muss meine Sinne beisammen haben. Von selbst funktioniert nichts.

Werde mir abends notieren: *Eine Jolle zu segeln ist wie ein Tänzchen auf dem Wasser, den eine Marionette ausführt, und die Marionette ist dein Boot. Du ziehst an ihren Seilen, du steuerst sie, doch wenn sie kentert, gehst du mit unter, denn du bist Teil der Marionette.*

Als wir das Boot wieder festmachen, sind wir sehr zufrieden mit uns. Zwei Stunden Sturmgebläse mitten in Hamburg. Man hat sich durchgepustet. Das ganze System. Wir sitzen danach auf dem Steg der »Kajüte«, eines Restaurants an der Alster, das kein Mensch in Hamburg, den ich kenne, kennt. Innen drin ist es ausgestattet wie das Innere eines Traditionspottes, mit gelacktem Mahagoni. Wir sitzen aber draußen, trotz der Sonne mit hochgezogenen Kragen. Und Blick auf unsere Schaumkronen.

»Den Prozess des Segelnlernens musst du dir vorstellen wie eine Pyramide.« Der Kapitän formt mit Daumen und Zeigefinger beider Hände ein Dreieck. »Eine Pyramide, die auf dem Kopf steht.« Er kippt sein Handdreieck und wirft dabei fast sein Alsterwasser um. »Am Anfang bist du ganz unten, da geht es nur um die Grundlagen, und dann arbeitest du dich langsam nach oben. Und je mehr du lernst, desto mehr begreifst du, wie viel du noch zu lernen hast. Dass es immer mehr wird, je mehr du begreifst. Das macht es so faszinierend. Und es gibt kein Ende.«

Darauf stoßen wir an, aber auf der Fahrt nach Hause denke ich: Der kann einem ganz schön einen Schrecken einjagen.

2

DEN ALTEN ZU TREFFEN würde ein Höhepunkt, ich wusste es. Ein kühler Juni, es regnet so, wie es in Hamburg selten regnet, auch wenn alle sagen, es regne immer so. Bindfäden. Dazu eine unruhige Brise, die einem das Wasser in den Nacken treibt. Wir haben uns in einem Café in Eppendorf verabredet, das überzeugend versucht, einen auf Sylt zu machen. Aber draußen sitzen, unter der Markise, will der Alte nicht, Segler sind nicht immer hartgesotten.

Der Alte ist Mitte sechzig. Sieht aus wie einer, der sein Leben lang gesegelt hat, spricht wie ein Segler und führt an Land das windguckende Leben eines Seglers. Ein grauer Seewolf, im Berufsleben ein hochdekorierter, mutiger Reporter, ein Vorbild, dessen Stimme rau geworden ist in seinen persönlichen Stürmen und der mir ein paar Monate zuvor bei einem Fondue-Abend im Hamburger Norden zugerufen hatte, ich solle mir ein Boot kaufen, unbedingt, am besten eine Commander 31, wie er selbst eine habe. »Spitzenboot, genau richtig für eure Familie!« Bedenken? Vergiss sie. Der Vater des Alten war Kapitän, ein Bruder ist Kapitän, ein anderer macht in Segel, die

See gehört zur Familie. Nur seine Frau mag das Segeln nicht so recht. Segeln ist Ballett mit dem Tod, sagt sie. Der Alte ist am Elbstrand aufgewachsen, in Oevelgönne, wo die Fischer wohnten, und er hat Regatten gewonnen, aber ständig knallt er irgendwo gegen, sein Ruder bricht, eine Leine reißt, die Mole ist länger als gedacht. Doch es schert ihn nicht, er lacht nur sein Wolfslachen, flucht, dass es kracht, und macht sich stracks an die Arbeit. Seinen Latte macchiato schlürft er allerdings lieber drinnen.

Wir sprechen über Reviere, weil ich wissen will, also mal grundsätzlich, um überhaupt eine Ahnung zu bekommen: Wo soll man als Neuling aus Hamburg am besten mit seinem Boot liegen? »Nach Neustadt in Holstein wären es nur siebenundvierzig Minuten von Tür zu Deck«, fange ich an, es gerät mir etwas schwärmerisch. »Ein Vormittagstraining wäre möglich. Oder ein Feierabendtörnchen und morgens wieder zurück ...«

»Völliger Blödsinn«, brummt der Alte. »Die Lübecker Bucht ist zu unruhig, und wenig abwechslungsreich sowieso, für Anfänger schlecht geeignet, kaum Häfen – vielleicht noch die Trave, aber da hast du Strom. Die Flensburger Förde ist viel netter, geschützter. Und das Beste: Dänemark ist um die Ecke. Ich segele immer unter dänischer Flagge.«

Er lacht. Ich hebe die Brauen.

»Ich mag die Deutschen nicht, ihre Besserwisserei.«

Er erzählt, wie sein Vater, der Kapitän eines Windjammers war, mal sein eigenes kleines Boot an einem Kai festmachte, und der Nebenmann sagte, das geht so nicht, mit so einem Knoten, den Sie da probieren, warten Sie, ich zeig's Ihnen, aber passen Sie gut auf. Und der Vater schaute zu und hielt die Schnauze. »So sind leider einige der deutschen Segler, aber nicht die Dänen«, sagt der Alte. Und so ist die Familie des Alten – im Angesicht der Borniertheit auch mal die Schnauze halten.

Hafengedanken. »Die Flensburger Förde«, fährt er fort, »da hast du kleine Häfen, viele Ankerbuchten, alles ganz entspannt, du bist schnell in Sønderborg und dem Sund, und wenn das Wetter gut ist, kannst du sogar über den Kleinen Belt hinüber zu den Inseln. Wenn Wind aufkommt, lass den Pott drüben liegen und komm mit der Fähre zurück. Auf den Wetterbericht musst du natürlich hören.«

»Skagerrak, fünf bis sechs.«

»Ja«, sagt der Alte, flüstert: »Die Stimme des Unheils.«

Wir schwatzen und schwatzen, und es fehlt nicht viel, präzise: nur ein Hotspot, und wir würden gemeinsam sofort im Netz auf den Bootsbörsen stöbern gehen. Stattdessen verlassen wir das Café und stehen draußen herum, und weil der Regen nun so dicht fällt, dass er fast unsere Worte mit sich reißt, stellen wir uns in den Eingang einer Apotheke. Aus dem Laden schaut eine Frau im weißen Kittel mit großen Augen, wer sie da belagert, aber wir treten zur Seite, wann immer ein Kunde angetrieft kommt.

»Die Commander«, rät der Alte, »schau dir die Commander an. Ich weiß gar nicht, wie das noch gehen soll auf einem kleineren Boot. Über alles andere ärgerst du dich nur. Einunddreißig Fuß sind das Mindeste, das sind knapp mehr als neun Meter. Das ist der entscheidende Meter Länge mehr, der ausmacht, ob du Spaß hast oder keinen Spaß.«

Ich habe schon gehört, dass jeder Bootseigner, egal, wie lang sein Boot ist, sich nach einem sehnt, das einen Meter länger ist. Immer fehlt der entscheidende Meter. Der Alte redet einfach weiter. »Das Boot ist leicht untertakelt ...«

»Untertakelt?«

»Es hat für die Größe und den Schnitt weniger Segelfläche, als es tragen könnte. Und es hat fast so was wie ein Jollengefühl. Du bist ganz nah dran am Wasser.«

»Aha«, sage ich. Denke: Will man das denn?

»Und das mit dem Kind und dem Hund, na ja, du musst es wissen, es geht schon. Irgendwie.«

»Es muss gehen«, grummele ich, »irgendwie. Es gibt keine Alternative. Aber bis einer von den beiden an Bord kommt, muss ich wissen, was ich da tue. Und ich muss einigermaßen sicher sein.«

»Aber wirklich sicher ist man nie.«

»Nee«, sage ich lahm.

»Wenn ein Gewitter kommt, nimmst du die Segel runter und motorst in den nächsten Hafen.«

»Und wenn kein Hafen in der Nähe ist?«

»Hältst du dich fern von Land. Aber du brauchst einen starken Motor, eine Einbaumaschine, keinen Außenborder, sonst rührst du zwischen den Wellen in der Luft herum, das macht keine Freude. Such dir einfach ein schönes Boot, mein Lieber, such dir eins, das dir keinen Ärger macht.«

»Aye, Sir.«

»Weil ein Boot kann dir so viel Ärger machen, das kannst du dir gar nicht vorstellen.«

»Ich hab viel Phantasie.«

»Nee.« Der Alte lacht. »Das kannste dir nicht vorstellen.«

So verabschieden wir uns. Nachdenklich gehe ich zur U-Bahn. Ich bin der einzige Mensch auf der Isestraße, durch die sich zweimal in der Woche die Massen schieben, des Marktes wegen. Die Bäume rauschen unter jähen Windstößen, die Blätter flirren. Es ist ein Wetter, bei dem man eine Gänsehaut kriegt, wenn man an die offene See denkt, zumindest, wenn man nicht segeln kann, aber segeln können möchte. Es sind Böen, die eine Jolle locker umzuhauen vermögen, wenn man nicht rechtzeitig den Druck rausnimmt.

3

EIN AUSFLUG NACH LÜNEBURG führt einen ja nicht gerade ans Meer oder an den Jangtse. Aber wir sehen da ein Schild: Hafen. Ich habe es früher nicht gesehen, jetzt ist es das erste. So verschiebt sich die Wahrnehmung. Ein Hafen in Lüneburg? Versteht sich von selbst, dämmert mir, auch diese Stadt war einst Hansestadt. Danach zu Freunden in die Heide. Nur durch Zufall haben wir mal erfahren, dass auch Micha ein Boot besitzt, es liegt an der Elbe. Aber er redet nicht über das Segeln, auch seine Freundin mag es nicht, und Segler haben gelernt, wenn einer das Segeln nicht mag, sollte man besser das Thema ganz weit umfahren.

»Und was war mit dem Tornado?«, frage ich.

»Ach«, seufzt er, »das ist ein trauriges Thema.«

Micha ist nämlich einer der wenigen Deutschen, denen ein Tornado das Boot zerstört hat. Das soll einem einer glauben, ist aber wirklich wahr. Vor Jahren zog eine Windhose über Hamburgs Süden hinweg. Michas Boot lag ausgerechnet in jenem Schuppen, der den Tornado aufhalten wollte.

Als wir ihn endlich bitten, ein Foto von seinem Renner zu zeigen, beginnt er aufzutauen. Zehn Meter lang, nur zweieinhalb Meter breit, aus Holland, wie ein geölter Blitz gleite es durchs Wasser. Und er schwärmt uns von seinen früheren Touren vor, von verträumten Ankerplätzen vor der Insel Als, von der winzig schmalen Einfahrt in diesem Fjord nördlich von Sønderborg.

Micha fragt, was für ein Schiff ich denn im Auge hätte.

»Warum ›Schiff‹?«, frage ich zurück. »Das klingt so groß.«

»Ein Boot ist nur ein Sportgerät«, sagt er. »Ein Schiff sorgt für dich, es beschützt dich, es kümmert sich um dich. Ein Schiff ist eine Lebensweise.«

Er spricht davon, dass ich mir ein Dickschiff zulegen müsse, wegen der Familie. Ich muss schmunzeln, aber er meint es im Vergleich zu seinem Fliegenden Holländer, und am Ende pflichte ich ihm bei: Ein Dickschiff muss her. Es darf auch gern recht schlank sein.

4

DIE PRÜFUNG KOMMT NÄHER, schneller, als mir lieb ist. Zehn Tage davor hocke ich beim Arzt, das gehört dazu für den Führerschein, Sehtest und auch ein Gehörtest. Der Arzt ist ein kleiner, drahtiger Mann, der über der Mönckebergstraße, Hamburgs Einkaufsmeile, eine gut gehende Praxis betreibt. Nach zwei Minuten Palavern empfiehlt er mir mit ernstem Gesicht, ich solle zu Hause in den Kohlenkeller ziehen, wegen des Babys, »oder alternativ eine Klinikpackung Ohropax benutzen, aber jedes einzelne Ohropax dritteln und morgens mit einer spitzen Pinzette wieder aus dem Ohr pulen«.

Die Augen habe ich überstanden, die sechs Dioptrien scheinen ihn nicht zu schocken, da dreht er sich um und flüstert etwas. Aber in diesem Moment beginnen die Glocken von St. Petri zu läuten, und ich verstehe kein Wort. »Das war auch schwer«, sagt er und flüstert »Vierundachtzig«, während ich mir das rechte Ohr zuhalte, und »Dreiundsechzig« beim linken. In getragenem Ton wiederhole ich diese Zahlen. Man kann sagen, ich höre gut genug.

Mit dem amtlichen Wisch in der Hand verlasse ich die Praxis, fahre in die Gründgensstraße zum Prüfungsamt und gebe persönlich alle meine Unterlagen ab. Bei so was darf man nichts dem Zufall überlassen. Auf dem Weg stolpere ich, lasse um ein Haar die Papiere fallen. Noch eine Woche.

Am Abend läuft im Fernsehen »Der Sturm«, der wirklich beeindruckende Wellen zu bieten hat. Es spielt auch ein Segelboot eine Rolle, das wissen die meisten gar nicht. Der Skipper will das Wetter abwettern, indem er sich einbunkert und wartet, was der Sturm mit seinem Schiff macht. Sie kentern durch, einmal 360 Grad, das Boot richtet sich wieder auf, aber seine Crew, zwei Frauen, überstimmen den Skipper und meutern recht eigentlich. Sie rufen die Seenotrettung, und bald sind ein Hubschrauber und ein Tankflugzeug draußen und ein paar Rettungsschwimmer im Wasser, was einer nicht überlebt. Aber die Segler überleben das. Was mit dem Boot passiert, wird nicht gesagt. Der Skipper kommt rüber wie ein rechtes Würstchen, aber vermutlich hatte er recht.

Eine Woche Ferienhausurlaub in Dänemark wird zum Intensivkurs. Jede Nacht, wenn mein Sohn schläft, meine Frau schläft, mein Hund schläft, sitze ich über den Seekarten und versuche zu begreifen, wie ich das Kursdreieck halten soll, schlage im Lehrbuch nach, ob jenes mysteriöse Seezeichen bedeutet, dass der Schleppverband in Fahrt ist, oder ob der Schleppverband nicht vielmehr ein Schubverband ist, der auf Grund lief. Natürlich habe ich mir noch die offiziellen Prüfungsfragebogen besorgt, und als ich sie durchforste, weiß ich bald, durchfallen kann ich nicht. Dazu ist mein Kurzzeitgedächtnis zu gut. Das Problem ist nur: Ich lerne von nun an gezielt aufs Durchkommen, nicht mehr aufs Verstehen. Das kann, wie jeder weiß, ein gehöriger Unterschied sein. Auf See vielleicht der zwischen … Ach, ich will nicht übertreiben. Hauptsache, ich packe dieses Examen.

Dazu gehört auch die gleiche praktische Motorprüfung wie beim Schein für die Binnengewässer, die reine Abzocke, kommt man nicht drumrum. Es ist aber nicht weiter knifflig; man dümpelt mit einem kleinen Kajütboot durch einen breiten Kanal im Hamburger Industriegebiet und muss – Höchstschwierigkeit – eine Boje aufnehmen, die über Bord gegangen ist. Beinahe schaffe ich es, das Manöver zu versemmeln. Haue zu früh den Rückwärtsgang rein, rühre verzweifelt herum, bis auf wundersame Weise die Boje in die Hand des Lehrers flutscht.

» Im wahren Leben hätten Sie Ihren Kameraden jetzt mit der Schraube in Stücke gehackt «, murmelt der Prüfer freundlich.

» Oh «, erwidere ich förmlich, » das war nicht meine Absicht. « Die eine Hand am Steuerrad, die andere am Gashebel, schaue ich ihn über die Schulter hinweg an, als könne ich grundsätzlich niemanden in Stücke hacken.

Kleine Pause. » Schon gut «, sagt er, » der Nächste, bitte. «

Bei der Theorie gibt es keine Probleme, ich bekomme den gleichen Bogen, den ich morgens beim Frühstück durchgekaut habe, beginne innerlich zu pfeifen und bin flott fertig. Als ich den Schein in den Händen halte, erfüllt von massivem Stolz, denn jetzt darf ich ein Boot mit mehr als fünf PS auf den deutschen küstennahen Gewässern führen, fragt mich Tom, der nette Meeresbiologe, mit dem ich die praktische Prüfung gefahren habe:

»Machst du jetzt auch den Sportküstenschifferschein, den SKS? Erst damit kannst du auch mal eine Yacht chartern. Sonst war das Ganze ja sinnlos.«

Ein ICE rauscht über die Eisenbahnbrücke hoch über uns, sodass ich meine eigenen Gedanken nicht verstehe. Unser Prüfungsschiff dampft gerade wieder auf den Kai zu, an Bord die nächsten käsnasigen Prüflinge.

»Nee.« Ich zögere und mag die Wahrheit nicht aussprechen, will mich einem Fremden gegenüber nicht rechtfertigen müssen, nicht jetzt, nicht hier: Ich werde mir ein Boot kaufen, und dafür reicht dieser Schein.

»Es ist nie zu Ende«, pflichte ich Tom schließlich bei. »Segeln ist wie Tauchen in einem Fass ohne Boden, nicht wahr?«

Tom runzelt die Stirn, wir drücken uns die Hand. Hinterher erst frage ich mich, aus welcher Windung meines strapazierten Hirns dieser Vergleich herbeigetrieben kam.

5

IN DIESEM SOMMER verbringen wir unseren Urlaub im Süden Deutschlands, in der Heimat. Freunde von uns, die in Tübingen wohnen, also weit weg vom nächsten segelbaren Gewässer, haben sich vor Kurzem ein kleines Segelboot geleistet, das am Bodensee liegt, und so statten wir ihnen einen Besuch ab. Pumba bleibt bei meinen Eltern, wo es ihr besser geht als überall sonst. In all den Jahren unserer Freundschaft mit den Tübingern war Segeln niemals ein Thema, und nun, unabhängig voneinander, 700 Kilometer trennen uns, haben wir es in den letzten Jahren jeweils entdeckt. Wencke ist Lehrerin und liebt an Bord das Faulenzen; Pit bildet junge Lehrer aus und ist auch an Bord ein geborener Ausbilder. Hat das Segeln selbst erst vor ein paar Jahren gelernt, hier auf dem See, hat das Mittelmeer besegelt und nimmt dem Ganzen schon durch seine Art das Geheimnis. Viel Wissen bedeutet viel Ruhe. Wenn da sechs Leinen liegen, jede in einer anderen Farbe, heißt das nicht, dass gerade ein Houdini seine Entfesselung geübt hat, sondern jede Leine hat ihre Funktion, und welche Funktion wann benötigt wird, ergibt sich aus der Situation. Eins plus eins gleich zwei, so geht Segeln bei Pit. Ich mag seinen Ansatz.

Es wird ein herrlicher, wenngleich kurzer Ausflug. Sechs Windstärken mit einer beachtlichen Welle, mein Sohn auf seinem ersten Segeltörn. Im Wickeltuch eng an Mama gepresst, macht er die Achterbahn eine Stunde lang klaglos mit und beginnt dann wie ein Wilder zu brüllen. Was ich nicht ganz verstehe, schließlich ruht er muggelig an Mamas Brust, aber zum Diskutieren ist er nicht bereit. Wir steuern zurück, die drei anderen setzen uns beide ab, wir verkrümeln uns in den »Schuppen 13«, ein italienisches Restaurant im verzweigten Hafen von Langenargen, in dem man draußen aufs Angenehmste auf Stoffstühlen sitzt und auf tief hängende Zweige überm Wasser blickt. Die meisten Boote in diesem Hafen sind, jetzt im Juli, abgedeckt, als schaue der Winter gleich vorbei. Vermutlich wegen der Entenkacke. (Vielleicht aber auch aus dem gleichen Grund, aus dem mancherorts man zu Hause den Schonbezug überm Sofa lässt: damit man es nach dreißig Jahren wie neu zum Sperrmüll geben kann.) Ich erkenne die Atmosphäre kaum wieder. In Dänemark könnte stündlich aus jedem Hafen eine Armada ausrücken, hier ist es so, als warteten alle auf den nächsten Sommer. Aber der ist doch jetzt.

»Das Problem am Bodensee ist die Knappheit der Liegeplätze«, hatte Pit erklärt, »die werden hier vererbt. Viele haben ihr Boot nur im Wasser liegen, um ihren Anspruch auf den Platz nicht zu verlieren. Manche Schiffe werden in der ganzen Saison kein einziges Mal bewegt.«

Ich lachte.

»Gar nicht witzig«, tadelte er mich. »Wegen solcher Leute haben wir erst mal keine Chance, zu einem vernünftigen Preis einen Liegeplatz im Wasser zu ergattern. Die sind hier so begehrt wie ein Freiflug zum Mond.«

Auf dem Weg von der Slipanlage hinaus – Wenckes und Pits kompakte Jeanneau Sun 2000 muss nach jeder Fahrt an Land gebracht werden – kamen wir an einer Riesenyacht vorbei.

»Gehört dem örtlichen Schönheitschirurgen«, erzählte Pit. »Ist gut im Geschäft.«

Staunen an Bord. Auf dem oberen Deck schien mir ein Hubschrauberlandeplatz angelegt zu sein, das ganze Ding war zweistöckig und hatte was von einem Fischtrawler. Auf seine Art auch ein Traum von Schiff, ganz auf Silikon gebaut.

Am nächsten Tag liegt der Bodensee platt da, wie es sonst nur Flundern zu tun pflegen. Pit holt sein gewaltiges Vorsegel raus, den Gennaker, Wencke streckt sich in der Sonne, Anna tut es ihr gleich, unser Sohn döst im Kinderbett, das wir ins Cockpit gestellt haben, und wir gleiten wie in Zeitlupe über diesen weichen flüssigen Spiegel.

Weit hinten am Horizont, Richtung Konstanz, erspähen wir ein riesiges Großsegel. »Ein America's Cupper«, flüstert Pit in die Behaglichkeit hinein. »Man sieht den Rumpf nicht, das ist die Krümmung des Erdballs.«

So groß ist nämlich der Bodensee.

Bald werfen wir die Leinen los und lassen uns treiben. Springen ins Wasser, aber immer so, dass einer an Bord bleibt, wegen unseres Sohns. Die Alpen im Süden sind mit kleinen Wolken betupft, der Himmel über uns räkelt sich ganz blau, und das nächste Segel scheint eine Tagesreise weit weg. »So muss es sein, wenn man Geld wie Heu und in Saint-Tropez eine Yacht geerbt hat«, sage ich, »nur dass man kein Geld wie Heu braucht, um das zu erleben.« Zwanzigtausend Euro hat die Jeanneau gekostet, so gut wie neu, ein G'schössle aus Plastik, in dem man zur Not auch übernachten kann.

Abends sprechen wir über unsere Bootspläne, die tausend Bedenken und die Sorgen, unserem Sohn zu viel zuzumuten, und darüber, dass Frauen tendenziell eher die Probleme einer Idee sehen, Männer eher die Chancen. Und irgendwann, nach dem dritten Trüben im Steinkrug, verkündet Pit: »Eine Frau darf nicht zwischen einen Mann und sein Boot treten.«

Die Mädels lachen ein Tickchen zu laut. So ist das mit den Mädels. Aber für Pit ist mit diesem Satz alles gesagt: Ich solle meinen Traum verfolgen, und der Rest würde sich ergeben, wie er sich bei Menschen, die sich lieben, immer ergibt.

6

AUF SCANBOAT.COM und *Boatshop.com*, plus massenhaft Maklerseiten, über die ich stolpere, suche ich nun jeden Abend, manchmal stundenlang. Mein Sohn wird bald wieder aufwachen, das weiß ich, jede zweite Nacht habe ich Dienst, es ist mein Schlaf, der da vor dem Rechner draufgeht, aber ich kann nicht anders. Jede Anzeige ist ein Fenster in diese andere Welt. Mit jedem Klick, unendlich langsam, aber unaufhaltsam, beginne ich ein Gefühl für das Geld zu entwickeln, das man mindestens investieren muss, und ich lese von Dingen, die mich neugierig machen und zugleich ermatten lassen: »Lazyjack« und »Selbstholewinschen«, »Saildrive« und »selbstlenzende Pumpen«, »IOR-Risse« und »7/8-Riggs«. Manche Verkäufer schmücken ihr Inserat aus, als würden sie ein Familienmitglied in die Ferien schicken wollen, andere haben ihre Anzeige einfach so hingerotzt.

Jede Nacht geht das jetzt so. Mir schwirrt der Kopf. Boote zwischen acht und zehn Meter sind schnell aufgerufen, schwupp, es erscheint eine lange Liste. Namen, Baujahre, Preise. Jede Marke ein geheimnisvoller Code, eine Chiffre, die nur Eingeweihte entziffern können: »Baltika 74«. »Bandholm 24«. »Albin Ballad«. »Shipman 28«. »Ohlson 8:8«. Verzweifelt versuche ich, in Eignerforen irgendwelche Tipps zu erhaschen, surfe viel und finde wenig. Bootswerften gibt es nicht nur fünf, sechs, nicht nur Volkswagen, Toyota oder Porsche. Es gibt Dutzende, so wie ganz früher Autohersteller, und noch in den Siebzigerjahren, als die Kunststoffboote Alltag wurden, gab es Hunderte. Selbst Kenner kennen nicht alle Werften.

Es ist ja sonst in allen Bereichen des Lebens so, dass man überschüttet wird mit Vorschlägen jedweder Art, weil die meisten zu wenig Ahnung haben von den komplizierten Dingen in dieser Welt, aber durchaus eine wortreich zu umschreibende Meinung. Ganz egal, um welches Thema es sich handelt. Beim Segeln erlebe ich das Gegenteil. Welches Boot denn nun in Frage kommt: welche Länge, welches Modell, welche Werft, welcher Zustand? – außer dem hartnäckigen Befehl »Commander 31!« des Alten erreicht mich keine kompetent wirkende Empfehlung. Es ist zum Haareraufen.

Vielleicht, um ihn zu provozieren, vielleicht, weil er meine einzige Hoffnung ist, rufe ich den Alten also an und frage ihn: »Was hältst'n du von der Shipman 28?« Der Alte segelt seit mehr Sommern, als ich mir vorstellen kann.

»Nie gehört«, antwortet er.

Am nächsten Tag erzähle ich dem Kapitän etwas von der Albin Ballad, und er sagt nur: »Hör bloß auf, ich weiß beim besten Willen nichts über diese Dinger, mir reicht schon, dass ich bei alten Holzbooten keinen Überblick habe.«

Es ist hoffnungslos – doch die Sucht ist gnadenlos. Jedes Boot könnte meins sein. Jedes Foto birgt eine Geschichte. Und eine mögliche Zukunft. Wie gut erhalten die Eimer sind, kann man bei *Scanboat* an vier Kategorien ablesen, eins bis fünf Punkte: Unterwasser, Motor, Kabine, Mast und Segel. Das Problem ist nur, dass keiner nachprüft, ob der Verkäufer ehrlich ist oder nicht, böswillig, streng mit sich selbst oder schlicht ahnungslos. Man muss sich die Boote anschauen, es hilft alles nichts. Eigentlich jedes einzelne anschauen, bis es schnackelt. Aber welches Modell? Wo anfangen?

Bis ich im Magazin *Yacht* von einer Bianca 27 lese. Ein »gut-mütiges« Boot, steht da, »solide«, »familientauglich«, wie geschaffen also für meine Ansprüche. Insgesamt, ich kann es kaum glauben, wurden von der Bianca 27 zwischen 1965 und 1975 nicht mehr als 604 Exemplare hergestellt. So genau weiß man es nicht, weil die offiziellen Unterlagen verschollen sind – die Firma hat mehrere Eigentümerwechsel hinter sich, sitzt aber immer noch in Rudkøbing, Dänemark. Der Rumpf der Bianca 27 besteht bereits aus glasfaserverstärktem Kunststoff, kurz GFK, ihr Innenleben aus handgearbeitetem Holz. Eine Plastikschüssel der Neuzeit, die noch Seele hat. Die so alt ist wie ich oder älter. Das könnte passen. Das muss doch passen. Ich vergucke mich nur aufgrund der Reportage. Und wahr-scheinlich, weil ich beschlossen habe, mich zu vergucken. Es ist in Wahrheit einfach mal ein konkreter Name, ein konkretes Boot. Es lockt die Rettung aus der Sucht, zu suchen.

In der *Yacht* sind es gerade ein paar Seiten, aber denen nähere ich mich immer wieder. Besonders elegant sieht die Bianca 27 nicht aus. Eher etwas störrisch. Trutzig. Wie ein alter kauziger VW Bulli. Nur halt auf dem Wasser. Die Inge-nieure leben noch auf Langeland, werde ich später erfahren, weißhaarige Dänen mit Wetterfältchen um die Augen. Der Mann, der die Bianca schuf, entwarf später Fischkutter für Grönland. Bianca, fällt mir da ein, war das nicht auch die Werft der Commander 31? Egal.

Eines späten Juli-Abends sitze ich draußen auf der Terrasse, der Himmel ist wolkenlos, mondlos, sodass die Sterne leichtes Spiel haben. Nicht mal die große Buche, die unser windschiefes Gartenhaus beschattet, gibt einen Laut von sich. Kein Lüft-chen. Flaute in der Nacht. Mit ruhigen Fingern tippe ich erst *Scanboat.com* und dann in das Suchfeld Bianca 27. Zwölf Ergebnisse. Elfmal Dänemark und einmal Deutschland.

Eine dunkelblaue Bianca 27. Kiel. Eine Stunde nur entfernt. Ich will da hin.

7

EINE RENNZIEGE werden Sie aus ihr nicht mehr machen«,
sagt der Makler, als er mich an Bord bittet.

»Möchte ich ja gar nicht«, antworte ich, aber genau so,
dass er's nicht verstehen kann.

Er hat eine halbe Stunde auf uns warten müssen in Mönke-
berg, einem hügeligen Vorort von Kiel, der an guten Tagen
aussieht wie ein Vorort von Sydney, und wir haben einen verdammt guten Tag erwischt. Unten am Wasser gibt es einen
kleinen Yachthafen, und da liegt die dunkelblaue Bianca 27,
unsere erste, überhaupt unser erstes Boot, das wir uns anschauen. Anna wartet mit der Entourage auf dem Steg. Es ist
heiß, und sie ist ungewöhnlich miesepetrig, womöglich, weil
ich ursprünglich versprochen hatte, in diesem Sommer erst
mal keine Boote anzuschauen, also: nur welche im Internet.
Aber halte das mal durch.

Ich gebe zu, ich bin nervös. Ich fürchte, wir machen uns
lächerlich: sich für ein Boot zu interessieren, ohne segeln zu
können. Wie lange wird es dauern, mich als Idioten zu entlarven? Doch da sehe ich ihn und bin beruhigt. Schiffsmakler
sind auch nur Makler. Er trägt nicht nur ein hellblaues Polohemd, sondern auch ein rundum gewinnendes Lächeln, das
ich schon mal irgendwo gesehen habe, und zeigt nicht mehr
als ein angemessen dezentes Engagement, das Boot an den
Mann zu bringen.

Als Erstes erzähle ich, dass ich Einsteiger sei. Weil ich denke:
Angriff ist die beste Verteidigung. Wenn es schon peinlich enden wird, dann lieber mit Anlauf. Als Zweites entfährt mir,
dass ich Folkeboote gut kenne, aber sonst nichts, was natürlich
ein erstklassiger Trick ist, um unter Seglern ernst genommen zu
werden. Dessen bin ich mir bewusst. Ich gehe doch nicht zu so
einem Termin und habe mich nicht ordentlich munitioniert.

Nordische Folkeboote sind wunderschön, aber rank und
ehrlicherweise etwas unbequem; die meisten Segler schwärmen von ihrem anmutigen Riss, würden aber niemals so ein

spartanisches Boot selbst befahren. Man muss sich viel bücken, und eine Menge Platz hat es nicht. Aber massig Flair. Nur Puristen besitzen ein Folkeboot, meistens Männer, die am liebsten allein auf See sind. Oder zu zweit, wenn sie den anderen gut kennen oder gerne gut kennenlernen würden. Der Kapitän hatte mal ein Folkeboot, der Tramp hat eins, Kollege Schwarz auch, und der Alte hat ein Junior-Folkeboot als Zweitboot. Um mich herum wimmelt es also von Folkebooten. Viele Yachtbesitzer haben eine Art schlechtes Gewissen, wenn sie ein Folkeboot sehen, weil sie selbst es sich so bequem machen. Weil sie so viel Schnickschnack brauchen, obwohl es doch viel schlichter geht. Also besitzt man als Folkebootler in Seglerkreisen ein famoses moralisches Überlegenheitsgefühl.

Auf dieses Überlegenheitsgefühl setze ich nun, auch wenn ich mir zuvor nicht sicher war, ob es sich zum einen wirklich einstellen würde und ob es, zum zweiten, auch funktionierte. Es funktioniert prächtig. Ich deute auf den Knubbel vorne am Bug, wo das vordere Segel endet, und sage kleinlaut: »Das ist doch eine Rollfock, oder?«

»Ich zeig sie Ihnen mal.« Sofort knöpft der Makler die Abdeckung auf.

»Folkebootler finden so was wie 'ne Rollfock natürlich furchtbar«, bemerke ich listig.

»Klar.« Der Makler scheint mir ein bisschen zu erröten, was aber auch an der Sonneneinstrahlung liegen kann. »Es ist halt sehr praktisch.« Und er beginnt mir zu erklären, wie man auf großen Yachten auf Knopfdruck von seinem Kommandostand aus die Segelfläche verkleinern könne, weil ein kleiner Motor die ganze Arbeit erledige. Auf kleineren Yachten wie der Bianca 27 ziehe man aus dem Cockpit an der entsprechenden Leine, und das Vorsegel rolle sich ein. Gut, wenn man reffen wolle, also die Segelfläche verkleinern. Oder in den Hafen einlaufen. »Ansonsten«, endet der Makler, »muss man ja auf See nach vorne, während das Segel ausschlägt, und man muss aufpassen, dass man sich nicht verheddert, von Deck fällt oder beides.«

»Das«, sage ich gönnerhaft, »leuchtet mir ein. Warum wird das Boot eigentlich verkauft?«

»Die Eigner ziehen nach München um, beruflich, und es bricht ihnen das Herz, aber es hat keinen Sinn, das Boot zu behalten. Sie haben zwei Kinder, die sind quasi an Deck aufgewachsen.« Er deutet hinüber auf den Steg, wo unser Sohn im Kinderwagen schlummert.

Anna hat sich auf die Planken gesetzt, die Augen geschlossen und genießt die Sonne. Pumba hat es sich daneben gemütlich gemacht. Sie füllt den Steg diagonal in seiner ganzen Breite aus und hat sich auf den Rücken gerollt. Eine Umdrehung weiter, und sie produzierte eine astreine Arschbombe.

Wir bewegen uns weiter Richtung Cockpit, es geht ans Eingemachte. Das Boot blitzt im grellen Licht. Das Deck ist blendend weiß gewienert, sehr sauber, und die Holzbänke wirken, als wären sie aus geronnenem Honig.

»Und?«, fragt der Makler.

»Schön. Gepflegtes Ding.«

»Absolut. Fertig zum Lossegeln!« Der Makler lächelt ganz fein.

»Und drinnen?«

»Ja, drinnen«, seufzt er. »Also zu drinnen sind die Eigner noch nicht gekommen. Sie haben das Unterwasserschiff und die Aufbauten erneuert, und das wäre als Nächstes dran gewesen.«

»Verstehe.«

Er drückt am Niedergang auf einen Knopf, ein Gerät geht an, auf dem Display flimmert was. »Der Fishfinder. Das ist natürlich gut, wenn man gerne fischt.«

»Für Angler ist so ein Fishfinder sicher sinnvoll«, sage ich. »Bin aber keiner. Will auch keiner werden. Könnte keinen Fisch töten, den ich gefangen habe.«

»Ist gar nicht so schwer. Ein Schlag, und es ist vorbei.«

Wir steigen die steile Treppe hinab in den Salon – und ich bin ernüchtert. Zwar staune ich über die Stehhöhe, traut man so einem kleinen Kahn gar nicht zu, aber das Interieur atmet plötzlich ein Alter, so alt, wie ich mich noch nie gefühlt habe. Diese Bianca ist von 1972 und sieht leider genauso aus. Das Holz blättert, die Spülschüssel ähnelt der Waschküchenspüle vom Campingplatz auf Zakynthos (wobei die Sonnenuntergänge dort alles wettmachen). Und so weiter. Diese Bianca scheint mir eine etwas ältliche Dame zu sein, die zwar mit dem Cabrio vorfährt und so tut, als sei sie von edlem Charakter, in Wahrheit aber innerlich verwahrlost ist. Sie strahlt hier unten etwas Dumpfes aus an diesem heißen Tag, und als ich die Bretter im Boden hochhebe, gluckst mir Wasser in der Bilge entgegen, mehr als eine Handbreit tief.

»Ein Boot ohne Wasser ist kein Boot.« Der Makler lacht. Mir mangelt es an Erfahrung, um einzuschätzen, ob es ein nervöses Maklerlachen ist oder ein gut getimtes. »Alle Boote ziehen Wasser.«

»Aber GFK-Boote brauchen kein Wasser zum Quellen und Dichtwerden, oder?«

»Natürlich nicht.«

Ich vergesse nach dem Namen des Schiffes zu fragen. Ich bin mir hinterher auch sicher, dass der Makler den Namen nicht erwähnt hat. Merkwürdig, werde ich später denken, dass er es nicht getan hat. Gehört doch zum kleinen Maklerlatein, Bindung schaffen.

Anna löst mich an Bord ab, und ich setze mich zur dösenden Familie. Meine Frau findet es gar nicht so übel, das Boot ohne Namen.

»Nicht übel ist nicht genug«, flüstere ich ihr zu. »Hat's geschnackelt bei dir?«

»Na ja, ich finde es nicht übel. Ganz gemütlich, drin.«

»Die Polster waren spakig. Das Holz ganz fleckig.«

»Was verlangst du? Ein so altes Boot ist halt kein neues.«

Der Makler hat das Cockpit verriegelt, nun gesellt er sich zu uns. Wir unterhalten uns leise, um unseren Sohn nicht zu wecken.

»Wir werden uns melden«, sage ich, »das Boot muss man sich mit einem Experten nochmals anschauen.«

Zu diesem Zeitpunkt weiß ich noch nicht, dass es das schon gewesen ist. Der Makler zuckt mit den Schultern, so enden ja alle diese Termine. Nach dieser Besichtigung hat er Feierabend, er wird in herrlicher Abendsonne nach Hause fahren, und er wird nicht den Eindruck gewonnen haben, einem Spinner aufgesessen zu sein. Oder?

»Sechzehneinhalbtausend will der Verkäufer haben, Verhandlungsbasis«, hatte er ganz zu Anfang gesagt.

»Versteht sich«, erwiderte ich. »Mal so als Hausnummer.«

»Eben.«

Längst hatte ich gehört, dass der Markt am Boden sei. Dass die Preise überzogen seien und jeder runterverhandelbar sei. Jeder, und zwar kräftig.

Wo denn der Tisch fürs Cockpit sei?, maile ich anderntags nach Kiel. Es sei zwar nur ein Detail, und dazu ein womöglich etwas banales, aber ich wolle doch fragen, ob ich den Tisch übersehen hätte. Nein, schreibt der Makler nach einer Weile zurück, es sei kein Tisch da fürs Cockpit.

Wie haben die Eigner mit ihren beiden Söhnen draußen gegessen? Wie haben sie es sich gemütlich gemacht? Ich kann es mir nicht vorstellen. Dieses Boot scheint mir ohne Leben. Ich nehme ihm nicht ab, für uns das richtige sein zu können. Hey, ich weiß, das klingt komisch, aber ohne ein Versprechen lasse ich mich auf nichts ein. Noch in derselben Nacht sage ich per Mail höflich ab, und ich weiß, ich tue das Richtige.

8

WIR GEHÖREN aber nun dazu. Haben einfach so ein Boot angeschaut, als meinten wir es ernst, eins besitzen zu wollen. Ich und ein Boot. In dieser Nacht träume ich von Böen, die hoch über mir Segel bauschen. Die das Gefährt beschleunigen, dass ich es nicht mehr halten kann. Ich rausche über ein Meer, das sich zu einem wogenden Gebirge aufgeworfen hat, und habe keine Gewalt mehr über das Ding unter mir, das einen eigenen Willen entwickelt. Eine Höllenfahrt. Aber ich wache auf, ohne gekentert zu sein.

Von heute auf morgen hat sich alles geändert. Vor allem die innere Haltung zu den Dingen. Man schaut abends den Wetterbericht ganz anders, damit fängt es schon mal an. Achtet auf den Wind, um den sich die meisten Menschen einen feuchten Kehrricht scheren. Es schleicht sich auch langsam eine eigene Sprache in unser Haus. Wir machen bald nicht mehr sauber in der Küche, wir machen »Klarschiff«.

Ich ahne, wie es sein wird, das Gefühl zu gewinnen, ein natürlicher Teil dieser Landschaft des Nordens zu sein, die so vom Meer geprägt ist – die Städte, die sich um die Häfen ballen, die Bäume, die vom Wind zerzaust sind, die Menschen, die wenig sprechen, weil ein Blick aufs Wasser hinaus allemal interessanter ist als der neueste Tratsch.

Am lichten Tag geht es mir nun öfter so, dass plötzlich, ganz kurz, der Boden unter mir ein wenig zu schwanken beginnt, wenn der Wind in die hohen Fichten fährt, die bei unseren Nachbarn wachsen, und ich zum Himmel spähe, wo die Wolken einander jagen. Es ist eine Haltung zum Leben, das begreife ich rasch, die einen nicht mehr loslässt. Immer wieder, wie aus dem Nichts, erwischt es mich. Ich lümmele auf der wackeligen Holzliege im Garten, die jeden Moment unter mir zusammenbrechen könnte, eine Wolke hat sich vor die Sonne geschoben, und meine Füße frösteln, da streift eine Böe durch die Buche über mir, ich spüre die Kraft dieser Böe an meiner Wange, meinen Nasenflügeln, und mir ist für einen Moment, als müsse ich etwas tun, das Ruder neu justieren etwa. Meistens geschieht das nur in diesem Dämmerzustand. Unheimlich. Segeln ergreift Besitz. Man ist an Land nicht mehr sicher. Aber das alles muss sein. Es gilt, auch im Innern zum Segler zu reifen.

Dies freilich ist ein teuflisch langer Weg. Die vielen Telefonate helfen, die mit den Freunden, die gerade in einer dänischen Bucht ankern. »Wie in der Karibik!«, tönen sie, »flacher Sandstrand!«, »einfach Anker raus!«, »herrlich!«. Der Kapitän klingt bereits betrunken, um halb fünf. Der Tramp faselt was von einer Hippie-FKK-Party auf einer abgelegenen kleinen Insel, seine Freundin ist dabei, »einer der besten Tage meines Lebens«.

Der Fachmann für die Bianca 27, den ich im Internet aufgetan habe, ruft am nächsten Abend zurück. Ich kenne nur seinen Namen und höre dazu passend einen norddeutschen Bass.

»Wir waren schon in Kiel«, berichte ich, »wir haben uns eine angesehen.«

»Wie alt, wie alt der Motor, wie viel soll sie kosten?«, fragt er.

»Von '72, von '92, so sechzehn.« Verblüfft registriere ich, wie flüssig mir die Zahlenkombination über die Lippen kommt.

»Überteuert. Da haben Sie nicht viel Freude dran.«

»Okay.«

»Nur Geduld, Herr Barth.«

Er zählt weitere Biancas auf, die auf dem Markt sind.

»Die ganz oben auf der Liste ist eine Gurke. Die für zwanzigtausend sieht gut aus, war aber mal komplett im Hafen gesunken. Müsste man sich ansehen, ist halt viel Geld für ein Boot, das schon mal gesunken ist.«

»Nee, das schaue ich mir erst gar nicht an. Ein Boot, das untergehen kann und sogar schon mal untergegangen ist, das ist nicht mein Boot. Da bin ich vielleicht etwas altmodisch.«

»Keine Ahnung, was da war, wahrscheinlich ein Sturmschaden.«

»Da macht man ja kein Auge mehr drauf zu, wenn man mal ankert. Und im Sturm denkt man, jede Sekunde zieht das Ding Wasser und macht wieder einen auf U-Boot.«

»Müsste man sich natürlich gründlich anschauen«, sagt er. »Bis vor Kurzem hatte ich Kontakt zu einer Frau, die hat ihrs für zwoundzwanzig verkauft. War aber tipptopp, alle Segel doppelt, alles vom Feinsten.«

»Ist aber viel Geld für 'ne Bianca 27, oder etwa nicht?«

»Stimmt schon. Ein VW Golf bleibt immer ein VW Golf und wird kein Ferrari, selbst wenn man ihn rot anstreicht. Sind Sie online?«

»Jupp.«

»Dann schauen Sie mal auf *Scanboat* rein, sehen Sie die für siebzehnvierfünf? Die ist superschick. War ich schon mal drauf, kenne den Eigner, der hält das Boot ordentlich gepflegt. Ist aber ein Holzmast.«

»Ja. Hat die Kieler auch. Sah nicht sehr neu aus. Und?«

»Den muss man pflegen. Die sind nicht aus einem Baum geschnitzt, die sind gebaut, diese Masten.«

»Oh, das wusste ich nicht, dass Masten nicht aus einem Guss sind, also aus einem Stück.«

»Hier, sehen Sie? Vang, das ist auf Bornholm. Könnte man mal ein paar Tage Urlaub machen und die sich anschauen, wenn die Familie mitzieht.«

»Gute Idee.« Ich stelle mir vor, wie sich Anna vor Lachen böge, wenn ich ihr vorschlüge, nach Bornholm zu fliegen, um en passant ein Schiff zu besichtigen.

»Und da gibt's noch eine aus Schweden, hat gerade ein Freund von mir sich angeschaut, als er beruflich in Göteborg war. Kostet nicht mal zwölftausend.«

Drei Minuten später kommt eine Mail, zwei Megabyte dick, anbei Dutzende Fotos. Schönes Boot, hellblau gestrichen, karg eingerichtet, aber sauber. Mittendrin im Salon baumelt eine riesige Petroleumlampe, das bleibt mir haften: die Petroleumlampe.

Während mein Liebhaber der Bianca 27 weiterspricht, schaue ich auf die Karte Skandinaviens und stelle mir vor, wie es wäre, in Göteborg einfach so den Vertrag zu unterschreiben und die schwedische Küste runterzusegeln, mit einem an der Seite, der's kann, wohlgemerkt. Wie man über den Großen Belt schaukelte, durch das Südfünische Inselmeer.

Mit jedem Blick beginne ich die Topografie des Nordens besser zu verstehen. Wo zuvor die Küste nur das Land begrenzte, zergliedert sie nun die See, sehe ich Buchten, Durchlässe, Naturhäfen. Ich begreife, dass die Dänen ein Seefahrervolk werden mussten und noch immer sein müssen, um sich als zusammengehörigen Staat begreifen zu können. Einen Bootsführerschein braucht dort kein Mensch. Boot fahren ist Naturrecht.

Es ist eine laue Sommernacht, wie es sie in Hamburg gibt, auch wenn einem das keiner abnehmen würde. Anna hat Kerzen im Garten verteilt und sie nach Anbruch der Dämmerung angezündet, warme, flackernde Leuchtfeuer. Unser Sohn schläft längst. Wir tranken eiskalten Weißwein und lasen, als der Anruf kam; nun starre ich in den Himmel, höre die Stimme des Bianca-Mannes und versuche mir das vorzustellen: in Göteborg los, von der Schärenküste Bohusläns aus nach Hause. Der Herr redet darüber, als sei es das Selbstverständlichste der Welt, dass ich bald ein Boot besitzen würde. Wahrscheinlich, weil er es sich in seiner Welt nicht vorzustellen vermag, wie sehr man zweifeln kann, wie irrational für Leute wie mich der Kauf eines Bootes ist.

»Aber sind Sie sich schon sicher mit der Bianca 27?«, fragt er.

»Natürlich nicht. Ich war nur froh, den Test zu lesen. Irgendwo muss ich ja anfangen zu suchen.«

»Die Bianca ist narrensicher«, erzählt er, »aber sie hat auch ein paar Macken. Sie ist ja ein Langkieler.«

Ich beobachte einen Falter, der sich müht, in eine Kerze zu stürzen. Dass Langkieler schwerfällig sind, weiß jedes Kind – sofern es zufällig Segelmagazine liest. Aber ein paar Macken?

»Na ja«, sagt der Seefahrer, »die alte Lady legt sich sehr schnell auf die Seite, wenn ein Puster kommt. Manches Mädel an Bord erschrickt sich fürchterlich. Wenn sie aber endlich auf der Seite liegt, wird sie steif. Dann segelt sie stur auf ihrem Kurs.«

Ich denke an unser erstes Jollengesegel, wie ich mich krampfhaft am Süllrand festhielt, weil ich dachte, dass die Jolle jeden Moment kentern könnte. Und wie Anna lachte, ja: mich auslachte.

»Kein Problem«, sage ich. »Nicht jedes Mädchen erschrickt sich so.«

Aus dem Hörer dringt ein heiseres Lachen, das eine Geschichte haben muss. »Und gegen die Welle ankreuzen mit diesem bauchigen Löffelbug der Bianca 27 ist bei der kurzen Ostsee-Welle kein Spaß. Sie wissen ja, wie schön geräumig die Vorschiffkajüte ist. So viel Platz haben Sie auf manch größerem Boot nicht. Aber gegen den Wind und die Welle erkaufen Sie sich das bitter. Da hämmert der Bug gegen die Wellen, dass es kracht, und bei der dritten kommen Sie fast zum Stillstand.«

»Oh«, entfährt es mir.

»Oh ja. *You have to treat her like a gentleman.*«

Ich muss schmunzeln. Die Bianca scheint mir ein Boot zu sein, das geschaffen ist für faule Ausreden. Das gewisse Kurse nicht mag, das sich schwertut, wenn die See rau wird, das einen also unentwegt anzwinkert, doch nicht so hektisch zu sein, nicht so große Strecken zu planen, auch mal einen Gammeltag einzulegen. Es scheint mir ein Boot für mich zu sein, für meine Familie, die zur Hälfte noch nicht mal ahnt, was sie erwartet, und zu einem Viertel fürchtet, dass ich es wirklich wahr mache.

Es gibt Momente, in denen ich mich auf diesem Weg allein fühle. Verdammt allein. Das habe ich vorher gewusst. Die Frage ist, ob ich mich selbst wirklich mitnehmen werde ins Ziel.

Fast ist es Mitternacht, als der Bianca-Mann und ich auflegen. Segler quatschen gerne, beinahe so gerne, wie sie segeln. Und sie zögern nicht, anderen zu helfen. Es gibt sicher Dünkel in dieser Welt, vielleicht mehr als anderswo, viele abschätzende Blicke, aber noch viel mehr helfende Hände.

Beseelt von der Empfehlung des Experten, schicke ich am frühen Morgen freundliche Mails gen Norden über die See, an die Herren Bengt und Flemming, nach Bornholm und Göteborg. Im Radio sagen sie für den nächsten Tag frischen bis starken Wind an, Windstärke fünf bis sechs. Es wird abkühlen. Ich beuge mich wieder über die Karte und versuche herauszufinden, wie man segeln müsste, sagen wir, von Kopenhagen nach Hause. Um Seeland herum, die Nordspitze von Langeland passieren und vorbei an Svendborg. Was für ein Abenteuer das wäre. Geld übergeben und Leinen los. Wie weit das wäre. Locker vier oder fünf Tage. Aber strammes Segeln. Und wenn einem der Wind entgegenbläst, muss man schon viel Liebe mitbringen, oh ja.

In der Nacht träume ich wieder, auf einem schwankenden Boot zu sein, allein an der Pinne, um mich nichts als Wasser. Ich weiß nicht, ob ich den Sturm überstehe, der naht. Ich sehe ihn kommen, sehe die Wellen, die mein kleines Boot überspülen, die Segel schlagen in den Böen, die Gischt, der Bug hämmert in die Seen … Da weckt mich das Schreien meines Sohnes.

Bengt und Flemming antworten nicht, die Männer des Nordens mit ihren Biancas 27. Tun dies am nächsten Tag nicht, in der nächsten Woche nicht, werden niemals antworten. Ich weiß nicht, woran es liegt. Vielleicht sind sie auf See. Viel später werde ich vermuten, dass sie ihre Boote nur mal so anboten und zurückschreckten, als sie merkten, sie könnten sie tatsächlich bald los sein.

Ein Boot zu verkaufen heißt offenbar, einen Traum zu verraten.

DREI

VOM FINDEN

1

UND DANN SCHNACKELT ES. Es ist allein schon der
Name. Shipman. So hieß einstmals die Werft. Die Shipman
28, also 28 Fuß lang und Baujahr 1971, liegt in Neustadt in
Holstein, fast um die Ecke. Auch sie ist dunkelblau gestrichen.
Sie hat was, ich muss sie mir ansehen. Die plumpe, launische
Bianca 27 ist vergessen, so treulos bin ich.

Der Makler antwortet sehr zügig auf meine Anfrage, die
Freitagnacht bei ihm eintrifft – und zwar samstagmorgens,
9.32 Uhr. So muss das sein.

*Diese Shipman hat in den vergangenen 4 Jahren In-
vestitionen i. H. v. ca. 12 000 € erfahren: neue Segel,
Groß und Rollreffgenua mit UV-Schutz, Segelkleid
mit Lazyjacks, Sprayhood, Kuchenbude, Teakdeck,
Eberspächer Heizung, Kühlfach mit Kompressor,
Induktionskochfeld, Toilette, GPS, Windmess, Tridata, Ladegerät mit Landanschluss, Schalttafel mit
Verkabelung, neue Küchenarbeitsplatte. Es bleiben
in meinen Augen folgende Punkte offen: kleinere
Schönheitsarbeiten im Innenraum, Neuabdichtung
Kielnaht, Austausch Antriebswelle wegen Elektro-
lysefraßes. Hierzu liegt ein Kostenvoranschlag vor,
1350 € inkl. MwSt. Der Motor ist in Ordnung, hat
gute Kompression, springt freudig an. Der Rumpf
ist dunkelblau lackiert. Bei näherer Betrachtung
sieht man eine Menge Kratzer, Spuren der Zeit. Wer
noch ein wenig in dieses Boot investieren mag, erhält eine sehr gut und aktuell ausgestattete Shipman
28, die noch lange Spaß und Komfort liefert. Das
Boot kann an Land nach Absprache besichtigt werden.*

Ich am nächsten Tag nichts wie hin, mit 180 Sachen. Auch wenn ich nicht weiß, wie man Elektrolysefraß buchstabiert, was ein Tridata ist und ob ein Induktionskochfeld als letzter Schrei oder letzter Scheiß zu betrachten ist.

Das Boot steht gleich am Eingang rechts, auf dem Parkplatz vor einer Montagehalle. Es lugt so um die Ecke. Blaue Schnauze. Der Mast ragt unvorstellbar hoch in die Luft. Wenn ein Flugzeug am Himmel wäre, es könnte sich den Boden aufschlitzen an diesem Mast. Ich weiß nicht, ob so weit oben noch Sauerstoff ist. An der Spitze flattert ein Wimpel, auf dem Shipman steht. So beginnt sie mir den Kopf zu verdrehen.

2

EISKAFFEE, DER HERR, sagt der junge Ober, man gibt sich etwas vornehm in dieser Marina, tausend Liegeplätze, viele Riesenyachten, viele gestärkte Polokragen. An der schmalen Badestelle springen ältere Pärchen jauchzend in die Ostsee. Man redet beim Handtuchrubbeln über den HSV, die Werftenkrise, den Bürgermeister. Hamburg ist hier zu Hause. Und auch reiche Polen, reiche Russen, erzählt man sich unter Seglern.

Der Eiskaffee kommt lauwarm. Wie kriegt man das denn hin: Eiskaffee lauwarm? Zwei nicht mehr sehr junge Damen hinter mir, die Stimmen plattgeraucht, bestellen Pinot Grigio. Die Luft steht. Das Wasser der Ostsee liegt ölig glatt da, wie beschichtet. Ein Windhauch streicht über den Hafen. Geschnatter in der Luft. Hinter dem Mastenwald die grünen Hügel Neustadts. Ein gelber dicker Himmel. Gewitterdampf. Und mein Kopf raucht. Ist sie das? Kann sie das sein? Die Shipman und ich?

Der Makler hat vorhin im Prinzip nur über den Diesel geredet. Wir schlenderten von seinem Büro über den Hof. »Ich traue dem Motor«, sagte er. »Ein Farymann. Zwar noch das

Original von 1971, aber fragen Sie mal Landwirte, was diese Dinger leisten. Oder Bauarbeiter. Das sind Arbeitstiere. An dieser Shipman werden Sie noch fünfzehn, zwanzig Jahre Ihre Freude haben können.«

Ich weiß, dass die Maschine das Teuerste an einem Boot ist. Offenbar ist es ein seriöser Makler. Oder zumindest will er mir den Anschein geben. Zu seinem hellblauen Polohemd (eine Makleruniform?) trägt er eine beigefarbene Outdoor-Hose mit extragroßer Gürtelschnalle.

Wir stehen vor dem Kiel, denn die Dark Sea, so steht es am Bug, ist aufgebockt, das Deck drei Meter über dem Asphalt. Sehr schmal, der Kiel, wenn man von vorne draufguckt. Als wolle sich das Boot in einem unbeobachteten Augenblick verdünnisieren. Ich deute auf die fingerdicken Rostlinien, die sich einmal quer über den rot gestrichenen Kiel ziehen.

»Die entstehen da, wo die Eisenbombe an den Rumpf angeflanscht ist«, erklärt der Makler. »Keine große Sache.«

»Kann … Kann der Kiel nicht abfallen?«

Der Makler lacht, er lässt mich dabei nicht aus den Augen. »Nein, das ist nur oberflächlich. Das haben alle alten Boote mit Eisenballast.«

Ich habe keine Ahnung, was »angeflanscht« heißt, wie man anflanscht, ob man auch abflanschen könnte, aber es hört sich satt und gründlich an.

»Mit dem Bolzen«, fährt der Maker fort, »muss man das Sikaflex abpulen und neu auftragen.« Mir kräuselt es die Brauen.

Wir umrunden den Rumpf. Hinten, an der Antriebswelle, legt sich plötzlich eine sorgenvolle Falte auf die Stirn des Maklers, er zeigt auf schwarz glänzende Tropfen. »Da ist Diesel ausgetreten. Das darf da nicht sein.«

»Hatten Sie nicht gesagt, die Welle müsse eh erneuert werden?«

»Die muss überholt werden, zwotausend Euro, alles in allem. Aber der ausgelaufene Diesel lässt auf irgendwas anderes schließen. Das müssen wir nochmals prüfen. Ich werde mit dem Eigner reden, das muss er natürlich machen lassen. «

»Natürlich«, wiederhole ich hilflos, aber auch beeindruckt. Der Mann scheint mir auf meiner Seite zu sein.

Wir haben das Schiff noch nicht geentert, aber so weit sind wir schon. Offensichtlich setzt er große Dinge auf mich. Ich fühle mich ein wenig geschmeichelt. Ein ernst zu nehmender Interessent, einer, dem man nichts vormachen sollte. Natürlich habe ich nicht vergessen, meine Geschäftsmiene aufzusetzen, die sich aus starken Kennermienen-Anteilen und einem brutal harten Kinn zusammensetzt.

Dann sind wir oben. Schickes Teakdeck. Wunderschön. Ich sehe Anna da liegen, hingegossen. Ich sehe mich selbst da liegen, ein Buch in der Hand, schläfrig. Ich will dieses Boot haben. Sofort.

Der Makler schließt die Tür zum Niedergang auf, hebt die Steckschotten an und legt sie zur Seite. »Es gibt hier keine Geheimnisse«, sagt er, »schauen Sie sich alles in Ruhe an, gucken Sie überall rein.«

Nun lässt er mich allein. Seine Schritte knirschen übers Deck, seine Schuhe lassen die Leiter quietschen, er ist verschwunden.

Unten ist es dunkel. Gemütlich dunkel das Holz, ein bisschen gruftig vielleicht, wie eine altenglische Bibliothek. Die Küche zieht sich quer durch den Niedergang. Sie hat ein Induktionskochfeld, und damit fängt es schon mal an. Es gibt ungefähr eine Million Dinge, die ich nicht einordnen kann. Ob sie Patina haben oder bald auseinanderfallen werden.

Eine kurze Koje links, zu klein für einen Mann, eine lange rechts, unterbrochen durch einen versenkbaren Tisch. Keine Ahnung, ob diese Anordnung praktisch ist. Ich schaue aus dem schmalen Fenster. Höre das Gewitter in der Ferne grollen. Es riecht gar nicht übel hier an Bord. Natürlich nicht nach Lavendel oder so, ein bisschen nach Diesel. Im Regal stehen bunte Romane von Miranda Lee und Barbara Cartland auf

Dänisch, dazu »Die große Seemannschaft« auf Deutsch, ein Buch, in dem alles drinsteht, was man übers Segeln wissen möchte und eine Menge mehr.

Ich schlüpfe aus meinen Schuhen, gehe nach vorne, krieche in die Bugkajüte im Vorschiff, öffne das Luk und lege mich flach auf die Polster. Schaue hinauf in den Himmel. Da oben treibt langsam eine dicke Wolke vorbei, die ein bisschen aussieht wie Norwegen. Aus irgendeinem Grund stelle ich mir vor, dahinter seien Sterne. Ich verschränke die Arme hinterm Kopf. Das Boot scheint ein klein wenig unter mir zu schaukeln, aber das kann nicht sein.

Zurück im Salon. Das klein bisschen Wind singt fröhlich im Rigg. Sehr heller Ton. In den Schubladen und hinter Klappen kleben Späne. Man muss dazu sagen, ich kann Flecken aushalten. Ich bin kein Fleckenfan, das nun auch nicht, aber ich erkenne an, jeder Fleck hat seine Geschichte. Sie verursachen mir keinen Ekel, ich habe selbst zu viele Flecken produziert in diesem Leben, und meistens war es gar nicht so schlimmes Zeug, das ich verschüttet habe. An der Decke Kaffeespritzer. Die da hochflitzen zu lassen und dann noch vergessen, sie wegzuwischen: Respekt.

Nach einer halben Stunde habe ich alle Schapps geöffnet, meine Nasen in alle Luken hineingesteckt, die Luken wieder geschlossen, den Niedergang ebenso, die Kuchenbude zugezogen. Die Kuchenbude: noch so ein Wort. So heißt das Überzelt, das man übers Cockpit zieht, nur klingt Überzelt nicht sehr seglerisch. Kuchenbude zwar auch nicht, aber egal.

Ich trolle mich in das Büro des Maklers, das im Ladentrakt zu finden ist. Als ich eintrete – es gibt keine Vorzimmerdame –, schreckt er von seinem Computer hoch, als habe er mich vergessen. Er erhebt sich. Er ist größer als ich, und ich bin nicht klein. Mit einer lockeren Handbewegung bittet er mich aufs schwarze Ledersofa, fragt, ob ich etwas trinken wolle.

Ich will. Ein Wasser. Was zu trinken haben ist immer gut, man kann unauffällig nachdenken, zum Beispiel, wenn es ums

Verhandeln geht. Der Markt ist so gut wie tot, sage ich mir, sei lässig, sei ein Profi, sei quasi gar nicht interessiert, aber ein bisschen schon, spiele virtuos mit seiner Gier. Lehn dich zurück und lass ihn kommen.

Aber er macht es besser. Setzt sich federnd, verschränkt die Beine, lehnt sich selbst zurück, und ich finde mich auf der rutschigen Kante meines Sessels wieder, leicht schwitzend, weil es zu warm ist für meine wasserabweisende Kleidung. Das Problem ist: Ich bin es natürlich selbst, der gierig ist. Gibt es Rivalen, Nebenbuhler? Ein richtiges Boot, meine Güte, innerlich taumele ich bei der Vorstellung, dass ich jetzt, in diesem Augenblick, nur Ja zu sagen bräuchte und es besäße. Ich bin so dicht davor. Wer einen Sinn für Romantik hat, wird verstehen, dass ich gerade geneigt bin, den Verstand auszuschalten.

Meine Fragen drehen sich, das muss ich leider zugeben, nur um Lappalien. Ich habe mir vorher ein paar Punkte überlegt, aber was richtig Schlaues ist mir nicht eingefallen, irgendwas, das den Makler verblüffen könnte.

Dabei leben Journalisten davon, immer Fragen parat zu haben. Wecke einen von uns nachts, und er wird anfangen loszuplappern und sein Geplapper in eine Frage münden lassen, um das Gespräch zu entfachen, er wird nachhaken und es am Laufen halten. Aber wenn's um mich selbst geht, bin ich im Fragen nicht immer stark. Wo die Eberspächer Dieselheizung sei?, will ich wissen. Ich hatte sie nicht gefunden. Ob man die höre? Was es koste, die Dichtungen der Backskisten zu erneuern? Ob es stimme, dass das Boot luvgierig sei, dass man es also gewaltsam davon abhalten müsse, in den Wind zu schießen (woraufhin jede Fahrt aus dem Boot geht und es ein Spielball der Wellen wird und man querschlägt und kentert oder Schlimmeres)? Ein Boot, das also den berüchtigten Sonnenschuss quasi erfunden habe?

»Na ja«, antwortet der Makler. »Sie müssen am Ruder ein bisschen arbeiten. Es ist eben ein Boot mit Charakter.«

»Okay.« Ich bin bereits versöhnt. Der Makler nickt, als ich leise anmerke, es sei halt nicht sehr gepflegt. »In der Bilge steht ein schmutziges Gemisch aus Öl und klebrigen Überresten von irgendwas.« Dabei finde ich es ziemlich gut gepflegt für so ein altes Boot, aber ich posaune das einfach mal hinaus.

Der Makler pustet eine Haartolle aus der Stirn und nickt schuldbewusst. »Das habe ich dem Eigner auch gesagt, es könnte gepflegter sein. Da muss man sicher mal mit Chemie ran.« Sein Ton ist sachlich, als sei es das Normalste auf der Welt, einen Eimer Chemikalien in sein Schlafzimmer zu schütten.

Mit jedem Wort aber merke ich, wie er ungeduldiger wird. Ich scheine ihm die Zeit zu stehlen. Ich stehle sie ihm ganz gewiss, und das irritiert mich maßlos, bin ich doch derjenige, auf den er händeringend gewartet haben muss. Er ist ein voluminöser Mann, er schaut mich an, als warte er auf meinen Abgang. Halte ich ihn von den wahren Geschäften ab? Sonst hat er nur die Hunderttausender im Angebot, die Blitzyachten. Ich bin ein kleiner Fisch. Aber 18 000 Euro ist 'ne Menge Geld. Ich will fast schon sauer werden, aber er bleibt unerschütterlich freundlich. Das muss ich ihm hoch anrechnen. Stabilere Gemüter hätten seine innere Eile nicht gemerkt, aber ich erhebe mich.

Vor zwei Wochen sei er selbst auf der Dark Sea gesegelt, erzählt er, als ich mich zum Gehen wende. »Ich habe sie einst aus Schweden mitgebracht. Sie ist etwas verlebt, aber sie hat Charakter. Ein wirklich schönes Boot, Herr Barth.«

»Bis bald«, sage ich.

3

VERLIEBEN MUSST DU DICH in ein Boot«, hat der Kapitän gesagt, »du musst es begehren!« Ich begehre die Shipman. Weil sie die Richtige ist? Oder nur, weil zum Greifen nah? Ich habe doch gar keine Kriterien. Ich habe nur meine Lust, ein Boot zu besitzen. Bin ein inkompetenter Naivling, ein Spielball in den Händen eines geschickten Maklers. Kenne sonst nur die Bianca 27. Lächerlich.

Zwei Tage später, feinstes Badewetter, überrede ich meine Familie, nach Pelzerhaken zu fahren, wo es einen wunderbaren wilden Hundestrand gibt, den Pumba der Copacabana für würdig hält, ja, ihr sogar überlegen, weil es an der Copacabana weniger Wildgänse gibt. Und man kommt auf dem Weg an der Marina vorbei.

»Moin moin«, grüße ich den Makler am Handy, »wir sind gerade auf der Autobahn Richtung Neustadt, könnten wir uns die Dark Sea noch mal angucken?«

»Oh«, höre ich, »ich bin gerade in Flensburg, aber … Ich lass Ihnen den Schlüssel hinterlegen, okay?«

Ich bedanke mich überschwänglich, entschuldige mich für den Überfall und entlocke ihm, dass er versucht habe, den Eigner zu erreichen. Der werde mit dem Preis runtergehen müssen, so viel wie eben die Reparatur des Diesellecks koste.

»Das müssen wir aber erst checken lassen«, sagt der Makler.

»Ist ja keine Eile«, erwidere ich gönnerhaft, dabei lege ich gerade eine mordsmäßige Eile an den Tag. Ich habe keine Lust, dass mir einer dieses Boot wegschnappt.

Wieder an der Leiter. Zuerst klettert Anna nach oben, ich stehe am Kiel, kraule mit links unserem Sohn das Kinn und fahre mit rechts die Rostlinie entlang. Pumba jault erbärmlich, weil Anna in den Himmel emporgestiegen ist und nicht mehr herunterkommt. Ich trete aus dem Schatten des Bootes hervor. Der Mast ragt unverändert hoch auf, und wo das Vorsegel an den Mast gebunden ist, ziehen Wolken schnell vorbei, es ist ein Tag des Windes. Aber es sieht aus, als wäre es das Boot, das sich bewegt, als hätte es sich losgerissen von seinem stählernen Bock und flöge, und wir flögen mit. Ich höre Schritte, Annas Sohlen auf der Leiter.

»Und?« Ich weiß, jetzt wird es sich entscheiden.

»Sie ist nicht so liebevoll ausgestattet wie die Bianca in Kiel, und es riecht komisch.«

»Riecht komisch?«

»Nach Pisse und Diesel.«

»Pisse und Diesel?«

»Aber sonst ist sie schön.«

In Annas Urteilen stecken meist klare Empfehlungen.

Wir essen im Hafencafé einen Happen zu Mittag, über ihre Worte komme ich nicht so schnell hinweg. Vor unseren Augen tickt eine Bavaria 46 Cruiser herein, ein Monster von fast 15 Metern, sie wird per Bugstrahlruder gezielt an den Steg bugsiert. Ein Charterboot, der Hintern so breit wie vier Brauereigäule, aber Zentimeterarbeit. Hafenmanöver scheinen ja einfach zu sein. Und noch viel einfacher werden sie mit einem kleineren Boot sein. Ein Klacks. *Easy-peasy.*

Wortlos schleppen zwei Familien ihre Sachen aus den Tiefen hervor, ein junger Kerl trägt nichts als ein volles Sixpack Bier. Lange Gesichter. Tief sitzende Mundwinkel. Der Seekoller hat zugeschlagen, das ist offensichtlich. Wir hören über unserem Salat, wie der Skipper leise die Frau fragt, die vor ihm geht: »Und du willst wirklich nie wieder segeln?«

Stunden später, nach dem Strandbesuch, die Sonne geht gerade hinter Neustadts Getreidesilos unter, setzen wir uns an die Kaimauer. Gegenüber wird lärmend ein Frachter gelöscht, eine Motoryacht tuckert aus dem Fjord. Ich besorge uns eine Riesenflasche frostiges, trübes Bier aus dem Brauhaus »Klüvers«. Der wärmende Stein unter unseren Füßen. Unser Sohn gluckst und spielt selig mit dem Stoffkrokodil, das glücklicherweise eine Engelsgeduld besitzt. Die am Laternenpfahl festgemachte Pumba hält aufmerksam Wache. Am Ende, die Sonne ist verschwunden, unsere nackten Füße baumeln über dem Wasser, sagt Anna leise: »Hat schon was, so ein Boot. Wenn man's beherrscht.«

Ich antworte nichts vor Glück.

Vier zu null.

4

> *Habe mir im Netz die Shipman angesehen. Schönes Cockpit mit dem Teak! Von innen auch knuffig, geht man den Niedergang über die Küche runter …? Hm, macht aber auch nichts. Klar, von außen gibt es Boote mit einem schöneren Riss, aber ein Boot in dieser Art macht Sinn, denke ich. Nicht zu groß, nicht zu klein, für Euch genug Platz innen, und absolut handlebar nach meiner Einschätzung. Und man muss sich mindestens sehr doll verlieben in das Boot! Mit weichen Knien und so.*

Beim Lesen betaste ich meine Knie. Sie sind knüppelhart und ächzen in ihren Gelenken, die Knorpel sind ein Fall für den Recyclinghof. Alte Kriegsverletzung vom Sport.

Der Kapitän:

> *Ich weiß, wie sich diese Hummeln im Hintern an-fühlen. Man will Fakten schaffen, man will irgend-wann ein Boot! Ich würde, weil man sich mit einem Boot nun mal einen ganz schönen Klotz ans Bein bindet, zwei Dinge tun.*
> 1. *Noch ein bisschen weiter schauen.*
> 2. *Unbedingt einen vertrauten Experten ausfindig machen, der sich das Boot sehr genau ansieht.*

Der Kapitän macht es einem wie immer nicht leicht. Sich der Leidenschaft hingeben, aber nüchtern dem Vortrag des Sach-verständigen lauschen? Das ist eine Höchstschwierigkeit. Am Ende lädt er mich auf einen Törn in die Dänische Südsee ein: *Du musst jetzt Meilen sammeln.*

Wann geht's los?, antworte ich. Nach diesem Törn, das trage ich mir auf, werde ich wissen, ob die Shipman mein Boot wird oder nicht. Und von den Kaffeespritzern werde ich es nicht abhängig machen. Aber dass fast vierzig Jahre so viel anrichten können mit einem Boot, darüber muss ich noch mal nachdenken. Dass ich selbst vielleicht ganz genauso gebraucht bin wie die Dark Sea. Dass man vielleicht selbst bald ein wenig zu müffeln beginnt. Muss mich selbst wieder mal kräftig durchlüften. Wie das geht? Segeln natürlich.

5

ÜBERN KLEINEN BELT BOLZEN, das ist die Idee. Zweieinhalb Tage habe ich von meiner Stammcrew Ausgang bekommen. Ich warte vor Hamburgs U-Bahnhof Lattenkamp, fröstele in meinen kurzen Hosen, seit Wochen hat es nicht geregnet oder zumindest nicht so, dass ich's gemerkt hätte. Jetzt aber 15 Grad und eine kühle Dusche.

Auf geht's nach Dänemark! Ich habe den Kapitän bekniet, mich mitzunehmen auf seine sagenumwobene » Operation Schneeflöckchen«. Sein Boot, ein wunderschöner Schärenkreuzer aus Holz, Atina, ist von 1952. Von Neun-zehn-hundert-zwei-und-fünf-zig. Rund sechzig Jahre alt, das Ding. Da war Adenauer seit drei Jahren Bundeskanzler, Deutschland noch nicht für die Fußball-Weltmeisterschaft in der Schweiz qualifiziert, und die Briten rückten Helgoland wieder heraus. Auf Atinas Hintern hockt ein moderner Außenborder, ein röhrendes Ding von fünf PS, das die eleganten schmalen Linien auf fürchterlichste Weise verhunzt. Ein Freund sagte dem Kapitän, nachdem er mit ihm herumgetörnt war: » Wenn ich das nächste Mal dabei bin, will ich den Lümmel da hinten nicht mehr an Deck sehen. «

Ein Innenborder muss also her, und als der Kapitän vor ein paar Wochen in Fåborg auf Fünen, jenseits des Kleinen Belts, einen Bootsmacher traf, der ihm versprach, sich den Kahn anzugucken, sollte er zufällig mal in Svendborg vorbeischauen,

beschloss der Kapitän, zufällig mal in Svendborg vorbeizu-
schauen.

Die Fahrt von Hamburg hinauf zu Atinas Heimathafen
nach Dänemark zieht sich, draußen trübe Stimmung. Ich sitze
am Steuer – der Kapitän ist müde – und lege einmal bei Tempo
150 eine Vollbremsung hin, weil ich, Fluch der Automatik,
auf die Bremse trete, als ich die Kupplung suche. Trübe Stimmung auch drinnen, auf den ersten Kilometern Autobahn jedenfalls. Dicke Tropfen betrommeln unser Gefährt, die Schei-
benwischer verteilen den Feinstaub der vergangenen Wochen
auf der Windschutzscheibe.

»Regen auf dem Wasser, das hasse ich«, knurrt plötzlich
der Alte mit seiner Stimme, die den Fliegenden Holländer zum
Auftanken zwänge. Der Alte ist natürlich auch mit dabei, er
sitzt hinten, beugt sich über seinen Laptop und wird auch
nicht gesprächiger, nachdem er sich einen halben Becher
dampfenden Kaffees über sein weißes T-Shirt geleert hat. Aber
der Kapitän tut sein Bestes, um ihn aufzumuntern; sein Plan
ist, den Alten dazu zu bringen, Geschichten zu erzählen. Dafür
genügt im Grunde vollkommen, einmal laut »Na?« zu fragen.

Da kann der Alte nicht widerstehen, und so schildert er, wie
er gerade erst auf den Boddengewässern Mecklenburg-Vor-
pommerns an seinem Junior-Folkeboot das Fockfall hat sausen
lassen – also die Leine, mit der man das vordere Segel hochzieht –, sodass der Schäkel unerreichbar oben baumelte, und
wie er, weil er ja ein Glückskind ist, einfach hinüber zur Gorch
Fock paddelte, zu diesem massiven Dreimaster, der zufällig
nebenan vor Anker lag, und einen Matrosen bat, doch bitte
schön hinaus aufs Bugspriet zu klettern, das aussieht wie ein
Rammsporn, und von da aus war's für den Matrosen ein
Kinderspiel, das Fall zu bergen.

»Hehehe«, macht der Alte. Die Stimmung ist schlagartig
bestens, wir sind auch sehr zufrieden, schöne Geschichte, ge-
messen am Wetter draußen, und man schmunzelt so in sich
hinein. Wer segeln kann, kann auch erzählen. Ich kenne nie-

manden, der das widerlegte. Woran das liegt? »So 'ne Gorch
Fock müsste man immer dabei haben«, werfe ich schließlich
in die Runde, und der Alte gönnt uns wieder sein bemerkens-
wertes Lachen, das einen einmal ums Kap Hoorn zerrt und
wieder zurück. *(Das war vor den Skandalen.)*

Nach zwei Stunden sind wir da. Ein verschlafener Hafen
nicht so weit von Sønderborg, in dem graubärtige Dänen mit
Pfeife im Mund und groben Schuhen an den Füßen auf den
Bänken sitzen, den jüngeren Männern zuschauen oder hinaus
aufs Meer blicken und sich Schauermärchen aus alter Zeit erzählen. Sie sitzen sehr häufig hier, weil es für einen Fischer, der
nicht mehr hinausfährt, keinen besseren Platz gibt als einen
Hafen. Und das gilt für uns alle genauso. Der einzige Ort, an
dem seit jeher jeden Augenblick das Große passieren kann, auf
das wir alle warten, etwas, das keiner zu benennen vermag und
von dem doch alle wissen, dass es eintreffen wird, wenn nicht
gleich jetzt, dann morgen oder in ein paar Jahren, bei einem
Sturm, der uns alle verändert.

Dänemark, das den dickbäuchigen deutschen Landen so
klein scheint, hat eine Küstenlänge von 7314 Kilometern,
wohingegen Deutschland nicht mal 2400 Kilometer Küste
besitzt. Dreimal so viel also. Das ist für Segler ja kein uner-
heblicher Wert. Aus Seglersicht – und wer von uns möchte
nicht von sich behaupten können, ein kompetentes Segler-
urteil fällen zu können – ist Deutschland sogar ein recht uner-
hebliches Land, was die Küsten angeht. Frankreich, um mal
einen Vergleich zu nennen, hat 3427 Kilometer zu bieten,
Schweden nicht mehr als 3218, dafür aber, jetzt kommt's,
Italien: 7600 Kilometer! In Sachen Küsten ist der Däne dem
Italiener also beinahe ebenbürtig und in Sachen Lebensfreude
sowieso.

Das liegt freilich an den vielen Inseln. Inseln machen frei. Es
gibt so viele Inseln in Dänemark, das können wir Deutsche
uns gar nicht vorstellen. Für uns sehen Inseln aus wie Sylt
oder Rügen, und bereits wenn man den Namen Wangerooge

ausspricht, schleicht sich ein leichtes Kichern in die Stimme, denn wer nimmt schon solche Fleckchen Erde ernst, verglichen mit dem prächtigen deutschen Kernterritorium? Dänemark aber muss vollkommen ernst genommen werden, und natürlich erleichtert die Aufgabe, die Dänen ernst zu nehmen, dass sie sich selbst nicht ernst nehmen. Von ihrem Wesen her sind sie Tonganer. Grundlos sonnige Menschen, nur dass sie ein grausamer Gott zu weit im Norden abgesetzt hat. Das Grüßen am Morgen unterlässt man in Norddeutschland ja besser, um niemanden aufzuschrecken. In Dänemark darf man's tun.

Keine Bar in diesem kleinen Hafen, kein Restaurant, nicht mal ein Hotdog-Stand. Nur die Boote, die hölzernen Stege, die schützende Mole, dahinter die See. Die ist jetzt aufgerissen unter den Hieben des Sturms, kein Schiff hat sich hinausgewagt.

Das Boot des Kapitäns, das nur ein paar Meter von der Commander 31 des Alten entfernt liegt, ist von Tropfen benetzt, schmatzend wiegt es sich im Wasserbett. Wir springen drauf, dass es schwankt. »Erst mal Klarschiff machen«, verkündet der Kapitän. Er greift sich die nasse Persenning, löst sie von den Haken und schlägt sie zur Seite. »Willkommen auf Atina.«

Ein paar Minuten später sitzen wir unter dem halb geöffneten Überzelt, um uns tropft, rinnt und gurgelt es, und halten den Willkommensschluck in der Hand. Ananassaft mit Rum oder vielmehr die Spezialmischung des Kapitäns, Rum mit Ananassaft.

Das Ankommen auf einem Boot ist immer ein komplizierter Vorgang, man findet sich nicht sofort zurecht. Erst mal alles verstauen, was im Weg ist. Ein jedes Ding hat seinen Platz, damit es bei Seegang nicht herumstürzt. Das Leben muss diszipliniert geführt werden, sonst ist Chaos an Bord. Und Chaos an Bord führt schnurstracks in die Katastrophe. Frag den Kapitän. Den Kram wegtüdeln, aber trotzdem mit einem Griff rankommen, das ist die Aufgabe.

Darin bin ich allerdings zu meinem Bedauern nicht wettbewerbsfähig. Wenn ich irgendein Ding irgendwohin packe, habe ich zwei Sekunden später vergessen, wohin, und nach dreißig, was ich da überhaupt weggepackt habe. Meistens kommt der Gegenstand wieder zum Vorschein, wenn ich etwas ganz anderes suche, und meistens so, dass er herausfällt oder herunter und zerbricht oder mich piekst mit einer unsichtbaren Nadel. Dazu kommt das Wissen, dass ich mir in den nächsten Stunden hundert Mal den Kopf anschlagen werde, am Deckel des Niedergangs, an den Schapps, am Baum. Und nach ein paar Minuten klemme ich mir schon traditionell die Finger in der Backskiste. Für tüddelige Menschen gibt es keinen besseren Ort als ein Segelboot, um sich selbst zu foltern.

Ein guter Drink hilft aber, anzukommen.

Ich passe eine Regenpause ab, um an Land pinkeln zu gehen, und bin auf dem Rückweg keine zehn Schritte weit gekommen, als der Regen von Neuem einsetzt. Für einen Augenblick überlege ich umzukehren; ich habe nur dünne Schuhe an, schwarze Turnschuhe von der lächerlichen Sorte, Sommerschuhe. Aber ich denke, schwuppdich, ich bin schnell genug, spurte also, zack, auf den Steg und, wusch, um die Kurve. Es schüttet jetzt – Mist, einen Steg zu früh! Als ich auf Atina springe und mich ins Cockpit hangele, bin ich durchnässt bis in die Ritzen zwischen meinen Fusszehen. Die ganze Welt tropft, kaum sieht man noch den Schuppen am anderen Ende des Hafens. Dass Wolken so dunkel sein können. Wie viel Licht verschluckt wird, wo bleibt das denn? Ich rubbel mich trocken. Hab keine trockenen Schuhe dabei. Schlüpfe in dünne Socken und schimpfe mich selbst einen Riesendepp. Dachte, das eine warme Paar Socken wird es mir muggelig machen, aber nun dampfen sie in der Ecke vor sich hin, und wir sind erst eine Stunde da. Und nicht mal unterwegs. Das wäre ja alles kein Problem, aber an Bord, in diesem Wetter, werden Socken nicht trocken. Nie mehr. Im Zweifel würden die jahrelang vor sich hingammeln, bis sie sich davonschlichen oder einer sie erlöste. Meine Jeans, modisch lang geschnitten, ist auch bis zu den Knien durchtränkt. Man meint zu hören, wie sie vor sich hin schmaucht. Es gibt keinen nasseren Fleck auf Erden als in einem feuchten Segelboot. Man ist umhüllt von Wasser, und von innen hat man auch Wasser. Die ganze Seele geht baden.

Und es riecht. Nach Muff und Mief, nach Petroleum, Spiritus, Benzin und Schmieröl, nach feuchtem Holz, nach tausend unsagbaren Dingen, nach allem, was je verschüttet wurde im Seegang. Es schmeckt auch nach der See. Vor allem nach der salzigen See. Das ist einer der wichtigsten Gründe, so viel weiß ich schon, warum du dir, wenn dich die Flaute packt und die Sonne dich plattdrückt, dich und dein Boot hineinhämmert in eine Milchsee aus flüssigem Blei, um den Preis einer Höllenfahrt einen Hauch von Wind wünschst. Allein, weil es so stinkt. Nasse Socken helfen da nicht weiter.

Zum Glück schert mich der Dreck wenig. Andere schon eher. »Da ist ein Staub auf dem Wasser, das glaubst du nicht«, sagt der Kapitän, wir plaudern genüsslich vor uns hin. Er springt auf, geht die paar Stufen hinunter, kniet sich hin, ich beuge mich um die Ecke, er fährt mit dem Finger über ein Bord. »Man könnte verrückt werden. Jetzt frag ich dich, woher der ganze Staub kommt. Das glaubt einem doch kein Mensch, dass auf dem Wasser so viel Staub ist. Dabei ist es doch vor allem feucht auf einem Boot.«

Ich sauge die Luft ein, die aus dem Niedergang dringt. Den Geruch nach Feuchtigkeit, der uns umgibt. Die Ahnung des ständig drohenden Verfalls. Das Echo des Holzwurmhustens.

»Das Einzige, das bleibt«, sagt der Kapitän, »ist hinauszusegeln auf den Atlantik, dort wird es diesen Film aus Dreck und Staub und was eigentlich, Ruß?, nicht geben.«

»Aber was, wenn es ihn gibt?«, frage ich.

»Ja, was?«, wiederholt er. »Teufel!«

»Stell dir vor, die Schmiere gibt's da draußen auch. Stell dir vor, da wird sie hergestellt.«

»Dann«, der Kapitän nimmt einen Schluck aus seinem Becher, »wäre ich noch saurer. Dann wäre ich so was von sauer. Dann würde ich keine Gnade mehr kennen. Dann würde ich um mich schießen.«

Ein paar Minuten lauschen wir nur der tropfenden Stille im schlafenden Hafen. In der Ferne das Wolfsgeheul des Sturms. Es hört sich an, als sammelten sich die Wölfe. Rings um uns liegen die Boote dunkel da. Wasser tropft von den Wanten. Das sind die Drähte, hat der Kapitän mal erläutert, die den Mast halten.

»Wenn man erst unterwegs ist«, sagt er jetzt, »geht es gerade so weiter. Das ganze Boot schwitzt. Das läuft die blanken Wände runter.«

»Kondenswasser.« Ich gönne mir ein Schlückchen Rumsaft.

»Man könnte meinen, das Ding hat einen zu hohen Blutdruck. Ist aber normal.«

»Scheißklima, eigentlich.«

Wir prosten uns zu. Es fängt schon wieder an. Wir verändern uns. Das Boot verändert uns. Das Erste ist die Sprache. Die ganze Art zu sprechen. Sie wird bildhafter, kürzer, roher, reduziert auf den Kern. Keine Ahnung, woran das liegt. Alles Nebensächliche streift sich ab. Segeln macht klar, das wird es sein. Es lichtet das Herz, es lichtet den Verstand. Man verliert seinen Geruchssinn, man spürt seine Knochen nicht mehr. Vielleicht stumpft man ab, vielleicht ist es aber auch ein gesundes Hinaustreten aus sich selbst. Es ist ja nicht so, dass man mehr hört, wenn man ständig in sich hineinhorcht. Auf einem Boot (vorausgesetzt, man ist nicht seekrank) horcht man nicht in sich hinein. Man lauscht nicht mehr dem eigenen wichtigtuerischen Gedankenstrom.

Ein Segelboot, überlege ich mir zwischen zwei tiefen Schlucken, ist eine Waschmaschine im Entschleudergang. Die Zeit scheint langsamer zu verstreichen. Eine Stunde dehnt sich, bis sie sich anfühlt, wie sie sich mal angefühlt hat, als man noch Kind war. Man ist zurückgeworfen auf sich. Es gibt nicht viel zu tun, wenn der Wind ruhig und konstant weht. Und so entsteigt einem anlegenden Segelboot ein selbstbewussterer Mensch, womöglich, weil er glaubt, das Meer bezwungen zu haben oder zumindest bewältigt. Viel eher aber noch, weil er sich selbst niedergerungen hat. Der Gang ist breiter, weil er den Seegang ausgleichen musste, und die Schultern haben sich entfaltet.

Durch mein Dahinträumen dringt ein Pochen, Knochen auf Holz. »Ist ein Winga-Kreuzer«, sagt der Kapitän leise, »von denen wurden nur vierundzwanzig Stück gebaut.«

»Ein Kleinod«, lobe ich.

»Früher hieß sie Carina, dann wurde sie umgetauft. Zum Glück, Carina wäre ja gar nicht gegangen.«

»Oder Renate.«

»Renate!«, ruft er und krümmt sich unter einem kurzen Lacher. »Oh Gott! Ein Schiff namens Renate. Nein, ein Schiff muss heißen wie eine Lady.«

»Warum?«

»Weil es eine Lady ist. Gerade wenn sie etwas betagter ist. *Treat her like a lady.*«

»Das merke ich mir. *Treat her like a lady.* Jemand anderes sagte mir: *Treat her like a gentleman.* Wurscht.«

Auf dem Wasser, schemenhaft in der Dämmerung, Entenjungen und ein Schwan. Der Kapitän lockt sie heran, wie er auch Hunde heranlockt, mit seiner eigenen Locksprache, die einer Ammensprache nicht unähnlich ist, nur dass sie vor allem bei Enten und Hunden so zielgenau funktioniert. Pumba hört auch drauf, wahrscheinlich, weil sie hofft, en passant eine Ente abzustauben.

Aus den Boxen dringt Swing der Vierzigerjahre. Richtiger Klasseswing, bei dem man mit dem Fuß mitwippen und das Kinn ordentlich zum Nicken bringen muss. Die Musik dieser Nacht. Man könnte jetzt tanzen hier, wenn man ein Tänzer wäre und einen Saal hätte und vor allem eine Frau, mit der es sich zu tanzen lohnte. Es ist eine Musik, die erhaben macht.

Sie legt sich über das Boot wie eine Glocke aus einer anderen Zeit und kriecht in unsere Zellen, bis auch die mitwippen.

Drei Mal werfe ich meinen Rum in der Dunkelheit um. Er sickert geräuschlos in die Bilge. Bin ich so betrunken? Jedes Mal reiche ich dem Kapitän wieder wortlos meinen Becher, er füllt ihn stets ohne Widerspruch aufs Neue.

»Wie viel Liter fasst die Bilge?«, frage ich.

»Genug. Zur Not werfen wir die Pumpe an.«

Der Wetterbericht im Deutschlandfunk auf Mittelwelle. Es knarzt im Weltempfänger, es muss knarzen! Langsam und windrau die Stimme: »Skaaageeerrrrak füüüünf bis sechsss.« Wie aus einer anderen Zeit. Unser Revier heißt »Belte und Sund«. Sie sagen auch für uns für den nächsten Morgen eine Windstärke von fünf bis sechs an, dazu Schauerböen. Das wird heftig. Da fahren die meisten Segler gar nicht erst raus. Also, ich würde das erst mal nicht tun, mit Hund und Sohn und Weib, für die ich die Verantwortung als Skipper tragen werde. Wenn es darum geht, sich verantwortlich zu fühlen, bin ich ganz gut. Das erfordert ja auch nichts weiter als eine Haltung, eine innere Pose, ein Strammstehen vorm Schweinehund.

Sterne über uns beginnen zu blinken. Ostseehimmel, weit und sanft. Es ist schon spät, als der Alte über den Steg geschlappt kommt – die Commander ist klargemacht –, im Arm eine Buddel Rotwein. Der Regen hat aufgehört, die Persenning ist noch feucht, aber das Cockpit bereits abgetrocknet. Der Alte hüpft an Bord. Unter seinen Schritten bewegt sich das Boot, anschleichen geht nicht.

»Morgen früh«, verspricht der Kapitän, »bringen wir dir frische Brötchen mit, oben, vom Markt.«

»Jau«, freut sich der Alte, er bestellt »*gro styker*« oder so ähnlich, und wir machen uns einen Spaß daraus, ihn nicht zu verstehen.

»Morgen früh wirst du geweckt wie im Traum«, prophezeit der Kapitän schließlich. »Freu dich schon mal aufs Knuspern des Blätterteigs.«

»Nein«, ruft der Alte entsetzt, »genau die nicht! Um Gottes willen!«

Der Kapitän wendet sich an mich. »Weißt du noch, welche er wollte?«

Bald reden wir über Wesentliches. Der Alte hat noch nie von einer Shipman gehört. Es gab so viele Werften, die in den Sechziger-, Siebzigerjahren, als Glasfaserkonstruktionen aufkamen, in mühevoller Handarbeit Boote fertigten, oft hatten sie sich den Riss irgendwo abgeschaut. Ein paar hundert Exemplare eines Typs waren mitunter schon viel. Ich beschreibe das Boot, so gut ich kann. Dass der Motor zu reparieren, zwar alt, aber belastbar sei, wie sie aussieht, wie sich ihr Teakdeck anfühlt, wie sie innen drin riecht …

»Wie viel?«, fragt der Alte in meinen Wortschwall hinein.

»Achtzehntausend. Verhandlungsbasis natürlich.«

»Viel zu viel. Und wenn der Motor nicht geht, das ist Scheiße.«

»Aber er wird gehen. Die Welle muss ausgetauscht werden, das kostet knapp zweitausend, das zahlt aber der Eigner.«

»Das verschlechtert aber deine Verhandlungsposition.«

»Was ist 'ne Welle?«, will der Kapitän wissen, während er einen Karton Saft aus dem Schrank holt.

»Der Antrieb für die Schraube, damit die Kraft ins Wasser kommt.«

Ich bin es, der das sagt. So ein technischer Satz hat eine Schönheit ganz eigener Art. Da möchte man am besten los und mit einem frischen Ledertuch nachwienern, wenn einem wie mir so ein Satz gelingt. Ich bin ganz schön stolz auf mich, überhaupt mal was zu wissen, aber der Alte scheint gar nicht hingehört zu haben.

»Und die Segel?«, erkundigt er sich.

»Neu.«

»Neu?«

»Fast neu.«

»Wie neu?«

»2005 oder 2006. Neuwertig.«

»Das ist nicht neu«, sagt der Kapitän beim Eingießen.

»Das ist nicht neu«, sagt der Alte eine Sekunde später. »Können ganz schöne Lappen sein.«

»Aber ich kann das nicht beurteilen«, entgegne ich kleinlaut. »Ich habe keine Ahnung, was gut ist und was nicht.«

»Du brauchst Gutachter. Einen fürs Boot und einen fürn Motor«, rät der Alte.

»Gibt's keinen, der beides kann?«

Eine dunkle Wolke schiebt sich vor den Großen Wagen.

»So einen gibt's nicht, der beides kann«, antwortet der Alte. »Motorfredis sind von einem ganz anderen Schlag. Das sind Schrauber. Die steckst du in den Motorraum, und dort vergessen sie, dass sie auf einem Segelboot sind. Also, wie alt sind die Segel?«

»Fast neu. Vier, fünf Jahre.«

»Nee, das ist nicht neu«, sagt der Alte.

Ich zucke mit den Schultern. »Aber es hat einen Lazyjack, das Segel fällt von alleine geordnet ...«

»Scheiß auf den Lazyjack«, unterbricht mich der Alte. »Neue Segel sind was Feines.«

Am Ende eines solches Gesprächs ist man verwirrter als zuvor. Die Shipman konnte nicht viel punkten, das ist klar. Der Alte lädt mich zum Abschluss auf seine Commander ein, und ich schaue sie mir spät in der Nacht noch an. Schweinegemütlich, denke ich. Licht flutet durch die Bullaugen, die so hoch sind wie ein Bierdeckel, aber viel breiter. Die Wärme der Petroleumlampe. Ihr Geruch nach Weite. Auf dem Tisch Bücher, Seekarten, ein wollener Pullover.

Der Alte lacht heiser. »Innen hat es Platz wie eine Yacht, und außen fühlt es sich an wie eine Jolle. Das ideale Boot.«

Ich springe zurück an den Steg und entere Atina mit sicheren Schritten, dabei bin ich voll wie eine Strandhaubitze.

»Irgendwann willst du losschlagen«, sagt der Kapitän, als wir in der Falle liegen.

Ab und zu fällt noch irgendwo ein Tropfen ins Wasser, aber man kann dem Boot beim Trocknen zuhören, wenn wir leise sind, man ahnt, wie es knackt.

»Du willst losschlagen«, wiederholt er. »Ich kenn das, du wirst sonst verrückt. Es verfolgt dich bis in die Träume.«

»Aber wann?«

»Wenn du dir sicher bist.«

»Wann bin ich mir das?«

»Das wirst du wissen, wenn es soweit ist. Vorher denkst du, du kommst nie dahin.«

Über seinen Worten fallen mir die Augen zu, und ich lösche die Messinglampe. Vom Niedergang strömt kühle Luft unter Deck, ich mummele mich in meinen Schlafsack. Man liegt sehr gut in einem solchen niedrigen Boot, das ganz aus Holz gewirkt ist. Es ist wie ein Kokon, gewoben von kundigen Händen. Bald schnarcht der Kapitän, als wolle er seinen Mast zerlegen.

Von ihrem unsagbaren Ort aus, hohe fordernde Rufe wie aus einem Traum, singen mich die Wölfe in den Schlaf.

6

AM NÄCHSTEN MORGEN SCHIEBEN sich in rasendem Tanz immer wieder Wolken vor die Sonne. Das Holz im Cockpit glänzt vor Tau. Warm, fast zwanzig Grad. Leider auch Windstärke sechs. Draußen, neben dem Landzipfel, sieht man, wie der Wind Gischtfahnen aus den Wellen reißt. Nicht weit davon, um den Zipfel herum, ist die Stelle mit dem sandigen Untergrund, wo es sich prima ankern lässt. Ein Wasser wie in der Südsee, hat der Kapitän gesagt.

Aber heute ist das Wasser aufgewühlt und zerpeitscht, und schon die Boote im Hafen schaukeln im Wind. »Schaffen wir das?«, frage ich den Kapitän und deute auf den niedrigen Freibord; vielleicht vierzig Zentimeter trennen Kante und

Wasser. Er zuckt mit den Schultern, und ich antworte mir selbst: »Natürlich, wo kämen wir denn sonst hin, wenn wir das nicht schaffen!« Es klingt großsprecherisch, aber mir ist danach. Wenig in diesem Universum erscheint einem so harmlos wie ein platt daliegendes Meer, wenn es wirkt, als habe es seine Waffen gestreckt. Sich zu vergegenwärtigen, dass dieser tobende Teppich da hinten immer noch dasselbe Meer ist, ist ein prächtiger Trick, sich Mut einzureden.

Das erste Mal in meinem Leben segelte ich mit 23 Jahren, in Australien, Whitsunday Islands. Die Siska war ein Renner von einem Boot, wir hatten drei Profis an Bord und 13 Mitsegler. Ich weiß noch, dass mir am zweiten Tag schlecht wurde und wie ich matt am lang gezogenen Strand von Whitehaven lag, dessen überirdisch weißer Sand beim Gehen unter den Zehen knirschte. Jahre danach schrieb ich für den *stern* eine Geschichte über eine Woche Mitsegeln. Sie begann so:

> *Den seekranken Kolumbus, grün im Gesicht, lockten wenigstens Berge von Gold. Ich sehe nur sonnenverbrannte Beine. Einen Schiffsrumpf, gleißend weiß. Und Wasser. Die Beine sind meine. Das Wasser gurgelt heimtückisch. Alles schaukelt, alles schwankt. Auf und ab. Schwauf und schwapp. Die Welt ist aus Wellen, Wellen, Wellenbergen. Bellenwergen. Kellenwürgen. Schawapp. Neptun, nimm das. Seeleute, das wird jedermann leicht einsehen, sind stolze Menschen. Nichts Erhabeneres gibt es, als mit der Kraft des Windes über die Hügel der See zu reiten. Leider auch nichts Gemeineres, als sich in herrlicher Landschaft die Seele aus dem Leib zu kotzen. Hart ist es, kein Seemann zu sein.«*

Das mag illustrieren, dass sich in mir seit heute morgen aus gutem Grund Angespanntheit breitmacht. Ich beherrsche es aufs Vorzüglichste, auf See von jetzt auf nachher reihern zu müssen. Aufführungen dieser Kunst habe ich an nahen und fernen Orten dieser Welt gegeben, auf Fähren, die nach Diesel stanken, einmal auf der Fahrt vom australischen Festland nach Frazier Island, es war nur eine ein paar hundert Meter lange Strecke, ich wohl traumatisiert, ein andermal auf dem alten Boot des Kapitäns vor Avernakø, einer Insel, die gleich um die Ecke liegt. Das Boot kreiste langsam um den Anker. Das Meer lag wie gebügelt.

Ich glaubte das Ganze überwunden, aber das ist es wahrscheinlich nicht. Werde ich akzeptieren müssen, dass es zu mir gehört? So wie meine Haut sich nach einer Zeit in der Sonne bräunt, so wird mir nach ein paar Stunden des Segelns schlecht? Ich weiß, auch Horatio Nelson neigte zur Seekrankheit; Lord Nelson, der von der Trafalgar-Schlacht.

Es gab sogar eine Zeit, da brauchte ich nur an die Möglichkeit zu denken, an Bord eines Schiffes zu sein, und sofort stellte sich ein Druck in meinem Kopf ein, der Magen krampfte sich zusammen, und mir war, als würde ich gleich loslegen. Nur aus der Erinnerung heraus. Ich fand das bemerkenswert und erschreckend, aber ein wenig wunderte ich mich auch, dass ich mich selbst so überlisten kann. Bei der Seekrankheit ist ja grundsätzlich das Problem, dass das Gleichgewicht ins Wanken gerät und das Gehirn Signale sendet, die kein Mensch braucht. Und es ist eine Krankheit, keine mangelnde Disziplin, kein Weicheitum. Das hier mal fürs Protokoll. Wenn der Kampf begonnen hat, darf man natürlich, um Gottes willen, auch nicht dran denken, was man morgens gegessen hat, etwa: ein hart gekochtes Ei, frische Blätterteigbrötchen, die *Birkes*, mit würzigem dänischem Landkäse und Honig, dazu einen starken Kaffee, der auch als Pech zum Abdichten eines Lecks getaugt hätte. (Aber der Moment, in dem der Kaffee fertig ist, der ist auf einem Boot ein großer.)

Es muss nur irgendwann enden, der durchgeknetete Magen sich plötzlich anfühlen, als wäre er mit Eisen ausgegossen. Das ist exakt die Sekunde, in der man seefest geworden ist.

Leider kann man diese alchimistische Reaktion nicht bewusst herbeiführen.

In Sebastian Jungers Wellenbuch »Der Sturm« – Wolfgang Petersens Verfilmung ist eine Klasse schwächer – geht es um wilde Burschen, Schwertfischer, und das Thema Seekrankheit spielt gar keine Rolle, obwohl man sich schon mal fragen darf, ob denn da gar keiner kotzen muss, unter Deck, wenn das Schiff so Sperenzchen macht. Die Fischer sind halt hartgesottene Kerle. Segler natürlich auch, also: geborene Segler. Menschen wie ich haben es da schwerer, die mit 16 Jahren auf einem Baggersee einmal Windsurfen probierten. Aber es wehte kein Wind, und ich stand auf dem Brett wie an einer Theke morgens um eins.

Diesmal lässt es sich gut an. Ich genieße den Ritt wie eine Fahrt auf dem Rummel. Vor uns der treue, unbeirrbare Bug, der in den Himmel springt und im nächsten Moment hinabstößt, einzutauchen scheint in die köchelnde See. Es könnte so schön sein.

Aber wir haben zu viel Segel gesetzt. Als wir die Flensburger Förde verlassen und in den Kleinen Belt stoßen, werden die Wellen höher, die Dünung kommt aus dem Norden angerauscht, und unser Boot neigt sich immer mehr auf die Seite. Wir müssen reffen. Weniger Segelfläche heißt weniger Winddruck heißt weniger Krängung. Hört sich so leicht an. Ist auf großen Booten auch leicht. An ein paar Leinen zuppeln, und schwupp, ist die Segelfläche verkleinert. Auf meernahen, rohen Booten wie Atina sollte man am besten der Eintänzer an der Scala sein, um das hinzukriegen, ohne über Bord zu gehen. Ein Eintänzer ist der Kapitän nicht. Aber grimmig entschlossen.

Mitten auf dem Belt dreht er bei, was ein erstaunliches Manöver ist: das vordere Segel auf die falsche Seite des Windes ziehen, die Schot des Großsegels loswerfen und sich treiben lassen. Sofort ist Ruhe im Boot, wenngleich zu dieser Ruhe gehört, dass es sich unter den Schlägen der Wellen noch immer aufbäumt. Da springt der Kapitän auf, federt nach vorne zum Mast, zuppelt ein Stück des Großsegels herunter, das Schiff bockt wie ein wildes Pferd, und der Zureiter hat Zeisinge, kurze Leinen, zwischen den Zähnen, steht breitbeinig an Deck und macht etwas, das man nichts als bewundern kann – auf diesem Gefährt die Nerven zu bewahren und die richtigen Handgriffe zu setzen. Er zurrt das Tuch fest und schraubt herum, bis das verkleinerte Großsegel wieder fest sitzt. Geschafft. Auf der Stirn des Kapitäns stehen Schweißperlen, die sich mit Gischttropfen vermischen.

»Machst du das auch, wenn du allein an Bord bist?«, frage ich.

»Ich muss das demnächst anders lösen«, knurrt er, »das geht nicht immer gut. Irgend 'ne technische Lösung.«

»Das ist ein Wahnsinn.«

»Muss mir was einfallen lassen.«

Die Fahrt wird angenehmer, doch nach fast vier Stunden, gerade runden wir die Westspitze Avernakøs, kommt es mir hoch. Von hinten rollen die Wellen nun heran, sie schieben uns wie auf einem Tablett weiter, ein fieser, schaukelnder Kurs. Erst wird mir ganz heiß, dann ganz kalt. Ich kotze in die Pütz, den Bordeimer, dafür ist der ja da. Beuge mich drüber, fühle mich besser, die Kälte ist weg. Die Pütz ausgespült. Halb hockend, halb schlafend, dämmere ich vor mich hin. Einmal nicke ich ein, eine Cola in der Hand, und wache auf, als die Dose mir aus den Fingern gleitet und scheppernd auf den Cockpitboden fällt. Der Boden klebt unter den Schuhen.

»Fließt in der Bilge zum Rum«, ruft der Kapitän.

Ich grinse schwach.

»Alles klar?« In der Stimme des Kapitäns liegt keine Häme, keine Schadenfreude, keine Ironie, einfach nur Besorgnis. Ein wahrer Skipper.

Ich zwinge mir ein Nicken ab. Übers Heck blickend, sehe ich jetzt erst, was da los ist in diesem Wind, der uns vor sich hertreibt. Das Meer hat sich halb in Dunst aufgelöst, in

Schwaden aus Gischtfahnen, deren Tropfen grell leuchten, wenn die Strahlen der Sonne sie erfassen. Dazwischen gähnen dunkle Gräben, die Schatten der Wellentäler. Meine Haut brennt und dampft, vom Wind, der Gischt, der Sonne. Acht Knoten haben wir drauf, wenn Atina ins Surfen kommt, das zeigt das GPS. *Acht* Knoten. Das ist bootsbautheoretisch mit diesem Boot gar nicht möglich, es sei denn, es surft mit der Welle. Bootsbautheoretiker reden da übers Thema Rumpfgeschwindigkeit oder auch: Maximalgeschwindigkeit. Und die hängt von der Länge der Wasserlinie ab, habe ich mir sagen lassen.

Jede Welle könnte ich hassen, aber ich tu's nicht. Sie sind nicht schuld, das habe ich schon vor Jahren begriffen, sie sind uns diesmal sogar wohlgesonnen, sie geleiten uns in den Hafen. Diesmal habe ich mir auch nichts eingeredet, ganz bestimmt nicht, habe sogar zwei Stunden lang vermeiden können, überhaupt an die Möglichkeit zu denken, dass ich eventuell seekrank werden könnte. Aber dann kam es plötzlich, wie eine Tatsache. Wenigstens würge ich diesmal nicht Galle hervor.

Immer, wenn sich der Kapitän eine Zigarette anzündet und sein mit Stoppeln übersätes Gesicht vom roten Schein erhellt wird, hat das was von Kino, was Filmisches. Aber mir spült es alles sofort wieder hoch. Der bloße Gestank des Tabaks.

»Hatte mal 'ne Freundin«, erzählt er beim dritten Glimmstängel, »die musste kotzen, sobald ich ...« Er macht einen tiefen Zug.

»Bist du sauer, wenn du hier mit mir keine mehr rauchst?«, ächze ich.

»Ach was.«

»Gut. Rauch keine mehr. Nie mehr.«

Dabei weiß ich, es sind seine Genuss-Zigaretten, wohlverdiente Labsal auf einem harten Törn.

Endlich glättet sich das Wasser. Flirrendes Wolkenband, eine Spiegelsonne. Wir zischen nur so dahin. Die Häuser am Svendborgsund blicken vornehm aufs Wasser, gestutzte Rasen, vor den meisten läuft ein Steg hinaus. Überraschend schnell beginne ich mich zu erholen. Kenne ich gar nicht von mir. Einfach nur, weil die Bewegung aus dem Boot gewichen ist. Seekrank zu sein saugt einem die Kraft aus dem Leib. Die Pinne halten, das geht, aber das Boot auf Kurs zwingen? Das ist körperliche Arbeit. Wäre zu viel. Und der Kapitän ist ja da.

»Wäre ich nicht da«, sagt er, »würdest du nicht seekrank.«

»Oh doch«, widerspreche ich düster.

»Aber du würdest es steuern können. Ganz sicher.«

»Meinst du? Ich glaube, ich würde einen solchen Ritt wirklich erst mal vermeiden.«

»Aber manchmal kannst du ihn nicht vermeiden. Manchmal musst du nach Hause, und der Wind haut dir eins auf die Schnauze. Manchmal könntest du um dich schlagen, weil du keine Wahl hast, als da durchzusegeln, aber das Meer interessiert sich nicht dafür.«

Ich versinke in brütendes Schweigen. Unter der Brücke, die nach Tåsinge führt, kurz vor Svendborg, nimmt eine gewaltige Fähre genau Maß auf uns. Sie hält Konfrontationskurs, und erst als wir ausweichen, ändert sie ihre Peilung. Hatte wohl Lust, uns zu ärgern.

»Lass dich nicht abschrecken«, sagt der Kapitän, als wir in den Nordhafen einlaufen, »das war schon extrem heute, und hast lange an der Pinne gesessen, das saugt.«

»Ja«, versichere ich, »nee. Ich lasse mich nicht abhalten.«

Der Kapitän grinst. Er klopft mir auf die Schulter. »Im Prinzip, das hat mal ein erfahrener Tankerkapitän gesagt, ist die Ostsee nicht viel mehr als eine überflutete Wiese.«

Ich kann sogar beim Anlegen helfen, was mich einigermaßen versöhnt. Wir quetschen uns zwischen zwei kleine deutsche Yachten, die Crews bewegen sich erst widerwillig zu ihren Leinen, helfen bald aber nach Kräften.

Svendborg: Kinder eiern in ihren Dinghis zwischen den Anlegern herum. Frischer Fisch, harter Wind. Wie festgefügt das

Land ist. Wie einbetoniert selbst der Rasen. Habe noch keine Bootsbeine, so schnell geht das nicht. Schwanke ich, oder ist das der Ponton?

Der Hafen ist rappelvoll. Die braune Haut der Segler. Viele ältere Männer mit Hemingway-Bart, die Frauen mit kurzen Haaren. Manche Skipper schlendern vorüber in weißen Slippern und weißen Stoffhosen, dazu vielleicht ein Lacoste-Hemd und ein passender Pulli, der lässig über die Schulter gelegt ist. So führen sie ihre Seehaut spazieren.

Wie erschlagen sinken wir in die Kojen, am frühen Abend um sechs, für einen ersten Erholungsschlummer. Bewacht von der *Kongelig Toldkammer*, der Königlichen Zollkammer, einem mächtigen Bau, der den Hafen überblickt, umspült von Quallen, die sich mit ihren weichen, lautlos schmatzenden Bewegungen an unserem Rumpf vorbeitreiben lassen. Ist es ein nimmer aufhörender Strom? Oder ein Karussell?

Was, wenn ich immer seekrank würde?, frage ich mich. Es wäre ja nicht schlimm, aber man kann keine Verantwortung tragen. Die Augen fallen zu. Man kann alle Götter der See anrufen, aber sie fallen einem zu. Was gesund ist. Aber nicht, wenn man Skipper ist und eine Crew hat, die in der Mehrzahl noch keine Pinne halten kann wegen zu kleiner Hände oder überhaupt in Ermangelung solcher.

Oder lag's etwa am Rum? Alkohol, behaupten ernst zu nehmende Zeitgenossen, verstärke die Symptome. Hm.

Abends verdrücke ich bei »Bendixens« kalten Stremellachs und dazu ein kälteres Konterbier. Um 22 Uhr fallen wir in die Koje, müde wie niemals an Land. Der Kapitän liest murmelnd in seinem Logbuch, was er sich alles für den Winter vorgenommen hat. »Achterstag prüfen, Beschläge prüfen, wenn rott, Gefahr, Mastbruch!!!« Er deutet auf die drei Ausrufezeichen, lacht sein »Hohoho«. Darüber fallen mir die Augen zu.

Der Wecker klingelt um 6.15 Uhr, aber ich rühre mich nicht. Die liebenswürdige Stimme des Kapitäns dringt an mein Ohr:

»Auf 'nem U-Boot hättste jetzt schon die Knarre des Alten am Kopp gehabt.«

In der ersten Nacht habe ich mir zweimal den Schädel angerammt am Regal hinter mir, und jetzt falle ich vor Schreck um ein Haar im Schlafsack aus der Koje, und zwar mit den Füßen zuerst, wie ein Sack Kartoffeln. Schwer zu vermeiden als Mumie. Irgendwie aber schaffe ich es, meinen Körper durchzubiegen, und schnelle mich in der Luft nach oben. Das klappt sonst nur in Comics.

Klarer, kalter Morgen, Schwaden über dem Wasser. Für den Tag sind 35 Grad angekündigt, aber jetzt fröstele ich in meinem T-Shirt. Eine Haut aus feinen Tropfen auf Cockpit, Deck und Kissen. Die Boote neben uns schlafen noch. Die Sonne bricht durch die Wolkendecke, als ich mir meine Sachen schnappe, den Kapitän umarme, der einmal kurz noch winkt, und schließlich zum Bahnhof gehe, ohne mich umzublicken. Ein Greenhorn nach einem Teufelsritt, das mit dem Dampfross zurückkehrt.

Der Koch von »Bendixens« grüßt. Ein weißhaariger Segler schlappt zur Dusche, an den Füßen Crocos. Das Blumen geschmückte Schiffsrestaurant »Oranje« erstrahlt im ersten Licht. Um 7.22 Uhr verlasse ich Svendborg. Aus den Zugfenstern sehe ich den Wald der Masten, drüben im Hafen, aber Atina ist zu klein, als dass ich ihr Rigg sehen könnte. Schön wäre es, denke ich, jetzt schon auf dem Wasser zu sein, wenn es noch so glatt ist. Wie wenn man ein frisches Nutella-Glas aufmacht und der Erste sein darf, der das Messer hineintaucht, nur dass es hier kein umschließendes Glas gibt, das die Freiheit des Eintauchens begrenzte.

VIER

LIV

1

ZU HAUSE ERWARTET mich eine Mail des Alten. Wir hatten ihn im Hafen zurückgelassen, wo er für die nächsten Tage an seiner Commander frickeln wollte. Im Kofferraum des Kapitäns schleppte er eine ganze Werkbank samt Werkzeugkasten mit, er wollte sägen, schleifen, spachteln und was auch immer. Mir wurde ganz übel, wenn ich daran dachte, dass womöglich alle Bootseigner so sein müssen wie der Alte, aber dann sagte ich mir, dass ich ja zum Glück gar keine Werkbank besitze.

Der Alte:

> *Die Shipman: Außen sieht sie gut aus. Aber innen ... Gewöhnungsbedürftig. Und etwas gammelig. Da ist die Commander weit besser, und auch mehr Platz. Und Du kannst ihn sicherlich um 2000 Euro runterhandeln. Also ich glaube, die Commander ist die bessere Option – wenn auch derzeit nur in Dänemark zu haben, die beste scheint mir die in Kopenhagen zu sein.*

Schon wieder wirbt dieser Kerl für sein Boot. Ich antworte prompt, etwas gallig, weil er meinen Favoriten so heruntermacht. Schließlich wähnte ich mich noch vor wenigen Tagen kurz davor, zuzuschlagen, oder zumindest fühlte ich mich in einem Zustand des Kurzdavorseins. Erst später werde ich begreifen, wie weit weg ich da noch war, wie lächerlich wenig ich wusste.

Ich antworte dem Alten also flugs. Noch weiß ich es nicht, aber der Irrsinn hat gerade erst begonnen, mein Laptop wird zur rot glühenden Einsatzzentrale, die Mission nähert sich der entscheidenden Phase. Ich schreibe:

*Gewöhnungsbedürftig ja, aber gammelig? Hm. Das
Holz gewiss sehr dunkel, die Polster aber vergleichsweise noch ok und gemütlich. In den Schapps ist das
Boot nicht so gepflegt, leider. Hatte mir zuvor eine
Bianca 27 von innen angesehen, die war in der Tat
gammelig, insofern war ich von der Shipman ganz
angetan. Warum vertraust Du so feste drauf, dass
die Commander in Kopenhagen ein Treffer ist? Einfach ein Gefühl? Demnächst werde ich Kind und
Co. ins Auto packen und dahin düsen. Werde Dir
berichten!*

Das ist eine Art Notlüge, ich darf Anna mit so was erst mal
nicht kommen. Obwohl ich mir schon insgeheim einen
Schlachtplan zurechtlege, zu dem ein knuffiges Hotel am Nyhavn ebenso gehört wie ein raffinierter Hinweis auf die *Smør-
rebrød* Kopenhagens, die sie so liebt. Doch nun entdecke ich,
beim wirklich absolut völlig zufälligen Umherstreifen, auf
Scanboat.com selbst ein wunderschönes Boot. Eine Commander 31. Das Boot des Alten. Der Rumpf dunkelblau.

Ja, nun. Ich finde es keine schlechte Idee, wenigstens bei der
Suche die Empfehlung eines so stolzen Seebären nicht zu ignorieren. Aber erst mal legt der selbst nach:

*Jetzt habe ich mir die Fotos der Shipman noch ein-
mal angesehen. Du hast die Arbeitsplatte hervorge-
hoben, die quer über den Niedergang verläuft. Sehr
unpraktisch. Wenn jemand rein will, stiefelt er über
die Arbeitsplatte, womöglich mit Hundekot an den
Sohlen. Und wenn jemand dort gerade Salat putzt,
kann niemand rein oder raus. Wenn ich mir das
Holz innen genau ansehe, sieht es »verlebt« aus —
betagt, wie ein verrauchter Himmel im Auto. Ich
finde auch diese Sitzecke, Dinette, die man in den
Sechzigerjahren gern baute, nicht boatlike. Die Bank*

gegenüber scheint nicht zum Tisch zu gehören, son-
dern eher eine Wartebank wie beim Zahnarzt im
Sprechzimmer zu sein (etwas böse gesagt). Mach Dir
ein schönes Wochenende in Kopenhagen. Lauft über
die Strøget und trinkt im »Hotel D'Anglaterre« eine
Schokolade und hinterher im Nyhavn einen Aquavit
und seht Euch nebenbei die Commander an. Von
den Linien her ist sie weit über der Shipman.

Postwendend hämmere ich meine Antwort in den Rechner:

Mein Lieber, das sind ja Tiefschläge, paff, paff, wie
soll ich der Dark Sea noch unter die Augen treten?
Aber ich fürchte, Du hast recht. Nimm als Konter
diese Commander aus Nordfünen (siehe Link).
Zwar teurer als die in Kopenhagen (die Bank wäre
gesprengt, würde ich irgendwie hinkriegen), aber
sieh Dir bitte auch die drei Bilder im Anhang an.
Der TV ist lächerlich, sonst rundum top gepflegt
und sehr hell, sehr freundlich. Mit der Netzreling
(heißt die so?) auch ideal für Kind & Hund.

Keine zwei Stunden später antwortet endlich mal einer aus
dem Haufen von *Scanboat.com.* Und es ist tatsächlich die
blaue Commander aus Bogense, Nordfünen. Angehängt sind
Bilder, die ein unfassbar schick lackiertes Boot in einer Lagerhalle zeigen, ohne Mast, mit einem engmaschigen Netz um die
Reling und goldenen Buchstaben an der Seite: Commander 31.
Es sieht blank gewienert aus wie aus einem Jungentraum. Ein
Foto zeigt den Salon – helle Polster, warmes Holz, gemütliche
Einrichtung, Messinglämpchen, angenehm maritim also, und
das Schärfste: an der Wand ein kleiner Flachbildschirm. So was
gehört natürlich überhaupt nicht auf ein Boot, aber es wirkt
wie ein Requisit aus einem James-Bond-Film, und das schreckt
unmöglich ab. Im dritten Bild die Erklärung für den Fernseher,

so reime ich mir das zusammen. Kein anderer Inserent hat so etwas zuvor gemacht, und ich bin gerührt, weil ich zum ersten Mal nicht nur ein Boot, sondern richtige Menschen sehe, drei an der Zahl, eine Frau und zwei absolute Zwerge – sicher die beiden kleinen Söhne der Familie, die im Cockpit stehen, orangefarbene Rettungswesten tragen und ein ausuferndes Grinsen im Gesicht haben. Ich sehe in das Gesicht meines kleinen Sohnes, da ist die gleiche Lebensfreude, dieses Lachen ohne Gram, diese Lust auf den nächsten Augenblick, die gleiche vollständige Abwesenheit von Ärger und Verdruss, und in derselben Sekunde weiß ich: Das muss sie sein.

Das ist sie.

Da gibt es gar keinen Zweifel. Wink des Schicksals? Ich weiß es nicht, jedenfalls bin ich von diesem Moment an dieser Commander verfallen, und ich denke an die Shipman in Neustadt nur mehr mit einem bedauernden Achselzucken. Ein bisschen fühlt es sich an, als hätte ich Dark Sea verraten, aber es ist wohl ein trügerisches Gefühl, das Echo der unerklärlichen Zuneigung zu einem Haufen gammeligen Altplastiks.

Der Alte lässt nicht locker:

Tut mir leid, dass ich so harsch war. Aber ich hatte das Gefühl, dass Du Dich in den Kahn verliebt hattest. Und das ist zunächst immer gefährlich bei gebrauchten Booten wie Autos. Und ich glaube echt, dass er die inserierte Kohle nicht wert ist.

Deine blaue Commander wirkt sehr gepflegt. Man kann die sicher auch drücken. Im Moment kann man all diese Boote im Preis drücken. Also den für 16 000 Euro. Da muss man kühl rangehen.

Die Commander in Kopenhagen hat ein Teakdeck, was natürlich schöner aussieht. Wenn Du nicht mit der Rødby-Fähre fährst, sondern über die Brücke bei Middelfart und dann über die Große-Belt-Brücke, kannst Du Dir den blauen in Odense angucken

*und den anderen in Kopenhagen. Hier ist auch noch
eine Commander in Svendborg, kannst Du auf dem
Weg mitnehmen. Und es gibt noch einen in Malmö,
also von Kopenhagen über die Brücke, und einen in
Rungstedt, 20 km nördlich von Kopenhagen. Aber
das scheint keine Toilette zu haben, denn es ist von
1972.*

*Mich würde interessieren, was Dein Blauer für
Fockwinschen hat. Sind es echte Selftailing oder die
normalen Zweigang von Lewmar? Denn eine (!)
Selftailingwinsch kostet schon 900 Euro. Das macht
also 2000 Euro. Viel Kohle. Denn wenn Du mit
Deiner Frau segelst, ohne weitere Crew, ist eigentlich eine Selftailingwinsch ein Muss.*

*Hier ist einer in Holland für 13 500 Euro!!!!! Gute
Ausrüstung. Lass Dir doch mal Fotos vom Interieur
schicken. Und frage nach den Segeln. Was dabei,
wie alt, welche Marke/Segelmacher?*

Uff. So ist der Alte. Überfällt einen. Man kann nicht mal Piep
sagen, schon schwatzt er dir seine Commander auf. Aber gut,
ich wollte es so. Wollte eine Fachberatung. Ich bin nun völlig
überflutet von Informationen, kann kaum mehr klar denken,
sehe überall Segel, wo, wie ich weiß, blühende Sträucher sein
müssten. Und dem Alten will ich eine vor den Latz knallen,
aber der Latzknaller missrät:

*Keine Sorge wegen des rauen Tons, das ist der ein-
zige Ton, den ich verstehe, wenn ich mal wieder
romantisiere. Außerdem hatte ich mal einen Trainer
im Volleyball, der mich mit Vorliebe auf Tschechisch
»Hurensohn« nannte. Von dem habe ich das meiste
gelernt. Das Stöbern macht schon eine Menge Spaß,
aber die Nerven zu bewahren ist nicht leicht. Danke
Dir für die missweisenden Kompasskurse!*

An die »missweisenden Kurse« erinnere ich mich aus meiner Sportbootsführerscheinprüfung. Interessantes Thema, übrigens: dass der Kurs, den ein gewöhnlicher Kompass auf einem gewöhnlichen Schiff zeigt, gar nicht unbedingt stimmt. Wegen einer Art geophysikalischen Verzerrung. Vereinfacht ausgedrückt. Auch gar nicht schwer zu verstehen, wenn man innerlich zum *sailor* gereift ist.

Agnes heißt die Frau auf dem Foto, eine lächelnde blonde Dänin, jünger als wir. Danny, ihr Mann, bleibt im Verborgenen.

Ich antworte:

> Mange takk, *wir würden das Boot gerne persönlich anschauen! Wann habt Ihr Zeit? Es ist nur ein Ritt von zweieinhalb Stunden von Hamburg, und wir könnten schon morgen oder am Sonntag kommen. Wann auch immer …*

Die beiden schlagen den Sonntag vor; vorher sei zwar eine Gruppe Dänen da, aber kein Problem. Und am Sonntag könnten wir zwar, doch am Sonntag will Anna nicht. Das zermürbt mich kolossal.

> *Hi Agnes, leider können wir am Sonntag doch nicht. Wann könnt Ihr denn noch? Ich verstehe, dass das irgendwie auch von den Leuten abhängt, die Ihr morgen sehen werdet … Eine nautische Frage: Was für Winschen sind auf dem Boot, selbstholende?*

Die Frage nach den Winschen, diesen Trommeln, um die die Leinen gelegt werden, wenn man sie straff ziehen möchte, habe ich nur angefügt, um dem nimmersatten Alten ein wenig Futter zu geben. Es ist nicht so, dass ich in Sachen selbstholender Winschen wirklich begreifen würde, worum es da geht. »Du hast«, erklärt der Alte, »eine Hand frei, weil die Winsch die Leine selbst hält, und gerade, wenn du allein unterwegs bist oder deine Frau nach dem Kleinen guckt, ist das eine ganz feine Sache. Geht eigentlich gar nicht ohne.« Ich glaube ihm aufs Wort, aber genauso sicher bin ich mir, dass ich das Ganze erst im Innersten verstehen werde, wenn ich einmal in der Situation bin, das Segel trimmen zu müssen, und froh, eine Hand an der Pinne lassen zu können. Auf See. In schwerer See, bei ordentlich Wind. Wenn die Kacke am Dampfen ist also.

Agnes meldet sich:

> *Die Winschen sind selbstholende Edelstahl-Winschen von Andersen. Ich werde Euch diese Woche schreiben, wie sich die Dänen entschieden haben. Es ist eine Gruppe von fünf Leuten, die sich das Boot teilen wollen, also brauchen sie vielleicht ein bisschen Zeit zum Überlegen. Freuen uns drauf, Euch zu sehen!*

Also haben die fünf Dänen jetzt die Chance, die Commander zu ergattern. Falls das nicht nur ein Verkaufstrick ist. Aber ich glaube das nicht. Ich bin mir sicher, dass diese Commander es sein wird für uns, diese und nur diese, verdammt, und natürlich ist unser Boot plötzlich von aller Welt begehrt. Ich werde unruhig. Die Ohnmacht gärt in mir. Ich wäre entschlossen, sofort zuzugreifen. Aber nun beginnen quälende Stunden. Ausgerechnet in dieser schweren Lage meldet sich der Neustädter Makler. Der Motor der Shipman 28 werde repariert, alles im Preis inbegriffen, und: »Der Eigner macht das Boot jetzt sauber.« Offenbar hatte der Alte doch recht: Käufermarkt. Trotzdem Nervenkrieg. Was passiert da oben in Bogense? Ist mein Boot schon weg, das einzige, das jemals in Frage kommen wird? Mein James-Bond-Boot? Was, wenn es weg ist? Werde ich das verkraften? Zwei Tage halte ich es aus.

Hi Agnes, schon irgendeine Entscheidung seitens der Dänen? Wir würden den Trip zu Euch mit etwas Sightseeing kombinieren, daher würden wir gerne in Svendborg ein Hotel buchen – also wäre es schön, früh zu hören, ob wir überhaupt kommen sollen. Aber wenn die noch Zeit brauchen, fair enough.

Das mit dem Sightseeing und dem Hotel in Svendborg ist ein plumper Trick, um nicht ganz so aufgeregt zu erscheinen. Ein paar Stunden später die Antwort:

Sie haben sich noch nicht entschieden, weil zwei von den fünfen nicht kommen konnten, und jetzt müssen sie das erst mal bereden. Ihr seid eingeladen, das Boot so oder so zu sehen, wir haben denen nicht versprochen, das Boot zu reservieren.

Gut. Gut, gut. Es ist nicht weg! Mein Herz pocht, da möchte ich gar nichts beschönigen. Ich habe nur ein paar Bilder. Aber mein Gefühl, meine Bereitschaft, mich zu verknallen. Anna fragt, was los sei, aber ich druckse herum. Ich kenne sie gut genug, um den Zeitpunkt zu erwischen, wo sie mitziehen wird, gegen jede Vernunft. Wann der kommt, vermag ich nicht zu sagen. Noch ist er jedenfalls nicht da.

Auch der Kapitän meldet sich. Ist zurück von seiner sagenumwobenen »Operation Schneeflöckchen«, ergebnislos, wie er schreibt, kein Motor aufzutreiben, der passte, im ganzen Universum nicht. Mault herum, was das alles noch solle. Aber meinem Affen gibt er natürlich Zucker:

Mann, Mann, diese Commander sieht richtig verschärft aus! Kannst Du noch schlafen? Das könnte das Boot sein ...! Wirklich sehr schön. Frag den Alten doch noch mal, worauf Du in den Details achten solltest. Dass er sie mal wieder zu teuer finden

wird, versteht sich von selbst. Aber wenn sie so top
ist, wie sie aussieht, lohnt es sich meines Erachtens.
Sonst hat man nachher den Mist an der Backe.

Es geht Schlag auf Schlag. Endspielstimmung erfasst mich,
und das Schwierigste ist, mir nichts anmerken zu lassen. Ich
tue mein Allerbestes, aber natürlich gelingt mir das nicht.
Anna kennt wiederum mich zu gut, und als ich beiläufig erzähle, wir könnten ja mal einen Ausflug nach Dänemark
machen, Bogense, Nordfünen, ein wunderschönes Städtchen,
Strände um die Ecke, da wittert sie das Unheil sofort. »Zeig
mir das Boot«, verlangt sie.

Ich zeige es ihr. An der Art, wie sie schweigt, merke ich: Es
gefällt ihr. Es gefällt ihr so gut, dass sie nicht mal aus Protest
leise stöhnt. Nach einer Weile sagt Anna nur: »Versprich mir,
dass du nicht gleich zuschlägst. Das ist das Einzige, was du
mir versprechen musst. Da muss jemand draufgucken, der
Ahnung hat. Du hast keine, das ist dir wohl klar.«

Ich verspreche es ihr. Ich sage, ja, ich wisse, ich könne ebenso
gut einen Konzertflügel anschauen gehen, gewiss. Aber dass
ich eben auch begriffen hätte: Man müsse hinein, in die Boote
kriechen, ihr Herz packen und es schlagen fühlen.

Der Alte kriegt wieder Post von mir:

> *Samstagnachmittag werden wir die blaue Nordfüner*
> *Commander sehen können! Du hattest gesagt, beim*
> *Bezahlen in dänischen Kronen könne man sparen,*
> *wenn man… Was war das noch mal? Überweist?*
> *Dies nur für den Fall, dass wir hingerissen sein soll-*
> *ten. Kann ja passieren. Von den Holländern keine*
> *Reaktion, übrigens, auch von den Schweden nicht.*

Man kann nicht sagen, dass es lange dauert, ehe der Alte reagiert:

Die Schweden und Holländer sind vielleicht in Ur-
laub. Noch einmal versuchen. Nicht zu schnell kau-
fen!!!!!!!!!!!! Immer wichtig: Hat das Boot Osmose?
Hat das Unterwasserschiff Pickel/Blasen? Achte auf
die Fenster innen. Ist dort Wasser durchgekommen?
Maschine ansehen. Kein Öl irgendwo. Ist sie sau-
ber? Von oben (Cockpitboden hoch) und von der
Kajüte aus gucken. Wie sind Winschen? Wie ist das
Teakholz auf den Cockpitduchten? Oft ist das er-
neuerungsbedürftig. Leckt es oben irgendwo an der
Verbindung Deck-Rumpf? Fragen: Wie alt die Segel,
von wem? (Das ist der Antrieb!!!!!!) Hat das Schiff
mal einen großen Ramming gemacht? Hat es Falt-
propeller? Der kostet auch gut 500. Sieht das Deck
bei den Püttings gut aus? Keine Risse, Hochbeulun-
gen etc. Natürlich Eindruck der Kajüte. Bin in Eile.
Das sollte eigentlich genügen. EU-Überweisung ist
das billigste, weil der Devisenkurs gerechnet wird.

So eine Mail macht mich völlig fertig. Ich schaffe fast gar
nicht, sie zu Ende zu lesen. Nein, fragen Sie mich nicht, was
Püttings sind. Ein Ramming ist klar, den Unfall, das Hinein-
donnern, hört man dem Wort ja schon an. Aber Püttings? Der
Kapitän hat das Wort auch mal verwendet, erinnere ich mich.
Muss mit dem Mast zu tun haben und den Wanten. Die hatten
wir ja schon mal, die Wanten. Bin langsam mit den Nerven
am Ende. Der Kampf ums Boot tobt, und ich werde hinterher
niemals sagen, das sei nichts gewesen als eine überflutete
Wiese.

2

ES IST SAMSTAGMITTAG, Ende August dieses sonnigen Sommers, als wir tatsächlich nach Nordfünen fahren. Vom Kapitän kommt eine SMS: *1000 Pötte Glück!* Mir wird ganz anders.

Weil wir zu früh dran sind, bleibt uns Zeit, Bogense anzuschauen, nur ein paar tausend Einwohner, aber eine jahrhundertealte Geschichte – einer dieser Orte, die vom Meer und fürs Meer leben, ein Fischerort und ein Seglerort, der Wind weht hier durch die langen Gassen, und alle führen sie zur See. Es gibt zwei Häfen, den riesigen Sportboothafen, an dessen Rücken sie einen Sandstrand aufgeschüttet haben, und den alten, schmalen Fischerhafen. Zwischen beiden, mitten auf dem Kai, liegt eine Fischräucherei mit Restaurant. Dort verkriechen wir uns in einem Gartenzelt, bestellen Lachs und Weißwein, als sich ein Wolkenbruch entleert. Mampfend schauen wir aus den trüben Fenstern, unser Sohn nuckelt an seinem Fläschchen, Tropfen malen dünne Striche über die Plastikscheiben, und zu unseren Füßen bilden sich Pfützen, sodass Pumba Probleme hat, ein trockenes Plätzchen zu finden. Sie ist zwar ein Wasserhund, aber Regen mag sie gar nicht. Auch darin ist sie sehr seglerisch veranlagt. Endlich reißt der Himmel auf, rosige Wolken schießen heran wie die rettende Kavallerie – und entladen sich.

Wie es so prasselt, komme ich ins Nachdenken. Ein seltsam schales Gefühl, das Boot sehen zu werden, von dem ich die ganzen letzten Tage sprach. Die plötzliche scheinbare Banalität eines sich erfüllenden Wunsches. Dieses Gefühl steigt in Wellen in mir hoch, noch als wir auf Danny warten, der zu spät eintrifft. Da stehen wir in unseren tropfenden Klamotten, nach dreistündiger Anreise, und die Heimmannschaft lässt sich Zeit. Danny ist ein junger Kerl, höchstens Ende zwanzig, mehr als einsneunzig groß, schlabbernde Jeans, aber nicht, weil sie so ausgebeult wären. Ein dünner Mann. Scharf geschnittenes Gesicht. Er habe gerade einen Tattoo-Shop in seinem Heimatstädtchen eröffnet, erzählt er, habe keine Zeit mehr für das Boot, es gehe einfach nicht mehr. Auf seinem Ellbogen windet sich eine Schlange, die sich unterm T-Shirt fortsetzt.

Am dritten Steg liegt es. Das Boot. Unser Boot? Liv. Das steht etwas ungelenk auf dem Deck und hinten auf dem Deck, und so nennt sie auch Danny.

Liv und ich?

Sie sieht vergleichsweise klein aus unter all den dicken Dingern, aber auch störrisch und stark. Ihr Bug ist schmal, und ihr Hintern ist es auch, doch in der Mitte geht sie schwungvoll auseinander. Ganz der Stil der Siebzigerjahre, ein sogenannter IOR-Riss, gemäß den »International Offshore Rules« ein »Halbtonner«, für Regatten konzipiert, die Konstruktion aerodynamisch und strömungstechnisch sinnlos, wie ich gelesen habe, aber optisch reizend. Eine rassige, dennoch zuverlässig wirkende Erscheinung, viel schnittiger als die Bianca 27 aus gleichem Hause.

Danny steigt als Erster aufs Deck, ich reiche ihm unseren Sohn hinüber, und für einen Moment schwebt der Kleine über dem Wasser. Dann hat Danny den Maxicosi gepackt und trägt ihn nach hinten, ins Cockpit. Wir folgen langsam, der Belag ist nass vom Regen, wir kennen die Schritte nicht und nicht die Griffe, wo wir uns festhalten können. Fast neuneinhalb Meter misst das Boot. Das ist knapp länger als ein Volleyballfeld von der Grundlinie bis zum Netz. Glauben Sie mir: Das ist lang.

Leider nehme ich nichts wahr. Erkenne immerhin, dass die Sprayhood, diese feste Kapuze, die das Cockpit vor der Gischt schützt, mitgenommen aussieht. Versuche alles zu erfassen und erfasse doch in Wahrheit nichts. Vor dem nächsten Guss retten wir uns unter Deck. Es ist eng und zugleich großzügig. Ich kann fast stehen mit meinen eins siebenundachtzig.

Danny holt eine vergilbte Anleitung aus einer Ledermappe, die er sich unter den Arm geklemmt hat. »Die Heizung«, fängt er an.

»Welches Fabrikat?«, frage ich routiniert, aber etwas zu schnell.

Er zuckt mit den Schultern, fummelt in seinen Unterlagen. Es ist mir eigentlich egal. Ich will halt nur was fragen.

»Ä-*bärs-ba-cker*«, buchstabiert er langsam. Wir reden Englisch, versteht sich, und in Sachen Fachbegriffe schwimmt er so wie ich. Was bei ihm aber nur an der fremden Sprache liegt.

»Sehr gut.« Kennerisch ziehe ich die Brauen empor.

So steigen wir ein ins Eingemachte, und schon diese erste Frage treibt das Gespräch in eine indiskutable Richtung. Ich kann nur hoffen, wenigstens für exzentrisch gehalten zu werden. Danny erzählt etwas von Batteriespannungen, dem ich nicht folgen kann. Ich schaffe es einfach nicht. Unser Sohn liegt in seinem Körbchen auf der Koje, in diesem Moment fängt er vor Langeweile an zu krähen, was er sonst ganz selten tut. Anna beobachtet ihn so genau wie mich, in ihren Augen ist nackte Sorge zu lesen, dass ich durchdrehe.

Ich wäre tatsächlich am liebsten mal ganz allein auf dem Boot. Würde gern Witterung aufnehmen. Fühle mich zugequatscht, dabei ist Danny ein wortkarger, ernsthafter Däne. Liv aber, das ist gewiss, hat Ausstrahlung, eine gute Aura. Man fühlt sich sofort wohl, es ist frisch und hell. Danny zieht einen Stöpsel in der Wand, es fängt an zu dröhnen, und nach einiger Zeit strömt warme Luft durch einen Stutzen zu unseren Füßen. Eine original Eberspächer, da erwartet man nichts anderes. Danny zeigt die Maschine, den Anlasser, das Seewasserventil, erklärt mir alles, die Lautsprecher, als könnte ich mir auch nur irgendeine Sache merken, da oben, auf meiner Wolke sieben.

Wieder draußen. »Die Pinne ist mitten im Cockpit zu führen,« erläutert Danny, »es steuert sich bequem, von hier aus kannst du den Motor mit dem Fuß bedienen. Und wenn du die Pinne nach links packst und Vollgas gibst, dreht sie auf dem Teller.«

Ich bin beeindruckt. Ich bin sehr leicht beeindruckt auf Segelbooten, das ist vielleicht ein Problem.

Das Achterstag, das von der Mastspitze bis zum Heck gespannt ist, wedelt reichlich schlabberig herum. Es fehle eine Mutter. Was ist noch mal die Funktion dieses dicken Drahts? Ich weiß es nicht. Es gibt so vieles, das ich nicht weiß. Unbedingt solle ich darauf achten, habe ich gelesen, ob das Achterstag durch das Deck durchgesteckt sei und daher möglicherweise Undichtigkeiten in diesem Bereich aufträten. Jetzt seh die mal. Jetzt find die mal. Stattdessen fummele ich wichtigtuerisch herum, schaue hinauf zur Mastspitze, wo die Antenne schwebt wie ein Ufo, dass es mir schwindelt, so schnell ziehen die Wolken. Und ich beschließe: Zum Teufel mit dem Achterstag! Irgendwann kommt jeder vernünftige Mensch an den Punkt, an dem er kapituliert vor der Flut, und mein Punkt ist vom durchgesteckten Achterstag nicht weit entfernt.

»Du musst am Achterstag schon sehr ziehen, um den Mast ein paar Zentimeter zu beugen«, sagt Danny.

Wie das gehen solle?, frage ich. Und wozu das gut sein solle?

»Zum Trimmen«, antwortet er und schweigt.

Trimmen: Ich weiß schon, was das ist – die für die herrschenden Bedingungen ideale Segelstellung finden. Aber mir dröhnt der Kopf. Ich fühle mich wie ein Witz. Mit Begriffen umgehen kann ich zwar inzwischen, aber als Blender kommt man beim Segeln nicht weit. Am Ende blendet man nur sich selbst.

Oben, beim Baum des Großsegels. Ich zuppele am Tuch.

»Willst du das ganze Segel sehen?«, fragt Danny. »Soll ich es aufmachen?«

Ich fingere herum, nehme das Tuch, knautsche es zwischen den Fingern, tue, als würde ich irgendwas ertasten, erfühlen, erriechen. »Well«, ich grinse, »für mich fühlt es sich an, wie ein Segeltuch sich anfühlen muss. Kühl und fest. Aber ehrlicherweise habe ich nicht viel Ahnung.«

»Es ist okay«, versichert er. »Wenn du keine Regatten fahren willst, ist das noch vollkommen okay.«

»Will ich nicht.«

»Aber in ein paar Jahren sind sie fällig. Das ist der größte Schwachpunkt an meinem Boot. Deswegen habe ich bei Mast und Segel nur vier von fünf Punkten vergeben. Der Alumast ist ja so gut wie neu.«

»Oh, Alu, echt?«

Um der Wahrheit die Ehre zu geben: So richtig ins Plaudern kommen wir nicht. Ich tue mein Bestes, beiße mir aber immer wieder selbst auf die Zunge, wenn ich anfange zu schwatzen. Von Danny kommen nur präzise, knappe Sätze in seinem nordisch angehauchten Englisch. Einmal sucht er lange nach dem richtigen Wort, findet es nicht, schaut mich an, ich versuche ihm zu helfen, er sucht weiter, winkt ab, es ist ein kurzer peinlicher Moment. Wir gehen zurück ins Cockpit. Ich suche in dieser vertrackten Seemannssprache ja selbst oft nach den richtigen Worten. Manchmal wenigstens, tröstlich, ist das deutsche Wort dasselbe wie das dänische. Unter Deck höre ich unseren Sohn schreien, Anna beruhigend flüstern. Vorhin habe ich meinen Rucksack im Regen liegen lassen, er ist nun völlig durchweicht.

Ich deute auf das Relingsnetz. »Weißt du, das hat mir sofort gefallen. Wegen unserem kleinen Mann.« (Von unserem nicht ganz so kleinen Hund sage ich nichts, der für die Dauer der Besichtigung in seiner fahrenden Hütte geblieben ist, Tropfen an der Heckscheibe zählen. Gibt genug Hundehasser und zugleich genug Hundefreaks, die sagen, ein Hund darf nicht aufs Boot. Entscheiden aber wir.)

»Das Netz ist gut für Kinder.« Danny lacht, das erste Mal, auch bei ihm löst sich ein bisschen Anspannung. »Und für betrunkene Männer.«

Wir lachen gemeinsam. Es ist Zeit für den Abschied, Abstand nehmen, sacken lassen. »Hey Danny, was heißt Liv eigentlich?«, frage ich, seine Hand in meiner.

»Och, Liv bedeutet gar nichts. Das ist kein Name.«

»Doch«, widersprechen wir, »na klar, sogar ein schöner Name. Denk an Liv Tyler, Liv Ullmann.«

»Ach so. Liv heißt auf Deutsch ›Leben‹.«

»Leben«, sage ich.

»Das ist schön«, sagt Anna.

3

DIESEN ABEND NÄCHTIGEN WIR im »Dreshoper Hof«, mitten auf dem platten Land in Schleswig-Holstein, nicht weit weg von Husum. Wir essen gut, derweil unser Sohn neben unserem Tisch im Speisesaal schläft, im Dunst von Bratkartoffeln. Pumba macht sich unterm Tisch breit. Als wir uns verabschieden, lehnen drei Mann an der Bar, einer trinkt, einer flirtet mit der Kellnerin, einer hat ein Schifferklavier umgehängt, und gemeinsam singen sie »Wir lagen vor Madagaskar und hatten die Pest an Bord«. So ist das da. Man schläft gut im »Dreshoper Hof«, nach einem Aquavit, der die Bratkartoffeln hinfortspült wie die Brandung eine Sandburg.

Dark Sea ist Geschichte. Liv lebt.

Erst in den Tagen danach kann ich mich sortieren. Durchwandere das Boot im Geiste nochmals von vorne nach hinten, schaue überall hinein, bin allein mit ihm, nehme Witterung auf. Und durchstreife es wieder und wieder.

Man muss schon ein bisschen den Kopf einziehen, wenn man die Stufen hinuntersteigt, sonst haut man sich den Schädel an der Luke an. Drei Stufen hinab. Nicht sehr steil, die mittlere breit und tief, gut, um darauf zu sitzen. Zur Linken, zu drei Vierteln im Bootsleib versunken, eine Matratze, jene lange Koje, die sich Hundekoje nennt. Es ist eine Höhle, die mächtig Gemütlichkeit ausstrahlt. Bei Seegang kann man sich hineinlegen und kollert nicht groß rum. Es passen fünf Taschen hintereinander rein. Man kann sich verkehrt herum auf dem

Kopfteil niederlassen, sitzt dann am Navigationstisch und verströmt ganz viel Klasse. Es ist der Platz, von dem man den ganzen Salon im Blick hat, den Niedergang beobachten kann und zugleich nur einen halben Meter von der Küche entfernt ist, die auf der anderen Seite des Niedergangs liegt. Es ist ein natürlicher Platz für einen wachsamen Hund. Pumba wird mich küssen für diesen Platz. Eigentlich sitzt natürlich der Navigator dort, um zu navigieren, aber man muss auch gönnen können.

Die Küche ist so, wie eine Küche sein muss: keine Schnörkel, alles in Reichweite. In sehr enger Reichweite, um genau zu sein. Es ist mehr ein Küchchen, aber das macht nichts, der zweiflammige Gaskocher wird unseren Ansprüchen genügen. Das Kühlfach ist zwar nicht regulierbar, kühlt aber, wenn etwas Kaltes hineingerät. Angeblich.

Direkt daran – man muss sich nur umdrehen –, schließt sich der Lounge- und Lümmelbereich an. Zwei Sofas, die sich gegenüberliegen, das linke um die Ecke herumgezogen, sodass sich wirklich ein loungiger Eindruck ergibt, dabei gab es Lounges zu Zeiten des Baus höchstens in Flughäfen. Zwischen den Flanken ein klappbarer Tisch. Die Sofas sind natürlich keine Sofas, sondern ebenfalls Kojen, und im Handumdrehen verbreitert. Es liegt sich gut drauf, man passt in ganzer Länge hinein, vom Scheitel bis zu den Zehenspitzen, und von der linken hat man besten Blick auf den James-Bond-Bildschirm. Wenn man eingeweht ist, was es ja geben soll im Norden, dass man tagelang im Hafen festsitzt – für diese Fälle wird das DVD-Gerät akzeptabel sein. An der rechten Koje kann man eine Seitenplane anbringen, ein Leesegel, das verhindert, dass man bei Seegang aus dem Schlaf gerissen wird. Links vielleicht auch. Wir müssen das mal prüfen, es könnte ein perfekter Spielplatz für unseren Sohn sein.

Besonders schön sind ohne jeden Zweifel die Rattan-Applikationen über den Staufächern. Der Alte redet im Prinzip von nichts anderem, wenn er über die Baukunst der altvorderen Zimmermänner spricht, und sie sehen wirklich sehr schick aus, aber es sind eben nur Applikationen, deswegen weigere ich mich, sie als besonderes Kaufargument in Erwägung zu ziehen. Livs Holzboden ist leider mit schwarzer gummierter Folie beklebt, weil Dannys Racker so oft auf dem Holzboden ausrutschten, wie er erzählte.

Zum Schlafgemach und Sanitärtrakt geht es durch eine kleine Holztür, die man richtig auf- und zubollern kann. Links das Pumpklo, das derzeit durch einen Geruchsstutzen verplombt und versiegelt ist, rechts ein kleiner, ein sehr kleiner Kleiderschrank, in den man seine durchglühten Socken hineinstellen kann. Und geradeaus die ganze Zierde eines Bootes, die Eignerkabine, luxuriös geschnitten, das versteht sich, und gerade so, dass sich die Füße eines liebenden Paares im vordersten Vorderbereich liebevoll umschmeicheln können. Es wird aber noch besser, indem man nämlich über dem Kopf das Luk aufmacht und hinaufguckt in die Sterne. Dann möchte man als Eigner gar nicht wieder weg aus der Eignerkabine, mit der Eignerin im Arm und zwischendrin der Eignersohn und in den Ritzen ein, zwei Eignerträume.

Das Beste: Alle Boote riechen ja, und dieses riecht auch, aber es stinkt nicht nach Schimmel, Moder, Diesel, Schmodder oder nach was auch immer Boote stinken können.

Liv duftet nach Abenteuer.

4

DER HAUSBESUCH VOM DOC ereignet sich nur ein paar Tage später. Wenn man Segeln lernen will, ist es gut, jemanden von der *Yacht* zu kennen, wo kluge Leute arbeiten. Mein Bekannter Uwe hört sich mein Problem an, dass ich einen Segler und einen Schrauber brauche, meine Kumpel aber davon überzeugt sind, dass es so jemanden nicht gebe, und selbst wenn es ihn gebe, wie solle ich ihn bitten, mitzukommen nach Bogense? Ein ganzer Tag futsch!

»Ruf doch Mike an«, schlägt Uwe vor. »Er ist eine Art Gebrauchtbootpapst, und das meine ich so, wie ich's sage. Es gibt keinen Menschen auf dem ganzen Globus, der mehr verschiedene Schiffe selbst getestet hätte. Das ist Fakt. Die einen sagen, es sind tausend Boote, die anderen, er habe alle Boote geprüft, die in den letzten dreißig Jahren auf den Markt kamen. Auf jeden Fall genug. Wenn dir einer helfen kann, dann Mike.«

Ich bin nicht katholisch und werde es auch nicht mehr werden, aber das flößt mir Respekt ein: Gebrauchtbootpapst.

Michael Naujok, genannt Mike, ist seit ein paar Jahren im Ruhestand, er schreibt gerade an einem Buch, aber er hat Zeit, er hat Lust, und so sitzen wir beide bald im Auto nach Dänemark, drei Stunden Fahrt, viel zu wenig Zeit für ein ganzes Seglerleben. Ich begreife aber plötzlich sehr vieles. Mike hat die Gabe, Dinge, von denen ich geschworen hätte, ich werde sie niemals verstehen, so erklären zu können, dass ich sie verstehe. Dass der Wind das Boot schiebt, dachte ich zum Beispiel. In Wahrheit ist das Spiel der Kräfte viel komplizierter. Ich fasse in meinen eigenen Worten zusammen: Durch die Wölbung der Segel wird das Boot nach vorne gesaugt, es ist derselbe Effekt, der auch einen Flugzeugflügel nach oben zieht, und je nach Stellung und Straffheit der Segel – eben jene Kunst, die Trimmen genannt wird –, kann der Strom abreißen. Und Krängen gehört aus Prinzip zum Segeln: Der Wind drückt auf das Tuch, das Tuch zerrt am Boot, das Boot ächzt unter der Last, neigt sich zur Seite und weicht nach vorn aus. Aber mehr Krängung bedeutet mehr Widerstand, das bremst die Fahrt. Wie gesagt, kompliziert.

(An dieser Stelle sei eine Mail meines Bruders eingefügt, von dem später noch die Rede sein wird. Er ist wie ich kein Segler, hat aber, anders als ich, Ahnung von Technik. Er sandte die Mail frisch nach Lektüre eben dieser Passage:

Achtung Physik! Du sprichst den Bernoulli-Effekt an, den Unterdruck, der oberhalb der gewölbten

Tragflächen entsteht, da dort die Luft in der Strö-
mung einen längeren Weg einnimmt und dadurch be-
schleunigt wird. Man weiß aber heute, dass dieser
Effekt nur ca. zu 5% zum Auftrieb beiträgt und dass
der eigentliche Grund, warum ein Flugzeug fliegt,
viel simpler ist: Es ist die Steilheit der Tragfläche ge-
gen den Luftstrom. Außerdem hinkt Dein Vergleich:
Der Wind beim Segel kommt von hinten oder von der
Seite, im Vergleich zum Flugzeug müsste der Wind
von oben kommen, was er nicht tut. Aber ich gebe
Dir recht: Es ist viel komplizierter, als es aussieht.

Soweit mein Bruder. Vom unerschöpflichen Wissen solcher
Menschen bin ich umgeben, seitdem ich auf der Welt bin.)

Zurück zu Mike, mir und Danny, der uns ohne viel Auf-
hebens begrüßte. Nun sitzen wir zu dritt unter Deck, Regen
prasselt uns aufs Dach – dänische Sommer sind auch nicht immer wie in der Werbung –, und sprechen kein Wort. Nichts.

Mike beugt sich über den Motor. Danny versucht angestrengt zu sehen, was er da tut. Regen fällt in den Niedergang.
Ich hocke hinter meinem Experten und sehe nur seinen roten,
ölzeugverpackten Rücken. Ich tropfe schon wieder aus meinen
Joggingschuhen, aus der voluminösen, von meinem Vater
ausrangierten Regenjacke. Durch den Riss in der Jeans stiehlt
sich Wasser ins Innere. Ich komme mir lächerlich angezogen
vor. Man muss dazu sagen, ich stehe nicht auf Funktionsbe-
kleidung um der professionell wirkenden Ausstattung willen,
aber wenn die selbst zusammengestoppelte Kleidung so
schnell versagt, kommt man schon ins Nachdenken. Es ist wie
an den Nordpol zu gehen und die Handschuhe zu verweigern.
So lossegeln? Niemals. Ich werde investieren müssen.

Nach einigen Sekunden richtet sich Mike auf und dreht sich
halb in den Salon hinein. Zwischen dem Zeigefinger und dem
Daumen der rechten Hand kleben einige Tropfen Öl, die er zu
zerreiben beginnt und, die Hand ins Licht haltend, mit gerun-

zelten Brauen mustert. Im Salon herrscht eine unbeschreibliche Stille. Keiner von uns wagt zu atmen – oder zumindest ich nicht. Mike hat sicher nur einen Puls von 58. Ich höre nicht die Tropfen auf dem Dach, die Böen, die im Rigg klagen. Ich starre auf die Schlieren auf Mikes Finger und frage mich, welches Schicksal er aus den Mustern zu lesen vermag. Aus den Augenwinkeln spähe ich zu Danny, der schaut … ja, wie? Dunkel, finde ich. Vielleicht ist er auch der Ansicht, dass die Deutschen übertreiben. Es vergeht eine Zeitspanne, deren Länge ich nicht einschätzen kann. Es können nicht mehr als dreißig Sekunden sein. Wir warten auf Mikes nächsten Satz wie auf ein Gottesurteil.

»Sieht gut aus.«

Über mein Gesicht huscht ein Lächeln, das ich schnell verberge, muss ja kühl sein, darf nicht gierig wirken, wegen des Verhandelns. Danny wirft mir einen nervösen Blick zu.

»Wenn es silbrig wäre« sagt Mike, »würde das auf metallische Spuren schließen lassen, auf Abrieb. Wenn es weiß wäre, auf Wasser im Öl. Aber das sieht einwandfrei aus.«

Wie ein Firefighter einem brennenden Ölfass hat sich Mike unserer Liv (so nenne ich sie schon manchmal heimlich) genähert. Zielstrebig, entschlossen, konzentriert. Seine Haut braun gebrannt, sein Schnurrbart weiß wie eine frische Wolke, eine Brille, auf der sich Tropfen fangen. Flache, lederne Bootsschuhe. Er setzte sich an Pumbas Navigationstisch, als sei der dafür geschreinert, und verströmte noch in derselben Sekunde die Autorität einer unfehlbaren Kapazität. Wegen solcher Effekte bewundern die Deutschen den TÜV und die ADAC-Engel, Günther Jauch und Professor Brinkmann. Vollkommene Kompetenz, die es nicht nötig hat, ein Wort der Eigenwerbung zu verlieren. Es hätte mich nicht gewundert, wenn Mike ein Stethoskop herausgeholt und es an den Motor gehalten hätte. Der Bootsflüsterer. Der Doktor der Segelkunde.

»Du bräuchtest einen Bootsexperten und einen Motorexperten«, hatte der Kapitän mir geraten.

»Einen Segler und einen Schrauber«, hatte der Alte behauptet. »Beides zusammen, das kann keiner.«

Doch da sitzt Mike. Er kann es. Mit einer Taschenlampe leuchtet er jetzt tief in den Motorraum hinein. Wieder sagt er kein Wort. Nach einer Weile beginnt sein Gesicht zu strahlen. »Einer hat die Achterstevenrohr-Dichtungsmuffe falsch herum eingebaut.«

Ich verstehe kein Wort. Aber »Achterstevenrohr-Dichtungsmuffe« ist große Poesie, finde ich. Ich versuche erneut wiederzugeben, was er meint, aber sicher bin ich mir nicht. »Die Richtung ist wichtig«, sagt Mike, »weil da Lippen drin sind, die das Rohr nach außen abdichten, von innen aber durchlässig sind. Da hat einer überhaupt keine Ahnung gehabt, was er tut. Könnte auch erklären, warum diese paar Tropfen Öl-Wasser-Gemisch in der Bilge stehen.«

Nun trampelt er auf dem Vordeck herum, bemängelt, dass es da und dort knirsche, aber das sei nicht weiter schlimm. Er zurrt die gewaltige Rollgenua hervor. »Hier die Risse am Rand kannst du bei einem Segelmacher verstärken lassen. Die spakigen Flecken kriegst du mit einem Antischimmelmittel weg, aber auch nur damit, glaub's mir, hab alles ausprobiert. Draufsprühen, zehn Minuten einwirken lassen, absprühen. Wirkt allerdings erst nach vierundzwanzig Stunden.« Ansonsten schaut er sich die Segel nicht sonderlich gründlich an. »Die kannst du austauschen, wenn sie fällig sind, aber sie gehören nicht zur Hardware.«

Und plötzlich bin ich allein auf dem Schiff, weil vorne die Tür zufällt. Endlich mal allein. Ich beginne mit Liv zu reden. Ich weiß nicht recht, ob sie antwortet. Aber meine Fragen kommen auch sehr rasch.

Die anderen sind in der Vorschiffskabine, Mike fummelt am WC herum. Ein heiseres *Fupp*-Geräusch, wohl die Pumpe. Ich starre die Tür an, den Fernseher, die messingbeschlagenen kleinen Lampen. Ich höre die Stimmen der beiden anderen, aber sie kommen wie vom Boot nebenan. Für einen Augenblick fühle ich mich heimisch, als gehörte ich hierher. Mehr will ich gar nicht.

Ein paar Minuten später werfen wir den Motor an – er spuckt sofort Feuer und Wasser – und lösen die Leinen. Mit verbissener Konzentration versuche ich nachzuvollziehen, was Danny da genau macht. Ich will einen einigermaßen kompetenten Eindruck hinterlassen, bin mir jedoch sicher, ich stelle mich jämmerlich an. Danny drückt mir einen Bootshaken in die Hand und ruft: »Pass auf das andere Boot auf!« Ich nehme an, dass ich schauen solle, uns abzuhalten, und drücke den anderen Rumpf mit aller Kraft von uns weg. »No, no«, brüllt Danny von hinten (Mike ist irgendwo am Bug zugange), »the other way!«

Upps. Der Wind bläst mir ja ins Gesicht! Und mein Job wäre es folglich, uns mit dem Haken am Wanten des anderen Schiffs festzuhalten, damit wir nicht auf das nächste knallen ... Ich meistere die kitzlige Situation ohne größere Schäden, und bald tuckern wir hinüber zum Kran, wo das Boot aus dem Wasser gehievt wird, um das Unterwasserschiff zu untersuchen. Ein schmatzender Vorgang, der Liv würdelos in den Seilen baumeln lässt. Aber Mike ist zufrieden. »Hat ein Fachmann gemacht«, brummt er, als er über den Rumpf fährt, »absolut saubere Arbeit.«

Wie ich zuvor an Bord stand und wir zum Kran hinüberfuhren, brannte sich mir dieses alles zerlegende Gefühl ein: dass dieses Rad zu groß für mich sei. Dass ich etwas in Gang gesetzt habe, das ich nicht werde beherrschen können. Es ließ mich die Finger in den Taschen ballen und auf den Zehenspitzen wippen. Durch meinen Magen rumpelte ein Findling. Ich konnte Danny und Mike in diesem Moment nicht in die Augen sehen, meine Zweifel gehörten nur mir. Zugleich wusste ich, dass etwas passiert war; ein Tor war aufgestoßen in diese andere, neue Welt, und ich schwor mir, ich würde es nicht mehr zufallen lassen. Aus der Öffnung drangen ein grelles Licht und ein scharfer, pfeifender Wind, der mich fast umhaute, aber ich würde die Augen aufreißen und einfach ein paar Schritte nach vorne machen.

Zurück auf dem Steg nehme ich Mike zur Seite. » Und? «

Er lächelt. » Daraus kannst du mit ein bisschen Liebe ein Kleinod machen. Versuch ihn noch einen Tausender runterzuhandeln. «

» Das wird schwer. Er ist schon einen runtergegangen. «

» Probier's. Aber das ist ein hochwertiges Boot, allein das Alurigg würde neu zwölftausend Euro kosten, viele Argumente hast du nicht. «

» Das Rigg hatte der Voreigner offenbar noch so herumliegen. Er war Bootsbauer. Davor hatte angeblich nur ein anderer Besitzer Liv, in all den fünfunddreißig Jahren. «

» Sie ist gut gepflegt. Der Motor läuft einwandfrei. Das ist ein guter Deal. «

Schließlich landen wir im Seglerheim von Bogense. Ich krame den Milchkaffee heraus, den ich morgens gebrüht hatte, und Danny und ich fangen an zu verhandeln. Oder was man eben so verhandeln nennt. Es gelingt mir nicht, ihn noch weiter zu drücken, bei 150 000 Kronen ist Schluss, 19 000 Kronen ist er runtergegangen, jetzt sind wir bei umgerechnet 20 000 Euro. 'ne Menge Kohle. Mehr als mein Limit. Aber nur einen Tick mehr. Den Tick, wegen dem man so was niemals scheitern lassen würde.

Die Shipman ist spätestens jetzt erledigt. Man hatte sie mir zuvor schon madig gemacht, und plötzlich gelingt es mir selbst nicht mehr, sie zu mögen. Die Vorstellung, sich nicht langmachen zu können, wenn einem danach ist, sondern erst den Tisch absenken zu müssen. Das dunkle Holz. Der Dreck in den Schapps. (Wochen später werde ich wieder auf der Seite des Maklers vorbeischauen. Sie wird verschwunden sein. Wohin? Ja, wohin?)

Drei Mal sagt Danny, zur Not werde er Liv eben erst im Frühjahr verkaufen. Ich glaube ihm. Ich glaube ihm auch, dass die fünf Dänen noch immer interessiert seien, und in einer

Mischung aus Höflichkeit und Feigheit verzichte ich darauf, ihn zu fragen, ob diese Geschichte wirklich stimme. Wir gehen so auseinander, dass ich mich melden werde, sobald ich mit Anna gesprochen habe. Ich hege keine Zweifel, dass ich zuschlage, und er sicher auch nicht.

5

ZUR BEGRÜSSUNG GUCKT MICH Anna mit hochgezogenen Augenbrauen an. »Na?«

Ich grinse. »Ich hab noch nicht unterschrieben, aber Mike gibt seinen Segen.«

Kurze Stille. In die Stille hinein brüllt unser Sohn, er ist auf die Idee gekommen, Hunger zu haben.

»Okay«, sagt Anna. »Okay. Tu's.«

»Ja?«, frage ich leise.

»Könnte ich es verhindern?« Sie lächelt. »Tu's, bitte.«

Am Abend meldet sich der Alte auf Band. Irgendwie hat er spitzgekriegt, was läuft. Er kennt Mike seit langer Zeit, und er sagt: »Ruf mich an, erzähl mir alles, du warst mit Naujok unterwegs.« Wir sind an diesem Abend bei Freunden, ich schicke ihm eine SMS: *Ja, war mit dem unvergleichlichen Naujok dort, und weil der sehr angetan war, habe ich zugeschlagen. Was für ein Irrsinn. Morgen mehr.*

Nach einer Minute kommt die Antwort: *Mann o Mann.*

Und sssst, eine SMS vom Kapitän: *Meinen herzlichen Glückwunsch. Jetzt hast du natürlich aber einen Riesenklotz am Bein.*

Mir wird abwechselnd heiß und kalt. Ich sehe mir meinen Sohn an, der gewachsen ist wie noch was an diesem Tag meiner Abwesenheit, und frage mich, was ich ihm da antue. Dann sage ich mir, nichts, er wird immer eine schöne Zeit haben, wir passen auf ihn auf. Aber stets wird da die Sorge sein. Auf dem Meer sein heißt ertrinken können. Leben heißt sterben können. Wir werden ihm eine Rettungsweste kaufen, die er nur ausziehen darf, wenn er sich schlafen legt, und auch nur vielleicht. Gleich unter seinem ersten Weihnachtsbaum wird sie liegen.

An diesem Abend lese ich in » Wir Ertrunkenen «, Carsten Jensens Roman, der in Dänemark angesiedelt ist, im Inselmeer südlich von Fünen, auf der Insel Ærø, im Seefahrerort Marstal. Ein grandioser Generationenroman, ein Seemannsepos, eine Hymne ans Meer. Und da stoße ich, just heute, auf diese Stelle, die mir das Herz stocken lässt, ich lese sie zweimal und lege das Buch weg.

> *» Er konnte nur den Rücken seines Vaters sehen, und in diesem massigen, blau gekleideten Körperteil schien die ganze Welt sich zu vereinen und ihn abzuweisen.*
> *›Hilfe! Vater!‹*
> *Dann konnte er nicht mehr. Seine Finger verloren den Halt, und er verschwand im Wasser. Er strampelte, biss und schlug um sich, als würde er mit einem wilden Tier kämpfen, und doch war es nur das sanfte, weiche Wasser, das ihm seine Bettdecke über den Kopf zog, als wäre es nun an der Zeit einzuschlafen – das Wasser wünschte ihm eine gute Nacht.*
> *Und dann – dann war der große Arm des Vaters gekommen. Der Arm, dieser gewaltige Arm, der bis zum Meeresgrund reichte und, wenn es sein musste, bis hinunter in den Tod, hatte ihn wieder heraufgezogen. «*

*Hey Danny, ich habe Euch telefonisch nicht erwischt.
Also, hier ist unsere Entscheidung: Wir nehmen das
Boot. Ja! (Großes Abenteuer ...)*

Ich rufe noch mehrmals an, erwische Danny aber nicht. Kurze
Zeit später ruft er zurück. Er sei auf einer Tattoo Convention,
man hört im Hintergrund einen Riesenlärm. Nein, die Mail
habe er nicht gelesen, und jetzt sei es auch gerade schlecht ...

»Hey Danny!«, rufe ich, plötzlich in Sorge, die Glorreichen
Fünf kämen noch in letzter Sekunde mit einer höheren Offerte
herbeigeritten. »Hey Danny, ich meine es ernst. Wir nehmen
sie.«

»Good!«, schreit er in den Hörer, er scheint sich zu freuen,
ich bin mir aber nicht sicher. »Morgen nehme ich es vom
Markt«, ruft er. »Gleich morgen!«

Vielleicht kaufe ich Liv in letzter Konsequenz nur wegen
des James-Bond-Fernsehers oder, noch viel wahrscheinlicher,
wegen des Fotos von Dannys kleinen Söhnen, die unter der
Kuchenbude hervorgrinsen. Es ist immer schwer, hinterher zu
sagen, warum man eine Entscheidung getroffen hat. Manchmal sogar ein Mysterium, das Ergebnis eines unerklärlichen,
unaufhaltsamen Drängens.

Einerlei. Liv ist bald unser.

FÜNF

MAST AB

1

MORGENS UM 3.45 UHR klingelt der Wecker. Dies scheint mir ein wenig früh zu sein. Draußen ist es, obwohl Anfang September, dunkel wie im Winter. Meine Frau schläft, mein Sohn schläft, mein Hund schläft, und ich bin mir nicht ganz sicher, wer von den dreien am lautesten vor sich hin schnurchelt. Drunten in der Küche ist es noch dunkler, und es hilft nicht viel, dass ich Licht mache. Ich werfe den Wasserkocher an und schütte wieder einen Berg Nescafé in die Thermoskanne, gieße kochend heißes Wasser drauf und stelle einen Topf Milch auf den Herd. Es gelingt mir, daraus ein Getränk zu produzieren. Um 4.20 Uhr bin ich auf der Straße. Ich fahre nach Nordfünen, Dänemark, um mein künftiges Boot zu enthaupten. In mir ist gar kein Gefühl. Solche Vorgänge gehören dazu, wenn man Bootseigner ist, denke ich, ist sicher ein bisschen unvorteilhaft, gleich mit der härtesten Nuss zu beginnen, aber dann ist die geknackt.

Normalerweise sind zu jeder Tageszeit andere Menschen unterwegs, Bäcker auf dem Weg zur Arbeit, Barhocker auf dem Weg nach Hause. Nicht aber um 4.20 Uhr. Ich fliege durch Hamburgs Gassen, die zwischen den Laternen so dunkel sind wie unsere Küche nachts. Ich frage mich, ob Polizisten um diese Zeit blitzen, aber sage mir, dass es sich nicht lohne. Man könnte meinen, dass auch die Autobahn eine gähnende schwarze Ader in der Nacht ist, aber das stimmt nicht, sie ist der Ort, an dem die Laster leben. Sie überholen sich sehr genüsslich, wahrscheinlich holen sich die Fahrer am Steuer ihren Schlaf. In Deutschlands letzter Raststätte kaufe ich mir ein Croissant, das frischer aussieht als die Kassiererin. Sie bietet mir eine Tüte an, was sie nicht müsste.

»Beginnt Ihre Schicht gerade oder endet sie?«, frage ich leise. Über der Kasse hängt eine Uhr. Es ist 5.27 Uhr.

Die Frau hat dicke gelbe Haare und kleine Augen, über die sie sich nun fährt. »Bis sechs«, antwortet sie.

»Oh, dann genießen Sie Ihren Feierabend.«

Sie bringt es fertig zu lächeln, und ich springe die Stufen zum Auto hinunter, als ginge es um Hundertstel, so wohl ist es mir bekommen, einem Menschen eine kleine Freude gemacht zu haben, und wenn es nur war, dieser Frau die ersten netten Worte des Morgens zu sagen.

Ein grauer Himmel löst die Schwärze ab, ich bin in Dänemark. Kopenhagen ist auf keinem Schild angeschrieben. Das ist merkwürdig. Frag die Deutschen, was ihnen zu ihrem Nachbarn einfällt, und ihnen wird Kopenhagen einfallen, aber wenn sie keine Karte oder ein Navigationsgerät haben, so werden sie Kopenhagen nicht finden.

Ich fahre nach Kolding und weiter Richtung Odense, ich überquere die Brücke bei Middelfart und schaue hinunter aufs schieferfarbene Wasser der Meerenge, des Fjords. Da werden wir durch müssen, denke ich. Es ist kein Schiff auf dem Wasser zu sehen. Um 7.05 Uhr, an einer Ampel, wechsele ich die Schuhe, ich ziehe meine Joggingtreter aus und meine flachen Sneakers an, die auch keine Bootsschuhe sind, aber andeutungsweise so aussehen. Es sind dieselben Schuhe, die beim Törn mit dem Kapitän grausam versagt haben. Das glaubt einem ja kein Mensch, dass einer sich ein Boot kauft, aber keine Bootsschuhe hat. Die kommen auch unter den Weihnachtsbaum.

Danny wartet schon auf mich, drückt mir fest die Hand. Denkt wahrscheinlich längst, dass die Deutschen etwas verschroben sein mögen, aber wenigstens zuverlässig. Ein strammer Wind pfeift durch den Hafen von Bogense, aus dem Café »Marinetten« duftet es köstlich nach Kaffee, aber die Tür ist abgeschlossen.

Um zehn Uhr haben wir den Krantermin. Wofür brauchen wir drei Stunden bis zum Krantermin, ist das nicht übertrieben?, frage ich mich, doch kaum sind wir an Bord, ertönt das helle Hupen, und Danny hat die Maschine angeworfen. Diesmal habe ich mich vorbereitet. Ich weiß, woher der Wind weht, weiß, welche Leine er als Erstes loswerfen wird, weil auf ihr keine Last liegt. Ich halte das Boot vom Nachbarn ab, und langsam gleiten wir aus unserer Box.

Er lässt mich an die Pinne. Ich ermahne mich kurz: links drücken, rechts fahren. Das Gefühl, zu klein zu sein, ist diesmal nicht mehr so überwältigend. Aber es stellt sich wieder ein. Das Wasser im Hafenbecken schwappt unruhig, kein Mensch ist zu sehen, als wir, gebeutelt von der einen oder anderen Böe, zum Kran tickern. Unter »Kran« darf man sich jetzt nicht vorstellen, dass einen ein Monstrum an den Haken nimmt, man freundlich zur Seite tritt, einen heißen Punsch gereicht bekommt und hofft, es werde schon nichts schiefgehen. Vielmehr so: Da steht ein hoher Pfosten in der Gegend herum, mit einem schwenkbaren Arm dran, an dem ein Kabel herunterbaumelt. Das Ganze erinnert ein wenig an einen Galgen, nur dass an dem Kabel ein Haken hängt.

Wir pirschen uns an den Steg heran und machen erst mal fest. Es ist nun nicht so, dass Danny viel spricht. Er fingert hier herum und fingert dort herum, wuscht ins Cockpit, springt an Land, kommt mit Werkzeug zurück, springt wieder nach vorne, schraubt hier, löst und mufft dort. Ich stehe sehr interessiert dabei. Versuche mir alles zu merken und habe es in derselben Sekunde wieder vergessen. Dabei tue ich mein Bestes. Ich habe nicht mal meine voluminöse Jacke an, die mich als Amateur entlarven würde, sondern zwei Fleece über. Dennoch friere ich ein wenig im Wind; Windstärke sechs bis sieben bei 17 Grad ist kein Watteschlecken.

»Das Gute ist«, lässt sich Danny auf einmal vernehmen, »die Segel werden pro Jahr nur zweimal angefasst, am Anfang der Saison kommen sie drauf, am Ende wieder runter.«

»Hört sich gut an.«

»Als Erstes die Genua.« Er spurtet nach vorne.

Was in den nächsten Minuten passiert, daran erinnere ich mich später nur schemenhaft. Es ist zu viel für mein Hirn, das Betriebsanleitungen nicht liebt.

Die Genua rausfummeln und zu einem handlichen Paket falten. Nach der Genua das Groß runter. Der Baum ist fällig. Wir legen ihn unter Deck. Dann die Wanten. Das TV-Kabel. Oh Gott, das Kabel! Da muss man sich winden, in der Toilette um die Tür herum, aber im Winden bin ich schlecht. Danny ist ein Winder, gar keine Frage, einer wie mein Bruder, der auf Knien robbend über Kopf, mit der Schraube zwischen den Lippen, »La Cucaracha« pfeift.

So. Die Wanten sind gelöst, die den Mast halten, und mehr oder weniger, so habe ich es zumindest verstanden, steht der Mast jetzt frei. Er schwebt, wenn man so will. Elf Meter Alumast und schweben. Wer ihn hält? Ich weiß es nicht. Danny springt zur anderen Seite des Krans und befestigt eine Leine, sodass der Arm des Krans weiter herumschwingt. Wieder hechtet Danny an Land und bringt aus seinem Wagen einen dicken Draht mit, dessen Spitze er in die Höhe hält wie einen Kriegsspeer. »Unser Wunderding«, verkündet er, »die Länge stimmt haargenau.«

Er spannt diesen Draht in einen Haken am Mast, so habe ich es zumindest gesehen, und hängt das andere Ende in den Haken des Krans. Wirklich präzise vermag ich das nicht zu beschreiben, ich wünschte, es wäre anders. In jener Minute aber leuchtet mir all das vollkommen ein, es ist, als hätte ich die Gesetze der Mechanik begriffen, doch bald umhüllt mich wieder die Watte des Nichtverstehens. Jedenfalls sind wir plötzlich so weit. Der Haken hat den Mast am Haken.

»Pass auf, dass er nicht abhaut und über Deck rutscht«, ruft Danny.

Ich umfasse den Mast mit beiden Händen. Seine glatte Oberfläche fühlt sich kühl an. In der Ferne bauen sich riesige dunkle Wolken auf, die den ganzen Horizont ausfüllen. Mir scheint, als ziehe bald ein Gewitter auf. Ich bin mir nicht sicher, ob ich einem Gewitter mit einem Alumast vor der Brust entgegentreten sollte wie Don Quijote einer rasend gewordenen Windmühle.

»Da kriegen wir ganz schön eins übergebraten!«, rufe ich.

Danny nickt. »Viel Regen.«

Er lacht, lacht tatsächlich, und drückt mir das Kabel des Krans und das Profil des Vorsegels in die Hand. Ich presse beide Füße fest an Deck und versuche, eine Art Gleichgewicht zu finden. »Der Mast darf nicht abhauen«, hat Danny gesagt. Er ist verdammt schwer, dieser Mast, das spüre ich. Ich stehe da und rege mich nicht. In meinen Eingeweiden merke ich, wie sich der Mast ganz langsam bewegt. Er will wirklich abhauen. Für einen Augenblick denke ich, dass ich es bin, der ihn ganz allein halten muss, emporrecken in die Luft. Und was, wenn er zur Seite fiele, auf den hölzernen Steg oder, schlimmer noch, ins Wasser oder, noch viel schlimmer, aufs Boot? Zu fragen wage ich nicht (warum eigentlich nicht? Um mich nicht noch lächerlicher zu machen?), aber mit jeder Sekunde gewinne ich mehr den Eindruck, als würde ich ganz allein den ganzen verdammten Mast halten. Ich fange an, ihn auszubalancieren. Es ist sehr viel Mast für sehr wenig Mann. Ich spüre, ich werde das nicht schaffen. Kann doch nicht allein diesen magersüchtigen Turm halten, der wankt im Sturm, der weg will mit mir; ich spüre, wie er zieht.

»Es ist alles sehr einfach, wenn man sich auskennt«, hat Danny gesagt. Und nun stehe ich hier und halte den Pfeiler der Welt in den Händen.

Hinterher erst werde ich begreifen, dass ich nur auf den Mastfuß hätte aufpassen müssen, dass er nicht wandert, nicht wandern kann, hängt der Mast oben doch am Haken. Aber ich halte ihn fest, als wäre ich sein einziger Halt – der Mast des Mastes, das bin ich. Kann sich einer vorstellen, wie anstrengend das ist? Bei Windstärke sie-hie-ben! Ich schwitze unter meinen zwei Fleecepullis. Ich sehe das Boot zerschmettert. Ich sehe mich zerschmettert. Und mitten hinein in diese

Umarmung, ist mir mit einem Mal nicht mehr klar, ob nun ich den Mast halte, oder der Mast den Kran, oder mich der Haken. Alles ist verbunden, das ist unzweifelhaft so, aber ich könnte nicht sagen, wie. Für gewöhnlich bilde ich mir etwas darauf ein, einen kühlen Kopf bewahren zu können, wenn es eng wird, etwa, wenn sich beim Schreiben eine Deadline mit tödlicher Unerbittlichkeit nähert. Aber hier kann ich keinen klaren Gedanken fassen. Es wunderte mich nicht, wenn als Nächstes ich in den Himmel wanderte, hinaufgezogen vom Haken, und dort baumelte im Wind, aufgehängt an meinem eigenen Galgen.

Was Danny treibt, sehe ich nicht aus meiner Position – ich sehe vor allem Mast –, aber daran vorbeilugend bemerke ich, wie ein Auto vorfährt und ein grau melierter Mann aussteigt, der mich und Danny anschaut und uns schnell etwas auf Dänisch zuruft, das ich weder als Lob noch als Drohung zu deuten vermag. Mit den Augen bezieht er mich in das Gespräch mit ein, was ich als ungeheuer freundlich empfinde, ich würde ihm gern die Hand drücken und ihn fragen, was er bloß an einem Donnerstagmorgen um acht Uhr im Hafen mache, aber ich habe leider gerade keine Hand zur Hand. Der Mast scheint dem Manne höchste Sorgen zu bereiten, beziehungsweise die Technik, mit der ich ihn halte, jedenfalls deutet er auf mich und den Haken am Draht.

Danny sagt ein paar Sätze, dann wieder der Fremde, so wogt das hin und her, und bis zuletzt bezieht der andere mich ins Gespräch ein. Ich kann nicht mal mit den Schultern zucken. Das erledigt abschließend der Mann für mich, er wendet sich ab, setzt sich in seinen Volvo und biegt um das Klubhaus. Verschwunden.

»Was wollte er?«, frage ich, als Danny schweigend weiterschraubt.

»Er hatte Angst, dass der Mast umstürzt«, erklärt Danny, ohne aufzublicken.

»Ah ja.«

»Er hat unseren Wunderdraht nicht gesehen.«

Nochmals für ein paar Jahre: Mast sein.

»So, dann wollen wir mal.« Danny drückt mir das Vorsegelprofil und drei weitere Wanten in die Arme, dazu noch den Joystick, der den Kran steuert. Ich komme mir nun allmählich etwas überladen vor. Mir ist zudem rätselhaft, wie man den Arm des Kranes in Richtung Land bewegen kann mit nur zwei Seilen, die von links und rechts Zug entwickeln.

Endlich schnappt sich Danny den Joystick, mir wird ganz leicht, und der Mast schwebt in seiner ganzen Pracht am Haken. Plötzlich bin ich vergleichsweise überflüssig. Wo der Mast stand, ist nur ein schmaler, ein paar Zentimeter tiefer Spalt zu sehen, der sonst den Fuß des Mastes aufnimmt.

»Das ist die ganze Verankerung? Das bisschen soll den ganzen Druck aushalten?«

»Genügt.«

Liv sieht sehr nackt aus ohne das Rigg. Unsexy. Es gehört sich nicht, ihr das anzutun.

Wir hieven den Mast vorsichtig auf einen zweirädrigen Wagen und beginnen ihn die hundert Meter in Richtung der Holzhütten zu rollen. Ich bin der Vordermann, aber ich halte nicht lange durch. Weil hinten die Antenne ist, und die Antenne nicht den Asphalt berühren soll, muss ich vorne ganz tief gebückt gehen. Das Praktischste wäre der Entengang, aber halte den mal durch, mit einem halben Mast im Arm und dazu dem ganzen Kabel-Kladderadatsch! Nach zehn Schritten gebe ich auf. Meine Lendenwirbel stehen einen Mikromilimeter vor der Implosion.

»Sorry«, krächze ich, »ich habe zu lange zu viel Volleyball gespielt, mein Rücken ist im Eimer. Und den Mast vorhin empfand ich auch eher als Belastung.«

»Heh, kein Problem«, erwidert Danny tonlos, und von da an watschelt er vor mir den Weg entlang. Es ist mir sehr unangenehm, aber was soll man machen? Beim nächsten Mal, so nehme ich mir vor, werde ich einen Mastroller engagieren, irgendeinen klein gewachsenen Leistungsturner, der das Ding im Laufschritt in sein Winterlager befördert.

Schließlich ruht der Mast in seinem Gestell. Nun wartet der Tüddelkram. Es gehört zu den Dingen, die ich fürchte wie wenig anderes: Salinge raus, das sind die Seitenarme des Riggs. Kabel und Leinen zusammenlegen. Ich habe ein verborgenes Talent, das von wenigen Menschen geschätzt wird: Wenn ich eine Leine aufschieße, also zusammenrolle, bringe ich es binnen weniger Sekunden fertig, dass sie sich völlig verheddert hat. Eben noch nehme ich fröhlich pfeifend ihr Anfangsstück in die Hand, schaue wohlgelaunt in die Landschaft, freue mich, wie sicher ich Hand für Hand die Buchten folgen lasse, da schaue ich kurze Zeit später wieder hin und ahne schon, was mich beim Ausrollen erwarten wird. Zugleich ist mir aus mysteriösen Gründen nicht möglich, eine eben aufgeschossene Leine sogleich wieder zu entwirren. Als sei es eine Sache des Gefühls. Natürlich wirkt sich das auf einem Segelboot durchaus nachteilig aus, da es diesem ohnehin in der Natur liegt, Leinen zum Verheddern zu zwingen. Ich werde es also lernen müssen. Ich kann mir nicht vorstellen, dass ich es lernen werde, so wie man das Partizip im Französischen lernt – irgendwann kann man es eben –, sondern ich halte es für weitestgehend unmöglich. Ich kann einer Leine meinen Willen nicht aufdrücken, aber genau das werde ich bald tun müssen. Brutal.

Wenig später ist Liv aus dem Wasser gehievt und an Land gebracht, das Unterwasserschiff abgespritzt. Im Klubhaus unterzeichnen wir den Vertrag, den ich vorher auf Englisch aufgesetzt hatte. Formloses Ding. Wir drücken uns schweigend die Hand. Liv steht draußen auf ihrem Bock, auf dem Parkplatz des Yachthafens von Bogense, Fünen, ganz vorne rechts, und es fällt mir schwer, sie allein zurückzulassen. Ein langer, einsamer Winter erwartet sie, voller Schnee, Frost und Stürme. Steh es durch, Mädchen.

2

ICH BIN EIN KAPITÄN, als ich nach Hause komme. Ich halte Livs Pinne in der Hand, die uns den Weg weisen wird. Unsere Pinne.

Meine Frau schneidet im Garten Margeriten in der Abendsonne, sie sitzt auf der Treppe zu unserem Holzdeck, für das unser Kumpel drei Jahre brauchte, um es in die Landschaft zu rammen. Mein Sohn döst im Schatten des Lorbeerbaums, und mein Hund hopst vor Freude im Karree. Ich gebe zu, ich habe alle Hände voll. Und im Kofferraum wartet der Rest, noch mal elf Hände Arbeit.

»Was ist denn das hier?«, fragt Anna unheilvoll.

»Unsere Pinne. Das ist unsere Pinne.«

»Und das da?«

»Unsere Segel. Das sind unsere Segel.«

»Wo sollen die denn hin? Was sollen wir denn mit denen?«

»Reinigen und schön trocken lagern, am besten im Heizungskeller.«

Sie guckt skeptisch, und als sie wenig später den Heizungskeller inspiziert, höre ich ihren Schrei der Empörung von ganz weit weg. Der Heizungskeller war bereits zuvor einigermaßen vollgestellt, weil ich auch beim Wegwerfen meine Schwächen habe, doch auf Annas Frage, wo wir denn nun die Wäsche trocknen sollen, antworte ich listig: »Mit dem Trockner, den uns deine Eltern geschenkt haben, dafür brauchen wir doch nicht mehr den Heizungskeller.« Aber ich vermute, mit Logik kann ich hier nicht punkten. Es ist auch alles nicht so schlimm. Man kann sich schon noch bewegen im Heizungskeller, die Kunst ist nur, in den Raum hineinzukommen. Das Großsegel zerteilt ihn wie ein Eichenstamm.

3

EINE ECKE DES GENUA-SEGELS ist eingerissen, das Tape abgefallen, das diese Ecke improvisiert zusammengehalten hatte. Muss da nachtapen. Könnte ich selbst reparieren. Aber hält das? Vor allem, wenn es sein muss, bei auffrischendem Wind, wenig Zeit, wenig Nerven, vertüddelten Leinen? Ich nehme mir vor, es bei einem Segelmacher vorbeizubringen. Gleich nächste Woche. Aber ich vergesse es erst mal, denn unsere Freunde aus Tübingen kommen uns besuchen, Pit und Wencke, die mit dem G'schössle vom Bodensee. Bald eröffnet die »Hanseboot«, und wir können natürlich nicht dran denken, nicht hinzugehen. Mail-Geplänkel gen Süden:

Wir treffen uns mit einem minutiösen Schlachtplan, der ALLE Messehallen berücksichtigt, vor allem die Aussteller der Kardanwellenanlagen, die Hubschraub-Pinnenlager sowie die Wantrückschlagspüttings-Muffen. Hach, wir freuen uns!

Der große Tag steigt Ende Oktober, es ist warm und regnerisch. Als Erstes Pflichtbesuch am Stand des Großserienfabrikanten Bavaria, so etwas wie der Volkswagen unter den Yachtbauern. Die Boote sausen zu Tausenden auf den Meeren herum, sie sind robust genug, sechs weiblose Wuppertaler zu verkraften, die sich mit ihren Kumpels aus Bremen harte Regatten liefern, bevor sie um halb drei den Anker ins Wasser schmeißen, um sich volllaufen zu lassen.

Wer Bavaria mag, sagt, die seien doch gar nicht so schlecht. Wer sie nicht mag, verspottet sie als Plastikeimer, aber so böse wollen wir nicht sein. Interessant zu sehen, wie viel mehr Platz die heutigen Designer aus derselben Länge herausfräsen, 31 Fuß. Der breite Hintern ermöglicht eine Achterkabine. Aber Liv würde ich dagegen nicht eintauschen wollen.

Es riecht, und das kommt mir komisch vor, ein wenig nach Urin auf diesen Messebooten. Dabei ist es ja so, dass man sich

Überzieher aus Plastik über die Schuhe streift und damit im Cockpit und im Salon herumschlurft. Meist steht man sich auf den Füßen herum. Man möchte sich nicht berühren, berührt sich aber. Vorne legt sich ein Schnauzbart auf die Doppelkoje, man späht ebenso hinein, und im Salon sitzt Jack Wolfskin, der mault: »Entscheidend ist immer die Fußfreiheit, damit man sich nicht ständig kabbelt. Die gibt es hier gar nicht mehr. War früher viel besser.« Auf Liv war der Typ nie zu Gast.

4

VON DANNY KEINEN MUCKS, und mit jedem Tag entfernt sich das Gefühl, dass es bald losgehe. Ich merke, wie ich es genieße. Kann mir keiner vorwerfen, ich nähme das alles zu leicht. Mit jedem kühlen Morgen spüre ich, wie die Last schwindet, diese niederdrückende Verantwortung eines verantwortungsbewussten Skippers.

Der letzte wärmere Tag des Jahres, Anfang November. Neustadt in Holstein, ein Fjordhafen wie in Schweden. Dass es so was so nah bei uns gibt! Ein Küstenwachenschiff dampft hinaus, präzise Linien ins Wasser malend. Ein paar Segel ziehen ihre Bahn. Die Stimmung im Hafen wie gemalt. Nichts war los eben am Strand zu Pelzerhaken, nur ein paar Kilometer weiter, Wildgänse im Wasser. Wir sitzen jetzt draußen im »Klüvers«, dem Brauereigasthaus mit dem bitteren Bier und dem klaren Blick, die Sonne über einer Wolkenbank, die Liegeplätze fast leer, doch vor uns eine Yacht, ihr Mast kratzt am All.

»So hoch ist unserer auch«, sage ich, »wow, was?«

»Wie hoch ist das?«, fragt Anna.

»Um die zehn Meter.«

»So hoch wie der Sprungturm von Steinbach. Doppelt so hoch wie der von Bühl.«

Da kommen wir her, aus Badens Mitte, wo die Sprungtürme der Freibäder den Ruf einer Stadt begründen.

»Kletter rauf und spring runter.«

Sie lacht. »Dafür ist er zu dünn.«

In dieser Sekunde trudelt eine SMS des Kapitäns ein, der gerade sein Boot von Dänemark nach Wedel überführt. Dort oben seien Hagel und Sturm, und:

Der verrückte Fotograf an meiner Seite segelt barhändig bei Schauerböen um die 8. Wolf Larsen dagegen ein Müslifresser. Stoßen gen Elbe durch. Schnapsvorräte dramatisch gesunken. Ende. U47.

Wolf Larsen ist Jack Londons »Seewolf«, und der verrückte Fotograf ein gemeinsamer guter Freund. Der segelt, wie er Auto fährt und Bäume fällt, immer volle Pulle.

Anna grinst, als sie das hört, krächzt: »Würg!« Tut, als wolle sie sich übergeben. »Mein Teufelsskipper«, flüstert sie liebevoll und fährt mir durchs Haar. »*The skipper from hell.* Aber weißt du was? Ich helfe dir.«

Und so steigt Anna endgültig ein, sie kann sowieso bessere Knoten. Der Schrecken in ihren Augen ist einer vorsichtigen Begeisterung gewichen. »Aber was werden wir mit Pumba machen?« Sie streichelt jetzt unseren Hund, der, wenn er sich der Länge nach ausgestreckt hat, vom Schnauzer bis zum Schwanz von Hamburg bis Bogense reicht.

»Sie kommt mit, wenn wir es gut genug können.«

»Und unser Sohn?«, wispert sie, als wir zu Hause sind. Sie zeigt auf den kleinen Mann, der schon ein halbes Jahr alt ist und schlummernd in der Ottomane im Wohnzimmer liegt wie in einem Himmelbett, die Augen vor den Händen. Man möchte ihn am liebsten packen und hoch in die Luft werfen vor Rührung, aber ich hätte Sorge, dass sie ihn da oben im Himmel einfach bei sich behielten.

»Und unser Sohn auch«, flüstere ich zurück.

Zwei, drei Wochen danach meldet sich Danny:

Liv ist abgedeckt, aber bisher nur auf Deck, weil, wenn es sehr windig wird, würde die Plane am Rumpf scheuern, und das würde ein paar Kratzer verursachen. Daher warte ich, bis es kälter geworden ist. Keine Sorge, wir kümmern uns gut um die Lady.

Seine Nachricht stimmt mich fröhlicher, denn es ist einer dieser Tage, die einen zweifeln lassen, ob man nicht alles kurz und klein schlagen sollte. Morgens hatte ich mich in der Redaktion gestritten, das alte Lied, Reibung erzeugt Funken, aber der Hals wurde mir eng. Melville ließ seinen Ishmael in einer derartigen Stimmung auf einem Walfänger anheuern, aber solche Walfänger gibt es heute nicht mehr. Man muss sich also etwas anderes suchen. Da ist ja aber Hamburg gut. Wenn einem der Hals zu eng wird, muss man keinen Leuten den Hut vom Kopf schlagen, man muss nur an die Elbe, die macht ihn wieder weit, und wenn noch die Sonne scheint, eine klare Herbstsonne, die blendet, aber nicht sticht, die wärmt, aber nicht stört, dann reißt die Elbe einem den ganzen Kragen auf, und die Luft fährt einem in die Glieder.

Vom Horizont, wo die Wellen hinter den Kränen verschwinden, da kommt die Luft her, das Wasser glitzert, als wäre es flüssiges Aluminium. Am kleinen Hafen neben dem Feuerschiff schaukeln die Segelyachten, ich schaue sie mir von oben an und denke, meins ist nicht kleiner. Meins könnte da jetzt liegen. Reinspringen und die Segel setzen und hinaussegeln, weg. Ich könnte lossegeln und in Australien wieder anlanden, im Sydney Harbour, und bald auf der Terrasse des »Manly Wharf Hotels« sitzen und erst mal ein kühles Victoria Bitter zischen. Das ist ein guter Gedanke. Schon fällt es einem viel leichter, nach der Mittagspause wieder ins Büro zu tappen und zu schwatzen, bis einem der Kamm schwillt.

Da draußen wartet ja der Wind.

SECHS

ÜBERWINTERN

1

DIE KÄLTE bricht über uns herein wie ein Haken ans Kinn. Es wird, das ahnen wir, ein Winter werden, wie er in unseren Breiten nicht mehr vorkommt, nicht, seitdem die Klimakatastrophe beschlossene Sache ist. So einen Winter gab's nicht mal, als ich klein war und ganze Winter damit verbrachte, meine Nase an die Fensterscheibe zu pressen und die Schwarzwaldhügel zu betrachten, wo sie ganz oben Schneisen in den Wald geschlagen hatten, für Skipisten. Die warteten auf den Schnee wie ich. Wenn ich nur fest genug nach oben schaute, dachte ich, würde ich die Flocken als Erster sehen, dunkel gegen den grauen Himmel, aber sie kamen selten, und wenn sie gekommen waren, machten sie sich schnell wieder aus dem Staub.

Mir braucht also keiner sagen, dieser Winter in Hamburg sei doch nur ein Winter. Es ist ein Winter wie aus den Büchern von Astrid Lindgren. Es schneit, und der Schnee bleibt liegen. Es schneit mehr. Es schneit noch mehr. Und noch ein bisschen drauf. Es friert in der Nacht, und es friert am Tag. Manchmal taut es ein wenig und zieht wieder an. Es taut kräftig, doch sofort erstarrt die Welt wieder im Frost. Bald hat sich ein Eispanzer übers Land gelegt, fünfzehn, zwanzig Zentimeter dick, der wochenlang jeden Fußmarsch zur Schlitterpartie macht. Hamburg kapituliert. Die Streufahrzeuge bocken, das Salz geht aus, die Alten trauen sich nicht mehr auf die Straße. Die Außenalster ist zum ersten Mal seit 13 Jahren wieder zugefroren, und dies nicht nur für ein paar Tage. Am Elbstrand schieben sich knirschend die Eisschollen ineinander. An den Landungsbrücken liegen die alten Pötte wie mit Zucker überzogen, kein Hauch regt sich, die Welt ist an manchen Morgenden so trostlos, wie sie Cormac McCarthy in »Die Straße« beschreibt – nur ist seine Welt die eines atomaren Winters. Unsere Sonne ist verschwunden. Ich weiß nicht, wo sie hin ist.

Am Himmel hängt sie jedenfalls nicht mehr. Wir schlittern durch eine helle, erstickende Ursuppe. So geht der Januar ins Land, es schneit der Februar herein, und ein Film aus feiner Seife legt sich auf das Eis.

Eines Morgens, als ich mit Pumba durch den Wald kurve, der nicht weit von unserem Haus beginnt, begreife ich, was unseren Hund antreibt. Pumbas Gesetz: Halte die Nase nicht in die Luft, du verpasst das Beste. Schon lange hätte ich es studieren müssen, aber nicht immer ist man so wach, wie man sein sollte: Die Natur spricht mit uns, man muss nur ihre Zeichen lesen können. Pumba liebt es, die Schnauze in irgendwelche Schneelöcher oder Fußstapfen zu stecken und hineinzupusten, dass es stäubt. Ihre Tatzen sind von Schneekugeln umhüllt, ihr schwarzer Bart färbt sich weiß, sie sieht älter aus und männlicher. Sie tobt begeistert, seit sich ihr Revier so gewandelt hat, und an diesem Tag sehe ich mir die Spuren im Schnee genauer an, wie eine Eingebung, und erkenne die verschiedenen Sohlenprofile, Schrittlängen, Verwehungen. So sehen Hunde die Landschaft immer, oder vielmehr, so erschnuppern sie sich ihr Bild der Welt. Jedes Lebewesen zieht seine Bahn, und seine Furche ist noch lange in der Luft, zu riechen für den, der riechen kann. Und nun im Schnee sogar zu sehen für den, der sehen will. Wenn ich eine Stunde mit Pumba gehe, habe ich fünf bis sechs Kilometer in den Beinen. Sie läuft das Fünffache, schätze ich. So erschafft sie sich, weil sie fleißig und genau ist, eine laufend aktualisierte Karte ihrer Welt.

Ich nehme mir vor, beim Segeln genauso wach zu sein wie Pumba im Wald. Wacher als sonst im Leben.

2

ALLE ZWEI WOCHEN flattert die neue *Yacht* auf den Tisch und möbelt mich jedes Mal auf. Ich kaufe mir dazu *Segeln* und *Palstek*, die tun auch ihr Bestes. Vitaminstöße, die leider schnell aufgezehrt sind, spüre ich doch, wie mir das schwer erkämpfte Segelgefühl zwischen den Nervenenden zerrinnt. Die Verantwortung fürs Boot nochmals für ein paar Monate los zu sein ist gewiss kein Fehler. Aber die ganze innerliche Haltung, die tapfere Bereitschaft, zum Seemann zu reifen, kommt mir mit jedem Tag ein wenig aufgesetzter vor.

Wenn ich unseren Kinderwagen durch die Eisrillen zwinge, während unser Sohn darin im Gewühl der Decken und Mützen schläft und von beneidenswerten Dingen träumt, sehe ich nicht mehr hinauf auf der Suche nach Wolken, sondern nur mehr auf den Boden. Mühsam hatte ich mir selbst die Gewissheit aufgeschwatzt, dass ich das schon hinkriegen werde, das Bootshandling, die tausend Handgriffe, die wie von selbst kommen müssen.

Heute, an einem Tag im Februar, in einem ruhigen Café in Hamburgs Portugiesenviertel, einen *Galão* dampfend vor mir, komme ich mir vor wie ein Tölpel, ein Wahnsinniger. Ich zweifele nicht nur an mir und meinem Plan, ich habe das Urteil gesprochen. Es ist vernichtend. Am liebsten würde ich mich ohrfeigen, aber das änderte auch nichts. Es steht außer Frage: Ich bin in der Krise. In meiner ersten Segelkrise. Vielleicht ist es das Eis, das sich mir auf die Seele gelegt hat, vielleicht ist eingetreten, was ich gut kenne – man kann sich nach langen grauen Monaten nicht mal mehr *vorstellen*, dass jemals wieder die Sonne scheinen, schon gar nicht, dass sie uns jemals wieder wärmen wird. Aber es ist eben auch mehr. Ich bin nicht mehr in Segelform.

Unser Sohn beginnt zu rutschen, zu robben, zu krabbeln in diesem Winter. Vom Christkind hat er zu Weihnachten eine Schwimmweste geschenkt bekommen – und Pumba auch –, aber wir haben sie ihm noch nicht angezogen. Es erschiene uns unangemessen. Wir verkriechen uns abends zu Hause und zünden ein Feuer im Kaminofen an. Wir schauen »Lost«, fünf Staffeln, und als wir durch sind, ist der Winter immer noch da. Und der Sommer so weit wie ein Flug zum Mars.

Irgendwann mailt Danny, dass Liv gut verpackt sei und wir uns wirklich keine Sorgen zu machen bräuchten. *Danke*, schreibe ich zurück, etwas desinteressiert klingend, fürchte ich*, Ihr macht das schon*. Nur Pit verbreitet von Tübingen aus Optimismus: »Haltet schon mal den Tauchsieder in die Ostsee!« Einer muss ja dran glauben, dass es wirklich klappt. Anfang April soll es soweit sein, da segeln wir Liv von Bogense herunter, und in den ersten Märztagen schließe ich mit Pit eine Wette ab, dass wir Eisbären treffen. Einmal gehe ich in die Kantine mit Schwarz, der nur ein paar Meter Luftlinie entfernt von mir arbeitet, aber einen Stock über mir und in einer geringfügig weniger aufgeregten Umgebung. Mit einem wie Schwarz in Reichweite braucht einem nicht bange sein. Werden uns wahrscheinlich im Sommer häufiger sehen, denn er hat auch ein Boot in dem kleinen dänischen Hafen, ein Folkeboot. Spät hat er mit Segeln begonnen, aber als Windsurfer lernt man das rasch.

»Das geht schon«, sagt Schwarz gerne, das sagt er auch jetzt. Aber mit seiner leisen, tiefen Stimme und dem eindringlichen Blick aus grünen Augen erzählt er, dass er im Kleinen Belt zwischen Fünen und Jütlands Küste noch jedes Mal auf die Schnauze bekommen habe, dass da fast immer eine steile Welle drin stehe, dass man ein Schießgebiet umrunden müsse, und überhaupt, die ganze Strecke von Bogense in den Sund von Sønderborg sei nicht ohne.

»Na ja, was ist schon ohne in dieser Welt?«, erwidere ich. (Das schreibe ich jetzt wieder so hin. Das denke ich aber leider nicht. Ich denke viel eher: oha!)

»Einpicken und vorsichtig sein, so geht das schon«, fährt er fort. »Dann ist die Chance hoch, dass nix passiert.«

»Die Chance muss gleich null sein. Wir haben zwar unseren Kleinen nicht dabei, aber wenn es bläst und da eine Mörderwelle im Belt steht, werden wir's verschieben.«

»Würd ich dir auch raten. Schippert sonst schön ein bisschen da oben rum.«

»Vielleicht versuchen wir's ja auch.«

»Vielleicht habt ihr ja Glück.«

Wir mampfen weiter. Ich will so tun, als glaubte ich echt, dass es klappt. »Unser Hafen macht erst am 10. April auf, wir werden aber Tage vorher einlaufen, was heißt denn das?«

Gestern steckte nämlich ein Brief im Kasten, nein, kein Brief, mehr eine Rechnung dafür, dass wir im Hafen des Alten und des Kapitäns angenommen worden sind. Ein Festtag, denn es ist nicht leicht, da unterzukommen. Aber mit einem knorrigen dänischen Boot und Freunden wie den unseren schon.

Schwarz nickt und lächelt düster. Er muss gar nichts groß tun, um düster zu lächeln. Er hat ein Gesicht, das einem sofort Vertrauen einflößt, aber wenn er seine Brauen nur ein klitzekleines bisschen wölbt, macht ihm in Sachen Düsterkeit niemand was vor. »Das heißt«, sagt er, »dass die Möwenkacke so hoch auf den Stegen liegt wie das Eis jetzt bei uns auf den Gehsteigen. Die feiern im Winter und bis in den Frühling hinein, bevor unsereins kommt, eine ewig lange Möwensause. Das ist glitschig, das stinkt, da möchtet ihr nicht sein. Ihr werdet durchgefroren ankommen und wollt erst mal 'ne heiße Dusche. Macht lieber in Sønderborg fest, die haben schon offen.«

Wenn wir so weit kommen, denke ich beklommen.

»Wenn ihr so weit kommt«, sagt Schwarz fröhlich, aber gucken tut er anders.

3

DER SCHNEE BEGINNT am 1. März zu schmelzen, ein Vorgang, der sich sehr in die Länge zieht. Ich lese die letzten Seiten in einem Buch von Jonathan Raban, das mich durch den Winter getragen hat. Raban hatte sich in seiner elf Meter langen Ketsch die Westküste Kanadas hinaufgearbeitet, aber fragen Sie mich nicht, was eine Ketsch ist. Es ist auch deswegen ein tolles Buch, weil Raban erst als Erwachsener das Segeln gelernt hat. Man fühlt sich bei ihm nicht so demütig wie bei all den anderen, bei denen es schon auf dem Klappentext heißt, dass sie einen Kap-Hoorn-Daddy haben, mit drei ihr erstes Segelboot kauften, mit fünf den Ärmelkanal überquerten und seitdem auf der Suche nach neuen Herausforderungen sind. Ich lese von Gezeitenströmen mit sagenhaften 25 Knoten und wiege dabei meinen Sohn im Arm. Wir rauschen gemeinsam durch die Schluchten, unser Boot wird ganz schön hin und her geworfen, mit vielen Plumps und Platschs, aber er kräht nur vor Freude, als wäre es nix. In seiner Bordbibliothek – also in Rabans, nicht der meines Sohnes – hat er Berichte der frühen Entdecker gesammelt. Das ist auch was, notiere ich mir: Eine Bordbibliothek ist ganz wichtig. Vielleicht das wichtigste. Lauter gute Geister an Bord zu haben, vertreibt auf See die Einsamkeit.

Rabans Reisebericht ist ein Buch, aus dem man was lernt, zum Beispiel: Kapitän Vancouver, der englische Navy-Offizier, der vor mehr als 200 Jahren die Pazifikküste von Kalifornien bis hoch nach Alaska erkundete, war ein rechter Fiesling, grausam, kleinwüchsig, missgünstig. Die Indianer der Küste fühlten sich auf dem Wasser sicherer als an Land, aha. Noch heute kann man an den Stränden dort die Glasperlen finden, die Engländer und Spanier damals unter den Leuten verteilten, so viele, dass es eine echte Inflation gab, auch die Indianer hielten sie bald nur noch für Tand. Am Ende dieser Reise wird Raban seine Frau verlieren, die Mutter ihres gemeinsamen Kindes. Sie fliegt zu ihm hoch nach Juneau, Alaska – der Bursche hat es in seiner Ketsch bis nach Alaska geschafft! –, sie steckt sich eine Zigarette der Marke »True« an und eröffnet ihm, eine Trennung sei besser für sie beide. Dann geht sie und nimmt die Tochter mit. Zurück an Bord bleibt nur der halb volle Saftkarton mit dem geknickten Trinkhalm seiner Kleinen.

Es sei ein Problem mit den Frauen und den Booten, so heißt es, aber ich halte das für Quatsch.

Knietief durch angetauten Schnee stapfe ich der Erlösung entgegen, ohne es zu ahnen. Es ist schon lange kein Spaß mehr. Wir leben wie unter einer Eisglocke. Dieser Morgen beginnt ganz harmlos, dank eines jener Spaziergänge mit Pumba, die oft nervenzerfetzend sind oder mindestens ein großes Spektakel. Man weiß nie, ob sie andere Hunde in den Wald jagt, selbst in den Wald gejagt wird, nass geschwitzt im See endet (wenn der nicht gerade zugefroren ist) oder vor einem seltsam geformten Blatt, das der Wind über den Weg treibt, Reißaus nimmt. Ihre weisen, unergründlichen Augen verbergen sich hinter langen Schnauzerbrauen, aber an diesem Morgen ist etwas anders. Sie schaut mich auch anders an. Zuerst weiß ich nicht, was es bedeuten könnte. Pumba erscheint mir seltsam erregt, als stünde Großes bevor. Als wir ihre Lieblingswiese erreichen, deren schwere weiße Hülle von Hundepfoten zerrupft ist, schaue ich aus Versehen nach oben. Der Himmel ist unbekannt scharf. Und jene weiße Kante, die am Horizont hängt wie eine Gardinenstange! Was...? Etwas Grelles, Leuchtendes schiebt sich über diese Kante, und da erkenne ich sie wieder. Die Sonne.

Ich bleibe stehen, weil es so schön ist. Ich schließe die Augen und spüre, dass auch die Sonne keine Lust mehr auf den Winter hat. Aus dem Nirgendwo zwitschern Vögel, die vorher verstummt waren. Ich höre ein Hecheln, und als ich die Augen aufmache, sitzt Pumba neben mir, wie um es mir gleichzutun. Aber sie ist ein schwarzer Hund, schwarze Hunde mögen eigentlich keine Sonne, und zuerst denke ich, ihre Gier gilt nicht den Strahlen, sondern den Schmackos in meiner Jackentasche. Doch dann sehe ich sie blinzeln und begreife, es geht ihr wirklich wie mir. Eine kleine Art von Geburt.

»Genießt du das, meine Kleine?«, frage ich. Sie schüttelt sich, dass die Ohren schlackernd gegen den Schädel schlagen. Vielleicht ist das ein Ja. Pumba ist alles andere als klein, manche würden gar sagen, sie sei ein stattlicher Hund, aber wir nennen sie eben so, auch weil ihre Brüder viel größer sind.

Langsam setzt sich unser Zweierteam wieder in Marsch. Ein goldener Schleier liegt über den Bäumen, in deren eisüberzogenen Ästen sich das Licht tausendfach bricht. Es geht kein Wind, doch genau dies ist der Moment, von dem ich am Abend sagen werde, er sei es gewesen, in dem sich alles gewendet habe. Seitdem sind wir wieder zurück. Seitdem bin ich wieder segelfähig. Zu Hause nehme ich mir ein Buch zum Segeltrimm und kämpfe mich durch Auftriebskräfte und Widerstands-Theorien. Pure Physik. Purer Irrsinn. Trotzdem behalte ich ein bisschen was. Ich bin endlich wieder in Kampfeslaune, und in Kampfeslaune strebt man nicht unbedingt einen klaren, rauschenden Sieg an, es reicht ein knapper, zäh errungener. Das sind die schönsten.

4

LIV INS WASSER zu hieven: Dieser Tag rückt verdammt schnell näher. Mitte März sehe ich den letzten traurigen, schmutzigen Restberg Schnee. So schreibe ich:

> *Hej Danny, können wir den 6. April schon mal reservieren? Weil da sind unsere Freunde im Lande, und meine Schwiegerelten passen auf unseren Sohn auf, halb Süddeutschland kommt hoch in den Norden, das müsste bitte schön klappen.*

Der Hafenmeister könne noch nichts sagen, antwortet Danny, oder er wolle nichts sagen, man wisse das ja nie bei Hafenmeistern, jedenfalls sei das Hafenbecken noch so zugefroren, dass man Eishockey darauf spielen könne, *ruft Ende März wieder an, okay?*

Es wird ein Geduldsspiel werden, daran ist nichts mehr zu deuten. Zur Einstimmung lese ich den Bildband der Shackleton-Expedition, die Anfang 1915 in der Antarktis im Packeis strandete und von Pinguinfleisch und Robbensteaks lebte, ein Haufen harter Herren, die sich schließlich selbst retteten. Die Fotografien sind wie aus Silber gestochen, die Männer schauen dich an, als sähen sie in dein Innerstes. Es ist fast hundert Jahre her, und ich betrachte sie mir genauer. Welches Ölzeug denn das richtige sein könnte, treibt mich derzeit um, und diese Kerle hatten nichts als dicht gewebte Wolle, die sich vollsog und niemals mehr trocknete. Ihre Schlafsäcke waren immerfort nass. Aber sie hielten durch. Unvorstellbare zweieinhalb Jahre lang. Und ich überlege, ob wir die sechzig Seemeilen im April überstehen werden. Was sind wir für Weicheier! Aber ich kann nichts dafür. Man hat mich gewarnt.

Gerade erst hatte ich den Alten am Telefon, der lachte, als er hörte, wann wir fahren wollen, und nichts mehr sagte. Ich war mir nicht sicher, ob er aufgelegt hatte – dann endlich drang sein Organ durch den Hörer. »Das geht schon. Ihr müsst aber gutes Wetter haben. Wenn ihr Wind von Westen habt, wird das brutal. Das Wasser hat vielleicht drei, vier Grad, das wird 'ne eiskalte Veranstaltung.«

Und der Kapitän? Der rief nur: »Hohoho!« Im November hatte er seine Atina aus Dänemark an die Elbe gebracht, bei Windstärke sieben und Minusgraden, es war der Ritt seines Lebens, wie er sagte, aber hart an der Grenze. »Das ist kein Vergnügen«, warnte er mich, und wenn der Kapitän das sagt, ist das wirklich kein Vergnügen, denn er empfindet noch viel länger Vergnügen als meinereiner. Ich bin nicht so tolerant, was die Vergnügungsgrenze angeht.

Von einem Internetversand für Anglerbedarf hatte sich der Kapitän einen Überlebensanzug besorgt, einen dieser *floating suits*, wie ihn auch Männer von Bohrinseln tragen. »Das Dinge ziehste an«, schwärmte er am Telefon, »und du steckst in einem Hochofen, furztrocken, selbst wenn du dich unter die Niagara-Fälle stellst. Aber wehe, es kommt die Sonne raus und wärmt ein bisschen. Dann darfst du nur noch ein T-Shirt drunter anhaben, sonst grillt dich das Ding bei lebendigem

Leib. Das Zeugs ist natürlich nicht atmungsaktiv, aber die atmungsaktiven Anzüge kannst du ja nicht bezahlen, die Hersteller scheinen zu meinen, dass Segler reich sind. Und die billigen Segelanzüge werden undicht; du sitzt im kalten Wasser und holst dir den Tod und verfluchst dich, dass du so viel Geld gespart hast.« So sprach der Kapitän.

Ein *floating suit* kommt uns jedoch nicht in die Tüte. Wir sind ja Sonnensegler, und hoffen zu müssen, dass die Sonne nicht rauskommt ... Nee.

Von allen Seiten Skepsis. Alle, die ich kenne, alle, die ich schätze, raten uns ab. Sie haben die Tour selbst mehrmals gemacht: herrliche Landschaft! Aber die Freundin des Tramps schaudert es schon in Gedanken, wenn sie an den gewundenen Flaschenhals von Middelfart denkt, »die Strömung, die Wellen!«, seufzt sie. Der Alte wiederum ist sogar mal an einem schönen Morgen von unserem Hafen bis ganz hinauf gesegelt, zwölf Stunden stramme Alleinfahrt. Aber das war im Sommer. Im April, da ist auf See noch Winter, das heißt eisbestäubte Gischt, das heißt klamme Finger, ein Atem, der klirrend wegspringt, das heißt frieren und fluchen und sich fragen, warum man diesen ganzen Scheiß verflixt noch mal macht.

»Dann musst du eine gute Antwort haben«, sagt der Tramp.

Ja, warum? Vielleicht habe ich diese Frage bisher vernachlässigt. Es ist auch ein wenig unangenehm, in sich selbst zu forschen, warum man macht, was man macht, warum man träumt, wovon man träumt. Die Antworten können unbequem sein oder, viel schlimmer, einfältig klingen. Vor wem fliehst du?, frage ich mich. Oder fliehst du gar nicht, sondern willst nur wohin? Aber wohin? Wem willst du was beweisen? Wer bist du, dass du deine Familie da hineinziehst? Es gibt Nächte, da wache ich auf von diesen Fragen. Sie quälen mich nicht gerade, aber seien wir ehrlich, manchmal schon.

Es gibt keine gute Antwort darauf. Ich will es einfach. Ich sehe mich mit fünfzig Jahren segelnd. Ich will das können. Ich will das Meer so gut verstehen lernen, wie man ein Meer verstehen kann. Vielleicht mich selbst ja auch. Ich bin zu gerne am Meer, um es nicht zu tun. Ich will Teil des Ganzen werden, nicht mehr nur Beobachter sein. Es geht darum, mehr mit mir selbst ins Reine zu kommen, und ein Segelboot erscheint mir als ein guter Platz dafür. Außerdem liebe ich Geschichten, die auf See spielen, und ich will selbst Geschichten erleben. Nur darum geht es im Leben, wie meine Mutter immer sagt: Erinnerungen zu schaffen. Also auch deswegen segele ich. Um mich später daran erinnern zu können. Ja, so könnte man das sagen. Es geht mir nicht darum, was auf meinem Grabstein steht, wenn es soweit ist. Ich sehe mich nur eines Tages in vielen Jahren in einem alten ledernen Sessel sitzen (so ein englischer Chesterfield-Sessel wäre schön), die Füße hoch, vom Kamin beglüht, in der Hand einen Drink. Ich schaue zum Fenster raus, denke an die Tage auf See und weiß, dass es gut ist.

Peter Fox hat aus meinem Traum ein Lied gemacht, es heißt »Das Haus am See«. Ich war froh, als ich es das erste Mal hörte. Es ist genau richtig.

»Ich bin lieber Asche als Staub«, hat Jack London geschrieben. Das ist nun ein wenig groß geraten, was mich betrifft. Aber klar ist, dass einem das Leben da draußen, die Kollegen, die Jobs, die Freunde, man sich selbst mit jedem Tag das Feuer mehr und mehr auszutreten versucht. Wo ein Funke, da ein Tritt, und du musst verdammt aufpassen, dass du nicht irgendwann an der kalten Glut sitzt, die mal dein Leben war, und zum Schluss, ohne dass du's merkst, zu Staub zerfällst. Ich bin nun auch kein Mann für eine Explosion, ich muss nicht meine Überbleibsel in den Himmel geschossen bekommen wie der Schriftsteller Hunter S. Thompson. Das ist eine Theatralik, die mir ins Leere zu zielen scheint, und ein früher Tod käme mir recht unbehaglich. Das hat seit Neuestem auch damit zu tun, dass unser Sohn auf der Welt ist. Kinder haben ein Recht auf Eltern, die sich nicht zu Asche machen. (Als Erstes werden wir daher die Gasanlage von Bord schmeißen, wenn die zicken sollte.)

5

EINE WOCHE SONNE reicht, und alles ist vergessen. Vielleicht ist es eine Frage des Alters, dass die Ideen wie wild sprießen, wenn einem die ersten warmen Strahlen auf die Rübe brutzeln. Pumba ist ganz aus dem Häuschen, sie rennt im Kreis herum, bis ihr die Zunge heraushängt. Nach was es da draußen alles riecht! Unser Sohn entschließt sich, die Welt von nun an auch aus der dritten Dimension zu betrachten, er zieht sich an allen Kanten und Ecken hoch und steht da wie der Koloss von Rhodos, bis er, weil er vergisst, sich festzuhalten, rumpelnd in sich zusammensackt wie ein Kartenhaus. Große Augen, weiter geht's.

Danny am Telefon. »Drei Boote stehen hinter uns«, berichtet er, »ich weiß nicht, ob wir den 6. April halten können. Der Hafenmeister sagte erst, es sei zu viel Eis da, und jetzt sagte er, es müssten erst die anderen Boote weg.«

»Und bis wann müssen die im Wasser sein?«, frage ich.

»Bis zum 15. April. Solange dürfen die machen, was sie wollen.«

Dreck. Kruzifix. Ich denke an meine Schwiegereltern, die nach Hamburg kommen werden, um auf unseren Sohn aufzupassen, an unsere Tübinger Freunde Wencke und Pit, den Skipper, die ihren Urlaub nicht verlegen können. Ich erkundige mich, ob dies womöglich, wenn man sich näher mit dem Hafenmeister befasste, eine Frage des Preises sei? Denn zur Hecke noch eins, ich liefe bei einem Sturm nicht aus, oder wenn ein Eisberg die Ausfahrt versperrte, würde ich sagen: einverstanden, überzeugt mich. Aber was mich als Grund des Scheiterns nicht überzeugt, sind drei im Weg stehende Boote, deren Eigner in der Nase bohren, während wir mit den Hufen scharren.

Anna ist entsetzt, wie leichtfertig ich bereit bin, dafür zu bezahlen, dass uns die Bahn freigeräumt wird, aber mir ist es egal. Wenn wir scheitern würden, dann an den Naturgewalten. An einer rot gefrorenen Nase, an Wellen, die uns Angst machen, an Fingern, die abfallen, am hohen Singen im Rigg, das zu einem Stöhnen wird, weil sich so Stürme anhören. Habe ich gelesen. Ich habe eh viel gelesen über Stürme. Vielleicht zu viel. Seit Sebastian Junger weiß ich, dass es, wenn dich eine Welle überrollt, kein Problem ist, wenn um dich das Wasser weiß ist, dass es aber sehr wohl ein Problem ist, wenn es grün ist. Und das bezog Junger auf ein Schwertfischer-Boot mit geschlossenen Aufbauten, nicht auf unsere Liv. Und hat man je von einem Shackleton gehört, der mit seinem Schiff im Stau stand?

Kurz vor unserer Abfahrt feiert die Freundin von Schwarz einen runden Geburtstag an den Landungsbrücken. Es ist eine Party mit Bier aus Flaschen, lauter Musik und vielen Menschen, die sich freuen, andere Menschen zu treffen. Vor den Fenstern fließt die Elbe vorbei, ihre Wellen zerren an den Lichtern des Hafens und tätscheln sie auch. Einmal, mein Gegenüber ist gerade an einem interessanten Punkt – er will systematisch ausführen, warum Schalke dieses Jahr ganz sicher Meister werde –, schiebt sich langsam ein Kreuzfahrtschiff vorüber, wie ein Hochhaus auf unsichtbaren Schienen, doch für einen Moment ist es mir, als wären wir es, die sich bewegten, als hätten wir abgelegt mit unseren Landungsbrücken und trieben hinaus in die mit Eisschollen übersäte Nordsee.

Aber nichts dergleichen. Schwarz hat ein seliges Lächeln im Gesicht, und wir schlagen uns im Vorbeigehen auf die Schulter, weil es mehr nicht zu sagen gibt. Der Tramp steht rauchend an der Wand und erläutert, wie er sein Boot demnächst sommerklar machen wird, drei Wochenenden in Folge ran. »Das Unterschiff, die Aufbauten, der Mast, Ende April bin ich soweit«, sagt er. »Die Frage ist nur, ob das klappt mit den Wochenenden. Egal, selbst Ende April ist es nach solchen Wintern immer noch so kalt wie im Arsch einer Frostbeule.«

Der Alte ist natürlich auch da. Ich habe keine Chance und will auch keine haben. Der Alte erspäht mich sofort im Gewühl und fragt als Erstes, wann es losgehe. Kaum habe ich etwas von »Mal schauen, Hafenmeister stellt sich quer« gemurmelt, da setzt er sich an eine Bierbank, organisiert von irgendwoher einen Stift und fängt an, etwas auf eine Serviette zu malen. Die Risszeichnung eines Bootes, oder besser: den Hintern seiner Commander, meiner Commander, und durch den Lärm und die Musik ahne ich, dass er mich vor dem seitlich dicken Bauch meines Schiffes warnt.

»Du hast einen schönen dunkelblauen Lack«, sagt er, »und an einem dunkelblauen Lack sehen weiße Kratzer besonders scheiße aus.«

Ich nicke. Als Bote Hiobs hat der Mann Begabung.

»Du brauchst zwei Langfender«, fährt er fort, »damit du nicht gegen die Pfähle schrammst. Ganz leicht zu bauen, kannst dir angucken auf meinem Boot. Holst dir so Heizungsummantelungen aus dem Baumarkt und Polypropylen-Leinen, nicht mehr als fünfzehn Millimeter. Und du brauchst 'ne Plastikscheibe und ziehst die Leine durch den Mantel und machst einen dicken Knoten, damit sie nicht durchrutschen kann, und schon hast du einen Puffer auf den Hüften sitzen.«

Sagen wir so: Das ist die Kurzversion. Wir sitzen da wohl eine halbe Stunde über die Serviette gebeugt, mein Ohr an seinem Mund, so lange, dass Anna mich suchen kommt. Als sie sieht, was wir machen, lacht sie, weil sie sich vorstellt, wie ich mir den meterlangen Fender mit eigenen Händen zusammenbasteln werde.

»Und bitte die Jungs von North Sails, ob sie dir nicht einen Überzug aus Segeltuch machen können, ein Kondom, sonst rubbelt das zu schnell ab, das Zeugs.«

»Frag ich«, sag ich. Keine Ahnung, ob Danny selbst sich so was gebastelt hat, kann mich nicht dran erinnern. Die Serviette stecke ich ein, als Erinnerungsstütze, als Dokument des fortgeschrittenen Stadiums. Wenn ich mir über Hüftfender Gedanken mache, bin ich kurz vor dem Ziel, oder etwa nicht?

An diesem Abend ist auch jemand da, den ich persönlich vorstellen sollte. Die Frau des Alten. Eine nicht sehr groß gewachsene, wortgewaltige Alpenländerin, womit sie aber nur höchst unzureichend beschrieben ist. Eine erstaunliche Journalistin obendrein, die die größten Preise unseres Landes gewonnen hat. Deutsch ist nicht ihre Muttersprache, aber sie kann Wörter, die kann keiner, den ich kenne. Wenn sie das Wort »Intensität« ausspricht, hängt es ganz kurz wie von selbst im Raum, freihändig, und leuchtet vor... Intensität. Das kann sie. Wörter sind ihr wichtig, und so entsetzt sie die Vorstellung, als die Rede darauf kommt, dass ihr Mann von manchen Menschen heimlich »der Alte« genannt wird.

Der Alte kommt dazu und lacht sein berüchtigtes Lachen.

Ich fange an, irgendwas zu stottern, vom einzig passenden Kosenamen und so.

»Aber ›der Alte‹ klingt so alt«, protestiert sie. »Nennt ihn doch ›den Kapitän‹. *Il Capitano.*«

»›Der Alte‹«, springt in dieser Sekunde rettend der Tramp herbei, »so wurde früher auf U-Booten auch der Kommandant genannt. Jürgen Prochnow in ›Das Boot‹, der Alte, dabei war der auch nicht alt.«

»Das ist ein Ehrentitel«, wirft Anna ein, die Gewitter schneller wittert als ich.

»Ein Ehrentitel«, wiederhole ich.

Ich spüre den Alten neben mir lachen. Ich spüre es nur, denn die Musik ist so laut.

»Und was glaubst du, wie nennen wir dich manchmal, heimlich?«, fragt der Tramp die Frau des Alten. Eben noch hat er mich gerettet, jetzt stößt er mir den Dolch in den Leib.

»Mich?«, fragt sie spitz zurück.

»Och«, sage ich zu niemandem bestimmten. »Nur manchmal, wenn uns danach ist.«

»Und wann ist euch danach?« Sie hat diesen Hang, schneller zu fragen, als man selbst denken kann. Ich fühle mich selten zu langsam für diese Welt, hin und wieder aber schon.

»*La Bella*«, deklamiert der Tramp großspurig, er hat den Dolch wieder herausgezogen, *grazie.*

»*La Bella*«, sage ich, »die den größten aller Sätze geschmiedet hat: Segeln ist Ballett mit dem Tod.«

»Das sagt wer noch mal?« Sie zieht die Augenbrauen hoch. *O sole mio*, sie kann sehr gut die Augenbrauen hochziehen. Drüber kommt nur noch der Nordpol.

»Die Alte des Alten?«, schlage ich vor.

Der Alte und der Tramp brüllen vor Lachen. Und sie lacht auch. Uff!

»Nennt ihn wenigstens ›de Ol‹«, sagt sie weich. »Wie auf Plattdeutsch. Guck ihn dir doch an, das passt doch wunderbar. De Ol. Das hat auch was Seemännisches.«

»De Ol. Das passt«, stimme ich zu. »Gute Idee. Und dich, dich nennen wir ...«

»Olla!«, schreit der Tramp begeistert.

Sie lacht. De Ol lacht auch, bestens.

»Ich hab's«, setze ich noch eins drauf. »La Bella Olla!« Es gibt ein lautes Hallo; einem Tontechniker haute es die Ohren raus, wenn er versuchte, ein solches Hallo aufzunehmen. Als wir gehen, drücken wir de Ol und seine Bella Olla, als hätten wir gemeinsam was erfunden.

6

MONTAGS FRÜH um zehn vor acht schlafe ich gewöhnlich nicht mehr, aber es ist dies auch nicht meine stärkste Zeit. Ich schlurfe ans Handy, das geklingelt hat. Danny, steht auf dem Display, und ich habe noch nicht mal einen Schluck Kaffee intus.

»Am Dienstag jener Woche wird es nichts«, teilt Danny mir mit, »und auch am Mittwoch nicht, erst am Donnerstag, halb drei, und wenn wir Pech haben, verzögert sich alles noch. Der Hafenmeister sagt, er könne nichts machen. Ich habe ihm eure Situation erzählt, aber er hat einfach nicht zugehört. Hat ihn gar nicht interessiert.«

»Aber hatte er nicht angeboten, dass er die anderen Boote aus dem Weg schafft, wenn wir das bezahlen?«

»Wollte er nichts mehr von wissen. Komischer Vogel, der Hafenmeister.«

»Nicht sehr hilfreich jedenfalls. Herrgott!« Ich überlege. »Okay, das heißt, wir müssen Donnerstagnachmittag alles fertig machen und hätten den Freitag und den halben Samstag. Unsere Freunde müssen am Montag wieder arbeiten, und von Dänemark hinunter nach Tübingen ist es eine ganz schöne Ecke.« Das wird nicht gehen, begreife ich. Shackleton scheitert am Hafenmeister. »Dann dürfte nichts schiefgehen. Nicht mal Pech mit dem Wetter dürften wir haben.«

»Eine Möglichkeit gibt es noch«, meint Danny. »Vielleicht ...«

»Ja?«

»Ich frage meinen früheren Boss, was das kostet, wenn er mit seinem Kran angerückt kommt.«

»Hat der einen eigenen Kran am Hafen stehen?«

»Nee, der Kran ist auf dem Truck, und er fährt den Truck da ran und hievt das Boot über alle anderen hinaus.«

»Echt?«

»Soll ich ihn fragen, was es kostet? Mir hat er damals fünfzehnhundert Kronen berechnet, fast zweihundert Euro, für den Transport in die Halle. Vielleicht macht er es für dich günstiger. Muss ja nur raus und schwupps ins Wasser.«

»Und was, wenn er das Boot fallen lässt? Wenn Liv von oben auf drei andere Boote kracht, was dann?«

»Das passiert nicht.« Irgendwas scheint ihn an meiner Frage zu belustigen. »Niemals.«

Wir verbleiben, dass er mit seinem früheren Boss reden wolle – wobei der Boss und er im Unfrieden geschieden sind, weshalb ich nicht damit rechne, dass es klappen wird. Aber mir gefällt der Gedanke, dass da ein riesenhafter Kran angerauscht kommt und vor den Augen des Hafenmeisters anfängt, unser Boot aus dem Gewusel herauszuhieven. Nach allem, was ich über Hafenmeister erfahren habe, kann ich mir nicht vorstellen, dass es einem Hafenmeister gefallen würde, und dem Herren von Bogense erst recht nicht.

Zwei Tage später meldet sich Danny wieder, ich kann durchs Telefon sehen, wie er den Kopf schüttelt. »Ich hab die Sache mit dem Kran abgesagt«, erzählt er. »Er verlangte achtzehnhundert Kronen.«

»Mehr als zwohundertfünfzig Euro! Nee.«

»Pro Stunde. Und die Uhr tickt von der Sekunde an, wo er seine Fabrik verlässt, zwanzig Minuten vom Hafen weg.«

»Also Donnerstagnachmittag. Das wird verdammt eng«.

»Yeah. Aber wenn es dich beruhigt …«

»Beruhige mich«, murmele ich. Am liebsten würde ich das Handy in die Elbe werfen. Die Sonne geht gerade golden über den Landungsbrücken unter, die Boote im City Sporthafen schaukeln in der Strömung, als lachten sie mich aus. Zuweilen liebe ich das Gefühl, wenn sich alle Dinge gegen mich verschworen zu haben scheinen, es hilft sehr, klar zu werden. In dieser Angelegenheit jedoch hätte ich gerne darauf verzichtet. Sie vermag einen eh schon von innen auszuhöhlen. Vor der bevorstehenden Fahrt habe ich einen höllischen Respekt; einer Weltverschwörung zu unseren Lasten, zu der ich außerdem allenfalls geringen Anlass sehe, würde ich mich nur widerwillig stellen.

»Wenn ihr mögt«, fährt Danny fort, »könnt ihr Liv bis Juni in Bogense lassen, der Platz ist solange bezahlt.«

»Das …«, ich stutze kurz, »das ist eine gute Nachricht. Das ist vielleicht sogar die Lösung.«

»Falls es einfach nächste Woche nicht klappen sollte.«

»Ja, falls es ums Verrecken nicht klappen sollte.«

Als wir uns verabschieden, trete ich trotzdem gegen die orangefarbene Box, die auf dem Bahnsteig steht. Streugut. Ich habe genug von Streugut.

7

ANNA KOMMT EIN PAAR TAGE später mit unserem Sohn
im Büro vorbei; allenthalben werden seine dicken Backen bewundert, und ich bin sehr stolz auf seine Backen, nenne sie
Familienerbstück. Zu den langen Wimpern fällt mir aber
nichts ein. Es ist der Tag der Tage, Besuch beim Ausstatter.
Auf dem Weg zu A. W. Niemeyer schläft unser Sohn friedlich,
und er schläft auch noch, als wir Ölzeug anprobieren. Früher
ölten die Seeleute ihre Jacken, damit das Wasser abperlte. Das
Zeug ist heutzutage, was man atmungsaktiv nennt, und man
wird, wenn man sich darunter ordnungsgemäß im Zwiebel-
schalenprinzip angezogen hat, keineswegs mehr ölig. Natürlich gibt es ganz verschiedene Preisklassen. Es gibt Luxusöl-
zeug, mit dem man durch den Atlantik schwimmen könnte,
ohne im Schritt auch nur ein Dröppchen nass zu werden, und
Turboölzeug, das doppelt so viel kostet. In dem käme man
genauso trocken durch den Ozean, aber dabei besäße man
noch den unschätzbaren Vorteil, dass ein stilisierter Puma am
Revers heftete.

Mit solchen Preisklassen geben wir uns erst gar nicht ab. Es
ist ohnehin kein Nachteil, den eigenen Erben in so einem Geschäft dabei zu haben. Man könnte Millionen anlegen in
nützliche Dinge, in Schäkel und Glöckchen und Fähnchen.

In der Ölzeug-Frage finden wir kompetente Beratung in
Form einer blonden Dame in den Vierzigern, die eine Art
pflegt, die man sonst eher hinter Tresen matt beleuchteter
Spelunken antrifft. Eine Seglerbraut. Sie duzt uns nach zwei
Sekunden, nach einer Minute hat sie Anna einmal »Schätz-
chen« genannt und unseren Sohn »Wonneproppen«.

Mein ganzes mühsam angelesenes Wissen über Offshore-,
Coastal- und Inshore-Klamotten, wie viel Wassersäule eine
Jacke vertragen muss und wo man in freier Wildbahn Wasser-
säulen findet, stellt sich wie erwartet als völlig nutzlos heraus.
Die Bardame fragt uns, wo wir segeln werden, ich antworte
wahrheitsgemäß: »Dänische Südsee«, was Bardamen seit je-

her mäßig beeindruckt, und kurze Zeit später stehe ich da in meinem runtergesetzten Ölzeug von Musto. Musto ist der Mercedes unter den Ölzeugs, ich nehme die A-Klasse. Das wäre geschafft. Ich habe schon keine Lust mehr. Und unser Sohn beginnt sich zu räkeln. Das ist die gefährlichste Phase – wenn er jetzt aufwacht, müssen wir uns beeilen.

Die Stiefel! Die fehlen ja noch. Das vermutlich größte Rätsel der seefahrenden Menschheit: Wie oft braucht man Segelstiefel? Wie schlimm wird es sein, vielleicht ein bisschen an den Zehen zu frieren? Oder, falls die Stiefel eher ein unbehagliches Binnenklima bevorzugen, im eigenen Saft zu waten? Was ist uns der eine Moment wert, der ja leider in diesem Moment die ganze Welt bedeuten könnte? Wird sich an den Stiefeln entscheiden, ob wir die Fahrt genießen oder verfluchen werden? Aber gute Stiefel kosten, meine Herrn! Mike hatte gesagt: »Nimm welche mit Leder, nur die taugen was«, aber die billigsten fangen bei hundert Euro an. Und die muss man zwei Nummern größer nehmen, weil sie so klein ausfallen. Und anschließend steht man drin wie in einem Wattebausch. Soll das so sein? Man weiß es nicht. Der weit billigere Thermo-Gummistiefel scheint nicht die bessere Wahl, das ist die Mutter aller Wattebäusche, und man kann sich problemlos vorstellen, was die Füße ausbrüten werden in so einem Stiefel. Und sie bleiben ja an Bord. Sind schon Geruchsmotoren erfunden?

Unser Sohn quäkt, er will raus, herumrobben in der Stiefel-Abteilung. Die teuren Schuhe probiere ich gar nicht erst an, sonst passiert, was immer passiert: Man verliebt sich in das, was unerschwinglich ist. Es ist zwar nur ein Stiefel, aber so ein Stiefel duftet ja nach viel mehr als nur nach Leder und Sohle – nach einem potenziellen anderen Leben als Mann. Anna schlägt die Hände überm Kopf zusammen, als ich ihr ausbreite, welche Gedanken mich plagen. »Jetzt nimm halt die.« Sie deutet auf die billigsten Ledertreter. »Genau mit denen wird das Ganze doch enden. Kürz die Sache ab.« Sie selbst habe entschieden, ihre Winterstiefel zu nehmen, die seien atmungsaktiv, formschön und wasserdicht.

»Und was ist mit der Sohle?«, werfe ich ein.

»Was soll mit der Sohle sein?«, fragt sie, aber an einer fachkundigen Antwort scheint sie mir nicht interessiert.

Es endet für mich, wie es immer endet – mit dem gemeinen Kompromiss, den Anna sofort vorgeschlagen hatte. Die blauen, nach Gummi riechenden Thermo-Öfen schiebe ich zur Seite, sodass unser Sohn ein bisschen an den Schäften herumkauen kann, und entscheide mich, bevor er sie durchgenagt hat, für, nun ja: die billigsten Ledertreter. Ausgezehrt und ausgebrannt führt mich meine Familie zur Kasse. Dort ziehe ich mir aus Protest ein Eis. Mein Sohn schaut uns an, als hätte er auch gern eins, aber mit eins gibt's noch keins. Anna schlotzt bei mir mit, ich klemme das Ölzeug und die Stiefel untern einen Arm und Sohnemann untern anderen. Einkaufen gehen ist schlimmer als seekrank sein.

Die beiden liefern mich an der U-Bahn ab und fahren samt duftender Stiefel nach Hause. Auf dem Bahnsteig Baumwall erreicht mich eine SMS. Ich sollte da ein Büro einrichten. Guter Blick. Nah am Wasser. Vielleicht etwas zugig. Lange Nachricht unserer Freunde Pit und Wencke, dass sie nächste Woche nun doch nicht kommen. Würde alles zu eng, Donnerstagmittag los, da dürfte nichts schiefgehen, und dafür 1600 Kilometer fahren? Ich kann sie voll und ganz verstehen, bin aber auch enttäuscht. Unsere perfekt geplante Woche macht sich wie von selbst vom Acker. Ich ermahne mich: So ist Segeln. Man kann nichts planen. Man muss demütig werden. Demütig bleiben. Und gelassen. Immer einen Alternativplan haben, immer mitdenken, was wäre, wenn? Das ist eine gute Schule, die wir da besuchen, schon vor dem ersten Törn.

SIEBEN

MAST HOCH

1

UNSER SOHN ERKLIMMT seinen Großvater, Pumba jagt
schon seit gestern mit ihrem heimatlichen Rudel in der Heide
herum – wir können los. Vollgepackt bis unters Dach ist unser
Passat; das Großsegel durchschneidet den Karren der ganzen
Länge nach, dazu Schlafsäcke und Wanten, Vorsegel und Farb-
eimer, die Pinne, nicht zu vergessen die Pinne! Hätte sie am
Morgen aber fast vergessen, sie stand in einer Kellerecke herum, als würde sie gar nicht mitwollen.

Zwölf Grad in Hamburg, neun Grad in Bogense, ein milder
Tag, noch nicht ganz Frühling, aber schon weit weg vom Winter. Drei Stunden leise Fahrt. Die Marina in Bogense streckt
sich und räkelt sich. Ein paar Dänen, immer sind es Männer,
fast alle mit grauem Haar, werkeln an ihren Masten. Erst wenige Boote im Wasser. Eine leichte Brise weht. Liv steht am
Parkplatz, ganz vorne rechts, trutzig und tapfer, wie wir sie
vor fast einem halben Jahr zurückgelassen haben. Danny hat
die Plane bereits entfernt, das Unterwasserschiff gestrichen.
Sie sieht gut aus, nur ganz hinten, am herausstehenden Heck,
dem Spiegel, kleben weiße Farbspäne, vermutlich vom Nachbarn in einer wilden Aktion herübergepustet. Wir warten.
Anna betrachtet mich eingehend.

»Du siehst in deiner knallroten Jacke aus …«, fängt sie an.

»Wie denn?«, will ich wissen.

»Sie sieht halt sehr neu aus. Als hättest du sie gerade erst
gekauft.«

»Hab ich ja auch.«

»Und da steht so groß Musto hintendrauf, da sieht aus, als
hättest du's nötig, so 'ne Marke herzuzeigen.«

»Hm«, mache ich beleidigt. Die Jacke saß sofort wie angegossen und war kaum teurer als die Eigenmarke von Niemeyer,
die bei unseren Freunden so schnell leck geworden war.

»Du siehst aus wie einer dieser Radfahrer, die sich immer im Telekom-Trikot auf ihr Rad setzen«, fährt Anna fort. »Die, bei denen das Trikot an den Hüften spannt, sodass man denkt, da trainiert Jan Ullrich aufs Comeback.«

Ich schweige. Der Klettverschluss knirscht und ziept unter meinen unbehaglichen Bewegungen. Anna hat eine North-face-Jacke an, die ihr vor Jahren auch nicht nachgeschmissen wurde, aber sie hat Fortune – weil die Jacke nicht mehr neu aussieht, kommt sie wie eine Frau daher, die nicht erst seit heute Boote auf einem Parkplatz anglotzt. Und die einzige Frau weit und breit ist sie darüber hinaus. Ich schaue auf meine flachen Lederschuhe, Sonderangebot, Timberland, sehr bequem, aber sie glänzen, als kämen sie direkt aus der Pro-duktionshalle.

»Meine Schuhe reißen den Auftritt auch nicht grade raus«, brummele ich.

Anna hat Sneaker an, die genau in diesem phantastischen Alter sind, in dem Schuhe voll eingetreten, aber nicht abge-latscht aussehen. Und eine bootstaugliche Sohle haben sie obendrein. Als Anna meine Timberlands beäugt, treibt ein Schmunzeln über ihr Gesicht. Sie schüttelt den Kopf. »Ein Desaster.«

»Falsch. Endlich fühle ich mich angezogen, als könnte es wirklich losgehen. Im Sommer hättest du mich sehen sollen, das war wirklich ein Desaster.«

Sie schüttelt nochmals den Kopf. »Einfach nur peinlich.«

Wir sind mit so viel zeitlichem Puffer gekommen, dass wir hinüber in die Stadt schlendern. Bogense schläft zur Mittags-zeit, die Geschäfte sind geöffnet, aber kaum Menschen auf der Straße. In »Erik Menveds Kro«, Bogenses ältestem Gasthaus, reichen sie die Hamburger in Sondergröße, aber richtig Appe-tit habe ich nicht. Da ist wieder dieses Gefühl im Magen, ein Expeditionsgefühl, ein Auf-dünnem-Eis-Gefühl, ein Mond-fahrtsgefühl, dass es gleich losgeht, dass dies nicht unsere, nicht meine Welt ist, dass wir die Regeln nicht beherrschen, dass wir Lernende sind und möglichst rasch lernen sollten, um das alles hinzukriegen. Denn Segeln verzeiht nicht viele Fehler oder zumindest keine groben. Dabei lernt man durch Fehler am schnellsten.

An diesem Nachmittag werde ich den ersten Anleger meines Lebens versemmeln und fast ein anderes Boot versenken. Ich werde stundenlang im kalten Wind stehen und einem schweigsamen Mann zusehen, wie er Wanten spannt und Leinen prüft. Anna wird sich ins Auto verziehen, weil die Sonne noch nicht so wärmt. Und am Ende des Tages werden wir wieder bei Erik Menved landen und ein Club Sandwich futtern und erschlagen sein.

Nein, nicht am Ende des Tages. Am Ende sitzen wir in Livs Bauch und schlürfen griechischen Rotwein und lauschen dem Rauschen der Eberspächer Dieselheizung, während draußen eine kalte, sternenklare Nacht aufzieht, und wir werden uns in der Koje vorne verkriechen und uns die Köpfe anhauen und die Schultern rammen und glücklich sein unterm Knirschen der Leinen.

Aber bis zum Glück ist es noch ein ganzes Weilchen.

Von den Blödmänner-Booten, die unsere Ausfahrt blockierten, ist weit und breit nichts mehr zu sehen, dieses Problem hat sich in Luft aufgelöst. Unser Krantermin ist auf halb drei gebucht, wir haben uns mit Danny auf zwei verabredet. Wer um zwei um die Ecke biegt, ist der Kran mit seinen beiden Kranführern, die sich sofort an Liv heranmachen wollen, aber ich fahre energisch dazwischen.

»Danny fehlt«, teile ich ihnen auf Englisch mit, »*the former owner.*«

»*The former owner?*«, wiederholt der freundliche der beiden Kranführer; der andere guckt auf seinen Schalthebel oder Gashebel oder was immer das ist. »Was meinen Sie damit?«

»Der Mann, von dem ich die Yacht gekauft habe.«

»Oh«, erwidert der nette Kranführer, »ich verstehe. Der Mann, der weiß, was zu tun ist.«

Verlegen stimme ich in sein Lachen ein, wahrscheinlich hat er keine Ahnung, wie recht er hat. Die beiden ziehen ab und schnappen sich den Nachbarn.

Als sie abgedampft sind, kramen Anna und ich eine kurze Leine hervor. Schnell noch mal die Knoten. Ohne Knoten geht ja nichts, am Knoten erkennst du den Laien, wenigstens an den Knoten darf es nicht scheitern. Hätte man allerdings auch zu Hause üben können, im Winter, sagen wir, falls es draußen mal Eis gehabt hätte.

»Wie geht noch mal der Palstek?«, fragt Anna. Murmelnd fummelt sie sich was zurecht. »Das Krokodil springt durch den Teich um die Palme und wieder zurück, war doch so?«

Ich nicke.

»Aber was war noch mal der Teich und was das Krokodil?«

Ich deute auf die Schlinge und das Ende der Leine.

»Und woran ziehe ich, wenn das Krokodil wieder im Teich ist?«

Ratlos schauen wir uns an. Versuchen und probieren, aber entweder fällt das Krokodil aus dem Teich, oder der Baum geht auf Wanderschaft, oder es bildet sich wie von selbst ein kunstvoll verschlungener Knoten, der sich beim geringsten Zug unerklärlich rasch vaporisiert – das Gegenteil eines guten Knotens.

Ich packe das spröde Lehrbuch »Sportbootführerschein See« aus, das mir im vorigen Juni an der dänischen Nordseeküste die Nachtstunden vergoldet hatte. Knotenkunde. Zur Knotenkunde gehören Zeichnungen, die man als Individuum erst versteht, wenn man zu zweit die Skizze kopfüber und kopfunter gehalten, seinen Hals um neunzig Grad gebogen, sich dabei halb ausgerenkt, in der Gegenbewegung den Kopf an den des anderen gebumst, das Lehrbuch aufgeschlagen auf das Dach des Passat geknallt und endlich selbst die Leine erobert hat. Nach fünf Versuchen steht der Palstek. Er ist gar nicht schwer. Man muss nur wissen, an welchem

Ende das Boot liegt und wo es festgemacht wird. Doch das empfiehlt sich ja ohnehin in der Praxis – zu wissen, wo das Boot liegt.

»Ich hatte eigentlich auf dich gebaut, was die Knoten angeht«, halte ich Anna triumphierend vor.

»Ich auch«, sagt sie, »alles andere wäre lebensmüde.«

Da biegt Danny um die Ecke, so lang und dünn wie einst im Herbst. Ein kurzes Hallo, da kommen auch schon die beiden Kranreiter wieder angeflitzt, und sofort wird es hektisch.

»Willst du das da behalten?« Danny deutet auf das Eisengestell unterm Kiel.

Ich schaue ihn verständnislos an. Wenn man es auseinandermontierte – und was ein Alptraum, so ein Gestell auseinanderzumontieren! –, wöge es immer noch mindestens 500 Kilo. Eine halbe Tonne, die unsere Gurke nach Hause schleppen müsste. Und dort müsste die größere Gurke, also ich, sie in den Keller schleppen, wo sie vor sich hin ächzen würde, die ganze halbe Tonne.

Ich verneine. »Gehört dir das denn? Ich dachte, das ist ausgeliehen vom Hafen.«

»Das wäre teuer«, entgegnet Danny. »Hatte ich mal gebastelt. Also, willst du es? Sonst sagen wir denen Bescheid, dass sie es dabehalten.«

»Nein. *Nej. Njet.* Um Gottes Willen!«

Sie werfen sich schnell ein paar Brocken Dänisch zu. Der Kran rollt näher heran, seine hohen Stelzenräder nehmen Liv in die Mangel, zwei breite, tropfende Gurte werden unter ihren Bauch geschnallt, schon springt Danny herbei, in der einen Hand einen angebrochenen Eimer Unterwasserfarbe, in der anderen einen breiten Pinsel. Dort, wo die weich gepufferten Stützen des Gerüsts Liv gebettet hatten, war Danny beim Streichen nicht rangekommen. Die beiden Kranführer bedeuten uns, dass wir herantreten können; Liv ruckt ein wenig und baumelt bald in der Luft, gehalten nur von den Gurten. Mit schnellem Strich trägt Danny die Farbe auf, sie ist dunkel und spritzt ordentlich. Es ist das Blau eines sehr tiefen Ozeans, total tiefblau, mit einem Schuss bedrohlichem Schwarz des Marianengrabens. Es ist ihre Farbe, Livs Farbe.

So ein Unterwasseranstrich ist unerhört wichtig, er schützt den sogenannten Gelcoat des Rumpfes. Man muss sich ja vorstellen, dass die Bootsrümpfe mitsamt Kiel in einem fort unter Wasser sind, wo es dümpelig ist und seltsame Pflanzen wachsen, wo Muscheln siedeln, die du nicht beim Namen kennst, und grünes Glibberzeug, das du niemals beim Namen kennenlernen willst. Wenn man den Bewuchs durch gründliches Abspritzen und Abschrubben im Herbst und einen feinen neuen Unterwasseranstrich nicht verhindert, kann es passieren, dass er eines Tages das ganze Boot verschlingt. Doch, so schlimm soll das sein.

Nun ist die Ostsee kein Tropentümpel, aber man glaubt gar nicht, wie schnell so ein Schiff befallen ist. Eigentlich müsste man jeden Tag nach dem Rechten sehen, mit Schnorchel, Meißel und Schwamm. Und das Mindeste ist, die Abdrücke nachzustreichen, die die Eisenwangen hinterlassen haben. Sonst ist das eine Einladung an alle Algen Ostjütlands, bitte schön heimisch zu werden.

Nach dem neuen Anstrich sieht Liv famos aus. Glatt genug, um jede Regatta zu gewinnen, wenn man denn Regatten gewinnen möchte. Denn es ist ja so, dass solch ein Bewuchs zunächst gar kein großes Problem darstellt, außer dass er bremst wie Sau. Wie wenn man ein Bataillon Wischmopps untendran bindet und hinter sich herzieht. Auch die Schraube übrigens ist arg gefährdet. Wir sprühen sie mit Schraubenspray ein, sonst fressen die Muscheln die ganze Schraube weg, einfach so. Ich bin mir nicht sicher, ob das stimmt, aber ich reime es mir zusammen. Danny erklärt nicht so viel. Zum Beispiel hängen da unten an der Schraube auch Zinkanoden, Zinkmäuse genannt, vielleicht fünf Zentimeter lang, die die Spannungsunterschiede aufnehmen sollen. Keine Ahnung, um was es da geht. Aber ganz wichtig, sonst setzt Oxydation ein, und dann Aloha und Feierabend und neue Schraube fällig. Oder noch schlimmer, der ganze Eisenkiel fällt dir unterm Hintern weg. Das alles verhindert die Zinkmaus. Ich nehme mir vor, das mal zu recherchieren. Frage mich schließlich, ob ich das wirklich so genau wissen will. Hauptsache, die Zinkmaus weiß, was sie tut.

Danny tippt auf ihr herum. »Die ist noch gut, aber nächstes Jahr musst du sie auswechseln. Ist nicht teuer.«

Das wäre das erste Teil an einem Boot, das nicht teuer ist, denke ich.

Ein Brummen und Dröhnen, bald rollt der Kran mit seiner fetten Beute davon. Den Fahrer und seinen Kumpan sieht man nicht. Von hinten schaut das Ganze aus wie ein unheimliches dreibeiniges Maschinenmonster aus einem Science-Fiction-Film: eines dieser unbesiegbaren Wesen, die am Ende natürlich doch besiegt werden.

Anna folgt dem Kran mit dem Fotoapparat, nicht, weil es ein so starkes Motiv wäre, mehr aus Dokumentationszwecken, wie sie sagt. Ich springe in unseren Wagen, der ja noch immer randvoll beladen ist, und heize einmal ums Karree. Als ich mit, wie ich mir einbilde, quietschenden Reifen an der Pier halte, deuten zwei Männer auf mein Dach.

»Hast vergessen, dein Hafenhandbuch einzupacken!«, ruft einer auf Deutsch.

Oben auf dem Dach liegt noch immer das Segellehrbuch, aufgeschlagen an der Stelle, wo die einfachsten Knoten erklärt werden.

»Danke«, antworte ich, »so ein Hafenhandbuch macht ja, was es will.«

In diesem Augenblick biegt der Kran samt Liv um die Ecke. Danny steht auf einmal auch wieder da. Er scheint mir ein ganz klein wenig versonnen auf sein Boot zu schauen, das er da ein letztes Mal ins Wasser bringt. Das letzte Geleit gewissermaßen.

»Und, melancholisch?«, frage ich.

»Nö. Ich will das jetzt alles gut hinter mich bringen.«

»Aber ihr habt viel erlebt auf Liv. Das lässt du nun alles zurück.«

Er schaut mich an, als spräche ich eine Sprache, die er nicht versteht.

Ich meine, es gibt ja solche und solche Temperamente, und Danny gehört wohl zu denen, die einer Sache keine großen Gefühle anvertrauen.

»Einmal nur«, sagt er schließlich, »habe ich im Winter gedacht, was tust du hier eigentlich? Malst das Unterwasserschiff an und wirst sie nicht mal mehr segeln.«

»Komisch, was?«

»Aber sonst: zu viel zu tun im Tattoo Shop.«

Breitbeinig schiebt sich der Kran über das schmale Becken, in dem die Boote gewassert werden. Ein großer Schritt, und wir sind an Bord, während Liv noch immer an den Gurten hängt. Langsam sinken wir hinab, es ist ein Moment, in dem man vor Beschäftigtsein nicht mehr viel denkt. Ich drücke Liv hier weg von der Spundwand und da weg, dann sind wir im Wasser und schwimmen. Danny wirft den Motor an, schon gleiten wir zurück, hinaus in den Hafen. Anna steht an Land und winkt uns zu. Die Holzstege sind mit anderen Booten besetzt, dort stehen die Lastkräne, und nur mit einem Lastkran kriegen wir unseren Monstermast aufgestellt. Also erst mal hinüber an den Liegeplatz, warten.

»Willst du den Anleger fahren?«, fragt Danny.

»Nee«, wehre ich ab, »lieber nicht.«

»Aber irgendwann ist es das erste Mal. Irgendwann musst du.«

»Ich weiß. Aber man muss das Irgendwann ja nicht herbeizwingen.« Ich verstumme kurz. »Mein Bruder würde längst mit Vollgas durch den Hafen düsen, und wenn's schiefgeht, geht's halt schief.«

Danny schweigt.

»Ich bin kein Freund von Risiko. Erst mal Dinge können, dann machen.«

Danny schweigt.

»Ich weiß, ich weiß. Um sie zu lernen, um sie zu können, muss ich sie machen.«

Danny schweigt.

»Aber man muss auch bereit dazu sein. Und jetzt bin ich's noch nicht. Nachher vielleicht schon. Nachher ganz bestimmt.«

Danny lächelt, aber ich bin mir nicht sicher, ob er das Selbstgespräch des komischen Deutschen bis zum Ende mitangehört hat.

2

IM MASTENLAGER RUHT unser Mast, wie wir ihn vor Monaten abgelegt haben. Das Mastenlager ist ein kurioser Ort. Ein potemkinsches Dorf, mit einer Fassade im Stil nordischer Häuschen, dahinter parallel aneinandergereihte, überdachte Gestelle, über den Gängen winkt der Himmel, und unter den Schuhen knirscht feuchter Kies. Die Masten liegen da wie schmale, lange Sarkophage in einer Gruft. Unwillkürlich sprechen wir ein wenig leiser, als wir durch diese Welt schreiten, so groß ist unser Respekt. Manche, die aus altem, unlackiertem Holz sind, wirken rott, als könne sie ein Windhauch knicken, auch wenn keine Segel daran befestigt sind. Andere glänzen matt und kraftvoll. Wir laden unsere Stange auf einen Wagen, der genau durch die Tür passt, und rollen ihn hinaus ins Freie.

Was jetzt kommt, habe ich ja im Herbst bereits durchgemacht, nur eben andersherum. Die Wanten sind einzuhängen, die Salinge festzuschrauben, die Leinen sauber zu führen. Dumpf erinnere ich mich an manche Handgriffe, verstehe manches, fühle mich etwas weniger doof als damals, aber immer noch doof genug. Wenigstens haben wir Glück, es regnet kaum. Anna steht frierend dabei und sieht mir zu, wie ich Danny zusehe, der nicht zum Lehrer geboren ist. Ein Lehrer muss schon auch mal sagen, was er tut. Andererseits bin ich Danny unendlich dankbar; andere hätten mir ihr Boot verkauft und wären stiften gegangen, nicht er. Nein, auf Danny lasse ich nichts kommen. Aber als Intensivkurs taugt auch diese Einheit auf der Mastenwiese der Marina Bogense wenig.

Der Lastenkran ist frei. Es ist soweit. Mein erster Anleger mit der noch mastenlosen Liv. Premiere. Uiuiuiuiuiui!

Rückwärts aus der Box zu fahren ist hier nicht das Problem, wir schweben sachte heraus, ich drücke die Pinne rechtzeitig in die Ecke, aus der das Heck wegwandern soll, und schalte in den Vorwärtsgang. Ein präzises Manöverchen, das mir für ein, zwei Atemzüge das Gefühl gibt, nach dem ich so lange vergeblich gefahndet habe: Ich kann das. Es ist nicht lächerlich. Ich weiß, was ich tue. Das Gefühl verflüchtigt sich sehr schnell, ich weiß jedoch, es war da.

Etwas stört mich trotzdem. Der Gashebel sitzt sehr weit unten, und wenn man mehr Gas geben möchte oder weniger oder den Rückwärtsgang reinhauen, muss man sich bücken, und dann sieht man nichts mehr und hört auch nicht mehr, was der Mann am Bug ruft, denn die Sprayhood, diese höhlenartige Windschutzscheibe, schluckt den Schall. Schöne Falle.

»Du musst das mit dem Fuß machen«, rät Danny, der sich das Ganze entspannt anguckt.

Anna steht neben mir und starrt hinaus in den Hafen.

»So.« Mit der Fußspitze steuert Danny den Motor. Marschfahrt. Halbes Gas. Viertel Gas. Schleichfahrt. Leerlauf. Rückwärtsgang. Volle Pulle rückwärts. Okay, das ist leicht nachzuahmen. Und vermag man den Hebel so mit dem Spann bedienen, kann man natürlich die Ruhe selbst sein. Dastehen und gucken, mit links die Pinne halten und mit dem Fuß das Boot gewissermaßen in die Lücke hineindribbeln. Ballgefühl aber hilft nichts. Fingerspitzengefühl hilft nichts. Es bedeutet

Runden im Hafenbecken, begutachtet von allerlei Bootsmenschen. Es bedeutet Disziplin und Arbeit. Doch der Lohn wird sein, Liv kennenzulernen, zu wissen, wie viel Sporen es braucht, bis die Lady gehorcht.

Beschienen von einer klaren Sonne, umfächelt von einem milden Wind, steuere ich unser Schiff an den Stegen vorbei. Pinne nach links, der Bug schwenkt nach rechts. Gut. Vor uns der Lastenkran, der an einem hölzernen Steg wartet. Die Hafenmauern bilden hier ein Rechteck, dessen linke Seite von einer dieser 100 000-Euro-Yachten belegt ist. An der Längsseite soll ich anlegen, der Länge nach, versteht sich. Nichts leichter als das, was, Freunde? Mit der Jolle habe ich das Manöver Dutzende Male gemacht, *unter Segeln* – im letzten Moment die Pinne herumgerissen und das Bötchen an den Steg gehaucht. Aber das hier ist anders. Liv steuert sich auch anders als das Motorboot, auf dem wir unseren Führerschein gemacht haben, ich ja sogar zweimal, Binnen und See. Zweimal löhnen, zweimal üben, zweimal bestehen. (Schikane, aber nichts zu machen.)

Auf dem Kahn war's ganz einfach, ein kleines Steuerrad und direkt daneben der Schalthebel. Wer nicht völlig bescheuert ist oder vor Nervosität Himmel und Wasser verwechselt oder vor lauter Adrenalin die Mann-über-Bord-Boje zu Spänen verarbeitet, der kann gar nicht durchfallen.

Mit Liv ginge das schon.

Ihr Motor dröhnt laut. *Tak-Tak-Tak.* Da ist viel mehr Kraft im Spiel als auf der Jolle und viel weniger als auf dem Kahn. Neun Pferdestärken. Liv wiegt dreieinhalb Tonnen, das entspricht dem Gewicht von vier, fünf ausgewachsenen Pferden. Sie ist, wie man unter Seglern sagt, gerade mal so nicht untermotorisiert, aber vor allem nicht übermotorisiert. Bei Sturm gegen die Wellen anzukommen wird gehen, aber es geht nicht schnell. Es ist eine Qual, um genau zu sein. Aber ich werde bei Sturm nicht gegen die Wellen ankommen wollen, zumindest jetzt erst mal nicht. Jetzt will ich anlegen.

Mir kommt in den Sinn, dass es die Trägheit der Masse gibt und dass alles, was schwer ist, langsam beschleunigt. Doch wenn es mal beschleunigt hat, bitte schön Geduld, bis es wieder eingefangen ist. Liv ist kein großes Schiff, Gott bewahre, sie ist vergleichsweise winzig. Aber nicht für mich. Sie ist eine Rakete von neun Metern und ein paar Zerquetschten Länge. Der Bugkorb wie eine Kimm, die durch die Luft wandert.

Wir nähern uns dem Steg. Links die Yacht. Vor mir der Steg. Links die Yacht. Vor mir der Steg. Denk an den Fuß, ermahne ich mich, mach das mit dem Fuß, aber pass auf, dass das Heck nicht herumschwenkt und die Yacht trifft. Fahr nicht zu nah an die Mauer, sonst ist es zu spät. Wende nicht zu früh, sonst kommst du nicht ran. Pass rechts auf, dass du nicht mit viel Wumms gegen die rechte Wand donnerst, pass auf, pass auf, pass auf.

Danny ist vorne und wirft die Fender über die Reling, sodass sie uns abpuffern. Anna ist neben mir, aber ich weiß nicht, was sie macht. Ich höre niemanden, ich sehe sie nicht, weil ich nach vorne spähe und mich weit nach unten beuge, um Fahrt rauszunehmen. Nach oben schnelle, um zu sehen, wie weit es noch ist. Nach links gucke, wo die Yacht ist. Nach hinten, wo mein Heck ist. Nach vorne, wo die Wand kommt. Ich reiße die Pinne herum, haue den Rückwärtsgang rein, verdammt, geht das schwer! Der Motor röhrt, das Boot ruckt, es tut sich was – aber was? Ich sehe die große, ruhige Hand von Danny, sehe ihn an Land springen, den Festmacher in der Hand. Ich bücke mich wieder, Leerlauf. Danny hebt den Daumen. Anna klopft mir auf die Schulter. Ich meine einen Seufzer zu hören, kann ihn aber nicht lokalisieren. Könnte sich meinem Ölzeug entrungen haben.

Angelegt. Wir liegen am Steg. Ohne Kratzer. Wow. So einfach ist das.

»Gut gemacht.« Anna hat die Arme verschränkt, den Fuß auf die Bank gesetzt. Knufft mich in die Seite. Liebevoller Blick, auch ein bisschen Skepsis. »Aber das war mehr zyprio-

tischer Ausdruckstanz als ein ruhiges und souveränes Anlege-
manöver. «

»Ich muss noch dran arbeiten«, gebe ich zu. »Man wird
verdammt nervös, wenn man nichts sieht, und wenn man
dann was sieht, geht die Nervosität nicht weg. «

»Du musst den Fuß nehmen«, erinnert mich Danny, »denk
an den Fuß. «

»Hatte ich vergessen. «

»Wirst du noch lernen. « Schon ist er oben bei der Seilwinde
und kramt an irgendwas herum. Im geheimnisvollen Herumkramen ist er unerreicht. Es gibt Leute, die strahlen, wenn sie
herumkramen, ständig aus, dass sie gerade etwas unerhört
Wichtiges machen. Sie fordern schon mit der Haltung ihrer
Schultern heraus, dass man sich neben sie kniet, sie fragt, was
sie da machen, ihnen zuschaut, sie bewundert. Nicht Danny.
Er kramt nur herum, und er würde auch herumkramen, wenn
kein anderer zuschaute.

Schließlich wuchten wir zu dritt den Mast herbei, der,
einigermaßen friedlich aussehend, leider falsch herum auf den
Gabelwagen gepackt ist. Der Haken, an dem der Mast aufgehängt wird, um ihn durch die Luft zu führen, liegt unten.
Man müsste den Mast jetzt also umdrehen. Anna und Danny
heben hinten an, schauen mich an. Ich schaue zurück.

»Dreh ihn um«, sagt Danny.

»Dreh ihn um«, sagt Anna.

Ich packe den Mast, das Genua-Profil, die Fallen und was
sonst noch da dranbaumelt und hebe ihn ho … ho … hoch.
Platt liegt er auf meinen Unterarmen. Leider ist der Mast nicht
rund, sonst würde ich etwas in die Knie gehen und die Arme
anwinkeln, er rollte dann von alleine, bis der Haken oben
läge. Er rollt aber nicht von alleine. Die Seiten sind abgeflacht,
zugleich ist der Durchmesser des Mastes so groß, dass ich ihn
nicht mit den Händen umfassen kann, um ihn aus dem Handgelenk heraus zu zwingen. Zwingen lässt sich da gar nichts.
Meine Arme fallen gleich ab. Ich könnte wetten, der wiegt

eine Tonne. Außerdem bräuchte ich einen dritten Arm, um ihn rumzudrehen.

Anna schaut mich an. Danny schaut mich an.

»Du musst ihn hochheben und drehen«, sagt Danny.

»Sehr witzig.«

»Aus den Armen hoch und drehen.«

Ich nehme alle Kraft zusammen, fluche auf den, der vorhin nicht dran gedacht hatte, den Mast richtig hinzulegen – also auf Danny, der mir jetzt spöttisch zuschaut –, wuchte den Mast hoch wie der Gewichtheber Matthias Steiner seine Vierteltonne in Peking, einfach, weil es sein muss! Und – hepp! Aber der Mast rührt sich nicht. Rührt sich einfach nicht. Meine Arme spucken Feuer. Als Nächstes werden sie abfallen. Ich lasse den Mast zurück in die Gabel sinken.

Und da tritt Pelle auf den Plan. Pelle trägt einen Overall, der wahrscheinlich einmal blau war, auf dem Rücken steht in großen Buchstaben ODENSE LINDØ. Pelle hat uns die ganze Zeit aus dem Cockpit des 100 000-Euro-Dampfers beobachtet, er riecht nach Bier oder verdünntem Schnaps. Seine Haut ist so ledrig, wie seine Finger hart sind. Seine Augen sind ganz hellblau, mit etwas Wasser darin. Die Nase scheint von einem Schraubstock zurechtgeknetet. Ich schätze ihn auf 65, aber wahrscheinlich ist er zehn Jahre jünger. Er sagt irgendwas auf Dänisch, und Danny gibt ihm widerstandslos den Schalter für den Lastkran. Summend holt Pelle den Kranhaken aus dem Himmel, nimmt sich eine Leine, die er von irgendwo besorgt hat, bindet die Leine um den Mast, knüpft einen Knoten und hängt den Knoten in einen Haken des Krans. Summend fährt der Haken nach oben, und der Mast hebt sich sachte um einen halben Meter aus der Gabel. Nun wenden wir den Mast mit der Innenseite der kleinen Finger.

Tage später werde ich auf einen Impuls hin nachschauen, was »Odense Lindø« bedeutet. Die »Odense Staalskibsværft« steckt dahinter, auch »Lindøværft« genannt, eine traditionsreiche Werft, 1918 gegründet. Bald wird das letzte Schiff vom

Stapel rollen – die Werft wird abgewickelt. Vor Kurzem wurden, wie ich lese, von 2500 Mitarbeitern 175 gefeuert. Ich weiß nicht, ob Pelle dabei war. Es ist auch einerlei. In den Tagen, da wir uns Liv das erste Mal anschauten, haben Männer wie Pelle ihre Arbeit verloren. Männer, die wissen, was sie tun. Gib ihnen ein Werkzeug, und sie reparieren dir dein Leben, wenn es reparabel ist.

Mit leiser Stimme und auf Deutsch gibt Pelle uns ein paar Befehle, wo wir stehen, wie wir ziehen müssen. Er weicht uns fortan nicht von der Seite. Alle Handgriffe, die nun folgen, müsste ich eigentlich beherrschen oder doch wenigstens schildern können, um sie im kommenden Herbst nachvollziehen, selbst anwenden zu können. Ich kann es nicht. Ich kapituliere. Es ist eine Wissenschaft, in meinen Augen.

So richtig komme ich erst wieder zu mir, als ich, an Bord stehend, den Mast in den Händen halte. Da bin ich wieder, denke ich. Armer Tor.

»Pass auf, dass er nicht abhaut!«, ruft Danny. Ich habe ihm nichts von meinem Muskelkater beim letzten Mal erzählt, als ich alleine den Mast halten musste. Diesmal sichere ich ihn ganz souverän. Ich weiß, er will gar nicht umkippen, der Mast ist mein Freund. Beinahe lehne ich mich gegen ihn, um ein Nickerchen zu halten, so sehr langweilt mich meine Aufgabe.

Plötzlich aber – die ersten Wanten sind bereits wieder verankert, der Mast ist gesichert – hat sich unser Masthaken in sechs, sieben Meter Höhe in der Schiene des Mastes verkeilt. Der Haken müsste wieder runter, aber er weigert sich. Er hat sich gewissermaßen verhakt. Wir alle stehen um den Mast herum und schauen da rauf. Mein erster Impuls ist, wie immer in solchen Fällen, wenn irgendwas kaputtgeht: Das geht auch so. Das ist doch nicht schlimm. Bis es mir dämmert, dass wir beispielsweise niemals das Großsegel setzen könnten, dass dies eine kleine Katastrophe wäre, wenn man jetzt, was ja vorstellbar ist, keine Ahnung hätte. Auch Danny kratzt sich am Kopf.

COMMANDER 31

C

Half Ton Class

Commander 31 the family racing yacht with luxury comfort is not just her outward appearance that is attractive, the interior of the new COMMANDER 31 is equally beautiful and pleasing. Naval architect Jan Kjærulf, designer of the half-ton winner in Marstrand 1972 with Poul Elvstrøm, is responsible for her fine lines and great seaworthiness, which has been successfully proven on the international racing circuit. Minimum rudder effort is required to keep the COMMANDER 31 on course.

But that is not all. – Look inside the COMMANDER 31 and you will be pleasantly surprised. We are not just providing an interior designed for efficient racing, the lay-out is also perfectly well suited for comfortable cruising with the whole family. The cabin is extremely spacious with full headroom and comfortable bunk-space for six persons. Double bunks in the forward cabin, one double and two single in the main cabin. Her interior is richly appointed in matt polished mahogany.

OR
C
73

Designer
Jan Kjærulff

Bis 1976 baute die Bianca-Werft in Rudkobing auf Langeland ganze 150 Exemplare der Commander 31, die Jan Kjærulff im Mondlandungsjahr 1969 entworfen hatte. 1972 belegte der Däne mit seiner Crew bei den Olympischen Spielen in der Soling-Klasse den 13. Platz. Er starb 2006 mit 62 Jahren.

Das Unterwasserschiff dürfte inzwischen vollkommen umwuchert sein und vielleicht dermaßen von Muscheln besiedelt, dass es der Motor nicht mehr schafft, uns zu befreien. Da müsste ich mit einer Axt ins Wasser springen, aber jetzt klopp mal unter Wasser Muscheln von einem empfindlichen Rumpf. Man könnte natürlich auch mit einer Flex ran. Da bräuchte man eine Unterwasser-Flex.

Livs Haifischleib auf dem Weg ins Winterlager

Liv im Heimathafen. Anna, Pumba, Sohnemann und der Jung-Skipper machen sich mit dem schaukelnden Gefährt vertraut.

Abendstimmung in Søby auf Ærø

Dank Pit (rechts oben mit blauer
Mütze, dahinter lesend Wencke) übersteht
Liv auch die schwarze Wolke wacker. Nach dem
Sturm strahlt die Crew in Sønderborg wie von innen heraus.

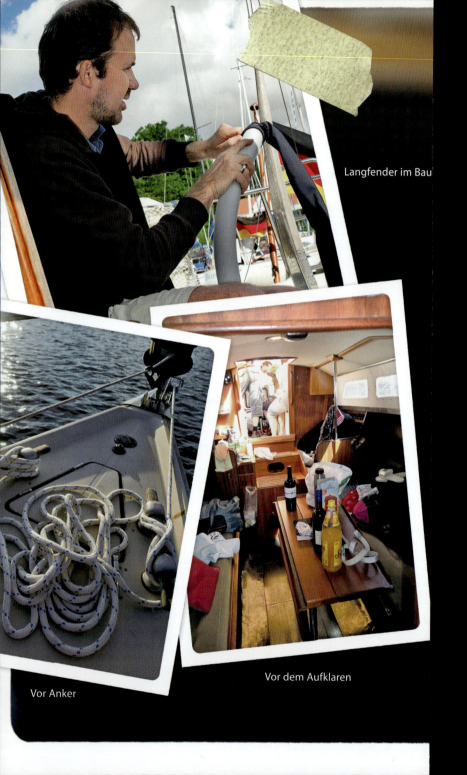

Langfender im Bau

Vor dem Aufklaren

Vor Anker

Schwarz

Tramp

Der Kapitän und unser Sohn

De Ol

Unser Mastenwald, schlafend

Aabenraa

Svendborg

Kleiner Belt

Sønderborg

Flensburger Förde

Flensburg

Schleswig

Eckernförde

Das Revier

Salon am Abend

Pumba, badend

Dreiundvierzig Seemeilen steckst du nicht so einfach weg. Das ist wie zehn Stunden Buckelpiste fahren. Meine Ohren sausen und brennen, meine Augen suchen den Verklicker, meine Hand sucht die Pinne, meine Beine suchen Halt, meine Gedanken suchen Ruhe.

Atina unter Vollzeug

Leinenarbeit

Livs Lied hört sich in jedem Hafen ein wenig anders an. Als wolle sie sich anpassen an diesen neuen Ort, der anders riecht, wo die Menschen anders lachen. Häfen sind was Feines. Häfen sind ein Mysterium. Sie machen dich klein. Sie machen dich groß. Sie zerren dich auseinander. Sie setzen dich neu zusammen.

Wir aber haben Pelle. Wortlos geht er ins Büro des Hafenmeisters und kommt schließlich mit einem Plastiksack zurück. Der Plastiksack entpuppt sich als Sitz, als » Bootsmannstuhl«, wie Pelle ihn nennt. Er legt ihn erst in den Haken des Krans ein, dann krabbelt er hinein und sichert sich. Er reicht Danny den Schalter, greift sich einen schweren Schraubenschlüssel und sagt so was wie: » *Up.* « Langsam surrend gleitet Pelle in die Höhe. Als sei dies, was man halt in diesen Breiten in so einem Fall macht. Da oben hängt Pelle nun und hämmert mit seinem Schraubenschlüssel auf dem verhakten Haken herum. Er riecht, als sei er rechtschaffen betrunken, aber da oben im Himmel sind seine Bewegungen sicher und flüssig, jeder Schlag sitzt. Nach und nach treibt er den Haken tiefer die Mastschiene hinab, lässt sich nach einem halben Meter tiefer sacken, kommt uns langsam entgegen.

Das Prinzip Pelle. Während der Mann im Overall dort oben arbeitet, unverdrossen, kundig, habe ich genug Zeit, über meine Verblüffung nachzudenken. Er beschämt uns. Er ist der Mann der Tat, der Mann der Hand, der Mann, der als Erster von den Bäumen kletterte, um aufrecht zu gehen. Er ist der Mann, der zurechtkommt. Der weniger verdient als die Simpel, die seinen Lohnzettel kontrollieren, weniger als Hornochsen wie ich, die nichts können als lautlos mit den Fingerspitzen eine Tastatur hoch- und runterzuwandern. Ich bewundere ihn grenzenlos. Ich frage mich, ob ich ihn sonst je gesehen, ob ich bemerkt hätte, welchen Schatz er in sich trägt. Nein, lautet die Antwort. Wir sehen sie nicht, diese Männer.

Wie sich Pelle wieder aus dem Sitz herausschält, lächelt er nur, als wir uns bedanken. Er bringt den Sitz zurück, ODENSE LINDØ lese ich noch einmal, ein kleiner Mann, schwere Schritte. Ich sehe noch seine breiten Schultern über dem Schriftzug. Zwei Sekunden später ist er um die Ecke gebogen. Verschwunden.

» Kennst du ihn? «, frage ich Danny.

» Er liegt mit seinem Boot an meinem Steg. Aber kennen? «

»Er kam einfach so vorbei.«

»Es kommt immer einer vorbei. Manchmal nervt das. Manchmal hilft es. Es gibt eine einfache Regel.« Danny schaut mich fröhlich an, als gelinge ihm gleich ein guter Witz.

»Ja?«

»Mach, was die Alten sagen. Es hat keinen Zweck. Sie machen es eh auf ihre Weise.«

Was ist das für eine Welt, die solche Männer nicht mehr beschäftigen mag?

3

ES DÄMMERT SCHON, halb neun, als wir endlich fertig sind. Anna hat sich zwischendurch ins Auto verzogen und Zeitung gelesen, gewärmt von der tief stehenden Sonne, geschützt vorm kühler werdenden Wind. Ein einziges Mal lande ich einen Treffer. Aber ich verzichte darauf, ihn zu zelebrieren. Es geht um das Vorsegel, das an einer Stelle geflickt wurde. Danny schaut zunächst, wie der Rand einer Ecke neu zusammengenäht ist, und murmelt ein »Hoffentlich passt das auch rein in die Nut«. Und er presst und schiebt, aber die Kante des Vorsegels will sich nicht ins Profil pressen lassen. Endlich drückt er mir die Genua in die Hand – »mach du mal« –, und erst im Nachhinein denke ich, dass es vielleicht ein Test gewesen sein mag. Aber das kann nicht sein. Nach sechs Stunden ist Danny so erschöpft wie ich, wir wollen fertig werden. Und dennoch bin ich fröhlich erstaunt, als ich das Vorsegel umdrehe und die andere Kante probiere, wie exakt und fluffig sie in die Nut rutscht.

»Hey, passt doch.« Ich ernte ein zustimmendes Brummen. Das ist mein Lohn, und ich werde satt davon.

Der Wind hat aufgefrischt, aber es gelingt uns auf Anhieb, die Genua ganz hochzuziehen und einzurollen, obwohl sie bocken und sich unerlaubt bauschen will. So eine Rollgenua ist aus Segler-Sicht eine feine Sache. Man kann stufenlos die Segelfläche verkleinern, wenn der Wind zunimmt. Aber das Profil des Segels ändert sich mit dem Reffen, und die durchs Aufrollen entstehende Wurst aus Tuch verändert die Anströmung, das Verhalten des Bootes wird beeinflusst auf eine schwer zu durchschauende Weise, für die man in Physik stark sein sollte. In Physik verstand ich immer nur Spanisch, und im Falle des zu reffenden Vorsegels habe ich mir nur Mikes Worte gemerkt, dass ich die »Holepunkte« verändern müsse. Das sind die Umlenkrollen, durch die die Leinen geführt werden. Mike hat es mir genau erklärt. Ich war maximal konzentriert damals.

Auf dem Wasser schwimmt eine feine Nebelschicht, und die letzten Möwen ziehen sich zurück, als wir nach Hause tuckern, zu unserem Liegeplatz. Ich bin an der Pinne. Ich wollte an die Pinne. Ich bin bereit für die Pinne. Ich habe Schiss, das sei offen gesagt, die Pfähle stehen eng beieinander, aber es sind ja bislang kaum andere Boote im Hafen. Wenn ich das Manöver also verpfusche, wird mein Pfusch kein Gelächter, keinen spöttischen Applaus provozieren, und die Gefahr, dass ich eine dieser klinischreinen weißen Yachten ramme, erscheint mir verschwindend gering.

Wir nehmen unsere bewährten Positionen ein, Anna deutet auf meinen Fuß, und ich nicke ihr zu. Langsame Anfahrt. Plötzlich wird alles auf einmal geschehen müssen. So stelle ich mir Skispringen vor. Man rattert die Spur hinunter und ist ganz und gar gespannte Ruhe, ein Körper vor der Tat, fokussiert auf den Moment des Absprungs, in dem Kraft und Balance sofort vereint sein müssen. Barth in der Spur. Zieh!

Langsam schieben wir uns in unsere Stegreihe. Ich bemerke die Kräuselung auf dem Wasser, Druck auf dem Boot, von links kommend, von Westen. Keine Boote in der Richtung, um die Brise zu schlucken. Muss ich eben noch präziser arbeiten. Noch fünf Liegeplätze, noch vier, hier ein Boot, noch zwei, noch einer – und Pinne rumreißen! Anna hat die eine

Leine in der Hand, ich die andere, um uns an den Pfählen fest-zumachen. Ich habe das Gefühl, wir sind zu schnell, ducke mich blitzartig, um Gas wegzunehmen, schaue hoch, sehe nichts, springe auf, wunderbar, wir treffen die Lücke exakt, rechts und links des Bootes sind zwanzig, dreißig Zentimeter Platz, steuern auf den Steg zu. Hepp! Links und rechts die Leinen über, straff ziehen. Jetzt kann nichts mehr passieren. Eigentlich. Ich bücke mich flugs, will den Rückwärtsgang reinhauen, um aufzustoppen, da höre ich einen Brüller von vorne. Ich schnelle hoch, Danny rudert mit den Armen.

»Einen zu weit«, ruft er, »wir müssen den daneben neh-men!«

Ich wünschte hinterher, eine Kamera hätte das Folgende festgehalten. Es ist ein Wunder, was alles schiefgehen kann, obwohl man es gut meint, und dass es schiefer geht, je besser man es meint. Alles geschieht gleichzeitig, das Falsche im fal-schen Moment. Wahrscheinlich vergesse ich den Rückwärts-gang rauszunehmen oder ziehe idiotisch am Festmacher, der Wind brist auf, ich kann mich hinterher nicht erinnern, etwas gesehen, gehört, getan zu haben. Jedenfalls treibt der Bug ab, nach Steuerbord, wird wie von einer unerbittlichen, riesigen Hand langsam herumgeschoben, und wir schweben auf die andere Yacht zu. Wieder eines dieser 100 000-Euro-Dinger, nur durch ein paar Fender gesichert, verwundbar und rein, und unser Bug zielt auf ihre Mitte, wie ein Pfeil auf ein Herz.

Das wenigstens ist ein Vorteil der Commander: Sie ist nicht so schwer, dass sie dir nur eine Kusshand zuwirft und weiter-macht, wenn du versuchst, sie mit Einsatz all deiner Muskeln abzuhalten. Danny schafft es irgendwie. Ich sehe sein langes Bein an der Scheuerleiste des anderen Bootes, seine Hand an den Wanten. Wir schwenken weiter herum, siebzig Grad, wir sind vorbei am Nachbarn, liegen parallel zu den Pfählen. Schweigen an Bord.

»Oh Mann!«, seufze ich. »Und jetzt?«

Danny kommt nach hinten. » Das war eigentlich ein perfekter Anleger. « Er lacht. » Ganz große Klasse, viel Gefühl. «

» Nur leider am falschen Platz. «

» Nur leider am falschen Platz. «

Und jetzt? Danny geht wieder nach vorne, Anna löst ihren Festmacher vom linken Pfahl, und ich nehme die Leine an meinem Pfahl in die Hand, bugsiere das Heck zu diesem Pfahl aus schwarzem Plastik. Ich drücke an dem Pfahl hierhin und dorthin, allein, es gelingt mir nicht, von hier aus das Heck weiter nach hinten zu drücken ... Logisch: Danny hält uns vorne an einem Pfahl fest.

» Heh «, rufe ich, » loslassen! «

» Was machst du da eigentlich? «, fragt Anna.

» Na, wir wollen doch zum nächsten Platz. Wir müssen doch ... «

» Nicht nach hinten. Nach vorne. Du bist nicht eins zu früh, du bist eins zu spät eingebogen. «

Ich verzichte auf eine schnippische Antwort. Ich verzichte überhaupt auf eine Antwort. Es ist ein nebulöses Mittelstadium des Manövers, und ich stehe neben mir, wo auch immer das ist. Vielleicht sitze ich ja in der richtigen Welt auf diesem Pfahl und schaue meinem Treiben zu. Die Wahrheit ist aber wohl leider viel eher so: Ich weiß sogar ganz genau, dass wir eins nach vorne wollen, aber mein Verstand hat den Händen den Befehl gegeben, das Boot eins nach hinten zu befördern. Das verstehe, wer will. Wie kann man denn so doof sein? Peinlich berührt drücke ich uns zum nächsten, drei, vier Meter entfernten Pfahl. Ich schiebe es auf Nervosität. Aber dieses Gefühl ist ein niederschmetterndes, das ich so nicht kenne: überfordert zu sein. Hier bin ich es definitiv. Wer überfordert ist, zieht aus richtig beobachteten Informationen die falschen Schlüsse.

Behutsam verlegen wir Liv an den richtigen Platz, zuppeln und ziehen, belegen die Klampen. Und liegen fest. Geschafft. Es ist fast dunkel, kurz vor neun, und der Typ im » Marinetten « hatte gesagt, die Küche sei bis neun Uhr offen. Unter

Deck letzte Tipps von Danny, dann brechen wir auf. Anna knurrt der Magen so laut, dass man es noch in Odense hören kann, und ich habe ebenfalls einen gesegneten Appetit.

»Auch hungrig, oder musst du nach Hause?«, frage ich Danny.

Er schaut an sich runter, zeigt auf die Flecken auf der Hose, seine ölverschmierten Hände. »Wenn wir hier noch was kriegen. Aber in Dänemark geht kein Mensch in Handwerkerklamotten ins Restaurant. Das gehört sich nicht.«

Ich zucke mit den Achseln. Während er sich die Hände wäscht, schauen Anna und ich oben im »Marinetten« rein. Das Licht ist bereits gedimmt. Die Küche zu.

Wir treten wieder ins Freie, ausgehungert, in ernster Sorge. Anna kann ungemütlich werden, wenn sie nichts zwischen die Kiemen bekommt, und ich sehe ihrem Blick an, dass sie schnellstmöglich einen Happen braucht und ein Bier, sonst wird unsere erste Nacht an Bord von Liv überschattet sein vom Bärenknurren.

Auch im Alten Hafen nebenan sind die Lichter der Restaurants verlöscht. »Wir gehen in ›Erik Menveds Kro‹«, sage ich zu Danny, »fährst du uns hinterher?«

Er schüttelt den Kopf und zeigt auf seinen Overall.

»Okay.« Ich verstehe seine Sturheit nicht. »Schade.«

»Okay«, sagt Danny.

Wir geben uns nicht die Hand. Er hat die Haut nicht sauber bekommen, schwarze Schlieren, zu Hause muss er mit schärferen Mitteln ran. Wir nicken uns nur zu, und ich meine, eine schwer erklärbare Enttäuschung in seinem Blick zu spüren, aber wahrscheinlich lese ich das nur hinein. Wir haben nun ein paar ganze Tage miteinander verbracht, und er hat mir in diesen Tagen nicht eine einzige Frage gestellt, die nach meinem Leben zielte. Vielleicht ist das Höflichkeit. Vielleicht aber auch das kaum verhüllte Desinteresse eines Mannes, der vollkommen zurecht einfach um sein eigenes Dasein kreist. Mit langen Schritten geht er davon und wird verschluckt von der windigen, sternenklaren Bogenser Nacht, durch die ab und zu eine arktische Böe streicht, wie auf der Suche nach Halt.

Im »Kro« schließt die Küche gerade, aber wir kriegen ein Club Sandwich und dazu frisches Tuborg vom Faß. Annas Gesicht glüht vom Tage.

»Das wäre geschafft«, sagt sie, kauend, lächelnd. »Hätte zwischendurch nicht mehr gedacht, dass wir's vor der Dunkelheit packen.«

Mit vollem Magen beteuere ich, dass ich im Herbst Fachleute ranlassen werde, um den Mast wieder zu legen. »Das ist ja niemandem zumutbar. Das ist was für Freaks. Bin ich ein Freak? Nein.«

»Zu Hause fährst du auch in die Werkstatt, um die Reifen wechseln zu lassen.«

»Ja, aber ich könnte sie wechseln. Das ist ein Unterschied. Ob man zu faul ist oder zu blöd.«

»Blöd?«

»Unerfahren. Ungelenk. Ungeschickt. Unangemessen unkundig.«

»Schon verstanden.«

Als wir aus der verräucherten Stube ins Freie treten, bemerken wir erst, wie warm es drinnen im »Kro« war. Die Straßen Bogenses liegen verwaist da, unsere Schritte hallen vom Pflaster wider. Schwache Lampen erhellen den Hafen. Irgendwo Möwengeschrei. Das Wasser im Becken ist gekräuselt, das Licht der Sterne gebrochen. Liv liegt unberührt an ihrem Platz. Dunkel und geduckt, wie ein Katze vor dem Sprung.

Drinnen ziehen wir den Stöpsel der Heizung. Es dauert eine Weile, bis warme Luft aus den Stutzen strömt. Das leise Dröhnen, wie eine Grundierung des Abends. Unser Atem ist bald nicht mehr zu sehen. Johnny Cash in der Luft, »American Recordings«. Griechischer Wein aus Naoussa. Wir sitzen zurückgelehnt da und reden leise. Wie um das alles gar nicht zu stören. Bevor wir in die Koje kriechen, öffnen wir noch einmal den Niedergang. Hinaus an Land, Katzenwäsche. Wir stau-

nen, wie kalt es ist. Ein Sternenmeer und unsere harten
Schritte auf dem Steg. Nichts als unsere Schritte. So klar, diese
Luft. So klar, dieser Himmel. Schnelle Schritte, die Fäuste in
die Taschen gesteckt. Zurück an Bord, wie warm es da unten
in unserer Höhle ist. Unsere Schlafsäcke sind im Fußbereich
angewärmt, auch da ist ein Stutzen. Wir kriechen hinein, ich
stoße mir den Kopf, die Schulter, wir liegen. Eng, aber wir
liegen. Es reicht gerade so. Man wird sich dran gewöhnen.
Die Heizung habe ich runtergestellt, aber sie läuft leise summend weiter, eine Melodie, die uns durch die Nacht tragen
wird. Sie wiegt uns wie das Boot, das ein wenig schaukelt, wie
der Gesang des Windes, das leise Schlagen der Wanten.

Dies ist die Stimme unseres Bootes. Livs Lied, wir hören es
zum ersten Mal in dieser Nacht. Es ist ein gutes Lied.

4

KEINE KLAMMEN SOCKEN am Morgen. Trockene, gute
Luft im Boot. Ich strecke mich. Anna summt. Durch die abge-
dunkelten Fenster dringt ein weiches, schwimmendes Licht
herein. Beim Gang in die Stadt reiben wir uns den Sand aus
den Augen. Im Hafen waren wir die Einzigen, die auf Kaffee
und ein Croissant hofften. Nun wandern wir durch die Gassen.
Bogense schläft, Bogense schläft immer. Offen hat nur der
Bäcker. Wir mampfen süße *Snekken* und schlürfen dünnen,
heißen Kaffee, sitzen am Fenster zur Hauptstraße. Ein Gefühl
wie früher, wie nach der ersten Nacht im Zelt. Übernächtigt,
gerädert, im Blut tausend Schuss Sauerstoff.

Zwei Stunden lang schrubben wir Liv, räumen aus, werfen
weg. Aufklaren, so sagt man doch. Der eine oder andere Fleck
dürfte aus dem letzten Jahrtausend stammen. Aber viele sind
es nicht. Jeder Handgriff ist noch neu, jede Bewegung die
erste. Anna macht klaglos die Küche, ich schnappe mir den
Schlauch auf dem Steg und spritze an Deck Livs Plastikhaut

ab. Johnny Cash singt »The Streets of Loredo«, ich beuge mich mit dem Schwamm über das Heck und versuche kopfüber, die weißen Spritzer wegzuschwemmen. Bei »We'll meet again« packen wir zusammen. Das Steckschott in die Tür. Taschen, Tüten, Abfall. Zwei letzte Blicke.

»Im Mai geht's los.« Anna tätschelt Liv die Flanke. »Mach dich auf was gefasst. So was hast du vermutlich noch nicht so oft erlebt.«

Ich vermute, sie sagt es zum Boot, zu niemandem sonst im Speziellen, und ich ziehe vor, nichts darauf zu erwidern.

Aus der Ferne sieht sie tapfer aus, unsere einsame Lady.

ACHT

DURCHSTOSS

1

DER WIND WIRD UNS HOLD SEIN, so sagt man unter uns Wetterfröschen. *Windfinder.com* meldet: Er wird bei der Überführung aus der richtigen Richtung wehen. Das ist das Wichtigste, der Wind und seine Herkunft, wie die Tiefs sich bewegen. Da verblasst selbst die Bläue des Himmels oder wie die Rapsfelder leuchten in der Maisonne, sodass man den Anblick einatmen möchte. Wen juckt da, ob wir ins Wasser springen werden vor Übermut, weil es so durchsichtig ist und hellgrün schimmert, wie es vielleicht noch ein paar Wochen schimmert, bevor die Algen kommen, das Badeöl, das Motoröl, die Quallen und das Drücken des Sommers?

Sechs Wochen später, Mai.

Überfahrtwetter. Es bläst aus Nordwest, Tendenz Nordnordwest, Stärke drei bis vier. Wer eine Karte lesen kann, der weiß: Es ist unser Wind. Er weht uns nach Hause. Sobald wir Middelfart passiert haben, rauschen wir die Küste Jütlands entlang und drunten ab in den Alsensund, wo wir geschützt sein werden. *Windfinder.com* ist eine feine Sache, sehr präzise, so scheint es wenigstens. Nur ändern sich die präzisen Angaben regelmäßig, was natürlich einerseits Verwirrung hervorruft, andererseits Luft für Hoffnung lässt – oder Düsterkeit. Die Chance ist groß, dass das am Montag prognostizierte Sonnenloch, das von Donnerstag bis Samstag reichen soll, schon tags darauf zusammengeschrumpft sein wird auf ein Löchlein von fünf Stunden am Freitagnachmittag und dass es am folgenden Morgen gar nicht mehr aufzufinden ist. Stattdessen schieben sich von Tag zu Tag mehr dieser blauen Tropfen ins Bild, gepaart mit hohen, schlanken Balken, die den Wind anzeigen, je höher, desto stärker.

Umgekehrt kann es passieren, wenn man an Bord sitzt und mit der Sonne abgeschlossen hat für die nächsten 72 Stunden, dass sich da doch ein Strahl Bahn bricht durch die Wolken und einen Ausschnitt der Wunderwelt wie ein Scheinwerfer erhellt. Als habe der Wettergott, den es ja so sicher gibt wie den Fußballgott, den Kampf gewagt gegen *Windfinder.com* und all die anderen Technokraten. Zwar kann er diesen Kampf nicht mehr gewinnen, nicht in unseren Zeiten, aber ab und zu reicht es noch für eine kleine Demonstration der Macht. Mit unserem Sonnenstrahl jedenfalls werden wir mächtig zufrieden sein, angesichts dieser Vorhersage.

Von Bogense hinunter nach Sønderborg und weiter in unseren kleinen Heimathafen bin ich seit vergangenen Herbst in Gedanken wohl hundert Mal gereist. Ich starrte auf die Karte und suchte Häfen, die sich zum Übernachten eignen würden, ich studierte die Tiefenangaben, wo wir aufpassen müssen, ich lehnte mich zurück und schloss die Augen, wenn draußen ein Sturm heulte. Es gab eine Phase, da wusste ich aus der Tiefe meines Herzens, dass wir niemals ankommen würden. Genauso aber gab es eine Zeit, da verlachte ich innerlich die vielleicht 65 Seemeilen, die wir vor uns haben. Der Grund ist mir jetzt nicht mehr klar. Ich wollte, er fiele mir ein. Tut er aber nicht. Selbstbewusstsein ist ja nichts, das mehr wird, je mehr man drüber nachdenkt.

Pumba schaut mich an, als würde sie gerne mitkommen. Ich verstehe sie. Trotzdem ist sie beim Segeln zunächst mal nur Ballast. Sie würde nur ihre größte Tugend ausspielen: im Weg herumzustehen, oder noch viel lieber herumzuliegen, dabei an Leinen zu kauen, die wir aber in der nächsten Millisekunde für die Wende benötigen.

»Nee, Pumba«, flüstere ich, »noch brauchen wir keinen Seehund.«

Sie schaut mich vorwurfsvoll an. Wedelt sehr kultiviert mit dem Schwanz und legt ein Ohr an, das andere kippt nach vorne.

Aber ich werde nicht schwach. Keine Chance. Nicht mal unser Sohn darf mit, Opatage, Omatage. Wir werden zu viert an Bord sein, Pit, Wencke, Anna und ich. Außerdem haben wir bis heute noch nicht mal das größte aller Probleme gelöst: Wie kriegen wir das Viech an Bord? Liv ist vorne sehr schmal. Und der Bugkorb und die Reling verhindern einen eleganten Durchgang, auch wenn Pumba sich so wahnsinnig dünne machte wie bei uns an den Lichtungen des Gartenzauns. Wird sie drüberspringen können? Werde ich sie drüberhieven müssen? Achtundzwanzig Kilo, die sich wehren, die sich winden, die das nicht mögen, die denken, das sei eins dieser komischen Spiele, bei denen der Boss den Kampf probt, einfach so drüberwuchten? Oder werden wir ein Brett anfertigen lassen müssen, eine in der Mitte aufgebockte Gangway, auf der Pumba entlangpromenieren wird, bis sie butterweich ihre Pfoten an Deck setzen kann?

Ratlos schaut sie mich an. Sie weiß nicht, welche Gedanken ich mir mache. Einmal spielte ich sogar mit der Idee, eine Katze anzuschaffen, eine Bordkatze. Eine Lockkatze. Mit deren Hilfe kommt Pumba bei uns zu Hause hin, wo immer sie möchte. Zuletzt demonstrierte sie dies in olympischer Manier mit einem Oxer-Sprung von zwei Meter Länge und einer lichten Höhe von siebzig Zentimetern, über Sträucher und Zaun hinweg, um es den Nachbarsmuschis gründlich zu geben.

Aber jetzt erst mal wieder ab zu ihrem Rudel, in die Lüneburger Heide, wo ihre Eltern, Brüder und Kumpel wohnen. Als sie in den Kofferraum unserer Freundin Uta springt, die Chefin des Rudels, hat Pumba den Schwanz eingezogen. Das Letzte, was ich von ihr vernehme, ist ein lautloses, dennoch nicht zu überhörendes, indigniertes, gleichwohl energisches »Hmpflpfmpf«.

2

SO VIEL WIDERSTAND leistet unser Sohn nicht, im Gegenteil. Er scheint begeistert von der Aussicht, nun die anderen Großeltern bespaßen zu können. Der Flieger unserer Freunde hat natürlich Verspätung, Wencke und Pit landen nicht um halb acht, sondern um halb zehn Uhr abends. Wir machen sie mit meinen Eltern bekannt, wir kippen noch ein paar Gläschen Wein zusammen, und mein Vater vollbringt es, auf die Segelgeschichte des toten Anwalts vom Starnberger See so gut wie zu verzichten. Stattdessen diskutieren wir fachmännisch, wann die Menschheit das Kreuzen gelernt hat und ob dafür die Erfindung des längs angebrachten Baums (Pits Favorit) verantwortlich zeichnet oder nicht viel eher (wozu stark mein Vater tendiert) die Verwendung eines Kielschwerts. Von wegen Gegendruck.

Pit argumentiert, das reduziere nur die Abdrift, sei aber nicht entscheidend dafür, wie hoch man am Wind laufen könne, und nach ein paar Schlucken hin und her klinken sich die Mädels aus diesem interessanten Thema aus, ohne nennenswert etwas gelernt zu haben, wie Anna behauptet.

(Eine spätere Internetrecherche bestätigt Pit – die Erfindung des dreieckigen Schratsegels, bei dem das Vorliek am Mast befestigt ist, ermöglichte offenbar erst das Segeln hart am Wind. Laut Wikipedia gibt es eine Darstellung aus dem dritten Jahrhundert nach Christus, die beweist, dass Pfiffikusse schon damals auf den Trichter gekommen waren.)

Eine kurze Nacht. Fast haben wir am Morgen den Verdacht, unser Sohn sei ganz froh, uns mal für eine Weile los zu sein – einfach mal den Rücken frei zu haben von der Last, permanent mindestens ein Elternteil beschäftigen zu müssen. Vielleicht schleichen wir uns auch nur etwas sehr früh aus dem Haus, fünf Uhr, da hat er natürlich keine Chance.

Aufbruch ins Abenteuer! Der Wagen ist randvoll, denn natürlich haben Anna und ich eingekauft, als zöge ein Rugby-Team in ein Trainingslager. Im Magen dieses Kribbeln, das immer kommt, wenn es ins Ungewisse geht. Ich würde gar nicht behaupten, dass ich dieses Gefühl mag. Ich mag es viel eher hinterher, wenn alles überstanden ist. Aber daran werde ich arbeiten. Es ist die Haltung eines Sesselpupsers.

»Ich liebe solche schwachsinnigen Aktionen«, sagt Pit, als wir aus der Einfahrt ticken. »Das sind hinterher immer die besten.«

»Wenn man sie überlebt.«

»Das ist allerdings erforderlich, stimmt.«

Von Danny keine Spur, als wir in Bogense ankommen. Von der Sonne auch nicht, aber mit der hatte ich nun wahrlich nicht gerechnet – das sonnenlose Bogense bleibt sich treu. Danny aber enttäuscht mich. Die beiden Kinder und seine Frau hätte ich gerne einmal kennengelernt. Tage später wird er mailen, er habe kommen wollen, es aber nicht geschafft, weil einer seiner Kunden partout an jenem Morgen ein Tattoo gestochen haben wollte. Das Geschäft geht vor, immerzu geht es vor. Recht so. Lasst die Welt gedeihen, macht Geschäfte!

Liv liegt da wie hinterlassen, nur das Deck hat Flecken, die aussehen, als habe sie einer draufgepinselt. Und drumherum sind alle Boxen belegt, die Saison brummt schon. Dennoch wieder kaum Leute zu sehen, ein Donnerstagmorgen, ein Feiertag Mitte Mai, nicht mehr als neun Grad.

Wencke und Anna räumen die Pantry voll und beginnen danach mit dem langwierigen Prozess, sich wettergerecht anzuziehen. Dazu gehört prinzipiell über die eigentliche Unterwäsche erst mal Ski-Unterwäsche, die laut Hersteller allein schon genügte, um eine sternenklare Nacht auf den Färöer-Inseln im November fast überleben zu können. Darüber ein T-Shirt, nichts Besonderes, eines dieser Leibchen, die zu Hause nur im Schrank rumfahren, weil sie irgendeinen bescheuerten Aufdruck tragen. Untenrum eine phantastische, im Schritt schrappende Segelhose mit aufgesetzten Knieschonern und Hosenträgern, die oberhalb des Schritts zwischen zwei Fleeceschichten gezogen wird. Dazu Schuhe nach Gusto. Leder gefällig? Untenrum ist schon mal Ruhe.

Obenrum noch lange nicht.

Über diese Basisausstattung, ganz wichtig, kommt eine dünne Lage Fleece – eine von diesen modernen superzarten Fleecejacken, die nichts wiegen, nicht zu pillen anfangen, wenn man sie einmal in die Wäsche geworfen hat, die sich den Formen des Körpers, auch des weiblichen, zweckdienlich anpassen, die sehr schick designed sind, sodass man sich sogar einigermaßen angezogen fühlt, und die, jawoll, auch in der Lage sind, ein gewisses Gefühl des Wärmens zu erzeugen, sofern es draußen nicht allzu kalt ist. Darüber kommt eine weitere Lage dünnen Fleeces. Darüber nochmals eine Lage dünnen Fleeces der noch neueren Generation, die ein wenig weniger wiegt. Wie viel Lagen haben wir jetzt? Sechs? Darüber eine Lage dünnen Fleeces herkömmlicher Bauart, pillend. Darüber eine extradicke Fleecejacke eines Fabrikats nordischen Namens, ein Produkt, das sich da auskennt, wo wir hinmüssen. Diese dicke Jacke muss unbedingt aussehen, als genüge schon ihre Anwesenheit, um die Kälte in einem Umkreis von zehn Metern zu bannen. Sie ist zudem winddicht. Das heißt, sie lässt überhaupt keinen Hauch von Wind durch, und würdest du sie in einem Notfall an Mast und Baum binden, weil das Großsegel in Fetzen hängt, würde sie eine passable Figur abgeben. Darüber die Offshore-Round-The-World-Einhand-gegen-den-Wind-Öljacke. Die ist das Wichtigste. Natürlich ist sie etwas arg bauchig geschnitten, man muss über sie fluchen können. Dafür ist sie wasserdicht, winddicht, mückendicht, luftdicht.

Schon kann's losgehen.

Das ganze System wird in Ratgebern gewöhnlich nach der Zwiebelschale benannt.

Man muss zugeben, dass Anna eindeutig den Kürzeren zieht. Wencke gewinnt das Duell um zwei Lagen des dünnen Fleeces, und jetzt schon wird klar, wer sich wirklich gewappnet hat für diese Tour. In meinen Lederstiefeln samt Skisocken komme ich mir erneut untermotorisiert vor. Habe untenrum keine weiteren Lagen an, die den Schweiß aufsaugen, weiterleiten, ausatmen könnten.

Pit schaut sich in dieser Zeit das Boot an. Manche Menschen loben oder danken aus Höflichkeit, andere Menschen loben oder danken, weil sie es loswerden müssen, sonst platzten sie.

»Mann, da habt ihr alles richtig gemacht«, sagt Pit nach der ersten Schlossführung. »Klar hat es hier eine Macke und dort und da und hier ...«

Ich runzele die Stirn.

» ... aber das ist ja völlig wurscht, das Ding steht da wie 'ne Eins.«

»Allein diese Rattan-Applikationen«, fange ich an. »Es gibt ernst zu nehmende Leute, die sagen, sie würden sich dieses Boot nur wegen denen kaufen.«

Pit macht ein feierliches Gesicht. »Diese Leute scheinen mir ausgewiesene Experten zu sein. In der Tat ist es völlig unerheblich, ob ein Boot einen soliden Mast oder Segel hat, die ziehen, wenn es nur genügend Stauraum hat. Das ist altes Seemannswissen, und es ist eine Frage des Respekts, dies zu respektieren.« Das ist die kurze Zusammenfassung seiner Rede. Pit ist nicht nur Lehrer, er ist ein Lehrer der Lehrer. Wenn er will, kann er jeden in sachlichen Worten an die Wand schwatzen, aber fast immer ist er dazu zu höflich. Oder seine Frau, die auch Lehrerin ist, redet gerade. Außerdem sind beide hier im Urlaub oder, wie Pit es ausdrückt: »Weit weg von dem ganzen Scheiß zu Hause, von jenen hirnverbrannten Kanaillen, die keine Peilung haben von nichts.«

Und wir sind ja auch im Urlaub. Anna ähnelt einem Michelin-Weibchen, sie zeigt mir aber den hochgereckten Daumen. Die Kälte kann kommen. In den letzten Wochen hat eine fiese Erkältung sie im Würgegriff gehalten. Einmal sprach sie gar davon, dass sie womöglich nicht mitkommen könne auf die Überfahrt, aber ich meinte nur: »Das wird schon.« Nun ist sie dabei, vielleicht auch, weil die ganze Schonung nichts gebracht hat. Manche Krankheit darfst du nicht schonend behandeln, die musst du ausräuchern. Drei Tage auf einem zugigen Boot bei kaltem Wind, kalter Gischt, klammen Klamotten – das müsste als Ausräucherei genügen.

Zuerst tuckern wir rüber zum Tanken. Astreiner Anleger seitwärts, Pit schmatzt das Boot sachte an den Steg, ich halte mich zurück. Will nicht das große Ganze gefährden durch ein versautes Manöver, noch bevor wir losgedüst sind. Sicher ein Fehler, so zu denken. Bequem. Ich weiß, so verbessere ich mich nicht. Zwing dich zu deinem Glück, das war der Pakt, aber ich zwinge mich erst mal nicht.

Es gibt Segler, die halten das Segeln für eines der größten Geheimnisse der Menschheit, die Kenntnisse darüber zu erlangen nur durch Geburt, wie ein Adelstitel. Und es gibt Pit. Na, er ist nicht allein, sagen wir also besser: die Pits. Er hat gerade erst vor Elba seinen Sportküstenschifferschein bestanden, ist also voll im Saft.

»Die meisten kochen da auch nur mit Wasser«, erzählt er. »Einer war dabei, der hat Backbord und Steuerbord immer verwechselt, der konnte nicht mal geradeaus segeln.«

»Du übertreibst.«

»Sogar dem haben sie den Schein gegeben. Zur Sicherheit haben sie ihn bei der Prüfung im Hafen gar nicht erst anlegen lassen.« Pit lacht. »Mit solchen Vögeln musst du auf dem Meer eben auch rechnen.«

»Ich bin ja selbst so einer.«

»Aber du weißt, dass du noch viel lernen musst. Der wusste es nicht. Einige Leute glauben, sie sind reif für den America's Cup, dabei würden sie selbst zu Hause in der Badewanne keine Gummiente gewendet bekommen, ohne mit deren Nase wo gegenzurammen.«

Er hat eine Liste dabei, einlaminiert, ewigkeitstauglich, die es abzuarbeiten gilt. Ich mache mit, trotz meiner Phobie vor Checklisten. Motor prüfen, Ölstand, Keilriemen. Check. Sicherheitsausrüstung. Check. Zu segelnden Kurs bestimmen. Check. Mannschaft einweisen. Check. Gehört man als Eigner zur Mannschaft? Und was ist mit der Gattin des Eigners? Bliebe als Mannschaft nur Wencke. Und die kann sich vor Zwiebelschalen kaum bewegen.

Plötzlich ein durchdringender Laut, ein Warnheulen. Ein Nebelhorn? Es kommt von unserem Boot, aus unserem GPS-Gerät. Verzweifelt drücken wir alle Knöpfe, vor und zurück, lang und kurz, kurz, kurz, lang. Es ist ein nervenzersägender Ton, als steuerten wir auf unseren lange erwarteten Eisberg zu und hätten die Eisbergwarnung aktiviert. Ein Ton, wie man ihn von diesen Porsche Cayennes kennt, die vorm Café auf dem Behindertenparkplatz stehen, wenn jemand nur dran denkt, sie zu klauen. Es ist ein Ton, den man verbieten sollte, weil er einen so erschreckt, dass man denkt, es müsse etwas ganz arg im Argen sein. Aber womöglich ist das der Sinn eines Warnsignals.

»Tiefgangsalarm!«, schreit Pit mir ins Ohr.

»Aber wir bewegen uns doch gar nicht von der Stelle.«

»Vielleicht ist er auf eine kritische Grenze eingestellt, und die ist jetzt gerade erreicht.«

»Vielleicht spinnt der ja auch.«

»Vielleicht spinnt der, stimmt.« Wir blicken uns an.

Aus dem Niedergang schaut Anna hervor. »Gehen wir unter? Jetzt schon?«

»Moment!«, rufe ich und quetsche mich an ihr vorbei, beuge mich hinten links über die Couch, wo zwei rote Hebel in einer Schublade versenkt sind. Mit den Hebeln kann man die Batterien abkneifen. Ohne Strom kein Ton. Denkste. Das Ding heult weiter.

Ich krame in Dannys schwarzer Ledertasche, in der die Bauweise der Eberspächer Dieselheizung auf rund 1400 Seiten skizziert ist.

Das GPS kommt in der Ledertasche nicht vor. Irgendwo hatte ich ein Manual gesehen, aber jetzt komm mal drauf, wo, wenn alle Heulbojen dieser Welt sich verschworen haben und die Mutter aller Sirenen dir das Hirn verstopft.

Oben sehe ich Pit vor dem GPS knien.

Wencke kommt an Bord, sie hält sich die Ohren zu. »Brennt's oder was?«, brüllt sie.

Wir schütteln alle gleichzeitig den Kopf.

»Eisbergalarm!«, rufe ich.

»Tauchalarm!«, ruft Anna.

»Tiefgangsalarm!«, ruft Pit.

Da: Stille. Ohne Vorwarnung. Das ist nun auch brutal, ohne Druckkammer. Die Ohren sausen.

»Keine Ahnung, wie«, murmelt Pit. »Einfach noch mal lang und wild alles gedrückt.«

Wir schütteln uns wie junge Hunde. Die Betäubung muss man erst mal aus den Gliedern kriegen.

Aber es glückt uns doch rasch, hibbelig, wie wir sind. Pit birst wie ich vor Lust, Liv auf See kennenzulernen, die Segel rauszukramen, zu sehen, wie sie auf Wind reagiert, ob sie »schnell anspringt«, wie Segler sagen, also eine Böe rasch und spürbar in Vortrieb umsetzt, oder die Dynamik einer Bleiente versprüht.

In den Tank plätschern nur acht Liter Diesel. Das kann heißen, dass der Tank fast voll war, ein netter letzter Freundschaftsdienst von Danny, oder dass verdammt wenig Diesel in diesen Tank passt. Leider wusste Danny nicht zu sagen, wie viel, und es steht auch in keinem Dokument. Wir wissen auch nicht, wie viel Liter pro Stunde der Motor verbraucht, wie weit wir also kommen, gesetzt den Fall. (Viel später erst wird uns de Ol sagen, wir müssten mit einem Verbrauch von zwei Liter in der Stunde maximal rechnen; wenn wir also vierzig Liter im Tank haben, wären das zwanzig Betriebsstunden Reichweite.)

»Gesetzt den Fall was?«, fragt Anna.

»Einfach nur so«, antworte ich. »Gibt ja immer mal Situationen, wo man nur motoren kann.«

»Oder möchte«, fügt Pit hinzu, »weil es unter Segel zu gefährlich wäre.«

»Da sind wir aber nicht mehr unterwegs, wenn es gefährlich würde«, protestiert Anna.

»Natürlich nicht«, sage ich schnell.

»Aber schau hier!«, ruft Pit. Wir sind jetzt unter Deck, er deutet auf die Karte. »Die Enge von Middelfart windet und schlängelt sich. Es kann schon sein, dass wir die Lappen runterholen und die Möhre anwerfen, wenn der Wind ungünstig steht. Sonst kreuzst du dir ja einen Wolf.«

Damit gibt sich Anna vorerst zufrieden. Die Mädels nehmen ihre Position auf der hinteren Bank ein, ich schnappe mir die Pinne.

Bin nervös. Habe den Horror in mir, nach einer Seemeile dieses Schawappen im Magen zu spüren, dem ein Schawappen im Kopfe folgt. Und danach schawappte es überall. An der Pinne jedoch, wo man sich konzentrieren muss, da fühle ich mich ein wenig sicherer. Leine für Leine gehen wir durch. Die Leinen für das Vorsegel – die dicke weiße Schot, auf beiden Seiten des Cockpits je ein Ende, um die Genua, je nach Kurs, auf die eine oder andere Seite zu ziehen und so stramm zu setzen, dass der Wind es packen kann. Wichtigste Regel, so ruft Pit uns nochmals ins Gedächtnis, dabei bräuchte er das gar nicht: Segel dürfen nicht killen, also zu flattern beginnen. Die Strömung wäre abgerissen, das Material würde belastet.

Ganz links die rot-weiße dünne Leine, damit rollen wir das Vorsegel vorne um das Profil. Geniales Prinzip. Man muss es nicht, wie auf Jollen oder älteren Booten, nach jedem Segeltörn herunterholen und verstauen, es wickelt sich vorne um sich selbst. Und so kann man es ja auch reffen.

»Dass sich aber durch die veränderte Größe«, sagt Pit, »auch ein verändertes Profil der Genua ergibt und damit sich die Anströmungsverhältnisse ändern, etwas verstellt werden muss, was Segler die Holepunkte nennen, dass man zum Beispiel ...«

»Das nehmen wir morgen dran!«, brüllt Anna von hinten.

»Das hatte ich schon«, verkünde ich.

»Lasst uns losfahren, ich schwitze brutal«, drängt Wencke.

Wir liegen ja noch immer am Steg, es ist mittlerweile ein Uhr mittags.

»Gute Idee.« Pit hat die wunderbare Eigenschaft, seiner Frau fast niemals gram zu sein. »Bitte ins Logbuch eintragen, dass meine bessere Hälfte im Hafen von Bogense schwitzt. Das kommt gleich unter die Windvorhersage.«

Von mehreren Törns im Mittelmeer auf gigantischen 50-Fuß-Yachten sind die beiden ein eingespieltes Team. Wencke ist stark in der Leinenarbeit am Bug, sie klettert wie ein Äffchen vorne herum, obwohl ich gewettet hätte, dass sie sich gar nicht mehr bewegen kann. Der Motor stimmt sein Heavy Metal an, erst mal fast kein Wind, wir surren weg vom Steg, in die Hafengassse, passieren Livs Liegeplatz, stoßen durch die Einfahrt, sind draußen, auf dem freien Meer. Frei.

Keine Sonne. Doch, da hinten! Ein einzelner Strahl hat sich durch die Wolken gekämpft, dort glitzert das Wasser wie ein Versprechen.

Keine Fanfare. Aber wer braucht schon eine Fanfare?

3

AUF DEM PLATTEN MEER. Über die Schulter sehe ich den Steinwall der Marina zusammenschrumpfen, der Mastenwald wird mit jedem Meter unschärfer. Kaum Wellen, kaum Farben. Die See wie eine gewellte Leinwand aus Schiefer. Als wir die Tonne umrundet haben, die das Fahrwasser anzeigt, schwenken wir auf einen Kurs nach Westen. Der Wind kommt nun schräg von vorne, gerade noch in einem Winkel, den wir nutzen können. Zuerst das Groß, als Zweites die Genua. Die Leinen laufen ruckelig und haken, als seien sie lange nicht mehr bedient worden, ein Geächze entweicht dem Tauwerk, dass man ein ganz schlechtes Gewissen bekommen könnte. Aber hilft ja nichts. Das Groß muss hoch, die Genua muss raus. Es ist ein kritischer Moment, wie auf jedem Segelboot, das die Segel setzt – wir drehen die Nase in den Wind. Sofort ein Schlagen und Tanzen, ein Getöse, als setze Liv gleich zur Tauchfahrt an.

Das Großfall über die Winsch gelegt – im Uhrzeigersinn! – und ziehen und ziehen und mit der Kurbel nachgeholfen, bis es nicht mehr geht. Die Großschot in die Hand und stramm gezogen. Groß ist oben! Und noch mal strammer. Und noch mal. Mit meinen sensationellen Segelhandschuhen schneidet die Leine fast gar nicht in die Haut. Man hat durch die freien Kuppen auch das Gefühl in den Fingern, beispielsweise eine Mutter auf eine Schraube zu fieseln.

Wenn man natürlich da schon ohne Handschuhe Probleme hat, und zu dieser Fraktion gehöre ich, hilft einem so ein Handschuh auch nicht viel weiter. Verantwortlich mache ich dafür ein Kräfteprinzip der Natur, das ich als »Tücke des Objekts« verehre. Diesem Gesetz beuge ich mich ständig und immerfort und habe längst aufgegeben, mir einzubilden, es womöglich eines Tages überlisten zu können, etwa durch besonders konzentrierte Konzentration. Die Tücke des Objekts hat meine Pläne noch jedes Mal durchkreuzt. Ich würde gerne wissen, ob man diese Kraft physikalisch messen kann, als eine Art Widerstand geistiger Natur. Es müssten innere Wellen sein, garstige Frequenzen, die zum einen die Willenskraft des Ausführenden auf unmerkliche Art und Weise ablenken, zum anderen die Beharrungskraft des tückischen Objekts verstärken, sich gewissermaßen wie Panzer um seine Gewinde setzen. Falls ein Wissenschaftler diese Zeilen liest, der so was messen zu können behauptet – ich stelle mich als Proband zur Verfügung. Für meinen Teil bilde ich mir sogar ein, dass jene Lähmungskräfte nachzuweisen sein sollten, selbst wenn sich gar kein Objekt in der Nähe befindet, das sich gegen mich wehren möchte. Hier aber wehrt sich alles gegen mich.

Trotzdem schaffen wir's, die Segel zu setzen. Man muss nur genug wollen.

Wir drehen, fallen ab, weg vom Wind. Ziehen das Segel noch einmal stramm. Kurs 265 Grad. Sofort spüren wir die Hand des Windes, die uns aufnimmt wie auf ein großes Tablett.

»Lass uns das Monster rausholen«, sagt Pit.

»Den Riesenömmel!«, rufe ich.

»Eben den!«

Anna steuert, ich nehme die Genuaschot in die Hand, weiß, dick, schwer, lege sie über die Winsch, ziehe. Die vordere Ecke des Vorsegels kommt uns einen Meter entgegen, dann ist Schluss. Ich zerre verzweifelt, nichts.

»Die hakt. Verdammt!«

»Habt ihr was beim Einrollen falsch gemacht?«, fragt Pit.

Es ist eine dieser Fragen, die ich vorziehe, nicht zu beantworten. In Wahrheit weiß ich es nicht. Möglich. Danny kennt sich aus. Zumindest war das mein Eindruck. Einen segelnden Blender würde ich aber nicht erkennen, noch viel weniger als einen blendenden Segler.

Pit springt nach vorne zum Bug, bückt sich, zuppelt am Profil, dreht die Trommel, um die die Genua gerollt ist. Flatternd kommt sie uns entgegen, ein voluminöses Ding, das bis weit hinter den Mast lappt.

»Das Monster ist da!«, brülle ich.

»Riesenömmel!«, ruft Pit. Er ist Pädagoge aus Überzeugung und zugleich ein großer Anhänger der Bewegung, die sich über Pädagogen lustig macht. Schwer daher, einzuschätzen, wann er mir was Gutes tun will, weil er ja meine Aufregung, meine Unsicherheit spürt, oder ob er es jetzt ganz und gar wirklich ernst meint.

Liv beugt sich in rauschender Fahrt ein wenig mehr zur Seite, bleibt da liegen. Ich schalte den Motor ab.

Die Stille. Liv segelt. Ihr Bug mit dem Korb aus glänzenden Rohren eine breite Nadel, die auf und ab tanzt wie um eine magnetische Mitte. Sie zischt dahin.

Anna drückt mir die Pinne wieder in die Hand. »Damit du nicht die Fische fütterst.«

Ich hauche ihr einen Schmatz zu. Annas Magen ist aus Eisen. Man könnte sie kopfüber unter Deck hängen, sie würde hinaufschreien, wo denn das Problem sei? Sie hält Seekranke tendenziell für Leute, die es sich etwas leicht machen.

»Liv liegt gut im Wasser.« Pit macht es sich neben mir bequem, das GPS und den Kompass im Blick. Er lobt das Boot in den nächsten Minuten in einem fort, bis ich mir sicher bin, dass er es nicht nur mir zuliebe tut.

»Na, untergehen werden wir wenigstens nicht!«, ruft Anna von hinten.

»Sie segelt echt gut«, sage ich, weil ich den Eindruck habe, dass ich wirklich keinen Quatsch erzähle.

»Fünf Komma vier Knoten gegen den kaum vorhandenen Wind«, liest Pit vom GPS ab. »Das ist doch schon mal nicht schlecht.«

»Fast zehn Sachen. Das grenzt an wahnsinnige Geschwindigkeit.«

»Da könnte jetzt keiner mehr nebenhergehen. Das glaubt man gar nicht, was?«

Nee. Man glaubt es nicht. Wie man auf dem Wasser vorankommt, gegen Strömung, Wind und Wellen, ist schwer einzuschätzen. Alles, was sich auf dem Wasser bewegt, bewegt sich mit uns oder gegen uns. Man muss schon in der Ferne das Land ausspähen, um zu erkennen, dass wir überhaupt vorankommen. Hinter unserem Heck ziehen wir zwar eine Schleppe aus Bläschen und Strudeln hinterher, aber sonderlich beeindruckend sieht das nicht aus. Viel eher, als treibe man selbst in einer Blase durch die Zeit. Irgendwann wird man ankommen, irgendwo, aber es verliert sich sehr schnell das Gefühl, dass es darauf ankommt.

Es ist kein lautloses Gleiten. Um uns gluckst und knirscht und schäumt es, alle Geräusche klingen wie gedämpft. Ein paar Meilen entfernt sehen wir die Schlote und Häuser Fredericias, linkerhand muss Middelfart liegen. Dazwischen der gewundene Durchlass, die Lindwurmschneise des Kleinen Belts, *Snævringen* genannt, durch den sich alle Frachter, alle Yachten, alle Lebewesen hindurchzwängen müssen. Wenn eine Böe von rechts naht, kräuselt sich das Wasser, als prasselten Regentropfen auf die Oberfläche. Mit etwas Übung sieht man sie wirklich von Weitem kommen. Ich erinnere mich an die Jollentorpedofahrt mit dem Kapitän auf der Alster. Langsam fügen sich mehr Steine der Pyramide zusammen.

Wencke verschwindet nach einiger Zeit unter Deck, »um sich aufzuwärmen«. Nach ein paar Minuten taucht sie wieder auf, reicht Krabbensalat auf Schwarzbrot und Käseschnitte. Wir hauen rein, als hätten wir seit Tagen nichts gegessen. Nur an den Krabbensalat traue ich mich lieber nicht. Das wäre Hybris. Noch merke ich kein Anzeichen einer aufkommenden Seekrankheit, noch habe ich nicht mal hektisch Ausschau gehalten, wo ich die Kaugummis verstaut habe. Aber provozieren muss man sich selbst ja nicht. Und Krabbensalat kommt im viel gerühmten, wenig bekannten Helgoländer Seegangskonvolut noch vor grünlicher dampfender Erbsensuppe.

Anna winkt mit dem »Törnführer Dänemark«. »Hier steht, dass in Middelfart früher Delfinjäger gelebt haben. Schweinebande.«

»Delfine«, staunt Wencke. »Wirklich?«

»Eher Schweinswale«, werfe ich ein.

»Wo ist denn der Unterschied?«

Ich zucke mit den Achseln, tue, als müsste ich mich auf die Pinne konzentrieren.

»Das sind Tümmler«, sagt Anna, »steht hier.«

»Bei uns in Sachsen heißen die Dümmler. Und wenn sie ein bisschen größer sind: jesusmäßige Dümmler.« Wencke ist Schwäbin mit starken sächsischen Wurzeln, auf die sie mörderstolz ist, und dazu staatsexaminierte Biologin, das erklärt ihre Kompetenz in solchen Fragen.

Von nun an halten unsere Mädels wie verrückt Ausschau nach Dümmlern aller Art. Ich liebäugele damit, mich über sie lustig machen, sehr seemänisch an der Pinne stehend, ab und zu mit zusammengekniffenen Augen nach oben schauend, um zu sehen, was der Verklicker macht – der Pfeil, der den scheinbaren Wind anzeigt. Ob sich da was tut, ist immer die Frage. Ob auf einen Dreher der Trimm der Segel verändert werden muss. Auch das, übrigens, eine Sache, die man erst mal verstanden haben muss: der scheinbare Wind.

Man könnte als Anfänger meinen, das ist ein Wind, der nur so tut, als ob, ein Illusionistenhauch. Nichts könnte falscher sein. Es ist der Wind, mit dem wir Segler arbeiten. Das Produkt, Summe, Wurzel (was weiß denn ich) aus wahrem Wind – also dem Wind, der uns gerade entgegenpfeift oder in den Nacken fährt – und Fahrtwind. Für die, die von Physik so viel verstehen wie ich, anders ausgedrückt: Wenn wir mit unserem Boot direkten Rückenwind haben von zehn Knoten und fünf Knoten schnell sind, bemerken wir an Bord nur einen scheinbaren Wind von fünf Knoten. Das heißt im Zweifel T-Shirt-Segeln, während die Crews, die uns entgegenkommen, in eine oder mehrere Fleeceschichten gehüllt sind, weil: Wahrer Wind und Fahrtwind addieren sich hier beinahe, der scheinbare Wind ist nun annähernd 15 Knoten. In der Segelschule kriegt man das so beigebracht, dass man Pfeile verschiedener Länge auf ein Blatt Papier zeichnet, einen für den wahren Wind, einen für den Fahrtwind. Und wenn man die Seiten des unvollständigen Quaders vervollständigt und die Diagonale des Quaders einzeichnet, erhält man, schwuppdich, den scheinbaren Wind.

Das ist genau der Wind, den oben der Verklicker am Mast anzeigt. Der Fahrtwind beeinflusst stets, wie der wahre Wind aufs Boot trifft – und daher produziert jeder gesteuerte Kurs seinen eigenen scheinbaren Wind.

Hat das jetzt irgendjemand verstanden? Ja? Im Prinzip ist es gar nicht so kompliziert, man muss sich nur drauf einlassen. Und immer heißt es: hochgucken, alle paar halbe Minuten. Das ist der uralte Blick der Kapitäne. Dieses prüfende Hochgucken. Die Sorgen in den Augen, drumrum die Falten. Der einsame Blick. Ein historischer Menschenblick. Einer an Bord muss entscheiden, wo es langgeht. Im Sturm funktioniert keine Demokratie. Und so sind viele Skipper gespaltene

Wesen – selbst Unterhaltungskünstler werden an der Pinne oder dem Steuerrad schmallippig.

Auf der Siska, jener Rennyacht vor den Whitsunday Islands, Australien, bei meinem Debüt als seekranker Mitsegler, war der Skipper eine coole Sau und erzählte Geschichte auf Geschichte. Zum Beispiel, dass beim America's Cup 1995 die neuseeländische Crew im entscheidenden Rennen an den Winschen so schuftete, dass fast alle Männer *ohnmächtig an Bord lagen*, als sie die Ziellinie überquerten. Amerika war das erste Mal in der Geschichte des Cups besiegt, die heroischen Seeleute wurden Volkshelden.

Sobald dieser redselige Skipper aber den Kopf in den Nacken hob und an die Mastspitze blickte, dass sich die Falten um seine Augen verhundertfachten, da verstummte er. Es ist das Prüfen, das Wiegen des Windes, das Wittern der Gefahr. So haben Seemänner schon immer geschaut, seit Jahrtausenden. Es ist kein Vorgang der Ironie. Wenn der Wind dreht, kann sich alles verändern, stets spielt die Sorge hinein, eine Wachsamkeit, die den unbedarften Mitsegler zunächst mal irritiert. Es geht nicht ohne. Die falsche Segelstellung und die Faust einer unerwarteten Böe können Segelboote schnell in Schwierigkeiten bringen. Allerdings ist Liv ein stabiles Schiff. Dreieinhalb Tonnen umzukippen, da müsste schon viel zusammenkommen. Aber jeder Mast kann brechen, jede Leine reißen, jedes Segel in Stücke gefetzt werden. Also Obacht.

Und Obacht geben wir, zumindest die eine Hälfte der Besatzung. Die andere späht nach Dümmlern.

Die Meerenge bei Middelfart ist ein wunderliches Stück Dänemark. Zu beiden Seiten wird sie von Kapitänshäusern und kleinen Villen gesäumt, manche davon mit eigenem Bootssteg. Kleine Sandstrände, Flaggenmasten, an denen das weiße Kreuz auf rotem Grund flattert. Sattes Grün vor der drohenden Kante der Steilküste, im Gegenlicht die Industrieanlagen Fredericias. Middelfart wendet dem Meer ein gläsernes Gesicht zu, die Promenade ist herausgeputzt. Zwei Brücken führen in Sichtweite über den Flaschenhals, eine achtzig Jahre alte Eisenbahnbrücke und eine neue, die aus der Ferne an die Golden Gate Bridge erinnert, so kühn schießt sie hinaus in die Luft und landet, getragen von mächtigen Pfeilern, weit drüben am anderen Ufer.

Unter Segeln fahren wir in den Schlund hinein. Oft, so lesen wir, rauscht hier eine mächtige Strömung hindurch, bis zu fünf Knoten stark, und wenn man das Pech hat, dass in den Tagen zuvor Südwind herrschte, sieht man sich mit einem Schwall wie in einer Gegenstromanlage konfrontiert. Dagegen anzukommen mit einem Boot unserer Größe, mit einem Motor unserer Stärke – so gut wie unmöglich. Allerdings gäbe es Tricks, schmale Konterströmungen, die seitlich an den Rändern entlanglaufen. Die muss man dann nur treffen.

Aber wir haben Glück. Der Wind weht aus Nordwest, und dies nur mäßig, wehte auch in der Woche zuvor stetig, eher schwach aus dieser Ecke. Kaum Strom also, und der läuft auch noch auf unserem Kurs. Dazu das Wasser kaum bewegt, unser Sohn macht in der Badewanne größere Wellen. Beste Stimmung an Bord, als sich die Kunde verbreitet: Die Götter sind auf unserer Seite. So muss man das ja sehen. Selbst Odysseus, der nicht aufkreuzen konnte, hätte seinen Weg durch die Enge gefunden. Wir also munter hinein, halber Wind, wenig andere Schiffe unterwegs, das eine oder andere Segel, das sich gegenan kämpft, schräg im Wasser liegend, die Mannschaft eingepackt wie an Silvester.

Es ist durchaus kalt. Aber ja. Da hilft alles nichts. Dabei haben wir den Wind im Rücken, Newton und Beaufort auf unserer Seite. Ich habe meine Sturmhaube aus Fleece übergestreift, das will ich nicht verschweigen. Es ist die Sorte Kälte, die sich auf ganz leisen Sohlen heranschleicht. Aber da ich ja Segelstiefel anhabe, hat sie null Chance. Ich stehe da, habe warme Füße und denke, wie die Kälte abprallt an …

»Da«, ruft Anna, »vielleicht zwanzig Meter entfernt!«

»Dümmler?«, fragt Wencke.

»Dümmler!«

Und nun sehe ich sie auch, zwei Schweinswale, vielleicht anderthalb Meter groß, die miteinander zu tanzen scheinen. Für kurze Augenblicke schieben sie ihre Rücken durch die Luft und tauchen wieder ins Wasser, Tropfen glänzen auf ihrer basaltfarbigen Haut. Wir stehen wie betäubt. Schauen ganz still, um das Schauspiel zu genießen. Sie kommen ein wenig näher, lassen sich in unser Kielwasser treiben. Wir bilden uns ein, sie meinten uns, aber natürlich sind sie versunken in ihr eigenes Spiel.

Man ist da stumm vor unerwartetem Glück.

Vermutlich klingt es töricht oder mindestens naiv, aber wenn man über die Oberfläche des Meeres pflügt und Segel, Leinen, Ruder, Wind, Wellen, Temperatur und Tiefe ins Kalkül zieht und versucht, aus alldem eine harmonische Bewegung zu machen, verdrängt man leicht, dass da noch etwas drunter ist. Dass das Meer unter uns lebt. Nicht nur Spielwiese und tödliche Gefahr, nicht nur Sportarena und Bühne uralter Menschenrituale, sondern vor allem Heimat anderer Wesen. Wesen aus den Bilderbüchern.

»Mein Gott«, sagt Wencke, »das glaubt einem kein Mensch.«

»Das glauben wir uns ja selbst nicht«, flüstert Anna.

Ich räuspere mich. »Das ist normal hier. Hat mir auch Schwarz erzählt. Hier wimmelt's einfach von Schweinswalen. Alles Getier muss durch diese Enge.«

»Daher die Jäger, früher«, bemerkt Pit.

»Schweine!«, ruft Anna und hebt drohend die Faust gen Middelfart. Wir lachen.

Nur einmal bergen wir die Segel, nach dem Rechtsknick des Sundes. Der Wind schläft erst ganz ein, weht endlich direkt von vorn. Odysseus hätte auch längst kapituliert. Es ist schon 16 Uhr – wo geht nur die Zeit hin beim Segeln? Man kommt langsam vorwärts, aber statt dass einen die Langeweile übermannt, zerrinnen die Minuten, ohne dass wir es merken.

»Kreuzen jetzt, das wäre Wahnsinn«, sagt Pit. »Da hätten wir morgen früh den Sund noch nicht hinter uns.«

»Also?«

»Also den Jockel an.«

»Ist das nicht gegen die Ehre?«

»Ich pfeif auf die Ehre. Ich steh auf Ankommen. Und guck dir mal unsere Mädels an. Außerdem will ich schnellstmöglich ein Bier und dazu einen Monsterburger.«

Ich schaue über die Schulter, auf ihre Bank. Sie kauern sich in ihre Jacken. Mieses Wintersegeln, wenn man nüchtern an die ganze Angelegenheit rangeht. Die Sonne, so es sie noch geben sollte, verbirgt sich hinter einem milchigen Vorhang. Es wäre ganz fair, wenn sie uns wenigstens mal zublinzeln könnte. So sind die Farben aus dem Land weggesaugt.

»Ich steh auch auf Ankommen, glaub ich.«

Schlüssel rumdrehen, es ertönt der Pfeifton, der einem das Mittelohr zerbröselt, und spuckend und röhrend macht sich der Diesel wieder breit. So ein Motorengeräusch beendet nicht nur jedes Gespräch, es beendet auch jeden Gedanken. Man beginnt innerlich im selben Rhythmus vor sich hin zu dröhnen. Schlimm. Gerade, weil es so schön ist, wenn der Motor aus ist, aber man weiß: Er wäre da. Anna verkriecht sich unter die Sprayhood, da ist es ein wenig geschützter, man sieht halt nur Richtung Kielwasser.

Hinter Middelfart teilt sich der Kleine Belt, und es öffnet sich eine Landschaft aus bewaldeten Inseln und dicht bewachsenen Küsten, ein skandinavisches Idyll, im Auto kaum zu entdecken. Für die letzte Stunde setzen wir wieder die Segel, sickern staunend ein in diese Natur. Aber Middelfart ist noch immer um die Ecke. Kurz vor der Einfahrt in den Sportboothafen, unser Ziel des Tages, ankert ein stabiler Zweimaster aus Holz, darauf ein Dutzend rauflustig aussehender junger Kerle, von denen einige schweigend angeln, andere uns zuprosten, wieder andere angeln und prosten zugleich. Es ist eine Gesellschaft von der Sorte, der man sich ungern anschließen möchte. Wir tippen uns kurz an die Mütze und lassen die Herren Sportfischer Steuerbord liegen.

Der Hafen ist nicht sehr voll, friedliche Atmosphäre. Kaum Wind, wenig Betrieb. So wenig Betrieb, dass wir beschließen, uns längsseits an einen Kopfsteg zu legen, eine bequeme Position, weil man das Schiff seitlich verlassen kann und nicht jedes Mal über den Bugkorb turnen muss. Ein schönes Plätzchen ist noch frei, vor einer Yacht namens Bianca, mehr als lang genug für uns. Also, wäre ich jetzt an der Pinne – was ich nicht bin – und hätte die Entscheidungsgewalt – die ich nicht habe, denn Pit ist als Skipper verantwortlich –, ich würde jetzt sofort rechts ran an den Steg, uns langsam heranwanzen und kurz vor der zugegeben recht mächtigen Yacht aufstoppen.

Aber Pit fährt an unserem Platz vorbei, wendet im Hafenbecken, tuckert wieder zurück, lässt unsere Liv an dem Boot vorbeitreiben, legt sie sanft an den Steg.

Wir springen an Land, schnell sind die Leinen belegt. Hinten liegen wir auf Tuchfühlung mit Biancas Schnauze, vorne schließt unser Bug gerade mit dem Stegende ab. Passen grade so rein in die Lücke. Hab mich locker um einen Meter verschätzt. Hätte brenzlig werden können, wenn ich das Sagen gehabt hätte.

Hinter uns kommt ein Einhandsegler in den Hafen geschippert, ein sandblonder Däne, ein Pelle in etwas jünger, Mitte vierzig vielleicht, gewandet in einen ölverschmierten Overall. Vermutlich ein Mechaniker, der einen Motor testet. Lässig wirft er die Pinne herum und steuert in eine Box, nur ein paar Meter von uns entfernt. Aber statt das Manöver langsam zu fahren und uns am Steg eine Leine zuzuwerfen, knallt er links gegen den Pfahl und rechts gegen den Pfahl und vorne auch noch gegen das Holz. Verzieht dabei keine Miene, schaut uns nicht mal an.

»So kann man das natürlich auch machen«, sage ich.

Pit schüttelt den Kopf. »Der hat auf See privat getankt. Soll nur keiner merken.«

Während der Fahrt haben die Mädels unter Deck tapfer in die Pütz gepinkelt, dann die Pütz über die Reling ins Wasser, einmal schöpfen, schwenken, gut ist. Wir Männer haben's da leichter. Die Mädels also gleich ab aufs Klo, nachdem wir den Anlegeschluck in der Kehle haben.

»Musst immer dran denken, was schiefgehen kann«, sagt Pit. »Wenn ich mich verschätze beim Aufstoppen oder uns aus dem Nichts irgendeine Böe erwischt, knallen wir voll auf die andere Yacht drauf. Also lasse ich mir Luft für die Richtung, in die ich Luft brauche.«

»Klar«, erwidere ich. »Ich wär da trotzdem sofort rechts ran. Ist ja kaum Wind. Und war ja massig Platz. Das heißt, ich dachte, da wär massig Platz.«

»War aber nicht.«

»Nee.«

»War eher sogar recht knapp.«

»Sehr knapp.«

»Daher immer Reserve lassen, um nicht irgendwo draufzurutschen.«

»Immer Reserve lassen, roger!«

Der zweite Anlegeschluck schmeckt noch besser. Ich schaue kurz im Büro des Hafenmeisters vorbei, aber der hat schon Feierabend. Im Restaurant sitzen gut gekleidete Dänen und schauen uns Frostnasen durchs Fenster an, als kämen wir gerade vom Mars.

Ein Fußmarsch schadet uns nicht, beschließen wir. Entschlossenen Schrittes queren wir die Halbinsel von Middelfart, und zwanzig Minuten später sitzen wir an der Uferpromenade im »Café Razz« hinter mächtigen gerundeten Glasscheiben, mit einem Panoramablick auf die Golden Gate und den Sund der Dümmler, den wir ein paar Stunden zuvor durchsegelt hatten.

Um genau zu sein: Wir finden leider keinen Platz am Fenster, sondern kriegen den letzten Tisch, direkt vorm Klo. Zu zweit würde man so was lassen und die nächstbeste Kneipe aufsuchen, wo sie einen besser behandeln. Zu viert normalerweise auch. Aber wir sind dermaßen zerschlagen, in uns wabert ein derart glückselig machendes Mattigkeitsgefühl, dass es uns herzlich egal ist. Und im Vorbeilaufen haben wir an den Tischen tatsächlich Burger gesehen, wundervoll überquellende Burger, da würde kein Mensch mehr diesen Laden verlassen, selbst wenn man ihn direkt auf dem Klo platzierte.

Zu unserem Monsterburger serviert Wencke, die als Proviantmeisterin den Draht zur Theke gesponnen hat, Monstertuborg. Das lässt sich schwer beschreiben. Die wohlige Müdigkeit, gepaart mit dem Stolz, immerhin 23 Seemeilen abgerissen zu haben, ohne dass Liv bockte, ohne dass es einem von uns schlecht wurde, ohne einen Brückenpfeiler gerammt zu haben. Aaaaaah. Und noch mal einen Schluck. Aaah. Wir mampfen schweigend, keine Neigung mehr zu Fachsimpeleien, zum Glück auch jetzt nicht zu thematischen Abschweifungen über Kernfragen des täglichen Lebens wie die Finanzkrise, die Krise der Integration oder Wikileaks, allesamt Themen, die sich auf Liv wie von selbst verbieten, ohne dass man als Eigner ein Machtwort sprechen müsste, geschweige denn den Skipper über Bord werfen.

Taghell ist es noch, als wir den Laden schwankend verlassen. Es liegt nicht so sehr am Monstertuborg – mehr als diesen starken halben Liter hat keiner von uns geschafft –, es ist ein Phänomen, das Segler gut kennen, nicht aber Nicht-Segler. Wir sind ein bisschen landkrank. Wenn man sich schnell aufrichtet oder bückt, beginnt irgendwas im Schädel zu arbeiten, als müsste der ganze Körper neu kalibriert werden. So anpassungsfähig ist der Mensch, dass er nach einem halben Tag auf See schon beginnt, seine Wahrnehmung an die neue Umgebung anzupassen. Natürlich dauert dieser Prozess, und wir befinden uns in jenem seltsamen Zwischenreich wieder, das nicht jeder als menschenwürdig empfindet: auf See noch nicht ganz zu Hause, an Land nicht mehr ganz zu Hause. Wir sind heimatlose Amphibienwesen. Dafür finden wir den

Heimweg aber erstaunlich gut. Liv liegt treu am Steg. Eine schwache, kalte Brise streicht durch den stillen Hafen. Wir werfen die Heizung an, die nach ein paar Minuten mitspielt. Im Bauch unseres Schiffchens liegen wir bald trocken und warm, und wer jetzt nicht schläft, wird niemals mehr schlafen.

4

GUT GEPENNT ist die halbe Miete. Wencke und Pit sprechen gar davon, »die beste Nacht ihres Lebens« hinter sich gebracht zu haben, auf ihrer eins zwanzig breiten Pritsche. Es gäbe noch die bequemste Koje an Bord, auf der anderen Seite des Salons, aber da weigert sich Pit strikt. Er ist einer dieser Menschen, die nachts im Schlaf ein bisschen Tuchfühlung brauchen, und seine Frau erträgt es mannhaft.

Frühstück mit Nescafé und Keksen. Kein Bäcker in diesem Hafen, wir würden seinen Laden leer kaufen, so einen Appetit haben wir, einen Segelhunger, der vom vielen Sauerstoff kommen muss. Bester Dinge beugen wir uns über die Karte. Der Wind hat über Nacht nicht gedreht, Stärke drei, was nicht viel ist, aber in Böen Stärke fünf, Bäume rauschen, Wellenkämme brechen – oder so ähnlich. Wir werden den Wind später von der Seite bis leicht von achtern haben, es wird ein wunderbarer Wind sein zum Dahinsurfen. Leider wieder ein Himmel wie aus Raufaser und höchstens neun Grad.

Wie sich unsere Mädels ankleiden, ist wieder ein Ereignis für sich. Das Prinzip der russischen Puppen, nur umgekehrt, immer noch eine Lage drauf. Man fragt sich, woher diese ganzen Fleecejacken kommen, und ob Fleece nicht ein einziger Beschiss ist, wo man doch denkt, dass Fleece einheizt.

Das Ablegen. Das ist ganz einfach. Der Wind weht zwar auflandig, Tendenz von achtern, er drückt uns also Richtung Steg, aber wir haben ja Platz nach vorne, wenn wir die nächste Boxengasse schneiden. Das einzige Problem, wenn man längsseits angelegt hat, ist, dass man mit einem Boot nicht einfach vorwärts Gas geben und davonrauschen kann – so drückte es das Heck gegen den Steg. Das hat was mit dem Drehpunkt zu tun und, wie ich mich zu erinnern meine, auch mit der Anordnung des Propellers. Einerlei. So ist es jedenfalls. Obacht also.

Pit weiß das natürlich, die Mädels wissen das, jedes Kind weiß das, also passiert uns das schon mal nicht. Den Motor in den Leerlauf gestellt, ziehen wir uns an den Leinen nach vorne, hinein in die Boxengasse, sodass die Spitze des Stegs auf Höhe unseres Mastes liegt, der Bug ist frei. Nun drückt uns Wencke weg vom Steg, springt an Bord. Pit ist am Ruder. Rückwärtsgang rein, Pinne nach links, damit das Heck nach rechts schwingt, und langsam Fahrt aufnehmen. Soweit klappt das auch ganz gut. Ich stehe neben Pit, um alles zu beobachten, Anna beobachtet uns beide, und Wencke sichert unsere Spitze. Vielleicht haben wir uns zu wenig Gedanken gemacht, vielleicht haben wir einfach nur Pech, vielleicht haben sich die Elemente gegen uns verschworen. Woran auch immer es liegt, bleibt zunächst verborgen; das Manöver misslingt jedenfalls.

Wie von einer riesigen Faust gepackt, schwenkt unser Bug plötzlich nach links, zugleich haben wir zu wenig Speed, um von der Bianca hinter uns bereits freigekommen zu sein. Liv reagiert nicht auf das Gegenruder, das Pit legt – Pinne nach rechts, damit das Heck nach links wandert und der Bug nach rechts. Beherzt greift Wencke zu. Mit beiden Händen puffernd, kann sie gerade so verhindern, dass unser Bugkorb in den viel größeren und sicher auch kostspieligeren Bugkorb der anderen Yacht knallt. Zum Glück ist dort niemand zu sehen. Langsam drehen wir weiter, sind endlich klar, fahren rückwärts weiter ins Hafenbecken und einen gemütlichen Halbkreis. Kaum sind wir an der Bianca vorbeigetuckert, tauchen Köpfe aus deren Luken auf, sie schauen mehr neugierig als besorgt. Wir winken ihnen fröhlich zu. Man muss Haltung bewahren, selbst wenn einem danach nicht ist.

»Was lief da schief?«, frage ich Pit leise im Winken. Ich bin wieder an der Pinne. Das kriege ich hin: Liv sicher aus dem Hafen hinauszubugsieren. Ist auch sonst niemand unterwegs.

»Bin mir nicht sicher.« Er zuckt mit den Achseln. »Das Manöver hätte mit den Yachten geklappt, auf denen ich bisher gefahren bin. Die sind aber größer, anders geschnitten, haben einen anderen Kiel und so weiter.«

»Und nicht nur neun PS.«

»Das ist schon verdammt wenig, wenn man mal schnellen Schub braucht.«

»Aber trotzdem muss das doch besser zu machen sein. Ich hab mal gelesen, man kann in eine Leine eindampfen, die vom Heck nach vorne gespannt ist – eine Spring. Auf die Art und Weise drückt es den Arsch herum.«

Pit nickt. »Das hätten wir probieren können. Liv fährt allerdings nicht sauber rückwärts, sondern bricht aus, sobald sie die erstbeste Gelegenheit dazu sieht. Der Wind kommt noch hinzu, natürlich. Der Bug wird sehr schnell herumgedrückt. Da müssen wir uns rantasten. Ausprobieren, wie man rückwärts halbwegs stabil läuft.«

»Das muss doch irgendwie gehen.«

»Es soll Boote geben, die können das nicht. Langkieler vor allem. Die machen alles, aber bestimmt nicht das, was du vorhast. Und wenn du sie überlisten willst, durchschauen sie die List und machen wieder etwas anderes als das Falsche, das du erwartet hattest. Und zwar etwas ganz anderes, etwas, das du ihnen niemals zugetraut hättest.«

»Sie heben sich mit dem Heck aus dem Wasser.«

»So ähnlich. Nur eins passiert nie – das größte aller Wunder: dass sie einfach nur geradeaus nach hinten fahren.«

Der Schreck in den Knochen weicht mit jedem Meter, den wir zwischen uns und den Hafen legen. Flache Inseln, überwucherte Ufer, hier und dort ein Haus, davor ein kurz geschorener Rasen, ein Steg, ein Ruderboot. Ein saftiges Stück Dänemark. Den Horizont begrenzt der Schattenriss einer fremden Küste. Auf die Entfernung sehen alle diese Inseln gleich aus, die Buchten und Durchlässe zwischen ihnen verschwimmen, sodass sich ein gutes Fernglas anböte, um das richtige Landmal anzusteuern. Wir haben nur ein Werbegeschenk. Angeblich vierfache Vergrößerung. Als ich das erste Mal durchschaue, habe ich den Eindruck, es sei gar nicht so schlecht, vielleicht, weil ich ein friedfertiger Mensch bin. Aber als ich es danach Anna in die Hand gebe, fragt sie mich, ob das ein Witz sei und ob sie es womöglich andersherum halten müsse, wobei, das wäre ja nun auch egal, denn der Vergrößerungseffekt sei gleich null. Folglich wäre es nicht schlimm, hätte sie zur falschen Seite hineingeguckt.

»Das war ein Werbegeschenk«, erkläre ich matt. »Guck mal, steht Reebok drauf.«

»Macht Reebok Ferngläser?«

»Eben nicht. Dafür, dass die das nicht können, finde ich es gar nicht schlecht.«

»Du hättest es nicht mal schlecht gefunden, wenn schwarze Scheiben eingesetzt wären. War ja ein Geschenk.«

Zur Navigation sind wir also, schreckliches Los, auf die Geschicke unseres Navigators Pit angewiesen, der sich unter Deck mal wieder in die Hundekoje gepflanzt hat und mit Bleistift und Kursdreieck unseren Kurs einzeichnet.

»Wo sind wir?«, ruft er, nachdem er sich unten eingerichtet hat. Er zelebriert diesen Augenblick, das Hochamt eines Navigators, genießt es uns zu orten, alle Stunde einmal, wofür einer ans GPS spritzt und ihm die Koordinaten durchgibt.

Mehrere Kurse führen nach Süden, man kann die Inseln so runden oder so runden, es ist eine Frage des Temperaments, der Wind weht stetig. Weil es empfindlich kühl ist – erwähnte ich das schon mal? –, zielen wir auf den direkten Weg, die schmale Lücke zwischen Årø und Årøsund, ein Gebiet, das knifflige Untiefen bereithält. Zum Glück haben wir einen Tiefenmesser. Von nun an springt mein Blick vom Verklicker oben am Mast an die Wand vor mir zum Tiefenmesser, hinüber zum Kompass, vor zum Horizont, zu den Segeln und wieder hoch zum Verklicker. Als Anna heißen Milchkaffee (am Morgen auf Vorrat gekocht, clever) und Kekse bringt, greife ich beherzt zu. Vor lauter Gucken und Denken und das Boot auf Kurs Halten, 170 Grad, komme ich gar nicht mehr dazu, überhaupt noch in Erwägung zu ziehen, seekrank werden zu können. Dabei gab es vor der Abfahrt viele Momente, in denen ich mir nicht vorstellen konnte, *nicht* seekrank zu werden auf dieser Reise durch den Kleinen Belt, in dem so oft die berühmte, fiese Hacksee steht, diese kurzen steilen Wellen der Ostsee, die die Besatzung kleiner Boote zur Verzweiflung bringen können. Nicht, weil sie gefährlich wären, sondern weil sie dem Schiff einen bösartigen, kurzatmigen Rhythmus aufzwingen, weil der Bug von Wellental zu Wellenkamm stampft und die Schläge gegen die Bordwand sich anhören wie Trommeln im Busch. Aber unser Kleiner Belt: seidenhaft. Ein bisschen Geplätscher von der Seite, keine Hacksee, nicht mal eine Hubbelsee.

Die Tiefe sinkt von 13 Metern auf elf, auf neun, auf sieben – beängstigend schnell. Ein Blick auf die Seekarte, es ist keine Untiefe verzeichnet, keine Gefahrentonne weit und breit. Aber ich steuere auf Nummer sicher, falle ein wenig ab und finde die alten Tiefen. Es ist ein tückisches Revier, nördlich von Årø. Nicht mal hundert Meter entfernt sitzen Angler in ihren ankernden Booten, die Rute zwischen Ruderbank und Beinen festgeklemmt, in den Händen eine Zigarette, überm Kopf einen breitkrempigen Hut. Ein flimmerndes Licht breitet sich auf dem Wasser aus, wo die Sonne beinahe durch die Wolken dringt. Da und dort ein kleiner Strahl, der das Wasser an den flachen Stellen türkis aufleuchten lässt, wie ein Edelstein in einem dunkleren Saum.

Pit fahndet minutenlang durch das Reebokglas nach der grünen Tonne, die, kommt man von See, die Steuerbordseite eines Fahrwassers markiert. Er ist kein kräftiger Mann, eher sehnig. Gelassen steht er da, breitbeinig, um die Bewegungen des Bootes ein wenig auszugleichen und dem Reebokglas ein

Erfolgserlebnis zu bescheren. Es dauert ganz schön. Bald meine ich mit bloßem Auge einen tanzenden grünen Punkt auszumachen, Wencke und Anna deuten auch schon stumm darauf, da meldet sich Pit:

»Bin mir nicht ganz sicher, aber in diesem verdammten Glas könnte ich etwas ausgemacht haben, das mit etwas Wohlwollen so ähnlich aussieht wie ein kleiner grüner Fleck. Ob es eine Tonne ist, da möchte ich mich noch nicht festlegen.« Er setzt das Glas ab.

»Es ist eine«, bestätigt Anna.

»Es ist eine«, bestätigt Wencke.

»Es ist eine«, bestätige ich, wobei ich mir die Augen beschirme.

Pit nickt würdevoll. »Es ist eine.« Er wiegt das Fernglas in den Händen. »Hat jemand was dagegen, wenn ich den Rehbock in die ewigen Jagdgründe befördere?«

Wir schütteln alle den Kopf, aber er tut's nicht, das hätte die Ostsee nicht verdient. Und so bleibt das Glas an Bord. Da liegt es bis zum heutigen Tag, vom heiß verfluchten Meerstaub eingehüllt und langsam überwuchert. Aber was soll das: ein Vergrößerungsglas bauen, das nicht vergrößert? Und das auch noch verschenken? Warum tut man anderen solche Grausamkeit an?

Ein wenig passe ich den Kurs an, damit wir die Tonne runden können. Entspannt segelt sie, unsere Liv. Der Bug in der Spur. Es ist nicht so, dass man die Pinne loslassen könnte – dann würde sich Liv daran machen, in den Wind zu schießen. Mache ich mal, zum Spaß. Nicht lange, und Livs Bug wandert aus, zehn, zwanzig, dreißig Grad. Ich packe sie wieder, damit die Segel nicht zu bocken beginnen. Luvgierig nennt man das, so viel weiß ich mittlerweile. Schönes Wort: die Gier nach Luft. Ein konstruktiv erwünschter Effekt, denn ein Einhandsegler, der über Bord geht, kann darauf vertrauen, dass sein Boot nicht von alleine weitersegeln, sondern bald im Wind dümpeln wird, mit laut schlagenden Segeln. Der Unterschied zwischen sicherem Tod und schneller Rettung: die Luvgierigkeit. Allerdings muss man an der Pinne ordentlich arbeiten, dem Ruderdruck standhalten, die kleinen Kursänderungen ausgleichen, es ist ein ständiges Mitspielen erforderlich.

Wenn aber die Luvgierigkeit zu stark wird, wenn die Strömung abreißt, das Boot von selbst mit Macht in den Wind schießt, obwohl man das an der Pinne wie ein Verrückter zu verhindern trachtet – das nennen die Segler » Sonnenschuss «. Es soll mindestens beunruhigend sein, sogar gefährlich bei rauer See, weil Mast und Aufbauten gefoltert werden, und dennoch: was für ein feines Wort. Sonnenschuss. Ein Poet war es, der die Sprache der See erfunden hat.

So. Um die Tonne herum, wir sind im Fahrwasser, nun kann nicht mehr viel passieren. Was muss das früher, bei den Entdeckern, für ein Gefühl gewesen sein: ohne Tiefenmesser, beständig lotend, in unbekannten Gewässern, jeden Moment den Rumms erwartend, das schmirgelnde Geräusch fürchtend. Blindflug. Und so wäre es für uns nun, wenn das Echolot ausfiele. Und dazu die Karten in einer Böe über Bord flögen.

» Deswegen haben Karten in drei Deibels Namen an Deck nichts zu suchen «, doziert Pit, » eine der Goldenen Regeln. Nicht mal eben mit nach oben nehmen, um nur mal was zu gucken. Wenn die weg sind, tappen wir im Nebel. «

» Okay. « Ich wollte ihn gerade fragen, ob er die Karte nicht mal hochbringen könne, damit ich auch mal gucken kann, wo wir gerade sind.

» De Ol «, hebe ich stattdessen an, » vielleicht lernt ihr ihn noch mal kennen, hat mir eine Geschichte erzählt, wobei unklar ist, ob er die Geschichte erzählt hat, weil sie wahr ist oder weil sie gut ist. Das gehört ja nicht immer zusammen. «

Ich ernte geübte Lehrerblicke, die nicht so weit weg sind von Tadel.

» Jedenfalls ist de Ol viel in der Welt unterwegs gewesen, und er hat mehr gesehen, als ihr euch je vorstellen könntet. Oder vielmehr: will mehr gesehen haben. «

»Jetzt komm mal zum Punkt«, seufzt Anna. »Außerdem ist da vorne seitlich die nächste grüne Tonne. Ich könnte dir den Rehbock reichen, wenn du sie weiterhin ignorieren willst.«

Ich lasse mich grundsätzlich selten von den Einwürfen meiner Frau irritieren, es sei denn, sie nimmt mir eine Pointe weg, da werde ich zur Furie. Aber diese Pointe kennt sie noch nicht, ich kann es also auskosten.

»De Ol war als Reporter für eine Geschichte in Indonesien unterwegs, wochenlang trieb er sich herum unter den Fischern, die dort leben wie seit Jahrtausenden. Jedenfalls, so erzählt er es wenigstens …«

Ich höre Anna geräuschvoll einen Schluck Kaffee schlürfen.

» … war er eines Tages mit einem indonesischen Fischer unterwegs, in einer Gegend voller unterseeischer Klippen und Felsbrocken. Stellt euch ein unheimliches Meer vor, voller glitschiger Wesen, die ihr nicht mit Vornamen kennen wolltet – auch du nicht, Wencke! –, voller gezackter Felsgrate, die dir den Boden eines Schiffes schneller aufreißen, als du den Rehbock abgesetzt hast.«

Unwillkürlich schaue ich auf den Tiefenmesser. Neun Meter. Alles gut.

»›Wie macht ihr das, euch hier zurechtzufinden?‹, hat de Ol den Fischer gefragt. ›Es gibt keine genauen Karten, ihr habt kein Echolot, das ist doch unglaublich gefährlich.‹«

»Wie haben sie sich denn verständigt?«, fragt Wencke.

»Ich weiß es nicht«, antworte ich wahrheitsgemäß.

»Sprach der Fischer englisch? Oder de Ol indonesisch?«

»Ich weiß es nicht. Es tut auch nichts zur Sache. Nehmt bitte einfach so hin, dass sie sich verständigen konnten.«

»Das war jetzt aber noch nicht die Pointe«, bemerkt Anna.

»Der Fischer lächelt de Ol nur an und holt ein Paddel heraus.«

»Ein Paddel?«, fragt Anna misstrauisch.

»Jetzt kommt die Pointe«, wispere ich.

»Die Pointe!«, ruft Anna.

»Was machte er denn mit dem Paddel?«, will Wencke wissen.

»Fraglos ein Bruchtest«, wirft Pit ein.

»Und mit diesem Paddel«, fahre ich unbeirrt fort, »begann der Fischer auf die Wasseroberfläche einzuschlagen. Er sagte, er könne am Klang des Wassers erkennen, wie tief es sei.«

»Am Klang des Wassers«, wiederholt Wencke spöttisch.

»Wie soll das denn gehen?«

»So erzählt es de Ol. Und de Ol hat mehr gesehen, als ihr euch vorstellen könnt.«

Glücklicherweise bleiben mir weitere Nachfragen erspart, denn nun kommt die Enge von Årø in Sicht, und die Mädels verlieben sich augenblicklich. Zur Linken ist ein kleiner Hafen zu sehen, ein weiß-rot beringter Leuchtturm, ein gebogener Strand, eine Muschelsucherin, Vater und Sohn, die einen Drachen steigen lassen. (Årø sollte man nicht verwechseln mit der größeren Insel ähnlichen Namens weiter im Süden, Ærø, Ziel unseres Sommertörns. Schon gar nicht als Navigator.) Zur Rechten das Städtchen Årøsund, in dem man sofort anlegen möchte, es duftet hier nach Pippi Langstrumpf und Bullerbü. Zwischendrin die schimmernden Flachs im Wasser, stehende Angler auf Ruderbooten, deren Farbe abblättert, ein Nicken hier, ein Gruß dort. Einer zieht einen platten Fisch aus dem Wasser, eine Flunder?

So haben wir den Norden noch nie erlebt. Wir sind nun selbst Teil dieser Landschaft, Bewohner des Meeres. Wir gehören dazu – ein Segel vor dem Leuchtturm, das vorüberzieht. Ein Boot, eine Crew aus vier Mann, Gelächter, das übers Wasser dringt und an den Strand und die Leine hoch zum Drachen, der eifrig auf der Jagd nach niemandem Bestimmten ist. Langsam und lautlos gleiten wir hindurch.

Hinter Årø öffnet sich der Kleine Belt zu einem weiten Kessel, den man, steuert man den Alsensund an, direkt durchqueren könnte, wäre da nicht in die Seekarte ein Rechteck eingezeichnet, dazu ein schlichtes, gleichwohl eindeutiges

Zeichen: Schießgebiet. Es sind noch andere Boote unterwegs, nicht viele, aber genug, und sie ignorieren die Warnung vollständig. Bald stecken auch wir mittendrin. Es handelt sich um einen offiziellen Marineübungskorridor der ehrwürdigen königlichen dänischen Flotte. Wir machen ordentliche Fahrt über Grund, knapp mehr als fünf Knoten, aber ein ausgewachsener Zerstörer würde uns nicht mal sehen, bevor er uns über den Haufen führe. Und noch viel beunruhigender ist die Vorstellung, dass unter uns plötzlich die Fluten zu kochen beginnen, wir zur Seite kippen, denn unser Kiel ist schmal und kippelig, und auf den Schultern eines U-Bootes in die Höhe gehoben werden. Ich schaue aufs dunkle, undurchdringliche Wasser. Da unter uns werden sie jetzt sein. Möglich, dass sie uns beobachten, uns als Übungsziel betrachten. Und sie werden bessere Instrumente haben als ein olles Rehbockglas. So muss es sich einst auf Waljagd angefühlt haben, wenn du wusstest, du bist in ihrem Revier, du hast einen erspäht, du hast ihn harpuniert, er ist abgetaucht, er ist schon sehr lange da unten, er wird bald auftauchen, er muss bald auftauchen, jetzt gleich wird er es tun, und wenn er sauer ist, ein Bruder von Moby Dick, wird er *unter* uns auftauchen. Oder uns mit dem Schwanz eins überbraten. Pardon: mit der Fluke.

Aber es taucht niemand auf. Nicht mal ein kleines Periskop, das uns aus den Wellen anstarrt als schwimmendes Auge. Kann natürlich aber sein, dass ich es einfach nur nicht sehe. Meine Crew ist in diesem Moment keine große Hilfe.

»Ich gehe mal eine Runde ratzen.« Wencke reibt sich so heftig die Hände, dass Hitzekringel aufsteigen. Unten ist es wärmer, die Kojen warten. »Ich bin halt eine Frostbeule.«

Nach einer Weile schauen wir gemeinsam runter in den Salon. Wencke hat sich in den Schlafsack gelegt und liest. Sie habe ganz kalte Hände, klagt sie. »Du, Pit, ich habe Angst, dass aus meinen kalten Händen das kalte Blut zum Herzen fließt, das heißt unweigerlich Herzstillstand.« Schon fies, wenn man Biologin ist und weiß, was alles passieren kann.

»Das wär jetzt kein passender Zeitpunkt«, erwidert ihr Angetrauter.

»Meine Kerntemperatur ist völlig im Eimer.«

»Mach dir keine Sorgen. Die Seebestattung übernehmen wir gleich an Ort und Stelle, das wird günstig.«

Aber jetzt verzieht sich auch Anna nach unten, der Seegang ist nur mäßig und die Fahrt angenehm. Pit steckt unseren Kurs ab, er ist zufrieden mit unserem Fortschritt, befiehlt mir eine Peilung von 170 Grad. Fast Süd. Über die U-Boote macht sich außer mir kein Mensch Sorgen. Oder haben die Dänen gar keine?

Der Horizont da hinten ist flach und farblos, fast formlos. Könnte auch eine Wolke sein. Nach ein, zwei Seemeilen jedoch schälen sich Figuren heraus, und endlich erkenne ich eine Landmarke, ein klares, wie aus einem Fels gehauenes Bauwerk. Ein trutziger Bau, an der Seite ein mächtiger Turm, der oben spitz zuläuft. Ich nenne es den »Dom«. Der Dom liegt auf 171 Grad. Die nächsten drei Stunden ist der Dom mein Ziel, auch wenn es ihn in Wahrheit gar nicht gibt. Das erkenne ich aber erst aus der Nähe. Es ist wie im Leben. Wenn man nur nahe genug herankommt an ein Ziel, wird es unscharf. Zum Glück zerfasert aber nicht jeder Dom so wie meiner – nach zehn, zwölf Seemeilen löst er sich auf in das Dach eines Kornspeichers, die Krone mächtiger Bäume und viel guten Willen. Da ist die Einfahrt in den Alsensund längst auszumachen, und so hat der Dom seinen Zweck erfüllt: uns über die unberechenbarste Passage zu lotsen, den Kessel des Kleinen Belts, in dem oft eine harte See wartet, ein schneidender Westwind. Schwarz hat uns gewarnt. De Ol hat uns gewarnt. Und auch der Kapitän.

Aber da passt der Kleine Belt einmal nicht auf, und wir Glückskinder wuschen einfach hinein und wieder hinaus, kein Alarm springt an, wir segeln da durch wie ungesehen.

5

DIE MÄDELS KOMMEN wieder zum Vorschein, als wir den Eingang zum Sund erreichen. Es ist Freitagnachmittag, der Tag hell geworden, ohne sonnig zu sein. Wochenendsegler aus allen Ecken halten auf die ruhigen Gewässer zu, der Wind treibt sie alle herbei. Aber es geht nicht zu wie auf der Alster. Wer je das Durcheinander dort überstanden hat, lächelt gönnerhaft in diesen Minuten. Ich lächele gönnerhaft, dabei weiß ich, solche Gefühle sollte gerade ich mir nicht gönnen. Nur wenige Schiffe kreuzen aus dem Sund heraus, in wilder Schräglage. Ich bin mir sicher, den Crews ist bitterkalt. Von wegen scheinbarer Wind. Bei neun Grad gegenan zu segeln, bei einer Wassertemperatur von vielleicht sieben Grad – das wäre Shackletons würdig.

Da wir den Kurs nach Backbord ändern, haben wir nunmehr eindeutig achterlichen Wind. Ein unangenehmer Wind, wenn es schaukelig wird, aber das Wasser ist ganz glatt, und es weht auch nicht mehr als eine schwache Brise, sobald wir geschützt sind von den Bäumen am Ufer. Hinter uns knistert etwas, es gibt einen Schlag, einen leise herüberdringenden Knall. Ein Spinnaker bläht sich, zweihundert Meter hinter uns. Geräusche werden wie im Flug über das Wasser getragen, man glaubt es nicht.

Pit grinst. »Immer vorsichtig sein, wenn man über ein anderes Boot lästert. Was für ein hässliches Wrack das da vor uns ist, zum Beispiel. Die anderen hören im Zweifel mit.«

Ein Spinnaker ist ein gewaltiges Ding, leichter Stoff, bauchig geschnitten, einzusetzen nur bei Wind von hinten. Noch viel riesiger als unser Riesenömmel von Genua. Der Verfolger schiebt sich unerbittlich heran, wie von einer gewaltigen Hand gezogen. Einen Spinnaker haben wir nicht, aber Schmetterling könnten wir probieren. Platt vor dem Wind ist die Gefahr einer Patenthalse zwar groß, aber ... Eine Patenthalse? Das ist das, was ich bei der praktischen Prüfung auf der Alster hinlegte. Ein grandios scheiterndes Manöver. Wenn man den Wind von hinten hat und er die Richtung ein klein wenig ändert oder man selbst, womöglich sogar unbeabsichtigt, den Kurs, schlägt das Großsegel herum, der Baum saust einmal in einem Halbkreis übers Deck. Manch ein Skipper ist von so einem Schwinger über Bord gewischt oder ausgeknockt worden. Zum Glück ist unser Baum nicht so lang wie auf den meisten anderen Schiffen, die in der Lage sind, bei einer Patenthalse die komplette Crew abzuräumen, wenn diese die Köpfe nicht blitzschnell herunternimmt. Unser Baum endet über dem Niedergang. Wer Liv steuert, kann an der Pinne stehen und dem Baum lachend zusehen, wie er sein Henkerswerk verrichtet. Aber natürlich will man das um jeden Preis vermeiden, so unkontrolliert mit dem Arsch des Bootes durch den Wind zu gehen. Die Kräfte, die entstehen, sind enorm, das Rigg ächzt unter der Belastung.

Wir aber wagen den Schmetterling, weil der Wind »sagenhaft konstant« ist, wie Pit befindet. Also Großsegel auf die rechte Seite, Genua auf die linke Seite gezuppelt. Maximale Angriffsfläche. Wir werden von hinten geschoben, und tatsächlich schrauben wir unseren Speed von 3,8 auf 4,3 Knoten. Berühmt ist das nicht, aber immerhin. Der Spinnaker schiebt sich trotzdem, wie eine rollende Kulisse, an uns vorbei, da kann man nichts machen. Der Skipper grüßt schneidig, eine sparsame, gleichwohl zackige Bewegung. Deutscher Kapitänsadel wohl.

Herrliche Fahrt. Zur Linken paradieren die Boote in die enge Zufahrt einer Bucht, die laut Törnführer als die bestbesuchte Dänemarks gilt: Dyvig, hinter einem spektakulär schmalen Kanal gelegen. Die Lieblingsbucht des Showmasters Hans-Joachim Kulenkampff, der hier gerne auf seinem Zweimaster vor Anker ging. Ein Tipp ist Dyvig längst nicht mehr, sagt de Ol, aber unter der Woche immer noch schön und vor allem: geschützt.

Zur Rechten erreichen wir schließlich den kanalartigen Teil des Sunds, der uns nach Sønderborg führen wird. Der gnädige

Wind schiebt uns gemütlich durch ein Panorama, für das man auch Eintritt zahlen würde. Es ist gar nicht mehr so kalt. Zwei Haubentaucher platschen ins Wasser, gleich da drüben. Wo sie eintauchten, breiten sich winzig kleine Wellen aus. Segeln hat ein menschenwürdiges Tempo.

»Mir ist jesusmäßig kalt«, klagt Wencke. »Wann sind wir denn da?«

Pit hat sich unter Deck verzogen, Position ausrechnen. Der Mann brauchte keinen Snack, keinen Drink – aber nimm ihm Zirkel, Messdreieck, Bleistift und Seekarte weg, und er verginge vor Auszehrung.

»Saukalt.« Anna hat die Arme unter der Brust verschränkt. »Was ist der Plan hinter Sønderborg?«

Die Wahrheit ist: Wir haben keinen Plan. Wir wollten mal schauen. Also halten wir kurz Kriegsrat. Pit steckt den Kopf durch den Niedergang, und nach zwei, drei Sekunden ist klar: Bis zu unserem Heimathafen schaffen es die Damen nicht mehr. Also, sie schafften es schon noch, aber sie wollen nicht mehr. Und wir Herren wollen auch nicht mehr. Oh doch, auch wir schafften es schon noch. Aber in Sønderborg wartet ein kühles Bier und vielleicht sogar ein saftiges Stück Dänenfisch.

Ich will nicht verhehlen, selbst mir, dem Kerl an der Pinne, mannhaft steuernd seit fast zehn Stunden, stets konzentriert, nicht ein einziges Mal schwankend oder den sterbenden Schwan markierend, ist die Kälte ein klein wenig in die Glieder geschlichen. (Die drei anderen wollten den ganzen Tag gar nicht steuern. Sie sind offenkundig froh, dass ich durch die Passage ohne viel Gewese durchgekommen bin.) Es ist indes eine aushaltbare Klammheit, über die man sich totzulachen verstünde, gäbe es nicht auch die Möglichkeit, sich ihr hinzugeben. Natürlich trägt dazu nicht unwesentlich bei, dass die Brücke von Sønderborg geschlossen ist. Auf der Leuchttafel ist angeschrieben: »18.27«, und ein Blick auf die Uhr verheißt 18.03 Uhr. Wir fahren fast eine halbe Stunde lang in Schleichfahrt im Kreis, Warteschleifen vor dem versperrten Tor, mit uns bald ein halbes Dutzend anderer Boote, ein bizarrer Reigen.

Langsam kehren meine Gedanken zurück in die Realität. Sobald wir in unserem Heimathafen angelangt sind, muss ich mich ums Auto kümmern, das ja noch in Bogense steht. Meine erste Hoffnung ist Schwarz, ich habe seinen Ersatzschlüssel mitbekommen. Wenn er übers Wochenende zu seinem Boot fährt, wartete sein Wagen auf dem Parkplatz, könnten wir zu zweit hochdüsen, Passat holen, fertig. Also Handy raus. Vor allem tut es gut, seine Stimme zu hören. Er freut sich, als er erfährt, wie bravourös uns der Durchstoß gelungen ist.

»Alter, Mensch!«, ruft er. »Ihr habt's geschafft! Von jetzt an Heimwärtsgleiten. Genussfahrt! Ach, schön. Freut ihr euch?«

Ich hätte noch nicht drüber nachgedacht, antworte ich. So nervös, wie ich vorher war, so wenig ich mir vorstellen konnte, dass es wirklich gelingen würde, so selbstverständlich scheint es mir nun zu sein, Sønderborg erreicht zu haben. Undankbares Pack, wir Segler.

»Das ist die frische Luft, mein Bester. Wirkt immer. Und wo verbringt ihr die Nacht?«

Schwarz warnt uns vor dem Strom im Sund, dass das Anlegen in Sønderborgs Stadthafen tückisch sei und es immer eng zugehe. Der Sportboothafen aber, ja, der sei ganz schön. Und auch in Laufweite zur Altstadt.

»Schön«, entgegne ich. »Schönschönschön. Altstadt klingt gut.«

Wir ratschen noch ein wenig, dann erzählt er, dass er bei diesem Wetter nun doch nicht aus Hamburg angerauscht käme, »ist einfach sinnlos, wenn man weiß, man quält sich«. Diese Variante fällt also schon mal flach. »Aber der Tramp wollte hoch, gleich morgen früh, ruf doch den an.«

Bevor wir auflegen, beglückwünschen wir uns gegenseitig zu diesem phantastischen Hobby. Pünktlich auf die Minute schwenkt die Brücke in die Höhe, Anna steuert uns hinter einer breithintrigen Motoryacht durch die Gasse.

Mir fällt es schwer, dazusitzen und keine Empfehlungen loszulassen. Als Beifahrer im Auto schlafe ich auf der Autobahn immer ein, das verhindert Streitereien. Hier an Bord würde ich gerne was sagen, aber ich trau mich nicht recht. Außerdem ist Pit da. Ich sollte meine Schnauze halten. Ich halte sie nicht. »Vorsicht!« Das war bitter nötig, denn Anna mag, wie beim Autofahren, nicht unbedingt gleichzeitig einen Schluck Wasser trinken und geradeaus fahren. Eins von beiden geht schief. Im Zweifel leidet immer die Spurtreue.

Ich solle es nicht so eng sehen, gibt sie zurück.

Bald bedeutet mir Pit, es sei nun genug, und ich verhole mich auf die Bank, schaue mir Sønderborgs hölzern beschlagene Uferpromenade an, die gewaltigen Schiffe, die dort Seite an Seite festgemacht haben. Im Päckchen. Und die Crews, die außen liegen, tapern über die Decks der anderen Schiffe. Das muss man natürlich wollen.

Der Tramp geht wie immer erst ans Telefon, als ich schon fast die Hoffnung aufgegeben habe. Als wolle er einen für die gezeigte Hartnäckigkeit belohnen. Ja, bestätigt er, er komme hochgekurvt, um sein Boot ins Wasser zu lassen, aber, nein, sein Auto sei leider nicht zu haben, am Nachmittag müsse sein Kumpel, der ihm helfe, zurück nach Hamburg. Ich kenne den Kumpel. Ein feiner Kerl. Ein richtiger Handwerker, der alles kann, was man so können kann, aber ein wenig unzuverlässig ist. Wenn du ihn ein Bad neu auskleiden lässt, solltest du dich drauf einrichten, dass du das nächste Jahr eine Tropfsteinhöhle dein Eigen nennst. Der Kumpel macht alles sehr genau. Nur mit dem Timing hat er es nicht. Und weil sich der Tramp für seinen Kumpel verantwortlich fühlt, wird er ihn morgen Nachmittag pünktlich wieder in Hamburg abliefern.

Zweite Chance auf ein Auto: perdu. Ach, sage ich mir, das ist dein Problem von morgen, wir sind in Mitteleuropa, mit dem Zug, mit dem Bus kommst du überall hin, sogar preiswert, und wenn es normal läuft, kriegst du eine einigermaßen gute Verbindung. Nimm ein spannendes Buch mit, und du wirst sehen, bist in Nullkommanix wieder am Hafen. Mit diesem Gedanken tuckern wir in die Marina von Sønderborg.

Zuvor aber Vorbereitung zum Anlegen. Die Segel runter. Die Schoten ordentlich aufgeschossen, damit sie nicht im Weg herumtüddeln. Die Fender, die Liv abpuffern werden, herausgekramt. Die Festmacherleinen am Bug und Heck bereitgelegt. So präpariert dampfen wir in den Hafen.

Pit hat die Pinne übernommen, ist mir recht. Der Hafen ist schon beinahe voll belegt, aber am Eingang einer Gasse erspähen wir weit hinten zwei, drei Plätze. Die Kunst bei den Hafenmanövern ist, in Bewegung zu bleiben, und zwar gerade so schnell, dass das Schiff Ruderbefehle annimmt, zugleich aber so bedächtig, dass alle Manöver ohne Hast gefahren werden können. Das ist die Theorie. In der Praxis muss man den Wind einberechnen und auch eine etwaige Strömung, dazu den rätselhaften, unberechenbaren Faktor X, um den jede Handlung angepasst werden muss.

Klare Absprache: Pit an der Pinne, am Gas, in der Verantwortung, dass unser driftender Mehrtonner sauber am Steg endet. Anna hat hinten eine Achterleine in der Hand, Wencke ist vorne, um den Bug abzuhalten. Ich werde auch an Land springen und die Luvleine belegen – also die neuralgische Leine in Richtung des Windes, auf die am meisten Zug entsteht. Es herrscht allerdings nicht viel Wind, vielleicht Stärke vier aus West, und wir werden gegen den Wind anlegen, was tendenziell angenehm ist – Wind von hinten drückte den Bug auf den Steg. Als wir von der Gasse in die freie Box einbiegen, rechts ein Boot, links ein Boot, sehe ich, dass hinten links in dieser Box gar kein Pfahl ist, dass wir uns da also schon mal nicht festklammern können. Pit schwenkt die Pinne, wir drehen sofort Richtung Steg, schlüpfen in die Box, der Steg kommt näher, grünliches Holz. Huch, wir sind schon da. Ein Mann an Land, die verbreitete Hilfsbereitschaft unter Seglern, nimmt Wenckes Leine entgegen, ich höre Pit hinten fluchen, er knallt den Rückwärtsgang rein, der Motor röhrt hoch, ich bin an Land, will die Leine um die Klampe legen, sehe neben mir den Mann und Wencke sich gemeinsam gegen den Bugkorb stemmen, fummele mit steifen, von zehn Stunden an der Pinne steif gefrorenen Fingern herum, merke, dass die Leine nicht sauber aufgeschossen wurde, sie hat Kinken drin, erfindet wie von selbst Knoten, die sie in sich selbst hineinwringt. Mein Part ist schon mal versaut.

Die beiden neben mir leisten ganze Arbeit, und gottlob hat Pit genug Rückwärtsfahrt gegeben, Liv steht. Aus dem Augenwinkel sehe ich Anna die Heckleine über den Pfahl legen. Wencke hat die andere Leine erfolgreich bezwungen, zur Linken macht Pit am Nachbarboot fest – so gehört sich das hier. Nur ich kämpfe noch. Und wie ich kämpfe. Wenn die Leine eine Schlange wäre, sie könnte sich nicht listiger wehren. Sie hat Knoten geboren, die ich selbst niemals knüpfen könnte. Na warte. Ich würge sie und schlinge sie und peitsche sie, mal glaube ich die Oberhand zu behalten, da wehrt sie sich wieder so geschickt, dass sie mir die Hände fesselt und mich einmal fast ins Wasser zerrt. Nachdem ich sie endlich gebändigt, sie sauber um die Klampe gewickelt habe und stolz aufblicke, sitzen die anderen drei schon hinten im Cockpit, in der Hand das Willkommensbier. Sie wagen es zu lachen. Sie lachen den Eigner aus. Liv, wirf sie ab!

Aber Liv wirft sie nicht ab. Macht hier ja jeder, was er will. Mir bleibt nur eins. Aufrechten Hauptes stapfe ich nach hinten, hocke mich dazu und zische auch ein Bierchen.

Vom Nachbarboot – man liegt manchmal nicht anders, als man auf einem Campingplatz zeltet, Eingang an Eingang, immer in Hörweite, hier zwischen Tümmler und Always Ultra – ruft einer rüber: »Denkt ihr noch dran, das Fall dichtzuholen?«

»Geht gleich los«, antworte ich, »wir machen noch Klarschiff.« Ich bin so paniert, dass ich nicht den leisesten Schimmer habe, was er meinen könnte. Leise frage ich Pit. Der deutet hoch zur Leine, die das Großsegel nach oben zieht. Sie hat Spiel und schlägt im Wind gegen den Mast. Ein kurzer Ruck am Fall, und Ruhe im Karton. Nicht jedes Problem überfordert mich. Doch auf die Lösung musst du immer erst mal kommen.

Unser Wanderweg, vorbei am Schloss in die Altstadt, führt am Meer entlang. Ein Blick ist das wie in Sydney, in einer der Buchten, in denen die City nicht mehr zu sehen ist. Das geheimnisvolle Leuchten des Himmels, die heranschleichende Nacht, drüben die Lichter am Steilufer: die Düppeler Höhen, im 19. Jahrhundert Schauplatz fürchterlicher Scharmützel zwischen Deutschen und Dänen. Die Deutschen siegten, und bis 1920 war Sønderborg deutsch. Sönderborg hieß es damals, glaube ich.

Heute wollen die Deutschen keine Schlachten mehr und keine Punkte auf dem ersten O, sie haben einen Sauerstoffschock und plumpsen in den »Oxen«, ein argentinisches Steakrestaurant. Der Fisch kann uns mal. Drinnen ist es so warm, dass wir am liebsten unsere Schlafsäcke ausrollen würden. Holztische, in der Küche Holzkohlegrills, der Duft nach Fleisch. Ein großes, saftiges Steak, eine Flasche Malbec. Der Spaziergang zurück ist schon ein Fall für Schlafwandler. Liv liegt da, vertaut, verplompt, versiegelt, wir kriechen in die Kojen und segeln im Träumen weiter.

Dreiundvierzig Seemeilen steckst du nicht so einfach weg. Das ist wie zehn Stunden Buckelpiste fahren oder was weiß ich. Meine Ohren sausen und brennen, das war der Fahrtwind. Meine Augen suchen den Verklicker, meine Hand sucht die Pinne, meine Beine suchen Halt, meine Gedanken suchen Ruhe, und so schwimmt Liv in dieser Nacht noch einmal die ganze Strecke von Middelfart bis Sønderborg.

Kein U-Boot, auch diesmal nicht. Nur ein Knarzen und Ächzen und Wiegen. Livs Lied hört sich in jedem Hafen ein wenig anders an. Als wolle sie sich anpassen an diesen neuen Ort, der anders riecht, wo die Menschen anders lachen, der ein anderes Gefühl vermittelt. Häfen sind was Feines. Häfen sind ein Mysterium. Sie machen dich klein. Sie machen dich groß. Sie zerren dich auseinander. Sie setzen dich neu zusammen.

Als ich endlich meinen Traum ausziehen kann, eine Lage Fleece, die ich in dieser Nacht nicht mehr brauche, versinke ich im Schwarzen. Einen Moment später wird es hell. Als Erstes höre ich ein Singen, spitz und hoch, mehr ein Wimmern. Unsere Wanten, die in einer steifen Brise zittern. Glieder regen sich, leises Gestöhne. Die anderen sehen vielleicht verschlafen aus, ojemine! Kaffee kochen per Landstrom. Kaffee schlürfen. Kopf rausstrecken.

Knapp halb acht ist es. Eine Vindö, eine dieser seidigen Holzyachten, hat den Motor angeworfen und schleicht aus der Box. Der Chef am Steuer, seine Frau vorne, beide können nicht jünger als sechzig sein. Als die Box verlassen ist, schlingt die Frau schnell eine Leine um den Pfahl, zieht sie stramm. Ich gähne. Es scheint mir ein Manöver zu sein, das irgendwie sinnvoll ist. Ich weiß aber nicht, was sie da tun. Sie scheinen auf irgendwas zu warten. Weiter abtreiben können sie nicht, der Bug ist fest, und der Wind steht von links auf das Heck. Hat der Cheffe eingekuppelt? Vorwärts? Nein, eher rückwärts! Und Ruder gegen den Wind gelegt? Man kann es nur vermuten. Ich kratze mir den Kopf. Scheint mir alles höllisch kompliziert. Warum tuckert der nicht einfach raus, drückt das Steuer in die richtige Richtung, Gas, zack und weg?

Nach ein, zwei Minuten setzen sie – in der Hafengasse! – das Großsegel. Dann, wie selbstverständlich, dreht sich ihr Heck nach Luv, die Gattin löst die Leine, der Gatte gibt ein wenig Gas, sie zuckeln an uns vorbei. Ich grüße, mit der Tasse in der Hand, aber der Skipper sieht mich nicht. Er schaut hoch zum Verklicker, und so fahren sie unter Segeln aus dem Hafen hinaus.

»Hm.« Pit hat das Ganze über den Rand seines Kaffeebechers ebenfalls beobachtet. »Unklar, was für einen Sinn das hatte, aber es schien einen zu haben.«

»Das tippe ich auch«, sage ich. »Aber vielleicht war das einfach nur ihre Art, abzulegen. Man muss ja nicht alles komplizierter machen, als es ist.«

Zufrieden bereiten wir Liv für den letzten Schlag nach Hause vor. Ich werde bei diesem Manöver an der Pinne stehen, das ist klar. Der Beschluss wird auch verkündet. Schon regt sich Skepsis bei der Mannschaft. Das kann man nun gar nicht gebrauchen.

»Wetten, dass du irgendwo andotzt?«, sagt Anna über ihren Kaffee hinweg.

»Wo soll ich schon andotzen? Ich fahre rückwärts raus, Pinne nach links, und schwupps, wandert der Bug nach links, und wir eiern hier vom Feinsten aus dem Hafen.«

»Wetten, dass Pit uns retten muss?«

Ich ziehe vor, sie zu ignorieren. Nichts schlimmer als eine Crew, die nicht an einen glaubt. Vor allem, wenn man selbst nicht so recht an sich glaubt. Ich habe zwar einen Plan, aber das könnte, den Verdacht habe ich, auch ein dilettantischer Plan sein. Pit trägt ihn allerdings mit. Und doch ist seine Kurbelei vom Morgen zuvor unvergessen. Übers Wasser wandeln kann auch er nicht. Beim Hafenmeister hole ich mir noch flugs den Busfahrplan. Freundliche Leute, suchen für mich extra im Internet, drucken alles aus. Ich werfe einen flüchtigen Blick auf den Zettel. Beste Verbindungen in den Norden, einmal pro Stunde, da kann nichts schiefgehen.

Ausgiebiges Nicken zu den Nachbarn. Der Wind wird uns aus der Box treiben, auch wenn er schräg von Steuerbord kommt, unangenehm stark, wenn man ehrlich ist. Sogar sehr unangenehm. Und in Böen. Aber ich nehme mir vor, mir vorzunehmen, dass alles wie von selbst gut geht. Weil es in der Theorie gepasst hat. Allerdings wird sich herausstellen: Pustekuchen.

Wencke wirft uns vorne los, und wir fahren rückwärts aus der Box, so langsam wie es uns möglich scheint. Ich bin konzentriert, dass mir der Kopf brummt, und merke zugleich, dass sich die Konzentration davonstiehlt. Aus der Bewegung heraus werde ich die richtigen Entscheidungen treffen müssen, und als Folge beginnt die Realität nicht langsamer, sondern schneller abzulaufen, wie bei der doppelten Geschwindigkeit auf einer DVD, nur dass es keine Stopptaste gibt.

Der Pfahl fliegt zur Rechten vorbei, wir sind noch in der Spur, vorne nicht mehr durch eine Leine gesichert, aber noch haben wir volle Kontrolle. Glaube ich. Die Pinne fühlt sich glatt unter den Fingern an, ich spüre die samtig gehobelte feine Maserung. Im Winter habe ich sie nicht lackiert, weil Patina schön ist, und jetzt denke ich, gut, dass du sie nicht lackiert hast, sie würde kühler in deiner Hand liegen, nicht so anschmiegsam.

Wir sind weit genug draußen, Wencke zeigt am Bug den erhobenen Daumen. Jetzt – die Pinne nach links! Der Bug, er schwenke nach links! Schwenkt er aber nicht. Vielmehr: rechts schwenkt. Und zwar schnell. Sehr schnell. Viel zu schnell. Es sieht aus wie bei einem Egoshooter, wenn das Fadenkreuz über den Horizont wandert, unaufhaltsam, von links nach rechts. Vorne, irgendwo ganz woanders, sehe ich die Gefahr näher kommen. Wir sind noch nicht frei vom Nebenlieger, Wencke packt schon das Achterstag des Nachbarbootes. Dessen Eigner hält unseren Bugkorb in den Händen, beide drücken, was das Zeug hält, ich sehe das aus den Augenwinkeln. Ich begreife nicht, was geschieht. Das Ruder ist richtig gelegt, und doch macht das Boot nicht nur etwas anderes, sondern, wie beseelt von einem bösen Willen, exakt das Gegenteil dessen, was ich ihm befehle. Der Bug dreht weiter, hinein in die Hafengasse.

»Ich übernehme, okay?« Pits leise Stimme, die Stimme des Erlösers. Aber auch ein wenig rau. »Jetzt.« Totale Ohnmacht. Noch immer haben wir den Rückwärtsgang drin, vorne sind wir nun frei, das Boot dreht weiter, wir sind um 180 Grad falsch auf Kurs. Die Schnauze zur Kaimauer. Was Anna macht? Ich weiß es nicht. Von meiner Warte aus kann ich nicht viel sehen. Pit hat nun die Pinne in der Hand, und ich knie mich, weil der Gashebel so bockt, vor den Eumel auf den Boden.

»Vor!«, ruft Pit.

Ich gebe Vorwärtssgas, eine Sekunde.

»Zurück!«

Ich wie wild zurück, froh, klare Befehle zu bekommen, mich nützlich zu machen, damit wir das offenbar wild gewordene Boot unter Kontrolle bekommen.

»Vor!«

Ich reiße den Hebel nach vorne. Schaue auf den Niedergang vor mir, spüre, wie sich die Holzleisten in meine Kniescheiben pressen, höre unseren Motor röhren und würgen und aufheulen. Mit beiden Händen am Hebel warte ich. Wie in einem Katastrophen-Film, in dem der Held im rechten Moment den dunkelroten Knopf drücken muss, um den Meteoriten zu zerstören.

»Zurück!«

Viel Widerstand zu überwinden. Verdammt, geht das schwer!

»Vor!«

Mir ist schon klar, wir drehen auf der Stelle. Jetzt, da ich hektisch hochschaue, sehe ich, wie uns die nächste Pfahlreihe entgegenspringt.

»Zurück!«

Eine halbe Sekunde, nicht länger. Pit bewegt die Pinne nicht, die ist ganz nach links gedrückt. Sieht konzentriert nach vorne, nach hinten, immer abwechselnd.

»Vor!«

Ich höre Nervosität in seiner Stimme, gar keine Frage. Wir legen hier einen ordentlichen Stunt hin, haben vorne und hinten vielleicht einen Meter Platz, nicht mehr, und zwischen den Pfählen warten die Hecks lächerlich teurer Yachten, die wir nur rammen sollten, wenn wir einen triftigeren Grund haben als unglücklich einfallenden Wind und gedankenlose Panik, eine Stampede des Pinnenmanns.

»Zurück!«

Die anderen Segler in unserer Gasse gucken; ihre Gesichter sehe ich glücklicherweise nur unscharf, ich will sie auch gar nicht scharf sehen. Wir bieten großes Hafenkino. Mordssound.

»Und vooor!«

Wir drehen, drehen, drehen, es reicht, sind durch. Salto auf engstem Raum. Schweißperlen auf der Stirn, als ich mich aufrichte.

Pit drückt mir die Pinne in die Hand. »Fahr uns raus«, sagt er, »alles gut.«

Anna steht daneben, sie lächelt, ich lächele schwach zurück. »Wette gewonnen«, stellt sie fest. »Und keine Widerrede.«

Die Fender im Arm, kommt Wencke nach hinten. »Würde ich auch sagen. Klarer Fall von Wette gewonnen.«

Ohne auf nennenswerte Hindernisse zu stoßen, lotse ich Liv aus dem Hafen hinaus.

Meine Antwort wartet Anna gar nicht erst ab. »Kam es mir nur so vor, oder war das ein haarsträubendes Manöver? Unten im Maschinenraum war es die Hölle. Hätte jeden Moment damit gerechnet, dass wir irgendwen rammen.«

»Bei dir da unten war's das vielleicht schon«, meint Pit. »Im Prinzip aber ein normales Manöver. Alles glattgegangen. Nur…«

»Aber«, falle ich ihm ins Wort, »als wir die Wette schlossen, hat kein Mensch was vom Wind gesagt. Und außerdem hat das Boot gemacht, was es wollte.«

»Das ist auch mein Aber. Unsere Lady hier«, Pit tätschelt Livs schmalen Hintern, »ist nicht leicht zu manövrieren, das muss man mal für die Damenwelt an Bord betonen. Das ist ganz und gar nicht leicht, das ist sogar sauschwer.«

Sein Urteil löst ein beeindrucktes Schweigen aus. Den Lärm übernimmt eh unser Einzylinder. Mir steckt der Schock noch in den Gliedern, und auch Anna scheint sich klein zu machen. Wie der Wind so ein Manöver verhageln kann, wie schnell Chaos ausbricht, wie schnell man handeln müsste, aber zugleich wie gelähmt ist, weil die Übung fehlt und das Wissen, was das Richtige ist. Selbst, was es überhaupt sein könnte.

Da draußen, gnädigerweise in der richtigen Richtung, weht ein mächtig strammer Wind. Wenn wir den die beiden Tage zuvor gehabt hätten: gute Nacht, Marie. Dann hätten wir reffen müssen. Aber wie das Großsegel zu verkleinern ist, das durchschaut Pit so wenig wie ich. Ein Drahtseil baumelt am Mast herum. Es ist ein System, gewiss, es wirkt ganz einfach, aber es erschließt sich einem nicht, wo ziehen, wo festzurren. Scheiß-System, wenn es keiner begreift. Wir wollen uns das mal in Ruhe angucken. Wenn uns nun aber aus dem Nichts dieser Wind angefallen hätte … Na, wir hätten es schon hingekriegt. Das denke ich mir zumindest. Das Schlimmste wäre gewesen, wir hätten den Lappen runtergenommen und wären in den nächsten Hafen geschippert, um dort Trockenübungen zu machen.

So halb gar vorbereitet zischen wir hinaus in die Bucht von Sønderborg. Der Wind hat ein wenig gedreht, legt die Seezeichen fast flach aufs Wasser, reißt Gischt in die Luft. Das Meer zerfurcht, ein wogendes fahles Feld. Ganz schön was los. Komisch, aber ich mache mir keine Sorgen. Liv ist verlässlich, das ist inzwischen sonnenklar. Sie haut sich in die Wellen, sie fühlt sich hier zu Hause. An ihr wird es nicht scheitern.

Nur unter Genua reiten wir die letzten Meilen ab. Sechs Komma drei Knoten nur mit dem gebauschten Vorsegel, Donnerwetter! Leider schieben sich dicke Wolken hinter uns übereinander, der seit Tagen angekündigte Regen sammelt seine Kräfte. Schweinekalt, mit diesem Wind. Dänischer Frühsommer, frisch aus der Eisbox. Stimmung kommt keine mehr auf. Keine Lust mehr auf Trainingsmanöver, die wir uns doch so fest vorgenommen hatten, nur nach Hause. Die ersten Tropfen fallen bereits, als wir den Mastenwald unseres Hafens sehen. Es ist ein kleiner Hafen, nicht sehr berühmt. Manche sagen, es sei einer der schönsten Häfen Dänemarks, aber ich vermag das nicht zu beurteilen. Jedenfalls geht es beschaulich zu in unserem Hafen, und wenn man baden will, ist ein Strand gar nicht weit. Gesetzt den Fall, es wird in diesen Breiten mal warm.

Unsere Box ist am Südsteg gelegen, in der Mitte eines Knicks. Wieder übernimmt Pit die Pinne – ich wage es schlicht nicht. Habe einen Heidenrespekt und will auch nicht gleich bei der Ankunft alles versemmeln. Der neue Nachbar, der zur Begrüßung erst mal einen versenkt. Moin zusammen. Aber es ist kaum Wind im Becken, das Wasser wie ein Spiegel. Der Anleger glückt tadellos. Wir stoppen kurz vor dem Steg auf, Leinen über!, Leinen sind über, Leinen belegen!, Leinen sind belegt, Motor aus, Stille.

Hätte ich mir im Nachhinein auch zugetraut, aber meine Nerven haben für heute genug gelitten, und man soll ja auch seine Mitmenschen nicht überfordern. Würde trotzdem immer noch zu gern wissen, was ich beim Ablegen in Sønderborg falsch gemacht habe.

»Nichts«, versichert mir Pit.

»Nichts«, wiederhole ich.

»Du musst üben, üben, üben mit dieser reizenden Lady. Nur so begreifst du, was sie will.«

»Wenn sie es denn selbst weiß.«

»Sie weiß es.«

Heimathafen. Ein irres Gefühl. Ich drücke Anna, die so froh ist wie ich, ich drücke Pit und drücke Wencke, wir haben es geschafft. Keineswegs ertönten von irgendwoher Fanfaren, als wir eingelaufen sind, aber ich habe sie mir dieses Mal vor Erleichterung mitgedacht. Wir spähen unsere Box aus. Links daneben der Platz ist leer, rechts daneben liegt eine verschrammelte Motoryacht, grün angelaufen vor Algen und Einsamkeit. Find ich gut, unseren Platz. Keine Nebenlieger da, die unser altes Mädchen belächeln könnten. Auf dem alten Kahn brütet eine Ente inmitten fransiger Seile. Ein Boot ist auch immer ein Haus am Meer.

Ich sehe die Kähne des Kapitäns, des Tramps, von Schwarz, die einen Steg weiter friedlich vor sich hin dümpeln. Die Commander des Alten ist noch nicht überführt, sie hat an der Elbe überwintert. Aber wir sind schon hier. Am liebsten würde ich mich ausstrecken, in den Himmel gucken und vielleicht eine Pulle Wein aufmachen. Was fehlt, ist das Auto. Der verdammte Passat.

Erst mal latsche ich zum Supermarkt, hole Brötchen, Honig, Erdbeermarmelade. Prächtiges zweites Frühstück mit müden Augen. Wir sind geschlaucht. Aber so glücklich, wie man es nur geschlaucht sein kann.

Die Mädels beschließen, die Kuchenbude aufzubauen, was ein voluminöses Überzelt über unser Cockpit wölben wird. Pit verzieht sich zufrieden an seinen Navigatorentisch. Gleich als Nächstes mache ich mich auf zur Bushaltestelle. Wird schon nicht so schwer sein, hoch nach Bogense zu kommen, Dänemark ist Europäische Union, und der Personennahverkehr in so einem sympathischen, naturkundigen Ländchen dürfte dem unseren weit überlegen sein.

6

FREUNDLICHERWEISE SETZT der Regen ein, als ich auf den Bus warte. Kein bösartiger Regen, aber ein hartnäckiges Landnieseln. Zum Glück habe ich meine Musto-Jacke an, die mich so vollkommen schützt, dass ich mich sogar zunächst weigere, die Kapuze überzuziehen. Mir genügt der Gedanke, dass ich sie jederzeit überziehen könnte, und kein Wetter kann mir mehr was anhaben.

Laut Plan müsste der Bus nach Sønderborg eigentlich um 11.32 Uhr gehen. Es ist eine Haltestelle an einer verlassenen Landstraße. Leuchtende Rapsfelder um mich herum. Ihren Duft spült der Regen mit sich. Ich bin aber nicht unzufrieden, im Gegenteil: Der erste kleine Anflug von Euphorie streift mich. Allmählich löst sich die innere Spannung. Ich merke, wie ich am liebsten die Jacke ausziehen würde, um mehr Regen abzukommen. Das lasse ich aber sein. Bin ja nicht bescheuert. Habe einen halben Tag Bus und Zug vor mir. Im Arm meinen Rucksack, darin Müsliriegel, Wasser, Lesefutter.

Aber nicht nur kein Bus kommt nicht, es kommt gar niemand. Um 11.39 Uhr schaue ich nochmals auf den Plan. *Ingen Lørdag* steht da unten klein, *nicht am Samstag*. Na gut, Pech gehabt. In knapp zwei Stunden folgt der nächste, ist eben Wochenende, Hektik kennen sie hier nicht. Runtergedackelt zum Boot, großes Hallo der Crew, die gerade von einer gemütlichen heißen Dusche zurückgekehrt ist und sich jetzt aufmacht, das Örtchen zu erkunden.

»Hej, eine Dusche! Spitzenidee!«, rufe ich ihnen zu, krame mein Zeug zusammen und spurte über den Steg zum Sanitärgebäude. Vor den Männerduschen ein Schild: geschlossen zwischen 12 und 14 Uhr, wegen Reinigung. Wir haben 12.06 Uhr. Noch ist dies nicht mein Tag. Noch nicht mal ansatzweise.

Ich lege mich in Livs Bauch, höre dem Regen auf dem Dach zu und versuche ein wenig zu lesen. Geht nicht. Das hier muss ich noch erledigen, dann ist alles vollbracht. Irgendwie das Auto herunterkutschieren, und heute Abend lassen wir uns in Sønderborg volllaufen. Morgen früh ein paar Manöver fahren und ab nach Hause, um meine Eltern abzulösen und unseren Sohn hochleben zu lassen.

Pünktlich tappe ich die dreihundert Meter wieder hoch. Der Bus kommt, saubere Sache, 12.52 Uhr. Ich zahle umgerechnet drei Euro, lehne mich zurück und bin eingeschlafen, noch ehe wir den Ort verlassen haben.

Um 13.05 Uhr erwache ich mühsam, eine Hand rüttelt an meiner Schulter. »Junger Mann, Endstation«, sagt die Fahrerin auf Deutsch. Hatte mich gleich durchschaut. Busbahnhof von Sønderborg, eine traurige Angelegenheit. Keine Geschäfte, nackte Wände.

»Die Expressbusse fahren von hier?«

Sie deutet auf den Streifen vor dem schmucklosen Gebäude. »Direkt hier vorne.«

Kühn bedanke ich mich, krame den Fahrplan des Hafenmeisters heraus, sehe, dass der Expressbus nach Middelfart – der 900X, hört sich schon schnittig an – über das wundersame Städtchen Aabenraa um 13.37 Uhr abfahren wird. In Middelfart werde ich, wenn ich Glück habe, sehr rasch den Bus nach Bogense bekommen. Allerdings benötigt dieser Bus, der wohl das Gegenteil eines Expressbusses ist, mehr als eine Stunde für die zwanzig Kilometer. Aber da muss ich durch. Man kann ja nicht die Dänen loben, dass sie es so friedlich haben, und eine Autobahn von Middelfart nach Bogense verlangen wollen mit einem expressmäßigen Pendelbus.

Nun aber nimmt der Horror seinen Lauf. Erst kommt kein Bus, ich warte, warte, warte, bis es mir dämmert: Wochenendfahrplan! Hetze durch die Stadt zum Bahnhof, denke, vielleicht fahren sie ja von da, aber der Bahnhof ist eine Baustelle, also wieder zurück. Nun ist auch der letzte Expressbus nach Esbjerg davongebrummt. Ich meine noch die Dieselschwaden schnuppern zu können. Hätte mich immerhin in das Städtchen Aabenraa gebracht. Okay. Ich krame meinen Dänemark-Führer hervor, der 15 Jahre alt ist, aber die Stadt gab es damals schon. Ja, Aabenraa läge auf dem Weg. Ich übe die Aussprache: Oooohbenroooh. Dahin gibt es noch einen Regionalbus, sehe ich, auch *Lørdag*. Aber der fährt erst um 15 Uhr. Und das ist kein Expressbus, natürlich nicht, bräuchte mehr als eine Stunde, bis er ankommt in Ohbenroh. Und von dort? Mit dem nächsten Zuckelbus nach weiß Gott wo. Und von da? Komme ich heute überhaupt noch irgendwo an? Habe kein Kontaktlinsenmittel dabei – immer schlecht. Fühle mich verarscht, aber keine Ahnung, von wem. Ich sehne mich aufs Wasser zurück. Sehne mich nach Pits klarer Navigation, nach dem Gefühl der Hand an der Pinne. Liv!

Zwei Möglichkeiten: Ich kehre zurück, ein Don Quijotte des Sønderborger öffentlichen Personennahverkehrs, geschlagen, gedemütigt, klitschnass. Und mit der Aussicht, am nächsten Tag um High Noon wieder dazustehen und mich verulken zu lassen von diesen Kulissenbahnhöfen und kryptischen Fahrplänen. Außerdem fahren meine Eltern übermorgen früh. Außerdem fliegen Pit und Wencke morgen Abend zurück. Einen Mietwagen nehmen? Hatte ich zu Hause sondiert. Schweineteuer. Über hundert Euro. Verworfen. Jetzt, Samstagmittag, doch noch einen Wagen organisieren? Die Touristeninformation: dicht. Ich hab auch keine Nerven mehr, so ehrlich muss ich sein. Es gibt also nur eine Möglichkeit. Eine grausame Möglichkeit. Und wie in einem schlechten deutschen Krimi steht da nur ein Taxi im grauen Regen vor dem grauen Himmel. Ein einziges Taxi. Wie zum Hohn kann ich nicht mal verhandeln. Der Fahrer lacht erst, als ich ihm mein Fahrziel nenne. Bogense? »Hehehe. «

»Mir ist es ernst«, beharre ich. »Kein Notfall, aber es geht nicht anders. «

Es sind rund 150 Kilometer da hoch, zwei Drittel Autobahn. Mehr als 150 Euro werde ich nicht ausgeben, schwöre ich mir. Bus und Bahn hätten auch ordentlich gekostet, sechzig, siebzig Euro wären zusammengekommen. Also reden wir über maximal eine Lücke von neunzig Euro. Und dafür kriegen morgen Pit und Wencke ihren Flieger und unser Sohn seine Eltern und unsere Eltern Sohn und Schwiegertochter. Das erscheint mir als ein günstiger Deal.

»Zweitausendvierhundert Kronen«, verkündet der Taxifahrer. Er hat ein grau gewelltes Haupt, ich bin nicht sein erster Kunde. Das wären rund 300 Euro.

»Nein. Das habe ich nicht. Das will ich nicht. «

»Du willst aber nach Bogense? «

»Ich *muss* nach Bogense. Da steht mein Auto. Da steht mein Heimweg. «

»Zweitausend, weil du es bist. «

Ich schüttele den Kopf. »Mehr als zwölfhundert kann ich nicht ausgeben. Wenn wir uns nicht einigen, muss ich halt weitersuchen. « Ich klappe die Tür zu. Das heißt, beinahe ist sie zu, da ruft er: »Treffen wir uns auf der Hälfte. Okay? «

Okay. Sechzehnhundert Kronen, 200 Euro. Ein Irrsinnsritt. Aber die einzige Möglichkeit, nach Bogense zu kommen. Jon Einar, so heißt mein Fahrer, ist wenigstens ein schweigsamer Mann. Ich ziehe meine nasse Jacke aus, streiche mir die Haare glatt und verkrieche mich hinten in den Fond. Ein Audi A6 Avant, Ledersitze, die gut riechen. Ich versuche zu lesen und schlafe wenig später ein, wache von einem Handyklingeln auf. Eine Fahrt durch ein Milchhimmel-Land.

Zwohundert Tacken. Ich nehme mir vor, zu Hause eine Woche lang nur Müsli zu essen. Macht mir nichts aus. Macht nur Anna wahnsinnig, aber irgendeinen Preis müssen wir ja zahlen. Ein ganzer Tag, den man mit der Familie und den Freunden gewinnt, ist doch viel mehr wert. Oder nicht?

Als wir in Bogense ankommen, schüttet es erwartungsgemäß, sodass ich zögere, überhaupt das Taxi zu verlassen. Der Passat steht noch da. Wenigstens kein Knotenbuch aufgeschlagen auf dem Dach. Im Hafen ist unsere Box leer. Liv kehrt nicht mehr zurück.

Nach zwei Stunden Gebrause bin ich zurück am Heimathafen, nicht mal 18 Uhr. Die Mädels schütteln kurz den Kopf, als ich ihnen meine Geschichte erzähle. Anna erspart mir die Vorwürfe, die sie gewiss auf der Zunge trägt. Sie hatten irgendwann am Nachmittag die Eberspächer angeworfen, aber nun reicht es ihnen. Alles tropft. Die ganze Welt ringsum ist aufgeweicht von einem Regen, der nicht nachlassen will. Binnen einer halben Stunde ist das komplette Gerümpel zusammengepackt, und wir sitzen im Auto. Das DFB-Pokalendspiel wird bald angepfiffen, meine Mutter hat beiläufig erwähnt, ein verblüffend gut geratenes Gulasch auf dem Herd köcheln zu haben. Das lassen wir uns nicht zweimal sagen. Liv bleibt, sicher vertäut, im Regen zurück. Es werden bessere Tage kommen. Die Jungfernfahrt ist überstanden.

Wir sind nicht untergegangen, no, Sir, das sind wir nicht.

NEUN

VERTEUFELT ENG

1

WAHRSCHEINLICH WAR ES PURER Leichtsinn, aber ich habe meinem Bruder zum vierzigsten Geburtstag eine Kreuzfahrt geschenkt, »mit allem Drum und Dran«. Den Gutschein schrieb ich im schneetrunkenen Februar. Der Sommer war weit, Liv nur mehr ein schemenhaftes Gebilde hoch droben im Norden meiner Gedanken, halb verweht, halb durchscheinend geworden.

Der Haken an der Sache ist der: Mein Bruder versteht so viel vom Segeln wie ich vom Bau einer Lautsprecherbox, die eine Turnhalle mit lebenden Bässen füllen kann. Mein Bruder könnte ganze Turnhallen voller Lautsprecherboxen bauen, es machte ihm nichts aus, es wäre ihm sogar eine Freude. Zu Hause, wo er mit seiner Familie wohnt, nahe Stuttgart, haben sie seine zu Abi-Zeiten gebauten Turnhallenboxen in den Hobbyraum gestellt. Die Boxen sind so groß, dass ein Kind durch den muschelartigen Gang ins Innere treten könnte; einmal hat ein Hund in diese Windung hineingepinkelt. Pumba darf ausnahmsweise als unverdächtig gelten, sie war damals noch nicht auf der Welt. Der Hobbyraum ist mit den Boxen zu einem Drittel ausgefüllt. Wenn sie angestellt sind, ist der Raum so voller drohender Schwingungen, dass du kaum noch atmen kannst, und wenn mein Bruder sie ein bisschen hochdreht, ballern dich die Schallwellen hinaus durch die Tür.

Mein Bruder versteht also was von Technik, viel mehr als ich vom Segeln, aber vom Segeln versteht er nichts, und seine Frau Sophie und ihre Tochter Janine – meine knuddelige geliebte Nichte – auch nicht. Dazu wird unser Sohn sein Debüt geben, der mittlerweile etwas mehr als ein Jahr alt ist. Und Pumba auch, die Ende Mai drei wird. Plus Anna. Plus ich selbst. Sieben Mann auf Liv. Das wird unsere Crew sein bei dieser Kreuzfahrt. Und ich bin der Skipper.

Könnte da wer entspannt schlafen?

Als Skipper muss man nicht nur das Einmaleins des Segelhandwerks beherrschen, man muss auch die großen, einsamen Entscheidungen treffen. Für Anfang Juni haben sich die drei Stuttgarter angekündigt, Traumwetter im Norden. »Wir fahren auf jeden Fall hoch zum Boot«, sage ich, »aber kann gut sein, dass wir nicht raustuckern. Das Risiko nehme ich nicht auf mich, wenn nicht gerade alles passt.«

»Kein Problem«, erwidert Axel, mein Bruder, »das entscheidest du. Du müsstest ja auch der sein, der uns sechs aus dem Wasser fischt.«

»Alle auf einmal schaffe ich nicht.«

»Frauen und Kinder zuerst.«

»Gut, Pumba schnorchelt an Land, und du legst dich auf den Rücken und lässt dich treiben.«

»Aber hochfahren tun wir doch auf jeden Fall, oder?«

»Klar. Allein schon auf dem Boot zu sein macht Spaß. Alles ganz gemütlich auf engstem Raum.«

»Wie früher.«

»Wie früher.«

Wir beginnen zu schwärmen von unserem Wohnwagen und Sasbachwalden und der Grässelmühle mit dem gluckernden, manchmal etwas stinkenden Bach, wo unsere Eltern die Wochenenden mit uns verbrachten. Eine Höhle für die Familie, so ein Gefährt.

Die ersten zwei Tage tun die drei Stuttgarter so, als sei Hamburg ein angenehmer Ort zu leben. Sie ziehen an der Elbe von Strandklub zu Strandklub, bestellen Cocktail auf Cocktail, lassen sich die Sonne auf den Pelz braten, bestaunen die vorbeiziehenden Schiffe, und abends treffen wir uns, um zu grillen und die Abenteuer des Tages durchzusprechen. Einmal muss ich mit meiner Nichte Janine – sagte ich schon, dass sie ein Wonneproppen ist? – ins »Hamburg Dungeon«. Ich finde die Gruselshow zu Hamburgs Geschichte gruseliger als sie. Es gehört auch eine Fahrt in einem Floß dazu, der Beitrag zum Thema »Moorleichen«, ein Spaß von vielleicht andert-halb Sekunden, bei dem man rückwärts eine Rampe runter-rutscht.

»Ist das auf Liv spannender?«, fragt Janine danach, wäh-rend sie ein Gähnen unterdrückt.

»Viel spannender«, sage ich, »du bist nicht angeschnallt, es spritzt viel mehr, wenn wir segeln. Normalerweise ist es auch nicht so dunkel. Und Moorleichen gibt es in der Ostsee auch.«

»Ich freu mich drauf«, sagt sie, dann ziehen wir hinaus ins Tageslicht, zu den anderen nach »Strand Pauli«, mal gucken, was die Cocktails machen.

Der Tag kommt, da lässt sich die Kreuzfahrt nicht länger hinausschieben. Ich möchte nicht verschweigen, dass ich an-gespannt bin – schließlich wird auch Pumba das erste Mal an Bord sein, und noch immer habe ich keine Antwort auf das Rätsel, wie in Teufels Namen sie den schmalen Bug entern soll. Knapp dreißig Kilo fluppendes Lebendgewicht kann ich nicht einfach so über das Gestänge hieven, zumal Pumba durchaus nicht dazu talentiert ist, sich totzustellen. Das schafft sie nicht mal, wenn man ihr eine Zecke rauspult. Sie will springen, toben, wetzen; sie muss nur wissen, wie sie diese Hürde nehmen soll.

Die Tour beginnt zur Entspannung mit einem Höhepunkt, dem Pølser-Essen bei »Annies Kiosk« an der Flensburger Förde, umgeben von Dutzenden knatternden Motorrädern, was meinen Bruder an seine besten Zeiten erinnert. Vor uns die Ochseninseln, der weite Fjord, die Segel auf dem blitzen-den Wasser, an den Fingern eine Tunke aus Ketchup, Senf, Mayonnaise, Fett, Würstchenduft und Zwiebelkrümeln.

Weiter. Liv liegt da wie unberührt. Viel Betrieb am Steg. Das erste schöne Wochenende im Jahr hat massig Segler aus Flensburg herübergelockt. Aus Sorge, keinen Platz mehr zu bekommen, haben sie um zwei, drei Uhr im Hafen festge-macht, sitzen jetzt in ihren Cockpits, trinken Kaffee, essen

Kuchen und gucken. Es gibt schöne alte und schöne neue, vergammelte alte und würdelose neue Schiffe, dazu gut erhaltene Skipper samt passender Damenbegleitung sowie deren Gegenentwürfe. Man guckt ohnehin sehr viel in einem Hafen. Vielleicht fühlt sich das aber auch nur so an. Ich bin ein bisschen empfindlich, was stechende Blicke in meinem Rücken angeht. Gelegentlich rupfe ich ein paar Dolche raus, die andere nicht mal sehen, wenn ich sie ihnen anschließend zeige.

Gerade zuppele ich prüfend an den Festmachern, da landet ein Folkeboot neben uns in der Lücke. Ich springe an den Steg, nehme eine Leine in Empfang, belege sie – und ernte nichts. Keinen Dank, nicht mal einen Blick. Ein Boot ganz aus Holz, feines Ding. Aber der Eigner will offenbar nichts mit uns zu tun haben. Soll mir recht sein. Zur Rechten die Entenbrutstation, links einen Einsiedler. So stelle ich mir die idealen Nachbarn vor.

Unsere Crew schlägt das Casting der Konkurrenz um Längen. Liv ist ja recht lang für ihre Grazilität. Von Natur aus aber ist sie nicht unbedingt vorgesehen, der Völkerwanderung als Fährschiff zu dienen. Anna trägt unseren Sohn im Brusttuch an Deck, Sophie und Janine klettern auch behände über das Gestänge. Bleiben noch Axel, Pumba und ich. Wenn Pumba genügend erregt ist, vermag sie über ein Fußballtor, die Chinesische Mauer oder den Pont du Gard in Südfrankreich zu springen. Und erregt ist sie eigentlich jetzt genug. Unsere Prozession über den Steg hat sie durch zwei, drei Scharmützel mit anderen Hunden abgerundet. Wobei zu ihrer Ehrenrettung gesagt werden muss, dass ich auch nicht verstehe, warum Segler so oft Cockerspaniels dabei haben. Cockerspaniels sind einfach anders drauf. So schnuffelig. Pumba macht sie stets an, dass sie sich auf der Stelle gefälligst in Luft auflösen sollen, aber in Wahrheit will sie nur überspielen, dass sie mit Schnuffelhunden nix anfangen kann.

Sie atmet tief und schwer, als wir vor Livs Bug angekommen sind. Zwei Boxen weiter hat ein Segler aus Glücksburg festgemacht, über seine Tasse hinweg ruft er: »Das lernt die schnell!«

Leider sieht Pumba das anders. Sie macht einen kleinen Schritt – und bockt. Oh, da ist ein Abgrund zwischen dem Tritt, der kleinen Plattform an der Spitze, und dem Steg; in der Tiefe schimmert Wasser. Der Spalt ist vielleicht 15 Zentimeter breit, aber das reicht. Außerdem schwingt der Bug leicht hin und her, wie ein lebendes Wesen, das jeden Moment seine Fesseln sprengen könnte. Pumba stemmt die Vorderpfoten ins Holz des Stegs, streckt den Hintern in die Höhe, unmöglich, sie auch nur einen Zentimeter weiter in Richtung Boot zu schieben. Ich kannte diese Bewegung gar nicht. Ich ziehe sie am Halsband, das normalerweise eng genug sitzt, aber sie macht ihre Ohren so unsichtbar, dass ich es ihr ohne Mühe abstreifen könnte.

Axel, der dahinter wartet, platzt fast vor Lachen. Dann stockt er, als habe er jetzt erst begriffen, was das bedeutet. »Wir werden sie rübertragen müssen. Was wiegt sie?«

»Dreißig Kilo«, antworte ich. »Das heißt, eher achtundzwanzig, aber die fehlenden merkst du nicht. Und wenn sie sich schwer macht, ist sie ungefähr so schwer wie das ganze Boot.«

»Das wiegt doch mindestens eine Tonne.«

»Dreieinhalb.«

Beide betrachten wir Pumba, die mich anschaut, als würde sie gleich morgen bei den Vereinten Nationen die Einberufung eines UN-Hunderechtsrats fordern, wenn wir so weitermachten. Wir machen so weiter. Ich hebe Pumbas beide Pfoten hoch, schiebe von hinten, stelle sie auf den Tritt. Der ist zugegeben nicht größer als zehn mal zehn Zentimeter. Löwen im Zirkus sitzen auf so einem Podest, sie könnten darauf schlafen oder nach Salti dort landen. Wenn Pumba zu Hause auf einen Knochen wartet, sitzt sie auch so da, das ganze Viech versammelt auf einem 2-Euro-Stück. Aber jetzt füllt schon allein eine ihrer Pfoten die Plattform beinahe vollständig aus.

Ich fasse ihr unter den Bauch und versuche sie hochzuheben. Ihr Herz schlägt wie wild, ich spüre es. Ich erhasche ihren Blick: Klar will ich da rauf, aber verdammt noch mal, *wie soll das gehen*?

»Okay, ich hab's«, sagt mein Bruder, »ich wuchte sie von hinten hoch, du übernimmst und wirfst sie mit Schwung an Deck.«

»Das muss aber beim ersten Versuch gelingen.«

»Das sollte es.«

»Sonst landet sie im Hafenbecken.«

Schwimmen wäre nicht das Problem, aber wo könnte sie an Land klettern? Dahinten, bei der Bootsrampe, müsste es gehen. Gut. Wir reden also hier nicht von einer Aktion auf Leben und Tod. Aber unangenehm wär's doch. Zumal ich hinterherspringen müsste und sie sich in ihrer Panik auf mich stürzen würde. Vielleicht also doch auf Leben und Tod.

Nach einigem Hin und Her erkläre ich mich einverstanden. Um neunzig Grad gewendet, setze ich mich rittlings auf den Bugkorb. Mit dem linken Fuß stemme ich mich gegen die Klampe, an der Livs Landleine befestigt ist, der rechte ruht auf dem Steg.

Davor, hechelnd, Pumba. Dahinter, lächelnd, Axel.

»Und – hepp!« Weder Tod noch Pumbas Zorn fürchtend, fasst Axel um ihren Unterleib, hebt sie hoch und reicht sie nach vorne. Ich übernehme, spüre das nasse, warme Fell, ihr pochendes Herz. Sie tut mir schrecklich leid, aber sie soll sich nicht so anstellen, und schon wuchte ich sie hinüber. Für den Hauch eines Augenblicks schwebt sie im Nirgendwo. Sichere Landung. Pumba schüttelt sich wie unter Protest und bahnt sich schließlich ihren Weg nach hinten, ins Cockpit, wo Stimmen sind und Gelächter.

Glücklicherweise adoptiert sie ihren Platz sehr schnell; zwei Stufen hinunter, scharf Schwenk links, in die Hundekoje. Dort rollt sie sich zusammen. Erst wendet sie uns den Arsch zu, was ein sicheres Zeichen dafür ist, dass sie mit uns künftig nichts mehr zu tun haben will, es sei denn, es handele sich um Nahrungsaufnahme oder Spaziergänge. Es dauert aber nicht lange – und es hilft sehr, dass Janine unseren Sohn durch die Kajüte trägt, er wieder zurückkrabbelt, woraufhin sich das Stück wiederholt –, da beliebt Pumba ihren Körper zu wenden. Von nun an sehe ich ihre kohleschwarzen Augen, wie sie unserem Treiben schweigend zuschaut, aufmerksam und bereit, herbeizuspringen, wann immer sie im Weg sein kann.

Und das vermag sie jederzeit. Sie hat dieses Talent aber nicht exklusiv. Von nun an sind wir uns gegenseitig allesamt ständig im Weg. Sieben Lebewesen auf anderthalb Etagen, allenfalls zwanzig Quadratmeter, davon die Hälfte verbaut, verkabelt, versehen mit Kanten, Lämpchen, Griffen. Ein Lebensraum, durch den man nicht mal ohne blaue Flecken durchkommt, wenn keiner sonst an Bord ist. Hier gibt es immer eine Hand, ein Bein, einen Hintern oder Pumbas rund einen halben Meter langen Schwanz, die einem in die Quere kommen, dazu unseren Sohn, der am Boden herumkrabbelt und sich hochzieht, wo immer es ihm am spannendsten erscheint, sprich: wo am meisten los ist. Die Gesamtkonstellation wird dadurch gekrönt, dass ich aus mir im Nachhinein vollkommen unerklärlichen Gründen verfüge, die Kuchenbude werde nicht abgebaut – denn, so sagt die Werbung, das Zelt auf dem Cockpit verlängere den Wohnraum aufs Vortrefflichste, ein sicherer Platz für unseren Sohn, dazu sonnengeschützt. Stimmt ja alles.

Doch ebenso, das muss ich zugeben, beengt es den Bewegungsspielraum aufs Ungeheuerlichste. Wenn man das Boot betritt und ins Cockpit will, gilt es, sich durch den geöffneten Zelteingang eine Schneise ins Innere zu bahnen, indem man erst einen Fuß auf die Sitzbank stellt, dann den Kopf hineinsteckt, sich mit der ersten Hand irgendwo festhält, den Rumpf hinterherwindet, das zweite Bein nachzieht und schließlich die zweite Hand aufliest, die draußen noch irgendwo rumliegt. Das geht schon, oder sagen wir so: Es geht, wenn keiner im Weg ist. Wenn da nicht gerade Pumba auf der Cockpit-bank liegt oder Janine auf dem Marsch zur Badeleiter ist oder unser Sohn die Winschen inspiziert.

Zudem ist es auch stickig unter dem Ding. Anna grummelt, sie würde das Scheißteil sofort abbauen, aber ich bleibe stur. Ich finde, man muss zu Entscheidungen stehen. Auch wenn man sich vorkommt wie ein Trainer, der eine Pfeife auf den Rasen schickt. Alle wissen, dass die Pfeife eine Pfeife ist, sie spielt auch wie eine Pfeife, aber als Trainer stehst du draußen und denkst dir: Ich kann den jetzt nicht rausnehmen. Alle würden wissen, dass ich auch glaube, dass der eine Pfeife ist. Also besinnt man sich auf das uralte Vorrecht der Trainer, Skipper, Familien-Häuptlinge, »schon meine Gründe zu haben«.

Aber mies fühlt man sich doch. Und außerdem stehe ich nicht draußen am Rand, sondern hocke mittendrin in diesem luftarmen Gehäuse.

Axel und Sophie jedoch scheinen meine inneren Kämpfe nicht zu bemerken, sie machen ein unerhört gutes Spiel. Sie sind sehr darauf bedacht, mit keinem Körperteil irgendjemandem in die Quere zu kommen, und das gelingt ihnen zwar nicht besonders, aber doch am besten von uns allen.

Selbstverständlich will Axel erst mal gezeigt bekommen, was wir so an technischem Gerät an Bord haben, und bei der Gelegenheit fällt mir ein, den Landstrom zu stecken. So werden unsere Verbraucherbatterien nicht belastet, wir können Musik hören und weiß der Henker. Leider jedoch ist Wochenende. Leider ist an unserem Steg alles belegt, jeder kleinste Stecker. Leider gäbe es nur Landstrom, wenn wir einen Multistecker hätten, aber ich habe keinen. Nicht mal Kaffee kochen ist jetzt drin. Weil der Gaskocher ja auch nicht geht.

»Zeig mal her«, sagt Axel. Er ist der Typ deutscher Ingenieur – auch wenn er gar kein Ingenieur ist –, den die Filmfritzen beim »Flug des Phoenix« im Sinne hatten, allerdings sieht er nicht ganz aus wie Hardy Krüger. Gebt Axel zwei Kolben, zwei Dutzend Schlitzschrauben, Klemm-Muffen, genügend Schellen, etwas Benzin und klafterweise Holz, und er bastelt euch eine funktionierende DC-10.

Mein Vertrauen in meinen Bruder, nicht nur in solchen Sachen, aber ganz besonders in solchen Sachen, ist grenzenlos. Das ist natürlich auch der Grund, warum ich selbst technisch, bis zum Kauf des Bootes, versteht sich, auf dem Stand eines Drittklässlers verharrte. Wann immer es etwas zu tun gab, nahm es mir einer ab; bis heute ist das oft so, auch in den seltenen Fällen, in denen ich nicht zetere, fluche oder widerspenstige Sachen durch die Gegend feuere.

Wir schauen uns den Gaskocher an, das heißt die blaue Gasflasche, die außen in einer Klappe steht, dem Schwalbennest. Vom Grillen her hat Axel einen entspannten Umgang mit Gasflaschen, anders als ich, der mit Holzkohleflaschen gut umgehen könnte. Aber leider gibt es so was nicht, oder vielmehr zum Glück, weil meine Glut nie wirklich glühend wird.

»Bisschen was ist noch drin«, sagt Axel. Ich schüttele die Flasche wie er. Jo, könnte noch was drin sein. Sie ist ganz kühl, mir unheimlich. Sieht aus wie eine Bombe. Ist auch eine, wenn man sie nicht richtig behandelt. Axel steckt sie wieder an den Schlauch, drückt den Schalter, schnüffelt – nichts. Unten in der Pantry drücken wir (Pumbas rechten Lauf aus dem Weg schiebend) den Schalter, schnüffeln – nichts. Da werden wir ran müssen. Das liebe ich ja.

Plötzlich großes Hallo vorne am Steg. Der Tramp ist da mit seiner Freundin Mareike. Sie trägt ein Kleidchen und einen sonnendurchwirkten Sonnenhut, er ein Unterhemd und Khakihosen, und beide sehen sie aus, als kämen sie gerade vom Set eines Films in Miami Beach. Es fehlt nicht mal der klirrende Becher in ihrer Hand.

»Na, steckt ihr in See?«, begrüßt mich der Tramp, der als Sohn eines Hochseekapitäns mit einem Blick gesehen hat, was für eine Arche Noah aus unserer wackeren Liv geworden ist.

»Bitte an Bord kommen zu dürfen!« Und da steht er schon, Lebewesen Nummer acht.

Die Nummer neun schwebt gleich hintendrein. Mareike strahlt übers ganze Gesicht. »Ist das schön!«, ruft sie. Am liebsten würde sie summend hin und her laufen und Liv bewundern, aber für solche Rundgänge ist die Belegung nicht geschaffen.

Bob Seger läuft im Hintergrund, und Anna bittet unsere Gäste zum Willkommensschluck, doch die wollen noch hinaus, Feierabend-Törn. Für danach aber vereinbaren wir gemeinsames Grillen, drüben im Naturschutzgebiet. Und wir sind die, die das Grillgut besorgen. Axel und ich schauen uns an. Wenn's ums Grillen geht, braucht uns keiner zweimal bitten. Außerdem können wir irgendwo sicher die verdammte Gasflasche austauschen.

Kurze Besichtigungstour, wieder großes Lob, aber sofort auch klare Worte. »Die Cordbezüge könnte man mal raustun, gell«, sagt der Tramp. Und es ist wahr, ich schwöre es: Erst als er diese Worte ausgesprochen hat, wird mir klar, dass es sich bei unseren frischen, hellen Polstern wirklich um Cordbezüge handelt. Dass sie in Wahrheit ein wenig grau aussehen und auch an manchen Stellen durchgesessen sind. Bevor noch mehr ans Licht kommt, dränge ich die ganze Bagage hinaus ins Cockpit, in die bedrückende Enge der Kuchenbude.

Janine turnt hinten an der Badeleiter herum, der Tramp lacht auffordernd. »Wetten, dass du nicht reingehst?«

Janine schaut ihn kühl an. Sie weiß nicht, dass der Tramp nur Wetten eingeht, die er gewinnt. Dass er der vermutlich ausgebuffteste Pokerspieler dieser Hemisphäre ist, zu schlagen nur durch völlig erratische, sprunghafte Spielstrategien, vulgo: von gewissen Frauen. Janine ist zehn Jahre alt, aber wenn sie so guckt, guckt sie wie zwölf. »Wetten, dass ich reingehe?«

»Das hat maximal zehn Grad. Das ist arschkalt. Du springst da garantiert nicht rein.«

»Klar springe ich da rein.«

»Wetten, dass nicht?«

»Um was wetten wir?«

Rings herum verstummen alle Gespräche.

»Wenn du springst, kriegst du einen Euro. Wenn nicht, kriege ich einen.«

»Okay.« Ohne ein weiteres Wort klettert Janine nach hinten, in Badezeug gewandet ist sie schon. Sie greift die oberste Sprosse der Leiter und springt. Ein lautes Platschen, Riesengespritze, ein Quieken, schon steht sie tropfend wieder auf der Leiter, die Hand ausgestreckt.

»Ähem«, stammelt der Tramp. »Hab grad kein Geld bei.«

»Wo wohnst du?«

»Einen Steg weiter. Das zweite Holzboot rechts.«

»Ich hol's mir ab.«

Solche Frauen lobe ich mir: Kälteschocks schocken sie nicht.

Mit der unerhört schweren Gasflasche unterm Arm entern mein Bruder und ich Sønderborg, aber weder der Ramschladen am Hafen – es ist derselbe, den wir vor Wochen mit Pit und Wencke beglückt haben; zu meiner Überraschung ruft niemand: »Das ist doch der mit dem verpatzten Manöver!« – noch der Shop im Campingplatz verkaufen uns eine anständige neue. Vielmehr behauptet man, die 2-Liter-Flaschen seien gar nicht mehr im Handel, würden nur mehr angenommen fürs Recycling. Es gebe aber die 3-Liter-Flaschen, wenn's recht sei. Axel überlässt mir die Entscheidung, und ich sage, schleicht's euch, nicht mit mir. Passte eh nicht ins Schwalbennest. Das müsste man zurechtsägen. Schon beim Gedanken daran wird mir übel. Also kein Gas, kein Strom, kein gar nix. Was ein Desaster.

»Was sollte das denn heißen, ›nicht mit mir‹?«, fragt Axel, als wir wieder im Auto sitzen.

»Das riecht doch nach Absprache.«

»Das riecht nach Gesetz.«

»Nicht mit mir.«

In den Geschäftchen hatten sie leider auch keine Multistecker. So ist das mit den Multisteckern. Zu Hause springen sie dich im Supermarkt an, hier aber Pfeifendeckel. Und außerdem, so hören wir, sei heute eh *Vadderlandsdag*.

»Vatertag?«, fragt Axel, der es gewohnt ist, Vatertage ordentlich zu begießen. Manchmal hört er sogar »Vatertag«, wenn andere was von »Allerheiligen« erzählen.

Nej. Vadderlandsdag. Feiertag also. Kein Supermarkt offen. Alle Grillträume für die Katz. Stattdessen werden wir unsere Familien einsammeln müssen und in Sønderborg einkehren. Sofern die Gasthäuser nicht auch Vadderlandsdag machen.

Wir hatten uns Wagenladungen Würstchen ausgemalt und Sixpacks Bier direkt aus dem Kühlschrank. Auch das eine Illusion. Ich muss aber sagen, Axel macht noch immer ein Spitzenspiel. Er vermag den Lockruf einer satt gebratenen Wurst höher zu schätzen als ich, und wenn ein kaltes Bier herrenlos herumsteht, gehört er zu den Ersten, die sich erbarmen. Aber er jammert jetzt nicht, und er klagt nicht.

Auf dem Rückweg allerdings stößt er einen Schrei aus. Ich bremse, weil ich denke, es gehe nun wirklich auf Leben und Tod.

Sein Zeigefinger, sein ausgestreckter Arm. »Der hat offen.«

In diesem Supermarkt, der das Vadderland nicht ehrt, finden wir Grillkohle und Würstchen und Kartoffelsalat und Bier und was weiß ich nicht alles. Wir rauschen dermaßen stolz zurück in unseren Hafen, dass an Bord unsere Mädels denken, wir hätten eine Bank überfallen.

»So ähnlich.« Ich packe einen Thunfischsalat auf den Tisch.

Am Abend sitzen wir an den grob gezimmerten Holztischen im Naturschutzgebiet, umgeben von anderen Seglern, die bereitwillig von ihrer Glut abgeben. Eine traute Familie. Axel übernimmt die Würstchen und fabriziert mithilfe von zu viel Olivenöl einwandfreie Stichflammen, die den spontanen Beifall der Anwesenden herausfordern. Um uns zirpen Zikaden, wenn die hier so heißen, ein gelbes Licht schiebt sich über die Bucht, und um unsere Beine schwirren Mücken, sodass wir uns wünschten, es würden mehr Leute qualmen als nur ein paar.

Oh, und an diesem Abend taucht auch der Kapitän auf. Er schleppt seine eiskalten Flaschen Weißwein heran (kein Mensch weiß, wie er sie auf Atina kalt kriegt, aber ohne eiskalten Weißwein würde er bei so einer Grillparty niemals aufkreuzen), baut für unseren Sohn eine ein Meter hohe Rakete aus Pappkartons und Würstchenhüllen und fragt schließlich etwas unvermittelt Janine: »Na, bist du schon dem Fluch der See erlegen?«

Janine kichert. »Nö. Was ist das?«

»Das ist der Geist des Meeres, der dich holt, wenn du ihn herausforderst. Wenn dich die salzige Gischt küsst und du den Atem des Meeres spürst.«

»Was ist Gischt?«, fragt Janine. Ich schäme mich umgehend für meine süddeutsche Herkunft.

Der Kapitän seufzt leise, schenkt sich Wein nach, im Hintergrund schießt eine neue Stichflamme in die Höhe, und man hört Axel juchzen. »Wenn du über den Kämmen der Wogen die Sonne im Meer versinken siehst, brennt sich dieses Bild dir so im Herzen ein, dass du es nie mehr vergessen kannst.«

Daraufhin sind wir alle sehr still, sogar Janine, die Glut zischt, und dann kommen die Würstchen. Markus, ein weiterer Segler aus dem Dunstkreis des Kapitäns, stößt dazu, er bringt einen Islay-Whiskey. Unser Beitrag ist Spätburgunder aus der Pfalz. Wir erschlagen Stechmücken, die so groß wie ein Fingernagel sind, unser Sohn beginnt sich erst jetzt seine Ohren zu reiben, es ist zehn Uhr abends. Um uns das blaue Licht des Nordens, als wir zurückschweben.

Alle gelangen flugs an Bord. Axel und ich warten, bis keiner mehr guckt. Endlich vollziehen wir mit Pumba das unwürdige Ritual, wobei ich ihr ins Ohr flüstere, dass es kein anderer Hund im ganzen Hafen sehen werde. Und sie solle sich nicht so anstellen.

Hepp!

Sohnemann schläft sofort ein in der Bugkajüte, und wir versammeln uns unterm Dach der Kuchenbude; es ist kühl geworden. Ich preise den Mann, der sie uns bescherte. Der Tramp und Mareike stoßen dazu, wir trinken Rum mit Ananassaft, Bob Seger singt wieder, wir haben eine Öllampe brennen, und der Tramp muss erzählen, was er so macht, wenn er nicht in Häfen herumhängt. Das liegt daran, dass er Drehbücher für eine berühmte Ferrnsehserie schreibt, und jede Frau, die etwas auf sich hält, schwärmt für diese Serie, die in einem Studentenstädtchen spielt. Nur darf er nichts verrraten, nicht mal ein bisschen.

Vor allem Sophie hört gebannt zu, feuert sofort die nächste Frage ab, wenn er denn mal innehält, was er selten tut, denn wenn der Tramp mal in Fahrt ist, ist er in Fahrt, da schießt er zur Not persönlich das rettende Tor für den Klassenerhalt. Und wie der Tramp so erzählt, haut mich mein Bruder von der Seite an, sein Gesicht, das noch immer nur zwei Jahre älter ist als meins, wird beleuchtet vom warmen Schein der Laterne.

»Mensch, Rü, jetzt sitzen wir hier.«

»Jetzt sitzen wir hier.« Ich trinke einen kleinen Schluck, was mir einwandfrei gelingt. Vorhin war mir, mehr aus Tradition denn aus Ungeschicklichkeit, ein Becher Ananasrum in die Bilge geflossen.

»Stell dir vor«, sagt Axel leise, »du hättest im Lotto gewonnen und knallst dir 'ne neue Dreißigmeteryacht hin.«

»Okay. Keine schlechte Idee.«

»Oder wenigstens so eine wie da drüben.«

Wir schauen beide stumm durchs zerknitterte Fenster auf eine dieser blitzenden 45-Fuß-Yachten, auf deren poliertem Teakdeck man barfuß Eishockey spielen könnte.

»Das macht doch überhaupt keinen Spaß«, fährt Axel fort.

»Wieso?«

»Da ist ja alles fertig.«

»Na ja.«

»Da muss man ja gar nicht mehr herumbasteln, bis man es so hat, wie man will.«

»Aber der Kühlschrank funktioniert.«

»Ach, der geht auch nicht?«

»Woher denn? Außerdem haben wir nur eine Kühltruhe.«

»Schau ich mir morgen an.«

»Sehr gut.«

»Aber ich weiß nicht, ob ich's hinkriege. So'n Boot ist was Spezielles.«

Das hatte ich gewissermaßen geahnt. Am nächsten Tag werden wir uns die Kühltruhe ansehen. Vergeblich. Meinem Bruder geht es so wie mir immer. Das tröstet mich über die Gewissheit hinweg, dass außer der Musikanlage auf diesem Schiff nichts einfach so funktioniert. Aber schlimm ist das nicht, Liv ist eine alte Lady.

2

VOR DEN MORGEN hat der Herr die Nacht gesetzt. Und das heißt für uns sechs noch Aufrechten: Bettruhe finden. Nach vorne, in den *Master's Bedroom*, verzieht sich Anna, um neben unserem Sohn ein freies Plätzchen zu ergattern. Unglaublich, wie breit und lang sich ein 74 Zentimeter großer Minimensch machen kann. Die Koje ist an den Füßen schmal, gewiss, aber im Einstiegsbereich üppig breit, anderthalb Meter und mehr. Der Sohn füllt alles aus. Man hört sein leises Schnarchen, er rollt sich mal zu dieser, mal zu jener Seite, sucht einen seiner vier Schnuller, wimmert kurz, findet ihn, steckt ihn sich in den Mund, grunzt ganz sachte, ringelt sich zusammen, und kein Zentimeter ist gewonnen. Ich lasse Anna mit dem Kampf allein.

Janine hat sich, ich danke ihr für diese erwachsene Entscheidung, in die Hundekoje verzogen, wo ein Typ wie ich nur verletzungsfrei reinkäme, wenn er Verrenkungen machte, die ihm schon als Halbstarker bei den Bundesjugendspielen auf der Bodenmatte nicht gelangen. Janine schlüpft einfach so hinein. Aber richtig wohl fühlt sie sich nicht. »Ich strecke nachts gerne die Beine senkrecht in die Luft«, klagt sie, »und das geht hier nicht.«

Natürlich nicht, es ist eine Höhle, und in Höhlen streckt man seine Beine nicht senkrecht in die Luft, dort oben könnten Fledermäuse sein oder Riesenspinnen. Ich behalte den Gedanken für mich.

Sophie und Axel bekommen die breite Koje im Salon, die Sitzbank wird erweitert, indem die Lehne gelöst, an ihrer Unterseite ein Holzbein ausgeklappt und sie als Liegefläche eingehakt wird. Es ist das Himmelbett, das Pit und Wencke die Nacht ihres Lebens bescherte, aber Axel ist ein anderes Kaliber als Pit. Sophie kichert, als sie in ihre Schlafsäcke kriechen, und ich bin erleichtert. Liege auf der anderen Seite des Salontisches, habe den besten Platz abbekommen, vielleicht, weil ich am längsten bin, vielleicht, weil ich am lautesten tat, als sei es mir egal. Nun liege ich da und lausche den Geräuschen der Nacht.

Eine fehlt noch? Richtig. Pumba. Sie hat eine Mörderschlafstatt zugewiesen bekommen, oben auf dem Boden des Cockpits, da haben wir ihr Deckchen hingequetscht, und da ruht sie jetzt, das Ohr gegen den Gashebel gepresst. Die Kuchenbude ist ihr Sternenzelt. Ich glaube, dass ihr der Platz gefällt, direkt vor dem Eingang. Sie kann alles überwachen, wäre in der Lage, jeden Angriff abzuschmettern, bevor wir ihn überhaupt bemerkten. Von Pumba jedenfalls werde ich in den nächsten Stunden keinen Mucks hören. Okay, sie träumt auch nicht wie sonst manchmal, Rehe jagend, die Pfoten zuckend, die Lefzen geifernd. Aber sie hat eine prächtige Nacht.

Das ist sie leider die Einzige.

Es beginnt mit unserem Sohn, der plötzlich beschließt, aufzuwachen und so zu tun, als wäre bereits Morgen. Es ist aber erst halb eins. Anna flüstert ihm beruhigend zu, durch die dünne Holztüre verstehe ich jedes Wort, und tatsächlich beruhigt er sich schnell. Ich lausche angestrengt in die Dunkelheit, bis ich seine regelmäßigen Atemzüge wieder höre.

Bumm!, macht es – Janine muss sich den Kopf angeschlagen haben. Kurzes Jammern.

Links von mir, faktisch einen halben Meter entfernt, psychologisch gesehen direkt in meiner Ohrmuschel: kein Atmer, kein Schnaufer, nur ab und zu eine leichte Lagekorrektur. Sonst das totale Schweigen. Ich kenne Axel viel zu gut: Der Mann reißt sich kolossal zusammen. Sophie scheint mir zu schlafen, aber vielleicht schluckt auch ihr Gatte alle Schallwellen.

Bumm!

Unser Sohn weint kurz, Flüstern.

Bumm!

Ich drehe mich, überlege, Janine anzubieten, dass wir tauschen. Wenn sie sich das nächste Mal …

Bumm!

Leises Wimmern. Einen Bumms hat sie noch gut. Dann werde ich mich in der Dunkelheit erheben, hinüberklettern und ihr leise sagen, dass wir einfach die Betten … Und werde dabei alle mit meinem eingegrätschten Blutsalto wecken, alle bis auf Pumba, denn ein echter Wachhund weiß, wann es gefährlich wird.

Aber es macht nicht mehr bumm. Irgendwann erhebt sich Axel leise und schleicht sich von Bord, es gelingt ihm sogar, nicht auf Pumba zu treten, zumindest schließe ich das aus der Abwesenheit von Grummeln, er kommt wieder und legt sich hin. Nach einer halben Stunde wiederholt sich das Spiel. Irgendwann muss ich eingeschlafen sein, denn als ich das nächste Mal hochschrecke, graut schon der Morgen, die Silhouetten der Gegenstände und Körper zeichnen sich ab, und wo mein Bruder liegen sollte, erhebt sich ein gewaltiger Haufen Luft.

Erst als ich mit Pumba Gassi gehe, hinüber ins Naturschutzgebiet, hohes Schilf, ein kleiner Strand, totes Holz, richtig wilde Natur, löst sich das Rätsel. Pumba tobt, wetzt hinter Stöckchen her, vor uns im Wasser ein paar ankernde Yachten, die friedlich im ersten Licht treiben – da sehe ich Axel am Picknickplatz. Er hat sich auf den Tisch gelegt, unterhält sich mit seiner Frau. Bester Dinge, die beiden. Aber ich habe einen dicken Kopp.

»Hab's einfach nicht mehr ausgehalten«, erklärt Axel, »da war so ein Brett, das hat mir die Schulterblätter zerteilt.«

»Ich hab prächtig geschlafen.« Sophie klappst ihrem Mann gegen die Brust.

»Aber hier draußen war's bombig bequem.«

So schmählich endet Livs erste Nacht als Kreuzfahrtschiff. Die Passagiere türmen mitten in der Dunkelheit, und alles ist besser, als in ihrem Bauch gefoltert zu werden.

Ein wundervoller Tag, friedlicher Wind. Rausfahren? Ich traue es mir nicht zu und bleibe dabei eisern. Zu viele Faktoren, die ich nicht überblicke. Zu viel Chaos möglich auf engstem Raum. Punkt.

Zum Frühstück bringt Markus uns feuerlosen Gesellen heißes Wasser, sodass wir uns einen Kaffee machen können. Ich stelle mich in den Niedergang, beschmiere ungetoastete Toasts mit Nutella oder Honig oder, auf Spezialwunsch, auch mit beidem und reiche einen nach dem anderen hinaus ins Cockpit, wo sich die hungrige Crew drüber hermacht. Hier schmiert der Kapitän persönlich. Während die Mädels mit der ganzen Bagage ans Wasser ziehen, beginnen Axel und ich mit der Arbeit. Viel Zeit bleibt uns nicht; zu reparieren gäbe es zwar genug, aber ich will meinen Bruder nicht über Gebühr strapazieren. Für ein Stündchen am Strand muss noch Zeit sein.

Daher beschränken wir uns darauf, die beiden Sorgleinen zwischen den Pfählen und dem Steg zu spannen – Seitenführungen, in die wir uns beim An- und Ablegen einklinken können und die auch den Bug davon abhalten würden, gegen die Nachbarboote zu donnern, wenn mir mal ein Manöver so spektakulär misslingen sollte wie weiland in Bogense. Durch Losegeben der Festmacher und mit einigem Gezuppel kriegen wir die Leinen ordentlich gespannt. Sieht sauber aus, obschon die Nagelprobe erst noch bevorsteht, wenn wir dagegentreiben und man sehen muss, ob die Knoten dem Druck gewachsen sind. Müssten sie aber. Hab sie liebevoll gebunden. Fast enttäuschend, dass ich bei der ganzen Aktion nicht ins Wasser falle. Dabei lehne ich mich weit über die Reling, während mein Bruder das Boot in Richtung Pfahl drückt.

Dafür kicke ich mit der Hacke, aus Versehen, versteht sich, Pumbas leeren Napf ins Wasser, der auf dem Steg stand. Zum Glück treibt er an der Oberfläche, mit dem Bootshaken bugsiere ich ihn einmal am Bootsrumpf entlang und hintenherum, wo ich ihn wieder an Bord nehmen kann. Gottlob hat Pumba die Aktion nicht gesehen. Sie hätte mich massakriert.

Mit dem einmaligen Erfolgserlebnis, dass wir zwei Leinen anständig gespannt gekriegt haben, ohne größere Schäden an Leib und Seele davonzutragen, endet unsere Kreuzfahrt. Aus seemännischer Sicht mögen wir nicht sehr weit gekommen sein, aus familiärer aber schon. Uns Barths liegen Kreuzfahrten nicht im Blut, und dafür hat sich die siebenköpfige Besatzung geschlagen wie eine Eins.

ZEHN

SEEKLAR

1

WER NICHT IRRATIONAL zu handeln bereit ist, wird niemals Segler werden. Das ist offensichtlich. Zu den irrationalen Dingen zähle ich etwa, an einem Sonntagnachmittag um 15 Uhr in Hamburg loszufahren, de Ol aufzupicken, der nach einer Meniskus-OP böse humpelt, und nach Dänemark zu eiern, dort am späten Nachmittag anzukommen, das Handwerkszeug auszupacken, zu machen, was zu machen ist, an Bord zu pennen – nur um am nächsten Morgen Schlag sechs Uhr hochzuschrecken, sich ins Auto zu werfen und um halb zehn in Hamburg in der Redaktion zu sitzen. Die Alternative wäre, nicht zu fahren. Und diese Chance nicht zu nutzen, da die Arbeit nicht drängelt und die Familie den Urlaubsschein quittiert. Zumal die Nächte des Nordens spät eintrudeln, da bedeutet die Ankunft gegen halb sechs: noch fünf Stunden Tageslicht, Zeit zum Bosseln, zum Schrauben, zum Sägen. Vor allem zum Sägen. De Ol sägt für sein Leben gern. »Man muss Tatsachen schaffen«, sagt er, kurz bevor er es angeht, ein Satz, den er ausspricht, als habe er ihn erfunden (und wahrscheinlich hat er das). Dann zückt er die Säge und zerstört irgendetwas, das bis vor wenigen Augenblicken noch als unverzichtbar galt. In der Zwischenzeit aber hat es de Ol als nervtötend klassifiziert, und die Ol'sche Regel Nummer eins lautet: Nervtötende Dinge sind auszumerzen, denn »sonst ärgert man sich da monatelang mit rum«.

Auf diese Weise erledigt er unseren Fallenstopper. Ein Kasten, der aufs Dach des Niedergangs geschraubt ist, ein leinenfressendes Ding, dass die Leine des Großsegels führen soll, jedoch vor allem behindert. Zugegeben, in den meisten Augenblicken ein rechter Versager. Aber noch ehe ich zweimal blinzeln kann, sitzt die Säge an, einer Laubsäge ähnlich, nur viel bissiger, und in den Händen de Ols eine absolute Waffe.

Der Kasten ruht bald in meinen Händen. »Und jetzt?«, frage ich den Alten in einer Mischung aus Verblüffung und Amüsement. »Wie belege ich künftig die Großschot?«

»Du musst eine Klemmcleat besorgen«, antwortet er fröhlich. »Bohren, anschrauben, Leine da ganz entspannt einklemmen. Ich weiß nicht, was der sich mit dem Fallenstopper gedacht hat. Das kann gar nicht funktionieren.«

»Der«, damit meint de Ol grundsätzlich Livs Vorbesitzer Danny beziehungsweise alle anderen Amateure, die die arme Commander in ihren 36 Jahren zuvor malträtiert hatten.

»Aber wenn das so weitergeht«, gebe ich zu bedenken, »haben wir am Ende mehr kaputtgemacht als repariert. Bislang ist die Bilanz negativ.«

»Vielleicht hab ich noch eine Klemme bei mir übrig.«

Und tatsächlich, er wird noch eine bei sich finden. Wochen später ist sie befestigt, als ich wiederkomme. So ist de Ol. Erst nach mehrmaligem Nachfassen erfahre ich, dass er sie bei sich nicht irgendwo in der Backskiste gefunden hat. Er hat sie bei seinem eigenen Boot abgeschraubt.

Als Allererstes jedoch haben wir die Kuchenbude beseitigt, die das Cockpit zur Brutstätte macht – an einem warmem Tag. An einem nassen, kalten Tag sieht das anders aus, aber jetzt ist Sommer, und Sommergefühle brauchen den freien Himmel.

Es folgt die Küche. In Hamburg habe ich vor der Abfahrt einen Spirituskocher besorgt, einen original »Origo 3000«, Ausstellungsstück zum Sonderpreis. Spiritus riecht zwar nach Spiritus und brennt nicht so heiß wie die Konkurrenz, aber ich habe bei Propangas kein gutes Gefühl. Die fast leere Flasche im Schwalbennest, hinten im Cockpit: raus damit. Der zweiflammige Gaskocher in der Pantry: raus damit. Die Gasleitung: rau … Von wegen. Das Ding wehrt sich, wo es nur kann. Es handelt sich mitnichten um einen Schlauch, sondern im Inneren um ein kupfernes, hartes Rohr, das mit der Zange nicht aufzuwacken und mit der Hand nicht abzureißen ist.

Das Einzige, das diesem Rohr beikommt, ist de Ols Säge. Und er sägt. Und ich säge. Mich unter die Spüle beugend, in den Spalt hineinwindend und oben in der Backskiste kopfüber in die Tiefe hängend, verzweifelt reißend, zerrend und rupfend. Ich weiß nicht, ob in der Geschichte der Menschheit schon anspruchsvollere Abbruchmaßnahmen auszuführen waren und trotz aller Bedenken und entsetzlicher Gefahren letztlich auch ausgeführt wurden. Vorstellen kann ich es mir nicht.

Nach einer Stunde haben wir zwei Drittel dieser stählernen Schlange aus dem Bauch des Bootes herausgezwungen. Beim letzten Drittel gibt selbst de Ol auf. »Das ist was fürs Winterlager«, brummt er. Es stört ja aber keinen, denke ich, vielleicht bleibt es auch drin. Aber das wage ich nicht laut zu äußern.

Da wir gerade so schön im Cockpit kopfüber in der Backskiste hängen, schauen wir uns auch den Gashebel an. Also »Gas« wie in »Gas geben«. Er war ja beteiligt an unseren abenteuerlichen Hafenmanövern. Der Hebel geht bestialisch schwer, er tut geradewegs so, als sei es eine Zumutung, vor- und zurückgeschoben zu werden, was auch de Ol anerkennt. Um aber an die Innereien ranzukommen, muss ein Brett abgeschraubt werden und, ganz verborgen, noch ein weiteres Brett. Spätestens da hätte ich kapituliert. Mit de Ol als Vorarbeiter und zugleich leitendem Ingenieur liegt aber eine Kapitulation nicht im Bereich des Denkbaren. Endlich liegen die Eingeweide des Getriebes vor uns, die Bowdenzüge, die offenbar steif geworden sind im Lauf der Jahre. Öl dran, den Hebel vor- und zurückdengeln, wieder Öl dran. Geht schon etwas leichter.

»Aber nicht leicht genug. Stimmt schon«, sagt de Ol. »Das ist Murks. Das hätte der mal reparieren können, bevor er dir das verkauft.«

»Und was jetzt?«

»Du musst den Bowdenzug austauschen. Kannst du das?«

Ich schüttele so schnell den Kopf, dass mir schwindelig wird.

»Ist gar nicht so schwer. Hehehe. Dauert vielleicht drei, vier Stunden.«

»So lange?«

»Wenn man's kann. Oder du fragst natürlich Erik, den Motor-Mann.«

Das wollte ich hören. Tags drauf wird sich de Ol melden: Erik kümmert sich drum. So wie sich Erik auch um die malade Kühlbox kümmern wird.

Weiter in der Checkliste. Mittlerweile ist es halb acht, mein Magen beginnt zu knurren, aber de Ol lässt solch profane Bedürfnisse durchrauschen.

»Erst noch den Mast.«

Mein Freund, der Mast. Bootskollege Markus, der uns vor Wochen das Kaffeewasser brachte, und de Ol selbst sind unabhängig voneinander zu dem Urteil gekommen, dass unser Mast in sich zweimal verwunden sei. Mithin: beschissen aufgestellt. Die Wanten hier zu stark gespannt, dort zu wenig.

»Welcher Anfänger hat das denn gemacht?«

Ich verteidige Danny wortreich. Aber als ich mich ganz nahe an den Mast stelle und nach oben linse, sehe ich es auch. Das ist ein »S« in die Alustange hineingewrungen. Und von der Seite sieht man: Sie ist an der Spitze nach vorne gebeugt statt nach hinten, wie es sein sollte.

»Damit hättet ihr nicht in schweres Wetter geraten dürfen«, sagt de Ol düster.

Ich denke an unsere Überfahrt, den konstanten Wind, die trotz der Kälte sorglosen Tage. Dass uns gar nicht bewusst war, wie viel Schwein wir offensichtlich hatten.

»In einer blöden Böe hätte euch das ganze Rigg entgegenkommen können«, fährt de Ol fort, »die Wanten müssen ja den Druck aufnehmen und ableiten, und wenn die Belastungen falsch verteilt sind, kann es sein, dass das ganze System zusammenbricht. Muss nicht passieren, kann aber.«

»Ist auch nicht passiert.«

»Nee. Hätte aber können.«

Entgegenhalten kann ich nur, dass wir beim ersten Anzeichen eines Sturms sofort in einen Hafen geflüchtet wären. Wenn uns die Zeit geblieben wäre.

Mit Schraubschlüsseln und Schraubenziehern machen wir uns an die Wanten. Augenmaß ist gefragt, aber es ist noch viel komplizierter als beim Aufstellen eines Weihnachtsbaums. Man muss sich ganz doll an den Mast anschmiegen, um eine ernsthafte Lotung zu wagen. De Ol kniet daneben an den Püttings – den Füßen der Wanten, wie ich gelernt habe –, dreht hier vor und dort zurück, an diesem Wanten fünf Mal, dort drei. Vermutlich hat das alles eine innere Logik, aber ...

»Ich muss mich da auch rantasten«, sagt de Ol in diesem Moment, »ist es schon besser?«

Ich umarme wieder den Mast; läuft der nun wirklich absolut senkrecht in die Höhe? Hat ihm de Ol seine leichten Biegungen ausgetrieben? Schwitzend sitzt er da, sein nach der Operation schmerzendes Bein ausstreckend, konzentriert arbeitend, keine Sekunde abschweifend. So eine kompromisslose Arbeitshaltung kriege ich vielleicht in den guten Momenten beim Schreiben hin, beim Schrauben seltener. Aber zuletzt immer öfter. Das macht vermutlich das Boot. Früher reichte ein einziger quer hereinfliegender Gedanke, mich aus meiner Versenkung zu reißen, heute müssen es schon zwei sein. Morgen geht es womöglich gar nicht mehr. Das wäre natürlich eine sensationelle Wende.

Ein schlechtes Gewissen bekomme ich auch, wie ich de Ol so schuften sehe. Er ist nicht mehr der Jüngste, und nach einer Meniskus-OP müssten sich auch andere schonen. Aber Schonung gibt es nicht beim Alten. Wahrscheinlich will er auch bei sich selbst Tatsachen schaffen: Indem er so tut, als sei er wieder gesund, fühlt er sich nicht nur wieder gesund, sondern ist es per definitionem auch. Aber wenn er übers Deck wandert mit seinen Krücken, hört sich das an wie Käpt'n Ahabs vierbeiniger Neffe. Muss ich ihm bei Gelegenheit mal erzählen. »Hehehe«, wird er machen, garantiert.

Der Mast steht. Endlich eine Säule, die sich an der Spitze nach hinten beugt, wie es sein soll, wegen der Trimmung. Vorne noch den Anker mit der Kette verbinden. Unseren alten Faltanker schmeiße ich auf den Steg. Eine sechs Kilo leichte Gurke, höchstens geeignet für einen Kaffeestopp. Diesen Anker hier hatte de Ol noch in seinem Keller herumliegen, zehn Kilo schwer, für Liv reicht er aus. Ich kenne niemanden sonst, der einen Reserveanker im Keller liegen hätte, beim Alten jedoch war ich mir fast sicher.

Danach beugen wir uns über die Leinenführung vom Mast ins Cockpit. Allenfalls in Ansätzen verstehe ich die Systematik, welche Leine wie umgelenkt wird, was genau ihre Aufgabe ist. Bedauerlicherweise handelt es sich im vorliegenden Fall, wenn es nach dem Alten geht, um eine äußerst bescheidene Systematik. Seit drei Stunden fummelt er nun schon auf Liv herum, kein falsches Wort zu viel, nichts trinkend, nichts knabbernd, doch nun gerät er in Fahrt. »Das ist ja völlig verkehrt!«, ruft er, und man erinnere sich bitte, dass seine Stimme an Reibeisen auf Stahl gemahnt. »Das ist ja totale Scheiße! Was hat der sich denn dabei gedacht? Hat er dir das erklärt? Wie kann man denn so einen Blödsinn machen?«

Ich zucke mit den Achseln. »Ich konnte mir das Wenigste merken.«

»Das hier kann ja gar nicht funktionieren. Das ist ja totaler Quatsch.«

»Danny schien es für logisch zu halten.« Schuldbewusst blicke ich auf die Leinen, die Umlenkrollen, die, wie mir einfällt, bei Seglern »Blöcke« heißen. Warum sie so heißen? Sie heißen halt so. Es gibt unendlich viele Teile und noch mehr Fragen. Die sich nach oben weitende Pyramide des Segelsports – ein paar Stufen habe ich schon erklommen. Ich merke es daran, wie viele Fragen mir neuerdings kommen.

»Jeder hat sein System, oder nicht?«, füge ich hinzu.

De Ol hebt nun gefährlich seine Stimme, dass sie klingt, als würde sie Späne aus der Luft hobeln. »System gut und schön.

Aber hier gibt es kein System! Die Leinen laufen nicht in Fluchten, da blickt ja kein Mensch durch!«

Und so geht das in einem fort. Die Stimmung ist explosiv, als Jan vorbeischaut, ein Freund von Schwarz. Sein hölzerner Schwertkreuzer liegt am Steg gegenüber, nicht weit von den Booten unserer Freunde. De Ol macht uns bekannt, wir drücken uns die Hand und stellen augenblicklich fest, dass wir Hunger haben. Einen Mordshunger. Und es ist schon nach neun.

Jetzt, am Anfang der Woche, ist im Hafen wenig los, vom Grillplatz steigt zwar noch Rauch auf, aber so langsam machen sich die Crews ringsum schlafensfertig. Im Dorf wird kein Laden mehr offen haben. Zu futtern werden wir nur noch was in Sønderborg bekommen, aber auch da frönen die Dänen ihrer Neigung, früh zu essen, früh zu schlafen. Außerdem hat de Ol gerade erst so richtig Blut geleckt.

Das Einleinen-Reff fürs Großsegel, das muss doch, das kann doch nicht … Er begreift es nicht. Die Reffleine liegt angeberisch auf dem Deck herum, ein Seil, das in einen Draht übergeht und offenkundig genügt, um das Großsegel zu verkleinern. Ganz wichtig im Sturm, dass das Reffen funktioniert. Wichtig auch, wenn man das Boot mit weniger Krängung bei gleichem Speed segeln will. Jan schaut sich die Leine an, de Ol schaut sich die Leine an, aber nichts leuchtet ihnen ein. Mehr als zu nicken und den Kopf zu wiegen habe ich nicht beizutragen, und so bin ich froh, dass um halb elf unser wildes Trio einstimmig beschließt, klein beizugeben. Außerdem muss jetzt auch der Letzte akzeptieren, dass die Dunkelheit nicht mehr ewig auf sich warten lassen wird.

Schwelende Dämmerung. Wir sind von einem intensiven blauen Licht umgeben, das man in Flaschen packen können müsste, um es mit nach Hause zu nehmen. Was in diesem Blau drin ist: die Farbe des weiten Alls. Die Farbe des Meeres an einem windstillen Morgen. Die Farbe eines Sturms aus Nordwest. Die Farbe der Augen unseres Sohnes.

Wir fahren die paar Minuten hinüber nach Sønderborg, parken den Wagen, schlendern durch die Fußgängerzone – de Ol an seinen Krücken, wir gehen also langsam –, und siehe da: ein Licht in der Dunkelheit. Ein Grieche, den Jan empfehlen kann. Und so beschließen wir den Tag mit Tsatsiki und Souvlaki. De Ol gibt eine Kostprobe, dass er locker Meg Ryans Sally aus »Harry und Sally« ausstechen könnte, was Sonderwünsche beim Bestellen angeht, aber am Ende sind alle glücklich.

Zurück spät, leicht taumelnd. Der Hafen liegt wie verzaubert im Schein eines klaren Mondes. Enten schnattern. Kleine, beinahe durchsichtige Fische flitzen im Schein der Laternen um die Schiffsrümpfe herum. »Sind das Krabben?«, fragt de Ol. Keiner weiß eine Antwort.

Das Wasser vor der Hafeneinfahrt ein Tuch aus blankem Silber. Zwei Enten starten. Sie haben es dabei nicht eilig, fast scheint es, als schafften sie es nicht, aber dann schaffen sie es doch, eine Szene wie aus »Bernhard und Bianca«. Um eins haue ich mich in meine Koje, schlafe sofort ein. Liv liegt ganz ruhig in dieser Nacht, als sei sie zufrieden mit uns.

Als ich um sechs Uhr aufstehe, mir meine Sachen schnappe und über den Steg marschiere, bleibe ich nach ein paar Metern stehen. Ein, zwei Minuten lang, ehe ich mich hinters Steuer des Passats setze und den Karren Richtung Stadt, Richtung Büro steuere, schaue ich hinaus über die Mole aufs Meer.

Die ganze Bucht und darüber der Himmel mit seinen kleinen runden Wolken glühen rot, beschienen von einem unsichtbaren, unergründlichen Licht.

2

EIN LANGES WOCHENENDE haben wir uns freigeschlagen, endlose drei Tage. Nur Anna, unser Sohn, Pumba und ich werden Liv besuchen, wir werden uns einleben und vielleicht sogar, wenn unsere Freunde vom Steg die Nerven haben, gemeinsam hinaussegeln, alle zusammen.

Es wird auch Zeit, dass wir Liv bewegen. Seit der Überfahrt liegt sie fest. Das Unterwasserschiff dürfte inzwischen vollkommen umwuchert sein und vielleicht dermaßen von Muscheln besiedelt, dass wir gar nicht mehr hinausfahren können. Weil es der Motor nicht schafft, uns zu befreien. Da müsste ich mit einer Axt ins Wasser springen, aber jetzt klopp mal unter Wasser Muscheln von einem empfindlichen Rumpf. Man könnte natürlich auch mit einer Flex ran. Da bräuchte man eine Unterwasser-Flex.

Der Sommer lief träge an, aber seit drei, vier Wochen zeigt er dermaßen Muskeln, dass wir alle ermattet sind von seinen Schlägen. Immer wieder über dreißig Grad, morgens schon muss man die Sonne meiden. Mit Pumba lässt sich bei solchen Temperaturen kein vernünftiges Wort mehr wechseln. Sie schafft sich hechelnd von Schattenplätzchen zu Schattenplätzchen, beim Spaziergang ist sie froh, wenn wir ein Stöckchen in einen See werfen, aber das holt sie nicht mit Feuereifer aus dem Wasser, sondern lässt sich Zeit, fast so, als durchschaue sie das alberne Spiel und als gehe es ihr nur darum, nass zu werden. Und uns hinterher beim gezielten Schütteln einen mitzugeben.

Gespannt bin ich, ob mein Entwurf hinhaut. Meine ingeniöse Idee, die mich heimsuchte, als ich mich am Tag des Frickelns mit de Ol zehn Minuten lang vor den Bugkorb stellte und mir auszumalen versuchte, wie Pumba am elegantesten an Bord und wieder herunter kommen könne. Beziehungsweise, wenn schon nicht elegant, wenigstens so, dass ich ihre sich sträubenden dreißig Kilo nicht wie Superman hin- und herwuchten muss. Die Lösung kam mir, als ich mir vergegenwärtigte, wie locker Pumba beim allerletzten Mal von Bord gestiefelt war. Ich hatte das Boot ganz eng an den Steg herangezogen, sie machte eine schnelle trippelnde Bewegung und war an Land – ohne überhaupt den Hintern anzuheben oder zu einem Sprung anzusetzen. Wie selbstverständlich ging diese anmutige Bewegung vonstatten, ich war begeistert, bis ich hinterher merkte: Mir fehlte die Zeitlupe, um sie zu studieren.

Nun aber hole ich das Brett heraus, das ich habe maßschneidern lassen. Ein trapezförmiges Ding, fast einen halben Meter lang, vorne vierzig Zentimeter breit, am Ende schmal zulaufend. Diese Brücke lege ich nun auf das Gestänge des Bugkorbs, direkt hinter jenen Plastiktritt, auf dem ein ganzer Löwe Platz fände, und unmittelbar vor der Trommel der Rollgenua endend. Eine Plattform ist gebaut, über die ich ganz gerührt bin. Damit sie nicht wackelt, halte ich sie im Knien fest, und so untertänigst bitte ich nun die am Steg wartende Pumba, Liv gnädigst zu entern. Frau Geheimrat lässt sich das nicht zweimal sagen. Einmal kurz geschnüffelt, ein schneller Schritt und im lockeren Trab an Bord. Ein Triumphmarsch. Schnauze und Schwanz hoch oben in der Luft. Ich lege das Brett vorsichtig zur Seite und reiße jubelnd die Arme empor.

»Sensationell!«, ruft Anna, die das Ganze vom Mast aus verfolgt hat. »Wie bist du da nur draufgekommen? Ich dachte, wir hätten schlicht das falsche Boot.«

Geschmeichelt wiegele ich ab, murmele etwas von handwerklichem Talent, das noch in jedem Tölpel schlummere, vom Verkanntwerden vieler Genies, was so manches Genie heimlich belaste. Zweifelsohne habe ich niemals in meinem Leben eine bemerkenswertere Konstruktion gebaut. Wir strahlen bis über beide Ohren, auch unser Sohn strahlt mit, weil gute Laune der Eltern ja immer abfärbt, und ich meine auch Pumba strahlen zu hören, von der Hundekoje unter Deck aus, wohin sie sich verzogen hat, der kühlste Platz im ganzen Norden.

Als wir uns eingerichtet haben, schnappen wir uns die Badesachen und peilen mit Mann und Maus Richtung Naturschutzgebiet. Ein schmaler Sandstreifen dort, aber im Wasser geht der Sand einfach weiter, von knöcheltief über wadentief zu knietief. Unser Sohn unternimmt nackt Gehversuche, schafft drei Schritte und fällt auf seinen Hintern, derweil Pumba herumspritzt, als sei das ihr Meer. Die Sonne ist hinter den Bäumen verschwunden, wir tollen im angenehm kühlen Schatten jenseits des Mastenwaldes, und fünfzig Meter weiter albert eine Gruppe Jugendlicher vor sich hin. Ein Sommerabend wie aus einem Buch von Astrid Lindgren.

Zum Abend stellt sich der Kapitän ein. In diesen Wochen knüppelt er auf dem Rechner herum, dass die Schwarte kracht, er feilt an seinen besten Abenteuern, versammelt zwischen zwei Buchdeckeln. Im Titel kommt irgendwas mit einem Krododil vor.

Ohne die Kuchenbude sitzt es sich prächtig im Cockpit. Erik, der Motor-Mann, hat auch unsere Kühltruhe repariert, jedenfalls sprang sie sofort an, als wir auf »On« drückten. Nun, nach fünf Stunden, müssen wir feststellen: Sie kühlt eher nicht, unsere Kühltruhe. Ist eben kein Kühlschrank. Man müsste etwas Kaltes hineintun, und das bliebe kalt. Leider hat kein Supermarkt im Umkreis Eiswürfel. Damit würde unsere Kühltruhe eine gewisse Kühlung verbreiten, zumindest solange die Eiswürfel nicht geschmolzen wären.

Aber Erik hat ganze Arbeit geleistet. Die nicht kühlende Kühltruhe geht nun nicht mehr nur an, sie geht auch nicht mehr aus. Man kann herumdrücken, wie man will, der Ventilator bläst unbeirrt weiter. Ich kriege das genialische Ding erst abgestellt, als ich eine der beiden Verbraucherbatterien abklemme. (»Abklemmen« klingt ja nun sehr kundig – es ist ein roter Hebel, den man nach rechts drehen muss.) Da hängen aber natürlich noch andere Verbraucher dran. Welche? Wir werden es herausfinden müssen.

Ich bringe unseren Sohn bald ins Bett, er muss doch müde sein. Lege ihn vorne in die Vorschiffskajüte, lege mich dazu, und gerade meine ich, er sei eingeschlafen, klettere hinaus und spanne schon das Netz, das wir vor den Eingang montiert haben, damit er von seiner Wiese nicht herunterpoltern kann, da kräht der Bursche, als wäre er nach stundenlanger Ruhe erquickt aufgewacht. Das Spielchen wiederholen wir drei Mal. Natürlich irritiert ihn die ungewohnte Umgebung, aber vielleicht auch, dass ihm Mama und Papa und dieses seltsame wuschelhaarige schwarze Monster, das zu seinem Leben vom ersten Tag an dazugehört, hier fast keine Sekunde von der Seite weichen. Außerdem ist da draußen mächtig Leben, der Kapitän und die Mama kramen Käse, Wein und Brot zusammen. Da muss er unbedingt dabei sein. Und so gebe ich es auf. Ich schnappe ihn samt seines dünnen Sommerschlafsacks, nehme eine Fleecedecke mit und trage ihn hinaus zu den anderen. Er grinst sich eins, gluckst, seine Augen sind die ersten Sterne des Abends. Großzügig lässt er sich von einem zum anderen reichen, lauscht unserem Geschwatz, unserem Gelächter. Urlaubstage. Das Boot des Kapitäns liegt schräg gegenüber. Ein bisschen weiter die Commander des Alten, hellblau gestrichen. Der Tramp ist ausgeflogen mit seiner Liebsten, und auch das Folkeboot von Schwarz ist weg, das sonst auf der anderen Seite der Hafengasse festmacht, uns fast genau gegenüber. Erst nach zehn Uhr fallen unserem Sohn mit Macht die Lider zu, und ich trage ihn vorsichtig zurück in die Kajüte.

Es wird eine kurze Nacht. Um ein Uhr steht er mit flammenden Fäusten am Netz, das seine Koje abtrennt. Seine Rufe weckten Tote auf. Er könnte vorne die ganze Koje haben, Anna und ich haben uns in den Salon gelegt, aber jetzt krabbele ich in die Eignerskabine mit hinein. Nehme meinen Sohn und schmiege ihn an mich, bis er sich beruhigt. Sein Haar duftet nach Sommerwiese (fast muss ich niesen, kann es gerade noch unterdrücken). Als er eingedämmert ist, lege ich ihn behutsam ab. Und werde die nächsten Stunden damit beschäftigt sein, seine Treterein, Schubsereien und sonstigen raumgreifenden Aktionen zu ignorieren.

In den stillen Momenten denke ich an unseren Mitsegeltörn vor ein paar Jahren mit dem Kapitän und dem Tramp. Wie wir nachts ins Wasser sprangen – es war so warm wie heute –

und mit unseren Bewegungen Lichtreflexe fabrizierten. Von Bord sah es aus, als malten die anderen helle, glitzernde, menschengroße Schmetterlinge ins Wasser. Ein Phänomen, das mit Algen zu tun hat, habe ich mir sagen lassen. Ich würde jetzt gerne hinausfahren und da draußen Schmetterlinge ins Meer malen. Aber bei einem jungen Vater müssen Schmetterlinge manchmal warten.

Morgens um vier dringt ein geheimnisvolles türkisfarbenes Leuchten durch den Niedergang, einmal mitten durchs Boot, und von diesem ersten Licht des neuen Tages wacht Sohnemann auf. Er tapert wie ein Schlafwandler herum, fällt zur Seite, schnarcht zwei, drei Mal, berappelt sich, findet einen Schnuller, steckt ihn sich in den Mund, tappt zu mir an den Rand, legt mir den Kopf auf den Bauch und schlummert wieder ein. Ich genieße diese Nacht sehr. Ich preise den Entschluss, ein Boot zu kaufen. Man kommt sich so nah. Wer hatte diese famose Idee noch mal? Schlaflos bin ich glücklich. Kann man mehr verlangen?

Ob aber er genauso das Leben an Bord genießt? Es ist eng, es gibt viele Kanten, ständig ist einer von uns um ihn herum, um ihn zu stützen, zu sichern, zu mahnen, zu ermuntern, einen Arm hinter seinen Rücken zu schieben, ihn zu panzern, ohne dass er's merkt. Aber es ist auch sehr kuschelig. Ich könnte mir vorstellen, dass er innerlich denjenigen preist, der die Idee hatte, ein Boot zu kaufen: Daddio.

Der nächste Tag. Liv ist ein Haus auf dem Meer, durch das der Wind streicht. Zum Munterwerden ein Spaziergang zum Supermarkt, frische Brötchen, ein langes Frühstück, Herumpütschern an Deck. Als unser Sohn einnickt, nutze ich die Gelegenheit und bastele die Langfender zusammen, jene schmalen Schaumstoff-Würste, die Livs Bauch an den Seiten beschützen werden. Ich habe die Zutaten nach den Vorgaben des Alten zusammengesucht, unmissverständlich formuliert bei der Party an der Elbe: weiche Heizungsrohrummantelungen, dazu maßgeschneiderte Überzieher aus Persenning-

Stoff, dicke Leinen, dünne Leinen. Die dicken Leinen kommen ins Innere der Schaumstoffrohre, die jeweils zu viert aufgefädelt und mit der Schutzhaut umhüllt werden. Vorne und hinten werden die dünnen Leinen mit einem leicht beherrschbaren Knoten namens doppelter Schotstek an den dicken Leinen befestigt. Das ganze Konstrukt fixiere ich am Bug und am Heck mit – Segler werden gähnen – Rundschlägen und halben Törns.

Da hängen sie nun, die beiden Fender, bereit, es mit Pfählen, Booten, Stegen aufzunehmen, Missgeschicke abzupuffern. Dass sie zugleich jedermann verraten, dass hier ein Skipper seinem eigenen Handwerk nicht traut, mir einerlei. De Ol hat an seinem Boot ja ähnliche Dinger hängen, denn er ist oft einhand unterwegs, ein Anbumsen manchmal nicht zu vermeiden.

Über Mittag erkunden wir mit dem Wagen die ein paar Kilometer von Sønderborg entfernte Halbinsel Kegnæs, eine Welt der Fahrräder, weiten Felder, Ferienhäuser. An einem kaum besuchten Strand lassen wir uns nieder. Noch bevor wir das große Strandtuch ausgebreitet haben, hat sich Pumba ins Wasser geworfen, sie geht eine Runde schwimmen, einfach so. Für später haben wir mit dem Kapitän vereinbart, es gemeinsam zu wagen: hinauszusegeln. Aber nun zieht am Horizont ein dunkles Wolkenband auf, das rasch näher kommt, vermutlich ein Gewitter, ein frischer und frischer werdender Wind reißt unseren Sonnenschirm mit. Wenn wir jetzt da draußen wären, mit unseren beiden Kleinen an Bord – die Muffen würden sausen.

Zurück im Hafen brauchen wir keine drei Sekunden, um die Sache für heute abzublasen. »Das zieht uns eins über die Mütze«, verkündet der Kapitän, der unter Deck der wackeren Atina am Laptop sitzt und kurz mal den Kopf herausstreckt. »Da würde ich auch nicht rausfahren, wenn ich alleine wäre. Nicht mal, wenn ich müsste.«

»Morgen früh«, sage ich, »ist es sicher ruhig, dann können wir ganz gemütlich hinausfahren.« Als hätte ich da Erfahrung.

Das Gewitter zieht überraschend vorbei, ohne sich zu entladen. In Wahrheit bin ich ganz froh, dass wir uns vertagen, die Hafenmanöver mit Pit haben Spuren hinterlassen. In den vergangenen Wochen saugte ich jeden Fetzen Tipp auf, tränkte mich mit Theorie, wie man bei Seitenwind in eine Box hineinkommt oder bei ablandigem Wind längsseits an den Steg steuert. Die allermeisten Ratschläge hielt ich für sinnvoll, doch missfiel mir in jedem Artikel der Hinweis, dass auch erfahrenen Seglern Manöver misslängen, dass es keine Garantie gebe, dass es immer ein Nervenspiel sei.

»Es kann sein«, hat Schwarz vor ein paar Wochen erzählt, »dass ich einen wunderbaren Törn habe, zehn Stunden ohne Probleme, herrlichstes Wetter, und fünf stressige Minuten im Hafen reichen, dass ich klitschnass geschwitzt bin.«

Ein großer Trost ist das nicht. Ob ich im Ernstfall zu früh in die Box steuern würde oder zu spät? Und was, wenn ja? Was, wenn der Bug vom Wind wieder herumgedrückt wird? Man kann all das in Gedanken komplett durchspielen, und ich steigere mich mühelos hinein. Schon beim Gedanken ans erste Auslaufen krampft sich in mir etwas zusammen. Und noch immer war keine Gelegenheit, friedlich zu trainieren.

»Ich weiß gar nicht, was du hast«, sagt Anna an diesem Abend. »Es ist doch alles ganz einfach. Und wenn was schiefgeht, musst du eben entsprechend korrigieren.«

»Aber man muss wissen, wie.« Ich habe nicht umsonst Lehrsätze gebimst, nun weiß ich, warum was geschieht. Das heißt: glaube es zu wissen. Noch genauer: glaube zu ahnen, wie es sein könnte. »Wie zum Beispiel ist bei Rückwärtsfahrt die Pinne zu halten, wenn der Bug nach rechts ausbricht? Sag schnell, eine Zehntelsekunde Zeit: die Pinne – nach rechts oder links?«

Anna überlegt zwei Sekunden. »Passe. Nach rechts.«

Ich tue so, als sei ich mir sicher. »Nach links, so kann man gegensteuern. Aber was, wenn das Ruder nicht reagiert, weil es in Rückwärtsfahrt von der Schraube nicht angeströmt wird und du zu langsam bist?«

Achselzucken.

»Hab ich auch keinen Schimmer«, gestehe ich. »Kopf runternehmen und Finger in die Ohren.«

»Wir sind doch versichert.«

Ich seufze. »Und der Radeffekt macht das noch schlimmer, du erinnerst dich an deine Prüfung?« (Achselzucken, Nase kraus ziehen) »Die Drehrichtung der Schraube, die dafür sorgt, dass das Heck zur Seite versetzt wird, in unserem Fall in Vorwärtsfahrt nach rechts. In Rückwärtsfahrt, allerdings viel stärker, nach links.« Ich tippe mir an die Stirn. »Damit ist auch unsere Harakiri-Fahrt von Sønderborg zu erklären – wir tuckern rückwärts, ich gebe pflichtgemäß Ruder, auf dass wir nach links schwenken, wir schwenken aber nach rechts, wie von Geisterhand gezogen.«

»Der Radeffekt?«

»Oder ein Geist.«

»Beides möglich.«

»Absolut.«

Zum Abendessen schlappt wieder der Kapitän vorbei, und auch de Ol und Jan geben sich die Ehre. So ist das in diesem Hafen. Wer sich zurückziehen will, winkt einmal kurz ab, aber zurückziehen will sich meistens keiner. Abends beginnt der schönste Teil des Tages, weil die Geschichten wie von selbst zu fließen beginnen.

Unser Sohn dürfte länger aufbleiben, man lernt ja dazu, aber er will gar nicht. Verkriecht sich mit mir in seine Dreieckskoje, und ich habe ihm keine drei Mal über die Augen gestrichen, da ist er eingenickt, geschafft vom sauerstoffreichen Leben auf See. Pumba knallt sich zu Füßen aller auf den Boden des Cockpits, sodass der beinahe komplett ausgefüllt ist. Es geht aber trotzdem, dass wir zu fünft dasitzen. Irgendwie geht es immer. Brot, Käse, Oliven, der Weißwein warm, macht aber nichts.

Am meisten bewundert wird an diesem Abend unser Nebenlieger, das algenbewachsene Motorboot mit dem schimmeligen Verdeck, in dessen Schutz vor Wochen noch eine Ente brütete. Die Ente ist weg, von den Eiern ist nichts mehr zu sehen, das Boot sieht aber vollkommen unberührt aus. Die Fenster fast blind, die Leinen mit einer merkwürdigen Schicht aus Glibber überzogen. Man kann durch eine Scheibe eine Flasche Universalreiniger erkennen. Jeder Gipfelsturm beginnt mit dem ersten Schritt.

»Habt ihr die Besitzer schon mal gesehen?«, erkundigt sich Jan.

Wir schütteln den Kopf. »Ist das denn auch im Winter hier im Wasser?«, frage ich.

»Ich meine es gesehen zu haben.«

»Sieht jedenfalls so aus, als würde es schon jahrelang hier liegen.«

»Vielleicht lebt der ja gar nicht mehr, dem das gehört«, sagt Anna.

»Uuuh«, macht die Runde anerkennend.

»Vielleicht liegt die Leiche ja drin«, raunt der Kapitän.

»Uuuh.«

»Das ist ja noch gar nichts!«, ruft de Ol von seinem Platz hinten quer herüber. »Oben vor Samsø, da liegt ein Boot, das wurde seit Jahrhunderten nicht mehr bewegt.«

»Uuuh.«

De Ol, triumphal: »Der hat mindestens zweihundert Fender drumrum!«

»Uuuh.«

»Als fürchtet der einen Zusammenstoß mit einem Zerstörer oder so. Und der hat seine Klampen umwickelt, dass du denkst, der würde sich am liebsten festketten. Und an den Festmachern hängt ein Schmodder, dass du denkst, die alten Wikinger hätten die dahin gepackt.«

Offener Szenenapplaus für den Alten, und: Vorhang.

3

ENTSPANN DICH MAL!, furzt mich de Ol schon an, gerade als ich die Pinne zu umklammern beginne. Er hat ja recht. Ich stehe da wie die Imitation eines chinesischen Tonkriegers, verkrampft bis in den kleinen Finger, übermannt vom Respekt fürs ganze Skippertum. Ein blendend schöner Tag, vier Windstärken, unsere gesamte Familie an Bord versammelt, dazu der Kapitän und der Alte – eine auserlesene Crew erlebt Livs erstes Ablegemanöver aus unserem Heimathafen, das ich verantworte. Wie soll ich da entspannt sein, Herrgottsdunder?

Mein Plan: Falls wieder eine Böe herangefaucht kommen sollte, werde ich das Unerwartete erwarten. Dass Liv durchdreht, stiften geht und uns abwirft wie ein Wildfang. Nur nicht, dass sie tut, was sie soll.

Das tut sie aber.

Der Kapitän hat uns vorne losgeworfen, Motor im Leerlauf, wir ziehen uns an der seitlich gespannten Sorgleine nach hinten durch. So könnte man das beschreiben. Ich halte die Leine des Luvpfahls in den Händen, des Pfahls also, der im Wind steht. Der Knoten bleibt um den Pfahl geschlungen, so haben wir es nach der Rückkehr leichter. Das andere Ende packe ich, ziehe, bewege mich mit kleinen Schritten Richtung Bug, ziehend und ziehend, immer unter den Kommandos de Ols. Auf diese Weise, unterstützt vom wachsamen Kapitän, gleitet Liv kontrolliert aus der Box, bis wir fast hinaus sind. Die Achterleinen in große Buchten aufgeschossen und jeweils sorgsam auf den Pfahl gelegt, zum schnellen Greifen, später. Nun leichte Rückwärtsfahrt, Pinne nach rechts, auf dass der Bug nach rechts wandere. De Ol greift kurz ein, gegensteuern, damit wir vorne nicht am Pfahl hängen bleiben. Jupp, wir sind draußen in der Gasse. Auskuppeln, treiben lassen. Blick zurück, genügend Platz. Sanft vorwärts Gas geben. Pinne nach links, Boot schwenkt auf Kurs. Kontrolle? Roger!

»Warum bist du denn in drei Teufels Namen so verkrampft?«, fragt de Ol.

»Weil ich nicht will, dass es … dass es kracht.«

»Aber so verkrampft wie du da rangehst, wird es früher oder später krachen. Sei locker. Bei den Bedingungen kann ja gar nicht viel passieren.« Er deutet hoch zum Verklicker, ins Reich der Winde. Was mir vorkommt wie eine kräftige Brise, geeignet, Dreimaster ins Chaos zu stürzen, ist offenbar für de Ol nicht mehr als ein Lüftchen, bei dem sich Seebären wie er ernsthaft fragen, ob es sich lohnt, die Segel hervorzukramen.

Aber nun fahren wir hinaus. Am Steg stehen winkend La Bella Olla und auch Jan. Sie ruft: »Ein schönes Bild!«, und schon sind wir vorbei und auf dem Meer.

Für diesen Übungstörn haben Anna und ich, bis wir eine Art Ordnung an Bord gefunden haben, eine klassische Rollenverteilung vereinbart: Ich kümmere mich ums Boot, soweit die Jungs mich lassen. Sie kümmert sich um unseren Sohn, hat ihn stets fest im Arm, wobei ihn die Fahrt zu inspirieren scheint, seine Augen sind groß, und er verfolgt aufmerksam jede Bewegung des Alten. Pumba haben wir runter in die Hundekoje geschickt, womit sie sich fürs Erste zufriedengibt.

Hinein in den Wind tuckern, Setzen des Großsegels. Die Leinen haben wir damals an unserem Bosseltag neu geordnet, es ist nun eine Systematik drin, die de Ol als »so ist das einigermaßen vernünftig« bezeichnete. Vor unserem Törn jetzt habe ich mir nochmals die Schritte eingebläut – Großfall ans Segel schäkeln, die Seile des Lazyjacks entspannen (das ist der Sack, in den das Großsegel beim Bergen hineinfällt), am Großfall ziehen, bis es nicht mehr geht. Klappt alles zunächst gut. De Ol steht hinter mir und verfolgt schweigend, was ich mit Unterstützung des Kapitäns fabriziere. Den letzten halben Meter Segelfläche bekomme ich nicht gesetzt, viel zu viel Druck auf dem Tuch. Jetzt kommen die Winschen ins Spiel, jene Trommeln, um die die Leine gelegt wird. Die Winschkurbel einsetzen und mit rechts kurbeln, mit links weiter an der Leine zuppeln. Sieht ganz einfach aus. Bei mir geht aber erst mal gar nichts. Ich halte die Kurbel falsch, dabei genügen kurze Bewegungen, und außerdem, mit den Worten des Olen: »Zieh mal richtig mit links, Mensch, das gibt's doch nicht!«

Endlich: Das Groß ist oben. Ich drehe den Bug weg, falle ab aus dem Wind, steuere hinein in die Bucht, falle weiter ab, bis wir den Schub fast von hinten haben, gebe Lose in die Großschot. Motor aus. Immer wieder ein Wunder: die Stille nach der letzten Zündung. Drei Komma acht Knoten, das ist solide. Pumba steckt den Kopf aus dem Niedergang. Ob sie nur neugierig ist, oder ob es ihr da unten zu sehr schaukelt?

»So, alle weg hier, und du, Hund, nach vorne, aufs Deck mit dir!«, ruft de Ol, aber Pumba will nicht nach vorne. »Zieh ihr wenigstens die Schwimmweste an!« Der dringende Rat geht an mich.

»Dann dreht sie durch«, widerspreche ich. »Haben wir leider nicht trainiert.«

»Wie kann man denn so was trainieren?«

»Oben Weste an und vorne Würstchen rein«, sagt Anna.

De Ol lacht, aber Pumba ist im Weg, bis sie das Problem auf ihre Weise löst: Sie legt sich direkt neben mich auf die Cockpitbank, um das Gefühl zu haben, mitzumachen, bei was auch immer wir gerade tun. Weil sie ihren Kopf ganz still hält, kann ich im Steuern sogar ihr Kinn kraulen. Der Wind zaust ihr Fell. Sie grunzt. Jedenfalls hat sie es hier an Bord weit besser, als sich im Kofferraum des Passats durch einen Hitzestau zu hecheln. Zweimal geblinzelt, schon liegt sie bewegungslos da, so entspannt, wie ich gerne wäre. Unser Sohn beginnt sich in diesem Moment die Augen zu reiben. Zeit für ein Vormittagsschläfchen, und von so etwas wie einem Segeltrip lässt er sich nicht aus der Ruhe bringen. In Annas Armen schläft er ein.

Der Wind steht direkt in die gewöhnlich geschützte Bucht, sodass wir unseren Plan fallen lassen, irgendwo zu ankern und ins Wasser zu springen. Dazu sollte im Übrigen unser Tiefenmesser funktionieren, der aber zuckt nicht mal. Wir drücken alle Tasten, aber nüscht. Da erinnere ich mich: Die

Kühltruhe! Die Batterie! Der Kapitän löst mich an der Pinne ab, und ich krame unter Deck nach dem roten Hebel. Mein lieber Schwan. Es ist noch gar nicht so lange her, da hätte mir eine solche Minute im Bauch eines segelnden Bootes im Nu den Magen umgedreht. Auch jetzt ist mir nicht ganz wohl, aber es ist gar keine Zeit, weiter drüber nachzudenken, zu viel ist zu tun. Der Kapitän hatte vor einem Jahr, bei unserer Rauschefahrt nach Svendborg, vielleicht doch recht. Seekrank zu werden ist manchmal keine Option.

Mittlerweile weht ein Lüftchen, das man ernst nehmen muss. Zurück wird es hart gegen den Wind gehen, doch bevor wir die Genua rausholen, muss das Reff ins Großsegel. Mir jagt dieser Wind Respekt ein. Das Rätsel aber, wie die Drahtleine einzuschäkeln ist, wo die Leine weitergeführt wird, ist noch nicht gelöst. De Ol hat immerhin eine Ahnung, wie es gehen könnte. Und fängt an, während das Boot im Wind tanzt, auf dem Deck herumzuturnen – er zählt ja mehr als sechzig Jahre –, juckelt hier, ruckelt dort, kauert sich hin, kneift ein Auge zusammen, späht mit dem anderen ein ungenannt bleibendes Geheimnis aus, beißt sich auf die Lippe, schafft sich hinüber zur anderen Seite, knibbelt sich an der Nase, knautscht seine Unterlippe, hakt neu die Leine ein. Zieht nun mit aller Macht, die Füße gegen ein Brett gestemmt. Wieder: Zug! Und da kommt das Groß runter. Kommt wirklich ein Stück runter. Steht noch etwas faltig, aber es ist gerefft.

Ich jubele in Gedanken, aber hinter mir murmelt der Kapitän: »Das muss doch besser gehen.« Ansonsten hält er sich zurück. Es ist die Verbeugung vor dem überragenden Können des Alten, aber auch die Einsicht, dass es wenig Sinn machte, ihm im Kram herumzupfuschen.

Und tatsächlich zuppelt de Ol solo weiter. Ich mache mir schon Sorgen, dass er in einer etwas größeren Welle über die Reling geschleudert wird und wir ein Mann-über-Bord-Manöver fahren müssen (Prüfungsstoff: abfallen, halber Wind, Kuhwende, um eine Patenthalse zu vermeiden, Aufschießer –

und voilà). Aber dann sage ich mir: Solche Aktionen bringt der auch, wenn er alleine auf seiner eigenen Commander unterwegs ist, die Pinne festgeklemmt mit dem Autopiloten, und niemand da, der ihn retten könnte.

Jetzt macht er sich am Baum zu schaffen, greift sich eine der darin eingelassenen schmalen Kurbeln, für die ich überhaupt keine Verwendung gesehen hatte. Zwei, drei Umdrehungen – die hintere Ecke des Segels wandert mit einem Mal weiter nach achtern. »Das ist es!«, brüllt der Kapitän, de Ol mault: »Was ist denn das für ein mieses Prinzip?«, und beide grinsen. Das verkleinerte Großsegel steht plötzlich wie eine Eins. Das Reff funktioniert.

Als wir wieder Fahrt aufnehmen, holen wir die Genua raus. Also schwupps die Schot gezogen, immer weiter, und belegt. Nun perlt das Kielwasser richtig, fünfeinhalb, sechs Knoten, hart am Wind. Liv legt sich dramatisch zur Seite, aber es ist kein Drama, es ist ja nur die hundsgewöhnliche Krängung.

»Wuhuhuhu«, macht der Kapitän, »das ist ja sensationell, wie trocken die segelt, auf Atina hätten wir schon eins auf den Deckel bekommen, wir wären klatschnass«, und de Ol nickt stumm und anerkennend. Commander eben. Pumba guckt irritiert, als ich die Seite wechsle. Sie rollt sich in ihrer schrägen Lage ganz eng zusammen und rührt sich fortan nicht mehr. Ihre bewährte Methode, die Welt geradezurücken, indem sie ihr nur lange genug den Hintern zuwendet.

Die Genua wieder reinholen? Ein Kinderspiel. Leider schläft unser Sohn noch, sonst könnte der ... Einfach die Reffleine in die Hand und über die selbstholende Winsch führen. Oder etwa nicht? Der Kapitän übernimmt, aber ihm gelingt es nicht auf Anhieb. Man muss die Leine über die Nase der Winsch legen und sie in die Führungsschiene gleiten lassen, das sollte man mal üben, doch de Ol hat mit dem Kapitän wenig Geduld. »Mensch, Mensch, Mensch, nein, nein, nein, was bist denn du für ein Umstandskrämer?« Der Alte kennt Worte, die kennt sonst keiner mehr.

Heimkehr wie gemalt. Langsam in unsere Gasse hineintuckern, ganz links halten an den Pfählen, aber nicht zu sehr. Der Wind lässt uns in Frieden. In Gedanken gehe ich durch: Welches Tempo im Hafen? Faustregel: So schnell wie nötig, so langsam wie möglich. Wenn viel Wind herrscht, muss man auch mal beherzt Gas geben, damit die Steuerwirkung erhalten bleibt, aber was, wenn …?

Hinter meinem Ohr die leise schnarrende Stimme des Alten: »Warte. Warte. Nerven bewahren. Ruhig Blut. Uuuund: Jetzt rum!« Liv trifft unsere Box auf Anhieb, der Kapitän schnappt sich vorne die Sorgleine und ruft: »Leine ist klar!« Noch immer geht es wahnsinnig schnell, trotz unserer Schleichfahrt surrt der Pfahl an mir vorbei, ich bücke mich, Rückwärtsgang rein, Schub! Wir stehen. Der Alte hat hinten die Luvleine belegt, der Kapitän turnt bereits am Steg herum. Anna und unser Sohn vergnügen sich schon unter Deck. Pumba streckt sich.

»Feine Sache, so eine Sorgleine«, sagt der Kapitän ein paar Minuten danach. »Kannst nicht mehr wegdriften. Sobald der Mann vorne sie in den Fingern hat, war's das. Hab sie mit dem Fuß geangelt, war kein Problem.« Prächtig gespannt haben wir sie, mein Bruder und ich.

Später, auf dem Nachhauseweg, spiele ich die Manöver des Tages nochmals durch. Bislang, so dämmert mir, habe ich den Prozess des An- und Ablegens jeweils als ein einziges mysteriöses Rauschen gesehen, wie ein rasendes Fließband, das an mir, dem überwältigten Beobachter, vorbeisaust. Aber es muss ganz anders laufen, vielmehr so: Wenn man auf diesem Band ein paar Markierungen anbringt und diese Markierungen auf ihrem Weg verfolgt, wird es gelingen, den Blick scharf zu stellen. Und man kann sich selbst an Deck mitbewegen und auf diese Weise ein paar Augenblicke der Zeitlupe verschaffen. Wer die Ruhe selbst ist, wird die Ruhe selbst haben. Bingo.

Es muss mir nur glücken – *muss*, MUSS! (aber wie?) –, Manöver nüchterner zu sehen, eingeteilt in Schritt auf Schritt, als eine Abfolge von Handlungen mit klar definierten Zielen. Etwa: Die Leine möglichst rasch über den Luvpfahl zurren und belegen, und wenn es nicht schnell geht, muss es halt irgendwie gehen. Und nicht vergessen, aufzustoppen! Aber was, wenn die Leine nicht über den Pfahl will und der Bug herumkommt und der Gashebel klemmt und ... Nüchterner sehen, verdammt! Und großzügig werden. Daran erinnere ich mich plötzlich. »Im Zweifel erst mal irgendwo festklammern und sehen, was passiert«, hat der Tramp seine Methode mal genannt. Diese sei »nicht immer sehr ansehnlich, aber meistens völlig ausreichend«. Es könne immer noch was schiefgehen, aber nicht mehr ganz so viel.

Und endlich schließe ich mit mir selbst einen Pakt. Ich werde, das nehme ich mir vor, demnächst den ersten eigenen Kratzer in Livs Haut fahren. Nein, es wird nicht mit Vorsatz geschehen, ich werde alles tun, um es zu vermeiden. Aber wenn es so kommt, werde ich mich nicht grämen. Ich habe bei mir ein Anbumsen gut. Davon wird Liv nicht untergehen, no, Sir. Es wird ihr nicht mal wehtun.

Das wird es doch nicht?

ELF

HINAUS

1

MICH BESCHLEICHT schon Tage vor der Abfahrt zu unserem langen Sommertörn eine kribbelige Freude, die ich bislang nur vom Hörensagen kannte. Der erste Urlaub mit dem eigenen Boot. Das klingt wie ein Lied aus den Fünfzigern. Nischt wie ab!

Wer plant, das Meer zu besegeln, wandelt sich in ein Wesen aus Quecksilber. Täglich prüfe ich den Wetterbericht (jetzt ist August, aber hartnäckig hat es nicht mehr als zwanzig Grad, es bleibt »veränderlich«), täglich stromere ich durchs Portugiesenviertel in Hamburg, weil ich umgeben sein will von Möwengeschrei und Seeluft. Eine ganze Mittagspause verbringe ich im Seemannsbuchladen am Rödingsmarkt, wo jedes, aber auch jedes Buch zu finden ist, das auch nur im entferntesten auf See spielt. Im antiquarischen Teil finde ich das ausgebleichte Werk einer Skippersfrau: »Bei uns an Bord macht Segeln Spaß« heißt es. 1980 geschrieben, voll warmem Witz, das ganze Buch ein Leitfaden, wie man dem Skippergatten und dem Nachwuchs beibringt, an Bord miteinander auszukommen. Dazu drei, vier Taschenbücher, die in Livs Bordbibliothek gehören: Thriller von segelnden Autoren, von schreibenden Seglern.

Nur ein paar Schritte weiter befindet sich ein erstaunliches Geschäft, ein Miniatur-Baumarkt, der seinen Namen Hartmann ganz zu Recht trägt. Das ist was für Liebhaber. Hinter einem Tresen stehen eine Handvoll Typen herum, die nicht danach ausgesucht sind, ob sie besonders gut lächeln oder dir eine Bohrmaschine verkaufen können, wenn du einen Akkuschrauber suchst. Das sind Männer, die gezeichnet sind von ihrem Leben als Tüftler. Die eine Lösung wissen für so gut wie jedes technische Problem, auch der Probleme zur See. Männer, die dir eine Tüte Schrauben für 52 Cent verkaufen und wider alle kaufmännische Vernunft fünf Minuten lang erklären, wie ein Gashebel am besten zu verlängern sei. Mein Vorschlag – »Einfach ein Alurohr draufstülpen, oder?« – erntet leises Gelächter und freudiges Darstellen der zu erwartenden Katastrophen, falls der Hebel doch in der unmöglichsten Situation abknicke und sich verkante und das Boot mit Vollgas … »Schon gut, schon gut«, sage ich kapitulierend und lausche dem Rat, die Verlängerung direkt in den Schaft hineinzumontieren. Was fürs Winterlager, jedenfalls.

In einer Mittagspause treffe ich hier ab und zu den Kapitän und Schwarz, die unabhängig voneinander »schnell mal zu Hartmann« müssen. Gelegentlich brauchen sie gar keinen Schäkel, wollen einfach nur die Nase in den Laden stecken. Ich hätte nie gedacht, dass ich auch so würde. Aber nun, ein paar Tage, bevor Wencke und Pit eintrudeln, ertappe ich mich bei dem Gedanken, ob ich nicht noch was bei Hartmann besorgen müsse. Oder könnte, perspektivisch. Irgendwas. Man geht da immer mit einem guten Gefühl raus.

Ich Depp habe natürlich die beiden Revierführer Dänemark an Bord vergessen. Dachte vermutlich, da gehörten sie hin. Das bedeutet jetzt aber, dass ich mich nicht gründlich einlesen kann. Und mich nicht gründlich einlesen zu können, verursacht mir Magendrücken und Völlegefühl. Einmal stehle ich mich in einen Yacht-Ausrüster, um eine Viertelstunde in den beiden Bänden blättern zu können. Am liebsten würde ich sie ein zweites Mal kaufen, dann könnte ich auf Liv und hier, immer und jederzeit, darin schmökern. Zum Glück gibt es im Internet genügend Törnberichte und Tipps, dazu Google Earth. Peilflug über die Inseln. Sollen wir, wenn wir wie angesagt Westwind haben, gleich den Belt queren und uns hinter Ærø ein Ankerplätzchen suchen? Oder weiter hinunter zum in der Literatur besungenen Marstal, wohin wir unbedingt wollen? Oder zielen wir erst mal Richtung Svendborg, hinein in diesen wunderbaren Sund, der mich vor einem Jahr so schnell kurierte? Sollen wir den Durchbruch nach Langeland wagen und Langeland vielleicht umrunden? Aber im Osten von Langeland gibt es kaum Häfen, das ist vielleicht nicht so doll. Lyø will ich den Dreien zeigen, wenn es passt, da war ich vor Jahren als Mitsegler des Kapitäns, der Hafenmeister brachte morgens Brötchen ans Boot. Und da spielten wir auch Minigolf, um uns mal zu bewegen. Oder war das auf Ærø? Wir könnten aber auch nach Süden schippern, in die Schlei hinein. Vielleicht viel los, aber wunderschön. Nach Maasholm fahren, das wir uns im letzten Sommer mal angeschaut haben, und weiter nach Arnis, Deutschlands kleinste Stadt, auf einer Landzunge mitten in der Schlei gelegen, eine Stimmung wie in Schweden. Ach, so viele Möglichkeiten! Und Hauptsache genug Verpflegung an Bord. An den Kaffee denken! Den Honig! Das Müsli, die H-Milch, die Knabbereien! An was zu lesen und zu spielen. Und an uns. Wir werden Zeit haben. Gott, werden wir Zeit haben. Ich bin jetzt schon ganz erholt, wenn ich nur dran denke.

2

ERST HINTER DER GRENZE fällt mir ein, dass wir die H-Milch vergessen haben. Ich bin kein Freund von Urlaubschecklisten. Lieber vergesse ich etwas, als mich dem Joch einer Checklistenabarbeitung zu unterwerfen. Warum es in Dänemark keine H-Milch gibt, weiß ich auch nicht. Kommt es eben umso mehr auf unsere Kühltruhe an. Und dass wir da eine Lösung finden.

Wir sind erst mal nur zu zweit. Haben den Rücken frei. Unser Kleiner ist bei seinen vier Großeltern im Schwarzwald, wo er von morgens bis abends gekitzelt und geküsst wird, unser Hund bei seinem Rudel, wo er von morgens bis abends gejagt wird und selbst jagt. Nur noch wir sind übrig. Bei »Annies Kiosk«, dem sagenhaften Hotdog-Stand, treffen wir Wencke und Pit, die zu schlaftrunkener Zeit in Tübingen losgefahren sind. Der Fährmann der Ochseninseln in der Förde fragt, ob wir mit rüberwollen. Ein andermal gern, antworten wir kauend, auf uns wartet unser eigenes Boot.

Am frühen Nachmittag sind wir da. Pit kämpft noch mit den Nachwirkungen einer Magen-Darm-Geschichte, die ihn die Woche zuvor auf dem Bodensee in die Knie gezwungen hat (bei Vollflaute musste er von der Mainau den ganzen Weg zurück nach Langenargen motoren, schawapp), außerdem ziehen Schauerböen durch. In aller Gemütlichkeit richten wir uns auf Liv ein. Wir finden sogar die Muße, die Abläufe im Cockpit zu reinigen, ganz wichtig, falls mal brechende Wellen den Weg hineinfinden und das Boot die Chance haben muss, das überkommende Wasser in die Bilge zu schleusen und von dort per Pumpe hinaus in die See.

Am Abend bricht die Sonne hervor, ein Bad am Strand im letzten Licht. Nach dem Abendbrot beugen wir uns über die Seekarten. Wie wir morgen den Kleinen Belt queren wollen, was unser erster Anlaufpunkt sein könnte. »Wir wollen ankern«, rufen die Mädels, »wenn die Sonne scheint!« Pit schmeißt sein iPhone an, auf dem das Wetter sehr hübsch präsentiert wird – besser wird es davon aber auch nicht. So einen nassen August hat es seit Beginn der Aufzeichnungen nicht gegeben. Wir hätten Liv vor ein paar Wochen auch mit nach Hause nehmen und diagonal in den Garten quetschen können. Statt unterm Regenschirm zu grillen, hätten wir an guten Abenden die Leinen loswerfen können.

Erik, der Motor-Mann, begrüßt uns am Morgen auf dem Steg. Der blonde Däne, der um die Ecke wohnt, ist gerade mit seiner Frau von der Schlei zurückgekehrt. »Zu viel Wind da draußen«, erzählt er, »war uns zu ungemütlich.« Erik ist der Held der Bowdenzüge, aber für die Kühltruhe, die nicht mehr aufhört zu kühlen, hat auch er keine Lösung parat. Er schaut sich wie wir die Kabel an und zieht wie wir einen Stecker heraus, den er als Stromquelle ausgemacht hat – das beeindruckt die Truhe überhaupt nicht. Wrooouumm! »Ihr müsst sie total abklemmen«, sagt er, »richtig abstöpseln, sonst zieht sie euch beim Segeln permanent Strom, und euer Tiefenmesser und das GPS fallen aus.« Er schaut nicht drein, als sei das schlimm, vielleicht weil Dänen eingebaute Tiefenmesser haben. Ich für meinen Teil habe das nicht.

Anna und ich schauen uns für eine Sekunde an, dann beginnen wir hektisch nach Werkzeug zu kramen. Bald haben wir zwar keine Kühltruhe mehr am Stromnetz, sondern nur noch eine abgrundtiefe, nicht kühlende Kiste, ein gähnendes Loch, Livs Marianengraben, aber unser Tiefenmesser wird die Tiefe messen. Klarer Fall von Priorität.

Ablegen ohne Aufregung. Große-Fahrt-Gefühle. Dafür war es alles wert: sich so weit weg zu fühlen in so kurzer Zeit. Ich tätschele die Pinne. Große-Fahrt-Pinne.

Unsere eisgestählte Überfahrtscrew vom Mai bewegt sich jetzt, im Sommer, an Bord wie alte Hasen. Wie es funktioniert, vermag ich nicht zu sagen, aber wir stehen uns so gut wie nie im Weg herum. Wenn alle so eingespielt wären wie wir vier, könnte man auf Liv auch vierzig Mann transportieren. Die dürften nur nicht so eingemummelt herumlaufen wie Wencke, die skeptisch gen Himmel guckt. »Kommt die Sonne heute noch mal?« Sie kommt noch mal. Weiter Blick. Knabbereien-Wetter. Fünfeinhalb, sechs Knoten. Viel Aaaah! Pit steht da und genießt einfach. Anna und Wencke aalen sich. Ich, an der Pinne, pfeife innerlich. Zur Rechten kommt eine Fregatte auf, in deutschen Gewässern. Grauer Schatten, riesengroß, sicher dreimal so schnell wie wir. Sie biegt ab Richtung Süden, Kurs Kiel. Unheimlich.

Strammer Wind aus Südwest, wie geschaffen, uns über den Belt zu tragen. Leider auch eine Welle, die sich etwas vorgenommen hat. Ich weigere mich zuerst, das zu erkennen, aber als der Seegang hubbeliger wird und Livs Hintern seitlich die Wellen hinunterrutscht, wir also schaukeln, schwanken und taumeln, ahne ich, dass ich nicht durchkommen werde. Dabei hatte ich gar nicht mehr daran denken müssen. Echt nicht.

Jetzt tue ich's aber. Die Seekrankheit naht. Atmen nicht vergessen! Das stand doch im *Palstek*, nein, in der *Yacht*, großer Artikel, neue wissenschaftliche Erkenntnisse. Es reiche ein einziger Trick: Man müsse antizyklisch atmen. Aber was war das noch mal? Ausatmen, wenn das Boot die Welle runtersurft, einatmen im Aufsteigen? Oder anders herum? Ich habe es vergessen. Wencke reicht Ingwer-Honig-Bonbons herum. Schmecken gut. Darf man nur nicht kauen, sonst bleiben die Zahnkronen drin stecken. Das erste Bonbon hilft mir prächtig. Obwohl ich vor lauter Konzentration etwas unrhythmisch atme. Das zweite Bonbon spucke ich in hohem Bogen aus, der Leuchtturm von Ærø ist gerade in Sicht. Der Geschmack: nicht mehr zumutbar.

An Bord wird es stiller. Ich spüre, wie sie mich beobachten. Wie sie mich mustern, wenn ich gerade woanders hinschaue. Dabei habe ich schon eine Krise gemeistert, meistere die zweite, bald die dritte. Ziehe mich da irgendwie immer wieder raus, obwohl ein Giftzwerg in meinem Körper rumposaunt: *Finito, amigo.* Aber ich bringe ihn zum Schweigen. Einmal, zweimal, dreimal.

Hinterher wird Anna sagen: »Du wurdest im Lauf der Zeit kreidebleich.«

Und Wencke wird sagen: »Man konnte richtig zusehen, wie dir die Farbe aus dem Gewicht wich.«

Und Pit wird sagen: »Du sahst aus wie ein Geist.«

Es liegt an der Kreuzsee. Wir biegen um die Spitze von Ærø, hinein in die Einfahrt zur Dänischen Südsee, da trifft eine alte Dünung aus Nordwest auf unsere junge Dünung aus Südwest. Seegang und Seegang messen ihre Kräfte und balgen sich so lange, bis sie sich irgendwie geeinigt haben. Ich nehme das nicht persönlich, nein. Ich bin auch nur ein bisschen enttäuscht von mir. War wirklich überzeugt, es sei psychologisch und ich hätte mich überlistet. Doch als wir Avernakøs Südzunge fast erreicht haben, reiche ich Anna feierlich die Pinne und spritze nach hinten, Leeseite, beuge mich weit über Bord, gebe dem Meer, was ich nur geben kann. Keiner lacht, keiner macht einen Spruch, das ist fair. Oder vielleicht höre ich es auch nur nicht. Weil ich zwischendurch brülle: »Aber ich finde Segeln trotzdem geil! Was Schöneres gibt's gar nicht!« Das Verblüffende: Nach ein, zwei Nachbeben ist es überstanden. Da kommt nichts mehr. Und das bei mir, der sich sonst gerne in die Abwärtsspirale des Grauens begibt. Eine halbe Stunde Kraftschöpfen, Cola trinken, Salzstangen futtern.

Die Bucht Revkrog im Süden von Avernakø ist gegen Westwind recht gut geschützt. Das Ufer ist zwar niedrig, der Wind streicht über den Strand und erreicht sofort wieder das Wasser, dafür baut sich aber keine Welle auf. Und der Blick, die Lage, die Atmosphäre suchen ihresgleichen. Eine sichelförmige Bucht mit klarem Wasser, die auch in der Karibik nicht verschmäht würde. Das Ankermanöver klappt ohne Probleme. In den Wind fahren, aufstoppen, treiben lassen. Ankerleine am Ende belegen, damit sie nicht ausrauschen kann. Anker fallen lassen, langsam Rückwärtsfahrt und erst Kette (Mist, Finger eingequetscht!), dann Bleileine geben, viel Leine geben, diese auf der anderen Klampe belegen und warten, bis der Anker einruckt. Nochmals kraftvolle Rückwärtsfahrt. Finger auf die straffe Leine legen, mächtig Spannung drauf. Danach Peilung mit Landmarken vornehmen und den Lauf der Dinge beobachten. Der Anker scheint zu halten. Aber für die Nacht ist eine Winddrehung angesagt, von West auf Südost. Der Wind steht also voll in die Bucht hinein. Wenn der Anker ausbrechen sollte, würden wir aufs Land getrieben. Aber wir haben Vertrauen in unseren Anker. Haben das Fünffache der Wassertiefe an Leine gegeben, also zwanzig Meter bei vier Metern Tiefe. Das muss doch halten.

Rings um uns nur eine Handvoll anderer Boote. Friedlicher Abstand, kurzes Zuwinken, nichts zu hören. Erst mal Kaffee kochen. Der Origo 3000 macht seinen Job gut, ganz ohne in die Luft zu fliegen. Kekse essen. Magen hält. Zurücklehnen. Genießen. Die frische Luft um die Nase. Das gekräuselte Wasser. Das flirrende Licht. Bin froh, es überstanden zu haben. Vielleicht hilft es doch, sich die Laune nicht verderben zu lassen. Jede Welle mein Freund.

Ich trage meine kurze Segelhose, die am Hintern besonders gepolstert ist und aus einem speziellen Material besteht, das, wie der Hersteller verspricht, besonders schnell trocknet. Sie liegt eng an und sieht nach Volvo Ocean Race aus, nach den *Roaring Forties.*

»Ach, du hast auch so eine Superhose?«, fragt mich Wencke.

Anna prustet los. Dabei habe ich ihr auch eine geschenkt.

Pit greift ein. »Die ist wirklich super. Die hält dich trocken, die sorgt dafür ... «

»Das ist eine Hose«, falle ich ihm ins Wort, »in der du ins Wasser springen könntest, und du würdest rausklettern und nach einer Sekunde nicht mehr in der Lage sein, auch nur einen Tropfen herauszuwringen. «

»Ein spezielles Material«, sagt Pit. »Das ist dermaßen bombastisch speziell, dass man es patentieren müsste, wenn es nicht schon andere getan hätten. «

»Was denn für eins?«, fragt Anna. »Für'n Material, mein ich. «

Wir zucken mit den Schultern. Ich werde die Hose jetzt nicht vor den Augen der Crew ausziehen, um nachzusehen.

»Jedenfalls ist es eine nicht nässende Hose«, stellt Wencke fest.

»Exakt«, sage ich. »Wobei das natürlich auf die meisten Hosen zutrifft. «

Leider lässt der Wind nicht nach. Er nimmt der Sonne die Kraft, sodass man nur im geschützten Cockpit gemütlich sitzen kann. Die Mädels machen es sich einfach. Springen ins Wasser und schwimmen die 150, 200 Meter bis zum Strand, um die Insel ein bisschen zu erkunden – so weit, wie ich niemals käme. Ich könnte mich hineinplumpsen lassen und tot stellen und hoffen, an Land zu treiben. Aber damit müsste ich bis zur Nacht warten. Und wenn der Wind nicht wie vorhergesagt drehte, triebe es mich hinaus in die See. In Litauen käme ich raus, schätze ich.

Klar doch: Ich springe auch ganz kurz ins Wasser, Arschbombe, und umkreise Liv einmal. Das hatte ich mir fest vorgenommen. Als Höhepunkt der Tour – eine Weltumrundung. Vom Wasser aus kann man Livs ranke Linien viel besser bewundern. Man sieht auch die beiden Langfender, die jeweils eine Seite schützen. Aber was ist das? Da fehlt beim goldenen Schriftzug »Commander 31« die »1«. Die aufgeklebte Zahl muss abgescheuert worden sein durch den bescheuerten Fender.

Wieder an Bord (ich quetsche mir den Finger an der Badeleiter, aber nur sanft), untersuche ich die Buchstaben. Sie sind aufgeklebt und sehen aus, als würden sie für die Ewigkeit halten. Die »1« fehlt aber trotzdem. Was tun? Nichts, beschließe ich. Zugucken, was passiert. Vielleicht fahren wir eines Tages als »0 ma 3« über die Meere. Die Langfender werde ich trotzdem nicht opfern.

Lesestunden. Gibt nichts Entspannenderes, als in einer freundlichen Bucht herumzudümpeln und zu lesen. Die Mädels schmökern auch. »Die Wencke kannst du an so einem Tag auf einen Bug legen und fünfhundert Seiten später aufklaren«, sagt Pit. Auf fauler Haut liegend, beobachten wir das Ankermanöver einer 40-Fuß-Yacht am Eingang der Bucht. Sie geben nicht viel Kette, und im ersten Anlauf bricht der Anker aus, der Untergrund ist dort wohl verkrautet oder steinig. Im zweiten Anlauf klappt es offensichtlich besser. »Aber die geben wirklich verdammt wenig Kette«, murmelt Pit. »Hoffentlich haben die den Wetterbericht gehört.« Am Heck flattert die Fahne der Niederlande. Nordseesegler und auf eigenem Kiel herübergekommen? Dann werden sie solche Situationen souverän einschätzen. »Oder Ijsselmeer-erprobt und hier diese Yacht gechartert«, meint Pit. »Für solche Typen ist die Dänische Südsee der offene Ozean.«

Am Abend entdecken wir in einem Seitenfach zwei verfaulte Bananen, die wir Wochen zuvor vergessen haben müssen. Seltsam, sie stinken gar nicht. Sind schwarz und weiß, das ja, aber stinken nicht. Dabei müssten verrottende Bananen im Bootsklima eigentlich abgehen wie Schmidts Katze. In lockerem Bogen werfe ich sie über Bord – Staub zu Staub –, aber anstatt unterzugehen, ploppen sie wie Korken an die Wasseroberfläche. Und fangen an, abzutreiben. Und fangen an, genau auf unsere Nachbarn zuzutreiben. Schon haben sie zehn, bald zwanzig Meter zurückgelegt, bald die Hälfte der Strecke. Ohnmächtig schauen wir vier zu, wie unsere Torpedos unbeirrt Kollisionskurs steuern.

Zuvor hatten wir die Diskussion ergebnislos abgebrochen, ob wir unser Beiboot aufpumpen sollen, um die Damen zur Insel zu bringen. Weil wir ja kein funktionierendes Klo an Bord haben, sondern nur die Pütz, den »tragbaren Sanitärbereich«, wie Pit sagt. Einen schweren Gummieimer, von dem sich seltsame dünne Gummifäden ablösen. Unser System ist an diesem Tag dutzendfach getestet worden (vor allem von den Mädels) – ein bisschen Wasser aufnehmen, mit der Pütz den Niedergang hinuntermarschieren, allenthalben dafür sorgen, dass jeder weiß, es geht jetzt ums Geschäftliche. Die Pütz gut festhalten, wieder auftauchen, sich über die Reling beugen und die Ostsee in die Pütz lassen. Ein organisches Prinzip und leicht verdaulich.

Sollen wir jetzt unser Beiboot als *Rotten Banana Rescue Boat* einweihen? Wir haben es nur einmal im Garten aufgebaut und waren mäßig begeistert. Außerdem haben wir es noch nicht mal getauft.

Pit erzählt, da wir den Bananen nachblicken, dass sich zumindest bei ihrem Törn in der Türkei das Beiboot als unentbehrlich erwiesen habe.

»Da hieß unser Dinghi nur Shit-Shuttle«, sagt Wencke.

»Bordtoiletten verstopfen ja leicht«, erklärt Pit. »Das Shit-Shuttle war unsere Rettung.«

»Ich hab's«, verkündet Anna. »Wir könnten unser Boot Shittle nennen.«

Aber um die Detonation der Bananen am Nachbarrumpf zu verhindern, würde die Zeit nicht reichen, und die Pütz haben wir eh alle lieb gewonnen. Vier zu null Stimmen also gegen die Wasserung von Shittle. Bange Blicke hinüber. Man würde sich gerne wegducken, doch es nützte nichts. Außerdem ist es zu unglaublich. So genau vermag ich Liv nicht zu steuern, wie diese Bananen treiben. Noch vielleicht zwanzig Meter, noch fünfzehn ... Ich male mir die Peinlichkeit der Stille danach aus, Revanche-Geschosse in der Nacht, mit Blut geschriebene diplomatische Noten, würdevoll überreicht per Konter-Shittle. Da, ein himmlischer Blitz, wütendes Geschrei, spritzendes Wasser, ich sehe, wie die Nachbarn aufspringen. Großes Theater!

Sie erblicken nur drei Möwen, die sich um fette Beute zanken.

3

SCHNELLE SCHRITTE AN DECK, genau über meinem Kopf. Draußen hell. Ein Ruf: »Pit, kommst du mal bitte?« Hektik in Wenckes Stimme. Panik?

Ich versuche hochzufedern, aber bis ich mich aus meinem Schlafsack geschält habe, ist Pit schon oben. Ich höre ihn nicht sehr laut sagen: »Guten Morgen!« Und eine andere, unbekannte Stimme, mit niederländischem Akzent: »Guten Morgen! Das ist kein Problem, wir haben alles im Griff.« Der Typ könnte auch an Bord stehen.

Als ich an Deck komme, sehe ich die 40-Fuß-Yacht unter Motor in vielleicht zehn Metern Entfernung an uns vorbeituckern. Der Wind hat wie angekündigt gedreht, er hält mit Stärke vier bis fünf nun genau in die Bucht hinein. Sollte man eigentlich unbedingt vermeiden, so eine Situation. Oder seinen Anker tödlich sicher eingraben. An der Reling Pit in kurzem Zivil, dahinter Wencke in ihrem Schlafanzug. Aus dem Schlaf emporgeschreckt. »Ich hab unten wie im Traum durchs Fenster einen Mast gesehen, der auf uns zukommt, und dachte schon, unser Anker hätte sich losgerissen und wir treiben auf die zu.«

Wir gucken zwar mit dem Bug in die andere Richtung, weil sich ein Boot ja immer nach dem Wind ausrichtet, unser klobiger Freund am Meeresgrund hat allerdings ganze Arbeit geleistet. Anna neckt mich natürlich, dass ich Ankerwache gehabt und selbst die drohende Keilerei hätte sehen müssen. Ich jedoch habe geschlummert wie in Abrahams Schoß, wissend: Auf Wencke ist Verlass.

»Wie viel Tonnen hat diese Yacht?«, frage ich.

»Vielleicht acht oder zehn«, schätzt Pit.

»Hätte ganz schön gerumst.«

»Das Tempo war nicht hoch. Aber das hätte hässliche Schrammen gegeben. Vielleicht einen verbeulten Bugkorb. Vom Ärger ganz abgesehen.«

»Aber ...«

Pit strahlt. »... untergegangen wären wir nicht. So muss man das betrachten.«

In bester Laune frühstücken wir an Deck. Bevor der Kaffee fertig ist, unternehme ich einen letzten Versuch, den Cockpittisch zu installieren. Es gibt eine Tischplatte, es gibt einen Halter, es gibt einen Tischfuß, der in einen Schaft an der Backskiste passt – und doch gelingt es uns nicht, daraus einen Tisch zu basteln. Danny hat auf meine diesbezügliche SMS nicht geantwortet. War es nicht so, dass ich die Bianca 27 in Kiel, das erste Boot, das wir uns überhaupt ansahen, auch deswegen ablehnte, weil es keinen Cockpittisch gab? Weil mir das Leben dort an Bord nicht vorstellbar schien? Und nun sitzen wir hier draußen, balancieren den Kaffeebecher in der einen und den Teller mit von Pit bestrichenen Broten in der anderen Hand. Und es stört uns nicht mal.

»Viel schöner so«, sagt Anna, »es darf gar nicht zu perfekt sein.«

»Aber gut wäre schon«, erwidere ich, »wenn man seinen Becher mal abstellen könnte. Und die Beine strecken oder so, ohne dass man Gefahr läuft, dass der Käse den Bananen folgt.« (Bis zum Ende dieses Törns werden wir für das Tischproblem keine Lösung finden. Ich nehme die Einzelteile mit nach Hamburg. Will in einem Spezialladen nach einer Speziallösung fragen. Oder ganz schlicht nach dem richtigen Kniff für die richtigen Teile.)

SMS vom Kapitän:

> *Liegen mit Motorschaden in Rantzausminde. Kadetten wohlauf. Sorge vor Totalschaden. Eventuell Auslaufen um 1300 mit Chance auf Kontakt. Atina.*

Die Kadetten sind sein zehnjähriger Neffe und dessen Kumpel, mit denen der Kapitän eine Woche Abenteuerurlaub auf See verbringt. Das wäre natürlich was – sich auf dem Meer zu begegnen. Ein Moment wie in »Das Boot«, wenn der Alte inmitten hoher Wellen durchs Fernglas späht, ein anderes U-Boot ausmacht, sich erst nicht sicher ist, aber dann doch, und schließlich mit sich überschlagender Stimme brüllt: »Das ist Thomsen! Mensch, das ist Thomsen!« Und Thomsen hat sie auch gesehen und blinkt Morsezeichen übers tobende Meer herüber.

Wohin es uns heute verschlagen wird? Wir wissen es noch nicht. Strammer Wind aus Südost bedeutet schon mal: nicht nach Marstal, tendenziell gar nicht nach Ærø. Aufkreuzen ohne Not – das muss nicht sein. Und wir kennen das Revier ja gar nicht. Alles ist neu. Alles ungesehen, unerforscht. *Fahrt nach Hjørtø oder Skarø*, schreibt de Ol. *Da gibt's frischen Fisch!* Aber Hjørtø hat eine sehr flache Fahrrinne, nicht tiefer als 1,70 Meter. Da trauen wir uns nicht rein mit 1,75 Meter Tiefgang. De Ol schlägt dort vermutlich mit einem indonesischen Paddel auf das Wasser ein und findet das Rinnchen in der Rinne, das ihn sicher in den Hafen führt.

Wunderbarer Halbwindkurs. Mit sechs Knoten rauschen wir nach Osten, Atina entgegen. Auf der Pinne leichter Zug. Im Ohr das Plätschern und Gurgeln. Im Auge das Funkeln und Blinken der See. Mittlerweile habe ich beim Segelsetzen eine gewisse Routine erlangt. Ich bitte Pit, sich zurückzuhalten, und sage Schritt für Schritt an, was zu tun ist. Es ist kein hilfloses Herumrühren mehr im Gedankenbrei, wie ich erstaunt feststelle – ich begreife jeden einzelnen Handgriff als notwendige Handlung, ohne die es einfach nicht geht. Eine Art Selbstbewusstsein steigt in mir hoch. Nicht jenes, das einst Oliver Kahn im Strafraum spazieren trug oder Gerhard Schröder nach der verlorenen Bundestagswahl. Eher das Selbstbewusstsein meines Sohnes, der die ersten zehn Schritte gemacht hat und immer noch steht. Das Staunen in seinem Gesicht ist jetzt mein Staunen. Sein Stolz ist mein Stolz. Er wird es nicht wissen, aber doch erahnen, wie viel er noch lernen muss, um hundert Schritte am Stück zu machen, ohne zu stürzen, und wie viel, ehe er zu rennen gelernt hat, um Pumba richtig einzuheizen. Ich erahne nicht nur, was mir noch zum Skipper fehlt, ich weiß es auch, aber es stört nicht. Durch mich wogt eine Freude, die kindlicher Natur ist. Ein *sense of wonder*, die beispiellose Aussicht, noch so viel vor mir zu haben, aber doch schon etwas hinter mir.

Da drüben! Ist sie das nicht? Das Boot, ohne Reling, ein hölzerner Rumpf? Atina kommt uns mit pompös gebauschten Segeln entgegen, tatsächlich, sie ist es. Drei Mann Besatzung. Ein Großer, rauchend. Zwei Kleine mit Schwimmwesten, kichernd. Unser Thomsen-Moment. Hej, Käpt'n!

Atina braust uns aus Luv entgegen, wir heben die Hand zum Gruß, winken majestätisch. Der Kapitän macht eine Wende auf engstem Raum, Segel schlagen, und von nun an flanieren wir Seite an Seite, in Rufweite.

»Nach Avernakø!« Der Kapitän sitzt entspannt an der Pinne, während sich einer der beiden Jungs über die Reling beugt und ein uns allen bekanntes Lied herauspresst.

»Alle wohlauf?«, rufe ich.

»Alle wohlauf!«, brüllt der Kapitän extralaut zurück. Er grinst breit. Die Jungs winken nun auch herüber. In ihren Augen steht die pure Aufregung. Und wenn man dabei mal kotzen muss, Schwamm drüber.

Kurze Zeit später haben wir beide den Kurs geändert, Richtung Avernakø Nord, ein exponiert liegender Hafen an der Spitze jener Insel, vor deren Südzunge wir in der Nacht vor Anker gelegen haben. Am Hafen warte eine einfache Pinte, ringsum sei nicht viel als Strand und wogende Felder, hatte der Kapitän gesagt, und wir fanden, das höre sich doch gut an.

Es ist unvermeidlich, wenn zwei Boote nebeneinander hersegeln: Sofort beginnt ein Wettkampf. Neugierig schaut man auf den Trimm des anderen Großsegels, und selbst ich sehe, dass der Kapitän eine schönere Wölbung hinbekommt, dass er vielleicht deswegen einen Hauch schneller ist. Im Segeln heißt »einen Hauch schneller«, dass er uns in zwei Minuten fünf Meter abnimmt. Atina ist ein schmales, langes Boot, die Länge der Wasserlinie dürfte in etwa der unserer Commander entsprechen. Also ein guter Vergleich. Sportlicher Ehrgeiz packt uns sofort, das dauert keine Sekunde. Den Mädels ist so was tendenziell egal. Uns Kerlen nicht. Wir geben ein wenig in der Großschot nach, schieben den Traveller nach Luv und die Holepunkte der Genua nach vorne – und plötzlich gleiten wir Meter um Meter ran. Es ist vielleicht nicht zu glauben, aber als Pit all diese Dinge vorschlägt, weiß ich, was er meint. Ich sehe den Effekt, wie sich Falten glätten, wie die Wölbung größer wird. Wir operieren am offenen Herzen, und mit einem Mal füllt sich der theoretische Quark, den ich mir in meiner Verzweiflung reingezogen habe, mit Leben. Ich bin noch weit davon entfernt, die Koloraturen des Trimmens anzustimmen, aber ich bin jetzt so weit, dass ich immerhin die Melodie verstehe. Ich sage es in diesem Augenblick niemandem, aber der Gedanke bringt mich auf die Zehenspitzen.

Nun sind wir einen Hauch schneller. Vielleicht liegt es auch daran, dass der Kapitän unkonzentriert pinniert. Am Abend wird er zwar sagen, Atina sei nicht so schwer, sie lasse sich nicht so exakt steuern wie Liv, aber ich tippe eher darauf, dass er Rock'n Roll aufgelegt hat und mit der Pinnenhand Luftgitarre spielt.

Als wir außer Hörweite sind, ist unser Ehrgeiz erloschen.

»Manöver üben!«, rufe ich. »Dass wir uns wieder neben Atina setzen.«

»Okay«, sagt Pit, »mach mal.«

»Vollkreiswende oder was?« Ich denke an die rasende Jollenfahrt über die Alster vor einem Jahr, als der Kapitän mich mitten im Orkan zu einer halsbrecherischen Aktion aufgefordert und ich verweigert hatte. Schweiß bricht mir jetzt aus. Das hieße eine Wende und eine Halse mitten durch diesen kräftigen Wind, das hieße eine präzise …

»Nö«, widerspricht Pit. »Reicht ja schon, wenn wir einmal durch den Wind gehen und wieder zurück, so 'ne Art Zickzackkurs.«

Uff, denke ich erleichtert, aber ich vergesse nachzufragen, wann genau der Scheitelpunkt des Manövers anzusetzen sei. Wie weit ich also auf den anderen Bug muss und wie lange warten, ob wir die Genua auf die andere Seite holen oder »back« stehen lassen, also falsch, bis ich den Kurs wieder korrigiere. Ich könnte ganz gemütlich fragen, aber ich tu's nicht. Ich könnte ganz gemütlich drüber nachdenken und das Manöver ganz gemütlich durchziehen, es ist idiotensicher. Wenn man nicht hektisch wird. Wenn man nicht, zum Beispiel, die Kursänderung zu früh abbricht, das Boot plötzlich im Wind verendet, die Segel laut schlagen, die Mädels von hinten »Heh, pennt ihr?« kreischen, und wir ohne Fahrt auf Atina zutreiben, Kurs zum Rammen. Soll ich weiter abfallen oder zurück auf die andere Seite? Aber was, wenn der Kapitän in dieselbe Richtung ausweicht? Ich entscheide mich, wieder Gegenruder zu geben. Was Pit ruft – »Jetzt Kurs halten, Kurs halten!« –, verstehe ich nicht. (Erst hinterher. Unser Großsegel steht auf der Backbord-Seite, dadurch haben wir Vorfahrt, und Atina, obschon durch Liv dazu genötigt, ist ausweichpflichtig.)

Aber so treiben wir auf sie zu, wenn der Kapitän nicht reagiert, wird es krachen! Immer näher schiebt sich sein Bug heran, schon sehe ich Holz splittern und Masten sich verkeilen und Wasser durch den Rumpf schießen … Da steuert der gelassen grinsende Kapitän flugs nach Luv und umkurvt uns elegant. Dass ich gerade einen kapitalen Bock geschossen habe, hat er offenbar gar nicht gemerkt. Er deutet Richtung Avernakø und zischt mit schäumendem Bug an uns vorbei.

»Völlig verkorkst«, bringe ich staunend hervor. »Meine Güte, völlig verkorkst, das Manöver.«

»Wo wolltest du denn hin?«, fragt Anna. »Wolltest du die erschrecken?«

Pit lacht.

»Ich wollte uns möglichst geräuschlos neben die setzen«, sage ich heiser, »sodass wir wieder Seite an Seite segeln.« Wir gucken gemeinsam nach hinten, in Atinas Kielwasser.

»Ganz gute Lehrstunde«, sagt Pit.

Fast alles, was auf See geschieht, birgt eine Lehre, und die Lehre dieser Minuten werde ich nicht vergessen. Klare Ruderlagen geben, die Wende mit Schwung fahren, konzentriert sein, nichts lässig machen, wird schon gehen, kannst es ja jetzt. Niemals die Demut verlieren. Nicht mal, wenn die Sonne scheint und es ja nur der Kapitän ist, der herangerauscht kommt. Oft fehlt nur ein Fitzelchen zum Knall.

4

WIR LASSEN ATINA den Vortritt in den Hafen, ist doch klar. Avernakø Nord wird vom scharfen Südostwind berannt, und wie immer, wenn wir uns einem Hafen nähern, scheinen

die Böen an Intensität zuzunehmen, je näher das Anlege-
manöver rückt. Mir werden die Finger rutschig. Es wird viel
Gefühl nötig sein in diesem Hafen, der jetzt, am Nachmittag,
schon voll ist. Ein fast lückenloser Mastenwald. Die Augenblicke, wenn man durch die Mole schlüpft, fideln die Nerven
wund. Atina ist vor uns gleich in die linke Gasse abgebogen,
und neugierig folgen wir ihr nach hinten, wo ich noch zwei,
drei freie Plätze erahne.

Im Hafenhandbuch sind die Tiefen verzeichnet, es wird am
Ende sehr flach, die Gasse geht in Strand über. Atina dreht
ganz hinten links gegen den Wind, direkt neben eine größere
Yacht, und von unserem Bug aus bedeuten mir die Mädels
winkend, wir sollten ihr weiter folgen. Noch 2,00 Meter, zeigt
der Tiefenmesser. Wir nähern uns dem Strand. Genauer: Wir
halten drauf zu. Noch 1,80 Meter. Ich denke an unseren Tiefgang. Nur noch fünf Zentimeter Puffer?

»Misst das Echolot die absolute Wassertiefe?«, fragt Pit
mit gefährlich leiser Stimme.

Ich zucke mit den Achseln.

»Oder die Tiefe des Wassers unterm Kiel?«

»Weiß nicht«, gestehe ich. »Wir werden's herausfinden.«

Ich sehe, wie der Kapitän zu kämpfen hat in seiner Box, wie
er an den Leinen zieht, damit er nicht nach rechts in die
nächste freie Box vertrieben wird. Daneben ist noch eine Box,
darin liegt ein Ruderboot, und schwupps kommt der Strand.
Das könnte eng werden. 1,60 Meter. 1,40 Meter. Offenbar
misst das Echolot das Wasser unterm Kiel. Gut – eine Menge
Luft. 1,20 Meter. 1,00 Meter. 0,80 Meter.

»Sollen wir umkehren?«, frage ich Pit mit rauer Stimme.

»Cool bleiben«, raunt er so abgewichst wie möglich.
»Noch nicht.«

»Wann denn?«

»Cool bleiben.« Je leiser er redet, desto angespannter ist er.
Pit redet nun ganz leise. Ganz, ganz leise. Wie um das Wasser
nicht zu erschrecken.

Ich sehe aus den Augenwinkeln, wie sich in den benachbarten Booten Hälse recken. Höre Gespräche verstummen. Interessiert mich gar nicht. Bin eins mit der Pinne, den rechten Fuß unterm Gaspedal. Schweiß rinnt mir in den Nacken. 0,60 Meter. Liv biegt nach Backbord ab, steuert langsam auf die Box zu. 0,40 Meter. Schweiß in die Augen.

Atina belegt halb die freie Box, das sehe ich plötzlich. Der Kapitän ficht noch immer verbissen mit den Leinen, die beiden Pfähle sind überhaupt sehr nah beeinander – vielleicht passen wir da gar nicht durch? Ich schaue nach rechts. Der Strand ist noch acht Meter entfernt, noch sieben. Eine kräftige Böe, und wir trieben der Länge nach an Land. Der ganzen schönen Länge nach. Schlagzeile: »Liv auf Jungferntörn gestrandet wie ein Wal«.

»Sieht doch ganz gut aus, oder?«, ruft Anna strahlend. 0,20 Meter. Lächerliche zwanzig Zentimeter.

»Sieht Scheiße aus!«, brüllt Pit. »Vollgas rückwärts!«

Ich haue den Rückwärtsgang rein, quälende Sekunden, bis Liv stoppt, endlich zurückstößt. Wir wenden auf engstem Raum. Was heißt »wir«? *Ich* tue es. »Pinne andersrum!«, ruft Pit einmal, aber sonst läuft es dufte: Ich balanciere uns da hinaus. 0,40. 0,60. 1,00. 1,60. Raus.

Ganz vorne am Steg ist noch eine Box frei. Mit dem Heck in den Wind, aber einerlei. Die hatten wir im Vorbeifahren erspäht, die Idee aber sofort verworfen, weil wir wie die Lemminge Atina hinterhereiern mussten. Jetzt, noch mit dem nervösen Schwung des vor einer Minute verpatzten Manövers steuere ich sie direkt an. Sage mir leise vor: Rückenwind, wenig Fahrt, die Heckleinen sind ganz wichtig, die müssen schnell über die Poller! Und, was soll ich sagen, wir knautschen ein bisschen am rechten Pfahl entlang, aber der Langfender puffert uns ab, ich kuppele aus, wir treiben weiter, Pit wirft die eine, ich die andere Leine über, aufstoppen, die Mädels werfen einem Mann am Steg eine Leine zu, zuppel, zuppel, fest.

Wie betäubt kontrolliere ich, dass die Festmacher ordentlich belegt sind. Die Mädels machen sich auf Richtung Klo, Pit stöpselt unseren Strom ein und schnappt sich danach das Logbuch. Ich verziehe mich unter Deck. Sitze einfach nur so da. Bin vollkommen platt. Habe Kopfschmerzen. Kann kaum sitzen vor Kraftlosigkeit. Diese ständige Konzentration: das Hochgucken zum Verklicker, das Hinüberlinsen zum GPS und Echolot, das Vorbeilinsen an der Genua, ob Gegenverkehr kommt, all das zehrt einem die Kraft aus der Rübe. Es sieht auch kein anderer. Pit kennt es natürlich. Pit lässt mich in Ruhe. Hat nur gesagt: »Super gemacht!«, mir auf die Schulter geklopft und sich seinem Kram gewidmet. Man will am liebsten schlafen. Man muss was trinken. Man will nichts mehr reden. Man ist noch nicht stolz, ahnt aber, dass man es bald sein wird. Es ist ein merkwürdiges Gefühl, das ich nirgendwo anders so erlebt habe. Eine geistige Erschöpfung, die unvergleichlich ist. Weil wohl auch eine Angst abfällt. Mindestens eine tiefe Sorge, es zu verpatzen, schon in der nächsten Minute Riesenärger zu haben. Nur die Verkrampfung, die fehlte diesmal. Die Zeit schien mir nicht mehr zu rasen. Ein kleiner Schritt. Ein wichtiger Schritt. Ich beuge mich über die Bordwand – tatsächlich, der Fender hat ganze Arbeit geleistet: keine Schramme. Dabei hatte ich mir extra eine Schramme genehmigt.

Nach einer halben Stunde bin ich wieder ansprechbar. Die Pinte wartet. Eine astreine Holzterrasse vor windgezauselter, rot gestrichener Holzhütte. Eiskaltes Bier. Die Füße weit hinausgestreckt. Die Zufriedenheit spüren, wie sie sich endlich Bahn bricht. Vor uns Schilf, die Stege, Kinderschreien. Der Kapitän gesellt sich zu uns, der von unserem Manöver nichts mitbekommen hat. »'nen schönen Platz habt ihr da gefunden«, sagt er. »Aber 'n bisschen zugig.«

De Ol hat uns am Mittag eine Nachricht geschickt, dass er sich uns anschließen wolle, aber seine Commander lässt auf sich warten. In der Dämmerung versammeln wir uns in

Atinas Cockpit, die beiden Jungs des Kapitäns streifen durch den Hafen. Langsam verlischt der Tag. Petroleumlicht, Swing, Rum, das Singen der Wanten. Es ist schon nach zehn Uhr; ich habe mich aufgemacht, um abzuschlagen, wie der Kapitän das gerne nennt. Der Kiesstrand knirscht unter meinen Sohlen, ich bewundere den kühn hinausgebauten Hafen, den Panoramablick hinüber nach Fünen, wo ich die Lichter von Fåborg zu erkennen glaube. Da sehe ich, im letzten blauen Licht des Tages, am linken Rand eine Bewegung. Ein Boot in wilder Fahrt, in starker Schräglage, seine Navigationslichter eingeschaltet, unter Vollzeug segelnd bei sechs Windstärken: der Alte. Ein filmischer Moment. Eine Saite klingt an aus der großen Symphonie der Menschheit: das Schiff, das sich in den Hafen rettet, bevor die Nacht kommt.

Auf dem Absatz mache ich kehrt und renne zurück zu unseren Freunden. »Da hinten!«, brülle ich. »De Ol rauscht heran!«

Oh, wie alle aufspringen und nach vorne an den Steg rennen! Der Hafen ist ja knallvoll, da und dort sieht es zwar so aus, als sei noch Platz, weil die Pfähle im Dunkeln kaum mehr erkennbar sind, es ist aber kein Platz mehr. De Ol wird sich ganz an den Rand ins Päckchen legen müssen, irgendwo dranmuggeln.

»Und er will in den Hafen *segeln*!«, schreit der Kapitän.

Er schreckt die Besatzung der am Kopfende des Stegs liegenden Yacht auf, die gerade beim Abendessen sitzt. »Tschuldigense die Störung, da kommt noch unser Kumpel, würde es Ihnen was ausmachen, wenn Sie…? Fender raus, danke schön, 'tschuldigung nochmals.« Der Kapitän ist in solchen Momenten beinahe unanständig höflich, ihm einen Wunsch abzuschlagen würden nicht mal die Hartgesottensten vermögen. Außerdem gebietet es der Seemannsbrauch, einander zu helfen.

Zu viert warten wir – barfuß, so gehört sich das ebenfalls – an Deck der sündhaft teuren Najad 380, wie de Ol sich macht.

Glücklicherweise hat er selbst eingesehen, dass es bei diesem Wind und dieser Dunkelheit auch für ihn tückisch wäre, unter Segeln in den Hafen zu donnern. Zwei Minuten fuhrwerkt er mit den Tüchern herum, dann sehen wir, wie er auf die Einfahrt zuhält. »Hier rüber!«, schreit der Kapitän, und beim dritten Ruf hat es de Ol gehört und steuert auf uns zu. Ein Manöver wie aus einem Guss. Gewandet in Jeans und wetterfarbener Fleecejacke legt er seine Commander passgenau an die viel größere Najad, grummelt: »Warum denn hier, da drüben ist doch alles frei?«, macht vorne am Stegende fest, springt nach hinten und reicht dem Eigner schließlich eine Leine, damit der sie bei sich an Bord belegt. Die ganze Zeit halten wir sein Boot mit den Händen von der Najad ab, die nur einen Fender erübrigen konnte. Fünf Minuten weiteres Gefummel, schließlich sagt der etwas eingeschüchtert wirkende Najad-Mann: »Ähem, es wär doch jetzt mal an der Zeit, 'nen Fender rauszuhängen, meinen Sie nicht?«

Daran hatte de Ol im Eifer des Gefechts nicht gedacht, oder er hielt es schlicht für unnötig. Aber er lässt sich breitschlagen, einen rauszurücken, und kurz später steht er Hände schüttelnd und lachend auf dem Steg.

Nach einer schaukeligen Nacht mit dem Hintern im prallen Wind machen wir uns anderntags auf, die Insel zu besichtigen. Wencke mietet sich ein Fahrrad für zwanzig Kronen, das heißt: Sie wirft das Geld in einen Kasten und nimmt sich einfach eins der Räder. Wir anderen marschieren per pedes ins Dorf, wo wir uns verproviantieren, die weiß getünchte Kirche anschauen und dem Wind auf den Feldern zuhören. Nur ein paar hundert Leutchen wohnen auf Avernakø, Tendenz wieder steigend. Mehrmals am Tag kommt die Fähre aus Fåborg, die sogar einen Bus ausspuckt. Gegen Mittag haben wir genug gesehen. Zurück an Bord machen wir uns abfahrbereit.

Da kommt der Folkebootler Markus, der uns vor Wochen bei der Kreuzfahrt mit meinem Bruder heißes Wasser gebracht hatte, in den Hafen hineingesegelt und lässt sich lässig an einen Liegeplatz treiben. Eine kleine Demonstration. Nicht eine einzige hektische Bewegung kann ich erkennen. Kurze Zeit später hat Markus bei de Ol Platz genommen und schlürft einen Trunk. De Ol hat zur Feier des Tages seine Commander direkt neben uns verholt, sodass er uns wunderbar bei den Vorbereitungen beobachten kann. Und gegebenenfalls ein kleines Kommentarchen einstreuen. Als wir vorne eine Leine auf Slip legen und uns langsam nach hinten ziehen, geht es los: »Immer feste ziehen, was?«

»Lass sie doch«, meldet sich Markus zu Wort und spricht mir damit aus der Seele. Die beiden sitzen da wie Waldorf und Statler aus der »Muppet Show«, gut gelaunt, und ein wenig ist es, als würde die Grand Jury des Segelns uns beim Ablegen zusehen. Haltungsnoten sind mir egal, eine Telemark-Landung brauchen wir nicht hinzulegen, aber einen kapitalen Sturz kann ich jetzt nicht brauchen. Wer sich jemals fragt, wie sich Druck anfühlt: So fühlt sich Druck an. Wenn die VIP-Loge dir Kaffee schlürfend aus zwei Metern Entfernung zuschaut, wie du dir vor Aufregung jeden Bändsel um den Finger wickelst.

Pit steht neben mir und schweigt. Wundert sich bloß, das merke ich an seinem Fußtappen, dass wir, obwohl wir gegen den Wind ablegen, den Rückwärtsgang nicht nutzen, sondern nur auf unsere Muskelkraft vertrauen. War ein Tipp von de Ol: Gute Leinenarbeit ist das Geheimnis bei Hafenmanövern.

Wencke gibt ihr Bestes, ich springe ihr bei, und unter Aufbietung aller Kraft bugsieren wir Liv soweit in Luv, dass wir die Heckleinen von den Pfählen streifen können. Endlich gebe ich Fahrt, wie einfach geht das plötzlich! Sanft bewegen wir uns nach hinten, stets unter Kontrolle der vorderen Leine, die unseren Bug am Abtreiben hindert. Als wir von den Pfählen frei sind, Pinne nach rechts, vorne die Leine einholen, auskuppeln, treiben lassen. Aufstoppen. Vorwärtsfahrt, Pinne nach links. Ganz ruhig tuckern wir an den Jungs vorbei, die die Kaffeetasse zum Abschiedsgruß in die Luft halten, eine sofort verständliche Beifallsgeste, genauso gut wie Standing Ovations.

»Na also!«, höre ich noch. Es kam von der Commander. Eine Stimme, die nur einem gehören kann. De Ol hat es mir hinterhergerufen, es klang beinahe väterlich, sehr zufrieden, sehr einverstanden. Und ich sehe an seinem Schmunzeln, wie er sich freut, dass wir Süßwasserheinis uns so ordentlich anstellen.

Oder weiß er, was uns erwartet?

5

DA DRAUSSEN: STURM. Vielleicht kein Sturm im meteorologischen Sinne, aber Windstärke fünf bis sechs und in Böen bis sieben. Für uns ist das ein Sturm. Annas erster Sturm. Mein erster Sturm.

Sobald wir die schützende Landabdeckung Avernakøs verlassen haben, drückt es mächtig auf die Segel, und Liv saust in einer zirkusreifen Schräglage dahin, die mit einem Geodreick kaum mehr messbar wäre. Südwind, durch die Lücke zwischen Avernakø und Lyø wie in einer Düse beschleunigt. Anna ist ein wenig blass um die Nase, ich kann sie verstehen, aber mir geht es nicht so. An der Pinne spüre ich den Ruderdruck, und der ist noch aushaltbar. Wir segeln fast halben Wind hinüber nach Svendborg, und Liv hält stabil Kurs.

Reffen? Nicht reffen? Unter Seglern ist das eine der Prinzipienfragen, und obwohl jedermann weiß, dass man meistens zu spät refft, reffen die meisten auch beim nächsten Mal wieder zu spät. Wir auch. Die Genua ist zu zwei Drittel ausgerollt, das Groß ganz oben, so schießen wir dahin, 6,5 Knoten. Wir sind umgeben von Wolkenballen, die sich jagen, der Himmel ein graues Etwas. Nur dort, zwischen den beiden Inseln zur Rechten, schiebt sich unaufhaltsam eine große Wolke heran, die sich deutlich von der Konkurrenz abhebt – sie ist tiefschwarz und reicht bis hinunter an die Kimm, wo Meer und Himmel verschmelzen.

»Hoffentlich hält die nicht auf uns zu.«

»Hoffentlich witschen wir vorher durch, bevor die durchzieht.«

»Vielleicht ist sie ja auch schneller, und wir kriegen gar nichts mehr mit.«

»Sie ist nicht schneller. Sie hat genau die richtige Geschwindigkeit. Rettungswesten an, Freunde. Das wird heftig.« Das kommt von Pit, der mit Wencke im Mittelmeer schon Stürme und hohe Wellen abgeritten hat, aber immer auf deutlich größeren, moderneren Booten.

Ich bleibe an der Pinne, während die anderen ihr Ölzeug überstreifen. Beobachte die schwarze Wand. Vielleicht fünf Minuten bleiben uns noch. Unheimlich: Dieser Zug wird uns überrollen, und ich weiß nicht, wie es ausgeht. Ob uns wirklich Gefahr droht, ob es nur unangenehm wird? Wie Liv reagiert? Wir rollen die Genua auf die Hälfte ein. Die Wellen aus Süd fegen mittlerweile in beachtlicher Höhe heran, sodass ich beim Steuern voll konzentriert sein muss. Sie als Breitseite zu nehmen, wäre gefährlich, deshalb steuere ich einen spitzen Winkel, auch wenn wir dabei Höhe verlieren. Zum Glück ist kein Land in der Nähe, keine Untiefe. Was hatte de Ol vor einem Jahr als Allererstes gesagt? Bei Sturm halte dich von Land fern. Das vermeiden, was Segler »Legerwall« nennen – eine Lage, in der dich der Wind unbarmherzig in Richtung Ufer drückt und du aufkreuzen musst, um aus der Mühle rauszukommen.

Unsere Rettungswesten!, fällt mir ein – sie sind noch immer in ihrer Originalverpackung. Rechts unten unter der Sitzbank im Salon. Nur einmal im Laden angehabt, seitdem haben wir nie geübt, sie anzulegen. Ich schaue über die Schulter. Vielleicht noch drei Minuten. Keine Chance, zu entkommen.

Pit und Wencke haben geübtere Hände, Anna schlüpft durch die Auftriebskörper, fingert am Verschluss rum, aber der ist nichts für Aufgeregte. Diagonal nach hinten schieben und durch. Gut. Anna hat ihre Weste an, ich schlüpfe in meine. Kriege sie zu, trotz meiner nervösen Finger. Jetzt endlich entschließen wir uns zum Reffen. Pit hat sich eingepickt, um nicht über Bord gespült werden zu können, arbeitet sich vor zum Mast, belegt die Reffleine. Wir lösen das Fall, Pit zieht und zieht, das Groß kommt runter, das Fall wieder gespannt. Eine Welle trifft uns von der Seite, die ich nicht gesehen habe, das Boot kippt bedenklich, immer weiter nach Backbord, Anna entfährt ein entsetztes Kreischen, Pit stolpert, Gegenruder, ich stabilisiere das Boot, Pit springt ins Cockpit, überstanden.

Höchstens 200 Meter ist die schwarze Wand noch entfernt, schon trifft uns der erste Böenkragen. Ein Hieb wie mit einer Pranke. Dann bricht die Sintflut los. Binnen Sekunden hat uns die Wolke überspült, untergetunkt, um uns besteht die Welt aus schwerem, schnell und dicht fallendem Regen. Die Mädels haben sich unter Deck verzogen, Pit bückt sich unter die Sprayhood, und ich ducke mich so gut es geht, ohne die Pinne loszulassen. Die Sicht: noch fünfzig Meter. Das ganze Meer zusammengeschrumpft auf ein Blasen werfendes Nadelkissen, dessen Ränder sich rasch im Tropfennebel verlieren. Wenn uns jetzt eine Fähre aufs Korn nähme … Ginge das noch, ausweichen? Kaum. Wir würden sie zu spät sehen. Und hören erst recht nicht. Es ist ein infernalisches Getrommel, der Regen prasselt aufs Deck und gegen die Segel, schießt in einem Sturzbach hinunter auf das Dach der Sprayhood und ergießt sich von da über die Reling. Ein existenzielles, dichtes, berauschendes, beängstigendes, lebendig machendes Erlebnis. Pit grinst bis über beide Ohren. Die Mädels nicht. Sie fordern weitere Maßnahmen.

Als der erste Guss nachlässt, holen wir das Groß ganz runter. Nur mehr mit dem halben Vorsegel zischen wir durch die aufgerissene See, der Regen hat etwas nachgelassen, die wildesten Böen sind überstanden.

Wie lange das währt? Eine Viertelstunde? Eine halbe Stunde? Ich weiß es nicht. Sturmritt. Tropfende Klamotten. Leuchtende Augen. Nun reißt der Himmel auf.

In den Svendborgsund hinein begleitet uns die Sonne. Raus aus dem zu warmen Ölzeug. Vor einem Jahr bin ich hier mit dem Kapitän entlanggesegelt, durch dieses Spalier an Häusern und Gutshöfen. Und jetzt mit meinem eigenen Boot. Ich fühle mich wie frisch geduscht, wie erwacht nach erquickendem Schlaf. Nach dem Sturm kommen die Endorphine.

Beglückende Fahrt in den Nordhafen. Dort den Luxus, einen formidablen Liegeplatz zu ergattern. Bei »Bendixens« Fisch essen. Im Abendlicht machen wir ein Foto, wie wir auf dem Steg lümmeln. Es ist ein, nach diesem Ritt, rätselhaft unbeschwertes Foto. Ein gnädiges Abendlicht lässt uns alle strahlend aussehen, aber ich vermute, es ist auch ein innerliches Strahlen, das sich Bahn bricht. Als seien wir erlöst von etwas. Oder bereichert.

Danach Streifzug durch die Stadt, in einer Kneipe läuft Fußball, aber wir sitzen viel lieber bei uns an Bord. Ein langer, milder Abend zu Füßen der *Toldkammer*. Wir reden leise über den ersten Sturm mit Liv, über das Band, das in diesen schweren Minuten zwischen ihr und uns geschmiedet wurde. Ein Vertrauen, das nicht mehr zu verlieren ist.

Eine Nuss aber knacken wir an diesem Abend ums Verrecken nicht: wie man am Kompass die Krängung ablesen kann. Man müsse die situativ am linken Rand stehende Zahl von 180 abziehen, meint Pit. Die Mädels widersprechen johlend, Wencke hat eine ganz eigene Theorie, die überhaupt nicht stimmen kann, und erst am nächsten Morgen wird Anna den roten Punkt unterm Kompass entdecken, der das Rätsel löst. Ein Blick genügt künftig, um zu wissen, wie es um unsere Lage bestellt ist.

Mehr und mehr übernehmen fortan Anna und ich die Manöver. Pit begnügt sich zunehmend, nur noch gelegentlich Hand anzulegen, einen Fehler zu korrigieren, Tipps zu geben. Ein

Intensivkurs auf dem eigenen Boot, mit einem nimmermüden Lehrer und dessen gut gelaunter Gefährtin. Wenig tiefer gehende Gespräche, die nicht das Segeln betreffen, viel Albernheit, Sorglosigkeit, Losgelöstheit, aber auch gemeinsames Schweigen und aufs Meer gucken und Schiffe begucken und lesen und die anderen in Ruhe lassen. Einfach eine Zeit mit Freunden. Keine Themensuche, keine verstörenden Pausen. Eine lange Woche wird das werden, die sich anfühlt wie mehr.

Immer vertrauter werde ich mit allen Handgriffen. Zugleich entgleitet mir das Staunen des Neulings, verliert sich der Zauber des Ahnungslosen. Abends mache ich mir weniger Notizen. Nach wie vor sind es viele Fragen, aber sie werden immer spezifischer. Manche Begriffe, die ich vor einem Jahr lustig fand, leuchten mir jetzt zwar nicht ein, aber ich gehe mit ihnen um, als wären sie mir schon lange vertraut.

»Am Ende dieser Reise wollen Anna und ich bereit sein, es selbst zu wagen«, sage ich einmal. Pit nickt stumm und würdevoll. Wencke schaut Anna fragend an.

»Bist du dir sicher?«, wendet sich Anna neckend an mich. »Hinauszufahren ohne Skipper an Bord? Weil, du bist mir alles andere als ein Skipper. Noch nicht mal ein Skipperchen.«

Ich gebe ihr einen Kuss auf die Nase. »Wenn es glückt, wird es der Abschied vom Anfang sein. Es wird ein neues Kapitel beginnen, der Horizont ist noch immer weit, und wir haben gerade erst abgelegt ...«

»Wenn es glückt«, sagt Anna. »Kann auch nicht glücken.«

Wir lassen das Thema fürs Erste sein. Leider erwarten uns hinter Svendborg enge Fahrwasser – und Flaute. Nach Rudkøbing kommen wir noch unter Segeln. Passieren die Stadt am Mittag. Zur Linken sehen wir die Bianca-Werft, die seit den Neunzigern wieder im Besitz der Gründerfamilie ist. Liv wurde hier gebaut, vor vielen Jahren. Auf Langeland lebten die Männer und Frauen, die ihren Salon auskleideten, die ihr mit ihrer Handwerkskunst eine Seele gaben. Es soll noch ein paar Alte geben, die damals dabei waren. Vielleicht werde ich sie eines Tages besuchen. Der Mann, der die Commander erdachte und ihre Linien ersann, die uns durch die schwarze Wolke trugen, war ein Däne namens Jan Kjærulff. Er ist vor ein paar Jahren gestorben. Im Internet habe ich ein Foto gefunden. Es zeigt einen älteren Mann mit Pfeife im Mund, der lächelt, die Haare in die Stirn geweht, um die Augen die Falten der Segler. Im Hintergrund ist ein Hafenbecken zu sehen, Wasser, ein paar Boote. Ich bilde mir ein, dass dieser Ingenieur glücklich war mit seiner Commander, mit dem, was er tat. Schiffe bauen, die Stürme überstehen.

Nach Marstal muss man präzise navigieren, die Stadt ist umgeben von Untiefen. Kaum zu glauben, dass hier früher 300 große Segelschiffe beheimatet waren, kaum vorstellbar, wie der schmale, schlauchartige Hafen vor hundert Jahren gebrummt haben muss. Bei Regen und fiesen Böen suchen wir uns ein Plätzchen am halb leeren Steg. Das Anlegen gelingt gut, aber plötzlich höre ich Pits erstaunten Ruf – von der Luvleine hinten hat er gerade noch zwanzig Zentimeter in der Hand. Wäre die Box nur zwei Handbreit länger, wäre unser Heck wieder frei, bereit, in der nächsten Böe dem Nebenlieger auf die Pelle zu rücken. Immer wieder was Neues. Jeder kleine Schreck eine Lehre. In der Stadt gehe ich gleich eine Leine kaufen, auch wenn die etwas lang ausfällt: vierzig Meter. Sonderangebot halt. Ich werde sie im Winter durchschneiden und die Enden von einem Spezialisten veröden lassen. Aber vierzig Meter! Hat man die vertüddelt, hat man was zu tun.

Marstal: Der Mann im Touristenbüro liest »Wir Ertrunkenen«, und ich beneide ihn. Die ganze Stadt war für den hier geborenen Autoren Carsten Jensen Inspiration. Es ist eine kleine Stadt mit gewundenen Gassen und einer Handvoll Cafés, einer mächtigen Kirche, in denen Dreimaster aufgehängt sind, und einem ausufernden Seefahrtsmuseum. Marschiert man am Hafen vorbei, gelangt man auf eine sandige Landzunge, die wie ein Haken das Hafenbecken umfasst. Auf dem Rücken dieser Zunge bunte Badehäuschen, die die Marstaler von

Generation zu Generation weitervererben. Ein schönes Fleckchen Erde. Die nackten Füße im Sand. Der weite Blick hinaus auf den Kleinen Belt. Leider zu kühl zum Baden.

Jenseits von Ærøskøbing, nur ein paar Seemeilen weiter, liegt eine tiefe, großzügig geschnittene Bucht, die Revkrog heißt, wie der kleinere Vetter drüben vor Avernakø. Unser Ziel für den Nachmittag. Gammelstunden vom Feinsten. Wir sind längst in einem neuen Modus. Die Stunden sickern dahin. Frieden über dem Boot. Vom Strand dringt, ganz schwach, Frauengekicher.

Als der Abend anbricht, lichten wir den Anker und nehmen Kurs auf Søby an der Nordspitze Ærøs. Glattes Wasser, wenig Wind im Schutz der Insel. In dem geräumigen Hafen machen wir ganz vorne am Steg der Länge nach fest, was uns erstaunlich zart gelingt. Mächtige Burger aus dem Hafenkiosk, mit Blick über den Hafen.

Lange glimmende Dämmerung. Livs Cockpit guckt frei Richtung Hafeneinfahrt, Leuchtturm, Sonnenuntergang, und es vergehen viele Minuten, in denen Wencke, Anna, Pit und ich staunen, wie die Wolken sich allmählich verfärben und der Himmel aus dem Tag in die Nacht gleitet.

Am nächsten Tag sind wir die Einzigen auf dem Kleinen Belt. Rückenwind. Wir segeln Schmetterling bei Windstärke vier: Genua nach Steuerbord, Großsegel nach Backbord. Baumen die Genua aus, damit sie nicht flattern kann, und zurren das Groß vorne fest, ein improvisierter Bullenstander, um ein ungewolltes Umschlagen zu vermeiden. Wir machen schöne Fahrt, aber man muss ausgesprochen exakt steuern. Eine wilde Böe, ein Fehler an der Pinne, und irgendwo könnte etwas reißen oder brechen. Segeln für Fortgeschrittene. Pit findet an diesen Feinheiten großes Vergnügen, und ich mache willig mit, sauge an unserem Tag der Heimkehr noch auf, was ich aufsaugen kann.

Die beiden werden morgen nach Hause aufbrechen, und Anna und ich bleiben allein an Bord.

Bald erreichen wir unseren Hafen. Den Anleger fahren Anna und ich fast allein. Habe zu spät eingelenkt, muss vor den Pfählen aufstoppen. Aber sonst: Es glückt. Vielleicht, weil ich ruhig bleibe. Ganz sicher, weil sich das Wissen eingestellt hat, Liv in den wichtigsten Dingen zu verstehen. Was sie will, wie sie sich verhält, wie man gegenarbeitet. Das Chaos ist nicht in ihr. Es ist, wenn es kommt, in mir.

Wieder, und noch mehr als sonst, bin ich völlig erschlagen. Ob vom Schmetterlingskurs oder von der langen Woche oder vom bloßen Erleichtertsein, ich weiß es nicht. Haue mich in den Salon und bin fünf Minuten nach dem Festmachen im Land der schaukelnden Träume. Die Mädels wecken mich nach einer Stunde mit Blätterteigkuchen, den sie erstanden haben, und dem Duft frischen Kaffees. Als Nachtisch präsentieren sie eine Dose Bier.

»Masterbrew«, verkündet Wencke.

»Das haben wir uns verdient.« Pit wirft einen Blick auf die Dose. »Zehn Komma fünf Prozent. Respekt, Mädels.«

»Masterbrew für die Mastercrew«, sagt Anna lächelnd.

In der Abschiedsnacht versacken wir mit dem Kapitän, man kann es nicht anders nennen. Zum Glück versackt Liv nicht mit. Wir sitzen im Cockpit und reden und trinken, derweil am Himmel Sternschnuppen sausen. Um eins schleppen wir uns in die Kojen. Langer, erholsamer Schlaf. Am nächsten Morgen die Nachricht auf meinem Handy:

Ausgelaufen 0130. Operierte nachts am Geleit. Versenkte 6. Keine Überlebenden. Kiel in Sicht. U47.

Der wahnsinnige Kapitän hat seine Atina noch in derselben Nacht hinausgejagt. Im Cockpit liegend, beleuchtet nur vom Glimmen seines Kompasses, um sich das nachtschwarze Meer, über sich den klaren, sternenübersäten Himmel, steuerte er sein Boot auf Kurs 180 Grad die Küste hinunter. Atina brachte ihn sicher in den Hafen.

ZWÖLF

LIV & WIR

ZUM ABSCHIED ERSTELLEN Pit und ich eine Liste mit 25 Punkten, die man mal noch erledigen müsste. Es wird immer kleinkramiger. Das Glas des Barometers ist herausgefallen. Verdammt noch eins: der Cockpittisch! Polster aufmöbeln. Kühlschrank kaufen, wenn Kohle vorhanden. Und so weiter. Manches sehr wichtig, aber nicht vieles.

Eine Woche auf engstem Raum führt zum Bruch oder schmiedet zusammen. Wir fallen uns zum Abschied in die Arme. Winken lange, bis Wencke und Pit um die Ecke gekurvt sind. Weg sind sie. Anna und ich schauen uns an. Wir sind nun allein an Bord. Zum ersten Mal wieder allein mit Liv, ohne Kind, ohne Hund. Wir könnten jetzt rausfahren. Wir müssten jetzt rausfahren. Wir sollten es wagen. Niemand da, der eingriffe, der den rettenden Einfall hätte, der Livs Willen lesen könnte. Nur wir. Immer wieder schauen wir auf das Wetterradar am Eingang zu den Duschen. Von Osten wälzt sich ein Wolkenstrudel heran, der anderntags Starkwind bringen wird und Gewitter. Ein Lümmelwetter im Hafen, an eine Ausfahrt nicht zu denken.

Anna fängt an, gedankenverloren den Salon aufzuklaren. Stellt Bücher von hier nach dort, fegt Krümel zusammen, wischt nass auf, sortiert CDs. Ich nehme mir die Backskiste vor. Backskisten sind normalerweise nicht mein Hobby. Sie sind sehr tief. Sie haben keine Schubladen. Was immer man hineintut, wird normalerweise untertauchen und erst wieder zum Vorschein kommen, wenn man es garantiert nicht braucht. Aber jetzt suche ich nicht mal was. Vielmehr fange ich an, alles herauszuholen, was ich in der Backskiste entdecke. Den Feuerlöscher von 1975, offenbar das niemals benutzte Original, den wollte ich ja austauschen. Daneben Leinengewimmel. Eine verschließbare Kiste mit allerhand Lacken, Ölen und Schräubchen. Ein Käscher an dünnem Stiel –

eine prima Sache für unseren Sohn, in ein paar Jahren. Ersatz-
bretter. Ersatzkanister Diesel, leer. Tüten, die komisch riechen.
Ein altes T-Shirt mit Farbresten drauf. Eine Stunde lang
sortiere ich aus, sortiere ich ein. Ich lasse mir sehr viel Zeit. In
dieser Zeit könnte man den Augiasstall ausmisten, an dem
sich einst Herkules abarbeitete. Schließlich ist alles getan.

Anna und ich schauen uns wieder an. Dann in die Luft,
hinüber zu den Bäumen, die sich sanft im Wind wiegen. Anna
hält eine wärmende Tasse Tee in den Händen, ich das zu-
geklappte Hafenhandbuch.

» Sollen wir? «, frage ich.

» Müssen wir? «

» Wollen wir? «

» Wir wollen. «

» Und wenn nicht jetzt, werden wir uns schwertun, es jemals
zu tun. «

Sie nickt. » Es ist allerdings nicht wenig Wind. «

» Aber auch nicht viel. Kein Wind, der zur Ausrede taugte. «

Sie wiegt den Kopf. Rundblick. Fast nichts los mehr im
Hafen, jetzt, zur Mittagszeit. Kein Publikum. Kaiserliche
Umstände für eine Premiere.

» Wir tun es «, sage ich.

» Ja? «

» Ich weiß, dass wir's können. «

» Okay. «

» Ich übernehme die Verantwortung, wenn's schiefgeht. «

Anna lacht. » Okay! «

Die nächste Stunde stecken wir die Köpfe zusammen und
tun nichts weiter, als en détail zu besprechen, wie wir vorgehen. Das ganze Ablegemanöver wie ein » Malen nach Zahlen «-Bild. Es ist ganz eigentümlich. Solange wir unseren Verstand eingeschaltet haben, ist uns klar, dass es ein vollkommen
einfaches Manöver sein wird, Liv bei diesen Bedingungen, mit
günstigem Wind, aus der Box herauszubugsieren und sicher
den Hafen zu verlassen. Aber dann lassen wir uns drauf ein,

auf die Vorstellung, aufs Erleben. Und zumindest bei mir beginnt das Herz wie wild zu schlagen. Hoch bis zum Hals. Adrenalin bis in die Fingerspitzen. Wahnsinn. Ich kenne das vom 13:13 im fünften Satz beim Volleyball, wenn es um den Aufstieg geht. Auszeit, ein paar Sekunden zum Sammeln. Zum Verrücktwerden. Aber hier will kein Gegner uns den Willen brechen. Hier muss ich mich nicht wehren. Ich könnte sogar Nein sagen (würde mir das aber kaum verzeihen).

Okay.

Okay?

Okay.

Der Wind kommt von Backbord, das heißt, Anna wird unseren Bug mit dem Bootshaken eng an der linken Sorgleine halten. Ich löse derweil die achteren Leinen, ziehe uns nach hinten, schieße sie auf und lege sie auf den Pfahl, das wird es nachher erleichtern, wenn wir zurückkehren. Motor an. *Tak-Tak-Tak*. Ich schaue in Annas Gesicht. Sie ist so aufgeregt wie ich. Wir wollen nicht herumbrüllen, das haben wir uns fest vorgenommen, daher wispern wir so laut es geht. Sehe ich auch so angespannt aus? Die Stirn in Falten? Aber Anna lächelt auch. Als würde es klappen. Ich kann nicht lächeln. Das schaffen meine Synapsen nicht mehr, die laufen schon auf Volllast. Einkuppeln rückwärts. Leichter Schub. Auskuppeln. Liv gleitet wie auf Schienen, auf den Gleisen gehalten durch Anna.

Die Leine auf den Pfahl legen … Fällt wieder runter. Mist! Liv schiebt sich weiter nach hinten. Wieder drauf. Zu kurze Buchten. Oder zu lang. Fällt halb runter. Egal. Wird schon da oben bleiben. Blick zurück. Kein Verkehr in der Gasse. Wir sind halb draußen. Wir sind drei Viertel draußen. Vorne der Bug fast zwischen den Pfählen.

»Okay?«, wispert Anna.

»Warte noch!«, wispere ich zurück, so laut ich kann.

Einkuppeln rückwärts, kurzer Schub, durch die Pfähle. Die Pinne nach rechts, jetzt müsste das Heck nach links, der Bug nach rechts schwenken und ... Das Gegenteil geschieht. Der Bug will nach Backbord. Genau in die falsche Richtung. Das kann doch nicht sein! Welcher Geist sitzt auf unserem Ruder?

Endlich begreife ich. »Kannst jetzt loslassen!«, rufe ich. Annas Bootshaken hält unseren Bug noch immer an der Sorgleine. Klar, dass das Heck ausbricht. Ausbrechen muss. Kein Geist. Ein geistloser Skipper.

»Sag ich doch.« Mit feinem Schwung löst Anna den Haken von der einen Seite, macht den Schritt nach Steuerbord, pickt ihn auf der anderen Seite ein, zieht kurz, löst ihn sofort. Ruder gerade, Schub zurück. Wir gleiten, gleiten, noch zwei Meter, noch einen, aufstoppen! Und Schub voraus. Ruder legen, Pinne nach links, wir kommen frei von den Pfählen, geschafft.

Mein Herz wummert bis zum Hals. Mein Magen ist ein Stein. Meine Beine zittern. Hurra!

Anna kommt mit den Leinen nach hinten, schießt sie auf, wir umarmen uns, tun ganz und gar nicht, als sei dies gewöhnlich. Wir beide und Liv. Auf kleiner Fahrt. Auf so großer Fahrt.

Draußen dampfen wir in die weite Bucht. Setzen erst das Groß. Setzen die Genua. Sechs Komma zwei Knoten. Rauschefahrt. Glückseligkeit in den Knochen. Die Härchen auf meinen Unterarmen surfen im Wind.

Zwei Stunden hin und her, wenden, machen, tun. Nicht alle Handgriffe sitzen auf Anhieb. Aber am Ende sitzen sie alle. Liv macht, was wir wollen. Liv folgt uns. Liv vertraut uns, yes, Sir.

Als am Horizont dickere Wolken aufziehen, machen wir uns auf die Rückfahrt. Die Segel eingeholt. Motor angeworfen. Die Leinen zurechtgelegt. Wieder sprechen wir durch, was wann wie zu tun ist. Wieder dieses Herzbummern. Mit anderthalb Knoten kriechen wir zur Hafeneinfahrt, weil ich mich in aller Ruhe vorbereiten möchte. Ich bin längst vorbereitet, da sind wir immer noch eine halbe Seemeile entfernt. Eine Qual, diese Schleichfahrt. Wie ein Gang zum Schafott.

Das erste Mal ist fast überstanden. Noch so viel zu lernen. Wir werden mit Pumba wiederkommen, mit unserem Sohn, wir werden Nerven lassen. Wir werden herumwispern, bis unsere Stimmen heiser werden. Wir werden es genießen.

Ich schaue Anna an. Anna schaut mich an, die Brauen gehoben.

Langsam drücke ich den Gashebel nach vorne. Nicht sehr weit. Aber weit genug, dass der Motor hochdreht, dass wir mehr Fahrt aufnehmen, dass wir uns mit drei Knoten unserem Hafen nähern.

Als wüssten wir, was zu tun ist. Als seien wir auf dem Weg nach Hause. Als seien dies unsere Perlen da hinten im Kielwasser.

Und wir bald angekommen.

Für Anna,
die im wahren Leben
natürlich nicht Anna heißt
und es bewundernswert erträgt,
den Teufelsskipper
an Bord zu haben

Für unseren Sohn,
der zweifelsohne noch sehr jung ist,
aber schon ein kleiner Seemann

Für meine Eltern,
die vom Schwarzwald aus
an guten Tagen
beinahe
das Meer sehen können

Für Pumba,
die im wahren Leben
genau so wassergeil ist
wie in diesem Buch geschildert

Für Nina,
weil wir an sie glauben

Für alle,
die immer fest
zu Livs Crew gehören werden –
vor allem jenen Männern,
die uns das Segeln beibrachten
und manches andere auch

GLOSSAR Dieses Verzeichnis vermag bedauerlicherweise keinen Ersatz für Lehrbücher zu bieten. Das liegt vor allem am Verfasser, der die Einträge schrieb, wie auf Liv die → Pinne gewachsen ist. Für misslingende Manöver aufgrund ärgerlich unpräziser Beschreibungen bitte den Autor nicht haftbar machen – der kämpft selbst weiterhin mit Tücken aller Art.

ABDRIFT
Seitliche Bewegung durchs Wasser, die mehr zu spüren als zu sehen ist – der Wind drückt das Boot vor sich her. Ein ausgeprägter Kiel verringert die A.

ABFALLEN
Die Pinne so stellen, dass sich der Bug aus dem Wind wegdreht

ACHTERN
Hinterer Teil des Schiffes

ACHTERSTAG
Der dicke Draht, der Heck und Mastspitze verbindet. Stabilisiert den Mast. Lässt sich theoretisch stramm ziehen, um den Mast leicht nach hinten zu biegen. Eins der mysteriösen Instrumente des → Trimmens

(HART/HOCH) AM WIND
Das Boot in einem möglichst spitzen Winkel gegen den Wind segeln. Meist mit viel → Krängung verbunden und mit Mordsunruhe auf und unter Deck

ANLUVEN
Den Bug des Bootes in Richtung des Windes drehen

AUFKREUZEN
Im Zickzackkurs gegen den Wind segeln. Anstrengend. Dauert immer länger als erwartet, weil der gesegelte Kurs mit der Luftlinie wenig gemein hat

AUFLANDIG
Der Wind weht von der See zur Küste. Gegenteil: ablandig

AUFSCHIESSEN

1. Eine Leine so in gleichmäßigen, o-förmigen Buchten zusammenlegen, dass man sie hinterher ohne Wutanfall auseinanderdröseln kann
2. Den Bug in den Wind drehen und dort halten, bis die Fahrt aus dem Boot geht

BACK

Das Vorsegel trotz → Wende nicht auf die andere Seite ziehen. Unterstützt die Drehbewegung. Technik für Fortgeschrittene bei schnellen Wenden oder → Hafenmanövern

BACKBORD

Linke Schiffsseite – wenn man von hinten nach vorne guckt

BACKSKISTE

Stauraum unter einer Sitzbank im → Cockpit. Immer geheimnisvoll riechend. Das Innenleben bietet Stoff für Horrorfilme

BAUM

Querstange, die beweglich am Mast befestigt ist. Die untere Kante des → Großsegels ist darin fixiert. Der B. fegt bei → Patenthalsen übers Deck wie ein Henkersschwert

BELEGEN

Befestigen einer Leine, möglichst elegant und dennoch belastbar

BILGE

Keller des Boots. Hier sammeln sich Ölreste, eingedrungenes Wasser und der eine oder andere Ananasrum, eine Brühe, die von Zeit zu Zeit ausgepumpt werden muss.

BLOCK

Umlenkrolle, die hilft, die auftretenden Kräfte zu bändigen

COCKPIT

Der offene Steuer- und Lümmelbereich am Heck. Eine → Kuchenbude kann das Cockpit in einen zweiten, geschützten → Salon verwandeln. Oder in eine brütende Zeltsauna

DÄNISCHE SÜDSEE

Traumrevier südlich von Fünen. Viele Inselchen. Meist wenig Wassertiefe. Gutes Fernglas erforderlich

DICHT HOLEN
Flaches Trimmen eines Segels durch Ziehen an einer → Schot

DINGHI
Beiboot. Auch Shit Shuttle genannt, vulgo: Shittle

DURCHKENTERN
Seitlicher 360-Grad-Salto des Bootes durchs Wasser. Überlebbar

EINHANDSEGLER
Könner, die ein Boot alleine beherrschen, vor allem → Hafenmanöver

FALL
Leine, mit der man ein Segel setzt

FALLENSTOPPER
Klemme, mit der man das Fall kontrolliert dichter holen oder lockerer machen kann

FOLKEBOOT
Der VW-Käfer unter den Segelbooten; stammt ursprünglich aus Schweden. Was für leidensfähige Segelgourmets

FREIBORD
Abstand zwischen Deckskante und Wasser

GENUA
Den Mast überlappendes dreieckiges Vorsegel. Bei manchen Booten ein Riesenömmel

GROSSSEGEL
Das Hauptsegel, gehalten durch Mast und Baum

HAFENMANÖVER
Lassen Skipper-Herzen höher schlagen. Wenn alles klappt, sehr erfüllend. Wenn nicht: aprupt einsetzender, nicht enden wollender Alptraum

HALBER WIND / HALBWINDKURS
Wind von der Seite. Angenehm. Ruhiges Segeln. Auch schnell

HALSE
Das Heck des Bootes wird durch den Wind gedreht. Obacht: Baum kann herumschlagen! Besonders gefürchtet ist die → Patenthalse

HOLEPUNKT
Verstellbare Blöcke, die die Zugrichtung der Schoten beeinflussen. Hochphysikalische Angelegenheit

JOCKEL
Umgangssprachlich für: Motor

JOLLE
Kleines, offenes Segelboot, ideal zum Lernen. Sehr kippelig. Auf der Alster kenterfreudig

KATAMARAN
Zweirumpfboot. Was für Couch-Potatoes

KIMM
Die Linie, wo Himmel und Wasser sich treffen

KLAMPE
Am Boot oder am Kai fest installierte Festmachvorrichtung, an der Leinen belegt werden

KLEMMCLEAT
Klemme, um eine → Schot zu fixieren

KRÄNGUNG
Seitliche Neigung des Schiffes. Für Neulinge eher beunruhigend. Gehört aber prinzipiell zum Segeln. Maximale Krängung sollte nicht überschritten werden, sonst → durchkentern

KUCHENBUDE
Zeltartiger Aufbau überm Cockpit. Wer's mag …

KUHWENDE
Kurswechsel bei Wind von seitlich hinten in Q-Form. Ist vor allem bei starken Böen sinnvoll, um den Gefahren einer → Halse zu entgehen

LAZYJACK
Genialer Leinensack, der das Großsegel beim Bergen aufnimmt

LEE
Richtung, in die der Wind weht; windabgewandte Seite der Küste

LEGERWALL
Bedrohliche Position eines Schiffes nahe einer Küste, wenn der Wind auflandig weht

LUV
Richtung, aus der der Wind kommt; windzugewandte Seite

LUVLEINE
Festmacher, auf dem der Winddruck lastet

NIEDERGANG
Treppe vom Cockpit in den → Salon

OPTIMIST
Schalenartiges Miniboot für Kinder mit einem Segel. Putzig

PALSTEK
Wichtigster Knoten, belastbar, schnell lösbar, für tausend Zwecke geeignet. Eigentlich nicht sehr kompliziert. Das Krokodil muss nur durch den Teich und um die Palme zurück in den Teich hopsen. Oder?

PANTRY
Bordküche.
Im Idealfall mit funktionierendem Kühlschrank

PATENTHALSE
Durch Steuerfehler oder widrige Verhältnisse auf See verursachte unbeabsichtigte Halse. Zu Recht gefürchtet

PERSENNING
Schutzplane, die übers Cockpit gezogen wird

PINNE
Hebel aus Holz, mit dem das Ruder bedient wird. Viel romantischer als ein Steuerrad. Auch präziser

PÜTTING
Flaches Eisen, das fest mit dem Schiffsrumpf verbunden ist, und an dem die → Wanten befestigt sind

REFF
Verkleinerung des Segels, wenn der Wind zu stark wird. Wird immer zu spät eingebunden.

RELING
Schiffsgeländer

RIGG
Das Konstrukt aus Mast, → Salinge und → Wanten

RISS
Die Form des Rumpfes. Es gibt Risse, die erweisen sich auf See als erstaunlich misslungen. Andere, wie der der Bianca Commander 31, als elegant, stabil, kurzum: beglückend geglückt

ROTT
morsch, gammelig

SALING
Quer am Mast befestigte Strebe, die die → Wanten vom Mast abspreizt

SALON
Gemütliches Wohnzimmer unter Deck. Abends erhellt von Petroleumlampen, die gut riechen. Bücher, Musik, Wein – alles in Reichweite

SCHÄKEL
Mit Bolzen verschließbarer, U-förmiger Verbindungsbügel. Was für Fummelfreunde

SCHAPP
Fach, Schränkchen. Wunderbar, um sich Finger einzuklemmen

SCHEINBARER WIND
Der fürs Segeln relevante Wind. Mathematisch ausgedrückt: Vektorsumme aus dem vor Ort wehenden Wind und dem Fahrtwind. Roger?

SCHMETTERLING
Segelstellung bei gleichmäßigem achterlichem Wind. Groß nach Backbord, Genua nach Steuerbord, oder umgekehrt. Sehr genaues Steuern nötig. Ratsam nur bei schwacher Brise

SCHOT
Leine, mit der ein Segel stramm gezogen wird

SCHWALBENNEST
Fach im Cockpit. Gut für → Winschkurbeln oder Knabbereien

SELBSTHOLEWINSCH
Beim Segelsetzen oder Dichtholen wird die Leine im Uhrzeigersinn um die → Winsch gelegt, was die Arbeit massiv erleichtert. Bei der S. klemmt

die Leine von selbst in der Winsch, eine Hand bleibt daher frei, um etwa die Pinne zu führen.

SPRAYHOOD
Halbrundes Segeltuchverdeck, in das Plastikfenster eingelassen sind. Schützt den Niedergang vor Spritzwasser, Regen und Wind. Oft nicht sehr schick, aber nützlich

SPRING
Leine, die zusätzlich zu den üblichen Festmachern verwendet wird; etwa vom Heck des Boots nach vorne an Land oder vom Bug nach hinten an Land

STAG
In Längsrichtung des Schiffes verlaufendes Drahttauwerk, das den Mast hält

STEUERBORD
von hinten guckend: rechts

TRAVELLER
Laufschlitten, um den Holepunkt der Schot des Großsegels zu verändern. Der T. kann mit Leinen nach Luv oder Lee bewegt werden. Schönes Wort, übrigens

TRIMMEN
Das Feilen an der optimalen Segelstellung. 'Ne Wissenschaft für sich

VERKLICKER
Beweglicher Anzeigepfeil für den scheinbaren Wind an der Mastspitze

VORSEGEL
Ein vor dem Mast angebrachtes Segel, zum Beispiel Genua

WANTEN
An den Püttings befestigtes Drahttauwerk, das den Mast seitlich hält

WENDE
Manöver zum Kurswechsel, bei dem das Boot mit dem Bug durch den Wind geht

WINSCH
Im Uhrzeigersinn mit einer Kurbel zu drehende Seilwinde. Umstandskrämer sollten vorher üben

PIPER

Rüdiger Barth

Endlich weg

Über eine Weltreise zu zweit. 368 Seiten mit 24 Farbbildseiten.
Piper Taschenbuch

Kurz vor ihrem 35. Geburtstag brechen Rüdiger Barth und
seine Frau aus: Raus aus dem Alltag, der Arbeit, ent-
wischen sie dem nahenden deutschen Winter. Vier lange
Monate sind sie dem Leben auf der Spur, reisen einmal um
die Erde, erkunden elf Länder auf fünf Kontinenten – Städte
und Flecken, von denen sie immer schon geträumt haben,
per Flugzeug, Bus, Fähre, Fahrrad, Mietwagen, Moped und zu
Fuß. In New Orleans spüren die beiden, wie die Stadt
kämpft, auf die Beine zu kommen; in Neuengland treffen sie
die verrücktesten Eiscreme-Erfinder der Welt. Auf Guade-
loupe packt sie die große Gelassenheit, bevor sie auf St. Lucia
in einen irren Wahlkampf geraten. In Rio tanzen sie Samba
im Maracana-Stadion, und in Chile genehmigen sie sich Wein,
der doppelt so teuer ist wie das Zimmer für die Nacht. Sie
tauchen auf der Osterinsel in eine vergangene Zeit ein,
tuckern durch das Mekongdelta, machen in Sydney Urlaub
vom Reisen. Am Ende, so schreibt der Autor, sind sie keine
besseren Menschen geworden, aber glücklichere. Doch
noch wartet das letzte Ziel: wieder zu Hause anzukommen.

01/1807/01/L